风骚诗脉与唐诗精神

Essence of Feng Sao and Spirits of Poems in Tang Dynasty

李金坤　著

中国社会科学出版社

图书在版编目（CIP）数据

风骚诗脉与唐诗精神／李金坤著．—北京：中国社会科学出版社，2015.4

ISBN 978－7－5161－2316－4

Ⅰ．①风…　Ⅱ．①李…　Ⅲ．①《诗经》—影响—唐诗—诗歌研究②《楚辞》—影响—唐诗—诗歌研究　Ⅳ．①I207.22

中国版本图书馆 CIP 数据核字(2013)第 061340 号

出 版 人　赵剑英
策划编辑　郭沂纹
责任编辑　郭沂纹
特约编辑　丁玉灵
责任校对　韩天炜
责任印制　李寡寡

出　　版　中国社会科学出版社
社　　址　北京鼓楼西大街甲 158 号
邮　　编　100720
网　　址　http://www.csspw.cn
发 行 部　010－84083685
门 市 部　010－84029450
经　　销　新华书店及其他书店

印　　刷　北京君升印刷有限公司
装　　订　廊坊市广阳区广增装订厂
版　　次　2015 年 4 月第 1 版
印　　次　2015 年 4 月第 1 次印刷

开　　本　710×1000　1/16
印　　张　23.5
插　　页　2
字　　数　397 千字
定　　价　76.00 元

凡购买中国社会科学出版社图书，如有质量问题请与本社联系调换
电话：010－84083683

国家社科基金后期资助项目

出版说明

后期资助项目是国家社科基金设立的一类重要项目，旨在鼓励广大社科研究者潜心治学，支持基础研究多出优秀成果。它是经过严格评审，从接近完成的科研成果中遴选立项的。为扩大后期资助项目的影响，更好地推动学术发展，促进成果转化，全国哲学社会科学规划办公室按照“统一设计、统一标识、统一版式、形成系列”的总体要求，组织出版国家社科基金后期资助项目成果。

全国哲学社会科学规划办公室

本书为国家社科基金后期资助项目
江苏大学出版基金资助项目

序　一

罗时进

文学发展是一个连续的、渐进的过程，而文学研究的任务之一，就是要对这个过程用“以今视昔”的方法加以脉络化。脉络化，从宏观层面而言是为了建立一种知识体系，从基本层面来说，则是为了理清文学发展的源流，发掘出其中的知识点。脉络化的过程，是知识生成和展示的过程，也是文学典范形成的证明过程。

唐诗，无疑是中国文学史上的一个典范。这个典范是如何形成的，历代学者做过很多研究，在脉络化的梳理中接触到很多问题，尤其在汉魏六朝诗歌发展对唐诗影响方面有深入的辨析，产生了许多卓越的成果。但相对而言，《诗经》和《楚辞》这两部早期诗歌经典文本对唐人写作、唐诗发展到底产生过怎样的影响，研究成果就薄弱一些了。并非说历来学者没有注意到这方面的问题，没有爬梳过相关资料，没有提出过有见地的观点，而是缺少综合性的、系统化的研究。其主要原因是，长期以来《诗》《骚》乃专门之学，而从先秦到唐代时间跨度形成了实际上的“学科壁垒”，要贯通也诚非易事。正因为如此，风骚诗脉到底是怎样连接到唐诗，为唐诗发展注入活力的，学界的整体性研究还很不够。

《诗》《骚》对唐人诗歌创作及其唐诗精神的形成到底有无产生影响，首先要看唐人的知识结构中《诗》《骚》处于何种地位。相对来说，《骚》与唐人的知识链接稍微清楚一些，《文选》在唐人知识谱系中的地位太显赫了，而屈骚和楚辞在《文选》诗占有一定篇幅，自然是唐人学习的内容。尽管唐人对屈宋的评价不一，但从杜牧“高摘屈宋艳，浓薰班马香”（《冬至日寄小侄阿宜诗》）的寄辞来看，屈宋作为文学辞翰的代表与班马的史学处于大体同等的地位，则是毋庸置疑的。“窃攀屈宋宜方驾，恐与齐梁作后尘”（杜甫《戏为六绝句》之五），应非个别作家的心态；而李贺堪为“骚之苗裔”（杜牧《李长吉歌诗叙》），也定非唐代诗人群体中的孤立现象。

那么《诗》呢？其实就“唐诗精神”来说，《诗》的影响尤不可忽视。《诗》之作品虽不在《文选》选篇范围，但《毛诗序》却赫然列为其《序》类首篇，在李善注中《毛诗》也是最常见的引证文本之一，这对《诗》学知识普及的意义可谓极大。在唐代各级官学的课程中，《毛诗》作为经学的组成部分，是始终列为主要内容的，而官学执教者中精于《诗》学者亦众。《旧唐书·盖文懿传》载“（国子监）时以文懿为博士，文懿尝开讲《毛诗》，发题，公卿咸萃，更相问难，文懿发扬风雅，甚得诗人之致”。这是比较典型的例证。另外，在科举考题中，《诗》也是绕不过去的内容，试看权德舆《明经策问七道》中《毛诗第五道》：

问：风化天下，行于咏歌，辨理代之音，厚人伦之道。邶、鄘褊小，尚列于篇；楚、宋奥区，岂无其什？变风雅者，起于何代？动天地者，本自何诗？《南陔》、《白华》，亡其辞而不获；《谷风》《黄鸟》，同其目而不刊。举毛、郑之异同，辨《齐》《鲁》之传授。墙面而立，既非其徒，解颐之言，斯有所望。①

这道策问涉及《毛诗》的诸多方面，有关于《诗》之内容的，有关于《诗》的解释和传授的，甚至还细化到“举毛、郑之异同，辨《齐》《鲁》之传授”，最后则留下了开放式答题的空间，着重考察对《毛诗》的自我心解。据此看来，我们完全可以说，《诗》是唐代士人知识结构中最重要的内容之一。作为经学，它对一代之意识、诗人之精神必然形成熔铸作用；而作为文学，也自然会对唐诗的风格、意境、意象等诸多方面产生影响。

正因为如此，研究唐诗是绕不开对《诗》《骚》之源的追溯的。宋人张戒说：“子美诗奄有古今，学者能识国风、骚人之旨，然后知子美用意

---

① 《全唐文》卷四八三，中华书局1987年版，第4940—4941页。关于《毛诗》及其经学阐释与唐代科举的关系，傅璇琮先生提出甚早，论述亦详，参读《唐代科举与文学》，陕西人民出版社2003年版，第119页。

处，识汉魏诗，然后知子美遣词处。”[①] 不独对杜甫诗歌研究应着眼《诗》《骚》，整个唐代诗歌研究莫不如是。这是唐诗学的一个显题，学界期待着这方面的成果。这也是李金坤教授的博士论文经过修改后即将出版，我感到非常高兴的原因。

前面谈到对文学典范的脉络化研究方法。脉络化的要求是学术源流清晰，前后承传关系贯通，同时对作为学术系统中的知识点不但论证翔实深入，并且覆盖影响的边际明确，李金坤教授的《风骚诗脉与唐诗精神》在这些方面是很值得肯定的。由于他长期研究先秦文学，于《诗》于《骚》都有相当丰富的研究成果，所以在《诗》《骚》关系的论述上就游刃有余了，这使得全书具有了扎实的学术基础。当然全书的重点并不在《诗》《骚》两者之间的传衍流变，而在于此二者与唐诗的关系。作者在透彻地理解《全唐诗》，并在前辈和时贤成果基础上恰当地归纳出“唐诗精神”的本质和表现后，展开“风骚”诗脉在唐人、唐诗中影响的讨论，就非常充实而深微了，“精神”这个原本形而上的问题变得具体可感。

讨论后代文学对前代文学的接受和影响问题，离不开举证，本课题当然也必须有丰富的例证来说明观点。李金坤教授在这方面采取了三种方法：一是文献统计，全文有很多具体的数据对本课题观点的诠释增加了说服力；二是文献梳理，作者大力爬梳整理了历代诗话和前人相关评说，从而使问题阐述有了宽阔的视野；三是文献发掘，这是全文特别着力的部分。仅仅是文献统计和梳理，如果没有自己的探奥掘新，难免落入“第二义”，而本书论《风》《骚》题旨之承传、体式之仿效、意象之摄取、意境之融化、技巧之借鉴、语典之袭用，很多例证出于作者对唐诗别具只眼的发现，这使得全文不少章节因材料的新鲜生动而具有了原创的力度。

理论之抽象关乎学理的阐释，对于本书题旨的展开是不可缺少的，读者阅读全文自然可以发现作者这方面的功力。我对其“《风》《骚》自然意识与唐诗绿色情思”一章尤为欣赏，这里他在生态学的理论视野中研究诗经和楚辞，颇为新颖独到。孔子在《论语·阳货》中提出要“多识于鸟兽草木之名”，为什么要“多识”这些动植物？古人疏《诗》往往在“多识”上颇下功夫，但大量的鸟兽草木虫鱼在《诗》和《骚》中仅仅

---

① 张戒：《岁寒堂诗话》卷上，丁福保辑：《历代诗话续编》，中华书局1983年版，第451页。

具有博物学的符号意义吗？作者根据生态学理论，结合文化人类学、社会学等学科知识对这一特殊诗学现象进行探讨，非常具有启发意义，而由此展开的对唐诗中自然生态现象的研究可谓别开生面。作者概括出唐代诗人与草木虫鱼等自然和谐相处的诗歌形态十种表现：一、与物谐乐，二、以物为友，三、颂物以美，四、感物惠德，五、赏物生趣，六、悲物悯人，七、由物悟理，八、托物寄怀，九、假物以讽，十、护物有责，都是相当具有说服力的，唐诗中的山水花柳虫鸟由此也真正体现出民胞物与的精神价值。举此一例就可以看出，本书在对唐诗研究的探索、拓境方面有非常突出之处。

李金坤教授随我攻读博士学位时，已经发表过很多有价值、有影响的学术论文了。我一直称他为“老李”，不仅因为他长我三岁，而且确实是一位资深学者。其实几年中我们的关系一直在师友之间，而对他逾知天命之年仍坚持读博的精神我始终心怀钦佩。他对自己的要求很严，每次课堂讨论准备之充分，每份课程论文完成之精心，我至今记忆如新。显然这是一位甘于沉潜学术并以学术研究为志业者，正因为如此几年中以凝定邃密功夫写成这篇博士论文，并顺利通过答辩，获得“优秀”的评价。毕业后继续修改提高，在原有基础上又进一步完善和出新。此著将版，对唐代学界来说，增加了一份很有分量的成果，其中很多创新之处，都对唐诗研究具有重要的拓展之功。说实话，在唐代文学研究多少呈现“饱和”之态的情况下，这极为难能可贵。老李给我的印象一直是身体和思维同样既健且捷，相信在本课题研究上他还能不断推出深化独造的成果，而在更广阔的学术领域也能做出新建树、新贡献。

顷接李金坤教授来信，嘱我为其新著作序，故略谈以上。此所谓“序言”，实“絮言”也，但愿能借此表达出内心的欣喜和祝贺之情。

壬辰夏日于吴门

（罗时进，苏州大学文学院原院长、教授，博士研究生导师，古代文学学科带头人，苏州大学敬文书院院长、《苏州大学学报》常务副主编，苏州大学图书馆原馆长，苏州大学古典文献研究所所长。兼任教育部中文教学指导委员会委员，中国唐代文学学会副会长，江苏省吴文化研究基地首席专家，苏州南社文化研究院院长，东亚学术文化交流会首任会长。）

序　二

蒋　寅

从事古典文学研究近三十年，我最欣慰的不只是能做自己喜欢的事，还在于结识一批志同道合的老朋友。

我最初涉足唐代文学研究，是从诗人戴叔伦的生平和作品考证开始的，由此与熊飞、李金坤两位先生结下多年的友谊。20 世纪 80 年代中，我以《戴叔伦研究》为题撰写硕士论文，熊、李两位也正从事于戴叔伦事迹的考订，驰书下交，因结学术之缘。当时熊飞先生主编《咸宁师专学报》，屡屡垂青采用拙稿。后来他移席广东韶关学院，治唐代文献成绩斐然。李金坤先生任职于戴叔伦故里金坛县志办公室，时通书问，交流研究心得。作为地方文史研究者，他的好学和勤奋给我留下深刻印象。当我从镇江师专祝诚教授信中得知他将出任副校长，所任古典文学课无人接手时，就告诉他金坛县志办有位李金坤先生学问很好，能胜任有关课程。金坤先生最终调入学校，教授古典文学，以他的勤奋，加上较好的研究条件，不久就发表了一批有关《诗经》、唐诗和地方文史研究的论文。但他不满足于所取得的成绩，几年后又考入苏州大学，师从罗时进教授攻读博士学位。这时他已步入中年，与年轻的同学们一道学习外语及其他课程，需要付出更艰苦的努力。但功夫不负有心人，他终以坚强的毅力完成了学业，并将自己的专业知识和研究能力提升到一个新的水平。而他凭借多年的学术积累撰写的博士论文《风骚诗脉与唐诗精神》，也顺利通过答辩，博得专家们的好评。

《风骚诗脉与唐诗精神》应该说是个很现成却又很少有人专门探讨的

问题。说它现成，是这个问题无人不知：从汉代开始，《诗》《骚》就作为诗歌的两大源头和典范，被后人接受继承，并左右着不同时代的审美理想及艺术精神。唐诗更是《诗》《骚》两种艺术精神的完美融合与成功典范。然而迄今为止，《诗》《骚》与唐诗的关系却鲜有人专门加以探讨，除了一些论述具体诗人的论文外，还没有一部专著就此做过全面的研究和阐述。事实上，这项研究显然属于那种吃力不讨好的作业，说起来谁都明白，谁都能够说上一通，但要想说出些有深度的、超出常识、定论范围的内容，却也绝不是轻而易举的事。我初知金坤先生要做这个题目，也不免有点担心，怕做不好流于平面。几年过去，读到他经反复修订的完稿，我终于放心，知道自己的顾虑是多余的。全书不仅系统地论述了唐人对《风》《骚》精神的接受，在一些问题上更有独到的探索。作为一部全面研究《诗经》《楚辞》与唐诗关系的专著，可以说成功地完成了自己的学术使命。

学术研究，最基本同时也是最困难的环节，就在于发现问题。有问题才有学术研究。当今许多学术出版物，题目唬人而内容空洞，归根结底就是没有真正的问题。金坤先生这部著作，思路和结构之清楚，首先就体现了作者的问题意识。第一章从梳理唐代以前诗歌对《风》《骚》的接受情况开始，概括地总结唐诗的美学精神，为下文的展开作张本；第二章再由《毛诗正义》入手分析唐代《诗经》学的特点，阐明唐人接受《诗经》的路向；第三章分阶段梳理唐人对《风》《骚》的评价，以见唐人对两大诗歌传统的接受态度；第四章由题旨承传、体式仿效、意象摄取、意境融通、技巧借鉴、语典袭用六个方面来论析唐诗融通《风》《骚》精神的具体情形，构成全书的核心内容，其中蕴涵着作者多方面的学术积累；第五章拓开眼界，从生态批评的视角考察唐人山水诗对《风》《骚》山水意识的接受；第六章继而从艺术思维和表现方式的高度剖析唐代诗歌创作与理论对《风》《骚》精神的全面承传和发展，都在很大程度上提升了全书的理论品格。各章之间不仅有着清楚的逻辑关联，内容也互相发明，互相补充，通篇浑然一体。虽然所讨论的问题，前人不是没有论述，但本书从一个新的角度对老问题作了更有深度的诠释，随处可见作者多年潜心研究《诗经》《楚辞》和唐诗的心得。我作为多年相知的老友，尤其能感觉到这一点，感觉到他学术的精进。

与金坤先生多年不见，读到后记方猛省，他竟已年届花甲，而我们相识也快三十年了。人生又有多少个三十年呢！昔日的合影将我带回过去。在我的脑海里，他仍是那朴实勤谨的中年学人的模样，但我清楚地知道，他是如何在写作这部博士论文中走向花甲之年的。尽管这样，我们在后记中读不到一丝迟暮之感和怨艾之情，只有对生活的感激和从事学术事业的欢欣洋溢于字里行间。我很能体会他的感受，忍不住要在此略述我对他的了解。本书的价值不待我的赞誉而增益，但作者治学的苦心或许可以通过我的叙述，让读者间接地感知。从事古典文学研究这么多年，我深知，以我们少年时代之贫乏、求学生涯之多舛、生活之艰难，乃至今日学术环境之恶劣，要想静心做研究、获得一些有价值的成果，是多么的艰难！就像中国运动员，要想在奥运会上取得好成绩，必须比别国选手付出数倍的努力。我知道金坤先生是以学为乐的人，他不会在意从事学术的艰难，但我还是忍不住要为我们共同的命运而太息。

2012 年 8 月炎暑中

（蒋寅，中国社会科学院文学研究所研究员、文学博士，文学所学术委员会副主任，研究生院教授、博士研究生导师，北京师范大学“京师学者”特聘教授，中国古代文学理论学会副会长，国际东方诗话学会副会长，中国唐代文学学会常务理事，《中国诗学》主编，《文学评论》副主编，中国作家协会会员，新世纪百千万人才工程国家级人选。）

目　录

绪　言

一

在三千年中国诗史的进程中，《诗经》《楚辞》与唐诗无疑是三座彪炳千秋的历史丰碑。三碑遥望，文脉绵延。倘若没有《诗经》《楚辞》，中国诗歌将成为无源之水，无本之木；倘若少了唐诗，中国诗史的山峰将不会如此宏嵩峻巍，独标高格。《诗经》是我国现存最早的一部诗歌总集，是现实主义文学的源头，堪称北方文学最优秀的代表；《楚辞》是我国第一部以屈原为代表而创作的新体诗集，是浪漫主义文学的远祖，实乃南方文学最杰出的范本。前者是黄河流域地区中原文化的结晶，后者是长江流域地区南楚文化的精华。《诗经》与《楚辞》各以其杰出的思想与艺术成就共同奠定了垂范后世的“风骚”传统。所谓“风骚”传统，[①] 即指《风》与《骚》所交汇而成的“诗言志”的抒情传统，忧国忧民的讽谏传统，赋、比、兴的艺术思维传统，《风》之现实主义创作传统与《骚》之浪漫主义创作传统[②]。“风骚”传统对后世的影响极为深远，作为中国诗歌巅峰之唐诗，其涵衍流变之近源在汉魏南北朝，远源则在《风》《骚》。正如清人沈德潜所说：“读唐诗而不更求其所从出，犹登山

---

① 风骚：所谓“风”，即指《诗经》十五国风，计有160篇，代表了《诗经》的主要成就，故以“风”代称《诗经》。所谓“骚”，即指《离骚》，代表了屈原楚辞的主要成就，故以“骚”代称《楚辞》。本书中多用《风》《骚》之代称，而有时为了表述的需要，也用《诗经》与《楚辞》之原称。

② 关于现实主义与浪漫主义创作方法的问题，学界颇多争议，莫衷一是。本文论及《风》《骚》时使用这两个概念，只是参酌《风》《骚》创作的大致情况与较为通行的说法而定。

不造五岳，观水不穷昆仑也。”所论极是。然而他却又说：“唐人诗虽出机杼，实宪章八代。如李陵《录别》，开《阳关三叠》之先声；王粲《七哀》，为《垂老别》之祖武；子昂原本于阮公；左司嗣音夫彭泽。揆厥由来，精神符合。”[①] 不错，八代诗歌，尤其是六朝诗歌之“二谢”，因为离唐较近，学习便利，故影响唐诗是毋庸置疑的。但沈氏只注意了八代诗歌这个近源，而忽略了《风》《骚》这两个最早的远源，这就有违事实了。与沈德潜看法颇为相同者还有不少，直至当代学者中依然有此认识。如杜晓勤认为：“无论是从诗歌的情感质素还是艺术形式上看，初盛唐诗歌都不完全是对南北朝诗歌的一种反拨，而是递嬗渐进中的继承和发展。”[②] 杜晓勤在其专著《初盛唐诗歌的文化阐释》中，以20余万字的宏篇探溯初盛唐诗歌之渊源，对于南北朝与隋代诗歌的承传面貌，论证翔实，眉目清晰，然却只字未提《风》《骚》这两大远源对初盛唐的影响，未免生憾。其实，关于《风》《骚》影响唐诗的问题，只要浏览一下唐人的诗文作品，就足以有力证实之。在陈子昂、李白、杜甫等人大量的“风雅比兴”、托物言志、反映现实的诗歌中，随处可见《风》《骚》精神之印记。殷璠对唐人接受《风》《骚》的情况有一个颇为精当的评价，其云：“璠今所集，颇异诸家，既用新声，复晓古体。文质半取，风骚两挟，言气骨则建安为传，论宫商则太康不逮。将来秀士，无致深憾。”[③] “文质半取，风骚两挟”这八个大字，是殷璠以敏锐的艺术眼光，从所选盛唐诗人李白、高适、岑参等24人234首诗中精心提炼出来的诗学观，是对唐人承传《风》《骚》精神最精当的概括。再披览宋至清代历代诗话著作，以及今人的部分论文著作中，均认识到《风》《骚》影响唐诗的客观现实问题。尽管所论多为点评式的三言两语，抑或单篇而零散的研究论文，但《风》《骚》传统影响唐诗的事实则是不变得共识。在《风》《骚》远源与汉魏南北朝近源地带起着桥梁与纽带作用者，则是萧统编纂之《文选》，它使远、近文脉之源上下贯通，海水接天，令唐诗波涛浴日，元气淋漓。由此我们可喜地看到如下文学现象：《骚》得《风》之神韵，渊源

---

① 沈德潜：《唐诗别裁·凡例》，岳麓书社1998年版，第7页。

② 杜晓勤：《初盛唐诗歌的文化阐释·绪论》，东方出版社1997年版，第1页。

③ 殷璠：《河岳英灵集序》，李珍华、傅璇琮：《河岳英灵集研究》，中华书局1992年版，第119页。

有自，这是一层单向影响；而《风》与《骚》又共同沾溉了唐诗，这是又一层双重影响。诗脉赓续，踵事增华。

二

《诗经》与《楚辞》，在学术研究领域都是备受人们关注的“显学”，学术成果可谓汗牛充栋，不胜枚举。尽管如此，但是研究者大多集中于对《诗经》《楚辞》做孤立的研究。就《风》与《骚》之间有无渊源关系而言，学界迄今众说纷纭，难定一尊。归纳言之，约有三说：一是“肯定关系”说。此说之发轫者为西汉淮南王刘安，东汉王逸作《楚辞章句》又进一步加以论说，至南朝时定型。以后代有赞同者。二是“否定关系”说。此说由东汉班固首次发难，北齐颜之推造其极。至今，附和之声仍然不绝于耳。三是“折衷关系”说。此说提出者是齐梁时期著名文学批评家刘勰。他在《文心雕龙》中专列《辨骚》篇，并将其置于“文之枢纽”的重要地位。指出屈骚有“四同”于《风》《雅》者与“四异”乎经典者。此说具有辩证的学术眼光与文学批评的“当代性”意识，故较为切合《楚辞》实际，后人多有附议发挥者。综观历代《风》《骚》研究尤其是近二十年来的研究，大多局限于作者、作年、词义、题旨、思想内容与艺术特色等方面的考论。而今部分学者又开始关注文化与美学价值方面的探究。然而，令人遗憾的是，迄今为止，《风》与《骚》渊源关系之研究仍然处于“寂寞江湖冷”的尴尬境地，缺乏较为全面系统的论述。因此，很有必要就此进一步深入研究。这是本文首要解决的重要问题。

至于宋代迄今人们有关《风》《骚》影响唐诗的研究状况，由于时代文化思潮之有别则呈现出不同的概貌。浏览宋至清历代诗话著作，发现学者们研究《风》《骚》对唐诗影响之关系时，涉面颇宽，诸如主旨、题材、艺术形式与技巧、语言典故、比兴象征手法以及有关唐人接受《风》《骚》过程中的一些轶闻逸事等等，多所反映。如宋人张戒云：“子美诗奄有古今，学者能识《国风》、《骚》人之旨，然后知子美用意处，识汉魏诗，然后知子美遣词处。”[1] 清人毛先舒云：“子美诗：‘别离已昨日，因见古人情。’是因我而获古人之心，自《绿衣》篇末句化出，而稍变其意，意味更长。”[2] 以上二则就诗歌的作意精神与句意化用方面指出了杜甫承传《诗经》的事实。明人杨慎云：“唐刘采春诗：‘那年离别日，只道往桐庐。桐庐人不见，今得广州书。’此本《诗疏》‘何斯违斯’一句，其疏云：‘君子即行王命于彼远方，谓适居此一方，今复乃去此，更转远于余方’。韦苏州诗：‘春潮带雨晚来急，野渡无人舟自横’。此本于《诗》‘汎彼柏舟’一句，其疏云：‘舟载渡物者，今不用而与众物泛泛然俱流水中，喻仁人之不见用。’其余尚多类是。《三百篇》为后世诗人之祖，信矣。”[3] 诗话中所引“何斯违斯”句出自《诗经·召南·殷其雷》，“汎彼柏舟”句出自《诗经·邶风·柏舟》。这里主要指出唐人题材诗旨，受到《诗经》影响。宋人曾季貍指出：“古今诗人有《离骚》体者，唯李白一人，虽老杜亦无似《骚》者。李白如《远别离》云：‘日惨惨兮云冥冥，猩猩啼烟兮鬼啸雨，’《鸣皋歌》：‘鸡聚族以争食，风孤飞而无邻。……’如此等语，与《骚》无异。”[4] 强调了李白擅作骚体诗的突出成就。清人吴乔认为：“大抵文章实做则有尽，虚做则无穷。《雅》《颂》多赋，是实做；《风》《骚》多比兴，是虚做。唐诗多宗《风》《骚》，所以灵妙。”[5] 指出唐诗多具空灵神韵之美的原因在于承传《风》《骚》比兴象征手法，颇有见地。清人洪亮吉亦有类似的意见，认为：“唐诗人去古未远，尚多比兴，……李、杜、元、白诸大家，最多兴体。”[6] 上文所举诸例，皆为切情切理之高见，吉光片羽，颇多可珍。然惜其随机点评，零散不全，徒生唯睹树木而不见树林之叹也。

---

① 张戒：《岁寒堂诗话》卷上，丁福保辑《历代诗话续编》（上），中华书局 1983 年版，第 451 页。

② 毛先舒：《诗辩坻》第一，郭绍虞编选《清诗话续编》（一），上海古籍出版社 1983 年版，第 14 页。

③ 杨慎：《升庵诗话》卷八，丁福保辑《历代诗话续编》（中），中华书局 1983 年版，第 799 页。

④ 曾季貍：《艇斋诗话》，丁福保辑《历代诗话续编》（上），中华书局 1983 年版，第 322 页。

⑤ 吴乔：《围炉诗话》卷一，郭绍虞编选《清诗话读编》（一），上海古籍出版社 1983 年版，第 481 页。

⑥ 洪亮吉：《北江诗话》卷一，人民文学出版社 1983 年版，第 2 页。

考察今人对《风》《骚》影响唐诗问题之研究，其形式发生了较大变化。主要以单篇论文（包括会议论文集等）就某个诗人或某诗人的某个方面对《风》《骚》承传情形进行研究者具多。笔者利用有关论文索引及期刊检索，对1949年以来至撰写本文之初（2006年）的半个多世纪中有关唐代诗人接受《风》《骚》精神之研究状况进行初步统计，共得论文51篇。其中，研究《诗经》影响唐代诗人者计11篇，分别是李白3篇，杜甫5篇，白居易1篇，李贺1篇，李益1篇，涉及5位诗人。研究《楚辞》影响唐代诗人者计40篇，分别是：初唐四杰1篇，王维1篇，孟浩然1篇，李白9篇，杜甫6篇，白居易3篇，元稹1篇，韩愈1篇，柳宗元6篇，刘禹锡2篇，李贺4篇，杜牧1篇，李商隐4篇，涉及16位诗人。可见，研究《楚辞》影响唐代诗人的论文数量要远远超过《诗经》对唐代诗人影响之研究成果。若将《诗经》与《楚辞》分别影响唐代诗人之相重者减去，那么所涉及研究的唐代诗人仅仅17人。在研究年代的分布上，自1949年至1980年仅见1篇论文，即曹毓英的《李贺学习楚辞和古乐府的艺术成就》，刊《华中师范学院学报》1978年第2期。其余50篇论文均在80年代以后发表。其主要论文有：1. 王运熙《并庄屈以为心：李白诗歌思想内容的一大特色》，《苏州大学学报》1983年第3期；2. 耿元瑞《屈原与李白》，《郑州大学学报》1983年第4期；3. 金启华《杜诗证经》，《浙江师范学院学报》1981年第3期；4. 吴调公《李商隐诗歌渊源论》；《北方论丛》1980年第2期；5. 刘忆萱、管士光《李白作品的渊源影响》，《李白新编》，山西人民出版社1987年版；6. 王友怀《追〈楚辞〉逸步而自见新意》，《文学遗产》1991年第4期；7. 吴企明《长吉诗艺术渊源论》，《文学遗产》1997年第6期；8. 胡国瑞《李白诗歌与前代的继承关系》，《诗词赋散论》，上海古籍出版社1992年版；9. 刘学锴《李商隐与宋玉：兼论中国文学史上的感伤主义》，《李商隐诗歌研究》，安徽大学1998年版；10. 尚永亮《中唐诗人对屈原的接受和超越》，《庄骚传播接受史综论》，文化艺术出版社2000年版；11. 曾亚兰、赵季《仇兆鳌论杜诗对〈楚辞〉的承传》，中国屈原学会编《中国楚辞学》第七辑，学苑出版社2005年版；12. 朱炯远《杜甫学习〈诗经〉中民歌表现手法》，《唐代通俗诗研究》，巴蜀书社2001年版；13. 胡可先《论杜牧诗文的渊源》，《政治兴变与唐诗演化》，中国社会科学出版社2003年版；14. 梁文勤《屈宋遗响到唐诗》，《绥化师专学报》2002年第

1期；15. 姚圣良《初唐“四杰”与〈楚辞〉》，《中国矿业大学学报》2003年第1期；16. 戴伟华《南贬与柳宗元作品的“骚怨”》，见《唐代文学综论》，商务印书馆2006年版；17. 谢建忠《论〈毛诗正义〉对李益诗歌的影响》，《文学遗产》2006年第1期；18. 蒋方《唐代屈骚接受史论略》，香港新亚研究所编《新亚论丛》2006年第1期。从上列十余篇论文观之，多集中于初唐四杰、王维、李白、杜甫、柳宗元、李贺、李商隐、杜牧等几位大家，未见较为全面研究唐诗接受《风》《骚》的论文。唐代诗人是那样的虞诚而全面地承传《风》《骚》传统，成果是那样的丰硕而举世瞩目。然所研究的对象仅仅只有17人，论文51篇。面对唐诗如此伟岸丰硕之形象，而其研究成果则如此之稀少零散，这恰恰表明了此一研究课题具有亟待开掘拓展的迫切性与重要性。不过，令人稍可欣慰者，2006年5月，朋星的博士论文《杜甫与先秦文化》已通过答辩，其中有论及杜甫对《风》《骚》的承传情况。然而，总览《风》《骚》影响唐诗的学术研究成果，其单一而零碎、面窄而驳杂的状况较为明显。至于较为系统而全面研究唐诗承传《风》《骚》传统的专著，迄今尚未一见。故笔者在导师罗时进教授的指导下，特确立申请博士学位之论文选题《〈风〉〈骚〉诗脉与唐诗精神》。

本选题的学术创新价值与意义约有五端：

（一）从接受美学的角度，首次对《风》——《骚》——“唐诗”这中国诗歌史前半历程中三座丰碑的层层比较，以见其文学传统代代承传与发展的清晰脉络。如果说《风》影响《骚》是单线承传的话，那么唐诗对于《风》《骚》精神的融通，便是双脉承继了。这体现了唐代诗人海纳百川、兼容并包的宏阔之学术心胸。这样，一方面可以窥探从《风》与《骚》在思想意义、文化形态及其艺术手法诸方面的演变发展轨迹，以事实证明文人作家向民间文学优良传统文化学习的重要性、必要性，洞察两座文学丰碑彪炳千秋、光照万代之奥秘；另一方面借鉴已有成果，引入新学科、新思维、新方法及其时代新意识，对唐诗对《风》《骚》的“题旨承传”、“体式仿效”、“意象摄取”、“意境融化”、“技巧借鉴”、“语典袭用”诸层面进行全面而又系统的研究，进一步拓宽唐诗研究领域，加深对唐诗思想、文化与艺术内在潜质的认识，提升唐诗的文学地位，增强其审美价值，由此填补唐诗与《风》《骚》承传关系整体比较研究的学术空白，以推动唐诗研究不断向纵深发展。

（二）本书对孔颖达奉诏主撰并颁布全国的《毛诗正义》，从经学与诗学两个角度进行较为全面的阐论，明确认识到政治话语权在唐代诗人接受《诗经》精神中的重要作用，文学命脉与政治息息相关。此外，《孔疏》不仅有利于唐代士人学子研读《诗经》，以备科举之需，具有经学的价值，而且孔颖达有关“比兴”合一的初萌思想以及有关《诗经》语言艺术的论证，有力地激发了唐人之诗心，促进唐诗创作，有助于提高思想与艺术水平。此外，首次对《文选》李善注征引《风》《骚》之文学精神与学术思想作了深细的解读与阐析，以见其《文选》中的《风》《骚》精神在唐代士子科举过程及其诗歌创作中所体现出来的重要意义。

（三）本书借鉴西方生态批评的方法，从生态学角度，对《风》《骚》中的自然生态情状进行梳理，由此探明《风》《骚》中人与自然关系变化之过程是：畏惧——相处——相亲之逐渐和谐趋势。在《风》《骚》自然生态意识影响唐诗的基础上，本文通过对唐代大量自然生态诗的分析，归纳出唐诗自然生态的“与物谐乐”、“以物为友”、“颂物以美”、“感物惠德”、“赏物生趣”、“悲物悯人”“由物悟理”、“托物寄怀”、“假物以讽”、“护物有责”等十大形式，充分体现唐人与自然高度和谐的美好关系，“民胞物与”庶几已成为唐代诗人共同的情感趋尚。诗人们大量自然生态诗的描写，不仅引发了意境诗的大量产生，而且促使了司空图意境理论名著《二十四诗品》的诞生。唐代诗人对自然生态所表现出来的前所未有的热情，一方面反映出他们受唐代儒、释、道三教自然观影响之大，另一方面反映出他们对传统比兴思维方式的又一次突破与飞跃。他们有时甚至不用比兴手法，直接融入大自然的怀抱抒情言志，直接以山川自然来畅怀神思，赏心悦目。同时，研究唐代诗人自然生态意识，具有绿色环保的现代意义，使本文具有“古为今用”的学术价值与现实意义。

（四）本书对孔子“多识于鸟兽草木之名”的论说提出了全新之解释。对孔子此说，学界一般都停留在博物学的认知层面。其实，由孔子一贯仁爱之思想体系观之，此说之深刻内涵不仅具有博物学层面的功能符号意义，还具有社会学层面的文化符号意义、文艺学层面的情感符号意义与教育学层面的启蒙符号意义。

（五）本书首次就唐人对《风》《骚》精神的理论评价与创作实践两个层面，比较全面地展示了唐人对《风》《骚》精神的承传与发展的诗歌世界，揭示了唐诗“丰神情韵”而别具风采的内在因素，从而进一步比较全面而系统地确证了唐代诗人那“剪不断，理还乱”的深厚《风》《骚》情结。既凸显出《风》《骚》精神影响后世文学的重要源头作用，又说明了一切优秀文学作品离不开前代文学精神滋养的内在规律。中国诗歌的最高峰唐诗，是承传与发展《风》《骚》精神的优秀典范，在中国诗歌史上具有承前启后的重要作用。

三

本书拟设六章，加之“绪言”与“结论”，共由八部分组成。

绪言部分，就“风骚”传统的由来及其内涵特征进行阐释，梳理唐人自己对《风》《骚》情结的言说，综述自宋至撰写本文之际研究唐人接受《风》《骚》精神的学术概况，充分肯定《风》《骚》全面影响唐诗的事实，以此作为立论的依据。实事求是地归纳本文选题的学术创新价值与意义。介绍本文的结构及主要内容，表明研究思路与具体方法。

第一章：《风》《骚》渊源与唐诗气象。介绍“风骚”并称的由来。在南北文化交融的大背景下，进一步论证《诗经》与《楚辞》的不同风格以及它们之间又明显存在相融关系之史实：《风》《骚》诗脉相承主要体现在三个方面：“怨刺”精神与忧患意识；诗经体式与艺术形式；比兴艺术手法。唐诗全面接受《风》《骚》传统，从而形成了自己“丰神情韵”的审美特征，即（一）精神美；（二）个性美；（三）人情美；（四）语言美；（五）意境美。

第二章：唐代《风》《骚》研究之概论。此章就唐代《风》《骚》文本研究概况、《毛诗正义》经学话语与诗学意义、《文选》李善注征引《风》《骚》之文学精神与学术思想等进行了较为全面而深入的梳理与探究，对唐代《风》《骚》研究状况作了整体研究。尤其对于《毛诗正义》这样重要的经学著作，努力从作者、背景、品格与地位，编撰体例与疏解特点，创新与诗学意义等方面进行综合研究，以突出它在唐诗承传《诗经》过程中重要的枢纽作用。对《文选》李善注征引《风》《骚》之文学精神与学术思想首次作了深细的解读与阐析，以见其《文选》中《风》《骚》精神对唐代士子科举过程及其诗歌创作中所体现出来的重要学术价值与意义。

第三章：唐代诗人对《风》《骚》精神之评价。唐代诗人于《诗经》钟情不二，终唐之世，褒扬不衰。尤其在白居易等人大量新乐府诗创作的影响下，《诗经》地位得到了空前之提高。《楚辞》命运则稍逊于《诗经》，初唐四杰则将《楚辞》认为是齐梁浮靡遗风的罪恶渊薮而加以排斥批判。盛唐及其以后，诗人们对于《楚辞》的敬慕之情才日益加深，晚唐尤甚。

第四章：唐代诗人对《风》《骚》精神之融通。本文从“题旨承传”、“体式仿效”、“意象摄取”、“意境融化”、“技巧借鉴”、“语典袭用”六大方面进行较为翔实的论析。如果说前章主要从理论层面来见证唐人接受《风》《骚》精神之现象的话，那么，此章则是从实践层面来窥探唐人接受《风》《骚》精神之实绩，侧重于用诗歌创作的实例说话，具有较强的说服力。由“评价”与“融通”二者所论，基本反映出唐代诗人较为全面承传与发展《风》《骚》精神的诗学轨迹。

第五章：《风》《骚》自然生态意识与唐诗绿色主题。借助于马克思主义生态学与西方生态批评理论，尝试对《风》《骚》与唐诗中的山水花木、鸟兽虫鱼等自然生态进行系统研探。《风》《骚》中的自然生态，主要是作为比兴象征材料而为诗人所用；唐诗则在此基础上得以飞跃发展，他们已完全与自然融合为一，视自然为审美主体。他们诗中所反映出来的人与自然谐和相处的形态，主要体现出“与物谐和”、“以物为友”、“颂物以美”等十个方面，唐代诗人自然生态意识空前高涨之情形，于此可见一斑。而这，与唐代普遍盛行的儒、释、道三教中的自然观之影响不无密切关系。特别值得注意的是，这一章对孔子“多识于鸟兽草木之名”的自然生态伦理观，从“博物学”、“社会学”、“文艺学”、“教育学”四个层面阐析其全新的文化意义，具有独创性的学术价值。

第六章：《风》《骚》比兴传统与唐诗意境理论。主要论述《风》《骚》至唐代诗歌比兴艺术的发展情状。比兴艺术奠基于《诗经》，屈原又发展为“香草美人”的比兴象征手法，刘勰《文心雕龙·比兴》似有重兴轻比的现象，到了唐代孔颖达的《毛诗正义》已见“比兴”合一之端倪，经过陈子昂、李白、杜甫、白居易等人的诗歌创作实践，“比兴”概念已趋向合一。晚唐司空图热衷以自然物象创作的四言诗《二十四诗品》，是我国意境理论正式诞生的第一部著作，它对于传统比兴理论具有突破性发展的重要理论贡献。

结论：明确《风》《骚》的渊源关系；论证《风》《骚》对唐代诗人的全面影响；肯定孔颖达《毛诗正义》在唐代诗人承传《诗经》中的重要作用，彰显《文选》李善注征引《风》《骚》中的文学精神与学术思想，体现它对唐代士子科举及其诗歌创作过程中重要意义；唐代诗人发展了《风》《骚》自然生态意识，将人与自然的关系发展到最为融洽和谐的境界，指出唐诗浓厚的自然生态意识对现代社会自然环保的重要意义。唐代诗人一方面仍在承继《风》《骚》比兴传统，一方面又在全面亲近大自然，在歌咏人与自然谐和相处的过程中，突破比兴传统，追求"象外之旨"、"味外之旨"意境审美境界，故而，以自然物象为歌唱主角的意境诗便如雨后春笋般地涌现出来。也因此催生出司空图《二十四诗品》这部充满自然情味的诗歌意境理论著作。

本书研究之对象，从《诗经》到唐诗，时间跨度二千余年，鉴于本文是从接受美学之角度来审视《风》《骚》对唐诗影响之过程，唐代诗人之间又有相互关联之复杂因素，以及内容极其丰富多彩等客观情况，因此，本书主要采用历时性与共时性相结合、宏观与微观相结合与点、线、面相结合的"三结合"研究方法，同时注重比较方法的运用。此外采用统计法、归纳法，坚持古为今用、洋为中用之研究原则，自觉运用文学、史学、地理学、生物学、哲学、美学、文艺心理学、文化人类学、宗教神话学以及吸收西方生态批评新思想等，努力提高研究水平，使本书力争成为唐诗接受《风》《骚》精神研究的益世之作。

第一章 《风》《骚》渊源与唐诗气象

“风骚”并称始于南朝，此后沿用不替。它不仅是《诗经》现实主义与《楚辞》浪漫主义创作精神的典型概括，成为我国文学批评悬出的两条重要标准，而且已成为中国诗歌乃至中国文学的代名词了。《风》《骚》这两个文学源头对后世文学影响巨大。而“风骚”并称关系之本身，却又体现出必然的渊源关系。以屈原为代表的《楚辞》在“怨刺”精神与忧患意识、诗体与艺术形式、比兴手法等方面踵事增华，使《诗经》精神焕发出新时代之色彩。唐代诗人以《风》《骚》为楷模，融《风》《骚》精神于创作之实践，从而使唐诗呈现出“风骚两挟”、“丰神情韵”的时代气象与审美特征。

第一节 “风骚”并称与南北文化交融

一 “风骚”并称之由来

“风骚”并称萌芽于西汉。这个传统的命题在中国文化史、学术史上迄今已延续了两千余年，可谓历史悠久，影响深远。

“风骚”并称，即《诗经》与《楚辞》之并称。《诗经》是我国现存最早的一部诗集，是现实主义文学的源头，堪称北方文学的代表。《楚辞》是我国第一部以屈原为代表而创作的文人诗集，是浪漫主义文学的远祖，堪称南方文学的代表。《诗经》与《楚辞》以其自身杰出的思想与艺术成就，共同奠定了我国文学优良的“风骚”传统。它们所开创的现实主义和浪漫主义文学的两条康庄大道，在源远流长的中国文学史上一直起着典范的作用。可以毫不夸张地说，《诗经》《楚辞》以来所有取得成就的作家及其作品，没有一个是不受“风骚”影响的。在这些灿若星河、汗牛充栋的文学作品中，无不流淌着“风骚”的血液，浸润着“风骚”的精神，烙刻着“风骚”的印记，焕发着“风骚”的神采。“风骚”已成为整个中国文学之代名词。一种文学现象在文学发展史上竟能产生如此深远广泛的影响，这在人类文化发展史上委实是罕见的。这是中国文学的骄傲，中华民族的自豪，也是世界文化的幸事。

西汉淮南王刘安尝奉武帝之命作《离骚传》，对屈原的《离骚》给予极高的评价。这是楚辞学史上第一篇为《离骚》作传的著作，可惜早已散佚。据班固《离骚序》可知，《史记·屈原贾生列传》中有一段评论《诗经》与《离骚》的话，便是引自刘安的《离骚传》。其云：“《国风》好色而不淫，《小雅》怨诽而不乱。若《离骚》者，可谓兼之矣。”由此可见，刘安是最早将《诗经》与《楚辞》并称且进行比较研究的第一人。司马迁在《史记·屈原贾生列传》中引用刘安的评论时，又结合屈原的身世与《离骚》作品的实际，进行了合情合理的分析和满怀热情的评价，其云：

> 离骚者，犹离忧也。夫天者，人之始也；父母者，人之本也。人穷则反本，故劳苦倦极，未尝不呼天也；疾痛惨怛，未尝不呼父母也。屈平正道直行，竭忠尽智，以事其君，谗人间之，可谓穷矣。信而见疑，忠而被谤，能无怨乎？屈平之作《离骚》，盖自怨生也。《国风》好色而不淫，《小雅》怨诽而不乱。若《离骚》者，可谓兼之矣。上称帝喾，下道齐桓，中述汤武，以刺世事。明道德之广崇，治乱之条贯，靡不毕见。其文约，其辞微，其志洁，其行廉，其称文小而其指极大，举类迩而见义远。其志洁，故其称物芳。其行廉，故死而不容自疏。濯淖污泥之中，蝉蜕于浊秽，以浮游尘埃之外，不获世之滋垢，皭然泥而不滓者也。推此志也，虽与日月争光可也。

从上文司马迁所引刘安评价《诗经》与《离骚》的论述以及他自己的阐析来看，他当然是赞同“风骚”并称的。到了东汉王逸的《楚辞章句》，则进一步从文学艺术这个角度，探讨了《离骚》与《诗经》的关系问题。其《离骚经序》云：

> 《离骚》之文，依诗取兴，引类譬谕。故善鸟香草，以配忠贞；恶禽臭物，以比谗佞；灵修美人，以媲于君；宓妃佚女，以譬贤臣；虬龙鸾凤，以托君子；飘风云霓，以为小人。其词温而雅，其义皎而朗。凡百君子，莫不慕其清高，嘉其文采，哀其不遇，而愍其志焉。

由上可知，在整个汉代，无论是在思想内容方面，抑或在艺术成就方面，人们已经较为普遍地把《诗经》与《楚辞》相提并论了，并明显地指出了它们之间的渊源关系。这就为后人进一步明确提出“风骚”这个专有名称提供了学理依据。

从目前所存文献资料来看，最早正式将“风骚”并称者，乃南朝宋时的檀道鸾。其《续晋阳秋》云：“自司马相如、王褒、扬雄诸贤，代尚诗赋，皆体则风骚。”（《宋书·谢灵运传论》，《文选》李善注引）这里是说汉代的司马相如、王褒、扬雄等赋家都崇尚《诗经》和《楚辞》，并以之为楷模进行创作。可见，檀道鸾已较早认识到了“风骚”对后世文学创作的影响问题。从此以后，“风骚”便成为中国文学传统的专有名称流布诗坛而千年不衰。如齐梁文坛领袖沈约，在其《宋书·谢灵运传论》中论述建安诗人的创作渊源时指出：“原其飙流所始，莫不同祖风骚。”梁代萧纲的《与湘东王书》说：“既殊比兴，正背风骚。”同时的刘勰，则在其《文心雕龙》中把《辨骚》列入“文之枢纽”，提出要“倚雅颂”，“驭楚篇”。《文心雕龙》全书中《诗》《骚》并提之处屡屡可见。如“六言七言，杂出《诗》《骚》”（《章句》）。“《诗》《骚》适会。”（《练字》）“《诗》《骚》所标，并据要害。”（《物色》）等等。已经全方位认识到《诗》《骚》并举对文学影响之意义。到了唐代的殷璠，对“风骚”的接受价值则有了进一步的认识。其《河岳英灵集序》云：“文质取半，风骚两挟。”直接用“风骚”来评价其集中所选诗人作品“既闲新声，复晓古体……言气骨则建安为传，论宫商则太康不逮”的风格特征。“风骚”已明显成为文学批评家所悬出的一个客观公正的标的与范本。杜甫《戏为六绝句》云：“纵使卢王操翰墨，劣于汉魏近风骚。”元稹《唐故工部员外郎杜君墓系铭并序》说杜甫的诗歌是：“上薄风骚，下该沈宋。”宋代无名氏《竹林诗评》说：“张衡《四愁》，遥衷耿慕，犹‘风骚’之遗韵也。”元代陈绎《诗谱》说：“李白诗祖风骚而宗汉魏。”明代高棅《唐诗品汇·五言古诗叙目》说："张曲江公《感遇》等作，雅正冲淡，体合风骚，骎骎乎盛唐矣。"明人胡应麟的《诗薮》内编卷二说："少陵不效四言，不仿《离骚》，不用乐府旧题，是此老胸中壁立处。然风骚乐府遗意，杜往往深得之。"清代方东树的《昭昧詹言》卷二一载："风骚既息，汉人代兴，五言为标准矣。"近人陈廷焯的《白雨斋词话》卷七说："近世则蒿庵词，可与风骚相表里。此外鲜有合者。"谢章铤的《赌棋山庄集》说："晏元献之辞致婉约，苏长公讽情爽朗。……联镳于艺苑，幽索如屈、宋，悲壮如苏、李，固已同祖风骚。"可谓"风骚"神韵，千古悠扬！

通过对"风骚"并称的历史梳理，我们自然得出了这样一个结论："风骚"并称，由来已久，其文脉也长，其影响也久。

二　南北文化差异之历史梳理

中华文化是中国各族人民共同创造的精神财富，是中国各民族文化的总和。作为中华文化主流的汉文化，又是各地域文化汇合交融的结晶。由于地域文化受各自特殊的地理人文、社会历史环境等方面的影响，因此，地域文化的个性和特色便甚为鲜明。作为中华文化中最基本、最持久、最富有特色、最具影响的两大地域文化，便是南方和北方两大地域文化。而《诗经》和《楚辞》恰恰是这两大地域文化中最具典型的代表。《诗经》为北方黄河流域文化的代表，《楚辞》则为南方江淮流域文化的代表。传统上的南北地域划分是以淮河、汉江为界的。春秋齐国的晏子向楚王讲述"南橘北枳"的故事，很能说明南北不同地域文化的个性特征。他说："橘生淮南则为橘，生于淮北则为枳。叶徒相似，其实味不同，所以然者何？水土异也。"（《晏子春秋·内篇杂下》）《古今小说》卷二五亦云："名谓南橘北枳，便分两等，乃风俗之不等也。"可见，地理环境的差异是产生不同文化的根本原因之一。作为南北两大地域文化源头的《诗经》和《楚辞》，在它们诞生的几千年来，各自所代表的南北文化的差异始终是存在的。不过，随着社会的发展，文化中心的变迁，交通的逐渐发达等因素，南北地域文化的个性差异便会因时间的推移而变得越来越小，而其共性将会越来越大。为了更好地理解和把握作为文学传统的"风骚"称谓的异同之本质特征，亦即相异相融的演变轨迹，我们很有必要从宏观的角度，对南北地域文化的历史状况作一梳理，以收"振叶以寻根，观澜而索源”（《文心雕龙·序志》）之效。

南北地域文化差异形象化地说，则为：长城饮马，河梁携手，乃北人之气概；江南草长，洞庭始波，为南人之情怀。北有俊鹘盘云，横绝朔漠之气；南具月明画舫，缓歌曼舞之观。若以“白马秋风塞上，杏花春雨江南”来形象概括南北文化之差异，则更是恰切不过了。因此，我们可以这样说，地域文化，其地域环境因素是构成地域文化的主要条件之一。所谓“一方水土，养一方人；一方水土，育一方文”也。

最早提出南北文化异质的是《中庸》，其中概括论述了“南方之强”与“北方之强”的不同：“宽柔以教，不报无道，南方之强也，君子居之；衽金革，死而不厌，北方之强也，而强者居之。”意思是说，南方人风气柔弱，则以含忍之力胜人为强，所谓“以柔克刚”，这就是君子之道。北方人风气刚劲，则以果敢之力胜人为强，所谓“以刚克柔”，这就是强者之事。《中庸》是用南北两地域中人们的个性特征之差异来论述文化之区别的。隋代陆法言《切韵序》则从南北语言的差别来论述南北文化的差异。其云：“吴楚则时伤轻贱，燕赵则多涉重浊。秦陇则去声为入，梁益则平声似去。”在南北语音的差别上，刘师培则分析得更为细密详赡：“夫声律之始，本乎声音，发喉引声，和言中宫，危言中商，疾言中角，微言中徵、羽。商、角响高，宫、羽声下，高下既区，清浊旋别。善乎《吕览》之溯声音也，谓‘涂山歌于候人，始为南音；有娀谣乎飞燕，始为北声’。则南声之始起于淮、汉之间，北声之始起于河、渭之间。故神州语言虽随境而区，而考厥指归则析分南、北为二种。”① 王国维对先秦时期思想与文学的差异，曾作过一段甚为精辟的论述。他说：“我国春秋以前，道德政治上之思想，可分之为二派：一帝王派，一非帝王派。……前者大成于孔子、墨子，而后者大成于老子。故前者北方派，后者南方派也。……战国后之诸学派，无不直接出于此二派，或出于混合此二派。故虽谓吾国故有之思想不外此二者可也。夫然，吾国之文学亦不外发表二种之思想，然南方学派则仅有散文的文学，如《老子》《庄》《列》是已。至诗歌的文学则为北方学派之所专有。……然南方文学中又非无诗歌的原质也，南人想象力之伟大丰富胜于北人远甚。……而大诗歌

---

① 刘师培：《南北文学不同论》，陈引驰编校：《刘师培中古文学论集》，中国社会科学出版社 1997 年版，第 260 页。

之出，必须俟北方人之感情与南方人之想象合而为一，即必通南北之驿骑而后可，斯即屈子其人也。”[①] 王国维所说的“北方派”与“南方派”，实际是先秦哲学思想的两大派系。北方人崇尚的是孔孟的儒家哲学，而南方人崇尚的则是老庄的道家哲学。儒家的精神是现实的，富有道德教化的要素。注重客观现实的条件，追求谨严庄重，具有积极的“入世”态度。而道家的精神则是浪漫的，感情自由奔放，极富想象与幻想。注重个人的自我表现，多有消极的“出世”态度。儒家认为，服务于社会和国家是学者的最终目的，鼓吹“学而优则仕”（《论语·子张》）。孔子曾经周游列国，席不暇暖，虽然处处碰壁，但对现实采取的仍然是“知其不可为而为之”的执著态度。而道家则不同，老子主张绝圣弃智，忘情寡欲，无为而治。庄子亦然。楚威王曾以千金迎他做宰相，他却拒绝楚使说：“子亟去，无污我。我宁游戏污渎之中自快，无为有国者所羁。终身不仕，以快吾志焉。”（《史记·老子韩非列传第三》）庄子所采取的则完全是游戏人生的态度。对于道德修养，儒家主张人为训练与教化，要加强后天的学习和修养，百炼成钢，艰难玉成，所谓“宝剑锋从磨砺出，梅花香自苦寒来”是也。荀子说：“木受绳则直，金就砺则利。君子博学而日参省乎已，则知明而行无过矣。”（《荀子·劝学篇》）又说：“今人之性恶，必将待圣王之治，礼义之化，然后皆出于治，合于善也。”（《荀子·性恶篇》）而道家则主张任其自然发展，“持万物之自然而不敢为”。对于写作，儒家认为，“言之无文，行之不远”（《左传·襄公二十五年》载孔子语）。而道家则认为“信言不美，美言不信”（《老子》第八十一章）。北方之儒家与南方之道家的思想观点及处世哲学，其间差异甚大。

三　南北文化之特征与风貌

在南北不同地域环境和儒道不同思想观点的双重影响下，南北文化的个性特征与精神风貌自然也是十分鲜明的。

以文学创作而论，先秦时期，《诗经》质朴、淳厚，《楚辞》浪漫、热烈。前者关注社会生活，较多集体意识；后者描写作者遭遇，较多个性色彩。两汉时期，主要文学样式是汉赋和诗歌。汉赋直接继承楚辞遗风，

---

① 王国维：《屈子文学之精神》，傅杰编校：《王国维论学集》，中国社会科学出版社 1997 年版，第 315—317 页。

在抒情言志的同时增加了状物叙事的成分。汉赋大家中有贾谊、班固、张衡、枚乘、司马相如、扬雄等人。前三位是北人，后三位是南人。他们的作品都具有“铺张扬厉”的特征，文学风格区别不甚明显。而作为个性特征，枚乘、司马相如、扬雄则表现出南方文人潇洒飘逸的特点。而作为史学家的班固和科学家的张衡，则多体现出北方文人严谨慎稳的态度。汉代诗歌的地域性比较明显。《汉书·礼乐志》曰：“至武帝定郊祀之礼……乃立乐府，采诗夜诵，有赵、代、秦、楚之讴。”[①] 赵、代、秦都在北方。据宋人郭茂倩《乐府诗集》的分类，汉代民歌主要存于“相和歌辞”、“鼓吹曲辞”和“杂曲歌辞”三类之中。“相和曲”是流行于南方的俗乐，其歌辞多为楚地的民歌。“鼓吹曲”是武帝时北方民族的乐曲，当时主要用于军乐，其歌辞多为北方的民歌。“鼓吹曲”中的《有所思》和《上邪》，与“相和歌辞”中的《白头吟》，都是表现男女相思的题材，但就风格而言，前者则刚健，后者则缠绵。到了魏晋南北朝时期，五、七言诗先后发展起来，曹氏父子、陶渊明、谢灵运等人，在这方面作出了积极贡献。三曹父子是北人，尽管曹操的《观沧海》、曹丕的《燕歌行》、曹植的《赠白马王彪》等诗歌内容与意境有别，但他们的诗歌却共同体现了情辞慷慨、意气刚健的“建安风骨”的精神，具有北方文学的鲜明特征。陶渊明、谢灵运是南人，他们的田园山水诗萧散冲淡的风格，与“建安风骨”迥然不同。南朝民歌的委婉含蓄、清新秀丽、偏于抒情的特征，与北朝民歌粗犷豪迈、慷慨激昂、偏于叙事的特征亦甚为明显。前者如《子夜四时歌（春歌)》，后者如“梁鼓角横吹曲”中的《折杨柳歌辞（五)》等。而唐代，李白长于“天府之国”的巴蜀，钟灵毓秀的巴山蜀水孕育了李白诗歌超凡脱俗、意气风发的艺术风格。与李白同时的杜甫生于河南，深得中原文化中忧国忧民、务实勤勉的思想传统之熏陶。如果说李白的诗充满了道家仙风，那么，杜甫的诗则贯穿着儒家正义。就诗风而言，李白则豪放飘逸，杜甫则沉郁顿挫。就诗歌源头论之，李白多出于《楚辞》，杜甫多出于《诗经》。宋词，是宋代文学最艳丽芬芳的花朵。宋词素有豪放派与婉约派之分。北有山东人辛弃疾“想当年，金戈铁马，气吞万里如虎”的气势恢弘的慷慨悲歌，南有福建人柳永“今宵酒醒何处，杨柳岸、晓风残月”的惆怅迷茫的“浅斟低唱”。同是豪放派，作为

---

① 班固：《汉书》卷二二，岳麓书社点校本1993年版。

北人的辛弃疾由于自己特殊的身世与不幸遭遇，词中多抒发“把吴钩看了，栏杆拍遍，无人会、登临意”的怀才不遇、报国无门的愤怒之情，故其豪放之词中又总蕴涵着深沉悲壮的色彩。作为李白同乡的苏轼，一方面奇丽秀美的巴山蜀水孕育了他的浪漫性格，另一方面他对人生世事比较达观，虽屡遭宦海风波，却能够处世泰然，随遇而安。故其豪放之词中则常显露出宽宏旷达之情怀。辛词之豪壮与苏词之豪旷的风格特征，正是南北文化差异之所在。元代戏曲中有北方杂剧与南方戏曲。北方杂剧以弦乐为主，曲调激越高亢；而南方戏曲以管乐为主，曲调婉转柔媚。对于南北戏剧文情与声情的不同特征，明人王世贞有独到的见解。他认为：“凡曲，北字多而调促，促处见筋；南字少而调缓，缓处见眼。北则辞情多而声情少，南则辞情少而声情多。北力在弦，南力在板。北宜和歌，南宜独奏。北气易粗，南气易弱。此吾论曲三昧语。”（《艺苑卮言》附录一）王骥德《曲律》亦云：“南北二调，天若限之。北之沉雄，南之柔婉，可画地而知也。北人工篇章，南人工句字。工篇章，故以气骨胜；工句字，故以色泽胜。”明代前后七子的领袖李梦阳、李攀龙都是北方人，他们受北方经学传统的影响较深，因此，他们的诗文多崇尚古朴与“风骨”之美。他们所倡导的“文必秦汉，诗必盛唐”的复古主义运动，与此有一定的关系。至于作为与前、后七子对立面出现的唐宋派、公安派及竟陵派作家，大多是南方人，他们的诗文直抒胸臆，写景状物清新自然，这与南方山水自然风光的陶冶、南方心学及禅风的再度兴盛具有不可分割的联系。清代诗人施闰章（安徽宣城人）与宋琬（山东莱阳人），并称“南施北宋”。施之诗多清丽，而宋之诗多壮健，各自明显带有南北文化的不同特征。明清小说之创作，其特征也明显体现出南北文化的差异。北人罗贯中的《三国演义》基本接近历史事实，体现了封建正统思想，南人施耐庵的《水浒传》人物情节多以虚构为主，充满了江湖义气。中国最伟大的小说《红楼梦》的作者曹雪芹，祖籍满洲，自曾祖辈起，到祖父及父亲三代世袭江宁织造。后来父亲失宠获罪，曹雪芹随父迁居北京。曹雪芹较长时间生活于南京、北京两地，南北文化在他身上得到了很好的统一。这正是《红楼梦》这部巨著能够成为现实主义与浪漫主义创作方法相结合的典范的重要因素之一。

综上文学风格特征论之，先秦有北方“风”诗之朴实、南方“骚”歌之奇艳流变；南北朝有北方重乎气质、南方贵乎清绮之异趣；中唐以后的诗学、词学理论，便有南、北宗体与南、北宗派批评思想的出现；元明戏曲有北宜和歌、南宜独奏之说；清代小说亦有北方务实、南方尚虚之现象；经学有北学深芜、南人约简之别；禅宗有北讲渐修、南主顿悟之分；绘画有北画病坡、南画伤水之异；书法有北书雄健、南书温雅之见；方言大体亦有北浊南清之论，等等。要之，北方文化大抵粗犷刚健、率真务实；南方文化大抵细腻柔婉、含蕴尚虚。前者具有“质实”之美，后者具有“空灵”之秀。

南北文化风格特征之差异是客观存在的，但各自文化本身并非一味地“质实”与一味地“空灵”。往往是“质实”之中有“空灵”，“空灵”之中蕴“质实”。就作家个人而言，其作品风格也并非是铁板一块，一成不变的。如南人苏东坡既有“大江东去”的豪放歌唱，亦有“多情却被无情恼”的婉约沉吟；北人李清照既有“寻寻觅觅，冷冷清清，凄凄惨惨戚戚”的悲戚哀叹，又有“生当作人杰，死亦为鬼雄”的豪言壮语。上述所论南北文化的差异是相对的，而非绝对的。所以，当我们在研究具体作家作品或某种文化现象的时候，既要顾及其所在地域环境，又要“知人论世”，更要关注文本，“以意逆志”。这样，才能把握事物的实质，搔到问题的痒处。

四 南北文化差异之成因

那么，南北文化风格之差异是如何产生的呢？其主要原因乃在于地理环境的影响。不同的地理环境，形成了人们不同的物质生活方式，而“物质生活的生产方式制约着整个社会生活、政治生活和精神生活的过程”。[①] 北方山河粗犷壮丽：戈壁“大漠孤烟直，长河落日圆”；草原“天苍苍，野茫茫”；幽燕长城饮马，弯弓射雕；三秦黄土地，红高粱。诸如此类，令人易发凌云豪气、慨当以慷之志。南方山青水秀：吴越湖光山色、楼台烟雨；淮扬春江花月、良辰美景；大江孤帆远影、碧水东流；小园香径通幽、莺歌燕舞。触目所见，使人有心旷神怡、浮想联翩之思。北方气候严峻：塞外“北风卷地百草折，胡天八月即飞雪”；关内“三月无雨旱风起，麦苗不秀多黄死”。北人常为生活所逼迫，故少遐思而多务

---

① 马克思：《政治经济学批判·序言》，《马克思恩格斯选集》第二卷，人民出版社1972年版，第82页。

实；南方气候温和，都市“小楼一夜听春雨，深巷明朝卖杏花”；乡村“稻花香里说丰年，听取蛙声一片”。南人少有生活之忧虑，故多幻想而尚虚无。刘师培对此有精深之概括。他说：“大抵北方之地，土厚水深，民生其间，多尚实际；南方之地，水势浩渺，民生其间，多尚虚无。民尚实际，故所著之文，不外记事、析理二端；民尚虚无，故所作之文，或为言志、抒情之体。”[①] 胡适先生在论述神话产生的原因时也说过，北方民族“生活在温带与寒带之间，天然的供给远没有南方民族的丰厚。他们须要时时对天然奋斗，不能像热带民族那样懒洋洋的睡在棕榈树下白日见鬼，白昼作梦”。所以北方的神话较少，孔子干脆就是“不语怪力乱神”（《论语·述而》）。而“疆域越往南，文学越带有神话的分子和想象的能力”。[②] 北方地广人稀，多与游牧部族接壤，加之战争频繁，人们所见多为兵戈交错、血肉横飞之惨状，所闻多是胡马嘶风、悲笳惨月之凄况。故北人多刚烈，好勇尚武；而南方人口密集，交通便利，商业发达，“王侯将相，歌伎填室，鸿商富贾，舞女成群，竞相夸大，互有争夺”（裴子野《宋略》）。南人所见多是亭榭楼台、绿畴烟雨之美景，所闻多管弦丝竹、渔歌互答之佳音。故南人多柔婉，重利崇文。总之，“‘白马秋风塞上’的北方环境，孕育的是北方人粗犷豪迈的性格和悲壮质朴的文化；‘杏花春雨江南’的南方环境，孕育的是南方人灵巧精明的性格和柔婉秀丽的文化”。[③]

五　南北文化交融之诗歌新境界

南北文化的特征与风格之差异是如此的赫然醒目，但作为中国版图南北界限标志的淮河、汉江，并未能阻隔南北两地的文化交流。实际上，人为战争、自然灾害、民族融合、异族通婚、都城迁移、经济贸易等种种事件，都是促进民族文化交流的有利因素。春秋战国时期，士人兴起，百家争鸣，游说南北，合纵连横，北上南下，熙熙攘攘，这个时期可谓是我国历史上第一个文化大交流的时期。就是在这样文化大交流的背景下，才孕育产生了带有楚国固有地方文化胎记而含有北方中原文化及其他民族文化

① 刘师培：《南北文学不同论》，第 261 页。

② 胡适：《白话文学史》，东方出版社 1996 年版，第 53—54 页。

③ 宋聚轩：《白马秋风塞上，杏花春雨江南》，《山东师范大学学报》1998 年第 2 期。

异质的南方文化奇葩——楚辞。我国文化地理中心的几次大迁移，更是促进了南北文化的交流与融合。中国文化地理中心的首次大迁移，造成了六朝时期南北文学风貌的变化。唐代“安史之乱”，中国文化地理中心再度南移，江南跃为全国经济中心，时称天下赋税，江南十之取九。金兵南下，南宋迁都于临安（杭州市），造成中国文化地理中心的第三次向东南方向的迁移。自此直到明清时代，南方成为政治、经济、文化中心的地位已经确立。[①] 文化地理中心的南迁，极有利于南北文化的交流。就宋代诗人、词人的创作情况观之，往往是豪放中见委婉，缠绵中含刚烈。前文所论苏轼、李清照即是如此。假如南北文化各守疆域，“邻国相望，鸡犬之声相闻，民至老死不相往来”（《老子》第八十章），那么，中国的文化又将是另一番景象。而我们今天所见到的《楚辞》肯定又是另一种面目。今存之《楚辞》，无疑是南北文化交融的一个极好见证。

北方文化的阳刚质朴之美，与南方文化的阴柔绮丽之美，各美其美，无可轩轾，二者结合便能收到两全其美的理想境界。清人刘熙载说过：“齐梁小赋，唐末小诗，五代小词，虽小却好，虽好却小，盖所谓‘儿女情多，风云气少’也。”[②] 这“儿女情多”指缠绵柔婉之风格，“风云气少”指雄健阳刚之特征，正好形象地说明了南北文化的本质差异。倘若将此二者兼容并包，则可臻双美境界矣。刘熙载这段评论的背后，当隐含着作者欲将南北文化交融的期望。在中国文学批评史上，较早注意到融合南北文化之两长问题的是刘勰。他在《文心雕龙·风骨》中说：“夫翚翟备色，而翾翥百步，肌丰而力沉也；鹰隼乏采，而翰飞戾天，骨劲而气猛也。文章才力，有似于此。若风骨乏采，则鸷集翰林；采乏风骨，则雉窜文囿。唯藻耀而高翔，固文笔之鸣凤也。”这里讲到了文采与风骨相结合的问题。刘勰的思想倾向是甚为明显的。他在《时序》中又说：“魏武以相王之尊，雅爱诗章；文帝以副君之重，妙善辞赋；陈思以公子之豪，下笔琳琅，并体貌英逸，故俊才云蒸。……观其时文，雅好慷慨，良由世积乱离，风衰俗怨，并志深而笔长，故梗概而多气也。”三曹都是北方人，他们的诗歌都具有一种阳刚博大、慷慨悲凉之美，是典型的北方文学的代表。在刘勰看来，“未来理想的美学类型，应是内容形式并重、风骨文采

① 参见陈正祥《中国文化地理》第一篇《中国文化中心的迁移》，三联书店 1983 年版。

② 刘熙载：《艺概》，上海古籍出版社 1978 年版，第 123 页。

齐飞、风清骨峻、遍体光华这种美的境界。刘勰只是从理论上去想象和预测，她的真正完成，是在结束南北分裂局面，客观上提供了融合二者的文化条件之后”。[①] 所以，唐代的魏征在《隋书·文学传序》中才首次正式提出了融合南北文学两长的理论主张。他说：

> 然彼此好尚，互有异同：江左宫商发越，贵于清绮；河朔词义贞刚，重乎气质。气质则理胜其词，清绮则文过其意。理深者便于时用，文华者宜于咏歌。此其南北词人得失之大较也。若能掇彼清音，简兹累句，各去所短，合其两长，则文质斌斌，尽善尽美矣。

由此观照北方中原文化与南方荆楚文化的结晶体——楚辞，虽不能说它已达“尽善尽美”之境界，但它却是兼容南北文化之长而又颇具新质的文学样式。骚体诗的产生与“风骚”并称，为后世南北文化的交流融合开了一个好头，起到了模范作用。刘勰曾经高度评价过《楚辞》吸收北方中原文化而“自铸伟辞”的杰出成就。他说：“固知楚辞者，体宪于三代，而风杂于战国，乃《雅》《颂》之博徒，而词赋之英杰也。观其骨鲠所树，肌肤所附，虽取熔经意，亦自铸伟辞。”（《文心雕龙·辨骚》）看到了文化交融的重要价值与意义。又如，唐代影响甚大的边塞诗与山水诗，其中就体现出南北文化交融的优越性。“边塞诗的阔大境界、刚健体格，因融摄了南方文学‘清绮’之长，而变得神丰韵足；山水诗的清远意境、绮丽品貌，也因融摄了北方文学的‘气质’之长，而能兼备开阔之境、壮丽之格。”[②] 因此，南北文化交融之事件，无论在文化史、学术史或文学史上，都具有极其重大的意义和研究价值。

在南北不同文化大背景下诞生的代表作《诗经》与《楚辞》，分别是北方文化现实主义精神与南方浪漫主义精神的结晶，但《诗经》又直接影响着《楚辞》，从而使《楚辞》呈现出现实主义精神与浪漫主义精神熠熠并辉的诗歌新境界。而到了唐代诗人，他们以兼容并包的阔大学术心胸，承传与发展《风》《骚》精神，因此，使得唐诗闪射出“风骚两挟”的夺目光彩。

---

① 刘畅：《论刘勰首倡融合南北文学两长》，《文学遗产》1996 年第 6 期。

② 陶礼天：《北“风”与南“骚”》，华文出版社 1997 年版，第 151 页。

第二节 《风》《骚》诗脉与唐诗精神

《诗经》行世至屈骚诞生，时间相隔200余年。出于外交等政治场合的需要，《诗经》一直在各诸侯国之间流播传扬。楚国乃南土大国，与中原文化保持着较为密切的关系。作为《楚辞》的代表作家屈原，他曾担任楚怀王左徒，在内与楚王图谋国事，在外接应八方诸侯与宾客，他亦曾出使过齐国等地，自然深受《诗经》精神之影响。表现在屈骚中的“怨刺”精神与忧患意识、《诗经》体式及语言等艺术、比兴表现手法等，皆与《诗经》一脉相承。屈原是第一个受益于《诗经》精神的正式署名的中国诗人。由于屈原的努力，屈骚精神与《风》诗精神共同构成了“风骚”精神而光耀万代。唐代诗人崇尚《风》《骚》，化其精神为诗歌之养料，使诗歌呈现出风骨健朗、新鲜活泼的时代风貌。

一 《风》《骚》诗脉之管窥

最早指出《离骚》与《诗经》承传关系的，当推汉武帝时的刘安，汉武帝命他为《离骚》作传，他认为：“国风好色而不淫，小雅怨诽而不乱，若《离骚》者，可谓兼之矣。”（班固《离骚序》引）司马迁在《史记·屈原贾生列传》中全文引用了刘安之语，并作了进一步的阐发，他说：“屈平正道直行，竭忠尽智，以事其君，谗人间之，可谓穷矣。信而见疑，忠而被谤，能无怨乎？屈平之作《离骚》，盖自怨生也。《国风》好色而不淫，《小雅》怨诽而不乱。若《离骚》者，可谓兼之矣。上称帝喾，下道齐桓，中述汤武，以刺世事。明道德之广崇，治乱之条贯，靡不毕见。其文约，其辞微，其志洁，其行廉，其称文小而其指极大，举类迩而见义远。其志洁，故其称物芳。其行廉，故死而不容自疏。濯淖污泥之中，蝉蜕于浊秽，以浮游尘埃之外，不获世之滋垢，皭然泥而不滓者也。推此志也，虽与日月争光可也。”连对屈原颇有微词的班固也不得不承认：“大儒孙卿及楚臣屈原，离谗忧国，皆作赋以风，咸有恻隐古诗之义。”（《汉书·艺文志》）到了东汉末年的王逸，作《楚辞章句》，则从“比兴”艺术手法这个角度，突出了《离骚》对《诗经》的承传关系。这就是为历代楚辞研究者所推崇并屡屡称引的“依《诗》取兴”说。到了南朝的刘勰，作《文心雕龙·辨骚》篇，他在前人的基础上，第一次对《楚辞》与《诗经》的承传关系作了高度的理论概括，认为屈骚是“自风雅寝声，莫或抽绪，奇文郁起”。再后来，到了近代，梁启超则更是明确指出：“（屈原）是一位贵族，对于当时新输入之中原文化，自然是充分领会的。他又曾经出使齐国，那时正当‘稷下先生’数万人日日高谈宇宙原理的时候，他受的影响，当然不少。”[①] 而鲁迅先生的分析更是透辟，他既指出屈骚与《诗经》具有相同点的原因，所谓“楚虽蛮夷，久为大国，春秋之世，已能赋诗，风雅之教，宁所未习？”又能指出屈骚对《诗经》的发展变化，那就是：“较之于《诗》，则其言甚长，其思甚幻，其文甚丽，其旨甚明，平心而论，不遵矩度。”正因为如此，“其影响于后来之文章，乃或在三百篇之上”。[②] 刘师培先生虽然在长篇论文《南北文学不同论》中论述了因水土风习不同而形成文学风貌之异的特点，但他终究认为：“屈原《离骚》，引辞表旨，譬物连类，以情为里，以物为表，抑郁沉怨，与《风》《雅》为节，其源出于《诗经》；及宋玉、景差为之，涂泽以摛辞，繁类以成体，振尘滓之泽，发芳香之鬯，亦葩经之嗣响。”[③] 姜亮夫先生从研究屈原的生平事迹及其作品本身的实际情况出发，曾胸有成竹地说过：“屈原肯定读过《诗经》。”[④] 我们从比较学的角度，在对《楚辞》与《诗经》文本的解读中可以进一步窥探二者之间的承传通变关系。

（一）《风》《骚》文学精神之承传

《楚辞》对《诗经》文学精神的继承主要表现在“怨刺”精神与忧患意识上。在《诗经》“国风”的部分作品中以及《大雅》《小雅》的部分作品中，充满着对昏君佞臣、暴虐政治、黑暗社会的揭露和批判精神，一些贵族阶级出身的诗人，他们比较熟悉上层统治阶级的底细；接触了较多的肮脏丑恶的事实，出于一种强烈的政治责任感和使命感，他们“情动于中而形于言”，不能不抒发愤怒的感情，表达对明君贤臣的迫切愿望。这类诗主要产生于厉王、幽王和东周初年这三个时期。因为这几个时

① 梁启超：《屈原研究》，收录《饮冰室文集》卷三九。

② 鲁迅：《汉文学史纲要》，人民文学出版社 1985 年版，第 20 页。

③ 刘师培：《论文札记》第 21 条，《刘申叔遗书》，江苏古籍出版社 1997 年版，第 722 页。

④ 姜亮夫：《楚辞今绎讲录》（修订本），北京出版社 1981 年版，第 29 页。

期是周代社会最黑暗、阶级矛盾最尖锐的社会大动荡时期。如《大雅》中的《桑柔》《板》《荡》《民劳》等；《小雅》中的《十月之交》《小旻》《正月》等，都是这方面的代表作。此外，由于社会黑暗、统治阶级荒淫残暴、施政无道等原因，许多贵族出身的统治阶级的中下层人士便深为国家前途和个人命运而担忧，诗中充满着“瘼此下民，不殄心忧，仓兄（况）填兮，倬彼昊天，宁不我矜”、“於乎有哀，国步斯频”（《大雅·桑柔》）的忧患意识。诸如“我心忧矣”、“莫知我哀”这样的句子，以及“忧”、“戚”、“悲”、“哀”、“苦”、“惨”等这类充满幽怨凄苦况味词语的反复出现，俯拾皆是。《诗经》中这种“怨刺”精神与“忧患”意识，在《楚辞》中则得到了更为充分的体现。其中，有对奸佞当道、贤愚不分黑暗政治的揭露，如《涉江》云：“鸾鸟凤凰，日以远兮；燕雀乌鹊，巢堂坛兮；露申辛夷，死林薄兮；腥臊并御，芳不得薄兮。”又有对统治阶级道德堕落行为的尖锐批判，如《离骚》：“众皆竞进以贪婪”，“凭不厌乎求索”，“各兴心而嫉妒”，“忽驰骛以追逐”。更有对最高统治者的敢怨与敢恨，如《离骚》：“怨灵修之浩荡兮，终不察夫民心。”“荃不察余之中情兮，反信谗而齌怒。”《九辩》亦云：“岂不郁陶而思君兮，君之门以九重。”敢于把矛头直接指向最高统治者的大无畏批判精神，较之于《诗经》，则更深一层矣。人们评价《楚辞》，常常喜欢说它既富有浓厚的浪漫主义色彩，又具有强烈的现实主义精神，而后者，正是《楚辞》“怨刺”精神的生动体现。这与《诗经》所表现出来的现实主义批判精神是一脉相承的。

至于忧患意识，作为我国第一个伟大的爱国主义诗人，比起《诗经》的作者们则更为深沉而浓郁。通读屈骚，其中那些充满悲伤恐惧情绪的字眼就会纷至沓来。如：恐、悼、惮、患、悲、伤、哀、怨、愤、愍、忿、郁邑、歔欷、郁结、纡轸、轸怀、愁苦、忧心、怛伤、离愍、离谤、逢尤、永哀、太息、烦冤、舒忧、惨郁、自抑、掩涕、抆泪，等等。刘安的《离骚传》、王逸的《楚辞章句》、班固的《离骚序》、刘勰的《辨骚》等，都指出了屈原这一心理焦虑忧恐的特征。至于产生的原因，司马迁《屈原贾生列传》中说得再清楚不过了，即：“屈平之作《离骚》，盖自怨生也。”正是在这“一川烟草，满城风絮，梅子黄时雨”（贺铸《青玉案》）般众多的怨情忧绪中，折射出屈原那一腔忧国忧民的高尚情怀和崇高美德。

（二）《风》《骚》艺术形式之承传

《诗经》语言形式主要是四言，这种形式亦为屈原所采用。如《天问》、《橘颂》、《招魂》等，为什么说屈原这些作品的四言形式是受《诗经》的影响呢？对于这一点，以往人们都罕有论及。其实，只要浏览一下楚国诗歌的实际情况，便可迎刃而解了。在楚国诗歌史上，纯为四言的诗歌只有《说苑·至公》篇所载的《楚人诵子文歌》和《说苑·正谏》篇所载的《楚人为诸御己歌》。倘若楚人早就通行四言诗体的话，在传世的十余首楚歌中，不可能仅见此两首。从《诗经》传入楚国的情况来看，《楚辞》部分四言诗体当是模仿《诗经》而成。其他如《史记·滑稽列传》所载的《优孟歌》,《吴越春秋》所载的《河上歌》《申包胥歌》等，皆以口语为歌，虽有四言，但杂有六言、七言。此外的一些楚地民歌，如《越人歌》《沧浪歌》《接舆歌》《渔父歌》等，也都不是纯四言诗。所以，屈原作品中之四言诗体的来源，当出自《诗经》无疑。受《诗经》四言诗体影响的《楚辞》，传至汉初，遂又形成了一种以四言为体的骚体赋。可见，《诗经》诗体影响之大。

细读《楚辞》，还会发现其中有很多化用《诗经》诗句的地方。如姜亮夫先生在论及《楚辞》与《诗经》的关系时说，《离骚》后面有“仆夫悲余马怀兮”这句话，其实，它就是从《诗经·卷耳》的“我马瘏矣，我仆痡矣”这两句诗化用而来。诗人“用‘仆’字同‘马’字来代表作者的主观愿望，把情感寄托在仆和马身上，这是《诗经》的东西”。[①] 此外，像《楚辞》中的“苗裔”、“皇考”、“回风”、“飘风”、“湛露”、“踊跃”、“芒芒”、“隐忧”、“荼荠”、“优游”等词语，都是直接取之于《诗经》。又如，宋玉《九辩》中“窃慕诗人之遗风兮，愿望托志乎素餐”。其中“素餐”之典，即出自于《诗经·魏风·伐檀》中的“彼君子兮，不素餐兮”。而其中的“诗人”，自然是指《诗三百》的作者们。相传宋玉为屈原的学生，即便不是学生，也是屈原辞作的追慕者，他在作品中能够如此娴熟地引用《诗经》典故，这说明他学习和掌握《诗经》的程度是很深的。屈原与宋玉为同时代人，而且二人之间的关系也甚为密切，这正好旁证屈原学习《诗经》的事实。从上列语言形式、词语、典故的运用等情况可以看出，《楚辞》创

---

① 姜亮夫：《楚辞今绎讲录》（修订本），第124页。

作受到《诗经》的影响是不言而喻的。

（三）《风》《骚》表现手法之承传

《诗经》的表现手法，最突出的是赋、比、兴。这一点，到了屈原创作的《楚辞》中，表现得更为自由灵活、得心应手，艺术思维产生了新的巨大的飞跃，取得了杰出的艺术成就。赋者，敷也，就是铺陈叙写。屈原多用此法去展开“上下求索”的宏阔场面和与昏君佞臣不懈斗争的经过，层层铺叙，反复渲染，全面展示其苦难复杂的心路历程。由于屈原对《诗经》这种“赋”的手法的灵活运用与努力开拓，致使这种铺排的特征成就了“轩翥辞家之前”的铺张扬厉的汉赋之雏形。这当是屈原的一大功劳。至于比兴手法，到了屈原手里，则更是将其发展到了登峰造极的地步。王逸说：“《离骚》之文，以诗取兴，引类譬喻。”（《离骚章句序》）这不仅指出了《楚辞》与《诗经》的承传关系，而且还揭示了《楚辞》比兴、象征的特点。的确，屈原已完全突破了《诗经》比兴手法较为单纯、零散和所用比兴材料多为自然实景的特点，善于综合运用自然、历史、神话和传说等材料作为比兴象征的内容，极大地丰富了比兴的材料，深化了象征的意义，拓宽了诗歌的意境，从而将中国古典诗歌艺术思维的能力提升到了一个新的境界。

与刘勰同时代人的萧子显在《南齐书·文学传论》中说得好：“若无新变，不能代雄。”而刘勰在《辨骚》中论述屈骚与《诗经》之通变关系的一段话恰好可以作为这一观点的注脚和佐证。其云：

> 故其陈尧舜之耿介，称禹汤之祇敬，典诰之体也；讥桀纣之猖披，伤羿浇之颠陨，规讽之旨也；虬龙以喻君子，云霓以譬谗邪，比兴之义也；每一顾而掩涕，叹君门之九重，忠怨之辞也：观兹四事，同于风雅者也。至于托云龙，说迂怪，丰隆求宓妃，鸩鸟媒娀女，诡异之辞也；康回倾地，夷羿弹日，木夫九首，土伯三目，谲怪之谈也；依彭咸之遗则，从子胥以自适，狷狭之志也；士女杂坐，乱而不分，指以为乐，娱酒不废，沉湎日夜，举以为欢，荒淫之意也：摘此四事，异乎经典者也。

刘勰所说的屈骚“同于风雅”的四点和“异乎经典”的四点，这表明屈原既有对《诗经》继承的一面，又有发展的一面，用刘勰的话来说，就是“虽取熔经意，亦自铸伟辞”，所以，屈骚才能取得“气往轹古，辞来切今，惊采绝艳，难与并能”（《辨骚》）的卓异成就。正因为以屈原为代表而创作的《楚辞》并没有仅仅停留在对北方文化代表《诗经》的模仿创作上，而是立足于土著文化的根基，对中原文化加以吸收、改造和发展，所以他的创作，乃是两种文化碰撞交汇、互相补充、有机结合而成的一种新的文化创造。屈原的辉煌辞作是楚文化与中原文化合流的产物，这一事实的意义更在于说明：“文化的交流从来就有利于酝酿重大的创造，培育文化的巨人。文化巨人决不会是目光短浅、抱残守缺的侏儒，而是必然具有兼容并包的气魄和识别精华糟粕的眼光，善于在不同文化的流通中进行联系和反联系，从而作出博大精深而富有特色的创造。伟大诗人屈原因积极面对文化交流并勇于付诸创造实践而对中华民族的文化作出了巨大的贡献。这对后世是很有启示与教益的。”[①] 金开诚先生的这段精彩论述，正可作为《楚辞》受中原文化的代表《诗经》影响的一个典型概括。

通过上文对《楚辞》与《诗经》在“文学精神”、“艺术形式”和“表现手法”三方面的比较分析，我们已不难看出《楚辞》对《诗经》客观存在的承传关系，这正可与历代《楚辞》论者观点互为表里，相互印证。不过，作为“奇文郁起”的《楚辞》，它的深厚的文化底蕴、多变的语言形式、浪漫的艺术风格等艺术审美特征的形成，并非仅由中原文化的代表《诗经》一源而已。随着时代的变迁与发展，还分别承受着中原其他文化种类——战国诸子散文及土著文化——“楚歌”、“巫歌”和“楚声”等文化“乳汁”的滋养。当然，尽管《楚辞》的形成与吸收中原文化及其他外来文化不无关系，但起根本性作用的当是土著文化的孕育与培植。屈骚那诱人的魅力、奇瑰的特色，恐怕大多当是源于荆楚文化的滋养。在某种程度上，似乎可以这样说，偏于一方的荆楚文化的奇特风采决定了屈骚独特的艺术魅力。特别是战国中晚期，楚文化一方面仍在积极吸收外来文化的精美营养；另一方面楚文化本身却又得到了空前的更为蓬勃旺盛的发展，呈现出如火如荼、波澜壮阔的新气象。在这样的文化背景下，《楚辞》便带着固有的荆楚文化的因子和中原文化等外来文化的因素“奇文郁起”、脱颖而出了。因此，屈骚与战国时期中原文化的关系，这是屈骚的普遍性特征，而屈骚本身中的

---

① 金开诚：《屈原辞研究》，江苏古籍出版社1992年版，第279—280页。

荆楚文化因子，便成为屈骚的特有之处。离开了屈骚的这一特殊性，那么，对于《楚辞》里一些奇特篇目，诸如《九歌》《天问》、《招魂》等，将无法进行合理而切实的解析。《楚辞》中所表现出来的祭祀、巫术等原始宗教、民俗和神话，以及神奇的浪漫主义，等等，只有与荆楚文化联系起来，才能得到合理的解释。

二 唐诗精神之魅力

唐代诗学批评家殷璠曾对盛唐诸家诗歌的特质作过颇为精当的评价，其云："璠今所集，颇异诸家，既闲所声，复晓古体，文质半取，风骚两挟，言气骨则建安为传，论宫商则太康不逮。将来秀士，无致深憾。"①在《河岳英灵集》对诗人及其作品的评价中，又多次使用"风骚"、"风雅"等词语，这就向人们透露出一个重要的信息，即：唐代诗人的作品中流淌着《风》《骚》精神的血液，唐诗风神的根脉在《风》《骚》。事实上，《诗经》的素朴质实与《楚辞》的华茂绮丽的结合，即殷璠的所谓"文质半取"；《诗经》现实主义创作方法与《楚辞》浪漫主义创作方法的结合，即殷璠的所谓"风骚两挟"，而这"文质半取"、"风骚两挟"的审美特征，在殷璠所选盛唐李白、高适、岑参等 24 人的诗歌中均有很好的体现。唐诗乃中国诗歌的顶峰，而盛唐诗又是唐诗的顶峰。故视盛唐诗为唐诗的杰出代表自无不可。进而，我们以殷璠"文质半取、风骚两挟"来评价整个唐诗亦当无甚大碍。

然而，殷璠"文质半取、风骚两挟"之评价毕竟笼统。今人缪钺先生甚赏唐诗魅力，曾将其与宋诗的对比中作过诗意化的评价，他说：

> 唐诗以韵胜，故浑雅，而贵蕴藉空灵；宋诗以意胜，故精能，而贵深析透辟。唐诗之美在情辞，故丰腴；宋诗之美在气骨，故瘦劲。唐诗如芍药海棠，秾华繁采；宋诗如寒梅秋菊，幽韵冷香。唐诗如啖荔枝，一颗入口，则甘芳盈颊；宋诗如食橄榄，初觉生涩，而回味隽永。譬诸修园林，唐诗则如叠石凿池，筑亭辟馆；宋诗则如亭馆之中，饰以绮疏雕槛，水石之侧，植以异卉名葩。譬诸游山水，唐诗则

① 殷璠：《河岳英灵集序》，李珍华、傅璇琮撰：《河岳英灵集研究》，第 119 页。

如高峰远望，意气浩然；宋诗则如曲涧寻幽，情境冷峭。[①]

缪钺先生所论，精美如诗，给人以阅读的愉悦快感。钱钟书先生亦曾用唐宋诗对比的方式精美点评过唐诗之美，他说："唐诗多以丰神情韵擅长，宋诗多以筋骨思理见胜。"[②] 钱钟书先生拈出"丰神情韵"四字来评价唐诗美的特质，可谓精当之至，与缪钺先生所评别具异曲同工之妙。那么，唐诗之美究竟如何呢？根据上述诸位先贤的精评及本人阅读所感，觉得唐诗之美主要体现在精神闳美、性情纯美、人情贞美、语言新美、意境优美五个方面。兹结合作品及有关评论试述之。

（一）精神闳美

大一统的唐代帝国气度恢弘，声势显赫。在文化思想上，中外交流，三教并存，人们生活在一个比较自由的社会环境里，思想活跃，敢想敢做。盛唐时期尤其如此。诗人可以"举觞白眼望青天，皎如玉树临风前"；可以"长安市上酒家眠，天子呼来不上船"（杜甫《饮中八仙歌》）。这是一个充满了希望和进取的可能性的时代。诗歌中充满着蓬勃的朝气，回荡着青春的旋律。可以说在这个诗国高潮中处处弥漫着一种少年精神，一种开朗的、解放的情调，"即使是享乐、颓丧、忧郁、悲伤，也仍然闪耀着青春、自由和欢乐，这就是盛唐之诗。"[③] 读唐人的诗，时时能感受到一种新鲜感、激动感和振奋感。同样是饮酒，魏晋人是为了解忧消愁，是消极的喝酒。而唐人饮酒却是积极的、开朗的，是少年人尽情尽兴的豪饮，他们喝酒是为了更兴奋、更痛快、更有力地歌唱。"李白斗酒诗百篇"（杜甫《饮中八仙歌》），"兴酣落笔摇五岳"（李白《江上吟》）。对于李白的豪饮与万丈诗情，台湾著名诗人余光中不无浪漫地称颂道："酒入豪肠，七分酿成了月光，余下的三分啸成剑气。绣口一吐，就是半个盛唐。"（《寻李白》）请注意"豪肠"一词，一般皆言"酒入愁肠"，而盛唐诗人的代表李白却是"豪肠"，著一"豪"字，唐人的奋发豪迈之精神美全出矣。在充满希望的时代精神鼓舞下，人们的爱国主义热情和建功立业思想比任何时候都要高涨。"功名只向马上取"（岑参《送

① 缪钺：《论宋诗》，《诗词散论》，上海古籍出版社 1982 年版，第 36 页。

② 钱钟书：《谈艺录》，中华书局 1984 年版，第 2 页。

③ 李泽厚：《美的历程》，中国社会科学出版社 1984 年版，第 159 页。

李副使赴碛西官军》)，到边塞去，杀敌立功，保家卫国，已成为唐朝士人学子们共同的渴望和热望。“封侯取一战，岂复念闺阁”（王昌龄《变行路难》)，“丈夫皆有志，会见立功勋”（杨炯《出塞》)，显示出真正男子汉大丈夫的英勇气概。唐人昂扬奋发的精神之美在大量的边塞诗中表现得最为鲜明突出，淋漓尽致，而在他们的政治诗中，仍然洋溢着炽热的情感。他们都有点儿自命不凡的豪气，李白的“大鹏”之喻，杜甫的“凤凰”之拟，骏马、雄鹰之比，李贺《马诗二十三首》，等等，都体现了诗人们积极报效祖国的伟大理想和献身精神。在“安史之乱”中，唐代诗人则又多了一份深厚的忧国忧民的情怀。杜甫“穷年忧黎元，叹息肠内热”（《自京赴奉先县咏怀五百字》)，十个沉甸甸的大字，唱出了千古忧国忧民者的共同心声。与昂扬奋发精神相表里者，唐人还表现出一种强烈的社会责任感和历史使命感：“前不见古人，后不见来者。念天地之悠悠，独怆然而涕下。”在满腹幽愤哀怨的伟大孤独感之背后，我们正可感觉到诗人那颗激烈跳动的爱国之心。因此，唐代诗人对于黑暗腐朽的政治现实敢于揭露与批判，一吐骨鲠而后快。杜甫“朱门酒肉臭，路有冻死骨”（《自京赴奉先县咏怀五百字》）的愤慨之辞，便是典型的代表。要之，唐人乐观开朗的性格，建功立业的思想，歌颂强盛的豪情，批判现实的责任，忧国忧民的情怀，继往开来的胆略，奋力进取的意志，等等，所有这些，便共同构成了唐诗昂扬奋发之精神美的丰富内涵，而这又恰恰是《风》《骚》“怨刺”精神、忧患意识的具体反映。

（二）性情纯美

“诗言志”，诗歌是自由心灵的抒发。因此，诗歌必须有个性。唐诗之所以美，就在于它有鲜明的个性。没有哪一个朝代，有像唐代诗人这么多雅称者。如：诗佛王维，诗仙李白，诗圣杜甫，诗天子王昌龄，诗魔白居易，诗囚孟郊、贾岛，诗豪刘禹锡，诗鬼李贺，诗禅周繇，诗虎罗邺，诗瓢唐球，诗窖子王仁裕，等等。还有就某类诗或某首诗创作而得其雅称者，如赵倚楼赵嘏，许浑千首湿，许洞庭许棠，刘仙掌刘象，等等。从各自不同的雅称中，其性格亦即大致可明矣。唐诗的创作风格更具鲜明的个性。许多诗人均以自己的独特的诗歌风格而辉映于唐诗的夜空。如明高棅概括唐代诗人创作个性云：

贞观永徽之时，虞魏诸公，稍离旧习，王杨卢骆，因加美丽。刘

> 希夷有闺帷之作，上官仪有婉媚之体。此初唐之始制也。神龙以还，洎开元初陈子昂古风雅正，李巨山文章宿老，沈宋之新声，苏张之大手笔。此初唐之渐盛也。开元天宝间，则有李翰林之飘逸，杜工部之沉郁，孟襄阳之清雅，王右丞之精致，储光羲之真率，王昌龄之声俊，高适、岑参之悲壮，李欣、常建之超凡，此盛唐之盛者也。大历贞元中则有韦苏州之雅澹，刘随州之闲旷，钱朗之清赡，皇甫之冲秀，秦公绪之山林，李从一之台阁，此中唐之再盛也。下暨元和之际，则有柳愚溪之超然复古，韩昌黎之博大其词，张王乐府得其故实，元白序事务在分明。与夫李贺、卢仝之鬼怪，孟郊、贾岛之饥寒，此晚唐之变也。降而开成以后，则有杜牧之豪纵，温飞卿之绮靡，李义山之隐僻，许用晦之偶对，他若刘沧、马戴、李频、李群玉辈尚能黾勉气格，将迈时流，此晚唐变态之极，而遗风余韵犹有存在焉。①

正是这些性格各异风格有别的唐代诗人，才构成了唐诗大花园百花齐放、万紫千红的无限美景。唐代诗人大多具有率真坦诚的性格，甚至有时连自己的“隐私”也如实公之于众。如杜甫说自己于长安干谒乞求的情形：“朝扣富儿门，暮随肥马尘。残杯与冷炙，到处潜悲辛。”（《奉赠韦左丞丈》）李白得玄宗诏时竟然狂喜道：“仰天大笑出门去，我辈岂是蓬蒿人。”（《南陵别儿童入京》）又如韩愈勉励其子用功读书时说：“一为马前卒，鞭背生虫蛆。一为公与相，潭潭府中居。”韩愈如此激励其子，多少有点轻视平民的味道。唐人爱讲心里话，讲真话，少做作，不掩饰，这也不失为一种个性美。其他如李白“安能摧眉折腰事权贵，使我不得开心颜”（《梦游天姥吟留别》）的傲岸不屈的性格，杜甫“安得广厦千万间，大庇天下寒士俱欢颜，风雨不动安如山”（《茅屋为秋风所破歌》）的由己及人的悲悯情怀，等等，无不具有感人的艺术力量。

（三）人情贞美

唐诗中所体现出来的人情美主要表现为人与人之间的真诚相爱。在唐诗中，无论是怀乡、思亲、念友、悼亡，还是送别、出征、羁旅、哀挽，等等，都留下了情真意切的充满人情美的好诗。试举几诗简论之。高适

---

① 高棅：《唐诗品汇总叙》（上），上海古籍出版社1982年版，第8页。

《别董大》云：

千里黄云白日曛，北风吹雁雪纷纷。
莫愁前路无知己，天下谁人不识君。

离别总是痛苦的，而此诗却因为有了送别者满腔的热情，使被送者董大尽管身处灰暗寒冷的天气中，却依然感到格外温暖，尤其是诗人那无比信任的目光，百般真诚的宽慰，更使董大充满了生活的信心和面对未来的勇气。这就是人情美的感人之处。

陈陶《陇西行》云：

誓扫匈奴不顾身，五千貂锦丧胡尘。
可怜无定河边骨，犹是春闺梦里人。

此诗通过五千壮士为“誓扫匈奴”惨死疆场而无数妻子与恋人却依然梦盼他们归来的残酷事实描写，生动刻画出在特定时代广大妇女对自己亲人特殊深厚的夫妻之情，悲怆若此，不忍卒读，摇荡心旌，催人泪下。

刘得仁《贾妇怨》云：

嫁与商人头欲白，未曾一日得双行。
任君逐利轻江海，莫把风涛似妾轻。

“商人重利轻别离”（白居易《琵琶行》）已成为唐代社会的一个普遍现象，可诗人却在这样的一个普遍现象中，发现了作为商人之妻的那种哀而不伤、虽怨实爱的深切关怀之情，通情达理，逼真感人。

其他如杜甫的《又呈吴郎》中诗人体恤关爱老年寡妇的慈悲情怀，李白与杜甫情同手足的由衷牵挂，元稹的《遣悲怀三首》对亡妻刻骨铭心的真切悲悼，等等，无一不体现出唐代诗人别具魅力的人情之美。

（四）语言新美

唐诗的语言大多是通俗易懂的，朗朗上口，易于诵记，而且铭记难忘，常诵常新。唐诗的语言是诗人经过高度诗化后的语言，而这种语言又是日常生活的。诗人们利用日常现实生活中的语言，即景生情，及时抒发自己当下的思想感情，所以这类诗歌的语言与情感都具有很强的现实感、亲近感、时代感，容易引起人们的共鸣。唐诗好多通俗的诗句，正因为浸染了诗人带有普遍人生意义的内涵，所以便能够千古流传，永远活在人们的心中。若表达对慈母的爱，孟郊的《游子吟》便会映现脑际；每逢佳节，自然就会想起王维“每逢佳节倍思亲”（《九月九日忆山东兄弟》）的名句；望月怀远之际，张九龄的“海上生明月，天涯共此时”（《望月怀远》）便会“诗”上心来；明月思乡之夜，李白的“举头望明月，低头思故乡”（《静夜思》）便会不请自到；每逢及时降雨之际，杜甫的“好雨知时节”（《春夜喜雨》）的妙句便会随雨而出，等等。像这类能引起人们共鸣的诗句，在唐诗中可谓多矣！为何通俗浅易的唐诗语言竟然具有如此经久不衰的艺术魅力？其奥秘何在？答曰：深入浅出。所谓“深入”，即指诗人由现实生活产生的种种人生感悟与情感，然后诗人将这种人生感悟与情感寓“入”能够适意传情的新鲜活泼而浅显易懂的语言；所谓“浅出”，就是以浅语表深情。正如林庚先生所说的那样：“唐诗的可贵之处，就在于它以最新鲜的感受从生活的各个方面启发着人们。它的充沛的精神状态，深入浅出的语言造诣，乃是中国古典诗歌史上最完美的成就。”[①] 此外李白等人的骚体诗将《诗经》的四言体与《离骚》的含“兮”字的六言、七言句融会诗篇，给人一种创新之美。还有，唐诗无论近体、古体诗，其声律多具谐和优美、吟诵自如唱叹有致的审美特征，这些都自然构成了唐诗语言新美的特质。

（五）意境优美

唐代诗人情感丰富而饱满，加之他们善于承传《风》《骚》的比兴象征及“香草美人”的传统，以及他们浓厚的自然生态意识，由此而创作了大量的自然生态诗，这些因素，无不有利于唐诗意境美的形成。如白居易的《白云泉》：“天平山上白云泉，云自无心水自闲。何必奔冲山下去，更添波浪向人间！”这是诗人借对白云泉“云自无心水自闲”的赞美，以表达他随遇而安、与世无争的闲逸心态。此诗巧用比兴，托寓深刻，颇含“韵外之旨”、“味外之旨”，王维隐居终南山所作的一系列山水小诗，已基本不用比兴而是直接描写大自然，把自然物象推向诗歌的舞台，并让它们唱主角。这些诗无不是具有优美意境的千古绝唱。如王维的《辋川集

① 林庚：《唐诗综论》，人民文学出版社 1986 年版，第 2 页。

二十首》《山居秋暝》《相思》《书事》等，皆是意境美的佳构。试看其《竹里馆》的描写："独坐幽篁里，弹琴复长啸。深林人不知，明月来相照。"诗人的悠闲自在之情与幽静清雅之景交相融合，创造了"人"与"竹"、"月"相顾无言、相依相怜的清幽之境。值得一提的是，晚唐诗人司空图首创意境理论的杰作《二十四诗品》，几乎纯用自然生态说话，是"象外之旨"、"味外之旨"优美意境的典型体现，真乃得"江山之助"也。

由上可知，在思想与艺术上，《诗经》与《楚辞》渊源关系甚明。《楚辞》立足于本土固有的巫神文化，同时吸收了北方中原文化的代表——《诗经》之精神，形成了"轩翥诗人之后，奋飞辞家之前"的"奇文"。[①] 从文化交融的角度看，《楚辞》无疑是南北文化交融的结晶。而这又恰好为唐代诗人树立了美好的典范。

要之，唐代诗人以其兼容并包、海纳百川的学术胸怀对祖国优秀的文化遗产，无论是汉魏六朝，抑或《风》《骚》，他们大都善于吸收其有益的东西，丰富自己。正因为他们有着如此亲近风骚的深挚情意，所以，《风》《骚》精神这株绚丽奇葩，方能于唐代此方文化气候温润丰美的诗歌园地里适时结出丰硕健朗的诗果。上列体现唐诗风神的"五美"中，我们不难窥见《风》《骚》"怨刺"精神、忧患意识、语言艺术、比兴手法等优良传统的倩影与神韵。

唐代诗人善于学习前人，努力熔铸新知，这本身就给人以颇为有益的启迪！

---

① 周振甫：《文心雕龙今译》，中华书局1986年版，第40页。

第二章　唐代《风》《骚》研究之概论

一代有一代之文学特征，同样，一代也有一代之学术风貌。《风》《骚》作为中国文学的两大源头，自它诞生之日起，便进入了人们研究的视野。而随着时代政治背景、文化思潮的变迁，《风》《骚》学术研究之状况也就因时而变、自成面目，呈现出别具时代个性与特色的学术研究气象。汉代独尊儒术，汉帝国崇尚大一统思想，则《风》《骚》研究中儒家积极入世、忧国忧民的政治意蕴就较为浓厚；六朝时期社会动荡不安，玄学思潮兴盛，人性觉醒张扬，魏晋风度彰显，故《风》《骚》研究中多体现出人性之美的精神特质。而到了唐代，儒、释、道三教合流，南北文化交融，科举取士盛行，加之中唐社会宦海波涌、贬谪成风的政治现状，因而，《风》《骚》研究便呈现出追求规整统一、总结提高水平以及与文本精神共鸣的情景。唐代虽然没有出现像汉代郑玄《毛诗郑笺》、王逸《楚辞章句》与齐梁刘勰《文心雕龙》、萧统《文选》那样丰硕而杰出的《风》《骚》研究成果，但我们从历史典籍的梳理中，依然可以发现唐人研究《风》《骚》文本的蛛丝马迹。尽管有不少作者是佚名，或者其著作大部分已经散佚，但我们却依然可以发现唐人研究《风》《骚》的满腔热情、时代风尚、文化思想与学术灵魂。而其中孔颖达的《毛诗正义》与李善注《文选》中征引《诗》《骚》文本及其研究著作的实际情形，不愧是具有里程碑式重要学术意义的《风》《骚》研究之骄人硕果。

第一节　唐代《风》《骚》文本研究综览

唐代是继秦汉大一统局势以来又一个南北统一的伟大时代，儒、释、道的兼容并包，生产力的迅猛发展，科举制度的兴盛与完善，诗歌创作的空前繁荣，这一系列政治、经济、思潮、文化、文艺的新气象，致使唐代的《风》《骚》文本整理与研究便清晰地铭刻着自己独有的时代印记。

一　唐代《诗经》研究管窥

唐高祖李渊在灭隋立国之初，便立国子学、太学、郡县学，广置生员，尊崇儒教。唐太宗李世民更是推而广之，在其任秦王时，即置文学馆，广延文士。登基之后，遂置弘文学馆，精选天下文儒之士，与虞世南、诸亮、姚思廉等大臣于政暇之际讲论五经大义，在国学立孔子庙堂，尊孔子为先圣，正式定孔子为儒教教主。鉴于当时流行的五经文本多有差异乃至舛误之现状，太宗即下诏颜师古等人考定五经文字，撰成《五经定本》，颁行于世。又因为经义纷纭，章句繁复，不便世人与举子们学习掌握，于是太宗又诏孔颖达诸人撰成《五经正义》一百八十卷（其中《毛诗正义》四十卷）。当时并未立即颁布施行，在孔颖达逝世后，高宗永徽二年（651），又诏令中书、门下、国子三馆博士及弘文馆学士会集共同考订《五经正义》，最后又经于志宁、张行成、高季辅三位宰相亲自参加"增损"，直到永徽四年（653）才正式颁行天下，永为定式。这是一部凝聚了君臣上下、众多大儒心血的不朽经学巨著。马宗霍评价说："自《五经》定本出，而后经籍无异文。自《五经正义》出，而后经义无异说。每年明经，依此考试，天下士民，奉为圭臬。盖自汉以来，经学统一，未有若斯之专且久也。"[①] 至唐高宗即位，对儒学不够重视，经学遂呈衰微趋势，加上武则天称制，朝纲不振，世道混乱，经学更是每况愈下，直到唐玄宗中兴时期，国泰民安，政局清明，玄宗对儒学褒美有加，故经学方复旧观。至中唐，由于中央集权的破坏，而《五经正义》一统天下的局面亦随之打破，这就给经学的自由研究带来了生机。《新唐书·儒学传》云："大历时，（啖）助、（赵）匡、（陆）质以《春秋》，施士丐以《诗》，仲子陵、袁彝、韦彤、韦茝以《礼》，蔡广成以《易》，强蒙以《论语》，皆自名其学，而士丐、子陵最卓异。"[②] 这些学者都是在野

---

① 马宗霍：《中国经学史》，上海书店 1984 年影印本，第 94 页。

② 《二十五史·新唐书》卷二〇〇"儒学下"，上海古籍出版社、上海书店 1986 年版，第 4735 页。

派，与那些国子博士之类的科班者显然有别，个性鲜明，不带浓厚的政治色彩。至唐文宗李昂，雅好儒术，经学有所发展，注重校正经学文字，遂有《开成石经》之经学壮举。此时，成伯玙撰《毛诗指说》，实乃冲破《毛诗正义》束缚后学术自由的可喜新成果。中晚唐时期经学研究的自由精神，直接影响了宋代经学的变革与创新，开创之功，不可磨灭。

兹将唐代研究《诗经》文本之著作情况作一梳理，以见其概貌。[①]

陆德明《毛诗音义》三卷，存。全名为《经典释文·毛诗音义》，是解释毛诗音读、词义及文字异同的著作。陆德明在其《经典释文序录》中指出："夫书音之作，作者多矣。前儒撰著，光乎篇籍，其来既久，诚无间然。但降圣以还，不免偏尚。质文详略，互有不同。汉魏迄今，遗文可见。或专出己意，或祖述旧音，各师成心，制作如面。加以楚夏声异，南北音殊，是非信其所闻，轻重因其所习。后学钻仰，罕逢指要。夫筌蹄所寄，唯在文言，差若毫厘，谬便千里……粤以癸卯之岁，承乏上庠，循省旧音，苦其太简，况微言久绝，大义愈乖，攻乎异端，竞生穿凿。不在其位，不谋其政，既职司其忧，宁可视成而已！遂因暇景，救其不逮，研精六籍，采摭九流，搜访异同，校之《苍》《雅》，辄撰集《五典》《孝经》《论语》及《老》《庄》《尔雅》等音，合为三帙三十卷，号曰《经典释文》。"陆氏就撰著的原因、过程、意义等作了简明扼要的论述，具有纠谬厘正的积极意义。《四库全书总目》评《毛诗音义》曰："今本经注通为一例，盖刊版不能备朱墨，又文句繁夥，不能如《本草》之作阴阳字，自宋以来，混而并之矣。所撰汉魏六朝音切凡二百三十余家，又兼载诸儒之训诂，证各本之异同。后来得以考见古音者，《注疏》以外，惟赖此书之存。真所谓残膏剩馥，沾溉无穷者也。"[②] 此著与孔颖达《毛诗正义》，堪称有唐《毛诗》研究专著中最为耀眼的双璧，代表了唐代《诗

---

① 主要参考刘毓庆《历代诗经著述考》（先秦—元代），中华书局 2002 年版；朱守亮编著《十三经论著目录》（二）之《诗经论著目录》，洪叶文化事业有限公司 2000 年版；蒋见元、朱杰人《诗经要籍解题》，上海古籍出版社 1996 年版；戴维《诗经研究史》，湖南教育出版社 2001 年版；张启成《诗经研究史论稿》，贵州人民出版社 2003 年版；洪湛侯《诗经学史》，中华书局 2002 年版；夏传才《诗经研究史概要》，清华大学出版社 2007 年版；汪祚民《诗经文学阐释史》（先秦—隋唐），人民出版社 2005 年版。

② 永瑢等：《四库全书总目》卷三三，《四部精要》（10）本，上海古籍出版社 1993 年版，第 160 页。

经》学的最高成就。二书最大的特点就在于保存了大量的佚书逸文。不同者，孔著擅长疏解诗旨，折中毛、郑；陆书重在诠释音读，罗列异文。合而观之，则唐以前《诗经》学之大要庶可了然于胸焉。

颜师古等厘正《毛诗定本》，佚。颜师古，名籀，字师古，以字行。《旧唐书·颜籀传》云："太宗以经籍去圣久远，文字讹谬，令师古于秘书省考定《五经》，师古多所厘正。既成，奏之，太宗复遣诸儒重加详议。于时诸儒传习已久，皆共非之。师古辄引晋宋以来古本，随言晓答，援据详明，皆出其意表，诸儒莫不叹服。于是兼通直郎、散骑常侍，颁其所定之书于天下，令学者习焉。"① 可见颜师古学殖丰厚，知识渊博，考证翔实，可信度高。

孔颖达等撰《毛诗正义》四十卷，又称《孔疏》，存。这是一部全面总结两汉至唐初《诗经》研究成果而具时代特色的官修著作。孔颖达自序云："夫诗者，论功颂德之歌，止僻防邪之训，虽无为而自发，乃有益于生灵。六情静于中，百物荡于外，情缘物动，物感情牵。若政遇醇和，则欢娱披于朝野；时当惨黯，亦怨刺形于咏歌。作之者所以畅怀舒愤，闻之者足以塞违从正。发诸性情，谐于律吕，故曰：'感天地，动鬼神，莫近于《诗》。'此乃《诗》之为用，其利大矣……其近代为《义疏》者，有全缓、何胤、舒瑗、刘轨思、刘丑、刘焯、刘炫等。然焯、炫并聪颖特达，文而又儒，擢秀干于一时，骋绝辔于千里。故诸儒之所揖让，日下之无双。其于所作疏内特为殊绝。今奉敕删定，故据以为本。然焯、炫等负恃才气，轻鄙先达，同其所异，异其所同，或应略而反详，或宜详而更略。准其绳墨，差忒未免。勘其会同，时有颠踬。今则削其所烦，增其所简，惟意存于曲直，非有心于爱憎。谨于朝散大夫行太学博士臣王德韶、征事郎守四门博士臣齐威等对共讨论，辨详得失。至十六年，又奉敕与前修疏人及给事郎守太学助教云骑尉臣赵乾叶、登仁郎守四门助教云骑尉臣贾普曜等对敕，使赵弘智覆更详正，凡为四十卷。庶以对扬圣范，垂训幼蒙，故序见其所见，载之于卷首云尔。"② 自序对诗歌之形成、特质、作用与意义进行了颇为周全的阐释，理解极为深刻；对《毛诗正义》的编撰依据、过程、意义之交代甚为明晰，体现了作者非常谨严庄肃的著述精

① 《二十五史·旧唐书》卷七三"列传第二十三"，第 3788 页。

② 孔颖达：《毛诗正义·自序》，《四部精要》（1）本，第 261 页。

神。《四库全书总目》评云："《毛诗正义》四十卷。汉毛亨传，郑玄笺，孔颖达疏……其书以刘焯《毛诗义疏》、刘炫《毛诗述义》为稿本，故能融贯群言，包罗古义，终唐之世，人无异词。"[①] 高度赞美了此著集思广益、独领风骚的学术价值与历史地位。《毛诗正义》作为一本法定的《诗经》读本，在《诗经》研究史上占有特殊的地位，它是自《毛诗郑笺》以来《诗经》学史上第二座重要的里程碑。它的出现，使《诗经》研究进入一个新的阶段。值得一提的是，在唐代，日本、朝鲜等国曾派遣大批留学生来长安学习中国文化，临走时都带回许多中国文化典籍。《诗经》于此时传入各国。而《毛诗正义》是当时唯一的标准传本，日本民族文学的第一部和歌总集《万叶集》，其编撰体例、思想内容、表现形式、乃至某些艺术形象等，学习、借鉴和继承《诗经》的迹象清晰可见。这与《毛诗正义》的流传当是分不开的。至于《毛诗正义》的经学话语与诗学意义，则别有一番奇异之风景。本章第二节设有专论，此不赘述。《毛诗正义》今通行本有阮元校刻的《十三经注疏》本，中华书局出版有影印的缩印本。

在唐代初期，学诗、传诗者多有可见，其成就虽非突出，但在《诗经》学史上不能没有他们的记录。如下列几位便是如此。张士衡，瀛洲乐寿人，从刘轨思受《毛诗》《周礼》，又从熊安生及刘焯受《礼记》，遍讲五经，刘轨思与刘焯皆是诗学大家。张士衡之诗学成就当亦自是可观，只是因为诸种原因，其诗学著作今已无从可知矣。李玄植，赵州人，受《三礼》于贾公彦，受《春秋左传》于王德昭，受《毛诗》于齐威。王德昭、齐威都是参与修撰《毛诗正义》的《诗经》学名家，故李玄植的《诗经》学成就较之其师来，想必也不会相差甚远。盖文懿，贝州宗城人，与冀州信都盖文达并称“二盖”，唐太宗时为国子博士。《旧唐书·儒学传》云："文懿尝开讲《毛诗》发题，公卿咸卒，更相问难。文懿发扬风雅，甚得诗人之致。"[②] 可见，其诗学成就当是较高的。

许叔牙撰《毛诗纂义》十卷，佚。许叔牙，字延基，润州句容人。少精于《毛诗》《礼记》，尤善讽咏。官至太子洗马，兼崇贤馆学士。所撰《毛诗纂义》进皇太子，太子赐帛百段，兼令写本付司经局。御史大

---

① 永瑢等：《四库全书总目》卷一五，《四部精要》（10）本，第77页。

② 《二十五史·旧唐书》卷一八九下“儒学上”，第4072页。

夫高智周尝谓人曰："凡欲言《诗》者，必先读此书。事见两《唐书·儒学》本传。王玄度撰《毛诗注》二十卷，佚。《册府元龟》卷六〇六曰："王玄度为校书郎，贞观十六年十月，上其所注《尚书》《毛诗》《周易》，并《义决》三卷，与旧解尤别者一百九十余条，付学官详其可否。诸儒皆因习先师，讥其穿凿，玄随方应答，竟不肯屈。太宗欲广见闻，并纳之秘府。"此著之优劣得失已无从可知，但就其成书后诸儒的不同意见、作者的自我解释与坚定学术立场及其太宗帝的尊重学术的谨慎态度观之，王玄度的《毛诗注》当是一部自有特色的经学著作，否则，也不会引起皇帝的重视。刘迅撰《诗说三千言》，佚。《新唐书·刘子玄传》曰："迅续《诗》《书》《春秋》《礼》《乐》五说。书成，语人曰：'天下滔滔，知我者希。'终不以示人云。"[①] 作者之言，一种知音罕觏、矜持自尊之况味溢于言表。

《五经正义》在永徽四年（635）颁行天下之后，对统一全国诗学的规范与利于士子的学习等方面，起到了许多积极的意义，但由于过多地强调诗学的整体划一性，因此也就束缚了经学的发展。到了中唐，因为中央集权制的破坏，所以也就给经学的自由研究带来生机。至唐文宗，雅好儒术，经学又向前发展着。中晚唐时期经学研究的自由开放的形势，给宋代经学研究的变革起到了很好的导夫先路的重要作用。诸如施士丐、成伯玙等，皆为典型的代表人物。

施士匄，吴人，以说《诗》最为著名，撰有《诗说》，又善《左氏春秋》，撰有《春秋传》，可惜，此二著皆已亡佚。《昌黎文集·施先生墓铭》曰："（施士匄）先生明《毛郑诗》，通《春秋左氏传》，善讲说，朝之贤士大夫从而执经考疑者，继往于门。太学生习《毛郑诗》《春秋左氏传》者，皆其弟子……先生年六十九，在太学者十九年，由四门助教为太学助教，由助教为博士太学。"[②] 施士匄较长时间执教于太学，讲说《诗经》与《左传》，著书立说，作育人材，为经学之传扬作出了重要贡献。从其所存的数条诗说材料观之，阐析《诗经》颇具自由评论之特征。施士匄善毛、郑《诗》，当时许多名人都听其讲解《诗经》。《唐语林》则记载刘禹锡同韩退之、柳子厚诣士丐听说《诗经》之事，曰："'《甘

① 《二十五史·新唐书》卷一三二"列传第五十七"，第4596页。

② 韩愈：《昌黎文集·施先生墓铭》，《四部精要》（18）本，第162页。

棠》之诗，‘勿拜，召伯所憩’，‘拜’言如人身之拜，小低屈也’；上言‘勿剪’，终言‘勿拜’，明召伯渐远，人思不得见也。毛《注》‘拜犹伐’，非也”。[①] 敢破毛《注》，另立新说，体现了作者自由思想的学术态度。又如说《候人》“维鹈在梁”，施释曰：“梁，人取鱼之梁也。言鹈自合求鱼，不合于人梁上取鱼，譬之人自无善事，攘人之美者，如鹈在人之梁，毛《注》失之矣。”[②] 此则与《毛传》、郑《笺》不同。《毛传》说：“梁，水中之梁，鹈在梁，可谓不濡其翼乎？”郑《笺》说：“鹈在梁当濡其翼，而不濡者，非其常也，以喻小人在朝，亦非其常。”不管施说能否成立，但起码他释诗是建立在自己独立思考与钻研基础上，绝不恪守旧说，人云亦云。施士匄解诗，已渐脱略《毛诗》的牢笼，自出新意，但亦难免空疏浮泛之弊。对此，应作两面观。

成伯瑜（一作玙）撰《毛诗指说》一卷，存。熊克跋曰：“唐成伯瑜有《毛诗指说》一卷，《断章》二卷，载于本志。《崇文总目》谓《指说》略叙作诗大旨及师承次第。《断章》大抵取春秋赋诗断章之义，撷《诗》语汇而出之。克先世藏书，偶存《指说》。会分教京口，一日同官毗陵沈必预子顺见之，欲更访《断章》，合为一帙。盖久而未获，乃先刊《指说》于泮林，庶与四方好古之士共焉。乾道壬辰三月十九日建安熊克记。”《毛诗指说》是一部探讨《诗经》学基本理论问题的著作。全书共四章，第一章：兴述。论诗之功用、起源、兴衰及孔子删诗等问题。第二章：解说。一释诗义，二论国风排列次序，三论大小雅及正变，四论“四始”，五论“六义”，六论二南，七论诂、训、传、注，八论诗序，九论篇、章、什、句，十论《关雎》《麟趾》，十一论《鹊巢》《驺虞》。第三章：传受。列举齐、鲁、韩、毛四家诗传受源流。第四章：文体。讨论《诗经》章、句特点，最后论列《诗经》虚词。此书之出，打破了孔颖达《毛诗正义》之后一段颇为沉寂的局面，给唐代《诗经》学重又注入了新的活力。成氏论诗，从总体看，并未摆脱传、笺、序的束缚，是传统诗学的延续，但也提出了一些新的观点。其中最重要的是，认为诗序首句为子夏所传，以下为毛公所续。此说在唐代并未引起足够的重视，到了疑古之风大盛的宋代，苏辙首先接受了成氏之说，在其《诗集传》中只取首句

---

① 王谠撰，周勋初校证：《唐语林校正》卷二，中华书局 1987 年版，第 128—129 页。

② 同上书，第 127 页。

为序，以示“存古”。《四库全书总目》云：“颇似刘氏《文心雕龙》之体。盖说经之余论也。然定《诗序》首句为子夏所传，其下为毛苌所续，实伯玙此书发其端。”《毛诗指说》还辟专章讨论《诗经》句式与结构等问题，这也是一大贡献。在句式上，他指出《诗经》二言至八言不等之句式特征；在篇章上，他指出有“重章共述一事”者，如《采蘋》；有“一事而有数章”者，如《甘棠》；有各章开头相同而结尾不同者，如《东山》；也有各章开头不同而结尾相同者，如《汉广》。此外，成氏还专门讨论了《诗经》中的虚词，对十多种不同类型的虚词逐一举例加以说明，为《诗经》虚词研究开了个好头。

总之，《毛诗指说》虽然是一篇仅有六千余字论文式的著作，论述较粗，表述亦有所欠缺，也有不少因循守旧之处，但他的“鲁、殷为变颂”说，他对《诗序》写作时间的考证，他对魏晋南北朝时期《诗经》研究情况的论述，特别是他对《诗经》语助词与句式的论述等，都有一定的创新精神与文献参考价值。值得注意的是，“《毛诗指说》论《诗经》文体是对初唐《毛诗正义》有关论说的复述与改写，是地道的《诗经》文学阐释。他与孔疏作者前后呼应，共同代表了唐代文人对《诗经》的总体认识和看法，这又一次印证了本文前面提到的观点：唐代《诗经》阐释是经学阐释与文学阐释的融通”。[①] 由此观之，《毛诗指说》在《诗经》学史上当有一席之地。

成伯玙撰《断章》二卷，佚。《崇文总目》云：“大抵取春秋赋诗断章之义，钞取诗语，汇而出之。”《玉海》注：“取春秋赋诗断章之义，钞诗语，汇而出之。凡百门，序云贞元十年撰。”程修己撰《毛诗草木虫鱼图》二十卷，佚。《新唐书·艺文志》云：“《毛诗草木虫鱼图》二十卷，开成中，文宗命集贤院修撰，并绘物象，大学士杨嗣复、学士张次宗上之。”据《唐朝名画录》载：“太和中，文宗好古重道，以晋明朝卫协画《毛诗》草木鸟兽虫鱼、古贤、君臣之像，不得其真，遂召程修己图之，皆据经定名，任意采掇。由是冠冕之制、生植之姿，远无不详，幽无不显矣。”鉴此，当可知是修己为之。《毛诗物象图》，佚。此即程修己所图之物象，盖《毛诗虫鱼草木图》为一编，其余则另为一编。令狐氏撰《毛诗音义》，佚。《经义考》曰：“王禹偁曰：‘顷年谪宦解梁，收得令狐补

---

① 王祚民：《诗经文学阐释史》，人民出版社 2005 年版，第 343—344 页。

阙《毛诗音义》，其本乃会昌三年所写。’按：《小畜集》中有《还工部毕侍郎毛诗音义诗》，第言令狐补阙，不详其名。考《新唐书》，令狐氏止绹曾官左补阙，然历相位，元之不应仍以补阙称之也。”究竟令狐氏为何人，限于资料，现只能暂且阙疑也。

贾岛撰《二南密旨》一卷，存。陈振孙《直斋书录解题》云：“《二南密旨》一卷，唐贾岛撰。凡十五门，恐亦依托。”《四库全书总目》曰：“此本端绪纷繁，纲目混淆。卷末忽总题一条云：‘以上十五门，不可妄传。’卷中又总题一条云：‘以上四十七门，略举大纲。’是于陈氏所云十五门外，增立四十七门，已与《书录解题》互异。且所谓四十七门、一十五门者，辗转推寻，数皆不合。亦不解其何故。而议论荒谬，词意拙俚，殆不可以名状。如以卢纶‘月照何年树，花逢几度春’句为大雅；以钱起‘好风能自至，明月不须期’句为小雅……皆有如呓语。其论总例物象一门，尤一字不通。岛为唐代名人，何至于此。此殆又伪本之重儓矣。”[①] 贾岛著有《长江集》，事迹见《唐书·韩愈传》及《琅琊代醉编》三十。《新唐书·艺文志》著录有贾岛《诗格》一卷，《宋史·艺文志》著录有贾岛《诗格密旨》一卷，所指当即此书，但皆不入经部诗类。是书有《学海类编》《诗学指南》《逊敏堂丛书》《丛书集成》等本。首论六义，次论风之所以、风骚之所由。再次论二雅大小正音及正变，由此而将古诗与《雅》之大、小、正、变相比合。再次论南北二宗，将诗分为南宗、北宗二派，例古今诗以明其体。又次论立格渊奥、论古今道贯一理。又次论篇目、论物象、论大意、论体裁，变言比兴之义，以明作诗之法。如言以“落花”为目者，言国中正风堕坏也；以“夏日”为目者，君暴也；以“贫居”为目者，君子守志也；诗言“舟楫”、“桥梁”者，比上宰，又比携进之人，亦皇道通达也；言“乱峰”、“乱云”、“寒云”者，喻佞臣得志也；言“白云”、“孤云”、“孤烟”者，喻贤人也；言“幽石”、“好石”者，喻君子之志也；言“黄叶”、“落叶”者，比小人也等。皆无关《诗》旨，故诸丛书多将其入于文词、诗学、文学之列，而不与经翼之部。至于何以不入经部，主要还在于《二南密旨》一书多侧重于对《诗经》作品进行文学性的阐释，无形中遮蔽了经学本然的精神内核。其实，就《二南密旨》对《诗经》的文学阐释而言，是颇具其

① 永瑢等：《四库全书总目》卷一九六，《四部精要》(10) 本，第1005页。

学术价值与创新意义的。兹试举数例论之。如论大、小《雅》曰：“四方之风，一人之德，民无门以颂，故谓之《大雅》；诸侯之政，匡救善恶，退而歌之，谓之《小雅》。”（《论二雅大小正旨》）论大、小雅变者曰：“大、小雅变者，谓君不君，臣不臣，上行酷政，下进阿谀，诗人则变雅而讽刺之。言变者，即为景象移动比之。如《诗》云：‘日居月诸，胡迭而微’，此变《大雅》也……又《诗》云：‘绿衣黄裳’，此乃变《小雅》之体也。”（《论变大小雅》）论南北二宗曰：“宗者，总也。言宗则始南北二宗也。南宗一句含理，北宗二句显意。南宗例如《毛诗》‘林有朴樕，野有死鹿’。即今人为对，字字的确，上下各司其意……北宗例如《毛诗》‘我心匪石，不可卷也’。此体今人宗为十字句，对或不对。”（《论南北二宗例古今正体》）论引古证用物象曰：“四时物象节候者，诗家之血脉也，比讽君臣之化。《毛诗》云：‘殷其雷，在南山之阳。’比教令也；‘他山之石，可以攻玉。’此贤人它适之比也。”（《论引古证用物象》）从这些阐释例子可以看出，唐代《诗经》学所自然呈现出来的趋向于文学阐释的意味，具有时代特色。

张诉撰《毛诗别录》一卷，佚。《玉海》引《书目》云：“《毛诗别录》一卷，张诉撰，凡三十二篇。毛郑笺注，取其长者，述而广之。”蔡元鼎撰《辨类诗》，佚。《云霄县志·卓行传》曰：“蔡元鼎，字国宝。生于唐末，当五季衰乱，隐居不仕，以文章自豪。宋时屡征不起，讲学大冒山麓，生徒至者千人，学者称蒙齐先生。时经学久荒，元鼎独辟性宗，不由师授，谓圣人道在《六经》，不讲明义蕴，亦糠秕耳。著《论孟讲义》《大学解》《中庸解》《九经解》《洪范会元》《辨类诗》《蒙齐诗文集》等。”《吉日诗图》一卷，佚名，佚。楼钥《吉日诗图跋》云：“此图古矣，意其出于唐人，是时六经未板行，本各不同，故沧浪录旧文，而以今本证之，前有壮士驱群丑而前以待王射，得‘悉率左右，以燕天子’之意。然御者当车中以执辔，主将居左，必择勇者为右，此画御者或在左，或在右，殊未晓也。”

综观唐代《诗经》学的研究状况，大致具有以下几个特点：（1）《诗经》学著作大多亡佚，存世者甚少。今可见者只有孔颖达的《毛诗正义》、陆德明的《毛诗音义》、成伯玙的《毛诗指说》、贾岛的《二南密旨》等四部。（2）研究内容主要集中于对《诗经》主旨、音义、典章与词汇的阐释，这与唐代科举需用《诗经》著作有密切关系，士子们需要统一规范而通俗易懂的教科书，故而对文本的阐释就显得十分重要而突出。(3)《诗经》学著作中，既有对《毛诗传笺》内容的承传，又有对其解说的否定，另创新说，体现了独立思考的学术精神与时代特色。(4) 许多《诗经》研究者，本身既是学者，又是老师，将自己的研究成果直接传授给学生，薪火相传，文脉赓续，自然形成优良的诗学传统。(5) 具有里程碑式的杰出《诗经》学成果。以孔颖达为首主撰的《毛诗正义》，在文本解读、经义阐析、六义论述等方面达到了时代的巅峰水平，成为《毛诗传笺》以来《诗经》学史上第二个重要的里程碑。

唐代尚无完整、系统的《诗经》理论批评著作，人们零星的诗学理论观点，大多散见于他们的有关著作中。兹举数例观之。刘知几《史通》云："夫观乎人文，以化成天下，观乎《国风》，以察兴亡。是知文之为用，远矣大矣。若乃宣、僖善政，其美载于周诗；怀、襄不道，其恶存乎楚赋。读者不以吉甫、奚斯为谄，屈平、宋玉为谤者，何也？盖不虚美，不隐恶故也。"[①] 此段论述突出了"不虚美，不隐恶"的实事求是的纪实精神，充分肯定了"观乎《国风》，以察兴亡"的《诗经》现实主义创作特征，从一位史学家的眼光中透视出文学创作奉行现实主义精神的重要性，这是颇为难能可贵的。皎然《诗式》云："用事：诗人皆以征古为用事，不必尽然也。今且于六义之中，略论比兴。取象曰比，取义曰兴。义即象下之意。凡禽鱼、草木、人物、名数，万象之中义类同者，尽入比兴，《关雎》即其义也。如陶公以'孤云'比'贫士'；鲍照以'直'比'朱丝'，以'清'比'玉壶'。时久呼比为用事，呼用事为比。如陆机《齐讴行》：'鄙哉牛山叹，未及至人情。爽鸠苟已徂，吾子安得停？'此规谏之忠，是用事非比也。如康乐公《还旧园作》：'偶与张邴合，久欲归东山。'此叙志之忠，是比非用事也。详味可知。"[②] 作者结合《诗经》六义中的比兴问题，以魏晋时期著名诗人的作品为例，辨明了比兴与用事的区别，言之成理，甚为中肯。皎然《诗评》云："或曰今人所以不及古人者，病于丽词。予曰不然。先正诗人，时有丽词。'云从龙，风从虎。'非丽邪？'昔我往矣，杨柳依依；今我来思，雨雪霏霏。'非丽邪？但古

---

① 刘知几：《史通》，上海古籍出版社 1978 年版，第 123 页。

② 皎然：《诗式》，见何文焕辑《历代诗话》本，中华书局 1981 年版，第 30 页。

人后于语，先于意。”（《诗学指南》）此说通过古今“丽词”的对比，指出“今人所以不及古人”的根本原因，不在“病于丽词”，而在于有无真情实感，亦即有无像古人那样“后于语，先于意”。就其所举《小雅·采薇》“昔我往矣，杨柳依依；今我来思，雨雪霏霏”而言，的确通过景物描写恰如其分地反映出服役士卒别离乡亲的难舍之痛与回归故乡的悲凉之绪，尽管语言很雅丽，但丝毫不影响诗人真实情感的抒发。真情出好诗，“哀怨起骚人”（李白《古风五十九首》其一），说的就是这个道理。白居易《文苑诗格》：“为诗有当面叙事，内隐一字。古语皆有此体。《毛诗》：‘纠纠葛屦，可以履霜。’此云不可以履霜，隐一‘不’字也。”（《诗学指南》）作者以《诗经》为例，指出了《诗经》“当面叙事，内隐一字”的叙事特点，真乃慧眼独具，令人叹赏！正是在这些有限的《诗经》评论话语中，我们深深感受到了《诗经》丰厚的蕴涵与诱人的魅力。

唐代人对于《诗经》的深厚情感，在对它进行全面而深入研究的同时，还十分注重对它精神的继承与弘扬。初唐诗人陈子昂，针对晋宋以来诗歌创作出现的“文章道弊”（思想颓废）、“彩丽竞繁”（形式绮靡）与“风雅不作”（远离《诗经》现实主义精神与比兴传统）的严重现象，高举诗歌革新的旗帜，号召人们振作起来，努力继承“汉魏风骨”与“兴寄”优秀传统。所谓“汉魏风骨”，就是指健康的思想内容和活泼的艺术形式的融合统一；所谓“兴寄”，就是指“托物起兴”和“因物喻志”的表现手法。这些正是《诗经》精神的内核所在，是值得继承和发扬的优秀传统所在。陈子昂的这些思想与主张，主要体现在他的《与东方左史虬修竹篇序》，为唐代诗歌的健康发展吹响了第一支嘹亮的革新号角。而他的《修竹篇》和《感遇诗》等创作，则很好地实践了自己诗歌革新的主张，在客观上为唐代诗坛树立了一代新风，具有楷模之积极作用。而后的李白与杜甫，更高地举起诗歌革新的旗帜，身体力行，在自己的诗歌创作中努力体现《诗经》的现实主义创作精神与比兴传统。至于白居易与元稹等人开展的新乐府运动，则从理论上、实践上总结和发扬了陈子昂倡导“风雅比兴”的进步主张，大力弘扬《诗经》的“赋、比、兴”传统，促进了唐代诗歌创作更为繁荣昌盛局面的形成。晚唐的罗隐、皮日休、杜荀鹤等人，与陈子昂、李白、杜甫、白居易、元稹等人的诗歌理论主张与诗歌创作精神遥相呼应、一脉相承，以他们充满现实主义精神与比兴寄托手法的诗歌创作，使晚唐诗坛依然放射出炫目的光辉。纵览唐代诗歌的发展脉络，可以这样说，《诗经》的现实精神与比兴传统是始终贯穿其中的一条生命红线。有此红线之贯穿维系，别具“丰神情韵”的唐代诗歌，方才有其源远流长的生命活水。

二 唐代《楚辞》研究鸟瞰

马克思在《政治经济学批判·导言》中指出：“关于艺术，大家知道，它的一定的繁荣时期决不是同社会的一般发展成比例的。”[①] 唐代的楚辞学，则与它高度发展的政治、经济、文化的比例是不相同步协调的。宋黄伯思《新校楚辞序》曾称得先唐旧本以校定异文。宋洪兴祖补注《天问》“中央共牧”句时，亦称有“唐本”之说。由此可证，唐代还是曾经有过楚辞专著的，只是亡佚而使得今天无以流传罢了。但就现今所见文献资料观之，唐代的楚辞学成果的确是前不及汉、魏、六朝，后不如宋、明、清各代。因此，唐代的楚辞传授与研究生态，在整个楚辞学史上呈现衰微状况。全唐时期，唐人对楚辞的认识与评价存在褒贬不一的鲜明观点，这是唐代楚辞传播过程中一个颇为鲜明的特征。

（一）唐人贬斥屈原及其《楚辞》之情形

“初唐四杰”王勃、杨炯、卢照邻、骆宾王，他们的作品深受齐、梁尤其是徐陵、庾信柔弱绮靡文风的影响，但他们在新时代精神的激励下，又不满这种文风，于是便自然产生改革文风的强烈愿望。改革文风，关键是首先要堵住不良文风的源头，因此，他们就由“绮靡纤丽”的六朝文风追溯至“惊采绝艳”的楚辞，认为楚辞就是绮靡文风之源。如王勃云：“违雅背训，孟子不为。劝百讽一，扬雄所耻。……自微言既绝，斯文不振。屈、宋导浇源于前，枚、马张淫风于后。谈人主者，以宫室花圃为雄。叙名流者，以沉酣骄奢为达。……周公、孔氏之教，存之而不行于代。天下之文，靡不坏矣。”[②] 王勃将批判的矛头直指屈原与宋玉，认为他们就是世道文风之败坏的罪恶根源所在。卢照邻与王勃的观点如出一辙，认为：“屈原、宋玉，弄辞人之柔翰。礼乐之道，已颠坠于斯文。雅

① 马克思：《政治经济学批判·导言》，《马克思恩格斯选集》第二卷，人民出版社 1972 年版，第 112 页。

② 王勃：《王子安集·上吏部裴侍郎启》，见马茂元主编《楚辞评论资料选》，湖北人民出版社 1985 年版，第 33 页。

颂之风，犹绵连于季叶。痛乎王泽既渴，诸侯为麋鹿之场。帝图伊梗，天下作豺狼之国。”[①] 卢藏用依然持批判的态度，指出：“昔孔宣父以天纵之才，自卫返鲁，乃删《诗》《书》，述《易》道而修《春秋》，数千百年，文章粲然可观也。孔子殁二百岁而骚人作，于是婉丽浮侈之法行焉。……后进之士，若上官仪者，继踵而生，于是风雅之道，扫地尽矣。”[②] 将唐初流行的“婉丽浮侈”文风的病根直指为“骚人”，一针见血，毫不留情。

到了盛唐时期李白与杜甫这两位诗人，他们对屈原的态度又是如何呢？需从两面来分析。一方面，他们崇尚屈原忧国忧民的爱国精神及其楚辞的表现形式；另一方面，对屈原的人生态度及自沉汨罗的行为，则多有微词。如李白檃栝楚辞《渔父》所作的《笑歌行》曰：“君不见沧浪老人歌一曲，还道沧浪濯我足。平生不解谋此身，虚作《离骚》遗人读。笑矣夫！笑矣夫！赵有豫让楚屈平，卖身卖得千载名。”其另一首《悲歌行》亦云：“吾观自古贤达人，功成不退皆殒身。子胥既弃吴江上，屈原终没湘水滨。”《书情赠叶舍人雄》则云：“投汨笑古人，临濠得天和。”诗人将投汨罗自沉的屈原与逍遥濠梁的庄子相比，指出屈原不能全身自退的的所谓迂腐固执的人生观是足以让人发“笑”的。至于李白的好友杜甫，虽然没有像李白那样直接讥笑屈原，但也留下了有失公允而恭敬的诗句：“中间屈贾辈，谗毁尽自取。郁没二悲魂，萧条犹在否？”将屈原与贾谊遭受奸佞群小谗言诽谤的悲剧结果，说成是咎由“自取”，实在是有诬屈贾也。

中唐新乐府运动的领袖白居易，由于一味坚持以《诗经》的“美刺”来作为衡量诗歌的标准，以他自己最为看重的“讽谕诗”[③] 作为参照系，所以，他对于屈原《离骚》等作品中“发愤抒情”的内容，便视同于他自己那些不为重视的“感伤诗”之类。如其所云：“（屈原）泽畔之吟，归于怨思。彷徨抑郁，不暇及他也。”[④] 这里的所谓“怨思”、“彷徨抑

---

① 卢照邻：《卢照邻集·驸马都尉乔君集序》，见马茂元主编《楚辞评论资料选》，第 32 页。

② 卢藏用：《右拾遗陈子昂文集序》，见马茂元主编《楚辞评论资料选》，第 34 页。

③ 白居易曾将自己的诗分为四类：讽谕诗、闲适诗、感伤诗、杂律诗。他本人最得意而价值也最高的是他的讽谕诗。

④ 白居易：《白居易集·与元九书》，见马茂元主编《楚辞评论资料选》，第 45 页。

郁”之类，在白居易看来，不过是屈原自己的“感伤”牢骚而已；而所谓“不暇及他”，即白居易最为看重的“讽谕”一类的诗歌内容。这样一来，在白居易的心中，屈原楚辞的价值便自然要大打折扣。而对于屈原为楚国强盛而求索苦斗不已的“苦志”精神与执着的人生态度，在善于将儒家“独善其身”与佛老的自然养生完美结合而独钟“省分知足”思想的白居易眼里，同样是不为首肯的。这在其《效陶潜体诗十六首》之十三中表露无遗，诗云：“楚王疑忠臣，江南放屈原。晋朝轻高士，林下弃刘伶。一人常独醉，一人常独醒。醒者多苦志，醉者多欢情。欢情言独善，苦志竟何成？兀傲瓮间卧，憔悴泽畔行。彼忧而此乐，道理甚分明。愿君且饮酒，勿思身后名。”很显然，白居易对“醒者多苦志”、“憔悴泽畔行”、“苦志竟何成”的屈原，是颇不认同的，他所崇尚的是“一人常独醉”、“兀傲瓮间卧”、“醉者多欢情”、“欢情言独善”的“林下”“高士”刘伶之属。实际上，白居易在晚年又何尝不是一位“独善其身”的“林下”“高士”呢？正因为白居易具有如此的“全身贵生”的人生态度，所以，他对苦志求索、直至沉江的屈原持有不认同之态度，也就不足为奇了。毫无疑问，白居易对屈原模式的背离是十分明显的，虽然他并不轻视屈原的人格精神，但却不赞成屈原那样苦斗求索而忘我的人生态度。其《咏怀》明确表示说：“自从委顺任浮沉，渐学年多功用深。面上灭除忧喜色，胸中消尽是非心。……长笑灵均不知命，江篱丛畔苦悲吟。”在《咏家酝十韵》中亦云：“独醒从古笑灵均，长醉如今敩伯伦。”“伯伦”，即指前诗“林下弃刘伶”之“刘伶”。“伯伦”，是刘伶之字。白居易多次“笑灵均”，其中之“笑”意，颇耐人寻味。“当然，白居易对屈原的‘笑’，并不是刻薄的嘲笑，而是在对炎凉人世深沉思考后打通禅关跳出一步的放情之笑，在这‘笑’的背后，则深隐着贬谪诗人体验到的全部苦涩和酸辛。”[1] 白居易如此之屈原观，既有个人之因素，又具时代之影响，需多元关照与分析。

对白居易而言，他不认同屈原“苦志”、“独醒”的人生模式，那么，他真正崇仰的人生楷模是谁呢？此人非他，即陶渊明也。白居易于贬谪江州司马时所作《题浔阳楼》云：“常爱陶彭泽，文思何高玄！又怪韦苏州，诗情亦清闲。今朝登此楼，有以知其然。”劈头一句“常爱陶彭泽”，

① 尚永亮：《庄骚传播接受史综论》，文化艺术出版社2000年版，第331页。

和盘托出了诗人恒久不变而深厚浓挚的爱陶情结。其《访陶公旧宅》，则将诗人的慕陶情结推至顶峰。此诗小序云：“予夙慕陶渊明为人，往岁渭川闲居，尝有《效陶潜体诗》十六首。今游庐山，经柴桑，过栗里，思其人，访其宅，不能默默，又题此诗云。”明确交代了诗人访陶公旧宅所引发的思慕陶渊明的深挚感情，慕陶效陶，由来已久矣。请看其诗所云：“呜呼陶靖节，生彼晋宋间。心实有所守，口终不能言。永为孤竹子，拂衣首阳山。夷齐各一身，穷饿未为难。先生有五男，与之同饥寒。肠中食不充，身上衣不完。连征竟不起，斯可谓真贤。我生君之后，相去五百年；每读五柳传，目想心拳拳。……不慕樽有酒，不慕琴五弦；慕君遗荣利，老死此丘园。”在这首诗中，“白居易在此表现既有对陶渊明在晋、宋易代之际‘心有所守’之坚定志节的崇仰，也有对他不慕荣利、甘守长贫之孤傲精神的羡慕，而此两点，不仅是陶之所以为陶的核心所在，而且也在意识观念上构成了白以陶为楷模欲以退避社会超然解脱的基本特征；一方面确是‘浩然江湖，以此长往’的毅然超越，一方面又是不无保留的对理想信念‘心有所守’的执着；这是超越中的执着，更是执着中的超越。就总体情形言，白居易选择的乃是一条尽力摆脱屈原模式而完全认同陶渊明亦即从执着到超越的道路”。[①] 由中国士人的思想人生轨迹观之，白居易对屈原模式的超越，无疑具有划时代之意义。正如尚永亮所指出的那样：“从对屈原模式的继承、超越到走向陶渊明，乃是中国士人心态发展中的一个转折点，这一转折的出现，无疑与中唐时代日益激化的政治斗争和盛行不衰的佛老思想紧密关联，而这一转折的突出标志，则在白居易置身逆境后全面开始的对社会政治的反思及其对自我人生道路的抉择。”[②] 总之，白居易对屈原模式的否定与超越，对陶渊明模式的崇仰与效仿，是中唐政治斗争之形势与三教合流之文化思潮的特定产物。

作为白居易的好友元稹，他对《楚辞》的认同感较之白居易，稍有进步。其云：“骚人作而怨愤之态繁，然犹去风雅日近，尚相比拟。”[③] 元稹对楚辞中“怨愤”描写过分繁多的情形，略有不满，但于《诗经》风

① 尚永亮：《庄骚传播接受史综论》，文化艺术出版社 2000 年版，第 336 页。

② 尚永亮：《庄骚传播接受史综论》，第 337 页。

③ 元稹：《元氏长庆集》卷五六《唐故工部员外郎杜君墓系铭并序》，见马茂元主编《楚辞评论资料选》，第 51 页。

雅比兴之传统尚有所体现，贬中有褒，褒贬相兼，并非一概否定，态度较为客观。

天宝中，李华、萧颖士、贾至、柳冕等古文运动的先驱们，极力反对初唐时期追求华靡浮艳的骈文，提倡平实朴素、切用世事的散文，故他们对于“惊采绝艳”、恣意夸饰的《楚辞》颇具批判意味，认为唐代绮靡文风兴起是《楚辞》影响所致。李华云：“屈平、宋玉哀而伤，靡而不返，六经之道遁矣！”[①] 萧颖士尝云：“扬、马言大而迂，屈、宋词侈而怨。言其流者，或文质交丧，雅郑相夺，盍为之中道乎！”[②] 贾至亦云：“骚人怨靡，扬、马诡丽，班、张、崔、蔡、曹、王、潘、陆，扬波煽风，大变风雅，齐、梁、陈、隋，荡而不返。”[③] 再看柳冕所论：“骚人作，淫丽兴，文与教生而为二。”[④] 又云：“自屈、宋以降，为文者本于哀艳，务于恢诞，亡于比兴，失古义矣！”[⑤] 他们都直言不讳地批评屈、宋辞赋所谓“哀伤侈靡”的弊端，从而将唐代绮靡文风的形成归罪于《楚辞》。

如果说王勃、柳冕等人主要是通过谴责六朝绮靡文风来批判屈原“惊采绝艳”辞赋特征的话，那么到了孟郊，则主要是激烈攻击屈原的思想品德。其《旅次沅湘有怀灵均》：“分拙多感激，久游遵长途。经过湘水潭，怀古方踟蹰。旧称楚灵均，此处殒忠躯。侧聆故老言，遂得旌贤愚。名参君子场，行为小人儒。骚文衔贞亮，体物情崎岖。三黜有愠色，即非贤哲模。五十爵高秩，谬膺从大夫。胸襟积忧愁，容发复凋枯。死为不吊鬼，生作猜谤徒。吟泽洁其身，忠节宁见输。怀沙灭其性，孝行焉能俱。且闻善称君，一何善自殊。且闻过称已，一何过不渝。悠哉风土人，角黍投川隅。相传历千祀，哀悼延八区。如今圣明朝，养育无羁孤。君臣逸雍熙，德化盈纷敷。巾车徇前侣，白日犹昆吾。寄君臣子心，戒此真良图。”此诗对“旧称”屈原自沉汨罗江是“殒忠躯”的说法，是颇不以为然的。因此，他要颠覆“旧称”，重新“旌贤愚”了。且看孟郊是如何来“旌贤愚”的。他首先指责屈原在《离骚》中炫耀自己的贞操与亮节，而

---

① 李华：《赠礼部尚清河孝公崔沔集序》，见马茂元主编《楚辞评论资料选》，第40页。

② 独孤及：《唐故殿中侍御史赠考功郎中萧府君文章集录序》，见马茂元主编《楚辞评论资料选》，第38页。

③ 贾至：《工部侍郎李公集序》，见马茂元主编《楚辞评论资料选》，第36页。

④ 柳冕：《答徐州张尚书论文武书》，见马茂元主编《楚辞评论资料选》，第50页。

⑤ 柳冕：《与徐给事论文书》，见马茂元主编《楚辞评论资料选》，第50页。

《离骚》的叙事抒情，又是那样的迂曲与晦涩，令人不知所云。从人品与文品两方面，彻底予以否定。这简直就是班固指责屈原“扬才露己”、批评《离骚》“皆非法度之正”情形的翻版。接着指责屈原不能正确对待楚王对他的多次贬谪与流放，这就不能成为“贤哲”的模范；认为屈原不守人臣本分，一味忧愁，牢骚满腹，猜忌不已，结果形容枯槁，落得个死后无人凭吊的下场。因为孟郊评判屈原的角度偏差了，所以，他就不分青红皂白地把屈原行吟泽畔、抒发愁怀的方式以及自沉汨罗的壮举，统统说成是不孝的行径。在孟郊眼里，屈原简直就是一个“忠节”与“孝行”皆不具备的不忠不孝之徒。那么，孟郊为何如此曲解屈原呢？诗的最后八句，道出了他的心声。孟郊认为他所在的唐代社会，是一个养育公平、君臣和谐、社会安宁、百姓睦邻的国泰民安的“圣明”社会。因此，面对如此清明和平的社会，也就不需要像屈原那样“发愤抒情”了，否则，那就是不合时宜的。

由上观之，屈原及以屈原为代表的楚辞，在初唐至中唐的部分诗文作家中多是批判乃至甚受嘲讽的对象。那么，为何会出现如此之情况呢？主要有以下几个原因：

其一，与社会的文化思潮有关。初唐时期，以陈子昂为首的诗歌革新者，高举反对齐梁浮艳绮靡文风、倡导《诗经》“美刺”、“比兴”与“汉魏风骨”精神的伟大旗帜，努力开辟出具有新时代精神与风貌的诗歌创作的康庄大道。故而，王勃、卢照邻、陈子昂等人即把“惊采绝艳”的《楚辞》列为当时流行的浮艳绮靡文风之源而痛加贬斥。应该说，陈子昂等人革故鼎新、激浊扬清的诗歌改革方向是完全正确的，但不分青红皂白、一股脑儿将《楚辞》打入冷宫，这就有失公允而冤屈《楚辞》了。其实，“惊采绝艳”，本来就是《楚辞》文辞雅丽、夸饰浪漫特征的集中体现，是南方楚国所特有的具有浓郁地方色彩的新诗体。就屈原的代表作《离骚》而言，它的“惊采绝艳”，丝毫没有影响诗人以“香草美人”的比兴象征手法去恰到好处地尽情抒发对楚王之怨恨、国运之担忧、民生之哀愁、自身之悲鸣的复杂感情，由此形成了屈原楚辞现实主义与浪漫主义创作精神高度结合的文学特征，从而与《诗经》一起构筑起中国文学史上遥相呼应、前后辉映的两座丰碑。初唐诗文作家将“惊采绝艳”的楚辞，硬性指斥为浮艳绮靡文风的源头，将其与初唐之浮艳绮靡文风统统扫荡，这不能不说是初唐部分诗文作家有诬古人的偏见，应予纠正。

其二，与个人的思想信仰有关。有唐一代，儒、释、道三教文化均得到了空前的发展，形成鼎立之势。在这样的文化氛围中，人们大都或多或少同时受到它们的影响，或由儒入道，或佛老并举，或三教各尊，或三教合一，呈现出一种兼融并包的思想状态。尽管出现唐初重道、武后重佛、中唐儒佛对抗、晚唐排佛重道的此起彼伏的社会思潮，但三教在任何一个时期都并行不悖地存在着、发展着，并未出现一教独霸的现象。这正表明了唐代社会思想多元化的包容性开阔胸襟。以武后朝为例，她执政期间推行的是三教并重的政策，圣历二年（699）武则天下诏编撰的大型经典《三教珠英》便是最好的明证。这是一部汇集儒、释、道三教精义的巨著。该著主要以儒家经典为本，兼采百家之说。由《文思博要序》到《三教珠英》，可以看出唐代君主的统治思想并非独尊一家，而是呈现出颇为宽松的并行与交融现象。中唐时期，即使像崇尚儒家、激烈反佛的韩愈、杜牧等人，他们仍然对佛教具有较深的研究。总的来说，整个唐代儒、释、道三教处在一个对抗、并行而交融的状态之中。这是因为："儒释道三家的价值观念，构成了中国传统文化价值目标的三维坐标，相互补充，相得益彰。儒家的价值目标指向现实生活，确定了中国古代社会基本的道德秩序与道德观念；道家的价值目标体现了对主体完善的关怀，支撑着个体的精神独立与心理平衡；佛教的价值目标则是对万有本质的追求，揭示出一种终极完善的境界。"① 所以，儒、释、道三教皆有其存在的价值意义与人生需求。对此，唐人似乎尤为清楚。"就唐代思想领域的具体发展形势而言，在南北朝宗教思想泛滥之后，又正在进入一个比较理性的反思时期，这些都使得当时的知识阶层能够以更具批判性的理性眼光来对待宗教现象。而这种宗教信仰性的'蜕化'，又使得他们更自由、更主动的对待三教。结果他们普遍地依据个人的理解和需要来接受和运用佛、道二教，'周流三教'从而成为一时风气。在文学领域，这一潮流对作家的思想和生活都产生了相当巨大的影响，并或隐或显地表现在他们的创作之中。"② 由于唐代士人出入儒、释、道这种意识形态的多元化特征，便促使他们形成了更为广阔的思想空间，极大地焕发出他们充满活力的思想信仰特征与艺术创造精神。就儒、道、佛三教的宗旨而言，儒家主要表现为

① 张怀承：《中国哲学发展史》，湖南教育出版社2004年版，第295页。

② 孙昌武：《唐代道教与文学》，人民文学出版社2001年版，第472页。

"修身齐家，治国安邦"；道家主要表现为"延年益寿，羽化登仙"；佛家主要表现为"诸恶莫作，众善奉行"。故而，具有不同思想信仰的唐人，他们对待屈原及其楚辞的态度也就明显有别。一般来说，崇尚儒家思想者，则拥护赞美屈原及其楚辞者则较多；而崇尚道教、佛教思想者，则反对贬抑屈原及其楚辞者偏多。例如，李白崇尚道教思想，白居易晚年崇尚道教、佛教思想，他们就不认同屈原以身殉国的投江之举，认为屈原只是一味追求"兼济天下"，未能与时推移、功成身退而"独善其身"。因而在他们看来，屈原功成不退、沉江而死，只能贻笑后人。而白居易在否认屈原人生模式的基础上，则从前代的贤士中，唯以归隐田园、颐养天年的陶渊明为人生之楷模，以寻求精神家园与人生归宿。正因为唐人思想信仰的差异，所以，人们对于屈原人生观的不同态度，也就在所难免了。

其三，与作者的诗歌风格有关。以屈原为代表的《楚辞》，其创作风格主要是属于浪漫主义的。具体表现在作品中具有大量的历史故事、神话传说、想象幻想、夸张奇特、惊采绝艳等丰富内容，颇具鲜明的楚国地方文化特色。唐代一些崇尚质朴诗风与现实主义诗歌精神的诗人，对于《楚辞》这种浪漫主义风格甚为突出的作品，往往就是嗤之以鼻、不屑一顾。如卢照邻云："屈原、宋玉，弄辞人之柔翰。礼乐之道，已颠坠于斯文。"① 陈子昂《上薛令文章启》云："斐然简狂，虽有劳人之歌。怅尔咏怀，曾无阮籍之思。徒恨迹荒淫丽，名陷俳优，长为童子之群，无望壮夫之列。"对楚辞及其作家竭尽鄙薄轻贱之意。至于新乐府运动的倡导者与实践者白居易与孟郊等现实主义诗人，尤其是白居易作诗坚持要让老妪明白的通俗质朴之诗风，与楚辞风格相差甚大。因此，楚辞遭遇他们的批判与排斥，也就自然如此了。

其实，就屈原及其《楚辞》的文学精神实质而言，它属于那种关注现实、忧国忧民、执着坚毅、奋斗不止的儒家思想范畴。屈原德才兼备、志向宏远、一心为国、上下求索，然而却怀才不遇、屡遭奸佞群小之诬陷与昏聩楚王之疏放，他不得不行吟泽畔、惆怅徘徊、自抒幽怀。尽管如此，"众人皆醉吾独醒"，他依然是"老冉冉其将至兮，恐修名之不立"，"民生各有所乐兮，余独好修以为常"。坚信："亦余心之所善兮，虽九死

① 卢照邻：《卢照邻集·驸马都尉乔君集序》，见马茂元主编《楚辞评论资料选》，第32页。

其犹未悔”；“伏清白以死直兮，固前圣之所厚”；“虽体解吾犹未变兮，岂余心之可惩!”为了楚国的振兴与富强，他甘愿做一匹骏马，渴望楚王“乘骐骥以驰骋兮，来吾道夫先路”；希冀楚王能够“举贤而授能兮，循绳墨而不颇”。然而，楚王却是听信谗言、疏远诗人，“不抚壮而弃秽兮，何不改乎此度?”“荃不察余之中情兮，反信谗而齌怒”，总是怀疑、失信于诗人，“曰黄昏以为期兮，羌中道而改路。初既与余成言兮，后悔遁而有他”。在世俗社会黑暗、奸佞群小诬陷、楚国君臣昏庸等“世混浊而不分兮，好蔽美而嫉妒”的极其恶劣的政治生活环境中，诗人屈原“虽不周于今之人兮，愿依彭咸之遗则”，“既莫足与为美政兮，吾将从彭咸之遗居”！在楚国上下昏君佞臣的无情打击与万般迫害下，屈原最终不得不举身跃汨罗、以死明忠心。屈原宁可以死明志，以此表达他对楚国君臣昏庸现实的强烈抗议，并由此激发人们认清楚国岌岌可危政治形势的良知与觉悟，从而实现屈原楚国繁荣富强、人民安居乐业的美好愿望。虽然屈原理想破灭而赍志以殁了，但是，屈原的那种忠君报国、矢志不渝的伟大而崇高的爱国主义精神，上下求索、持之以恒的艰苦奋斗精神，则如江河行地，日月经天，彪炳千秋，万古不朽。它以自己顽强的意志与可贵的生命，为千百年来的仁人志士们树起了我国第一座“高山仰之、景行行止”的爱国主义诗人丰碑。至于唐人中部分鄙薄与贬斥屈原及其《楚辞》的言论，这是时代的局限，也是诗人自身的局限。屈原及其《楚辞》的光辉，并不因为一些人的否定而黯然失色，屈原及其《楚辞》将永远活在人们的心中，永远活在人们的现实生活与精神家园里。

（二）唐人褒扬屈原及其《楚辞》之实况

上面我们就唐人贬抑屈原及其《楚辞》的情形作了简略论析，但它并非唐代的主流思潮。就总体情况而言，整个唐代对屈原及其《楚辞》的褒扬情况还是非常鲜明而突出的，人们对屈原及其《楚辞》的赞美、拥护与承传，始终是占主导地位的，体现了唐人颇具时代特征的屈骚观。

在初唐，魏徵较早正确评价了屈原及其《楚辞》，其云：“《楚辞》者，屈原之所作也。自周室襄乱，诗人寝息，谄佞之道兴，讽刺之辞废。楚有贤臣屈原，被谗放逐，乃著《离骚》八篇，言己离别愁思，申抒其心，自明无罪，因以讽谏，冀君觉悟，卒不省察，遂赴汨罗死焉。弟子宋玉，痛惜其师，伤而和之。其后，贾谊、东方朔、刘向、扬雄，嘉其文采，拟之而作。盖以原楚人也，谓之‘楚辞’。然其气质高丽，雅致清远，后之文人，咸不能逮。”[①] 魏徵所述，其旨大致出于司马迁与王逸等论屈骚的范畴，但在盛行六朝绮靡文风的初唐诗坛，能够旗帜鲜明地彰扬儒家诗教之优良传统，充分肯定《楚辞》的怨刺内容，委实具有非同寻常的积极意义。著名史学家刘知几从史学的角度，高度评价了《楚辞》的“怨刺”精神，其云：“夫观乎人文，以化成天下；观乎国风，以察兴亡。是知文之为用，远矣大矣！若乃宣、僖善政，其美载于周诗。怀、襄不道，其恶存乎楚赋。读者不以吉甫、奚斯为谄，屈平、宋玉为谤者，何也？盖不虚美，不隐恶姑也。”[②] 刘氏本着史家“不虚美、不隐恶”秉笔直书的基本原则，肯定《诗经》与《楚辞》的现实主义创作特征，可谓慧眼独具。在有唐一代，能够如此肯定与褒美《楚辞》“怨刺”精神者，刘知几当属第一人。

“初唐四杰”并非全部贬抑屈原及其《楚辞》者，如其中的杨炯，他对屈原及其《楚辞》的评价就颇为公允而肯定。其云：“仲尼既殁，游、夏光洙泗之风。屈平自沉，唐、宋宏汨罗之迹。文、儒于焉异术，词、赋所以殊源。逮秦氏燔书，斯文天丧。汉皇改运，此道不还。贾、马蔚兴，已亏于雅、颂。曹、王杰起，更失于风、骚。”[③] 杨炯本着实事求是的态度，以时代发展的眼光，给予屈原及其《楚辞》以很高的评价。“在儒学之祖仲尼和词赋之宗屈平之间，杨氏没有强分高下。在风雅与楚《骚》之间，杨氏也没有强加抑扬。屈平与仲尼并列，楚《骚》与风雅比肩，独树一帜，唱出反调，识力过人，胆量尤过人。”[④] 杨炯此论，委实是“初唐四杰”中极为难得的惊世骇俗之言，振聋发聩，令人钦敬。

盛唐时期的李白，由于其本身亦儒、亦道、亦侠各种思想既矛盾又统一的复杂情况，因此，在他除了对屈原的功名观、人生观持有否定的批评意见外，他对于屈原哀怨情怀的抒发，则给予了理解之同情的积极而肯定的态度。《古风五十九首》其一云：“正声何微茫，哀怨起骚人。”《悲歌行》云：“悲来乎！悲来乎！……汉帝不忆李将军，楚王放却屈大夫。”《拟恨赋》云：“昔者屈原既放，迁于湘流，心死旧楚，魂飞长楸。听江

① 魏徵：《隋书·经籍志四》，见马茂元主编《楚辞评论资料选》，第30—31页。

② 刘知几：《史通》，见马茂元主编《楚辞评论资料选》，第34页。

③ 杨炯：《杨炯集·王勃集序》，见马茂元主编《楚辞评论资料选》，第32页。

④ 易重廉：《中国楚辞学史》，湖南出版社1991年版，第184页。

风之嫋嫋，闻岭狖之啾啾。永埋骨于渌水，怨怀王之不收。”李白反复描写屈原的哀怨，旨在表达他对屈原遭受疏远放逐的怜悯与对怀王昏聩的愤恨之情。李白“哀怨起骚人”的观点，是对西汉司马迁以来“主怨派”传统的继承与发展。唐代文人评价屈《骚》而主怨者，李白乃首创者。联系李白自己怀才不遇、遇而不能重用的与屈原相似的悲剧命运，这种感受无疑是切肤入髓般的深刻。其《赠别郑州官》一诗便是李白与屈原惺惺相惜、心灵相契的一种特殊情感的体现。诗云：“远别泪空尽，长愁心已摧。三年吟泽畔，憔悴几时回?”诗人完全将自己与屈原等同了起来，由古及今，合二为一，甚为默契。明末清初诗人屈大均，称说李白是“乐府篇篇是楚辞，湘累之后汝为师”（《采石题太白祠》之四），明确指出了李白与屈原的渊源关系。关于这个问题，本书第五章《唐人对〈风〉〈骚〉精神之融通》将有较为详细之论述，此不赘述。

值得一提的是，如果说李白与杜甫这两位挚友，对于屈原之人生态度多少还有点不够理解而稍有微词的话，那么，他们对于屈原学生宋玉的态度，就表现得甚为友好而颇多赞美之词。李白尝云：“我觉秋兴逸，谁云秋兴悲”（《秋日鲁郡尧祠亭上宴别杜补阙范侍御》），表达了他不满意宋玉《九辩》所营造的“悲哉，秋之为气也”的“悲秋”情感氛围，但大多时候他对宋玉的不幸遭遇则深表同情。如：“地远虞翻老，秋深宋玉悲”；《感遇四首》（其四）云：“宋玉事楚王，立身本高洁。巫山赋采云，郢路歌白雪。举国莫能和，巴人皆卷舌。一惑登徒言，恩情遂中绝。”对宋玉高洁之情怀与非凡之才华之颂美，可谓竭诚抒发而不惜笔墨。而对于楚王轻信谗言、以致宋玉仕进无望的悲剧，则深为遗憾。李白晚年流放至巫山，见神女峰，由此想到了当年曾为楚王写出精彩绝伦、文采风流的宋玉，而今则是人去山空、孤峰寂然，诗人又念及自己外放不偶之困境，不觉悲从中来，含泪写下了这首悼怀宋玉而悲悯自己的名篇《宿巫山下》，其云：“昨夜巫山下，猿声梦里长。桃花飞绿水，三月下瞿塘。雨色风吹去，南行拂楚王。高丘怀宋玉，访古一沾裳。”一往情深，悲慨无限，同病相怜，古今共鸣。较之于李白，杜甫对于宋玉的深爱情结则更为浓挚醇厚。其《咏怀古迹五首》其二云：“摇落深知宋玉悲，风流儒雅亦吾师。怅望千秋一洒泪，萧条异代不同时。江山故宅空文藻，云雨荒台岂梦思。最是楚宫俱泯灭，舟人指点到今疑。”诗人不仅高度颂美宋玉“风流儒雅”的品性气质，而且深刻同情其“文藻”华艳而怀才不遇的悲剧，更让人惊叹的是，大诗人杜甫竟然直接拜称宋玉为“吾师”，对宋玉的敬仰之情堪称空前绝后矣。

在盛唐，殷璠是一位颇具时代眼光与文学审美标准的著名选家，是盛唐诗学的重要人物。其《河岳英灵集》是唐人选唐诗的优秀选本，在其《自叙》中他提出了诗歌所具有的“神来、气来、情来”创作特征理论，阐述了诗歌的本质、特性与创作规律。简而言之，即要求诗歌表现为内容与形式的多样性统一。而所谓多样性的统一，也就是他所提出来的“既闲新声，复晓古体，文质半取，《风》《骚》两挟”（《自叙》）的诗歌创作纲领，旗帜鲜明地将楚《骚》与国《风》共同树立为诗歌创作的典范，从诗歌的审美价值极大地肯定了楚《骚》的存在价值与重要地位。这种思想，对后来的皎然具有先导意义。

时至中唐，唐人对于屈原及其《楚辞》的评价普遍提高，其认同感与传承接受情况更为明显。一向注重“诗教”的诗人皎然，在殷璠思想的影响下，其时已十分重视将《诗经》与《楚辞》之精神的传播共同纳入“诗教”的范畴。其《五言答苏州韦应物郎中》云：“诗教殆论缺，庸音互相倾。忽观风骚韵，会我夙昔情。”“在皎然看来，所谓‘诗教’，只指当初儒家规定的《三百篇》是远远不够了。它应该包括楚《骚》，乃至其他诗歌，因为它们都具有诗的本质，符合诗歌创作的审美规律，它们同样会产生诗的社会教化作用。这样，皎然的诗教说，就大大提高了楚《骚》的地位，并从而丰富了儒家诗教说的内容，在一定条件下改变了儒家诗教说的性质。”① 皎然坚持从历史发展的角度来充分肯定《楚辞》应有的地位，委实功不可没。

中唐古文运动的先驱者萧颖士、李华、贾至等人，严守儒学道统观念，憎恶六朝文风，与初唐标榜诗文革新的王勃、陈子昂等人的诗学观念桴鼓相应，支持新乐府运动的文坛领袖白居易，贬抑屈、宋，排斥《楚辞》。然而，独孤及则慧眼独具，决不人云亦云，严正表明了他对楚《骚》积极认同的态度。其《唐故左补阙安定皇甫公集序》云：“五言诗之源生于《国风》，广于《离骚》，著于李、苏，盛于曹、刘，其所自远矣。”② 突出了《楚辞》的代表作《离骚》在中国诗歌史中的重要作用与

① 易重廉：《中国楚辞学史》，第 192 页。

② 独孤及：《唐故左补阙安定皇甫公集序》，见马茂元主编《楚辞评论资料选》，第 37 页。

地位，有力地矫正了古文运动先驱对《楚辞》的片面观点，也在一定程度上矫正了古文运动初期重质轻文的方向。

到了古文运动的领袖人物韩愈、柳宗元时期，人们对屈原及其《楚辞》的认同感与接受性，可谓达到了空前热烈高涨的程度，屈原及其《楚辞》的地位陡然提升，屈骚精神越加深入人心，尤其是备受贬谪诗人的青睐。

兹就韩愈与柳宗元作为代表，简要考察他们对屈骚精神的深厚情结。先看韩愈。韩愈对楚辞学的突出贡献，则是在司马迁“发愤著书说”的基础上，进一步提出了“不平则鸣说”。其《送孟东野序》云：“大凡物不得其平则鸣……庄周以其荒唐之辞鸣。楚，大国也，其亡也，以屈原鸣……其下魏、晋氏，鸣者不及于古，然亦未尝绝也。”① 韩愈首先从“不平则鸣”的自然现象说起，清晰梳理了自庄子至魏晋士人不满黑暗社会现实的“不平则鸣”之人事现象，肯定了人所应具有的独立意志与批判社会现实的自由思想，凸显出诗人朦胧的民主主义意识，是魏晋士人们人的自觉精神的进一步弘扬与提升。尤其值得注意的是，在中国诗人“不平则鸣”的精神发展史上，屈原起到了一个极其鲜明的承前启后的重要作用。韩愈十分认同屈原作品“不平则鸣”的内在精神特质，与李白“哀怨起骚人”之论一脉相承，前后辉映。在韩愈看来，屈原之所以要“鸣”，而且是自始至终在“鸣”，只是因为楚王昏聩、楚国败亡的残酷现实，使得具有深厚楚国情结与浓烈爱国情怀的屈原自然痛心疾首而“不平则鸣”。韩愈如此之楚辞观，较之于柳冕指责楚国因《楚辞》而亡的偏颇观点来，优劣悬殊，殆同天壤。可见，韩愈以“不平则鸣”来考量屈原及其《楚辞》，实在是深刻揭示了屈骚最为核心的精神本质与社会意义。再看柳宗元。作为与韩愈同是古文运动领袖人物的柳宗元，他对楚辞学作出的贡献，比起韩愈来，既具理论的阐释与支持，又身体力行，在自己的创作中有意识地汲取屈骚精神的丰富营养，使得自己的作品别具屈骚风味的审美价值。柳宗元因为多次遭贬的缘故，所以他对屈原楚辞作品的体会，则较常人显得更为亲切而深刻，从而对屈原其人的评价也就更切实际而甚中肯綮。其《与杨京兆凭书》云：“凡人可以言古，不可以言今。……诚使情如庄周，哀如屈原，奥如孟轲，壮如李斯，峻如马迁，富

① 韩愈：《昌黎文集·送孟东野序》，《四部精要》（18）本，第136—137页。

如相如，明如贾谊，专如扬雄，犹为今之人笑，则世之高者至少矣。由此观之，古之人未始不薄于当世而荣于后世也。”[①] 对屈原作品则如此评价说：“本之《书》以求其质，本之《诗》以求其恒，本之《礼》以求其宜，本之《春秋》以求其断，本之《易》以求其动。此吾所以取道之原也。参之谷梁氏以厉其气，参之《孟》《荀》以畅其支，参之《庄》《老》以肆其端，参之《国语》以博其趣，参之《离骚》以致其幽，参之太史以著其法。此吾所以旁推交通而以为之文也。”[②] 在这两段话中，柳宗元以一“哀”字，概括屈原的悲戚人生与孤凄境遇，极其精练而准确。此与李白的“哀怨起骚人”、韩愈的“不平则鸣”之高论，具有异曲同工之妙，所谓“英雄所见略同”也哉！柳宗元又以一“幽”字，评价屈原《离骚》的艺术风格与境界，也甚为得体而精到。“柳氏用一个‘幽’字概括了楚《骚》的艺术特点。所谓‘幽’，包括文字的幽深微妙和感情的幽愤抑郁，因此，所谓‘哀’，与幽愤抑郁一致，不同于柳冕‘哀思亡国说’的‘哀’。用两个字概括楚《骚》的思想内容与艺术特点，有相当的困难，但柳氏的表述基本上是正确的。古文运动的先驱者，有些重道轻文，有些重古轻今，柳氏的第一段话，批判了重古轻今的错误，第二段话，又批判了重道轻文的偏见。他能正确评论楚《骚》，与他整个文艺思想的正确分不开。”[③] 如果说韩愈的“不平则鸣说”揭示出屈骚精神本质特征的话，那么，柳宗元的“哀”、“幽”二字则精练地概括出屈骚的思想特征与艺术风格。这也从侧面告诉人们，柳宗元对屈原及其楚辞之概括之所以如此精到而得体，完全是因为他对屈原及其楚辞高人一筹的深刻体会与准确把握，柳宗元与屈骚情结如此之深厚，于此可见一斑。

更令人称道的是，柳宗元与屈骚情结之深厚，最主要的还是体现在他对屈骚精神虔诚而全面之接受方面，成为唐代诗坛一道奇异的风景线。《新唐书·本传》云：“（柳）既窜斥，地又荒疠，因自放山泽间。其堙危感郁，一寓诸文，仿《离骚》数十篇，读者咸悲恻。”[④] 屈原的那篇惊世

---

① 柳宗元：《柳河东集·与杨京兆凭书》，《四部精要》（18）本，第440页。

② 柳宗元：《柳河东集·答韦中立论师道书》，《四部精要》（18）本，第458页。

③ 易重廉：《中国楚辞学史》，第208页。

④ 《二十五史·新唐书》卷一六八“列传九十三”，第4669页。

骇俗的千古奇文《天问》，是一首以四言句为基本格式的长诗。全诗对天文、地理、历史、哲学等许多方面提出了一百七十多个问题。诗人对许多历史问题的提问，往往表现出作者的思想感情、政治见解和对历史的总结、褒贬；对自然所提的问题，表现的是作者对宇宙的探索精神，对传说的怀疑，从而也看出作者比同时代人进步的宇宙观、认识论。柳宗元则凭着对屈原的崇敬仰慕之挚情，以深广博雅的文、史、哲之全才，写出了空前绝后、举世闻名的《天对》，对屈原所提各种问题一一作答。这无疑是楚辞学上的一大壮举，是柳宗元对唐代楚辞学的最大贡献。至于柳宗元对屈骚形体的仿作，对屈骚精神的融化而创作的诗歌，则更是灿烂夺目、不胜枚举。对此，本书第四章将有具体论述，此不赘言。

在中唐诗坛上，有“骚之苗裔”之称的“鬼才”诗人李贺，由于其奇崛坎坷的身世与诡诞冷僻的性格等因素，加之其酷爱屈骚而融化入髓，故而，他的诗深得屈骚精神之沾溉，可谓形神兼备，叹为观止。其诗最大的特色就是：上访天河、游月宫；下论古今、探鬼魅，想象神奇瑰丽、旖旎绚烂，形成了其诗歌想象丰富奇特、语言瑰丽奇峭的屈骚风格。这在本书第四章有详论，可参看。

沈亚之，一个在楚辞学史上不可或缺的响亮名字。他的成就主要在传奇小说创作方面，其传奇杰作《屈原外传》，[①] 是唐代楚辞学园地里绽放的一朵芬芳四溢之奇葩，是一项独辟蹊径的楚辞学成果。为便于阅读，兹将《外传》迻录于下：

昔汉武爱《骚》，令淮南作《传》，大概屈原已尽于此，故太史公因之以入《史记》。外有二三逸事，见之杂记、方志者尤详。

屈原瘦细美髯，丰神朗秀，长九尺，好奇服，冠切云之冠。性洁，一日三濯缨。事怀、襄间，蒙谗负讥，遂放而耕。吟《离骚》，依耒号泣于天。时楚大荒，原堕泪处，独产白米如玉。《江陵志》有玉米田，即其地也。

尝游沅、湘，民俗好祀，必作乐歌以乐神，辞甚俚。原因栖玉笥山，作《九歌》，托以讽谏。至《山鬼》篇成，四山忽啾啾若啼啸，声闻十里外，草木莫不萎死。又见楚先王庙及公卿祠堂，图画天地山

① 蒋骥：《山带阁注楚辞》，上海古籍出版社 1984 年版。

川神灵，琦玮僪佹，与古圣贤怪物行事，因书其壁，呵而问之，时天惨地愁，白昼如夜者三日。晚益愤懑，披蓁茹草，混同鸟兽，不交世务。采柏实，和桂膏，歌《远游》之章，托游仙以自适。

王逼逐之，于五月五日遂赴清冷之水。其神游于天河，精灵时降湘浦。楚人思慕，谓为水仙。每值原死日，必以筒贮米投水祭之。至汉建武中，长沙区回，白日忽见一人，自称三闾大夫，谓曰："闻君尝见祭，甚善。但所遗并为蛟龙所窃。今有惠，可以楝树叶塞上，以五色丝转缚之，此物蛟龙所惮。"回依其言，世俗作粽并带丝叶，皆其遗风。

晋咸安中，有吴人颜珏者泊汨罗，夜深月明，闻有人行曰："曾不知夏之为丘兮，孰两东门之可芜？"珏异之，前曰："汝三闾大夫耶？"忽不知所之。

《江陵志》又载：原故宅在秭归，乡北有女媭庙，至今捣衣石尚存。时当秋风夜雨之际，砧声隐隐可听也。嘻，异哉！原以忠死，直古龙、比者流，何以没后多不经事？特千古骚魂郁而未散，故鬻熊虽久不祀，三闾之迹，犹时仿佛佔断于江潭泽畔蒹葭白露中耳。

作者根据司马迁《史记》、王逸《楚辞章句》、地方文献《江陵志》及屈原本身作品等内容，辅以文学笔调，引入小说元素，比较清晰地反映了屈原生前死后的基本情况。作者有意识地加重笔墨，细致描写屈原死后楚人对他的特殊悼念方式，以浪漫之笔勾勒屈原鬼魂出现的梦幻之境，体现出楚国人民对屈原爱国忠臣的敬爱仰慕之深情。这篇纪实体小说，篇幅虽然不大，但取材不拘一格，内容丰富充实，主题鲜明突出，描写自然有趣，手法灵活多样，人物栩栩如生，委实是一篇难得的传奇杰作。就取材而言，有正史，有野史，有民间采风，有乡土传说；就描写方式而言，有外貌描写，有性格描写，有对话描写，有心理描写，有现实描写，有虚幻描写，有风俗描写，有景物描写。毋庸置疑，作者撰写这篇小说是竭尽全力、倾注深情的，故而能取得相当的成功。这是楚辞学史上描述屈原形象较为全面的第一篇佳作，也是继司马迁《屈原贾生立传》之后的第二部屈原传记，大力颂扬屈原伟大的爱国精神，充分肯定屈原不朽的楚辞名篇。它既有史料学的价值，又有文学史价值，还有楚辞学价值。《外传》的出现，可谓空谷足音，新人耳目。

晚唐时期，由于社会危机四伏、农民起义不断、国家动荡不宁的严酷现实，使得一部分有道义的诗人便自觉担荷起反映民生、批判现实的责任，此时赤诚爱国的屈原便成为他们的精神偶像，无论是赞美屈原人格，抑或践行屈骚精神，都表现出高涨的热情。代表诗人如皮日休等。此外，在社会黑暗、国运未卜的迷惘状态中，一部分人希望落空，士气消沉，索性就“今朝有酒今朝酒”地及时行乐起来，于是这一时期的爱情诗便大量产生。一些有识之士则假借屈骚作品中喜欢以“美人香草”来比兴象征君臣关系的手法，以拓展爱情诗的新内涵、新境界。代表诗人如李商隐等。

皮日休，是晚唐较为全面评价屈原的诗人。他十分推崇屈原忧国忧民的爱国主义思想，如《悼贾序》云：“（贾谊）辞曰：‘瞝九州而相君兮，何必怀此故都?’噫，余释生之意矣。当战国时，屈原不用于荆，则有齐、赵、秦、魏矣，何不舍荆而相他国乎？余谓平虽遭靳尚、子兰之谗，不忍舍同姓之邦，为他国之相，宜矣。”① 诗人对屈原一片丹心系楚国、满腔热血献故土的赤子之忱深表赞同。一个“宜矣”之叹赏，充分肯定了屈原不舍祖国而坚守故土的崇高而伟大的爱国主义精神。其《九讽系述序》云：“在昔屈平既放，作《离骚经》。正诡俗而为《九歌》，辨穷愁而为《九章》。是后词人，摭而为之，皆所以嗜其丽词，撢其逸藻也。”② 对屈原代表作《离骚》《九歌》《九章》等产生的原因与主旨进行了甚中肯綮的评价，可谓知音之谈。皮日休的挚友陆龟蒙尝作《离骚》诗云：“《天问》复《招魂》，无因彻帝阍。岂知千丽句，不敌一谗言。”通过“千丽句”与“一谗言”的鲜明而强烈的对比，将对屈原怀才不遇之冤屈苦恨与奸佞诽谤诬陷之丑恶嘴脸凸显了出来，爱憎分明，毫不含糊。

与皮日休同时稍前的李商隐，自觉吸收屈骚作品中“美人芳草”的比兴象征手法，在他甚为可观的大量艳情诗中，深深寄托他的政治情怀以及理想破灭的郁闷心情。真的如其所云：“楚雨含情皆有托”（《樟州吟罢寄同舍》)，又云：“为芳草以怨王孙，借美人以喻君子”（《谢东公和诗

---

① 皮日休：《悼贾序》，《皮子文薮》卷二，见马茂元主编《楚辞评论资料选》，第58页。

② 皮日休：《九讽系述序》，《皮子文薮》卷二，见马茂元主编《楚辞评论资料选》，第58页。

启》)，等等。由此说明，李商隐对屈骚精神的领悟与接受程度是甚为深刻的，他也是为唐代楚辞学作出重要贡献的佼佼者之一。本书第四章将有较详论述，请参证之。

由上可知，唐代诗人对屈原及其楚辞的态度，是随着时代的变化而变化的，所谓“文变染乎世情，兴废系乎时序”者也。[①] 一般而言，初唐时期，人们错误地认为当时浮靡侧艳之文风是由屈原引起的，故指斥批评者较多，然也有少数见解高明而公允者。至中晚唐，随着唐代由盛而衰社会形势的巨大变化以及贬官颇为普遍的政治现象的发生，士大夫们越来越认识到上层统治者昏庸腐败的政治内幕的丑陋本质，同时，在他们遭受贬谪的痛苦经历中自然增强了“不平则鸣”的愤懑情愫，因此，屈原那种“怨灵修之浩荡兮，终不察夫民心”的批判意识、“民生各有所乐兮，余独好修以为常”的执着态度与“路曼曼其修远兮，吾将上下而求索”的追梦精神，便很容易引起他们的共鸣，进而视屈原为“怅望千秋一洒泪，萧条异代不同时”（杜甫《咏怀古迹五首》其二）的稀世知音。他们歌颂屈原的精神、赞美屈原的才华、化用屈原的作品，所以，屈原及其以屈原为代表的楚辞得到了人们的普遍拥戴与喜爱，楚辞魅力再度普遍地彰显出来。

第二节　《毛诗正义》经学话语与诗学意义

唐代《诗经》学之成果，相对于其他时期来说较为薄弱，《四库全书总目》中仅介绍孔颖达《毛诗正义》与成伯玙《毛诗指说》二种，其他未载于此书者，也只有陆德明的《经典释文》、颜师古的《毛诗定本》、施士丐的《诗说》（佚）等有限的几种。而《毛诗正义》为《四库全书总目》冠于“经部”“诗类”之首，其地位之显赫，唐世无双。

由初唐孔颖达奉敕担纲主撰的《毛诗正义》，在有唐一代三百年间，影响广泛而深远，它不仅具有传播“汉学”精神、推进科举发展之意义，而且具有激发唐人诗心、滋润诗人心灵、增添诗歌养料、促进唐诗发展的重要意义。

---

① 周振甫：《文心雕龙今译》，中华书局1986年版，第404页。

一 《毛诗正义》之背景、品格与地位

自汉代以来，经学领域，师法多门，宗派林立，这也随之出现了义疏纷纭、章句繁杂甚至经文差异在所有的混乱现象。唐王朝继隋以后，建立了巩固的政治基础，朝廷全力推行促进儒学发展的文化政策，一方面广设学校，传授儒家经典，一方面推进科举制度。唐时科举，设进士、明经两科，其中明经科考试内容主要是《五经》经义。而汉代以来流传的释义纷杂的诸种经学著作版本，已不能适用于科举考试的需要。因此，为了使科举考试有一个统一标准的权威经学著作，具有雄才大略的唐太宗继位伊始，便筹划经学注疏的统一工作。贞观四年（360）唐太宗诏颜师古考定《五经》。颜师古是一代大儒，他是北齐名儒颜之推之孙，家学渊源，博览群书。尤精训诂，善作文，册奏之工，无出其右者。《旧唐书·颜师古》称："太宗以经籍去圣久远，文字讹谬，令师古于秘书省考定五经，师古多所厘正，既成，奏之。太宗复谴诸儒重加详议，于时诸儒传习已久，皆共非之。师古辄引晋已来古今本，随言晓答，援据详明，皆出其意表，诸儒莫不叹服，于是……颁其所定之书于天下，令学者习焉。"① 颜师古的《五经》定本颁布于贞观七年，这是唐代经学统一跨出的第一步，为孔颖达主持撰《五经正义》奠定了较为扎实的基础。

《旧唐书·儒学列传》云："孔颖达、颜师古、司马才章、王恭、王谈等诸儒受诏撰定《五经义疏》，凡一百八十卷，名曰《五经正义》。太宗下诏曰：'卿等博综古今，义理该洽，考前儒之异说，符圣人之幽旨，实为不朽，付国子监施行'。"② 由唐太宗对编撰《五经正义》的高度重视与孔颖达等诸儒们的反复考核的认真态度观之，《五经正义》（《毛诗正义》为其中一种）的确堪称是一部集大成的空前经典著作，作为受到唐太宗如此器重礼遇的孔颖达，其所作出的贡献之大是不言而喻的。

孔颖达（547—648），字仲达，冀州衡水人。他是隋唐大儒，擅长于《左传》、郑氏《尚书》、王弼《易注》《毛诗》《礼记》等五经之学。年轻时博学好辩，与刘焯每每辩论经学疑义，深得刘焯赏识。隋炀帝时诸儒辩难，孔颖达以年少才俊，遍驳群儒，脱颖而出，成为辩对之冠，以致报

① 《旧唐书》卷七三，中华书局1975年版。

② 《旧唐书》卷七四。

怨，险些遭害。唐初武德九年（626）为国子博士，贞观十二年（638）为国子祭酒。当其受诏编定的《五经正义》在永徽四年（653）正式颁布天下后，孔颖达经学权威的地位即因此而牢固确定。从贞观十二年至永徽四年，《五经正义》的编撰前后花了15年时间，其间不断磨勘，反复较正，精益求精，谨慎不苟，艰难玉成。从《五经正义》编撰工程本身的情况来看，帝王与诸儒的决心及毅力是令人钦敬的。这也正是其价值、权威与生命力之所在。

《五经正义》之一的《毛诗正义》四十卷，包括《毛传》《郑笺》《孔疏》及陆德明的《经典释文》中《毛诗音义》和颜师古考定的《五经定本》的《毛诗定本》。在文字上，《毛诗正义》是以《五经定本》为底本。如《雨无正》“昊天疾威，弗虑弗图”，孔疏：“上有‘昊天’，明此亦昊天。《定本》皆作昊天，俗本作旻天，误也。”《定本》，即颜师古的《诗经定本》。在训释上，则以刘焯《五经述义》中的《毛诗述议》以及刘炫的《毛诗述义》为底本，广征博采诸家之说汇辑而成。对此《毛诗正义序》有明确交代：

> 今奉敕删定，故据以为本，然焯、炫等负恃才气，轻鄙先达，同其所异，异其所同，或应略而反详，或宜详而更略。准其绳墨，差忒未免，勘其会同，时有颠踬。今则削其所烦，增其所简，唯意存于曲直，非有心于爱憎。①

尽管刘炫是孔颖达的老师，但出以学术公心，他仍然是要对其不妥之处“削其所烦，增其所简”的，因此，经孔颖达删定后的《毛诗正义》，其学术性与权威性是毋庸置疑的，故《四库全书总目》云：

> 《毛诗正义》四十卷，汉毛亨传，郑玄笺，唐孔颖达疏。……至唐贞观十六年命孔颖达等因郑笺为正义，乃论归一定，无复歧涂。……其书以刘焯《毛诗义疏》、刘炫《毛诗述义》为稿本，故能

---

① 孔颖达：《毛诗正义序》，《毛诗正义》，见李学勤主编《十三经注疏》（标点本），北京大学出版社1999年版，第3页。

融贯群言，包罗古义，终唐之世，人无异词。①

对《毛诗正义》在唐代非凡的学术性、权威性以及杰出的经学地位给予了极具权威性的充分肯定。这部皇皇巨著，不仅在唐代如此，而且一直到清代，它都具有难以超越的重要地位。《四库全书总目》又云：

我国经学昌明，一洗前明之固陋。乾隆四年，皇上特命校刊《十三经注疏》，颁布学官，鼓箧之儒皆骎骎乎研求古学。今特录其书与《小序》，同冠诗类之者，以昭六义渊源，其来有自，孔门师授，端绪炳然，终不能以他说掩也。②

《毛诗正义》学术地位如此之高，学术生命如此之久，实乃同类诗学著作中的佼佼者。正是如此，才奠定了它继《毛传》《郑笺》之后又一座里程碑式的不朽地位。

二 《毛诗正义》的编撰体例与疏解特点

《毛诗正义》的体例是先列《毛传》（包括《毛序》《郑笺》，《郑笺》中包括《诗谱》)，尔后为疏，即正义，也即分别对《传》《笺》的内容进行诠释引申，使诗义明白晓畅。疏作为一种著述体裁，盛行于南北朝时期，它的主要作用是对传注进行疏通，不刻意于学术是否得失的评判，故孔颖达疏，主要在于疏通《毛传》《郑笺》与《诗经》之间障碍

① 关于《五经正义》编撰的起始时间，史无明文，初步考之，应定于贞观十二年或稍后。这是因为：其一，《旧唐书·儒学列传》载唐太宗“诏国子祭酒孔颖达与诸儒撰定《五经义疏》”事，而孔颖达正是于贞观十二年拜为国子祭酒，在孔颖达受任的特定时间与非一般的学术威望之情况下，皇帝颁诏由其组阁编撰《毛诗正义》，这是甚合情理的。其二，与孔颖达同时参与《周易正义》修撰的有马嘉运，其时头衔为太学博士，而召拜为太学博士的时间是贞观十一年。因此，孔颖达编撰《毛诗正义》的时间于此无关，可排除不计。其三，《唐会要》卷七七《论经义》云：“贞观十二年，国子祭酒孔颖达撰《五经义疏》一七〇卷，名曰《义赞》，有诏改为《五经正义》。”其中说《五经义疏》一七〇卷，与《旧唐书·儒学列传》所载一八〇卷不同，不知何据。另，此条材料似乎表明贞观十二年已撰成《五经义疏》，殆难成信。综合察之，断为《毛诗正义》初撰于贞观十二年是大致不差的。

② 永瑢等：《四库全书总目》卷一五，中华书局1965年版，第119—220页。

难通之处。如此坚持“疏不破注”的作疏之原则，全是汉学门经。这样，尽管有其保守与屈经以传笺之弊，但它作为颁布全国的科举教科书，这种体例还是十分便于学习和掌握的，同时对于考试也可有一个标准答案易于参考与操作。

其实，孔颖达《毛诗正义》的最主要功能便是本着择善而从、兼容并包的学术心胸，充分吸收前人及同时代人的《诗经》研究成果，适时参以己意，以方便士子们学习和把握《诗经》之要义。具体而言，《毛诗正义》的疏解（下称《孔疏》）特点主要体现在五个方面：

其一，广引诸说，总结条贯。对于“诗”字的训释，《孔疏》在《诗谱序》的疏解中，是这样来逐步展开的，即先引先儒们的各种说法，犹如獭祭般地罗致排列，最后总结收束。其云：

> 名为诗者，《内则》说负子之礼云“诗负之”，注云：“诗之言承也。《春秋说题辞》云：“在事为诗，未发为谋，恬淡为心，思虑为志。诗之为言，志也。”《诗纬·含神雾》云：“诗者，持也。”然则诗有三训，承也，志也，持也。作者承君政之善恶，述己志而作诗，为诗所以持人之行，使不失队，故一名而三训也。①

《孔疏》将“诗有三训”（承、志、持）之意，与“承君政之善恶”、“述己志而作诗”，“所以持人行”的诗教之三大功能挂起钩来，颇得要领。这三个方面，基本概括了“诗”的本质特征与诗学功能，收到了集思广益的理想效果。

与上述“先引后总”疏解次序相反的是，《孔疏》又往往先出己意为总说，而后罗列诸儒之说以充实之。如对《诗大序》中“诗者，志之所之也，在心为志，发言为诗”的疏解便是如此。其云：

> 上言用诗以教，此又解作诗所由。诗者，人志意之所之适也；虽有所适，犹未发口，蕴藏在心，谓之为志；发见于言，乃名为诗。言作诗者，所以舒心志愤懑，而卒成于歌咏，故《虞书》谓之“诗言志”也。包管成虑，其名曰心；感物而动，乃呼为志。志之所适，

① 孔颖达：《诗谱序》，《毛诗正义》，第4页。

> 外物感焉，言悦豫之志则和乐兴而颂声作，忧愁之志则哀伤起而怨刺生。《艺文志》云："哀乐之情感，歌咏之声发"，此之谓也。正经与变，同名说曰诗，以其俱是志之所之故也。①

当《孔疏》在疏解"情动于中而形于言……不知手之舞之、足之蹈之也"这段话时，则又采用了"先引后总"的疏解方法。这样做，一则方法灵活，以引起阅读者兴趣；二则总分结合，可以使阐释细密而详赡，便于拓宽读者的视野，加深对文本的理解。作者如此做法，完全是从方便士子们阅读的实际需要出发的。从这个角度讲，《孔疏》的确是一部具有学士人文关怀之仁爱精神的科举教科书。

其二，探明原委，交代出典。《孔疏》在对《诗经》小序的疏解中，大多非常详明，来龙去脉，头头是道，这对主题的把握甚为有利。试看对《唐风・蟋蟀》小序的阐释：

> 既序一篇之义，又序名晋为唐之意，此实晋也，而谓之唐者，太师察其诗之音旨，本其国之风俗，见其所忧之事，深所思之，事远俭约而能用礼，有唐尧之遗风，故名之曰"唐"也。故季札见歌《唐》，曰："思深哉；其有陶唐氏之遗风乎！不然，何其忧其远也?"是忧思深远之事，情见于诗，诗为乐章，乐音之中有尧之风俗也。②

通过季札观乐，从中察觉出忧思深远、俭约用礼的特殊的声情音绪，明显地感受唐尧时期纯雅风俗，对"名晋为唐之意"的原委梳理得颇为清楚，令人叹服。

孔颖达是位非常出色的博学大儒，因此，他的博学广识亦就自然而然地呈现于《孔疏》的注释之中了。其表现之一，就是他很注重指出原文用语的出处之典。如《诗谱序》："然则《诗》之道放于此乎。"《正义》则曰："放于此乎，隐（公）二年《公羊传》文。"③《诗谱序》："五霸之末，上无天子，下无方伯。"《正义》曰："僖元年《公羊传》云：'上无

---

① 孔颖达:《毛诗正义》卷一，第6页。

② 孔颖达:《毛诗正义》卷六，第378页。

③ 孔颖达:《诗谱序》,《毛诗正义》，第5页。

天子，下无方伯。'"① 作者对《公羊传》经文熟悉程度已到了惊人的地步。倘若孔颖达没有博学与超人的记忆力，是不可能如此娴熟地指出用语之出典的。

《孔疏》还每每将释意与交代出典同时进行，双管齐下，更给人阅读的方便与愉悦。《孔疏》对《诗大序》中有关《周南》《召南》二十五篇诗的概述便是如此：

> 《周南》《召南》二十五篇之诗，皆是正基初始大道，王业风化之基本也。高以下为基，远以近为始。文王正其家而后及其国，是正其始也。化南土以成王业，是王化之基也。季札见歌《周南》《召南》曰："始基之矣，犹未也。"服虔曰："未有《雅》《颂》之成功。"亦谓二南为王化基始，《序》意出于彼文也。②

此段疏解文字，先明了"正其初始之大道，王业风化之基本"的内涵，接着以文王为例证明之，最后引出春秋时季札及东汉著名经学家服虔的言论，以表明《毛序》立论的根据，既有文意疏解，又有语典出处，互为补充，合而为一。如此疏解，就显得理论根底扎实而又富于思维逻辑。尽管《孔疏》严守《毛序》解经的思想成果而多有牵强附会之处，但就疏解文字本身的行文格局与语言结构而言，还是颇有可圈可点之处的。

其三，辨析先儒之说，力陈鲜明之见。《孔疏》疏解中的广征博引是甚为突出的一个现象，而这些大量的征引中，有很多一部分是将其有机排列组合起来直接为疏解服务的，不表明作者是非评判意见。而在相当一部分征引中《孔疏》则是用来比较辨析，然后由此而表明自己的态度，力陈鲜明之见。如对《诗经·卫风·伯兮》"伯兮朅兮，邦之桀兮"二句中"伯"字的疏解，即是如此。《毛传》："伯，州伯也。"《郑笺》："伯，言君子字也。"毛、郑显然有异。对此，《正义》则明断为："伯、仲、叔、季，长幼之字，而妇人所称云'伯'也，宜呼其字，不当言其官也。此在前驱而执兵，则有勇力，为车右，当亦有官，但不必州长为之。"③《孔

① 孔颖达：《诗谱序》，《毛诗正义》，第 8 页。

② 孔颖达：《毛诗正义》卷一，第 20—21 页。

③ 孔颖达：《毛诗正义》卷三，第 241—242 页。

疏》从家庭伦俚长幼这个文化层面来解释“伯”为兄长之意，是十分恰切的。在封建社会的家庭婚姻组合中，妻子与丈夫之间一般多有以兄妹相称之习俗，一则表示夫妇关系的亲密无间，一则体现男主外的“男子”气概。直至今日，男女恋人以哥妹相称之现象仍较为普遍（少数民族地区男女恋人对唱情歌时则更是口不离“哥”“妹”之呼唤也），故《孔疏》之疏解是甚合情理的，具有丰富的人生体验意味。对于《毛传》释“伯”为“州伯”之义，《孔疏》于否认的同时，则又提出自己的新见，认为作为“前驱”而有“勇力”的征人，凭其才干，应当是能够做官的，“但不必州长为之”。见解甚明。

关于《鲁颂》的作者问题，三家诗学者大多认定为公子奚斯所作，而《毛诗序》则认为是“史克作是颂”。《孔疏》则曰：

> （文公）十八年史克名见于传，则克于文公时为史官矣。然则此诗之作，当在文公之世，其年月不可得而知也……《网宫》云：“新庙奕奕，奚斯所作。”自言奚斯作新庙耳。而汉世文人班固、王延寿之辈等，自谓《鲁颂》是奚斯作之，谬矣。故王肃云：“当文公时，鲁贤臣季孙行父请于周，而令史克作颂四篇以祀。”是肃意以其作在文公之时，四篇皆史克所作也。①

在这段辨析中，《孔疏》对《毛诗》与王肃的见解给予了充分的肯定，而对三家诗及班固等人的说法予以完全否定，择善而从，旗帜是甚为鲜明的。

其四，词语疏解周详，注重异字、异训。字、词、句的解释，是学习、理解与掌握《诗经》的关键所在。孔颖达《毛诗正义》书名的“正义”二字，则明确表示此书对诗句的释义要做到公正、合理而规范，可成为全国士子们学习的典范教材，所谓“定于一尊者”也。

《孔疏》对《邶风·谷风》中“葑”与“菲”的疏解，便是颇为周详的典型之例。其云：

> 《传曰》：“葑，须。菲，芴。”《笺》：“此二菜者，蔓菁与葍之

---

① 孔颖达：《毛诗正义》卷二〇，第1381页。

类也。"《正义》曰：《释草》云："须，葑苁。"孙炎曰："须，一名葑苁。"《坊记》注云："葑，蔓菁也，陈、宋之间谓之葑。"陆机云："葑，芜菁，幽州人或谓之芥。"《方言》云："蘴荛，芜菁也，陈、楚谓之蘴，齐、鲁谓之荛，关西谓之芜菁，赵魏之部谓之大芥。"蘴与葑字虽异，音实同，即葑也，须也，芜菁也，蔓菁也，葑苁也，荛也，芥也，七者一物也。《释草》又云："菲，芴也。"郭璞曰："土瓜也。"孙炎曰："蘴类也，"《释草》又云："菲，蒠菜。"郭璞曰："菲草，生下湿地，似芜菁，华紫赤色，可食。"陆机云："菲似葍，茎粗叶厚而长有毛，三月中烝鬻为茹，滑美可作羹。幽州人谓之芴，《尔雅》谓之蒠菜，今河内人谓之宿菜。"《尔雅》"菲、芴"与"蒠菜"异释，郭注似是别草。如陆机之言，又是一物。某氏注《尔雅》二处，引此诗即菲也，芴也，蒠菜也，土瓜也，宿菜也，五者一物也。其状以葍而非葍，故云"葍类也"。《笺》云"此二菜者，蔓菁与葍之类"者，蔓菁谓葑也，类谓菲也。①

为疏解"葑"字，《孔疏》列举了《释草》《坊记》《方言》以及孙炎、陆机等各家注释，尔后归纳为"葑也，须也，芜菁也，蔓菁也，葑苁也，荛也，芥也"等七种异说乃同指一物。而疏解"菲"字，《孔疏》则又列举了《释草》《尔雅》《笺》、郭璞、孙炎、陆机、某氏注《尔雅》等诸家释义，最终归纳为"菲也，芴也，蒠菜也，土瓜也，宿菜"等五种异说乃同指一物。"葑""菲"所列异名同指的现象，既有区域环境的称说沿袭，又有各地方言的称说区别，由此展示了植物生态文化丰厚而发达的现象。检阅《孔疏》，发现其中对《诗经》中的鸟兽草木虫鱼等名物之疏解皆甚周详，几乎达到了细大不捐、照章罗列的地步。孔子云："小子何莫学夫诗？诗可以兴，可以观，可以群，可以怨。迩之事父，远之事君；多识于鸟兽草木之名。"（《论语·阳货》）孔颖达乃有唐一代大儒，而唐太宗又如此重视儒家经典"五经"，并下诏孔颖达等修撰《五经正义》，在这样的政治背景与文化氛围中，孔颖达对儒家的创始人孔子的"多识于鸟兽草木之名"的经典语言自然别有会心。既然孔子要求"多识"，那么，孔颖达对《诗经》中的"鸟兽草木之名"如此周详细密地证引与疏

① 孔颖达：《毛诗正义》卷二，第145—146页。

解，亦就不难理解了。

《孔疏》对《诗经》中异字、异训的问题亦颇为重视。说异字，如《陈风·东门之枌》“谷旦于差”。《孔疏》曰：“差，《韩诗》作嗟。”①又如《郑风·溱洧》：“溱与洧，方涣涣兮。……洵讦且乐。”《孔疏》曰：“涣……《韩诗》作洹”，“洵……《韩诗》作恂”。② 此类例子甚多，不为赘述。不过，有一点倒是可以肯定的，《孔疏》在疏解过程中不仅采用了颜师古的《五经定本》等主要版本资料，而且还注意吸收当时还留存的《韩诗》资料，这在异训方面也有不少明显的例子。如《鄘风·相鼠》：“相鼠有齿，人而无止。”《孔疏》曰：“无止。《韩诗》：‘止，节。’无礼节也。”③ 又如《卫风·硕人》：“美目盼兮。”《毛传》：“盼，白黑分。”《孔疏》曰：“盼……《韩诗》云：‘黑色也。’《字林》云：‘美目也。’”④ 《孔疏》能够注重异训之问题，有利于读者辨别区分，启发思考，而且在异训中多注重采择留存的《韩诗》资料，颇具文献学之重要价值。

再看《孔疏》对《大雅·江汉》“王命召虎，来旬来宣”之训释。《毛传》云：“旬，遍也。”《郑笺》云：“旬当作营。宣，遍也。”对此异训，《孔疏》则曰：

> 旬，偏，《释言》文……既以旬为偏，则宣不复为偏，当为宣布王命也。……宣，偏，《释言》文，上章云“经营四方，告成于王”，又言“于疆于理，至于南海”。则召虎大功在此二事而已。今王召虎，称其功劳则“来旬来宣”，当指此二事，且“宣”训为“偏”，“旬”不宜亦训为“偏”。旬字与营字相类，故知当为营。“来旬”，谓勤劳于“经营四方”；“来宣”谓勤劳于偏理众国，以统上二文。⑤

《孔疏》就《毛传》与《郑笺》在“旬”、“宣”二字的异训问题，结合《释言》之释义以及对《江汉》本诗内容的考察，最终将“旬”与“宣”

① 孔颖达：《毛诗正义》卷七，第441页。

② 孔颖达：《毛诗正义》卷四，第322页。

③ 孔颖达：《毛诗正义》卷三，第206页。

④ 同上书，第224页。

⑤ 孔颖达：《毛诗正义》卷一八，第1245页。

二字异训之问题得到了妥善之解决，“以统上二文”。这恰可证孔颖达乃学问博洽、识见精到之大儒也。

其五，疏解《小序》内涵，概括文本题旨。阅读《孔疏》，可知其在疏解《诗经》“小序”内涵的过程中，往往能够结合《诗经》文本较为准确而精练地概括出《诗经》之题旨，给读者以很好的导读效果。

《郑风·野有蔓草》小序云：“《野有蔓草》，思遇时也。君之泽不下流，民穷于兵革，男女失时，思不期而会焉。”《孔疏》曰：

> 作《野有蔓草》诗者，言思得逢遇男女合会之时，由君之恩德润泽不流及于下，又征伐不休，国内之民皆穷困于兵革之事，男女失其时节，不得早相配偶，思得不与期约而相会遇焉，是下民穷困之至，故述其事以刺时也。“男女失时”，谓失年盛之时，非谓婚之时月也。毛序以为，君之润泽不流下，二章首二句是也。“思不期而会”，下四句是也。郑以经皆是思不期而会之辞，言君之润泽不流下，叙男女失时之意，于经无所当也。①

倘若排除《毛传》解诗多比附政治、牵强人事之因素外，它对《诗经》内涵的把握往往还是较为准确的。而《孔疏》则又将《小序》中的内容与《诗经》文本紧密挂钩，以体现其精练性的概括效果，则又是颇为可取者也。《毛序》所说的“君之泽不下流”《孔疏》则以《野有蔓草》“野有蔓草，零露漙兮”，“野有蔓草，零露瀼瀼”二章首二句来佐证之；《毛序》所说的“思不期而会”，《孔疏》则以“有美一人，清扬婉兮”，“邂逅相遇，适我愿兮”，“有美一人，婉如清扬。邂逅相遇，与子皆臧”二章下四句来辅论之。应当说，《毛序》之论点与《孔疏》所列《诗经》文本之例句，还是相当吻合的。经《孔疏》如此之指点，读者对《毛序》的理解与对《诗经》文本的把握，亦就大致获得了纲举目张的阅读效果。

再看《魏风·伐檀》的例子。小序云：“《硕鼠》，刺重敛也。国人刺其君重敛，蚕食于民，不修其政，贪而畏人，若大鼠也。”《孔疏》则曰：

> 蚕食者，蚕之食桑，渐渐以食，使桑尽也。犹君重敛，渐渐以

① 孔颖达：《毛诗正义》卷四，第320页。

> 税，使民贫困也，言贪而畏人，若大鼠然，解本以硕鼠为喻之意，取其贪且畏人，故序因倒述其事。经三章，皆上二句言重敛，次二句言不修其政。由君重敛，不修其政，故下四句言将弃君而去也。[①]

对照《伐檀》文本观之，《孔疏》所概括的章句之意十分精练恰切，而与小序所述又甚相吻合。它既是小序内容的进一步阐述，又是《伐檀》章句内涵的画龙点睛之笔，将它置于篇目的开端，对阅读颇为便利。

三 《毛诗正义》之学术创新与诗学意义

《孔疏》广采博纳先儒对《诗经》的疏解成果，并每每参以己见，取得了唐代《诗经》注疏的最高成就，而在疏解《诗经》的过程中，则多有突过前人陈说的创新之处，并且呈现出较为鲜明的诗学因素。《孔疏》的创新之处主要有两点：

一是只承认"变风、变雅皆孔子所定"，其余均非。关于孔子删编诗的问题，历来众说纷纭，最早认定孔子删编全部《诗经》者乃司马迁。他说："古者《诗》三千余篇，及至孔子，去其重，取可施于礼义……三百五篇。"[②] 汉儒中深信者甚众，唯东汉学者郑众、郑玄持怀疑态度。然多语焉未详。《孔疏》论述"变风、变雅皆孔子所定"的理由是："此等之正诗（即正风、正雅），昔武王采得之。后乃成王即政之初，于时国史自定其编，属之太史，以为常乐，非孔子有去取也……《左传》及《国语》，称鲁叔孙穆子聘于晋，晋人为之歌《文王》《大明》《绵》，又歌《鹿鸣》《四牡》《皇皇者华》亦各取三篇……明其先自次比，非孔子定之，故《谱》于此不言孔子。其变风、变雅皆孔子所定，故下文特言孔子录之……六诗之目，见《周礼》，岂由孔子始定其名乎？"[③]《大雅》之《文王》《大明》《绵》三篇与《小雅》之《鹿鸣》《四牡》《皇皇者华》三篇，与今本《诗经》的编排次序完全一致，而《左传》《国语》所载晋人歌《诗》之时间则在孔子出生之前，故《孔疏》认为"变风、变雅皆孔子所定"的说法是站得住脚的。《孔疏》之见，在《诗经》研究史上

---

① 孔颖达：《毛诗正义》卷五，第 373 页。

② 司马迁：《孔子世家》，见《史记》卷四七，中华书局 1975 年版。

③ 孔颖达：《诗谱序》，《毛诗正义》，第 7 页。

具有突破性的创新价值。

二是关于三颂体制差异之辨析与三颂编排次序之阐析，《孔疏》均有独到新见。《孔疏》论述三颂体制之差异情况曰：“颂诗直述祭祀之状，不言得神之力，但其祭祀，是报德可知。此解颂者，唯《周颂》耳，其商、鲁之颂则异于是矣。《商颂》虽祭祀之歌，祭其先王之庙，述其生时之功，正是死后颂德，非以成功告神，其体异于《周颂》也。《鲁颂》主咏僖公功德，才如变风之美者耳，又与《商颂》异也。……孔子以其同有颂名，故取备三颂耳。置之《商颂》前者，以鲁是周宗亲同姓，故使之先前代也。”[①]《孔疏》就三颂不同的性质与功能来加以区分，较之《诗大序》“《颂》者，美盛德之形容，以其成功告于神明者也”的笼统解释更为明确而切实，而对《鲁颂》置于《商颂》之前的分析，也合乎周礼“亲亲”之义。《孔疏》的这些阐析，均是言之有据而令人信服的新见。

《孔疏》虽是一部杰出的经学著作，但其中亦不乏鲜明的诗学因素。钱钟书先生曾就《毛诗正义》阐释《诗大序》关于诗与乐的关系问题，作过高度的评价，他说：

> 《正义》后半更耐玩索，于诗与乐之本质差殊，稍能开宗明义。意谓言词可以饰伪违心，而音声不容造作矫情，故言之诚伪，闻音可辨，知音乃所以知言。盖音声之作伪，较言词为稍难，例如哀啼之视祭文、挽诗，其由衷立诚与否，差易辨识；孔氏所谓“情见于声，矫亦可识”也。……仅据《正义》此节，中国美学史即当留片席地与孔颖达。[②]

的确，《孔疏》中蕴藏着不少可贵的诗学思想与美学因素。兹就《孔疏》的“三体三用”说、赋比兴之释义、“六义”之排列顺序、《诗经》之章句结构及用韵等问题略论之。

首先，《孔疏》将传统的“诗六义”说重新标界“三体三用”说。《诗大序》云：“诗有六义焉：一曰风、二曰赋、三曰比、四曰兴、五曰

---

① 孔颖达：《毛诗正义》卷一，第19页。

② 钱钟书：《管锥编》（第一册），中华书局1979年版，第62页。

雅、六曰颂。”此六者之间的关系是并列的，而到了孔颖达，则率先提出“三体三用”说，第一次将“六义”区分为两组概念，即风、雅、颂是诗歌体裁；赋、比、兴是表现方法。正如《孔疏》所云：“然则风、雅、颂者，诗篇之异体；赋、比、兴者，诗文之异辞耳，大小不同，而得并为六义者，赋、比、兴是诗之所用，风、雅、颂是诗之成形，用彼三事，成此三事，是故同称为义，非别有篇卷也。”① 《孔疏》此说一出，影响极大，而“赋、比、兴是诗之所用”的“表现方法”之定位，迄今仍为大多数学者所认同。

其次，赋、比、兴释义的完整性。赋、比、兴的概念，自东汉郑众、郑玄与齐梁刘勰《文心雕龙》的阐释之后，已逐渐清晰与完整起来，但阐析赋、比、兴表现方法较为完整者，当推《孔疏》。先看《孔疏》是如何剖析赋、比、兴之含义的。《孔疏》先引郑玄对赋、比、兴之释义云：“赋之言铺，直铺陈今之政教善恶。比，见今之失，不敢斥言，取此类以记。兴，见今之美，嫌于媚谀，联善事以喻劝之。”然后，《孔疏》就此进行了深入的阐释，曰：

> “赋”云“铺陈今之政教善恶”，其言通正、变，兼美、刺也。“比”云“见今之失，取比类以言之”，谓刺诗之比也。“兴”云“见今之美，取善事以劝之”，谓美诗之兴也。其实，美刺俱有比、兴者也……“赋”者，直陈其事，无所避讳，故得失俱言。“比”者，比托于物，不敢正言，似有所畏惧，故云“见今之失，取比类以言之”。“兴”者，兴起志意赞扬之辞，故云“见今之美以喻劝之”。②

《孔疏》在疏解郑玄赋、比、兴之释义时，对郑玄的所谓“刺诗之比”、“美诗之兴”的机械人为的区分，颇不以为然，认为“美刺俱有比、兴者也”。这种思想认识，较之郑玄大大前进了一步。由此观之，《孔疏》虽然遵循“疏不破注”的传统规矩，但其骨子里却仍然照耀着存真求实的思想阳光。这是大儒孔颖达的可贵之处，超人之处。所以，较之前人或

---

① 孔颖达：《毛诗正义》卷一，第12—13页。

② 同上书，第11—12页。

同时代人来，他对赋、比、兴的释义还是较为明晰而完整的。

对于汉儒郑众的“比、兴”释义，《孔疏》在继承的基础上又有了自己的新见，其云：“郑司农（众）云：‘比者，比方于物’，诸言‘如’者，皆比辞也。”司农又云：“‘兴者，托事于物。’则兴者，起也，取譬引类，起发己心，诗文诸举草木鸟兽以见意者皆兴辞也。……比之于兴，虽同是附托外物，比显而兴隐。”[①] 应该说，《孔疏》的释义较郑众注释要明晰得多，但对于“比”的释义，以“如”字来区分“比”与非“比”的界限，这就无形中缩小了郑众比的外延，因为《诗经》中不仅有带“如”字的明喻，还有不带“如”字的暗喻、借喻等。如《邶风·柏舟》中的“我心匪鉴，不可以茹”，“我心匪石，不可转也。我心匪席，不可卷也”，等等，《孔疏》既未将其划入“比”中，亦未划入“兴”中，白白就遗漏了，这未免是《孔疏》的严重缺憾。不过，孔颖达对于“兴”的阐释，倒比郑众更为明确而完善。他将《诗经》中大量的“草木鸟兽”动植物现象都称之为兴辞，而且认识到它们俱有“起发己心”的作用，这是甚有艺术眼光的。其中的“比显而兴隐”的说法，虽然采自刘勰《文心雕龙·比兴》篇，但《孔疏》却是以《诗经》中大量的“草木鸟兽”为例来加以说明的，故更给人以直观感与明晰感。《孔疏》关于“兴”的解释，还直接启发了后来的朱熹，其《诗集传》云：“兴者，先言他物以引起所咏之词也。”[②] 朱熹所说的“他物”，即《孔疏》所说的“草木鸟兽”之类。

郑玄虽然形式上分释“比、兴”，但在笺注《诗经》时，却往往以“喻”、“犹”解“兴”。如《周南·葛覃》笺云：“……兴者，葛延蔓谷中。喻女在父母家，形体浸浸日长大也。”[③]《邶风·泉水》笺云：“泉水流而入淇，犹妇人出嫁于异国。”[④] 从中可见，郑玄确是认为这一类“兴”中是含“比”的，“比”和“兴”是不能绝缘分离的。像郑玄这类“比”、“兴”合用之说法，《孔疏》中亦每有流露，如像上面提及的“美刺具有比、兴”一说，其内含就多有模糊性，既可理解为“美”中有

---

① 孔颖达：《毛诗正义》卷一，第 12 页。

② 朱熹：《诗集传》卷一，上海古籍出版社 1958 年版，第 1 页。

③ 孔颖达：《毛诗正义》卷一，第 30 页。

④ 同上书，第 166 页。

“比”或“兴”，又可理解为“美”中有“比”与“兴”（即亦比亦兴、比中有兴、兴中有比），“刺”之释义亦然。

《孔疏》又云：“传解四灵多矣，独以麟为兴，意以麟于五常属信，为瑞则应礼，故以喻公子信厚而与礼相应也。此直以麟比公子耳，而必言趾者，以麟是行兽，以足而至，故言麟之趾也。”① 既言“兴”，又言“比”，可见，《孔疏》虽然比、兴分说，但往往又比、兴同称，呈现出比、兴融合的理论萌芽。至唐代便出现了“比、兴”融合理论的诸种名称，如陈子昂、李白的“兴寄”说，② 李阳冰《草堂集序》称颂李白云：“凡所著述，言多讽兴。自三代以来，风骚之后，驰驱屈宋，鞭挞扬马，千载独步，唯公一人。”陈、李二诗多“兴寄”，别具《风》《骚》情韵，是唐代诗歌革新的代表之一。杜甫的“比兴体制”说（《同元使君舂陵行》序），白居易的“风雅比兴”说（《读张籍古乐府》），都很重要。而皎然则更从理论上说明了“比兴”不可分割的道理，其云：“取象曰比，取义曰义，义即象下之意。”③ 显然皎然是将“比兴”作为一个整体来看待的。他所说的“象”含有比的特征，而其“义”正是这种具有比的特征的“象”所赋予的。二者相兼，融为一体，不可分割。至此，“比兴”这个全新的概念便完全确立起来，并在当时和以后的诗评和创作中得到了广泛的应用。

再次，对“六义”排列次序之原因作出较合《诗经》实际的解释。《孔疏》曰：

> 六义次第如此者，以诗之四始，以风为先，故曰“风”。风之所用，以赋、比、兴为之辞，故于风之下即次赋、比、兴，然后次以雅、颂。雅、颂亦以赋、比、兴为之，既见赋、比、兴于风之下，明雅、颂亦同之……赋、比、兴如此次者，言事之道，直陈为正，故《诗经》多赋在比、兴之先。比之与兴，虽同是附托外物，比显而兴隐，故比居兴先也。毛传特言兴也，为其理隐故也。④

---

① 孔颖达：《毛诗正义》卷一，第60页。

② 陈子昂《与东方左史虬修竹篇序》云：“仆尝暇时观齐、梁间诗，彩丽竞繁，而兴寄都绝，每以咏叹。”《陈伯玉文集》卷一，四部丛刊影明本。

③ 皎然：《诗式》，见何文焕《历代诗话》（上），中华书局1981年版，第30页。

④ 孔颖达：《毛诗正义》卷一，第12页。

我们不能说《孔疏》对“六义”排列次序之因的解释是完全科学合理的，但就“六义”顺序本身观之，已能自圆其说。这是因为《孔疏》已将“六义”区分为“风雅颂”的诗歌体裁与“赋比兴”的表现方法两个系列，所以孔颖达就不能只用一个标准来给“六义”排队，必须按体、用两个标准来分别裁决，应当说，《孔疏》所择标准来划分“六义”次序，是行得通的。

最后，对《诗经》之章、句结构详加探讨。汉儒解经，多在政治比附、微言大义上下功夫，很少论及《诗经》的章、句等结构方面的问题，至魏晋以来文学自觉意识真正提高之后，《诗经》中的有关文学问题才渐渐进入人们的研究视野，到了唐初的《孔疏》，其中关于《诗经》章、句等文学内容的详细论析，不啻为传统《诗经》学园地吹进了一缕清新和煦的文学春风。

《孔疏》对《诗经》句字问题有一段甚为详密的论述，其云：

> 句者联字以为言，则一字不制也。以诗者申志，一字则言蹇而不会，故《诗》之见句，少不减二，即“祈父”、“肇禋”之类也。三字者，“绥万邦”、“娄丰年”之类也。四字者，“关关雎鸠”、“窈窕淑女”之类也。五字者，“谁谓雀无角，何以穿我屋”之类也。六字者，“昔者先王受命”、“有如召公之臣”之类也。七字者，“如彼筑室于道谋”、“尚之以琼华乎而”之类也。八字者，“十月蟋蟀入我床下”、“我不敢效我友自逸”是也。其外更不见九字、十字者，挚虞《流别论》云《诗》有九言者，“洞酌彼行潦挹彼注兹”是也。遍检诸本，皆云《洞酌》三章，章五句，则以为二句也。颜延之云：“《诗》体本无九言者，将由声度阐缓，不协金石，仲洽之言，未可据也。”句字之数，四言为多，唯以三三七八者，将由言以中情，唯变所适，播之乐器，俱得成交故也。①

《孔疏》所论全由《诗经》逐篇统计得来，尤其对挚虞所说“《诗》有九言者”的问题，更是“遍检诸本”，详加考证，又引颜氏之论加以佐证，

---

①　孔颖达：《毛诗正义》卷一，第 28 页。

否定了挚虞的“九言”说，此说迄今已成不刊之论。不过，人们在认可《孔疏》所考《诗经》句字为“二、三、四、五、六、七、八”七类的同时，却又对其“一字不制”、“一字则言蹇而不会”的说法提出了质疑，认为《诗经》中有一字句。①

《孔疏》对《诗经》语言形式与情志抒发之间的关系各有新解，尤有益于唐代诗坛文心诗情的激发。《孔疏》能从305篇中发现《诗经》二字句至八字句的句式特征，进而《孔疏》又从“申志”、“申情”的发抒情志的轻重缓急之节奏这个角度，探明句字多少的成因，这说明作者已开始究讨语言与情志深层关系之问题了。《孔疏》对《诗经》章法之论析尤为精彩，其云：

> 章者，积句所为，不限句数也，以其作者陈事，须有多少章总一义，必须意尽而成故也。累句为章，则一句不可，二句得为之。《卢令》及《鱼丽》之下三章是也。其三句则《麟趾》《甘棠》《驺虞》之类是也。其多者，《载芟》三十一句，《闷宫》之三章三十八句，自外不过也，篇之大小，随章多少。风、雅之中，少犹两章以上，即《驺虞》《渭阳》之类是也。多则十六章以下，《正月》《桑柔》之类是也。唯《周颂》三十一篇，及《那》《烈祖》《玄鸟》，皆一章者。以其风，雅叙人事，刺过论功，志在匡救，一章不尽，重章以申殷勤，故风、雅之篇无一章者。颂者，太平德洽之歌，述成功以告神，直言写志，不必殷勤，故一章而已。《鲁颂》不一章者，《鲁颂》美

---

① 顾炎武认为：“《缁衣》三章，章四句，非也。‘敝’字一句，‘还’字一句，若曰‘敝予’、‘还予’则言之顺矣，且何必一言之不可为诗也。”（顾炎武著，黄汝成集释《日知录》卷二一，岳麓书社1994年版，第744页。）沈德潜亦有类似的说法，其云：“三百篇中四言是正体，然诗有一言，如《缁衣》篇‘敝’、‘还’字，可顿住作句是也。”（沈德潜《说诗晬语》，见《清诗话》，上海古籍出版社1978年版，第525页。）程俊英、蒋见元在解析《郑风·缁衣》时亦认为：“《诗经》句式，基本上是四言的，但也有一言到八言的不等，此诗有‘敝’、‘还’的一言句。”（程俊英、蒋见元《诗经注析》，中华书局1991年版，第219页。）认为《诗经》有一字句，可谓古今一也。亦有学者指出《郑风·萚兮》中亦有一字句：“‘倡予女’、‘倡予要女’，‘倡，字可作一句读。’”（夏传才《诗经语言艺术新编》，语文出版社1998年版，第23页。）古今学者寻寻觅觅，所见此一字句仅二例，缺乏普遍之意义，大约缘于此故吧，《孔疏》遂略而不计也。

> 僖公之事，非告神之歌，此则论功颂德之诗，亦殷勤而重章也。虽云盛德所同，《鲁颂》实不及制，故颂体不一也……采立章之法，不常厥体，或重章共述一事，《采蘋》之类也；或一事叠为数章，《甘棠》之类；或初同而末异，《东山》之类；或首异而末同，《汉广》之类；或事论而更申，《既醉》之类；或章重而事别，《鸱鸮》之类……或篇有数章，章句众寡不等；章有数句，句字多少不同，皆由各言其情，故体无恒式也。①

《孔疏》由事之构成、章之形式以及《颂》诗章数不同之因、重章叠句叙事言情的区分等有关章法的诸种问题，均作了细密的考析与论证，言之有据，合乎情理。尤为可贵的是，《孔疏》将章句的多寡与诗人的感情结合阐论，得出“皆由各言其情，故体无恒式”的结论，这里，《孔疏》与上述所论句字多少与言情关系密切一样，已涉及文艺学创作中的形式与内容的关系问题。《孔疏》所言“体无恒式”即“形式”，而“各言其情”即“内容”，“内容”决定“形式”，“形式”为“内容”服务，《孔疏》文学眼光之高明，于此可窥一斑焉。以上所引，委实是一篇精妙绝伦的《诗经》章法论之宏文也，堪称叹为观止矣。

《孔疏》在《诗经》句字、章法结构方面有自己别有会悟的深刻见解，而在《诗经》用韵问题上，亦有其非凡的独识，其云：

> 诗之大体，必须依韵，其有乖者，古人之韵不协耳。之、兮、矣、也之类，本取以为辞，虽在句中，不以为义，故处末者，皆字上为韵。之者，“左右流之”、“寤寐求之”之类也。兮者，“其实七兮”、“迨其吉兮”之类也。矣者，“颜之厚矣”、“出自口矣”之类也。也者，“何其处也”、“必有与也”之类也。《著》“俟我于著乎而”、《伐檀》“且涟漪”之篇，此等皆字上为韵，不为义也。然人志各异，作诗不同，必须声韵谐和，曲应金石，亦有即将助句之字，以当声韵之体者，则“彼人是哉，子曰何其”；“不思其反，反是不思，亦已焉哉，”“是究是图，亶其然乎”；“其虚其徐，既亟只且”之类是也。②

① 孔颖达：《诗经正义》卷一，第29页。

② 孔颖达：《毛诗正义》卷一，第28—29页。

《孔疏》举语气助词为例，说明其“处末者，皆字上为韵”与“将助句之字，以当声韵之体”的种种用韵情况，这些都是很有见地的文学眼光，而且《孔疏》在讨论声韵的同时，依然突出了“人志”（人的情志）与声韵的相辅相成的关系，与上述《孔疏》所论情与句字、情与章法相统一的观点一脉相承，体现了《孔疏》形式与内容相结合的潜在文学创作观，这是应当予以充分肯定的。

由上可知，《孔疏》的经学成就是甚为可观的，其经学之外的诗学思想也是令人可喜的，但它过于偏重于《毛诗》，对三家诗重视不够，在引证方面亦有过于烦琐庞杂之弊，这同总体成就相较，则是瑕不掩瑜的。

要之，《孔疏》是一部说解、文字与音训三统一的经学名著，一部《诗经》汉学的集大成著作，亦是一部保存汉魏六朝毛诗学的弥足珍贵的文献库，更是一部为适应唐代治国与科举之需而由朝廷敕编的有关“经国之大业”的官方教科书。它资料丰赡，编排科学，阐析明畅，考辨精审，是一部学术分量很重的鸿篇巨制。它的编纂体现了唐王朝统治阶级政治与文化政策的迫切需要，由于它的帝王敕编的浓厚的政治色彩，以及它的经学里程碑的划时代意义、集大成的学术权威性等因素，《孔疏》颁行全国后，在政治伦理、科举考试、经学研究与诗歌创作诸方面便随即产生了广泛而深远的影响。如被《四库全书总目》称誉为“于说《诗》亦深有功矣”的成伯玙《毛诗指说》，其《文体》部分便是直接吸收了《孔疏》有关《诗经》章、句等方面的研究成果。有学者研究表明，《孔疏》的阐释系统对大历诗人李益的诗歌观念与诗歌创作都有相当程度的影响。窥一斑而见全豹，由此不难想象，《孔疏》对全唐诗人的影响无疑是甚大的，而《孔疏》阐释的文本《诗经》，对唐代诗人的影响无疑也是广泛而深远的。

第三节 《文选》李善注引《风》《骚》之原论

初唐人李善注《文选》，工程浩大，内容宏博，征引诸书近 1700 种，保存了此前许多亡佚之书，遂享有“考证之资粮”的美誉。李善注撰成于唐显庆三年（658），时隔六十年后，吕延济、刘良、张铣、吕向、李周翰等五臣，为补李善注的不足，又合注《文选》，世称“五臣注”。宋人又将李善注与五臣注合为一编，名之曰《六臣注文选》。李善注与五臣注行世以来，学界优劣之争遂风生水起、众说纷纭。但无论如何，李善注突破传统的古书“说解式”、“直译式”、“考证式”的注释方式而首创“征引式”，以及释义精要、资料丰赡等特色，在人们心目中的地位是很高的，故褒扬李善注者不绝于耳。如李济翁《资暇录》云：“世人多谓李氏立意注《文选》，过为迂繁，徒自骋学，且不解文意，遂相尚习五臣者，大误也。所广征引，非李氏立意。盖李氏不欲窃人之功，有旧注者，必逐每篇存之，仍题原注人之姓氏，或有迂阔乖谬，不削去之。苟旧注未备，或兴新意，必于旧注中称臣善以分别。既存原注，例皆引据，李续之，雅宜殷勤也。五臣所注，尽从李氏注中出，开元中进表，反非斥李氏，无乃欺心欤！”苏轼崇扬李善注贬斥五臣注的态度与立场则更为鲜明，其云：“李善注《文选》，本末详备，极可喜。五臣真俚儒之荒陋者也，而世以为胜善，亦谬矣”。尽管如此，五臣注也并非一无是处，自有其存在与参考之价值。对此，《四库全书总目·六臣注文选提要》则有颇为公允的评论，其云：“观其（即吕济济）进表所言，颇欲排突前人，高自位置。然唐李匡乂作《资暇录》，备摘其窃据善注，巧为颠倒，条分缕析，言之甚详。又姚宽《西溪丛话》诋其注扬雄《解嘲》，不如伯夷、太公为二老，反驳善注之误。王楙《野客丛书》诋其误叙王暕世系，以览为祥后，以昙首之曾孙为昙首之子，明由汝成重刊《文选》，其子艺衡又摘所注《西都赋》之龙兴虎视，《东都赋》之乾符坤珍，《东京赋》之巨猾闲衅，《芜城赋》之袤广三坟诸例。今观所注迂陋鄙俗之处，尚不止此。而以空疏臆见，轻诋通儒，殆固韩愈所谓蚍蜉撼树者欤。然其疏通文意，亦间有可采。唐人著述，传世已稀，不必竟废之也。”[①] 优劣辩证，持论中肯，且具人文关怀之精神，不失为佳评也。鉴上诸论，本节则以李善注为据，[②] 从中阐释《文选》李善注征引《风》《骚》之文学精神与学术思想。

① 永瑢等：《四库全书总目》卷一八六，《四部精要》（10）本，第944页。

② 本节即以岳麓书社1995年版《李善〈文选〉注》为解读文本，所引资料，皆出此书，不另出注。

在解释《文选》词语的过程中，李善对一切有可利用的古籍可谓真正做到了搜罗殆尽、广征博引。加之他非常注重文化知识承前启后的惯连作用以及源头意义，所以，他对于中国诗歌的两大源头——《诗经》与《楚辞》，则情有独钟而尤其推崇。笔者曾专门对李善注中征引《毛诗》《楚辞》文本及与之相关的研究著作进行了拉网式的细读遍检，逐条记录，发现李善注征引有关《诗经》《楚辞》的古籍及次数为：《诗经》方面，如：《毛诗》，1850 次；《毛序》，300 次；《毛传》，570 次；《郑笺》，286 次；郑玄《诗谱》，1 次；《毛诗正义》，60 次；《韩诗》，85 次；《韩诗内传》，1 次；《韩诗外传》，360 次；《薛君韩诗章句》，70 次。李善注征引《诗经》及其有关书目总次数为 3583 次。连《毛诗》在内，征引有关《诗经》的古籍达 10 种之多，基本囊括了先秦至李善时代《诗经》研究的主要优秀成果。值得一提的是，李善注对《文选》“诗”类首列“补亡”一目的六首诗（晋代束皙补辑）进行了详尽的注释。这六首诗是原本《诗经·小雅》中有目无辞的《南陔》《白华》《华黍》《由庚》《崇丘》《由仪》。《楚辞》方面，如：《楚辞》，1040 次；散见于李善注全书的王逸注（即王逸《楚辞章句》），310 次；李善注全文引《楚辞章句》的篇目有：“骚上”部分共 1026 次，分别是：《离骚》，318 次；《九歌》四首中的《东皇太一》，15 次；《云中君》，13 次；《湘君》，37 次；《湘夫人》，39 次。“骚下”部分共 553 次，分别是：《九歌》二首中的《少司命》，21 次；《山鬼》，23 次；《九章》一首中的《涉江》，44 次；《卜居》，66 次；《渔父》，41 次；《九辩》，142 次；《招魂》，216 次。这样，李善注征引《楚辞》及其有关书目总次数为 2929 次。所征引的主要书目是王逸的《楚辞章句》，可见，李善注对于王逸注是甚为信任与推崇的。总括起来，李善注征引《诗经》《楚辞》及其有关研究著作的总数为 6512 次。数量之巨，令人惊叹。由李善注征引《诗经》《楚辞》及其研究著作之丰、次数之多的现象观之，李善注的《诗》《骚》情结是极其深厚而诚挚的。通过对李善注如此众多的《诗》《骚》梳理探析，蕴涵其中的文学精神及其学术思想便自然映显出来。对此加以研究，则庶可明了唐人诗歌中浓郁《风》《骚》情结缘由之一二焉。

一　《文选》李善注征引《风》《骚》之文学精神发微

李善《上〈文选注〉表》尝云：“故义绳之前，飞葛天之浩唱；娲簧之后，掞丛云之奥词。步骤分途，星躔殊建。球钟愈畅，舞咏方滋。楚国词人，御兰芬于绝代；汉朝才子，综鞶帨于遥年。虚玄流正始之音，气质驰建安之体。长离北度，腾雅咏于圭阴；化龙东骛，煽风流于江左。爰逮有梁，宏材弥劭。昭明太子，业膺守器，誉贞问寝。居肃成而讲艺，开博望以招贤。搴中叶之词林，酌前修之笔海。周巡绵峤，品盈尺之珍；楚望长澜，搜径寸之宝。故撰斯一集，名曰《文选》。后进英髦，咸资准的。”在此段话，作者从我国上古歌谣与神话故事，直至梁代文学彬彬其盛的江左风流，一路娓娓道来，如行山阴道上，给人们展示了一道道别开生面、万紫千红的文学风景，令人目不暇给、心旷神怡。接着，作者以“后进英髦，咸资准的”八个字，就把萧统编辑《文选》的主要目的与重大意义极为准确而精当地概括了出来。与其说是对《文选》的评价，倒不如说是对自己《文选注》之目的与意义的一个隐喻。正如其所云：“握玩斯文，载移凉燠；有欣永日，实昧通津。故勉十舍之劳，寄三余之暇，弋钓书部，愿言注辑，合成六十卷。杀青甫就，轻用上闻。享帚自珍，缄石知谬。敢有尘于广内，庶无遗于小说。”很好地表达了作者注《文选》的辛勤努力，以及希望其著作能够传布于世，为人所用，特别是能够作为本朝科举士子们的最佳教科书。因此，李善注与《文选》同样具有“后进英髦，咸资准的”的可贵价值与重要意义。其实，李善《上〈文选注〉表》所云，就包含着作者注重文学发展演变的文学精神及其承前启后、薪火相传的学术思想，兹就李善注所体现出来的善于勾勒文学发展来龙去脉轨迹的文学精神举例略述之。

（一）从词句承传之渊源生态，看李善注所蕴涵的文学精神

李善于开篇注释班固《两都赋序》正文的第一个注语则云：“《毛诗序》曰：‘《诗》有六义焉，二曰赋。’故赋为古诗之流也。诸引文证，或举先以明后，以示作者必有所祖述也，他皆类推。”这种“举先以明后”的体现文学“祖述”的注释之例，在李善注中可谓俯拾皆是、不胜枚举。此仅举数例论之。如对张衡《西京赋》“鉴戒《唐》诗，他人是媮”句之注释云：“《唐》诗，刺晋僖公不能及时以自娱乐，曰：子有衣裳，弗曳弗娄，宛其死矣，他人是媮。言今日之不极意恣娇，亦如此也。善曰：《国语》曰：鉴戒而谋。贾逵曰：鉴，察也。”很显然，《西京赋》“他人是媮”采用了《诗经·唐风·山有枢》中的成句，“鉴戒”一词，则采自于《国语》。来龙去脉，一目了然，文学语言的承传生态情状十分清楚。对《西京赋》“徒恨不能以靡丽为国华，独俭啬以龌龊，忘《蟋蟀》之谓

何”之注释云：“俭啬，节爱也。《蟋蟀》，《唐》诗刺俭也。言独为节爱，不念《唐》诗所刺邪？善曰：《汉书注》曰：龌龊，小节也。王逸《楚辞注》曰：谓，说也。何休《公羊传注》曰：（谓）［诸］据疑问所不知者曰何也。”首先明确《西京赋》中的《蟋蟀》篇名出自于《诗经·唐风·蟋蟀》，而“《唐》诗刺俭也”之主旨，则径录于《毛诗》小序。而“谓”字一词，则于王逸《楚辞章句》中得到了准确的解释。对张衡《东京赋》中“黔首，岂徒跼高天、蹐厚地而已哉？乃救死于其颈”注释云：“《史记》曰：秦王更名民曰黔首，谓黑头无知也。跼蹐，恐惧之貌也。《毛诗》曰：谓天盖高，不敢不跼。跼，伛偻也。谓地盖厚，不敢不蹐。蹐，累足也。谓此时之民，非徒跼高天、蹐厚地而已，乃昼夜畏死其颈。善曰：岂，非也。……《国语》：单襄公曰：兵在其颈，不可久也”。分明指出《东京赋》中的“黔首”、“跼高天，蹐厚地”、“其颈”词汇，皆出于《史记》《诗经·小雅·十月之交》《国语》。对张衡《东京赋》中“今舍纯懿而论爽德，以《春秋》所讳而为美谈，宜无嫌于往初，故蔽善而扬恶，只吾子之不知言也”注释云：“《尔雅》曰：纯，大。懿，美也。爽，差也。今公子反舍四帝纯大懿美之德，而专论说爽差之过失者也。善曰：《国语》曰：实有爽德。贾逵曰：爽，贰也。……《春秋》讳国之恶，今公子反以为美谈也。善曰：《公羊传》曰：大恶讳之，小恶书之。又云：鲁人至今以为美谈也。……宜之言义也。无，犹不也。只，是也。今公子之义，不嫌于蔽国之善，扬国之恶，是公子之不知言也。善曰：《说苑》：楚文侯曰：邑中豪好蔽善而扬恶，可亲问之。《论语》：子曰：不知言，无以知人也。毛苌《诗传》曰：只，适也。”此段注释，从《尔雅》解释“纯”、“懿”、“爽”三个词语入手，然后围绕“蔽善而扬恶”的非正常现象，列举《春秋》《说苑》《论语》等典籍而之论述之，释义明朗，条分缕析，颇具阅读之快感。

（二）从以事析典的注释方式，看李善注所潜在的文学精神

以上是就李善注中对注释对象所引成句或词语之出处情状，从文学语言承传之轨迹之角度简要考察了李善注所蕴涵的文学精神，下面则就李善注对于注释对象的典故采用文学故事还原形式解析的方式，从以事析典的文学表述角度，进一步考察李善注中所潜在的文学精神。李善注似乎与《韩诗外传》有着难以割舍的深厚情结，全书引用《韩诗外传》就达360余次。毫无疑问，《韩诗外传》这些史实性、故事性与文学性皆很强的内

容，对于《文选》事典语汇的解释，进而突出李善注的文学精神，具有极其重要的文学意义。如对《白头吟》“凫鹄远成美，薪刍前见陵”之注释，则引《韩诗外传》曰：“田饶事鲁哀公而不见察，谓哀公曰：夫鸡头戴冠，文也；足有距，武也；见敌敢斗，勇也；有食相呼，仁也；夜不失时，信也。鸡有五德，君犹日瀹而食之者，何也？则以其所从来近也。夫黄鹄一举千里，出君园池，食君鱼鳖，啄君稻粱，无此五者而贵之，以其所从来远也。故臣将去君，黄鹄举矣。公曰：吾书子之言。《文子》曰：虚无应循，常后而不先，譬若积薪燎，后者处上也。《仓颉篇》曰：陵，侵也。《史记》曰：汲黯谓武帝曰：陛下用群臣如积薪，后来者居上。”李善注引用田饶劝诫鲁哀公要改变那种贱近而贵远的误用人才的故事，以助于理解文君指斥丈夫“凫鹄远成美，薪刍前见陵”喜新厌旧行为的意思，同时又体现屈原所开创的“以男女比君臣”的优良比兴传统，由此更凸显出李善注难能可贵的文学精神。再看对王褒《圣主得贤臣颂》中“齐桓设庭燎之礼，故有匡合之功”的注释，则采用《韩诗外传》曰：“齐桓设庭燎，为士之欲造见者，期年而士不至。于是东野人有以九九见者，桓公使戏之曰：九九足以见乎？鄙人曰：臣不以九九足以见也。臣闻君设庭燎以待士，期年而士不至。夫士之所以不至者：君，天下之贤君也，四方之士皆自以为不及君，故不至也。夫九九薄能，而君犹礼之，况贤于九九者乎！桓公曰：善。乃固礼之。期月，四方之士相导而至矣。《论语》：子曰：管仲相桓公，一匡天下，民到于今受其赐。又，子曰：桓公九合诸侯，不以兵车，管仲之力也。”所引桓公纳谏进贤的故事，其开端、发展、高潮、结局的情节结构，以及人物栩栩如生的对话、颇具戏剧性的情节，等等，已初具小说的审美特质，文学意味甚为浓郁。而后作者又引孔子彰显桓公重用管仲致使国泰民安的丰功伟绩作结，更加深了《韩诗外传》故事的深度与力度。

李善注除了较多引用《韩诗外传》的故事来解释《文选》外，还常常引用《列异传》《宋玉集》等神话传说故事来作注释。如对潘岳《悼亡》诗中“我惭北海术，尔无帝女灵”的注释云：“《列异传》曰：北海营陵有道人，能使人与死人相见。同郡人妇死已数年，闻而往见之曰：愿令我一见死人不恨。遂教其见之，于是与妇人相见，言语悲喜，恩情如生。良久，乃闻鼓声，恨恨不能出户，掩门乃走，其裾为户所闭，掣绝而去。后岁余，此人死，家葬之，开见妇棺盖下有衣裾。《宋玉集》云：楚襄王与宋玉游于云梦之野，望朝云之馆，有气焉，须臾之间，变化无穷。王问此是何气也？玉对曰：昔先王游于高唐，怠而昼寝，梦见一妇人，自云我帝之季女，名曰瑶姬，未行而亡，封于巫山之台。闻王来游，愿荐枕席。王因幸之。去，乃言妾在巫山之阳，高丘之阻，旦为朝云，暮为行雨，朝朝暮暮，阳台之下。旦而视之，果如其言。为之立馆，名曰朝云。”作者以千古不朽的凄美动人的人鬼情恋故事，作为“我惭北海术，尔无帝女灵”二句的注释，具有强烈而鲜明的对比与反衬艺术效果，更突出了潘岳悲悼亡妻的万分哀恸之情。如此注释，不仅有助于理解原诗的内涵，而且增添了文学色彩，增强了文学意味，具有一举两得的注释效果。

（三）从比兴艺术的广泛运用，看李善注所彰显的文学精神

王逸《离骚经·序》尝云：“善鸟、香草以配忠贞，恶禽、臭物以比谗佞；灵修、美人以媲于君，宓妃、佚女以譬贤臣；虬龙、鸾凤以托君子，飘风、云霓以为小人。”这是王逸首次对以屈原《离骚》为代表的《楚辞》“香草美人”比兴象征手法的最精当、最具权威性的概括，自此以来，学界庶成定论。李善注对王逸的《楚辞章句》情有独钟，《文选》中所选的《楚辞》作品，其注释全部采用了王逸注。虽非李善本人所注，但既然完全认可王逸注，那么，其中亦就间接反映出李善注的文学精神。此即以王逸注为例，略述其比兴艺术手法的运用情况。如对《离骚》“夕揽洲之宿莽”句注释云：“揽，采也。水中可居者曰洲。草冬生不死者，楚人名曰宿莽。言己旦起升山采木兰，上事太阳，承天度也。夕入洲泽采取宿莽，下奉太阴，顺地数也。动以神祇，自敕诲也。木兰去皮不死，宿莽遇冬不枯。屈原以喻谗人虽欲困己，已受天性，终不可变易。”对《离骚》“恐美人之迟暮”句注释云：“迟，晚也。美人，谓怀王也。言天时运转，春生秋杀，草木零落，岁复尽矣。而君不建立道德，举贤用士，则年老暮晚，而功不成。”以“美人”比怀王，以“迟暮”比怀王年老，十分形象贴切。对《离骚》“固众芳之所在”句注释云：“众芳，喻群贤也。言往古夏禹、殷汤、周王，所以能纯美其德，而有声明之称者，皆举用众贤，使在显职，故道化兴而万国宁也。”对《离骚》“哀众芳之芜秽”句注释云：“言己所种芳草，当刈未刈，蚤有霜雪，枝叶虽蚤萎病绝落，何能伤我乎？哀惜众芳摧折，枝叶无秽而不成也。以言己修行忠信，冀君任用，而遂斥弃，则使众贤志士，失其行也”。对《离骚》“竞周容以为度”句注释云：“周，合

也。度，法也。言百工不随绳墨之直道，随从曲木，屋必倾危而不可居也。以言人臣不修仁义之道，背弃忠直，随从枉佞，苟合于世，以求容媚，以为常法，身必倾危而被刑戮。”对《离骚》“飘风屯其相离兮，帅云霓而来御”句注释云：“回风曰飘。飘风，无常之风，以兴邪恶。……云霓，恶气。以喻佞人。御，迎也。言己使凤凰往求同志之士，欲与俱共事君；反见邪恶之人相与屯聚，谋欲离己。又遇佞人相帅来迎，欲使我变节以随之。”对《离骚》“求宓妃之所在”句注释云：“宓妃，神女也，以喻隐士。言我令云师丰隆乘云周行，求隐士清洁若宓妃者，欲于并力也。”对《离骚》“哲王又不寤”句注释云：“哲，知也。寤，觉也。言君处宫殿之中，其闺邃远，忠言难通，指语不达。自明智之王，尚不觉善恶之情，高宗杀孝已是已。何况不智之君，而已暗蔽，故其宜也。”对《离骚》“恐鹈鴂之先鸣兮”句注释云：“言我恐鹈鴂以先春分鸣，使百草华英摧落，芬芳不成。以喻谗言先，使忠直之士被罪过也。”对《离骚》“荃蕙化而为茅”句注释云：“荃、蕙，皆香草也。言兰芷之草，变其体而不复香，荃蕙化而为茅，失其本性也。以言君子更为小人，忠信更为佞伪”，等等。王逸注《离骚》，可谓将其中“美人香草”的比兴象征意义发挥殆尽矣。除《离骚》之外，王逸注屈原的其他作品，也都十分注意注释其比兴象征手法之运用特征。如对《山鬼》“风飒飒兮木萧萧”句注释云：“言己已在深山之中，遭雷电暴雨，猿号狖响，风木摇动，以言恐惧失其所也。或曰：雷为诸侯，以兴于君；云雨冥昧，以兴佞臣。猿狖善鸣，以兴谗言。风以喻政，木以喻人。雷填填者，君妄怒也。雨冥冥者，群佞聚也。猿啾啾者，谗夫弄口也。风飒飒者，政烦扰也。木萧萧者，民惊骇也。”可谓句句设喻，比兴连篇，意蕴深远，耐人寻味。王逸注以其敏锐的艺术触觉，以与屈原“心有灵犀一点通”的共鸣精神，深入而广泛地挖掘出屈原辞赋的“香草美人”等比兴象征艺术审美特征，这无疑是对中国文学艺术理论批评的一大贡献。

屈原弟子宋玉的《九辩》，自然承传了其师所开创的“美人香草”的比兴象征手法，在其代表作《九辩》中多有体现。这点，在王逸所作的注中有所反映。王逸《序》云：“《九辩》者，楚大夫宋玉之所作也。辩者，变也。九者，阳之数也，道之纲纪也。谓陈说道德，以变说君也。宋玉，屈原弟子。闵其师忠而放逐，故作《九辩》以述其志也。”可见，《九辩》主旨有三：一是以道德劝谏君王要审时度势、适应变化莫测的形势，以强楚国；二是怜悯其师屈原无端弃逐的悲惨命运；三是借他人酒杯而浇自己胸中之块垒，抒发“贫士失职而志不平”的愤懑之情。因此，其中大量运用“美人香草”比兴手法亦就自是情理中事矣。请看王逸注数例所论之情景。对《九辩》“萧瑟兮草木摇落而变衰”句注释云：“阴令促急，风疾暴也。……华叶陨零，肥润去也。……形体易色，枝枯槁也。自伤不遇，将与草木俱衰老也。”对《九辩》“泬寥兮收潦而水清”句注释云：“泬寥，旷荡而虚静也。或曰：泬寥，犹萧条无云貌也。泬音血。秋天高明，体清明也。言天高朗，照见无形，伤君无有清明之时也。”对《九辩》“收恢炱之孟夏兮”句注释云：“上无仁恩以养民［也］。夫天制四时，春生、夏长，人君则之，以养万物。秋杀、冬藏，亦顺其宜，而行刑罚。故君贤臣忠，政合大中，则品庶安宁，万物丰茂；上暗下伪，用法残虐，则贞良被害，草木枯落。故宋玉援引天时，托譬草木，以茂美［之］树，兴于仁贤，早遇霜露，怀德君子，忠而被害也。”对《九辩》“从风雨而飞飏”句注释云：“随君嗜欲而回倾也。夫风为号令，雨为德惠，故风动而草木摇，雨降而万物植，故以风雨谕君政。言德惠所由出之也。”对《九辩》“背绳墨而改错”句注释云：“违废圣典，背仁义也。夫绳墨者，工之法度也；仁义者，民之正路也。绳墨用，则曲木截；仁义进，则谗佞灭。二者殊义，不可不察也”，等等。宋玉承传其师屈原“香草美人”的比兴象征艺术手法，并发扬光大之，从而使得文学天空的五彩云霞更为壮观而艳丽。而王逸则以敏锐的文学眼光，在其高山流水知音般的独特注释中，将《楚辞》代表作家屈原、宋玉师生二人的杰作，精心提炼出“香草美人”的比兴象征手法，厥功至伟矣。至于李善注，自是慧眼识英才，全部采纳了王逸注。所以，如果说王逸注发现并阐明了“香草美人”的比兴象征手法，那么，李善注则是赏识并传播了“香草美人”的比兴象征手法。从这个角度来看，王逸所发明的《楚辞》“香草美人”的文学精神，亦可谓李善注文学精神的侧面而婉转之体现。换言之，王逸注既然被纳入李善注的整体学术话语体系之中，那么，毫无疑问，王逸注文学思想的体现亦可谓李善注文学思想的体现。

二　《文选》李善注征引《风》《骚》之学术思想探赜

《文选》李善注，委实是一项浩大的学术研究与文化建设工程，它与此前孔颖达奉敕编撰的《五经正义》一样，对唐代士子的科举考试起到了重要的指导与引领作用，为传播中华优秀传统文化作出了积极贡献。那么，李善注在征引《诗》《骚》的大量例句中，又蕴涵着怎样的学术思想呢？概而论之，约有三端。

（一）竭泽而渔，例证翔实

李善注内容上至天文、下至地理、悠悠万事、贯穿今古，可谓博大精深、无所不包。其征引书籍近1700种，此前的许多亡佚之书皆幸赖此书而得以保存可贵的吉光片羽，否则，许多亡佚之书便要遭逢“只字无见”、“片言不留”的悲惨结局了。就李善注所征引有关《诗》《骚》研究著作而言，其中如《韩诗》《韩诗内传》《薛君韩诗章句》等著作，都已成为亡佚之书。所幸者，在李善注中我们还能窥见其虽有限却珍贵的身影。这不仅体现了李善注本身广采博收注释内容的丰富性，而且也反映了李善注尊重先贤劳动成果、敬畏学术生命的非凡的学术思想与尚学境界。正如他《上〈文选注〉表》所云：“握玩斯文，载移凉燠；有欣永日，实昧通津。故勉十舍之劳，寄三余之暇，弋钓书部，愿言注缉，合成六十卷。”如此虔诚的心灵、勤勉的态度、奉献的精神，正是他苦志薪传、奋力播火的崇高学术思想的闪光之点、感人之处。瑞典学者诺贝尔说得好：“传播知识就是播种幸福。”是的，一部六十卷二百余万言的李善注，给唐代及其后人传送了多少福音啊。

李善注最大的特点之一就是不遗余力地罗列排比相关句类与语象，让被释之处便在相应的语言环境中自然可解。如注释谢朓《和伏武昌登孙权古城》诗末二句“于役倘有期，鄂渚同游衍”云：“《毛诗》曰：君子于役，不知其期。《楚辞》曰：乘鄂渚而反顾兮。王逸注曰：鄂渚，地名也。《毛诗》曰：昊天曰旦，及尔游衍。毛苌曰：游，行也。衍，溢也。郑玄曰：常与汝（出）入往（来）游溢相从也。”仅两句诗有关词语的解释，作者就征引了《毛诗》《楚辞》之文本及其研究之著作王逸的《楚辞章句》、毛苌的《毛诗传》、郑玄的《毛诗传笺》等五部书籍，注释之细密周详，令人叹服。又注释潘岳《关中诗》诗末二句“周人之诗，实曰《采薇》。北难猃狁，西患昆夷”云：“《毛诗序》

曰：《采薇》，遣戍役也。文王西有昆夷之患，北有玁狁之难。郑玄曰：昆夷，西戎也。玁狁，今匈奴也。晋灼曰：尧曰薰粥，周曰玁狁，秦曰匈奴。旧说疏曰：黄帝曰薰粥，唐舜曰蛮，夏殷曰鬼方，周曰匈奴，秦曰胡。"作者征引郑玄、晋灼及旧说三家说法来注释"玁狁"、"昆夷"两个少数民族的地名，不仅释义明了，而且将其渊源流变交代得眉目清晰，殆同一篇关于"玁狁"、"昆夷"民族地名演变之微型小史。阅读至此，焉不快然乎？

李善注中还有一种现象理当值得注意，即作者虽然采用的是别人的注释，但他觉得尚有不少补充的注释空间，于是，作者就在别人注释之后以"善曰"的形式，将自己增释的内容补出，细大不捐，排列铺叙，把问题解释得极为透彻而完美。如刘孝标注陆机《演连珠五十首》"是以柳庄黜殡，非贪瓜衍之赏；禽息碎首，岂要先茅之田"句意为："夫黜尸以明谏，触车以进贤，并发之于忠诚，岂有求而然哉?"李善觉得尚有不少内容未能说清，于是则又加之多于刘孝标注十余倍的长注。为证明李善注征引资料详赡之优长特点，兹全引如下："善曰：《韩诗外传》曰：昔卫大夫史鱼病且死，谓其子曰：我数言蘧伯玉之贤而不能进，弥子瑕不肖而不能退，死不当居丧正堂，殡我于室足矣。卫君问其故，子以父言闻于君，乃召蘧伯玉而贵之，弥子瑕退之，徙殡于正堂，成礼而后去。可谓生以身谏，死以尸谏。然而经籍唯有史鱼黜殡，非是柳庄，岂为书典散亡，而或陆氏谬也?《左氏传》曰：晋侯赏桓子狄臣千室，亦赏士伯以瓜衍之县，曰：吾获狄土，子之功；微子，吾丧伯氏矣。《韩诗外传》曰：禽息，秦人，知百里奚之贤，荐之于穆公，为私而加刑焉。公后知百里之贤，乃召禽息谢之。禽息对曰：臣闻忠臣进贤不私显，烈士忧国不丧志。奚陷刑，臣之罪也。乃对使者以首触楹而死。以上卿之礼葬之。《论衡》曰：传言禽息荐百里奚，缪公出，当门仆头碎首以达其友。应劭《汉书注》曰：缪公出，当车，以头击门。而刘云触车，未详其旨。《左氏传》曰：襄公以再命，命先茅之县赏胥臣，曰：举却缺，子之功也。杜预曰：先茅绝后，故取其县以赏胥臣也。"此则补充资料的多元性、丰富性、针对性，可谓达到了注释的完美效果与理想境界，从中也体现出李善注"竭泽而渔，例证翔实"的学术思想及注释特色。

南宋中兴四大诗人之一的尤袤（另有杨万里、范成大、陆游）于李善注之《跋》云："贵池在萧梁时，实为昭明太子封邑，血食千载，威灵赫然，水旱疾疫无祷不应。庙有文选阁，宏丽壮伟，而独无是书之版，盖缺典也。往岁邦人尝欲募众力为之，不成。今是书流传于世，皆是五臣注本，五臣特训释旨意，多不原用事所出。独李善淹贯该洽，号为精详，虽四明赣上各尝刊勒，往往裁节语句，可恨！袤因以俸余锓木，会池阳袁史君助其费，郡文学周之纲督其役，逾年乃克成。既摹本藏之阁上，以其版置之学宫，以慰邦人，所以尊事昭明之意云。淳熙辛丑上巳日晋陵尤袤题。”此段《跋》语虽短，但它却提供了不少重要的信息：一是重刻者对昭明太子萧统及其《文选》的尊崇仰慕之情；二是重刻者对《文选》李善注的情有独钟；三是反映了尤袤等地方人士注重文化的敬畏之心。而最终则是因为李善注较之于“特训释旨意，多不原用事所出”的五臣注，则明显具有“淹贯该洽，号为精详”的无出其右者的不二优势，所以尤袤等好事者才甘愿自费、不辞辛劳全力完成重刻李善注这项艰巨而不朽的伟大文化工程。正是由于李善注高水平的注释学术含量，因而才使得它得以保存而流芳百世、沾溉千秋。而李善注的非凡学术成果的取得，当与作者“竭泽而渔，例证翔实”学术思想的指导密切相关。

（二）尊重学术，存真求实

检阅李善注，我们几乎随处可见作者那兼容并包、择善而从的宏阔学术胸襟，而这，恰恰是李善注“尊重学术，存真求实”学术思想的真实写照。李善注直接采用前贤时彦优秀注释成果的有：王逸注、刘渊林注、郭璞注、徐爰注、张载注、蔡邕注、刘孝标注、颜延年、沈约等注，还有一些佚名或有争议的注本则标示为“旧注”。可以这样说，李善之前的主要注本，庶几汇集于李善注矣。这也正是它能列为中国古籍五大名注之内的重要原因之一。①

① 关于中国古籍名注的说法有多种，如：“三大名注说”，即南朝宋裴松之《三国志注》、南朝梁刘孝标《世说新语注》、北魏郦道元《水经注》；或指：北魏郦道元《水经注》、南朝宋裴松之《三国志注》、唐李善《文选注》；也有“四大名注说”，即北魏郦道元《水经注》、南朝宋裴松之《三国志注》、南朝梁刘孝标《世说新语注》、唐李善《文选注》。此说出自钱穆先生的《中国史学名著》，流传最广。“四大名注说”或另指：北魏郦道元《水经注》、南朝梁刘孝标《世说新语注》、唐李善《文选注》、清段玉裁《说文解字注》。综合论之，笔者认为，中国古籍注释的名著应为五部，即：北魏郦道元《水经注》、南朝宋裴松之《三国志注》、南朝梁刘孝标《世说新语注》、唐李善《文选注》、清段玉裁《说文解字注》。

李善注在采用他人注释的时候，常常就所采注释遗漏的有些问题，予以补充解释。为了便于与所采注释加以区分，凡属李善新加的注释部分，一律标以“善曰”字样。“善曰”分两种形式：一是另起炉灶、重新作注；二是补充原注、使之完善。如薛综注张衡《东京赋》，对“大丙弭节，风后陪乘”未作注，李善则新注为：“善曰：《淮南子》曰：若夫钳且、大丙之御也，马莫使之而自走。高诱曰：二人，太一之御也。《楚辞》曰：吾令羲和弭节兮。王逸曰：弭，按节徐行也。《史记》曰：黄帝举风后以理人。郑玄曰：风后，黄帝三公也。应劭《汉官仪》曰：常伯任侍中，出即陪乘也。”此为新加之注。再看对原注之补注。如薛综注张衡《东京赋》，对“好乐无荒，允文允武”作注云：“允，信也。无荒，言不好荒淫之乐。信与文王、武王等其功德也。”李善以为此句注释意犹未尽，于是，接着以“善曰”补充云：“《毛诗》曰：好乐无荒，允文允武，昭假烈祖。”这样一补充之后，就突出了《诗经》对张衡《东京赋》的直接影响的文学之源流意义。李善注在他人之注中标明“善曰”字样，泾渭分明，人我有别，实事求是，光明磊落，绝不掠人之美，十分尊重他人的学术成果，如此诚实的学术态度与务实精神，实在难得而可敬，迄今具有重要的现实意义。

李善注对王逸《楚辞章句》之释意，颇为看重，《文选》所选《骚》类作品，其注释全采用王逸注，可见，李善注对王逸注的诚信与推崇。不过，李善注在采用王逸注的过程中，则根据文本释义的需要而有所变化，主要有“全同”、“大异”、“有异”、“略同”四种情况。[①] 兹列表如下：

《楚辞》正文	《楚辞章句》	《文选》李善注引	文本变化
朕皇考曰伯庸	朕，我也。皇，美也。父死称考。《诗》曰：既右烈考。伯庸，字也。屈原言：我父伯庸，体有美德，以忠辅楚，世有令名，以及于己	朕，我也。皇，美也。父死称考。《诗》曰：既右烈考。伯庸，字也。屈原言：我父伯庸，体有美德，以忠辅楚，世有令名，以及于己	全同

① 汪习波：《隋唐文选学研究》，上海古籍出版社 2005 年版，第 117—118 页。

续表

《楚辞》正文	《楚辞章句》	《文选》李善注引	文本变化
摄提贞于孟陬兮	太岁在寅曰摄提。孟，始也。贞，正也。于，于也。正月为陬	太岁在寅曰摄提。孟，始也。贞，正也。于，于也。正月为陬	全同
惟庚寅吾以降	惟，辞也。庚寅，日也。降，下也。《孝经》曰：故亲生之膝下。寅为阳正，故男始生而立于寅。庚为阴正，故女始生而立于庚。言己以太岁在寅，正月始春，庚寅之日下母之体而生。得阴阳之正中也	惟，辞也。庚寅，日也。降，下也。寅为阳正，庚为阴正。言己以太岁在寅，正月始春，庚寅之日，下母之体	大异
皇览揆余于初度兮	皇，皇考也。览，观也。揆，度也。余，我也。初，始也	皇，皇考也。览，睹也。揆，度也	有异
肇锡余以嘉名	肇，始也。锡，赐也。嘉，善也。言己父伯庸观我始生年时，度其日月，皆合天地之正中，故赐我以美善之名也	肇，始也。锡，赐也。嘉，善也。言己美父伯庸，观我始生年时，度其日月皆合天地正中，故始赐我以美善之名	略同
名余曰正则兮	正，平也。则，法也	正，平也。则，法也	全同

值得一提的是，李善注虽然尊崇王逸注，但也并非唯王逸注是从，有时则采取保留意见，表示自己不为苟同的学术态度。如李善注谢灵运《从游京口北固应诏一首》“远岩映兰薄，百日丽江皋”句云：“兰薄，即兰林也。《楚辞》曰：朝骋骛兮，兰薄户树，琼木篱些。然此意微与王逸注异，不可以王义非之。《楚辞》曰：朝骋骛兮江皋。王逸曰：泽曲曰皋。”又如李善注郭璞《江赋》“悲灵均之任石，叹渔父之棹歌”句云：“《楚辞》曰：名余曰正则，字余曰灵均。又曰：望大河之洲渚，悲申徒之抗直，骤谏君而不听，重任石之何益。又曰：怀沙砾而自沉兮，不忍见君之蔽壅。《史记》曰：屈原作《怀沙赋》，怀石自投汨罗。怀沙，即任石也，义与王逸不同。《楚

辞》曰：渔父鼓枻而歌曰：沧浪之水清，可以濯吾缨。”由此两处涉及与王逸注不同的地方，我们可以明显地看到李善注颇为公允而折中的学术观点，以及不畏权威的坚毅执着之可贵精神。亚里斯多德说得好：“吾爱吾师，吾更爱真理。”李善注也正是本着这种尊重学术、敬畏真理的精神，对他一向推崇的王逸注所采取的公正而客观的态度，给后人以深刻的启迪意义。

李善注实事求是的精神还表现在“不强作解人”的谦虚存疑的学术态度上。如李善注张衡《西都赋》“许少施巧，秦成力折”句云：“许少、秦成，未详。”对“许少”、“秦成”不作强解，老老实实地承认自己“未详”，留下疑问，以待后来之高明者也。又如刘孝标注陆机《演连珠五十首》“是以巢箕之叟，不眄丘园之币；洗渭之民，不发傅岩之梦”句云：“古之隐人结巢以居，故曰巢父。或言即许由也。洗耳，一说巢父也。记籍不同，未能详孰是。”李善注对刘孝标此段注语则进一步考证云：“善曰：顿，犹整也。《说文》曰：振，举也。陆云洗渭，而刘之意云洗耳。据刘之意，则以洗渭为洗耳乎？《吕氏春秋》曰：昔者尧朝许由于沛泽之中，曰：请属天下于夫子。许由遂之箕山之下，颍水之阳。《琴操》曰：尧大许由之志，禅为天子。由以其言不善，乃临河而洗耳。李陵诗曰：许由不洗耳，后世有何征？《魏子》曰：昔者许由之立身也，恬然守志存己，不甘禄位，洗耳不受帝尧之让，谦退之高也。《益部耆旧传》：秦密对王商曰：昔尧优许由，非不弘也，洗其两耳。皇甫谧《逸士传》曰：巢父者，尧时隐人也。及尧让位于许由也，由以告巢父焉。巢父责由曰：汝何不隐汝光？何故见若身、扬若名令闻？若汝，非友也。乃击其膺而下之。由怅然不自得，乃过清冷之水洗其耳。皇甫谧《高士传》云：巢父闻许由之为尧所让也，以为污，乃临池水而洗耳。谯周《古史考》曰：许由，尧时人也。隐箕山，恬泊养性，无欲于世。尧礼待之，终不肯就。时人高其无欲，遂崇大之，曰：尧将以天下让许由，由耻闻之，乃洗其耳。或曰：又有巢父与许由同志。或曰：许由夏常居巢，故一号巢父。不可知也。凡书传言许由则多，言巢父者少矣。范晔《后汉书》：严子陵谓光武曰：昔唐尧著德，巢父洗耳。士故有志，何至相迫乎？然书传之说洗耳，参差不同。陆既以巢箕为许由，洗耳为巢父，且复水名不一，或亦洗于渭乎？”李善注就刘孝标注关于“洗耳”典故的主人公究竟是“巢父”抑或“许由”而表示“未能详孰是”的诚实学术态度，进一步进行了翔实而细密的考证，提供了许多实在的历史资料，虽然如此，李善注的结论仍然是十分谨慎而留有余地的。不是依凭所谓丰富资料，就妄下断语，而是以“不可知也”或“陆既以巢箕为许由，洗耳为巢父，且复水名不一，或亦洗于渭乎”的慎重谦和之语气叙述之。如此严谨而科学的学术态度与谦虚谨慎的研究品格，实在是值得称道而可供今人仿效的。

三　结语

从对李善注征引《诗》《骚》之文本及其有关研究著作的情况全面考察与分析，我们基本可以知晓李善注对《诗》《骚》所体现出来的深厚情结，再由李善注深厚的《诗》《骚》情结，我们便可大致清晰地窥探李善注征引《诗》《骚》之文学精神与学术思想。那么，李善注何以具有如此深厚的《诗》《骚》情结的呢？

首先，是因为李善注征引《诗》《骚》之文学精神与学术思想所决定的。在文学精神方面，李善注努力勾勒《诗经》语汇对后世影响的原生态文学衍生情状，同时积极肯定王逸注所发掘出来的《楚辞》“香草美人”比兴象征艺术手法，竭力彰扬《诗》《骚》所固有的文学精神。在学术思想方面，李善注坚持以丰富资料说话的注释原则，以尊重学术、实事求是的思想观念统率注释的全过程。这样，李善注的《诗》《骚》情结则必然加深矣。

其次，是因为李善注能够自觉奉行《文选》“事出于沉思，义归乎翰藻”（《文选》序）的选文标准，努力彰显《诗》《骚》无可替代的文学源头的地位与意义。正如王宁《谈李善的〈昭明文选注〉·代本书序》所指出的那样：“李善注的引文根本的目的是在追求与选文思想情感、意蕴境界的一致，它的目的不在探古而在求切。它要追求的是作家之祖述，而非词语的本源，因而，引文的范围必然宽泛，而直接的解说却尽量减少。”[①] 接着又认为：“援引前代的文献与注疏，却能适应当代文章的语境，达到‘释事而寓义’的目的，这与中国古代文人书面语言的特点是分不开的。在经学笼罩中国文化史的巨大影响下，文人的书

① 《〈文选〉李善注》，岳麓书社1995年版，第12页。

面语言，对经、史、子著作，特别是经的语言，有着十分顽固的因袭性。这种因袭主要表现在词语更新极慢而典事转用极快上，齐梁距汉四百年，不论是哪种体裁的作品，袭用旧词旧典比例都很可观。《文选》诗的涉典字数约占21.4%，也就是说，每五个字，就有一个入典。这种语言的因袭就使作注者不能不把释典源、解典义作为一个主要内容。”① 萧统在《〈文选〉序》中对《诗》《骚》之于后世文学的孳乳化育之功甚为重视，其论《诗》云：“尝试论之曰：《诗序》云：‘诗有六义焉：一曰风，二曰赋，三曰比，四曰兴，五曰雅，六曰颂。’至于今之作者，异乎古昔。古诗之体，今则全取赋名。荀、宋表之于前，贾、马继之于末。自兹以降，源流实繁。……诗者，盖志之所之也。情动于中而形于言：《关雎》《麟趾》，正始之道著；桑间濮上，亡国之音表。故风雅之道，粲然可观。自炎汉中叶，厥途渐异。”其论《骚》云：“又楚人屈原，含忠履洁，君匪从流，臣进逆耳，深思远虑，遂放湘南。耿介之意既伤，壹郁之怀靡诉。临渊有怀沙之志，吟泽有憔悴之容。骚人之文，自兹而作。”李善注十分尊重萧统的《文选》及其文学观念，既然萧统是如此重视《诗》《骚》的诗史地位与诗学意义，那么，李善注自然亦就在全书中不遗余力、穷搜尽采《诗》《骚》文本及其之后所可检览之《诗》《骚》研究著作，其数量之巨、质量之高，达到了空前的学术境界。

再次，是因为李善注能够高度认同萧统《文选》注重收录纯文学作品的选编原则，在《文选》六十卷中，第一卷至第十九卷，全为“赋”体；第十九卷至三十一卷，全为“诗”体；第三十二卷至三十三卷，全为“骚”体；第三十四卷至三十五卷，全为“七”体。可见，《文选》是非常注重纯文学尤其是韵文作品的。在韵文作品中，《文选》则尤其推重《诗》《骚》作品。而李善注正是本着对《文选》重视选录《诗》《骚》作品的尊重态度，故而在李善注《文选》的全过程中大量采用《诗》《骚》文本及其有关研究著作，亦就自是情理中事矣。

李善注如此不厌其烦地征引《诗》《骚》文本及有关其研究著作，这正体现出李善注钟爱《诗》《骚》的一片挚情。胡大雷认为：“最可

① 《〈文选〉李善注》，岳麓书社1995年版，第16页。

称道的《文选》注本是李善所为。"[①] 之所以李善注 "最可称道"、独占鳌头，是因为作者注重体现词汇、事典、名物等意象的演变轨迹，而《诗》《骚》则正是中国文学的两大主要源头，李善注全书大量征引《诗》《骚》文本及其研究著作，其原因正在于此。

---

① 胡大雷：《文选诗研究》，广西师范大学出版社 2004 年版，第 3 页。

第三章　唐人对《风》《骚》精神之评价

唐代诗人对《风》《骚》精神承传与弘扬的情形，颇有所侧重。就《诗经》而言，主要重视它的诗教功能，亦即重视诗歌的现实内涵与社会意义，此外便是展开对《诗经》“六义”的探讨，尤其是对赋、比、兴等表现手法的探讨。在整个唐代，大凡诗歌创作出现重形式、轻内容、吟风弄月、远离现实的不良倾向时，有识之士便自觉高举风雅比兴之大旗，竭力倡导“兴象”与“风骨”并举的诗歌，为治国安邦服务，为社会现实服务。由陈子昂至白居易、元稹，再至皮日休，终唐之世，概莫能外。而这，与唐初大儒孔颖达奉太宗诏主撰的《毛诗正义》颁行全国之政治策略关系甚密。《毛诗正义》对《诗大序》中有关“诗教”与“六义”诸问题之阐释尤为详尽。关于“诗教”，《诗大序》云：“风之始也，所以风天下，而正夫妇也，故用之乡人焉，用之邦国焉。风，风也，教也，风以动之，教以化之。”《正义》曰：

> 言文王行化，始于其妻，故用此为风教之始，所以风化天下之民，而使之皆正夫妇焉。周公制礼作乐，用之乡人焉，今乡大夫以之教其民也；又用之邦国焉，令天下诸侯以之教其臣也。欲使天子至于庶民，悉知此诗皆正夫妇也。……施化之法，自上而下，当天子教诸侯，教大夫，大夫教其民。今此先言风天下而正夫妇焉，既言化及于民，遂从民而广之，故先乡人而后邦国也。①

《诗大序》又云：“故止得失，动天地，感鬼神，莫近于诗。”《正义》曰：

---

① 孔颖达：《毛诗正义》卷一，第5页。

> 由诗为乐章之故，正人得失之行，变动天地之灵，感致鬼神之意，无有近于诗者。言诗最近之，余事莫之先也。[①]

关于“六义”，《诗大序》云：“故诗有六义焉：一曰风，二曰赋，三曰比，四曰兴，五曰雅，六曰颂。”《正义》对“六义”之名解释后，接着对“六义”排序问题作了说明：“六义”次第如此者，以诗之四始，以风为先，故曰“风”。“风之所用，以赋、比、兴为之辞，故于风之下即次赋、比、兴，然后次雅、颂。雅、颂亦以赋、比、兴为之，既见赋、比、兴于风之下，明雅、颂亦同之。”“赋、比、兴如此次者，言事之道，直陈为正，故《诗经》多赋在比、兴之先。比之于兴，虽同是附托外物，比显而兴隐。当先显后隐，故比居兴先也。毛传特言兴也，为其理隐故也。”《正义》又对“六义”之说提出了自己的新见，即“三体三用”说。其曰：“然则风、雅、颂者，诗篇之异体；赋、比、兴者，诗文之异辞耳，大小不同，而得并为六义者，赋、比、兴是诗之所用，风、雅、颂是诗之成形，用彼三事，成此三事，是故同称为义，非别有篇卷也。”[②]可以这样说，唐代诗人们主要是围绕孔颖达《毛诗正义》所释“诗教”功能与“六义”特征诸问题来发表对《诗经》的具体意见的。换言之，唐代诗人们是以帝王下诏颁行的通用读本《毛诗正义》为诗歌创作的指导纲领的。故终唐之世，《诗经》之命运始终隆达不替。

至于以屈原为代表的《楚辞》，其命运在唐代就并非一帆风顺了。它经历了一个由被误解、理解和钦慕的变化过程。由于《楚辞》具有瑰丽浪漫的丰富想象与惊采绝艳的语言风格特征，初唐时部分诗人曾将它归为齐梁浮艳华靡诗歌遗风一类而予以轻视或排斥。不过，屈原光辉峻洁的人格魅力，“发愤以抒情”的表现特征，“香草美人”的象征手法，以及浪漫主义的艺术风格等，则颇受唐代诗人们的青睐，尤其是对唐代大量的贬谪诗人来说，屈、宋其人其辞则更是成为追慕的偶像与楷模，所谓“投迹山水地，放情咏《离骚》”是也（柳宗元《游南亭夜还叙志七十韵》）。贬谪诗人以其悲惨之命运、哀怨之心绪发抒一己孤忧愤懑之情怀，与千年

---

① 孔颖达：《毛诗正义》卷一，第10页。

② 同上书，第11—13页。

前的屈子产生心灵的共鸣。故屈原的形象、地位与影响在贬谪诗人群中是极为突出而鲜明的，在他们的作品中，我们所感受到的大多是逐臣们充溢满纸的“骚怨”之气。

第一节　初唐《风》《骚》精神之评议

魏征指出：

> 梁自大同之后，雅道沦缺，渐乖典则，争驰新巧。简文、湘东，启其淫放；徐陵、庾信，分路扬镳。其意浅而繁，其文匿而彩，词尚轻险，情多哀思。格以延陵之听，盖亦亡国之音乎！周氏吞并梁、荆，此风扇于关右，狂简斐然成俗，流宕忘反，无所取裁。高祖初统万机，每念斫雕为朴，发号施令，咸去浮华。然时俗词藻，犹多淫丽，故宪台执法，屡飞霜简。①

不过，魏征毕竟是具有文学艺术眼光与政治思想觉悟的朝廷重臣，尽管对齐梁诗风持批判态度，但没有因此而否定诗歌的声辞之美，进而将其与“词义贞刚，重乎气质”的河朔文风相结合，形成“文质斌斌”的文学新品种，这是一个了不起的文学主张，是一幅促使唐代文学健康发展的蓝图，事实也正是这样。在半个多世纪之后，南北合流的“文质斌斌”的唐代文学新局面便生机勃勃地展现在人们的面前。魏征是这样描绘文学发展宏伟蓝图的：

> 江左宫商发越，贵于清绮；河朔词义贞刚，重乎气质。气质则理胜其词，清绮则文过其意。理深者便于时用，文华者宜于咏歌。此其南北词人得失之大较也。若能掇彼清音，简兹累句，各去所短，合其两长，则文质斌斌，尽善尽美矣。②

---

① 魏征：《隋书》卷七六，《文学传序》，中华书局1975年版。

② 同上。

初唐四杰作为文学革新的先驱，他们批判宫廷文学中的齐梁浮艳文风是颇具自觉意识的，不过，他们是建立在儒家宗经的诗教观的基础上来反对齐梁浮艳文风的，而对于“《雅》《颂》之博徒，而词赋之英杰”的“惊采绝艳，难与并能”[①] 的《楚辞》，则视其为齐梁浮艳文风的源头，连累而及，故初唐四杰在反对齐梁文风的同时，亦就难免对屈骚之批判。王勃《上吏部裴侍郎启》云：“自微言既绝，斯文不振，屈宋导浇源于前，枚马张淫风于后，谈人主者以宫室苑囿为雄，叙名流者以沉酗骄奢为达。故魏文用之而中国衰，宋武贵之而江东乱。”[②] 王勃将华艳之文与国家之亡挂起钩来，批判之严酷不言而喻。杨炯《王勃集序》云：“仲尼既没，游、夏光洙泗之风；屈平自沉，唐、宋宏汨罗之迹，文儒于焉异术，词赋所以殊源。”[③] 批判语气虽较王勃婉转，但却把屈宋辞赋与孔子儒家学派完全对立起来，将其划出中国士人宗经尊儒的文化视阈之外，仍给人以另类之感。卢照邻《驸马都尉乔君集序》亦云：“昔文王既没，道不在于兹乎！尼父克生，礼尽归于是矣。其后荀卿、孟子，服儒者之褒衣；屈平、宋玉，弄词人之柔翰。礼乐之道，已颠坠于斯文；雅颂之风，犹绵连于季叶。”[④] 卢藏用亦有相似的观点，其云：“昔孔宣父以天纵之才自卫返鲁，乃删《诗》《书》，述《易》道而修《春秋》，数千百年，文章灿烂可观也。孔子殁二百岁而骚人作，于是婉丽浮侈之法行焉。”[⑤] 从上所引初唐四杰评骚言论可知，他们总是先列孔圣，而后再贬屈骚，认为屈骚不但开启了后世华艳浮靡之文风，而且与孔门儒教格格不入，并有碍于儒学传统的承传，说到底，这完全是宗经尊儒诗教观的体现。

在初唐诗坛上，真正高举反对齐梁浮艳文风、倡导风雅精神与“兴寄”、“风骨”的是陈子昂。其文学革新主张主要体现于他的《与东方左史虬修竹篇序》（简称《修竹篇序》）中：

> 文章道弊五百年矣。汉魏风骨，晋宋莫传，然而文献有可征者。仆尝暇时观齐梁间诗，彩丽竞繁，而兴寄都绝，每以咏叹。思古人常

---

① 周振甫：《文心雕龙今译》，第44—45页。

② 王勃：《上吏部裴侍郎启》，《全唐文》卷一八〇。

③ 杨炯：《王勃集序》，《全唐文》卷一九一。

④ 卢照邻：《附马都尉乔君集序》，《全唐文》卷一六六。

⑤ 卢藏用：《右拾遗陈子昂文集序》，《全唐文》卷二三八。

恐逶迤颓靡，风雅不作，以耿耿也。一昨于解三处见明公《咏孤桐篇》，骨气端翔，音情顿挫，光英朗练，有金石声。遂用洗心饰视，发挥幽郁，不图正始之音，复睹于兹，可使建安作者相视而笑。①

此序乃陈子昂诗歌革新理论的一个总纲领，它第一次将汉魏风骨与风雅兴寄联系起来。所谓“风骨”，就是健康真切的内容与生动有力的语言形式有机统一；所谓“兴寄”，就是托物起兴、借物言志的表现方法，此二者则是《诗经》至正始诗歌优良传统之所在。陈子昂的诗歌理论与《修竹篇》《感遇》（三十八首）等卓有成效的创作实践，与魏征所构想的“文质斌斌，尽善尽美”的诗歌创作模式具有异曲同工之妙。陈子昂的这一艰辛之探究，揭示了唐诗健康发展的方向，由此而成为氤氲“盛唐气象”的序曲。

第二节　盛唐《风》《骚》精神之评述

《风》《骚》精神在盛唐诗坛颇为盛行，对于《风》《骚》的价值与意义，诗人们都有程度不同的体会与感受。兹举孟浩然、王维、李白、杜甫、殷璠、王昌龄诸家试论之。

孟浩然，人们只知其为盛唐山水田园诗派的代表作家之一，但其心灵深处却有很深的《风》《骚》情结。他有一首著名的具有自传性质的《书怀贻京邑故人》诗云：

惟先自邹鲁，家世重儒风。诗礼袭遗训，趋庭绍末躬。尽夜常自强，词赋颇亦工。三十既成立，嗟吁命不通。兹亲向羸老，喜惧在深衷。甘脆朝不足，华瓢夕屡空。执鞭慕夫子，捧檄怀毛公。感激遂弹冠，安能守故穷？

孟浩然自称为孟子的后裔，所以“重儒风”便成了其世代承传的优良传统。在尊崇儒家的同时，他也认真学习《楚辞》“词赋颇亦工”是也。孟

① 陈子昂：《与东方左史虬修竹篇序》，《陈伯玉文集》卷一，四部丛刊本。

浩然是襄阳（今属湖北）人，襄阳则是屈原所在之楚国，因此，他对屈原这位伟大的故乡诗人，亦就自然多了一份敬重、追慕与怀念之情。他曾作过《经七里滩》《泛舟经湖海》等多首凭吊与追念屈原的诗歌。以此表达同病相怜、怀才不遇之无限感慨。孟浩然之友人王迥《同孟浩然宴赋》曾以“屈宋英声今止已”来评价孟浩然诗中的屈骚精神，语虽夸饰，但却表明孟浩然诗歌明显受屈骚之影响则是无可置疑的事实。

孟浩然的好友王维，对《风》《骚》精神亦是情有独钟，尤其是屈骚，摩诘受其影响则更大。唐代宗批答王缙《进王右丞集表》之手敕评价王维的诗是“抗行周雅，长揖楚辞”。将其诗放在可与《诗经》《楚辞》相媲美的重要位置上，此评之高，难与并能。王维曾经称赞友人是“目视六籍，口诵九歌”（《京兆尹张公德政碑》），实际上则是他自己的真实写照。

竭力倡导《风》《骚》精神者当推李白。《古风》（其一）为代表作，诗云：

> 大雅久不作，吾衰竟谁陈？王风委蔓草，战国多荆榛。龙虎相啖食，兵戈逮狂秦。正声何微茫，哀怨起骚人。扬马激颓波，开流荡无垠。废兴虽万变，宪章亦已沦。自从建安来，绮丽不足珍。圣代复元古，垂衣贵清真。群才属休明，乘运共跃鳞。文质相炳焕，众星罗秋旻。我志在删述，垂辉映千春。希圣如有立，绝笔于获麟。

李白此诗与陈子昂《修竹篇序》以复古为革新的精神是一脉相承的。诗人那种力求恢复《诗经》“兴、观、群、怨”之“正声”与“骚人”抒发“哀怨”之优良传统“舍我其谁”强大的责任感，震撼人心，鼓舞士气。诗人有感于六朝浮艳华靡文风依然流行的现状，为“宪章亦已沦”的事实而担忧，遂振臂呼唤恢复《风》《骚》优良传统，这是时代的召唤，也是诗人革新精神的有力体现。孟棨《本事诗》中曾论述与此诗有关之事云：“其论诗云：‘梁陈以来，艳薄斯极。沈休文又尚以声律，将复古道，非我而谁欤，”[①] 葛立方则从诗歌源流的角度，肯定了李白诗歌

---

① 孟棨：《本事诗·高逸第三》，丁福保辑：《历代诗话续编》（上），中华书局 1983 年版，第 14 页。

中所含有的《诗经》精神实质，其云："李云：'大雅久不作，吾衰竟谁陈？王风委蔓草，战国多荆榛。'则知李之所得在《雅》。"① 由此可见，李白呼唤恢复《风》《骚》传统，并非口头语而已，他是实实在在付诸自己的诗歌创作中去了。其《古风》五十九首诗，正是他诗歌理论的一次甚为成功的艺术实践。陈子昂以"大雅不作，兴寄都绝"来批判初唐时宫廷流行的浮靡诗风，李白所主张的恢复《风》《骚》传统，即要求恢复诗歌的"美""刺"功能，对现实政治进行褒贬，把诗歌引向广阔的社会与人生，其精神内脉与陈子昂是颇为相通的。

李白一生念念不忘恢复《风》《骚》传统，《古风》（其三十五）又云："《大雅》思文王，颂声久崩沦，安得郢中质，一挥成风斤。"正由于《风》《骚》精神的滋养，才成就了李白的独异的诗歌天才。明末清初诗人屈大均，称说李白"乐府篇篇是楚辞，湘累之后汝为师"（《采石题太白祠》之四），也看到了李白与屈原的深刻联系。

李白对于宋玉，也颇为推崇。其《赠溧阳宋少府陟》云："宋玉事襄王，能为高唐赋。"《感遇四首》之四又云："宋玉事楚王，立身本高洁。巫山赋彩云，郢路歌白雪。举国莫能知，巴人皆卷舌。"对于宋玉的高洁品格与辞赋才华给予了极高的评价。李白《清平调词三首》、《宫中行乐词八首》等诗明显烙有宋玉《高唐赋》、《神女赋》等缥缈绮丽、神游梦幻的风格印记，这与他对宋玉的崇拜是分不开的。

杜甫也非常推崇《风》《骚》精神。鉴于深受"奉儒守官，未坠素业"（杜甫《进雕赋表》）家庭崇儒优良传统的影响，杜甫对《诗经》精神的倡导与实践则更为突出。杜甫《戏为六绝句》之三云："纵使卢王操翰墨，劣于汉魏近《风》《骚》。"《戏为六绝句》之五云："不薄今人爱古人，清词丽句必为邻。窃攀屈宋宜方架，恐与齐梁作后尘。"之六云："未及前贤更勿疑，递相祖述复先谁？别裁伪体亲风雅，转益多师是汝师。"这些诗都涉及如何向《风》《骚》学习的问题，是诗人针对当时诗坛弥漫齐梁浮艳遗风的一些不良倾向而发出的中肯之论。

杜甫对宋玉的遭遇及其悲凉之辞赋颇具深挚之同情，并径称其为"吾师"。其《咏怀古迹》五首之二云："摇落深知宋玉悲，风流儒雅亦吾

① 葛立方：《韵语阳秋》，何文焕辑：《历代诗话》（下）卷三，中华书局1981年版，第502页。

师。怅望千秋一洒泪，萧条异代不同时。江山故宅空文藻，云雨荒台岂梦思。最是楚宫俱泯灭，舟人指点到今疑。”这是一首就地取材、巧用典故与意象来凭吊宋玉的杰作。在杜甫的心目中，宋玉是词人，但更是一位志士。不过，他生前身后都只被世人当做词人，其政治上屡遭误解，甚至于曲解。这是宋玉一生遭遇最可悲哀处，也是杜甫自己一生遭际的伤心处，因此对宋玉才能深怀“萧条异代”而“怅望洒泪”的无限悲悯之情。他在《送覃二判官》中又云：“迟迟恋屈宋。”杜甫爱宋玉，爱宋玉之作品，尤其喜用其作品中的某些关键词，如《九辩》“萧瑟兮，草木摇落而变衰”中“萧瑟”与“摇落”二词。在其诗集中使用“萧瑟”或与之相近的“萧萧”、“萧条”等近50处；使用“摇落”者亦有多处，甚或径以《摇落》为题。诗云：“摇落巫山暮，寒江东北流。烟尘多战鼓，风浪少行舟。”短短20个字，极写自然之秋与社会之秋的萧瑟悲凉，同时亦隐含诗人心灵之秋的悲凉。诗人累累喜用充满衰飒、落寞、凄切意绪的“萧瑟”、“摇落”等词，其意正在于此。如此同情、热爱并敬仰宋玉甚至拜为“吾师”者，杜甫堪称古今第一人。

屈原《惜诵》中“发愤以抒情”的发愤说，对后来中国士人的影响甚大，王昌龄便是深受影响者之一。他对屈原“发愤以抒情”的体会尤为深刻：

> 是以诗者，书身心之行李，序当时之愤气。气来不适，心事不达，或以刺上，或以化下，或以申心，或以序事，皆为中心不快，众不我知。由是言之，方识古人之本也。[①]

这段话的中心，旨在说明诗乃抒发愤懑怨气之作。由于“中心不快，众不我知”，因此，更需要诗歌用强烈的艺术力量表现之，这也就是孔子所说的“诗可以怨”（《论语·阳货》）的意思。屈原的《离骚》，就是一部典型的遭遇不幸而忧愤无限的悲愤之书。王昌龄的诗歌“愤气”说，正是由《诗经》、《楚辞》的“可以怨”、“发愤以抒情”诗学观承继而来，同时又为后来韩愈“不平则鸣”说的诞生提供了适度的诗学思想之温床。

---

① 遍照金刚：《文镜秘府论》南卷《论文意》，人民文学出版社1980年版，第131—132页。

第三节 中唐《风》《骚》精神之评说

中唐时期《风》《骚》盛行，直臻全唐之巅峰。“安史之乱”前后，唐代社会面临着严重的政治与经济问题，尤其是“安史之乱”之后，整个社会更是元气大伤，一蹶不振。面对如此濒危临亡的飘摇局势，许多地主阶级知识分子已经从当初大乱突来而不知所措的心境中摆脱出来，重振精神，谋图改革出路。于是，贞元末至元和年间，便出现了渴望唐室中兴的变革思潮，散文方面的古文运动，诗歌方面的新乐府创作，便是直接为政治改革服务的两大文学主流，故中唐文学中充满着浓郁而鲜明的革新精神，而这一文学革新之气象，正是《诗经》风雅比兴精神放射出的最为灿烂夺目之光辉。

中唐诗歌弘扬《诗经》古道者，当先从古文运动先驱者之一的元结说起。他的诗歌创作精神直接受杜甫“即事名篇，无复依傍”的新乐府的影响，他还得到过杜甫的赞扬与鼓励。他一贯主张诗文应对政治、社会进行规讽，有补于世，并以自己的创作努力实现这一主张。他的《二风诗》(即《治风诗》《乱风诗》)、《二风诗论》，其中“风”之寓意甚明，就是要继承与发扬《诗经》的现实主义精神，努力反映现实，为治国安邦服务。诗人任道州刺史时，有感于政府不顾百姓的艰难贫困仍然急迫催征赋税的惨状，愤然作《舂陵行》《贼退示官吏》二诗进行嘲讽。《舂陵行》末尾云：“何人采国风，吾欲献此辞。”直接把自己的诗歌称为《国风》。元结崇尚《诗经》风雅“美刺”比兴传统的观点，在所编《箧中集序》中表述得更为鲜明而突出，其云：

> 元结作《箧中集》，或问曰：“公所集之诗，何以订之?”对曰：“风雅不兴，几及千载，溺于时者，世无人哉！呜呼！有名位不显，年寿不将，独无知音，不见称显，死而已矣，谁云无之？近世作者，更相沿袭，拘限声病，喜尚形似，且以流易为词，不知伤于雅正，然哉！彼则指咏时物，会谐丝竹，与歌儿舞女生污惑之声于私室可矣。若令方直之士，大雅君子，听而诵之，则未见其可矣。吴兴沈千运，独挺于流俗之中，强攘于已溺之后，穷老不惑，五十余年，凡所为

> 文，皆与时异。故朋友后生，稍见师效，能侣类者有五六人。呜呼，自沈公及二三子，皆以正直而无禄位，皆以忠信而久贫贱，皆以仁让而至丧亡。异于是者，显荣当世。谁为辩士，吾欲问之。"①

元结通过对流连光景、浮艳雕饰之作的批判，对沈千运有异时俗的风雅古调之作的推崇，进一步突出倡导《诗经》风雅"美刺"比兴传统的重要性。元结这种思想是一贯的。他早期的《二风诗论》就自述作《二风诗》之目的是"极帝王理乱之道，系古人规讽之流"。② 其后在《系乐府十二首序》中又表明作诗动机是"尽欢怨之声者，可以上感于上，下化于下"。③ 元结所论，正与孔颖达《毛诗正义》所谓"臣下作诗，所以谏君，君又用之教化，故又言上下皆用此六义之意。在上，人君用此六义风动教化；在下，人臣用此六义以风喻箴刺君上"④ 之内涵正相吻合，是正统儒家诗教观的有力体现。元结所强调的继承《诗经》紧密联系现实、婉而多讽的优秀传统，到了创作新乐府的写实派、通俗派白居易、元稹那里，则更是得到了前所未有的推崇和实践。

白居易有关继承《诗经》风雅"美刺"比兴的诗学观主要集中于《与元九书》，其云：

> 夫文尚矣，三才各有文：天之文，三光首之；地之文，五材首之；人之文，六经首之。就六经言，《诗》又首之。何者？圣人感人心而天下和平。感人心者，莫先乎情，莫始乎言，莫切乎声，莫深乎义。诗者：根情，苗言，华声，实义。上自圣贤，下至愚呆，微及豚鱼，幽及鬼神，群分而气同，形异而情一，未有声入而不应，情交而不感者。
>
> ……洎周衰秦兴，采诗官废，上不以诗补察时政，下不以歌泄导人情。乃至于谄成之风动，救失之道缺。于时六义刓矣。

---

① 元结：《箧中集序》，肖占鹏主编：《隋唐五代文艺理论汇编评注》（上册），南开大学出版社 2002 年版，第 472—473 页。

② 元结：《二风诗论》，肖占鹏主编：《隋唐五代文艺理论汇编评注》（上册），第 474 页。

③ 元结：《系乐府十二首序》，肖占鹏主编：《隋唐五代文艺理论汇编评注》（上册），第 475 页。

④ 孔颖达：《毛诗正义》卷一，第 13 页。

> 国风变为骚辞，五言始于苏、李。苏、李，骚人，皆不遇者，各系其志，发而为文。故河梁之句，止于伤别；泽畔之吟，归于怨思。彷徨抑郁，不暇及他耳，然去《诗》未远，梗概尚存。故兴离别则引双凫一雁为喻，讽君子小人则引香草恶鸟为比，虽义类不具，犹得风人之什二三焉。于时六义始缺矣。
>
> 晋、宋以还，得者盖寡。……于时六义寖微矣，陵夷矣。
>
> 至于梁、陈间，率不过嘲风雪，弄花草而寝已。……于时六义尽去矣。
>
> 唐兴二百年，其间诗人不可胜数。所可举者，陈子昂有《感遇诗》二十首，鲍防有《感兴诗》十五首。又诗之豪者，世称李、杜。李之作，才矣奇矣，人不逮矣，索其风雅比兴，十无一焉。杜诗最多，可传者千余首，至于贯穿今古，覼缕格律，尽工尽美，又过于李。然撮其《新安吏》、《石壕吏》、《潼关吏》、《塞芦子》、《留花门》之章，“朱门酒肉臭，路有冻死骨”之句，亦不过三四十首。杜尚如此，况不逮杜者乎！
>
> 仆常痛诗道崩坏、忽忽愤发，或食辍哺、夜辍席，不量才力，欲扶起之。①

以上所引，简直就是一篇《诗经》“六义”的衰亡简史。在这一千多年的诗史进程中，诗人眼看着“六义始刓矣”、“六义始缺矣”、“六义寖微矣，陵夷矣”，直到“六义尽去矣”，对于如此每况愈下的“诗道崩坏”，诗人痛心不已，“忽忽愤发”，已臻寝食不安万分焦虑之地步。诗人这般倡六义、复诗道的高度责任感，委实是“兼济天下”宏愿之体现。

白居易结合儒家传统的诗教观，每每针对《诗经》具体篇章之分析，来彰显诗教的重要意义。其《策林六十九》云：

> 大凡人之感于事，则必动于情，然后兴于嗟叹，发于吟咏，而形于歌诗矣。故闻《蓼萧》之诗，则知泽及四海也；闻《华黍》之咏，则知时和岁丰也；闻《北风》之言，则知威虐及人也；闻《硕鼠》之刺，则知重敛于下也……故国风之盛衰，由斯而见也；王政之得

---

① 白居易：《与元九书》，《白氏长庆集》卷四五，文学古籍刊行社影宋本。

失，由斯而闻也；人情之哀乐，由斯而知也。然后君臣亲览而斟酌焉，政之废者修之，阙者补之；人之忧者乐之，劳者逸之。所谓善防川者，决之使导；善理人者，宣之使言。[①]

正因为白居易对《诗经》具有如此全面而深入的学习与理解，同时又深深体察到《诗经》无可替代的诗教功能，所以，他便竭力倡导学习《诗经》，大力弘扬《诗经》传统。同时也可以证明，他与好友元稹等人以恢复《诗经》风雅"美刺"比兴优良传统为主要职能的新乐府诗之创作，有较为深广的理论作为支撑。

元稹的诗论主张与白居易大体相似，只是元稹不及白居易之系统全面，亦无超越白居易之上的精辟观点，但就与白居易诗学观声气相投、形成合力而言，亦足以书而彰之也。其《乐府古题序》云：

《诗》讫于周，《离骚》讫于楚。是后诗之流为二十四名：赋、颂、铭、赞、文、诔、箴、诗、行、咏、吟、题、怨、叹、章、篇、操、引、谣、讴、歌、曲、词、调，皆诗人六义之余，而作者之旨。[②]

对《风》《骚》文体的衍生发展概况作了比较客观的说明，这是符合中国文体演变规律的。他充分肯定了《诗经》风雅"美刺"比兴的诗教作用，认为：

况自风雅至于乐流，莫非讽兴当时之事，以贻后代之人，沿袭古题，唱和重复。文或有短长，于义咸为赘剩，尚不如寓意古题，刺美见事，犹有诗人引古以讽之义焉，曹、刘、沈、鲍之徒，时得如此，亦复稀少。近代唯诗人杜甫《悲陈陶》、《哀江头》、《兵车》、《丽人》等，凡所歌行，率皆即事名篇，无复倚傍。予少时与友人乐天，李公垂辈谓是为当，遂不复拟赋古题。[③]

---

① 白居易：《策林六十九》，《白氏长庆集》卷四八。
② 元稹：《乐府古题序》，《元氏长庆集》卷二三，四部丛刊本。
③ 同上。

这里，元稹特别突出了杜甫自行创作的“即事名篇，无复倚傍”的新乐府诗，肯定它与《诗经》风雅“美刺”比兴传统的渊源关系，是一种反映现实、为政治服务的好诗体，值得仿效。

“文起八代之衰，实集八代之成”[①] 的中唐古文运动的领袖韩愈、柳宗元，由于他们的“文以载道”、“文以贯道”、“文以明道”的文学主张是建立在把古文运动与儒学复兴运动相结合的基础之上的，因此，他们给《诗经》以很高的评价，倡导学习《诗经》，并以此来指导自己的诗文创作。

韩愈认为，要使文道合一，必须学习儒家的经典，“行之乎仁之途，游之乎《诗》《书》之源，无迷其途，无绝其源”。[②] 承《诗》《书》中的思想，作为立行、立言的根本，这样就能做到“本深而末茂，形大而声宏，行峻而言厉，心醇而气和，昭晰者无疑，优游者有余”。[③]《进学解》中，韩愈亦有类似的意见，其云：

> 沉浸醲郁，含英咀华，作为文章，其书满家。上规姚姒，浑浑无涯；周诰、殷盘，佶屈聱牙；《春秋》谨严，《左氏》浮夸；《易》奇而法，《诗》正而葩；下逮《庄》《骚》，太史所录；子云、相如，同工异曲；先生之于文，可谓闳其中而肆于其外矣。[④]

在这段话中，可特别注意对《诗经》的评价。韩愈“《诗》正而葩”之四字评，从《诗经》雅正康健的思想内容与鲜明优美的艺术形式两个方面给予了高度评价，而《诗经》之“正”与“葩”又是如此完善地结合在一起，在历代发挥着重要的诗教作用。特别是鲜美可爱之“葩”的精妙比喻，体现了韩愈对《诗经》的极其崇爱之深情。韩愈“《诗》正而葩”的评价，恰恰是其“文以载道”、文道合一文学主张的生动体现，也正是韩愈所汲汲追求的古文创作之理想境界。既然有“正而葩”的《诗经》典范树立于前，那么，又何不“取于心而注于手”，“养其根而俟其

---

① 刘熙载：《艺概》卷一，《文概》，第 20 页。

② 韩愈：《答李翊书》，《昌黎先生集》卷一六，蟫隐庐影宋世彩堂本。

③ 韩愈：《答尉迟生书》，《昌黎先生集》卷一五。

④ 韩愈：《进学解》，《昌黎先生集》卷一二。

实，加其膏而希其光。根之茂者其实遂，膏之沃者其光晔”，[1] 这样就能达到以复古为革新的真正目的。自韩愈“《诗》正而葩”一出，人们便径称《诗经》为“葩经”，由此可见《诗经》在时人心目中的重要地位和非凡形象了。

韩愈的《荐士诗》是一首论述从《诗经》到孟郊的诗歌发展史的诗，开头四句论《诗经》云：“周诗三百篇，雅丽理训诰。曾经圣人手，议论安敢到?”前两句实即“《诗》正而葩”的意思。“雅”者，正也；“丽”者，美也，即葩也。“训诰”，即典范，法式。其意谓：《诗经》从内容到形式，都是后世诗人学习的典范。后两句是说，因《诗经》经过孔子的删述，它的雅正纯美已毋庸后人置喙，突出了《诗经》的崇高地位。

倡导“文以明道”的柳宗元，十分注重文学作品对现实社会的褒贬和讽谕作用，这与孔颖达《毛诗正义》所强调的风雅“美刺”比兴的诗教功用是甚相呼应的。其《杨评事文集后序》云：“文有二道，辞令褒贬，本乎著述者也；导扬讽谕，本乎比兴者也。……比兴者流，盖出于虞、夏之咏歌；殷、周之《风》《雅》，其要在于丽则清越，言畅而意美，谓宜流于谣诵也。”[2] 柳宗元对《诗经》风雅“美刺”比兴的优良传统给予了充分的肯定，同时着重指出《诗经》“导扬讽喻”是通过“丽则清越”、“言畅意美”、“宜于谣诵”的形式来实现的，这是后世“罕有兼者”的，“虽古文雅之盛世，不能并肩而生”。如此评价虽难免溢美之嫌，但却表明他对于作品艺术性的高度重视。因为在柳宗元看来，“辞令褒贬”，如果“阙其文采，固不足以竦动时听，夸示后学，立言而朽，君子不由也”。[3] 柳宗元所论于注重内容的基础上注重文采的观点，与孔子“言之无文，行之不远”，杜甫“清词丽句必为邻”的主张是声气贯通的，在中国文艺思想史上都是应当值得肯定的。

韩、柳等人对屈宋及其作品的评价与推崇，主要表现在以下几个方面：

一　对屈原“发愤以抒情”说的承继与发展

“发愤以抒情”一语见于屈原《九章·惜诵》。其开头两句云：“惜诵

---

① 韩愈：《答李翊书》，《昌黎先生集》卷一六。

② 柳宗元：《杨评事文集后序》，《柳河东集》卷二一，上海人民出版社排印本。

③ 同上。

以致愍兮，发愤以抒情。所作忠而言之兮，指苍天以为证。”诗人那种以苍天作证的一腔忠诚，却不为楚王所理解，反而“纷逢尤而离谤”，如此怨愤，焉能不发？屈原的“发愤以抒情”，不仅是一种情感表现，而且是屈骚感情的总体特征，它已成为处于逆境中的人们之所以创作诗歌的带有普遍性的理论概括。而屈原“发愤以抒情”说的诞生，则是在先秦文学“发愤”氛围影响下的一次集中而鲜明的体现。司马迁云：

> 盖西伯拘而演《周易》，仲尼厄而作《春秋》，屈原放逐，乃赋《离骚》，左丘失明，厥有《国语》，孙子膑脚，《兵法》修列，不韦迁蜀，世传《吕览》，韩非囚秦，《说难》《孤愤》，《诗》三百篇，大抵贤圣发愤之所为作也。此人皆意有所郁结，不得通其道，故述往事，思来者。[①]

加之司马迁本人因李陵事件惨遭宫刑而发愤著《史记》，所有这些，皆形成了我国文人雅士“发愤以抒情”的“发愤说”的优良传统。而韩愈则是在《诗经》、屈原《离骚》等“发愤说”的基础上，又进一步提出了“不平则鸣”的“发愤说”，拓展与丰富了屈原“发愤以抒情”的深刻内涵。其《送孟东野序》云：

> 大凡物不得其平则鸣：草木之无声，风挠之鸣；水之无声，风荡之鸣。其跃也，或激之；其趋也，或梗之；其沸也，或炙之。金石之无声，或击之鸣。人之于言也亦然，有不得已者而后言，其歌也有思，其哭也有怀。凡出乎口而为声者，其皆有弗平者乎！……凡载于《诗》《书》六艺，皆鸣之善者也。周之衰，孔子之徒鸣之，其声大而远。……其末也，庄周以其荒唐之辞鸣。楚，大国也，其亡也，以屈原鸣。……秦之兴，李斯鸣之。汉之时，司马迁、相如、扬雄，最其善鸣者也。[②]

在韩愈看来，那些“自鸣其不平”的作品，才是“善鸣者”，才是真文

---

① 司马迁：《太史公自序》，《史记》卷一三〇。

② 韩愈：《送孟东野序》，《昌黎先生集》卷一九。

学。韩愈的好友柳宗元亦有类似“不平则鸣”的诗学观，其云：

> 君子遭世之理，则呻呼踊跃以求知于世，而遁隐之志息焉。于是感激愤悱，思奋其志略以效于当世。故形于文字，伸于歌咏，是故有其具而未得行其道之为之也。娄君志乎道，而遭乎理之世，其道宜行，而其术未用，故为文而歌之。……余既困辱，不得预睹世之光明，而幽乎楚越之间，故合文士以申其致，将俟乎木铎以间于金石。大凡编辞于斯者，皆太平之不遇人也。①

此段文字与韩愈《送孟东野序》、《荆潭唱和诗序》等文情意脉，前后相连，深化了韩愈“不平之鸣”、“愁思之声”的观点，也更强化了诗的审美怡情之作用。此外，柳宗元则更以屈原之哀怨自比，诉说自身遭遇，则曰“哀如屈原”教人作文，也念念不忘要“参之《离骚》以致其幽”，这里，柳宗元以一“哀”字，便概括了《楚辞》的基本内容；又以一“幽”字，浓缩了《楚辞》的艺术特征。“哀”、“幽”合而观之，恰可作为韩愈“不平则鸣”以及他自己所说的“感激愤悱”的代名词。柳宗元拈出“哀”、“幽”二字来评价屈骚，其艺术眼光之敏锐，语言概括之精当，足见其于屈骚深爱与娴熟到相当之程度。②

二　称誉屈原为文章豪杰之士

韩愈曾经批评时下文章说：“夫所谓博学者，岂今之所谓者乎？夫所谓宏辞者，岂今之所谓者乎？诚使古之豪杰之士若屈原、孟轲、司马迁、

---

① 柳宗元：《娄二十四秀才花下对酒唱和诗序》，《柳河东全集》，上海人民出版社 1974 年版。

② 在中国文学“发愤说”传统的链条上，韩愈的“不平则鸣”说，对于屈原的“发愤以抒情”的诗学主张具有承前启后、继往开来的重要意义。宋代欧阳修的“诗穷而后工”的理论主张则又是对韩愈“不平则鸣”说的深化与发展。至于“诗能穷人穷者工”（袁宏道《赠陈正夫》）与“国家不幸诗家幸”（赵翼《题元遗山集》）的诗学观，以及刘鹗所说的“《离骚》为屈大夫之哭泣，《庄子》为蒙叟之哭泣，《史记》为太史公之哭泣，《草堂诗集》为杜工部之哭泣；李后主以词哭，八大山人以画哭；王实甫寄哭泣于《西厢》，曹雪芹寄哭泣于《红楼梦》”的诗文“哭泣论”，等等，无疑又是欧阳修“诗穷而后工”理论主张在不同时代的思想折光。

相如、扬雄之徒进于是选，必知其怀惭乃不自进而已耳。”[①] 柳宗元在《吊屈原文》中，不仅赞颂屈原“惟道是就”，“服道以守义”，而且非常推崇屈骚：“先生之貌不可得兮，犹仿佛其文章；托遗稿而叹喟兮，涣余涕之盈眶。”[②] 对屈原之人品与文品都极为推崇。

三 充分肯定屈骚的文辞之美并仿效之

韩愈、柳宗元在论述学习为文时，都主张博取众家，不遗《庄》《骚》。如韩愈《进学解》曰：“下逮《庄》《骚》，太史所录，子云、相如，同工异曲。”[③] 柳宗元亦云：“大都文以行为本，在先诚其中。其外者当先读六经，次《论语》、孟轲书，皆经言；《左氏》、《国语》、庄周、屈原之辞，稍采取之。”[④] 柳宗元贬谪期间，他还不厌其烦地反复诵读《离骚》作品，所谓“投迹山水地，放情咏《离骚》”（《游南亭夜还叙志七十韵》）是也。他还拟屈原之《天问》而作《天对》，在柳宗元贬谪永州、柳州期间，对屈骚更是追慕仿作不已。《旧唐书》本传云：“宗元少聪警绝众，尤精西汉《诗》《骚》，下笔构思与古为侔，精裁密致，灿若珠贝，当时流辈咸推之。”[⑤] 柳宗元如此认真地仿作骚体，一则爱慕屈原节操之峻洁与屈骚文体之华美；二则借助于哀怨悱恻、唱叹往复、易于抒情的骚体之文以抒发自己压抑愤懑之情；三则受楚人好作楚辞、喜吟楚歌的地方文化传统之影响，故柳宗元所仿骚体诗遂多矣。

被杜牧称之为“骚之苗裔”[⑥] 的李贺，在唐代诗人中堪列于“祖骚”之冠，他的崇骚情结甚为浓厚，对优美哀艳的《楚辞》极为崇慕，并竭力仿效之。其《伤心行》云：“咽咽学楚吟，病骨伤幽素。”《南园》云：“坐泛楚奏吟招魂。”甚至连出行也要“楚辞系肘后”（《赠陈商》）。由于他对《楚辞》是如此之钟爱，仿作是如此之众多，因此，他干脆称其诗乃是“斫取清光写楚辞”（《昌谷北园新笋》其二）。此外，李贺对《楚

---

① 韩愈：《答崔立之书》，《昌黎先生集》卷一六。

② 柳宗元：《吊屈原文》，《柳河东集》卷一九。

③ 韩愈：《进学解》，《昌黎先生集》卷一二。

④ 柳宗元：《报袁君陈秀才避师名书》，《柳河东集》卷三四。

⑤ 刘煦：《旧唐书》卷一六〇。

⑥ 杜牧：《李贺集序》，《樊川文集》卷十，四部丛刊本。

辞》多有精到的赞评，称《九章》云：“其意凄怆，其词瓌瑰，其气激烈。”① 正如叶葱奇所称誉的那样：“综合唐代最杰出的诗人来说，不管所谓‘初唐’的大名家如陈子昂、张九龄等，或是‘盛唐’的李白、杜甫等，以及其余许多名诗人，他们的作品有摹拟古歌谣、古乐府的，有仿效汉、魏兼及陶（潜）、谢（灵运）、庾（信）、鲍（照）的，而专学‘楚辞’，真能吸取它们精华，获得它的神髓的，却只有李贺。”② 的确如此。

要之，中唐诗人元、白等写实派、通俗派作家多崇尚《诗经》，古文运动的领袖人物韩、柳等《风》《骚》并重，多提倡风雅“美刺”比兴，而作为贬谪诗人韩、柳，崇《骚》之情结则更为浓郁。由于受汉儒以“经”评“骚”的思维模式之影响与本身理解之偏差，古文运动的先驱者柳冕等则将“惊采绝艳”的《楚辞》视为齐梁浮艳遗风的根源而力加摒弃；至于孟郊等人，则又对屈原的德操产生了怀疑并严加批判，此乃中唐诗人承传《风》《骚》大合唱中的别调，从中略可窥探《风》《骚》在中唐诗坛承传的全面而真实的状况。

第四节　晚唐《风》《骚》精神之评价

中晚之际，藩镇跋扈，战乱频仍，民生凋敝；朝廷内部，南司北司与朝臣党争复杂激烈，唐王朝政局险象环生，日薄西山。尤其是晚唐后期至五代时期，由于农民大起义和藩镇叛乱纷争加剧等因素，唐朝国势已濒临崩溃之地。不少有良心、有责任、有识见的文人，关心国计民生，忧心忡忡，他们似乎比以往任何时候都更注重诗文要讽谕社会、发挥救时济世的积极作用。因此，《风》《骚》的风雅精神和“美刺”比兴之手法尤受重视。

李德裕对《风》《骚》感情颇深，曾将《风》《骚》喻之为“灵物”，其《文章论》云：

---

① 蒋之翘：《七十二家评楚辞》，马茂元主编：《楚辞评论资料选》，第435页。

② 叶葱奇校注：《李贺诗集》，《李贺诗集·后记》，人民文学出版社1959年版，第394—395页。

> 世有非文章者曰：辞不出于风雅，思不越于《离骚》，摸写古人，何足贵也？余曰：譬诸日月，虽终古常见，而光景常新，此所以为灵物也。①

这里揭示出一个重要的为文之道，即：要善于学习《风》《骚》精神，既要“入乎其内”，又要“出乎其外”，与时俱进，融入自己，常学常新，如此文章，方能成为像《风》《骚》那样的真正之“灵物”。此真乃善学《风》《骚》者也。

杜牧一生抱负很大，但壮志难酬，其遭遇与屈原颇为相似，情感上甚易与屈原产生共鸣，其《题武关》诗云：

> 碧溪留我武关东，一笑怀王迹自穷。
> 郑袖妖娆酣似醉，屈原憔悴去如蓬。
> 山墙谷堑依然在，弱吐强吞尽已空。
> 今日圣神家四海，戍旗长卷夕阳中。

通过史实之比较，对楚怀王昏聩无能听信郑袖、不顾屈原之劝告而最终导致国破身亡之事，给予了强烈的讽刺，而对于屈原的遭遇，则深表同情。他十分注重向屈宋学习，所谓“高摘屈宋艳，浓熏班马香”（《冬至日寄小侄阿宜诗》）。对于屈原的代表作《离骚》之作用与价值，杜牧体会尤深，云：“《骚》有感怨刺怼，言及君臣理乱，时有以激发人意。”② 充分肯定了《离骚》有助于“君臣理乱”、“激发人意”的重要意义，评价极高。他还通过对李白、杜甫诗歌的称颂来强调《风》《骚》精神对李、杜诗歌的沾溉之功，其《雪晴访赵嘏街西所居》云：“命代风骚将，谁登李杜坛。少陵鲸海动，翰苑鹤天寒。”杜牧崇尚李、杜，更崇尚李、杜承继《风》《骚》而善于学习的可贵精神，可见，《风》《骚》在杜牧心中地位之重要。

对于《风》《骚》精神，李商隐多有推崇者。其云：

---

① 李德裕：《文章论》，《李文饶文集外集》卷三，四部丛刊本。

② 杜牧：《李贺集序》，《樊川文集》卷十。

况属词之工，言志为最，自鲁毛兆轨，苏李扬声，代有遗音，时无绝响，虽古今异制，而律吕同归。……某比兴非工，颛蒙有素，然早闻长者之论，夙托词人之末，淹翔下位，欣托知音。①

李商隐甚重“诗言志”的诗学纲领与传统，而最早最集中体现“诗言志”优良传统者则是《诗经》，即所谓“鲁毛兆轨”是也。“鲁毛”，即《鲁诗》《毛诗》，在这里代指《诗经》。从《诗经》代代承传的历史事实中，诗人看到了它的思想价值与文学魅力，并庆幸自己学习《诗经》比兴手法而大有“欣托知音”之感。李商隐是十分善于向前人学习的优秀诗人。屈原、杜甫、李贺乃至徐（陵）、庾（信）等都是他仰慕的对象，而宋玉对他的影响较之屈原则更为重要而直接。在李商隐的诗作中，常常提及宋玉，且每每暗喻自己。如《席上作》：“淡云微雨拂高唐，玉殿秋来夜正长。料得也应怜宋玉，一生唯事楚襄王。”《有感》：“非关宋玉有微辞，却是襄王梦觉迟。一自‘高唐’赋成后，楚天云雨尽堪疑。”《楚吟》：“山上离宫宫上楼，楼前宫畔暮江流。楚天长短黄昏雨，宋玉无愁亦自愁。”其中的宋玉，实即诗人自谓也。李商隐推崇宋玉并自比，则是因为他能作赋对楚襄王进行讽谏。在宋玉微辞托讽创作手法的影响下，李商隐亦写了不少类似的诗歌，如《富平少侯》《陈后宫》《齐宫词》《隋宫》《贾生》《宫妓》《梦泽》，等等。沈德潜在评价此类诗歌时说：“襞绩重重，长于讽喻。中多借题摅抱，遭时之变，不得不隐也。”② 所论极是。

晚唐诗人多强调诗歌创作的诗教功能，突出风雅“美刺”比兴之作用。与杜牧、李商隐同时的顾陶所辑《唐诗类选》“自序”云：

在昔乐官采诗而陈于国者，以察风俗之邪正，以审王化之兴废，得刍荛而上达，萌治乱而先觉，诗之义也，大矣远矣。肇自宗周，降及汉魏，莫不由政治以讽谕，系国家之盛衰，作之者有犯而无讳，闻之者伤惧而鉴诫，宁同嘲戏风月，取欢流俗而已哉！③

---

① 李商隐：《献侍郎巨鹿公启》，《樊南文集评注》卷三，德聚堂重校本。

② 沈德潜：《说诗晬语》卷上，青照堂丛书本。

③ 顾陶：《唐朝诗类选》“自序”，《全唐文》卷七六五，上海古籍出版社1990年缩印本。

这些强调诗教功能的主张，与《礼记·乐记》《毛诗序》以及白居易《与元九书》所倡导的“风上化下”之思想遥相呼应，体现了《诗》六义“大矣远矣”之诗教功能在晚唐诗坛的重要性。

在晚唐诗人中，全面认识与竭诚推崇屈原及其作品者，当推皮日休。他充分肯定了屈原的爱国主义精神，其《悼贾序》云：

> （贾谊）辞曰：“瞝九州而相君兮，何必怀此故都？”噫！余释生之意矣。当战国时，屈平不用于荆，则有齐、赵、秦、魏矣，何不舍荆而相他国乎？余谓平虽遭靳尚、子兰之谗，不忍舍同姓之邦，为他国之相，宜矣。①

对屈原不忍离开楚国之原因的分析颇合情理，对屈原的爱国主义精神给予了极高的评价，这些意见，为后来的楚辞学者洪兴祖等人所重视。由于屈原爱国恋乡而遭受谗谄，因此皮日休评价《离骚》则与主怨派一脉相承。《九讽系述序》云：

> 在昔屈平既放，作《离骚经》，正诡俗而为《九歌》，辨穷愁而为《九章》。是后词人摭而为之，皆所以嗜其丽词，撢其逸藻者也。至若宋玉之《九辩》、王褒之《九怀》、刘向之《九叹》、王逸之《九思》，其为清怨素艳，幽抉古秀，皆得芝兰之芬芳，鸾凤之毛羽也。然自屈原以降，继而作者，皆相去数百祀，足知其文难述，其词罕继者矣。
>
> 大凡有文人不择难易，皆出于毫端者，乃大作者也。扬雄之文，丘、轲乎？而有《广骚》也；梁竦之词，班、马乎？而有《悼骚》也。又不知王逸奚罪其文，不以二家之述为《离骚》之两派也。昔者圣贤不偶命，必著书以见志，况斯文之怨抑欤？②

诗人把“不偶名”而著《离骚》的屈原尊为“圣贤”，完全认同屈原“发愤以抒情”的诗学主张，这是对屈原《楚辞》哀怨精神的充分肯定，诗人实乃屈原千古知音。

① 皮日休：《悼贾序》，《皮子文薮》卷二，四部丛刊本。

② 皮日休：《九讽系述序》，见《皮子文薮》卷二。

晚唐诗人大多以屈、杜并称，这一现象颇值得注意。徐介《耒阳杜工部祠堂》云："手接汨罗水，天心知所存。固教工部死，来伴大夫魂。流落同千古，风骚共一源。消疑伤往事，斜日隐颓垣。"裴说《经杜工部坟》云："骚人久不出，安得国风清？拟掘孤坟破，重教大雅生。皇天高莫问，白酒恨难平。悒怏寒江上，谁人知此情？"晚唐诗人往往屈、杜并称致以敬慕的原因大致有四：第一，屈、杜所处的政治形势有相似之处。屈原所在的楚怀王、楚襄王时期，昏君佞臣，沆瀣一气，朝纲败坏，内忧外患，危在旦夕。楚国都城郢为秦攻破之后，诗人哀痛欲绝，悲悼万分，为国破家亡而痛洒爱国之泪；杜甫处在唐代由盛转衰的紧要关头，君臣腐败，危机四伏，诗人忧心如焚，寝食不安。杜甫"穷年忧黎元，叹息肠中热"的诗歌精神与屈原"哀民生之多艰"的"忧愁幽思"情怀甚相一致。第二，晚唐诗人所处时代之昏暗衰败景象与屈、杜所处时代之状况颇多相似之处，许多有识之士自然怀有深厚的爱国情愫，因此，很容易与屈、杜的爱国精神产生共鸣。第三，屈原自投于汨罗，杜甫安葬于耒阳，两地相距较近，由地域关系观之，很容易使人将屈、杜联系起来加以追念与推崇。第四，杜甫生前非常推崇屈原的人格精神与"惊采绝艳"的辞赋创作，所谓"纵使卢王操翰墨，劣于汉魏近风骚"（《戏为六绝句》之三）、"窃攀屈宋宜方驾，恐与齐梁作后尘"（《戏为六绝句》之五）是也。总之，是晚唐社会风雨飘摇的政治形势与晚唐诗人忧国忧民的爱国情愫，激发起他们对屈、杜多所追怀并共所敬仰的深厚感情。

晚唐时期除出现屈、杜并称的现象之外，增修屈原祠堂并题写铭、记的现象也普遍产生，屈原的地位迅速提高。李商隐的岳父王茂元于南方做官时曾增修屈原祠堂，并作《楚三闾大夫屈先生祠堂铭》，称颂屈原"义特百夫，文横千古，其忠可以激俗，其清可以厉贪"。[①] 此铭仅20字，就把屈原之道义、文采、忠诚、清廉等德才兼备之优秀传统概括殆尽，崇仰之情，溢于言表。蒋防《汨罗庙记》云："三闾怀沙，良可痛哉！然三闾者以大忠而揭大文，沉吟楚泽，哀郁自赞，爰兴褒贬，六经同风。"[②] 这里，已堂堂正正地将屈骚等同于六经的地位了，屈骚之身价陡然增高。陆

① 王茂元：《楚三闾大夫屈先生祠堂铭》，《全唐文》卷六八四。

② 蒋防：《汨罗庙记》，《全唐文》卷七一九。

龟蒙亦将屈宋辞赋与“风雅”共美之，其云：“《离骚》既日月，《九辩》即列宿。卓哉悲秋辞，合在风雅右。”（《读襄阳耆旧传因作诗五百言寄皮袭美》）与此前人们对屈骚褒贬参半的是非论争相比，此时的屈骚所获得的几乎是异口同声的赞美之辞了。天祐元年（904）九月二十九日，唐哀帝李柷诏封屈原云：

> 楚三闾大夫屈原，正直事君，文章饰已。当椒兰之是佞，俾蕙茝之不香；显比干之赤心，蹑彭咸于绿水。虽楚烟荆雨，随强魄于故乡，而福善祸淫，播明灵于巨屏。名早流于竹素，功有盖于州闾。爰表厥封，用旌良美，宜封为昭灵侯。①

哀帝下诏勅封屈原为昭灵侯，旨在激发朝臣忠君爱国之精神，并借以号召四方诸侯同心协力以抗击朱温，然而唐王朝大势已去，狂澜既倒，无力挽回。三年之后，唐朝覆亡。尽管如此，哀帝勅封屈原为昭灵侯之事，毕竟是晚唐屈骚接受的一个颇为亮丽的句号，也是有唐一代屈骚论争的一个颇为圆满的小结。

回望唐代初、盛、中、晚四个时期诗坛评说《风》《骚》精神的历程，考察有唐一代政治形势与文学思潮的起伏变动之况，我们大致可勾勒出唐代四期《风》《骚》的命运状况图：

时期 诗别	初唐	盛唐	中唐	晚唐
《风》	倡导风雅兴寄（陈子昂最力）	别裁伪体亲风雅（李杜代表）	《诗》正而葩（韩愈），本乎比兴（柳宗元）	颂美风刺（吴融）；润国风，广王泽（杜荀鹤）
《骚》	四杰贬《骚》，以为齐梁浮艳遗风之源	屈宋方驾（杜甫）；屈平词赋悬日月（李白）；“投汨笑古人”之偏见（李白）	由屈原“发愤以抒情”到韩愈“不平则鸣”；文章豪杰之士；文辞之美	风骚共一源（徐介）；哀帝封屈原为昭灵侯

---

① 李柷：《封屈原勅》，《全唐文》卷九三。

由上列《风》《骚》命运图可知，《诗经》由于具有光耀千秋、万世不灭的政治光环，其命运在整个唐代都是幸运的，它始终被人们作为对抗齐梁浮艳诗文与形式主义创作倾向的正面形象而加以倡导和推崇。他已成为反映社会现实、关心民生疾苦、化下风上、实现诗教功用的方向盘和指路灯，从初唐陈子昂诗歌革新“风雅兴寄”的呐喊，盛唐杜甫“别裁伪体亲风雅”的创作实践，中唐元稹、白居易写实派、古文运动领袖韩愈、柳宗元风雅“美刺”比兴的积极倡导，直到晚唐皮日休、陆龟蒙等人“颂美讽刺”的文学主张，《诗经》一路气宇轩昂，备受人们的青睐与追慕。而屈宋及其《楚辞》作品，在唐诗的进程中，其命运并非像《诗经》那样一路绿灯，在初唐四杰与中唐古文运动的先驱者李华、柳冕等人眼里，“精采绝艳”的屈骚则成了必须摒弃的齐梁浮艳诗风的罪恶之源，乃至是“亡国之音”，就连李白在称颂“屈平词赋悬日月”的同时，对屈原的自沉汨罗江的壮举亦仍持有“投汨笑古人”之偏见。不过，尽管在唐诗的进程中不时听到批判、斥责屈宋之声，但是，我们亦仍然清晰可闻杜甫“窃攀屈宋宜方驾”的赞叹，以及“不平则鸣”的屈骚遗音。直到晚唐，屈宋及其屈骚才得到人们异口同声的称颂与赞美，并赢得“风骚共一源”的认同，尤其是屈原为唐哀帝诏封为昭灵侯之后，屈原形象之高大，则更是达到了空前的地步。

第四章　唐人对《风》《骚》精神之融通

唐代诗人对《风》《骚》精神的接受，不仅是停留在对它们进行褒贬抑扬的理论评判，仁智之见，而且更注重的是对《风》《骚》精神的全方位、多角度、综合性的承传与融通，十分恭敬而虔诚地以《风》《骚》为学习的楷模，将其精神全面落实在诗歌的创作之中，所谓“《风》《骚》自有门户，任人取法不尽”。[①] 袁枚尝就唐代诗人创作远绍《风》《骚》的问题，发表过颇为切实的意见，其云：

> 古人门户虽各自标新，亦各有所祖述，如《玉台新咏》、温、李、西昆得力于《风》者也。李、杜排奡，得力于《雅》者也。韩、孟奇崛，得力于《颂》者也。李贺、卢仝之险怪，得力于《离骚》、《天问》、《大招》者也。[②]

吴乔《围炉诗话》亦云：

> 大抵文章实做则有尽，虚做则无穷。《雅》《颂》多赋，是实做；《风》《骚》多比兴，是虚做。唐诗多宗《风》《骚》，所以灵妙。[③]

无论从主观抑或客观来考察，唐代诗人之创作的确具有颇为深厚的《风》《骚》情结，具体表现在六个方面，下文依次阐论之。

---

① 陈廷焯著，屈兴国校注：《白雨斋词话足本校注》（下），齐鲁书社 1983 年版，第 669 页。

② 袁枚：《随园诗话》，人民文学出版社 1982 年版，第 139 页。

③ 吴乔：《围炉诗话》，郭绍虞编选、富寿荪校点：《清诗话续编》（一），上海古籍出版社 1983 年版，第 481 页。

第一节　《风》《骚》题旨之承传

王立曾将中国文学划分为十大主题，分别为：惜时，相思，出处，怀古，悲秋，春恨，游仙，思乡，黍离，生死。[①] 其实，这十大主题在《风》《骚》中均可寻觅到它们相应的篇章。兹就《风》《骚》中的“日暮相思”、“乐土意识”、“悲秋情怀”三大主题对唐诗的影响探略之。

一　日暮相思情意浓

《王风·君子于役》是流传于东周王畿（今河南洛阳）附近的一首民歌，大约产生于周平王东迁以后到春秋中叶以前的这段时间里。作品所表现的是一位妇女对服役在外的丈夫深刻怀念之挚情。《毛序》云：“君子于役，刺平王也。君子行役无期度，大夫思其危难以风焉。”王先谦《集疏》云：“按据诗文鸡栖、日夕、羊牛下来，乃家室相思之情，无僚友托讽之谊。所称君子，妻谓其夫，《序》说误也。”所论确是。汉班彪《北征赋》云：“日晻晻其将暮兮，睹牛羊之下来。寤怨旷之伤情兮，哀诗人之叹时。”班彪也肯定《君子于役》是怨女旷夫之作，是一首典型的闺怨诗，开启了后世闺怨诗之无数法门也。清许瑶光《雪门诗抄》卷一中《再读〈诗经〉四十二首》之十四云：“鸡栖于桀下牛羊，饥渴萦怀对夕阳。已启唐人闺怨句，最难消遣是昏黄。”钱钟书先生称赞许氏之评为“大是解人”，并认为《君子于役》乃后世闺怨诗初祖。[②] 被胡应麟推赏为“中唐后第一篇”的白居易所作傍晚闺思诗《闺妇》,[③] 其题旨及情景与《君子于役》如出一辙，其诗云：“斜凭绣床愁不动，红绡带缓绿鬟低。辽阳春尽无消息，夜合花开日又西。”张籍《忆远》云：“行人犹未有归期，万里初程日暮时。唯爱门前双柳树，枝枝叶叶不相离。”韩偓《夕阳》云：“花前洒泪临寒食，醉里回头向夕阳。不管相思人老尽，朝

---

① 王立：《文人审美心态与中国文学十大主题》，辽海出版社2003年版，第21页。

② 钱钟书：《管锥编》（第一册），中华书局1979年版，第101页。

③ 胡应麟：《题白乐天集》，见《少室山房类稿》卷一〇五。

朝容易下西墙！”唐人这些闺怨诗，“取景造境，亦《君子于役》之遗意”。[①] 由《诗经》创立的“日暮起愁”的思妇抒情模式，唐人不但能成功地运用于闺怨诗中，而且还能因此而扩大到抒发男士们孤独彷徨的苦闷心情，这自然又是对《君子于役》“日暮闺思”言情方式的延伸与发展了，王绩的《野望》，王维的《渭川田家》等便是如此。二诗的事件与情景皆与《君子于役》相似，但又同时都注入了诗人自己“长歌怀采薇”与“怅然吟《式微》”的向往隐逸的孤寂情怀，这正体现了唐代诗人善学《诗经》的智慧之处。

就《王风·君子于役》“日暮闺思”抒情之原始模型而言，它一方面为唐代诗人轻松拿来为我所用，另一方面又借此而注入新的情感因素，变“日暮闺思”而为“日暮士愁”的新抒情模式，使日暮黄昏意象之内涵与外延都有所扩大，体现了文学接受美学良性发展的一种理想生态。

二 “乐土”意识觅桃源

《诗经·魏风·硕鼠》，是一首反对剥削无度、幻想美好社会的诗篇。诗中以借喻的手法将贪婪的剥削者比作田间的大老鼠，表达了人们对剥削者的愤恨之情。在不堪残酷剥削压迫的情况下，农民们发誓要离开吸血鬼一样的惨无人道的剥削者，到没有剥削和压迫的世外桃源去。全诗三章，每章末皆云：“逝将去女，适彼乐土。乐土乐土，爰得我所！”“逝将去女，适彼乐国。乐国乐国，爰得我直！”“逝将去女，适彼乐郊。乐郊乐郊，谁之永号！”诗人反复咏唱的“乐土”、“乐国”、“乐郊”，就是他们所幻想的没有剥削、没有压迫、人人平等、其乐融融的美好世界。它因此成为东晋陶渊明《桃花源诗并记》中精心描绘的乌托邦式的桃源世界的最早蓝本。到了唐宋时期，在许多诗人的笔下则更是形成了一个寓意丰美、色彩斑斓的桃源系列了。《硕鼠》中诗人所追求的“乐土”、“乐国”、“乐郊”的乌托邦式的桃源世界之雏形意义甚为重大，功不可没。但其中的“乐土”、“乐国”、“乐郊”这“三乐”世界究竟如何，诗人却未予描写出来，到了战国时代产生的《老子》第八十章中方可见其“三乐”的简略轮廓，其云：“小国寡民，使有什佰之器而不用，使人重死而不远徙。虽有舟舆，无所乘之；虽有甲兵，无所陈之。使民复结绳而用

---

① 钱钟书：《管锥编》（第一册），第102页。

之。甘其食，美其服，安其居，乐其俗。邻国相望，鸡犬之声相闻，民至老死不相往来。”魏晋南北朝时期，由于漫长而严酷的阶级斗争和民族斗争，广大人民遭受了空前的灾难。因此，“适彼乐土”的理想则更为强烈，文学作品中乌托邦式的桃花源世界便应运而生。南朝刘宋时代的刘敬叔所编《异苑》卷一云：“元嘉初，武陵蛮人射鹿，逐入石穴，才容人。蛮人入穴，见其旁有梯，因上梯。豁然开朗，桑果蔚然，行人翱翔，亦不以怪。此蛮于路斫树为记，其亡茫然，无复仿佛。”刘敬叔与陶渊明同时而略晚，陶渊明的《桃花源诗并记》描绘了一个井然有序、无税无争、和谐祥宁的理想世界，较之《老子》第八十章“小国寡民”的描写来则更为清晰，更为形象，更为引人入胜。《桃花源记》中的“鸡犬相闻”句，出自《老子》第八十章；《桃花源诗》中“于何劳智慧”句，出自《老子》第十八章“智慧出，有大伪”。陶渊明《桃花源诗并记》，十分形象而又简要地概括了古代劳动人民“适彼乐土”的美好愿望，体现了孔子避世避地、《老子》“小国寡民”的自乐思想。刘敬叔所记与陶渊明《桃花源诗并记》虽有繁简之别，但可能同出一源，都是晋、宋之间流传荆、湘一带的传说故事。刘敬叔所记较为简古，而陶渊明却进行了艺术加工，描写更为形象生动，并寄托了自己的理想，与刘敬叔相较，其作品价值也就不可同日而语了。约成书于魏晋之际的今本《列子》,① 其中也有桃花源式的理想之国的描述。《黄帝篇》云：“黄帝……昼寝而梦，游于华胥氏之国。华胥之国在弇州之西，台州之北，不知斯齐国几千万里；盖非舟车足力之所及，神游而已。其国无帅长，自然而已。其民无嗜欲，自然而已。不知乐生，不知恶死，故无夭殇；不知亲己，不知疏物，故无爱憎；不知背逆，不知向顺，故无利害；都无所爱惜，都无所畏忌。”如此华胥国的美好梦境，在后世的文学作品中，要么作为远古盛世的象征，要么作为逃避现实烦恼痛苦的乐土，要么作为清美畅神之梦的代称，总之是人们所追慕的一种理想境界，它与桃花源世界一样，都是人们梦寐以求的精神家园。晚唐诗人曹唐的《圣帝击壤歌四十声》末尾所描绘的就是唐

① 马叙伦《列子伪书考》云：“盖《列子》书出晚而早亡，故不甚称于作者。魏晋以来，好事之徒，聚敛《管子》、《晏子》、《论语》、《山海经》、《墨子》、《庄子》、《尸佼》、《韩非》、《吕氏春秋》、《韩诗外传》、《淮南》、《说苑》、《新序》、《新论》之言，附益晚说，成此八篇，假伪（刘）向序以见重。”参见《天马山房丛著》。

尧盛世华胥国般的桃源境界，其云：“圣谟流祚远，仙系发源长。岛屿征徭薄，漪澜泛稻凉。凫鱼餍餐啖，荷薜足衣裳。寤寐华胥国，嬉游太素乡。鹰鹯飞接翼，忠孝住连墙。有叟能调鼎，无媒隐钓璜。乾坤资识量，江海入文章。野鹤思蓬阙，山麋忆庙堂。泥沙空淬砺，星斗屡低昂。历草何因见，衢镈岂暂忘。终随嘉橘赋，霄汉谒羲皇。”曹唐身处动乱黑暗的晚唐衰世，他追怀唐尧盛世，寄托美好理想，情理自会，古今一同也。在唐代诗坛上像曹唐这样富有桃源理想的诗篇俯拾皆是，俯仰之间，皆可欣闻到桃源飘逸而出的沁脾芬芳。一生追求光明与自由的唐代诗人李白，就有着很深的桃花源情结。《古风五十九》三十一云：“秦人相谓曰，吾属可去矣。一往桃花源，千春隔流水。”其《之广陵宿常二南郭幽居》云：“绿水接柴门，有如桃花源。忘忧或假草，满院罗丛萱。”连在感谢友人厚爱之情的诗中，李白也不忘“桃花潭”的特殊意义，所谓“桃花潭水深千尺，不及汪伦送我情”（《赠汪伦》）是也。可见，李白对桃花源的印象是何等之深。李白还作有《奉饯十七翁二十四翁寻桃花源序》一文，十分明确地表达了他对桃花源的理解与爱慕之情。其云：“则桃源之避世者，可谓超升先觉。夫指鹿之俦，连颈而同死，非吾党之谓乎！二翁耽老氏之言，继少卿之作，文以述大雅，道以通至精。卷舒天地之心，脱落神仙之境，武陵遗迹，可得窥焉。问津利往，水引渔者；花藏仙溪，春风不知。从来落英，何许流出？石洞来人，晨光尽开。有良田名池，竹果森列，三十六洞，别为一天耶？今扁舟而行，笑谢人世，阡陌未改，古人依然。白云何时而归来？青山一去而谁往？诸公赋桃源以美之。”① 喜好道术的李白，其笔下的桃花源自然多了几分神仙飘逸的韵味，读之令人顿生出尘之想。

事实上，唐代诗人对桃源故事进行再创造的过程中，王维与韩愈是最为突出者。二者皆为七言古诗，便于铺叙与描述故事，也便于议论与抒情。王维《桃源行》云：

> 渔舟逐水爱山春，两岸桃花夹古津。
> 坐看红树不知远，行尽青溪不见人。

---

① 李白：《奉饯十七翁二十四翁寻桃花源序》，王琦：《李太白全集》（下册）卷二七，中华书局 1977 年版，第 1255—1257 页。

山口潜行始隈隩，山开旷望旋平陆。
遥看一处攒云树，近入千家散花竹。
樵客初传汉姓名，居人未改秦衣服。
居人共住武陵源，还从物外起田园。
明月松下房栊静，日出云中鸡犬喧。
惊闻俗客争来集，竞引还家问都邑。
平明闾巷扫花开，薄暮渔樵乘水入。
初因避地去人间，更闻神仙遂不还。
峡里谁知有人事，世中遥望空云山。
不疑灵境难闻见，尘心未尽思乡县。
出洞无论隔山水，辞家终拟长游衍。
自谓经过旧不迷，安知峰壑今来变。
当时只记入山深，清溪几度到云林。
春来遍是桃花水，不辨仙源何处寻。

此诗乃王维19岁时作，主要在陶渊明《桃源记》基础上进行了艺术的再创造，具有独特的艺术价值。诗人以富艳之才情歌颂仙境桃花源，恬美自在地欣赏着这个神仙世界的宁静与脱俗，字里行间洋溢着青春活泼、幽美恬淡的情感基调。其《口号又示裴迪》亦云："安得舍尘网，拂衣辞世喧。悠然策藜杖，归向桃花源。"诗人渴望避俗涤忧的净土与乐国之深情，溢于言表。翁方纲对王维的《桃源行》极为推崇，认为"古今咏桃源事者至右丞而造极"。①

对于神仙般的桃源世界，韩愈又有自己的一番认识，其《桃源图》云：

神仙有无何渺茫，桃源之说诚荒唐。
流水盘回山百转，生绡数幅垂中堂。
武陵太守好事者，题封远寄南宫下。
南宫先生忻得之，波涛入笔驱文辞。

---

① 翁方纲：《石洲诗话》卷一，郭绍虞编选：《清诗话续编》（三），上海古籍出版社1983年版，第1368页。

文工画妙各臻极，异境恍惚移于斯。
架岩凿谷开宫室，接屋连墙千万日。
嬴颠刘蹶了不闻，地坼天分非所恤。
种桃处处惟开花，川原近远烝红霞。
初来犹自念乡邑，岁久此地还成家。
渔舟之子来何所？物色相猜更问语。
大蛇中断丧前王，胡马南渡开新主，
听终辞绝共凄然，自说经今上百年。
当时万事皆眼见，不知几许犹流传。
争持酒食来相馈，礼数不同樽俎异。
月明伴宿玉堂空，骨冷魂清无梦寐。
夜半金鸡啁哳鸣，火轮飞出客心惊。
人间有累不可处，依然离别难为情。
船开棹进一回顾，万里苍苍烟水暮。
世俗宁知伪与真，至今传者武陵人。

这是一首题画诗，诗人就《桃源图》进行铺叙与议论。唐代诗人多富浪漫情怀，加之世崇道术与神仙，故诗人多将桃花源比附于仙界，如上述李白、王维等诗便是如此。但比附神仙，只是对桃花源的一种特殊追慕与赞美方式，与纯粹的道教神仙说不尽相同。韩愈于此诗劈头就否认神仙之说，中间大段铺陈桃花源的本来面貌，旨在指出：桃花源不过是传说之乡，想象之境，是人们所幻想的一座精神家园。结尾再次议论，希望人们正确把握桃花源传说故事的社会学意义，倘若一味沉溺于桃花源神仙世界有无与真伪的争辩中，那都是徒劳的。韩愈这种向往理想境界而又正视现实的态度，在其他诗作中也每有表现。如《古风》云："……彼州之赋，去汝不顾；此州之役，去我奚适？一邑之水，可走而违；天下汤汤，曷甚而归？好我衣服，甘我饮食，无念百年，聊乐一日。"很显然，此诗题旨经由《诗经·魏风·硕鼠》脱胎而来，但天下大乱，乐土何在？而桃花源又到哪里去找呢？诗人的态度既是十分清醒的，又是极其悲愤的，而悲愤之情却又远胜于《硕鼠》矣！

谁都明白，桃花源不过是人们所幻想与追慕的理想的精神家园而已，尽管它不存于现实世界之中，但它却是一盏理想之灯，能够照亮所有身处逆境、人生坎坷者的心灵世界，给人们以精神的慰藉、信心的鼓舞。正因为此，唐代诗人深具桃源情结者可谓多矣。除上述之外，尚有下列唐代诗人作过桃花源诗，如包容的《武陵桃源送人》、孟浩然的《武陵泛舟》、卢纶的《同吉中孚梦桃源》、武元衡的《桃源行送友》、权德舆的《桃源篇》、刘禹锡的《桃源行》《游桃源一百韵》、施肩吾的《桃源词二首》、李群玉的《桃源》、刘沧的《题桃源处士山居留寄》、张乔的《寻桃源》、章碣的《桃源》、李宏皋的《题桃源》，等等，加之许多诗人虽未以“桃源”题写诗名而内容涉及桃源者，则更是难以尽述。

由《硕鼠》的“乐土”而陶渊明的《桃花源诗并记》进而唐代诗人王维、韩愈等的桃花源诗，一路继承而来，芳香扑鼻，受人青睐。到了宋代，依然桃花盛开，诗作不断。在宋人众多的桃花源诗中，王安石的《桃源行》堪称代表作之一。其云：

望夷宫中鹿为马，秦人半死长城下。
避世不独商山翁，亦有桃源种桃者。
此来种桃经几春，采花食实枝为薪。
儿孙生长与世隔，虽有父子无君臣。
渔郎漾舟迷远近，花间相见惊相问。
世上那知古有秦，山中岂料今为晋。
闻道长安吹战尘，春风回首一沾巾。
重华一去宁复得，天下纷纷经几秦？

此诗不像王维、韩愈之诗那样以《桃花源记》为蓝本展开铺叙，而是从大处着墨，直探桃花源的社会本质，并以历史眼光纵观古今，将和平与战乱进行鲜明对比，更突出诗人对桃源世界的渴慕之情，体现了他浓厚的桃源情结。苏轼十分推崇陶渊明的人格与文品，在他谪居惠州、儋州期间，物质生活与精神生活均甚艰难痛苦，但他却以《陶渊明集》为友，竭诚和陶诗，共得一百余首，其中《和桃花源诗》便是杰出的代表作之一。这篇“诗”“序”相互生发之作，强调了苏轼桃花源接近现实社会的基本观点，并且认为，若要获得桃花源的世界，必于自己心中寻觅。宋代诗人，如梅尧臣的《武陵行》《桃花源诗》、吴芾的《和陶桃花源》、王十朋的《和韩诗·和桃源图》、薛季宣的《武陵行》、李纲的《桃源行》

等，都大致对桃花源的世界进行了歌颂与赞美，与苏轼的桃源情结颇为相似。

如果说《硕鼠》“适彼乐土”是先民们最早萌发的桃源理想，陶渊明《桃花源记》是桃源世界正式确立的标志，那么，王维的《桃源行》则是对陶渊明诗的异化，韩愈的《桃源图》便是对王维诗的异化，而王安石、苏轼的诗则又是对陶渊明诗的复归与深化。清人王士禛尝评唐代时期几位诗人的桃花源诗云：“唐宋以来，作《桃源行》最佳者，王摩诘、韩退之、王介甫三篇。观退之、介甫二诗，笔力意思甚可喜。及读摩诘诗，多少自在。二公便如努力挽强，不免面赤耳热，此盛唐所以高不可及。”① 就王维诗的自在恬适之风格而言，确实是盛唐诗丰神情韵气象的代表作之一，这正是胜于退之、介甫之所在。

要之，从《诗经·魏风·硕鼠》对“乐土”、“乐国”的企盼，到老子的“小国寡民”、《列子》的“华胥之国”、陶渊明的“桃花源”、及其王维、韩愈、王安石、苏轼等人桃源的浓厚情结，等等，都无不深刻地体现出中华民族对于理想社会和美好家园的憧憬与渴望的优良文化传统。而在这优良传统的链条上，《硕鼠》“乐土”桃花源理想的萌芽及其对唐代王维、韩愈等人桃花源诗的影响，它们都是举足轻重、毋可忽缺的重要环节。

上述《硕鼠》，除了“乐土”桃花源萌芽之理想对唐诗有影响外，其反剥削反压迫以及诅咒剥削者为大老鼠的题旨，对唐诗也有很大影响。《硕鼠》三章，每章前四句都是劳动人民对贪婪如鼠之剥削者的怨愤斥责之词。首章云：“硕鼠硕鼠，无食我黍。三岁贯汝，莫我肯顾。”二章云：“硕鼠硕鼠，无食我麦。三岁贯汝，莫我肯德。”三章云：“硕鼠硕鼠，无食我苗。三岁贯汝，莫我肯劳。”对于《硕鼠》的题旨，《诗序》云：“《硕鼠》刺重敛也。国人刺其君重敛，蚕食于民，不修其政，贪而畏人，若大鼠也。”甚合诗意。“重敛”，即周代末期所推行的履亩税制。“所谓履亩税，是指原来农民每年要出劳役为公田耕种，私田百亩可不纳税；现在除了服役公田，私田还要纳实物的十分之一为税。《硕鼠》一诗就是在这种双重剥削的制度下产生的。”② 《诗经·鄘风·相鼠》则从另一个角

① 王士禛：《池北偶谈》（下）卷一四，中华书局 1982 年版，第 322 页。

② 程俊英：《诗经译注》，上海古籍出版社 1985 年版，第 196 页。

度，把那些偷食苟得、缺少礼仪、昏昧无耻的统治阶级比作是连老鼠也不如的东西。正因为是满嘴仁义，而实际上是最无礼、最无耻的货色，所以人们忍不住满腔怒火，大胆诅咒他们“不死何为?”“不死何俟?”“胡不遄死?”愤怒之情，溢于言表。《诗经》中“硕鼠”之喻的斥责题旨，开启了后世“以鼠讽人”表现手法之先河，收到了很好的抒愤泄恨的表达效果。较早受《诗经》影响将人与鼠相比拟的是战国末期的李斯。司马迁《史记·李斯列传》云：“李斯者，楚上蔡人也。年少时，为郡小吏，见吏舍厕中鼠食不洁，近人犬，数惊恐之。斯入仓，观仓中鼠，食积粟，居大庑之下，不见人犬之忧。于是李斯乃叹曰：‘人之贤不肖譬如鼠矣，在所自处耳。’”① 李斯由“食不洁”与“食积粟”的两种老鼠所处不同环境的现象，感叹人之所处地位的差异之大。尽管李斯于此并不含有贬义，但人鼠相比的思维方式当是受到《硕鼠》与《相鼠》之启发无疑。而李斯“仓中鼠”的概念又为晚唐曹邺《官仓鼠》所借用。其诗云：“官仓老鼠大如斗，见人开仓亦不走。健儿无粮百姓饥，谁遣朝朝入君口?”此诗表面是在谴责贪吃公粮、肥大如斗的老鼠，而实质上是在斥责贪得无厌、搜刮民脂民膏的剥削者。诗人通过有恃无恐、肥硕如斗的“官仓老鼠”与“健儿无粮百姓饥”的悲惨情景的鲜明对比，更突出封建统治剥削者们贪婪无比、残忍无道的反动本质。正是在类似杜甫所展示的“朱门酒肉臭，路有冻死骨”（《自京赴奉先县咏怀五百字》）悲欢霄壤两重世界的比较中，激发出人们对统治阶级的无比愤恨之情。末句中诗人将那些明明令人可恶的“官仓鼠”称为“君”，极尽讽刺挖苦之能事，愤恨之情已难以言表；而“谁遣朝朝入君口”的强烈反问中，却又把那些残忍搜刮民脂民膏的剥削者押上了历史审判台的最高处，愤恨之情如火山爆发，一任抒发痛快淋漓。如果说贪得无厌、吞食公粮的官仓鼠是令人可恨的话，那么，身居朝廷与各级官府的搜刮钱粮、惨无人道的“硕鼠”们，则更是罪不可赦的。曹邺《官仓鼠》的批判精神，虽由《硕鼠》继承而来，但所描写硕鼠之形象则更为具体而逼真，讽刺之笔法则更为深刻而严峻，表达之效果则更为理想而有效。可以说，“硕鼠”之喻由《诗经》而发轫，由李斯而过渡，再由曹邺而发展，它已定格为贪得无厌、嗜欲成

---

① 司马迁：《史记·李斯列传》卷八六，百衲本《二十五史》(1)，浙江古籍出版社 1998 年版，第 221 页。

性、损公肥私、敛财无度贪婪者们的专有代名词了。时至今日，“硕鼠”更已成为家喻户晓的“贪官”之别称矣。可见，《诗经》文化精神之历久弥新、生机不息焉。

三 悲秋情怀感古今

关于屈骚对后世文学影响之问题，刘勰曾作过一段颇为经典的论述，其云：

> 自《九怀》以下遽蹑其迹，而屈宋逸步，莫之能追。故其叙情怨，则郁伊而易感；述离居，则怆怏而难怀；论山水，则循声而得貌；言节候，则披文而见时。是以枚贾追风以入丽，马扬沿波而得奇，其衣被词人，非一代也。故才高者菀其鸿裁，中巧者猎其艳辞，吟讽者衔其山川，童蒙者拾其香草。①

就接受美学而言，屈骚对后人的启迪与教育意义是深远的，无论是抒情、言志，还是写景、状物，抑或是“追风以入丽”，“沿波而得奇”等等，“其衣被词人，非一代也”。下面拟就屈骚中的借秋景以抒悲怀的这一题旨内涵对文学尤其是对唐代诗歌的影响，作一简要论析。

宋玉的代表作《九辩》，开创了寓悲情于秋景的全新境界。此诗除了悼念屈原外（寓借他人酒杯浇自己胸中块垒之意），主要是借悲秋以抒怀才不遇、冷漠孤独之情，由此而批判楚国黑暗的政治现实，它既是贫士失职的忧愤，又是乱世哀乐的合奏，其精神实质与《离骚》一脉相承。开头一节集中描写萧条秋景与惆怅悲怀，水乳交融，自然浑成，悲凉之雾弥漫，哀怨之气满纸，为全诗奠定了无限感伤的基调。诗云：

> 悲哉秋之为气也！萧瑟兮草木摇落而变衰。憭栗兮若在远行，登山临水兮送将归。泬寥兮天高而气清，寂寥兮收潦而水清。憯凄增欷兮薄寒之中人，怆怳懭悢兮去故而就新。坎廪兮贫士失职而志不平，

---

① 刘勰：《文心雕龙·辨骚》，周振甫：《文心雕龙今译》，第46页。

> 廓落兮羁旅而无友生。惆怅兮而私自怜。燕翩翩其辞归兮，蝉寂寞而无声。雁廱廱而南游兮，鹍鸡啁哳而悲鸣。独申旦而不寐兮，哀蟋蟀之宵征。时亹亹而过中兮，蹇淹留而无成。

诗人劈头“悲哉秋之为气也”一句，陡然将人推进了一个悲凉寂寥的世界。而“悲哉”一声之浩叹，既是秋气之“悲”，也是人心之“悲”，悲凉之思与萧瑟之“秋”的融合，恰恰构成了人生之“愁”也。此一“愁”字，正体现了汉字创造的智慧性与神奇性的无穷魅力，也是“心物感应”文艺现象的典范之例。此一“愁”字创造的魅力，吴文英《唐多令》词开片首句“何处合成愁？离人心上秋”，便是最好的注释。纳兰性德《浪淘沙》“夜雨做成秋，恰上心头”暗寓“愁”字的词句，亦颇具异曲同工之妙。宋玉在第一节中，紧紧抓住草木虫鸟、秋山秋水秋气等秋天特有的自然景物，多角度、立体化地渲染“坎廪兮贫士失职而志不平，廓落兮羁旅而无友生。惆怅兮而私自怜”的怨愤孤寂之悲情，具有动人的艺术感染力。更耐人寻味的是，此一节中，诗人将“秋”与“人”混合描写，这“秋”与“人”之间，似乎无明显界限可觅，“人”“秋”之间，一情相牵。“人”亦好，“秋”亦好，都给人以惊心动魄的艺术震撼力。对此，杨义先生曾作过颇为精彩的评析，他说：“一句悲秋的散文式感叹语句开头，起势突兀，没有感叹者主词。是诗人在叹息，也是秋天在叹息，因为萧瑟的秋风使草木摇落而变得衰蔽凋零，乃是人在秋天对生命行程的感受。前人称此句为‘千秋绝唱’，大概也是从这种分不清是人、是草木、是季节的苍苍茫茫的叹息中，感受到心灵的震撼了。以下的诗行更给人‘诗无达诂’的感觉：凄凄凉凉啊好像（若）在作客远行，登山临水啊要送他归去了。到底是凄凉的秋天送远行人归去，还是远行人送一年将尽的秋天归去？古人对这两种说法各持一说，其实两种解释可以共存，而组成相互阐发的双义性。诗人在这里用了一个‘若’字，形成了以秋天比方人，比方人的生存状态的‘奇喻’，从而使全诗设置了以人的生存处境、命运和心理状态为一个系统，以秋天的气候、物象和情调为另一个系统，二者相互衬托、渲染和交融的诗学机制。既然登山临水地秋天送人、人送秋天归去，那么登山所见，便是空空旷旷啊天高而气冷；临水所见，便是寂寂寥寥啊收尽洪潦而水色澄清。诗人为全诗开了一个相当精彩的头，起势突兀，设喻奇妙，承接绵密，从而创造了一个情调气氛异常浓郁的人在秋天的环境。”① 宋玉如此集中而全面地描写秋景，抒发悲情，不仅“为全诗开了一个相当精彩的头”，也为全部《楚辞》，乃至全部中国文学“开了一个相当精彩的头”。正如鲁迅先生所高度评价的那样：“《九辩》本古辞，玉取其名，创为新制，虽驰神逞想，不如《离骚》，而凄怨之情，实为独绝。”② 所谓“凄怨之情”，实即在全方位、多角度的秋景笼罩与包融之下而抒发的浓郁悲怀。如此之情，焉不“独绝”？

《九辩》除开头全面而集中铺陈秋景以抒悲情之外，在其他段落也都不离秋景的点染，悲情的吐露。如：“皇天平分四时兮，窃独悲此凛秋。白露既下白草兮，奄离披此梧楸。去白日之昭昭兮，袭长夜之悠悠。离芳蔼之方壮兮，余萎约而悲愁。” “秋既先戒之白露兮，冬又申以严霜。……颜淫溢而将罢兮，柯仿佛而萎黄。”“澹容与而独倚兮，蟋蟀鸣此西堂。”“霜露惨凄而交下兮，心尚幸其弗济；霰雪雰糅其增加兮，乃知遭命之将至。愿侥幸而有待兮，泊莽莽与野草同死。”“靓杪秋之遥夜兮，心缭悷而有哀。春秋逴逴而日高兮，然惆怅而自悲。”诸如此类，自然形成了满纸秋意与全篇悲情两相交融的凄美意境，不愧为“悲秋”的典范之作。

实际上，“悲秋”的题材不自宋玉始，早在第一部诗歌总集《诗经》中便可窥其端倪。如《召南·草虫》：“喓喓草虫，趯趯阜螽；未见君子，忧忧忡忡。”《秦风·蒹葭》：“蒹葭苍苍，白露为霜。所谓伊人，在水一方。”《小雅·鸿雁》：“鸿雁于飞，肃肃其羽。之子于征，劬劳于野。爰及矜人，哀此鳏寡。”《小雅·四月》：“秋日凄凄，百卉具腓。乱离瘼矣，爰其适归。”上引《诗经》中的秋虫、秋葭、秋露、秋雁、秋阳、秋花诸种秋天自然景物，抒发诗人忧恐、惆怅、孤寂、哀怨的诸种心情，有较好的感应与衬托作用。不过，这些秋景之描写，大多是作为比兴材料之用者，与后世纯以写景来抒情的表达方式不同。到了屈原，其笔下秋景的描写内容已显著增加。如《离骚》云：“日月忽其不淹兮，春与秋其代序。

① 杨义：《楚辞诗学》，人民出版社 1998 年版，第 607—609 页。

② 鲁迅：《汉文学史纲要》，第 25 页。

惟草木之零落兮，恐美人之迟暮。”“恐鹈鴂之先鸣兮，使夫百草为之不芳！”通过春秋代序、草木零落、鹈鴂先鸣、百草不芳等特定秋天景象的描写，表现诗人“美人迟暮”、时不我待、功业未成的忧患感。《湘夫人》“嫋嫋兮秋风，洞庭波兮木叶下”两句，抓住“秋风”、“秋波”、“秋叶”三种景象，尽显诗人“目眇眇兮愁予”的迷茫孤凄之情。《山鬼》中“雷填填兮雨冥冥，猨啾啾兮狖夜鸣，风飒飒兮木萧萧，思公子兮徒离忧”的萧条幽冷秋景，更突出了山鬼守望无得的忧伤情怀。至于《抽思》中“悲秋风之动容兮”的一声叹息，已明确体现出物感心动的“悲秋”意境，将抒情主体与自然客体的对应关系固定下来。正因如此，屈原的“悲秋”意境在其《悲回风》中则表现得更为集中而强烈。首先看题目《悲回风》，“回风”，即回旋的秋风。悲回风，即因秋风而悲的意思，简言之即“悲秋”也。此诗作于顷襄王执政、诗人第二次流放江南一带时期。当时楚国朝纲败坏，奸佞受宠，贤臣遭黜；外交上孤立无援，秦军强胜，郢都攻破，形势岌岌可危。诗人目睹如此江河日下之衰势，忧心如焚。当他行吟泽畔之际，有感于“悲回风之摇蕙”的肃杀秋景，悲从中来，忧伤难耐，情由物动，百感交集，遂写下了这首在《九章》中最为悲愤也最为奇特的悲秋之诗。与宋玉《九辩》写秋景主要集中于开头一样，《悲回风》亦是如此。诗云：

> 悲回风之摇蕙兮，心冤结而内伤。物有微而陨性兮，声有隐而先倡。夫何彭咸之造思兮，暨志介而不忘！万变其情岂可盖兮，孰虚伪之可长！鸟兽鸣以号群兮，草苴比而不芳。鱼葺鳞以自别兮，蛟龙隐其文章。故荼荠不同亩兮，兰茝幽而独芳。惟佳人之永都兮，更统世而自贶。眇远志之所及兮，怜浮云之相羊。介眇志之所惑兮，窃赋诗之所明。

诗人以回风摇蕙、鸟兽群鸣、草苴混杂、鱼葺鳞别、蛟龙隐文、荼荠不同、兰茝幽芳、浮云相羊等所见所闻秋天自然景象，并敷以比兴象征之手法，表达了对当时政治集团贤愚不分、鱼龙混杂黑暗现实的不满与忧愤情绪。较之《诗经》中以单一零星之秋景作比兴起情的描写来，屈原《悲回风》有了质的飞跃，体现出了很好的“悲秋”主题意识。故有学者认为：“自汉以来，论及悲秋之作，人们常推宋玉的《九辩》；其实，真正第一次采用这个题材的，是屈原的《悲回风》。"[①] 此说有一定的道理，但表达略欠妥帖。笔者以为，这样界说似乎较合实际，即：屈原的《悲回风》是首次表明"悲秋"诗题的以秋景引发悲情的诗篇，但真正"悲秋之祖"的桂冠尚应属于宋玉之《九辩》。这是因为，屈原《悲回风》之秋景描摹，基本还是作为比兴材料来使用的，它只是处于衬托辅助的地位，还未真正成为诗人所处环境之思想载体。而宋玉的《九辩》则不同，它已完全成为诗人表情达意的载体，并成为描写的主体对象，使"人"与"秋"具有了两重性的思想情感特征。这是宋玉的独创。再就《九辩》首节描写的秋景之数量亦较《悲回风》为多。还有《九辩》秋景之描写还涉及了全篇。更重要的是劈头"悲哉秋之为气也"一句，直呼悲秋，主体鲜明，感情强烈，气势不凡，掀开了中国文学悲秋主题的新的一页。因此，从《诗经》到屈原的《悲回风》再到宋玉的《九辩》，其"悲秋"主题可作如下之表述，即：《诗经》乃"悲秋"主题之萌芽，《悲回风》乃"悲秋"主题之发展，《九辩》乃"悲秋"主题之定型，称为"悲秋之祖"是毋庸置疑的。《九辩》是典型的"为情而造文"的以秋景而抒悲情的"悲秋"之作。正如刘永济先生分析第一节时所说：

> 初泛举秋时可悲的原因，后乃结合自己言。己之悲秋乃悲时易过而所事无成也。此篇为后世诗人感时伤事之祖。因外境与内心有密切的关系，外境凄寂更足增加内心的愁苦，而内心愁苦的人，常觉得外境更加凄寂，这种心境相互影响的情况是文学作品中常见的。而且诗人要抒写内心之情，每借外境来渲染，以免径情直言。而径情直言的作品，其感召力又不如借外境渲染的大。所以有些作品，从表面上看是写境，而实则境中即有情在。这就是文家所谓情境融合也，但与纯写物景而无关人情者不可混为一谈。[②]

就《九辩》情景交融的典范意义而言，刘先生的分析是颇有道理的，而实际上，诗人还不仅在写秋景，抒悲情，其中还寓有更丰富的社会意蕴，更深刻的哀怨与寄托。诗人笔下的一片肃杀衰败的秋天景象，不正是由盛

---

① 汤炳正主编：《楚辞欣赏》，巴蜀书社 1999 年版，第 175 页。

② 刘永济：《屈赋音注详解》，上海古籍出版社 1983 年版，第 54 页。

变衰、濒临覆亡的楚国社会现实的真实写照吗？朱熹《楚辞集注》尝就此而阐发说："秋者，一岁之运，盛极而衰，肃杀寒凉，阴气用事，有似叔世危邦，王昏政乱，贤智屏绌，奸凶得志，民贫财匮，不复振起之象。是以忠臣志士，遭谗放逐者，感事兴怀，尤切悲叹也。"① 所论颇有见地。诗人一方面借秋景而抒悲情，将自然之"秋"与人生之"秋"对应思考，无疑隐含着与屈原相似的"美人迟暮"、功业未成的焦虑之感，所谓"群植敛商气，壮士悲暮年"（黄仲则《秋兴》其一）是也。如此，则令情志婉蓄而绵邈；另一方面又以秋景拟衰楚，形象写照，更添衰飒之暮气。可见，《九辩》"悲愁"内涵之丰，"悲愁"意境之美，皆无愧于"悲秋之祖"之美誉。胡应麟《诗薮》对此有很高的评价，其云：

> "嫋嫋兮秋风，洞庭波兮木叶下"，形容秋景入画；"悲哉秋之为气也，憭栗兮若在远行，登山临水兮送将归"，模写秋意入神，皆千古言秋之祖。六代、唐人诗赋，靡不自此出者。②

就所列描写秋景名句而言，均可称"千古言秋之祖"；但就悲秋审美内涵的丰富性、深刻性而言，那么，将"千古言秋之祖"这顶桂冠奉赠与宋玉，庶为至当也哉。

的确，屈骚的"悲秋"模式对后世文学尤其是唐代诗歌影响甚大。兹将汉至唐之诗赋稍加梳理，我们便可窥见一条较为清晰的"悲秋"之文脉。乐府《古歌》（秋风萧萧愁杀人）、汉武帝《秋风辞》（秋风起兮白云飞）、班昭《怨歌行》（常恐秋节至）、曹丕《燕歌行》（秋风萧瑟天气凉）、《寡妇诗》（霜露纷兮交下）、《杂诗》（漫漫秋夜长）、《古诗十九首》（明月皎夜光）、（白露沾野草）、（蝼蛄夕鸣悲）、（蟋蟀伤局促）、曹植《离友诗》（凉风肃兮白露滋）、曹睿《步出夏门行》（商风夕起）、刘桢《赠五官中郎将》（秋日多悲怀）、阮瑀《杂诗》（临川多悲风）、阮籍《咏怀》（开秋兆凉气）、潘岳《秋兴赋》（嗟秋日之可哀兮）、夏侯湛《秋可哀赋》（感时迈以兴思）、张载《七哀诗》（秋风吐商气）、陆机《燕歌行》（白日既没明灯辉）、张协《杂诗》（感物多所怀）、苏彦

① 朱熹：《楚辞集注》卷六，上海古籍出版社1979年版。

② 胡应麟：《诗薮》内编卷一，上海古籍出版社1958年版，第5页。

《秋夜长赋》（睹迁化为遒迈）、何瑾《悲秋夜赋》（悲莫悲兮秋夜），湛方生《秋夜赋》（悲九秋之为节），庾信《拟咏怀》（摇落秋为气）、隋孔绍安《落叶》（早秋惊落叶），等等，从汉至隋，悲秋诗发展迅速，且意蕴亦日益丰富。据萧统《文选》卷19至卷31收录的443首诗统计，涉及时间概念者占72%，约320首。在综合时间的37首中，秋夜22首，秋暮6首，秋晨2首，秋日3首。[①] 仅仅表示“秋”之概念的诗已有可观之处，而那些表示秋之景象的诗篇之多，就更是难以计数。悲秋的主题已日益普遍与完善起来。

日本学者村上哲见认为：“悲秋的感情原来是《楚辞》以来直到六朝及唐诗中始终存在的主题。”[②] 不过，悲秋主题的丰富、多样与拓展、深化，只有到了唐代诗人的笔下，才得以描绘出一幅幅令人惊心动魄的悲秋画图。

唐代诗人悲秋的内涵约有六端：（1）因秋而抒功业未成之悲。如陈子昂《感遇三十八首》（其二）：“迟迟白日晚，嫋嫋秋风生。岁华尽摇落，芳意竟何成?”孟浩然《秦中感秋寄远上人》：“一丘常欲卧，三径苦无资。北土非吾愿，东林怀我师。黄金燃桂尽，壮志逐年衰。日夕凉风至，闻蝉但益悲。”（2）因秋而生孤病凄冷之哀。如李贺《秋来》：“桐风惊心壮士苦，衰灯络纬啼寒素。谁看青简一编书，不遣花虫粉空蠹？思牵今夜肠应直，雨冷香魂吊书客。秋坟鬼唱鲍家诗，恨血千年土中碧!”孟郊《秋怀》（其二）：“秋月颜色冰，老客志气单。冷露滴梦破，峭风梳骨寒。席上印病文，肠中转愁盘。疑虑无所凭，虚听多无端。梧桐苦峥嵘，声响如哀弹。”（3）因秋而起遭贬受挫之痛。如白居易《琵琶行》：“浔阳江头夜送客，枫叶荻花秋瑟瑟。主人下马客在船，举酒欲饮无管弦。醉不成欢惨将别，别时茫茫江浸月。……同是天涯沦落人，相逢何必曾相识！我从去年辞帝京，谪居卧病浔阳城，浔阳地僻无音乐，终岁不闻丝竹声。住近湓江地低湿，黄芦苦竹绕宅生。其间旦暮闻何物，杜鹃啼血猿哀鸣。春江花朝秋月夜，往往取酒还独倾。岂无山歌与村笛，呕哑嘲哳难为听。今夜闻君琵琶语，如听仙乐耳暂

① 参见陶庆梅《伤逝：〈文选〉诗歌的时间模式》，《江海学刊》1996年第5期。

② ［日］村上哲见：《唐五代北宋词研究》，杨铁婴译，陕西人民出版社1987年版，第234页。

明。……座中泣下谁最多？江州司马青衫湿。”柳宗元《南涧中题》：“秋气集南涧，独游亭午时。迴风一萧瑟，林影久参差。始至若有得，稍深遂忘疲。羁禽响幽谷，寒藻舞沦漪。去国魂已游，怀人泪空垂。孤生易为感，失路少所宜。索寞竟何事？徘徊只自知。谁为后来者，当与此心期。”（4）因秋而萌归乡怀人之想。如韦应物《闻雁》：“故园渺何处？归思乃悠哉。淮南秋雨夜，高斋闻雁来。”李益《听晓角》：“边霜昨夜堕关榆，吹角当城汉月孤。无限塞鸿飞不度，秋风卷入小单于。”张籍《秋思》：“洛阳城里见秋风，欲作家书意万重。复恐匆匆说不尽，行人临发又开封。”王建《十五夜望月》：“中庭地白树栖鸦，冷露无声湿桂花。今夜月明人尽望，不知秋思落谁家？”柳宗元《与浩初上人同看山寄京华亲故》：“海畔尖山似剑芒，秋来处处割愁肠。若为化作身千亿，散向峰头望故乡。”杜牧《秋浦途中》：“萧萧山路穷秋雨，淅淅溪风一举蒲。为问寒沙新到雁，来时还下杜陵无？”无可《秋寄从兄贾岛》：“瞑虫喧暮色，默思坐西林。听雨寒更彻，开门落叶深。昔因京邑病，并起洞庭心。亦是吾兄事，迟回共至今。”赵嘏《长安秋望》：“云物凄清拂曙流，汉家宫阙动高秋。残星几点雁横塞，长笛一声人倚楼。紫艳半开篱菊静，红衣落尽渚莲愁。鲈鱼正美不归去，空戴南冠学楚囚。”（5）因秋而增怀古伤今之忧。如许浑《咸阳城西楼晚眺》：“一上高城万里愁，蒹葭杨柳似汀洲。溪云初起日沉阁，山雨欲来风满楼。鸟下绿芜秦苑夕，蝉鸣黄叶汉宫秋。行人莫问当年事，故国东来渭水流。”杜牧《题宣州开元寺水阁，阁下宛溪，夹溪居人》：“六朝文物草连空，天淡云闲今古同。鸟去鸟来山色里，人歌人哭水声中。深秋帘幕千家雨，落日楼台一笛风。惆怅无因见范蠡，参差烟树五湖东。”刘禹锡《西塞山怀古》：“王濬楼船下益州，金陵王气黯然收。千寻铁锁沉江底，一片降幡出石头。人世几回伤往事，山形依旧枕寒流。今逢四海为家日，故垒萧萧芦荻秋。”（6）因秋而兴忧国忧民之情。如杜甫的《秋兴》八首、《登高》等。从上列悲秋内涵的六个方面来看，人们在诸种秋景的触发下产生的情感因素，主要是功业未成之悲、孤病凄冷之哀、遭贬受挫之痛、归乡怀人之想、怀古伤今之忧、忧国忧民之叹。前四者主要集中于个人情感的抒发，而后两者则将个人情感扩大到了与治国安邦、忧国忧民相结合的一种精神新境界。如果说前四者是人生之“秋”与自然之“秋”二重结合的悲秋模式的话，那么，后二者则是人生之“秋”、自然之“秋”与社会之“秋”三重组合的悲秋模式，尤其是杜甫的“悲秋”之作，更是唐诗悲秋主题的典范之作，代表了唐诗悲秋主题的最高成就，它是屈宋悲秋主题的承传，尤其是宋玉《九辩》悲秋主题的嫡传。杜甫尝云：“不薄今人爱古人，清词丽句必为邻。窃攀屈宋宜方驾，恐与齐梁作后尘。”（《戏为六绝句》其五）又云：“摇落深知宋玉悲，风流儒雅亦吾师。怅望千秋一洒泪，萧条异代不同时！”（《咏怀古迹五首》之二）杜甫由衷笃实的表白，正是他成为宋玉悲秋主题嫡传的根因所在。

下面就杜甫悲秋之代表作《秋兴》八首作一简析，以见其承传宋玉悲秋主题之诗脉。为便论析，先列诗于下：

其一：玉露凋伤枫树林，巫山巫峡气萧森。江间波浪兼天涌，塞上风云接地阴。丛菊两开他日泪，孤舟一系故园心。寒衣处处催刀尺，白帝城高急暮砧。

其二：夔府孤城落日斜，每依北斗望京华。听猿实下三声泪，奉使虚随八月槎。画省香炉违伏枕，山楼粉堞隐悲笳。请看石上藤萝月，已映洲前芦荻花。

其三：千家山郭静朝晖，日日江楼坐翠微。信宿渔人还泛泛，清秋燕子故飞飞。匡衡抗疏功名薄，刘向传经心事违。同学少年多不贱，五陵衣马自轻肥。

其四：闻道长安似弈棋，百年世事不胜悲。王侯第宅皆新主，文武衣冠异昔时。直北关山金鼓振，征西车马羽书驰。鱼龙寂寞秋江冷，故国平居有所思。

其五：蓬莱宫阙对南山，承露金茎霄汉间。西望瑶池降王母，东来紫气满函关。云移雉尾开宫扇，日绕龙鳞识圣颜。一卧沧江惊岁晚，几回青琐点朝班。

其六：瞿塘峡口曲江头，万里风烟接素秋。花萼夹城通御气，芙蓉小苑入边愁。珠帘绣柱围黄鹄，锦缆牙樯起白鸥。回首可怜歌舞地，秦中自古帝王州。

其七：昆明池水汉时功，武帝旌旗在眼中。织女机丝虚夜月，石鲸鳞甲动秋风。波漂菰米沉云黑，露冷莲房坠粉红。关塞极天惟鸟道，江湖满地一渔翁。

其八：昆吾御宿自逶迤，紫阁峰阴入渼陂。香稻啄余鹦鹉粒，碧梧栖老凤凰枝。佳人拾翠春相问，仙侣同舟晚更移。彩笔昔曾干气象，白头吟望苦低垂。

《秋兴》八首是大历元年（766）杜甫55岁旅居夔州时所作的一组七言律诗。自唐肃宗乾元二年（759）杜甫弃官客秦州，至今已漂泊生活了七个年头。持续八年的“安史之乱”，至广德元年（763）方告结束，而吐蕃、回纥乘虚而入，藩镇拥兵割据，战乱迭起，唐王朝一蹶不振。这期间，杜甫好友严武去世，诗人于成都失去生活依凭，遂沿江东下而滞留夔州。诗人一生怀有“致君尧舜上，再使风俗淳”之大志，然此时却老病多孤，知交零落，壮志难酬，心情抑塞。而时下正当秋气肃飒、玉露凋伤之际，诗人因秋兴怀，触景伤情，遂一气写下了这组熔自然之秋、人生之秋与社会之秋于一炉的情景交融的气象悲凉、意境深宏的七律组诗。

《秋兴》八首的主旨是“故国之思”，篇中“每依北斗望京华”，“故国平居有所思”，此乃全诗的纲目与核心，诚如王嗣奭所云：“余谓‘故园心’三字为八首之纲，诚不易之论；然与久客思归者不同。身本部郎，效忠有地，盖欲归朝宣力，以救世之乱。……‘故国思’即‘故园心’，而换一‘国’字，见所思非家也，国也，其意甚远。”故全诗便围绕“故国思”而层层展开，“《秋兴》八首以第一首起兴，而后七首俱发中怀；或承上，或启下，或遥相应，总是一篇文字，拆去一章不得，单选一章不得”。[①] 第一首为诗人悲壮心态的总述。前四句风林凋伤，波谲云诡的萧森秋气既是自然之秋的渲染，又是社会之秋的影衬；后四句则表白诗人心系故园的深挚情感。诗人此时虽为漂泊不系之“孤舟”，但他却一如既往地心存魏阙不忘故国，秋景的双关描写与“故园心”的紧密结合，十分自然地凸显出诗人浓郁的忧国之情与孤寂之感。如此发端，与宋玉《九辩》开头“悲哉秋之不气也”的情感呈现如出一辙，起到笼罩全篇的重要作用。第二首写诗人于孤寂凄冷的境遇中仍然固持一己的期待与不变的信念，即便是“每依北斗望京华”。“京华”，亦即长安，即“故园”、“故国”。长安，可谓是杜甫的第二故

① 王嗣奭：《杜臆》卷八，上海古籍出版社1983年版，第277—278页。

乡。他在此困守过十年，做过官，也有过田园。在诗人看来，这里更是他实现理想与壮志的希望所在。诗人视天上的“北斗”为希望之星，视地上的“京华”为希望之都。只要他一见“北斗”，就自然会遥望“京华”。一个“每”字，直写出诗人“故国”情思是何等之浓郁！也正因为此，全诗八首除前三首写诗人所在之夔州外，后五首全写诗人追忆之长安，可见长安在诗人心中之地位又是何等之高。“每依北斗望京华”，是对前首“孤舟一系故园心”的进一步表述与升华，诗人期待之心愿，与宋玉《九辩》中反复陈述的“窃不自聊而愿忠”、“忠昭昭而愿见”、“愿一见兮道余意”的期盼之情颇为相似。而诗人“孤舟一系”的漂泊之艰难困境亦与宋玉一样，如《九辩》云：“悲忧穷戚兮独处廓，有美一人兮心不绎，去乡离家兮徕远客，超逍遥兮今焉薄？”第三首写诗人独坐翠微无所事事的无聊与自己一生事与愿违的苦闷心情。第四首由前三首写夔州而转写长安，当下的长安是人事沧桑、纲纪颓败、外寇猖狂、战火遍地，国家正处多难之秋。尽管诗人身处秋江冷寂、不胜悲凄之际，可是诗人依然是“故国平居有所思”，与“故园心”、“望京华”之忧国情怀遥相呼应。第五首用夸张之笔调、浪漫之色彩回忆当年长安宫殿的华美庄严以及所处环境的神仙氛围，此乃以回忆之“乐景”，反衬诗人当下“一卧沧江惊岁晚”的老病无成的“哀情”。由“日绕龙鳞识圣颜”、“几回青琐点朝班”两句观之，诗人的“故园心”无疑隐含其中。诗中神仙色彩的描写，与宋玉《九辩》结尾时神游天际的神话描述，二者之间是有明显的承传之印记的。第六首写诗人由曲江头忆及昔日帝王游乐之盛况，忆及因帝王淫乐而疏政所招致的无穷“边愁”。至于那轻歌曼舞的奢靡无度之生活情景，则又无端葬送了“自古帝王州”。在无限叹惋之中，深隐着诗人怨刺之锋芒与斥责之用意。宋玉《九辩》中亦多有怨刺君王之语，如：“却骐骥而不乘兮，策驽骀而取路。当世岂无骐骥兮，诚莫之能善御”，等等，怨恨君王既不会重用贤才，也不会使用贤才，这种怨刺精神自然也影响了杜甫。第七首忆及昆明池畔的织女、鲸鱼、石雕凄凉之形象，而“波漂菰米”、“露冷莲房”的惨象，则更深一层地渲染了荒凉、凄清之气氛。诸如此类之萧条秋景，正是唐朝社会狂澜既倒、江河日下衰败景象的象征，是诗人将社会之“秋”寓附于自然之“秋”的艺术表现。“关塞极天”两句极写国家形势严峻，诗人如渔翁一样漂无定所，故重返朝廷之期自是遥遥莫测者也。沈德潜评此章云："借汉喻唐，极写苍凉景象。结意身阻鸟道，迹比渔翁，见还京无期也。"[①] 诗人心灵之深处，始终有一"京华"情结在。第八首，追忆当年与友人于昆吾、御宿、渼陂春日郊游的诗意豪情。尤其"香稻啄余鹦鹉粒，碧梧栖老凤凰枝"一联，是诗人精心结撰之笔，颇具审美价值与艺术魅力。"此二句，其主旨原不在于写鹦鹉啄稻与凤凰栖梧二事，乃在写回忆中的渼陂风物之美，'香稻'、'碧梧'都只是回忆中一份烘托的影像，而更以'啄余鹦鹉粒'与'栖老凤凰枝'来当做形容短语，以状香稻之丰，有鹦鹉啄余之粒；碧梧之美，有凤凰栖老之枝，以渲染出香稻、碧梧一份丰美安适的意象，如此，则不仅有一片怀乡忆恋之情激荡于此二句之中，而昔日时世之安乐治平亦复隐然可想。这是一种极为高妙的表现手法。"[②] 这里有必要于"碧梧栖老凤凰枝"再多说几句。"碧梧"之美物，乃是自昆吾、御宿、紫阁逶迤而入渼陂沿途所见，而凤凰栖老，则是诗人想象之词耳。"碧梧"是实，"凤凰"乃虚。诗人何以合而论之，乃其承传《风》《骚》文化精神与自己崇仰"凤凰"所致也。其实"碧梧栖老凤凰枝"之句，其语源则径自《诗经·大雅·卷阿》中化出。其第九章云："凤凰鸣矣，于彼高冈。梧桐生矣，于彼朝阳。菶菶萋萋，雝雝喈喈。"栖息于梧桐的凤凰欢乐和谐地鸣叫于旭日东升之时，这是一幅多么吉祥美好的太平盛世之画图啊！"凤凰"乃人们虚构的四灵之一，它附着于人们吉祥康乐理想的神鸟，其生活习性是"非梧桐不栖，非竹实不食，非醴泉不饮"（《庄子·秋水》），委实是高贵、典雅、脱俗、神圣的非凡之鸟。因此，它又是人世间高贵品德集于一身的典范。《山海经》中对此有明确的记载，其云："有鸾鸟自歌，凤鸟自舞。凤鸟首文曰德，翼文曰顺，膺文曰仁，皆文曰义，见则天下和。"[③] 正因为凤凰具有德、顺、仁、义四大美德，所以，它的出现就代表着祥和康宁世道的诞生。《大雅·卷阿》第九章有关凤凰的描写便是如此，成语"凤鸣朝阳"即源于此。其意比喻高才得遇明时，俗语"栽得梧桐树，引得凤凰来"，比喻创造条件吸引人才，杜甫

---

① 沈德潜：《唐诗别裁集》卷一四，第 315 页。

② 叶嘉莹：《论杜甫七律之演进及其承先启后之成就（代序）》，见《杜甫〈秋兴八首〉集说》，上海古籍出版社 1988 年版，第 57 页。关于"香稻啄余鹦鹉粒"二句之审美价值与艺术魅力，可参看拙文《意象声律两相美》一文，刊《文史知识》2000 年第 11 期。

③ 郭璞注：《山海经·海内经》第十八，岳麓书社 1992 年版，第 183 页。

"碧梧栖老凤凰枝"之寓意正与此同。诗人于"安史之乱"的肃宗朝任左拾遗时间虽然较短，但在他看来已得直谏君王之机，可以实现他"致君尧舜上，再使风俗淳"的美好愿望了，这岂非"高才得遇明时"耶？所以，在他的一生中，还是颇为看重这次任职机会而念念不忘的，"碧梧栖老凤凰枝"之美好回忆便是如此。此外，在唐代诗人中，杜甫是怀有很深的凤凰情结的。他"七龄思即壮，开口咏凤凰"（《壮游》），从小就立志要做凤凰一样的杰出人才。在他的诗作中提及"凤凰"者多达近70次。可见诗人一生都惓惓于凤凰，就精神企求而言，凤凰已成为诗人的化身了。所以，只要他一接触到与凤凰有关的事物，顿然便思潮奔涌，浮想联翩而欣然命笔，其《凤凰台》诗便是这样的一首杰作。诗云："亭亭凤凰台，北对西康州。西伯今寂寞，凤声亦悠悠。山峻路绝踪，石林气高浮。安得万丈梯，为君上上头？恐有无母雏，饥寒日啾啾。我能剖心血，饮啄慰孤愁。心以当竹实，炯然无外求。血以当醴泉，岂徒比清流？所重王者瑞，敢辞微命休？坐看彩翮长，纵意八极周。自天衔瑞图，飞下十二楼。图以奉至尊，凤以垂鸿猷。再光中兴业，一洗苍生忧。深衷正为此，群盗何淹留。"此诗作于乾元二年（759）登临同谷县凤凰山之凤凰台后，此时诗人已年近半百，距离他写第一首凤凰诗已40余年矣。诗人身处"安史之乱"，怀抱无展，回首夙愿，悲从中来。诗人由凤凰台想到周文王凤鸣岐山之盛世，又想到以自己的心血当竹泉去喂养饥寒啾啾的无母雏凤，使它长成而"衔瑞图"，"以垂鸿猷"，从而实现诗人"一洗苍生忧"的宏愿。诗人以凤写己，剖心沥血，在所不惜，爱国如此，可以惊天地、泣鬼神者也。正如浦起龙所评："是诗想入非非。要只是凤凰台本地风光，亦只是杜老平生血性。不惜此身颠沛，但期国运中兴。刳心沥血，兴会淋漓。"[①] 堪称知音之言。

诗人崇慕凤凰，固然与其志向有关，但亦与他对《风》《骚》文化精神的虔心承传有关。前已论及，《大雅·卷阿》第九章歌吟凤凰的内容已为杜甫"碧梧栖老凤凰枝"所化用，此乃无争之事实。而在屈骚作品中"凤"或"凤凰"之词出现14次之多，如屈原《离骚》："吾令凤鸟飞腾兮"，"凤皇既受诒兮"，"凤皇翼其承旗兮"；宋玉《九辩》："凤愈飘翔而高举"、"凤独遑遑而无所集"、"谓凤皇兮安栖"、"凤皇高飞而不下"、

---

① 浦起龙：《读杜心解》卷一，中华书局1961年版，第80页。

“凤亦不贪喂而妄食”，等等，屈宋所举“凤”或“凤凰”（“皇”通“凰”），均指德才兼备的正人君子是他们自认的比喻对象，凤凰这种“忠贞”的“善鸟”，在屈骚中常常与“奸佞”的“恶禽”对照描写，这些正与杜甫所崇慕、所歌咏的“凤凰”精神甚相一致。诗人曾屡次高度并称《风》《骚》是文学遗产中具有源头意义的最为光辉的典范，如“风骚共推激”（《夜听许十一诵诗爱而有作》）、“文雅涉风骚”（《题柏大兄弟山居屋壁二首》之一）、“劣于汉魏近风骚”（《戏为六绝句》之四）、“有才继骚雅”（《陈拾遗故宅》）等，“风骚”精神已深铭于诗人之心矣！与“风骚”并称相关的“屈宋”并称，也每每为杜甫所歌，如“先生有才过屈宋”（《醉时歌》）、“不必伊周地，皆登屈宋才”（《秋日荆南述怀三十韵》）等，可见，杜甫对“风骚”与“屈宋”是何等的推崇，而将《风》《骚》中屡屡提及的美好之“凤凰”形象作为自己一生追慕的精神偶像，此乃自可作为诗人推崇“风骚”与“屈宋”的有力佐证之一。由此再回头来看“碧梧栖老凤凰枝”一句，诗人眷念故国之深情、竭智尽忠之赤诚是何等感人。诗人一方面回忆那“高才得遇明时”的美好日子，另一方面又祈望那美好的日子得以长久，① 然而祈望总是落空的。不过，杜甫就是杜甫，他自有不同于他人的执著态度：希望落空归落空，“故国平居有所思”则是不变的。于是“彩笔昔曾干气象，白头吟望苦低垂”二句则又把《秋兴》八首全部的精神收束于此，一个怀才不遇却又苦恋故国的爱国主义者形象顿然高大起来，令人肃然起敬。萧涤非先生说得好：

① “碧梧栖老凤凰枝”中之“老”字，迄今尚未引起学界之注意。其实，这是一个颇能体现杜甫忠君爱国思想、鞠躬尽瘁精神的别具深意的字眼。在“安史之乱”中，诗人历尽千辛万苦好不容易获得一个能够面对并可直接谏谕君王的左拾遗之谏官，他多么希望这“高才得遇明时”的机会恒久不变，使他能够真正实现“再使风俗淳”的美好愿望。然而，好景不长，诗人因谏犯龙颜而贬官。尽管如此，他依然难以忘怀这段充任谏官的美好时光，其中又隐含着诗人重返朝廷像凤凰那样得以将碧梧栖老以竭智尽忠的一丝愿望。与白居易等人“穷则独善其身，达则兼济天下”（《孟子·尽心上》）的人生观不同的是，杜甫则是“居庙堂之高，则忧其民，处江海之远，则忧其君；是进亦忧，退亦忧”（范仲淹《岳阳楼记》）。忠君爱国、忧国忧民思想始终如一，执著不移，所谓“葵藿倾太阳，物性固莫夺”（《赴奉先县咏怀五百字》）、“时危思报主，衰谢不能休”（《江上》）、“恋阙丹心破，霑衣皓首啼”（《散愁》）是也。如此执著坚毅之忠君爱国思想，与“亦与心之所善兮，虽九死其犹未悔”（《离骚》）的以身殉国的屈原是何等相似乃尔。屈原精神影响诗人可谓大矣！而杜甫《秋兴》八首，所反复表达的正是诗人身虽漂泊而心忧恋阙的难能可贵的执著精神。

"在这里，我们清楚地看到诗人杜甫给他自己塑造的形象。每当读到这一句，我们便有一种宛如对面的亲切的感觉，他白发萧疏，低头无语。有什么可奇怪的，诗人杜甫的负担，实在太沉重了，他'一身不自保'，却要'一洗苍生忧'！然而，也正因为如此，所以他给予我们的印象，不是软弱，而是顽强；不是可怜，而是可敬，可感。"①

由《秋兴》八首的简要分析可知，其悲秋的主题主要由宋玉《九辩》承传而来，全诗首章总写秋景以抒悲怀与以下七章分写秋景以抒悲怀的表现形式，与《九辩》如出一辙，而诗人身在夔州、心忆长安往复交错的结构模式与贯穿全诗的"孤舟一系故园心"、"每依北斗望京华"、"故国平居有所思"、"白头吟望苦低垂"的一唱三叹的抒情方式则又直接受《诗经·国风》、屈原《离骚》、宋玉《九辩》之综合影响，至于诗人至死不渝的爱国主义精神则显然与屈原息息相连也。而这一切，与杜甫一贯推崇《风》《骚》之精神并融化于自己的创作实践是分不开的。不过，与唐代部分诗人在承传《风》《骚》方面多重形式或形与神并重之情况不同的是，杜甫主要是体现在对《风》《骚》之神的摄取与化用，譬如盐融水中，浑然交融。宋人胡应麟比较早的注意到这一点，其云："老杜无四言诗。然《羌村》'峥嵘赤云西'、《出塞》'朝进上东门'二篇，实得《风》《骚》遗意。"②"少陵不效四言，不仿《离骚》，不用乐府旧题，是此老胸中壁立处。然《风》《骚》、乐府遗意，杜往往深得之。"③"《三百篇》后，得其意者，古今杜子美而已。"④ 胡应麟所论，十分精辟地指出了杜甫"别裁伪体亲风雅"的本质精神。上述《秋兴》八首的悲秋主题及抒情方式等便是直接受宋玉《九辩》与屈原爱国主义思想的影响。唐元纮《杜诗攟》对此有精湛之剖析，其云："吾谓《秋兴》，取材似《赋》，抽绪似《骚》，至于法脉变化，直造《风》、《雅》，且如《竹竿》发粲于百泉，《陟岵》聆音于无死，《东山》则伊威在目，《斯干》则熊罴入梦，并空中彩绘，水面云霞，荒忽杳冥，无迹可觅，斯乃词中秘藏，象外玄机。"叶嘉莹先生甚赏此说，认为"此论《秋兴》八诗之法脉变

---

① 萧涤非：《杜甫诗选注》，人民文学出版社 1979 年版，第 262 页。

② 胡应麟：《诗薮》内编卷一，第 12 页。

③ 胡应麟：《诗薮》内编卷二，第 38 页。

④ 胡应麟：《诗薮》外编卷四，第 185 页。

化，颇能得其神情之妙”。[①] 作完《秋兴》八首的第二年，也即大历二年（767），在秋风怒号、猿鸟悲鸣、秋叶萧萧、寒江滚滚的肃杀秋天，诗人又满怀苦恨写下了“杜集七言律诗第一”[②] 的不朽名篇《登高》。较之《秋兴》八首，此诗秋气更悲，诗情更郁。尤其是“万里悲秋常作客，百年多病独登台”一联，将诗人一生之“艰难苦恨”概括殆尽。遭遇之惨，令人不能卒读。它是《秋兴》八首悲秋主题高度而深刻的浓缩。由于杜甫的努力，则将由宋玉《九辩》所开创的悲秋主题推向了中国悲秋文学的最高境界，诗圣之功可谓大矣！

美国著名学者宇文所安曾高度称赞说：“《秋兴》则可以作为中国语言运用的最伟大的诗篇。”[③] 何以见得？笔者以为，除了组诗悲秋主题的沉郁、句法结构的突破传统、意象境界的超越现实等因素外，更重要的因素还在于：诗人善于摄取《风》《骚》之神情气质，并将其自然而然、不动声色地融化到自己的作品中去，“取熔经意，亦自铸伟辞”。[④] 杜甫的七律，已经进入了一种更为精醇的艺术境界，杜甫精神焕发出了新的生命光彩。正如叶嘉莹先生所称道的那样：“在这八首诗中，无论以内容在这些诗中所表现的情意，已经不是一种单纯的现实之情意，而是一种经过艺术化了的情意。譬如蜂之采百花，而酿成为蜜，这中间曾经过了多少飞翔采食、含茹醖酿之苦，其原料虽得之于百花，而当其酿成之后，却已经不属于任何一种花朵了。”[⑤] 叶先生以采花酿蜜来比喻杜甫对《风》《骚》精神的化用及其对“现实之诗意”的熔铸，实在是高明之论，它既点明杜甫胜人一筹的承传《风》《骚》之本领，又透露了诗人之所以成为唐代集大成诗人之个中信息。诗圣之举，启人良多。

---

① 叶嘉莹：《杜甫〈秋兴八首〉集说》，第 33 页。

② 杨伦：《杜诗镜铨》卷一七，上海古籍出版社 1962 年版，第 842 页。

③ ［美］宇文所安：《盛唐诗》，贾晋华译，生活·读书·新知三联书店 2004 年版，第 242 页。

④ 周振甫：《文心雕龙今译》，第 45 页。

⑤ 叶嘉莹：《论杜甫七律之演进及其承先启后之成就（代序）》，《杜甫〈秋兴八首〉集说》，第 52 页。

第二节 《风》《骚》体式之仿效

《诗经》是我国第一部诗歌总集，由于其有较为固定的语言表达形式，因而形成了一种较为成熟的体式——诗经体。它主要表现为“重章复沓”、“四言为主”、“韵式自由”三方面。“重章复沓”主要指《诗经》中的十五《国风》而言。《国风》160篇中，从每篇2章至每篇8章不等，其中每篇3章者有90篇，占《国风》总数的56%以上，故三章式乃《国风》的主要体式。重章复沓形式，在《小雅》至《大雅》中渐次减少，三《颂》中除《鲁颂》外，《周颂》《商颂》均为一章。以屈原创作的《离骚》为代表的屈辞体（或称“骚诗体”），主要打破了《诗经》以四言为主的句式，而代之以五、六言或七、八言的长句。句尾、句中带有咏唱中的叹声词“兮”，或句中带有“以”、“而”连词，以表示语句的连贯性并起顿挫之作用。在章节上，屈辞体突破了《诗经》以短章、复叠为主的局限，而发展为“有节无章”、波澜壮阔的长篇巨制。所谓“有节无章”，则是不像《诗经》那样有明显的章与章的分隔，而是按一定韵脚变换的节与节之间的区别，实际上这也具有《诗经》之章的作用。故将其称之为“屈辞暗章”，亦无不可。再从屈骚全篇观之，其中诗人情感波澜的往复回旋、一唱三叹之致，实即也是一种隐含的章之分隔，与《诗经》相较，仅乃形式明显之别而已，庶无情感相乖之处。对于“诗经体”与“屈辞体”这两种最早定型的诗歌体式，仿作者代不乏人。直至今日，在文学的园地里，仍可闻到其清雅之馨香。下面仅就唐代诗人对“诗经体”与“屈辞体”的仿作情况简略论述之。

一 诗经体之仿作

唐前四言诗之作者甚多，佳作如林。最先提及的就是屈原。他的纯四言的《橘颂》与基本用四言写成的《天问》，是仿效《诗经》四言诗体式的首批优秀之作，是千古传诵不衰之绝唱。曹魏时曹操的《龟虽寿》《短歌行》，西晋末年郭璞的《游仙诗》组诗，东晋时期陶渊明的《停云》《时运》《荣木》《命子》等诗，都是“为情而造文”的令人百读不厌的标准的四言诗，尤其是陶渊明的《劝农》《赠长沙公》《酬丁柴桑》

等，其语言格式、典雅之气、质朴之味皆酷肖《诗经》，若将其混于《诗经》中，庶臻乱真程度焉。到了唐代，由于唐太宗下诏由大儒孔颖达主撰的《毛诗正义》颁布全国以作科举所用教材之原因，士子们在精熟《诗经》的过程中，将会自然而然地将“诗经体”运用于诗歌的创作之中。故四言诗在唐代诗坛上依然充满活力，熠熠生辉。大诗人李白、韩愈、柳宗元等均有四言诗之佳作。胡震亨《李杜诗通》尝云：“太白宗风骚，薄声律。”[①] 意谓李白推崇《风》《骚》自然而真切的感情抒发特征，在因为声律之拘限而影响情感抒发的话，他宁可一泄情感而快，绝不做“声律”的俘虏。所以他不太注重声律问题。他曾经振臂高呼过“大雅久不作，吾衰竟谁陈”（《古风五十九首》其一）的改革口号。于是，他学习《诗经》，首先从仿作四言诗开始。诗人颇重四言诗体，尝云：“兴寄深微，五言不如四言，七言又其靡也。况束之以声调俳优哉！”[②] 诗人所言虽为偏激，则说明他对《诗经》四言体的别有所爱。李白集中的诗经体诗多具古朴素雅之意。如《独漉篇》：“罗帷卷舒，似有人开。明月直入，无心可猜。”《上云乐》：“金天之西，白日所没。康老胡雏，生彼月窟。巉岩容仪，戌削风骨。”而其《雪谗》，则别具体调，颇有太白风骨。此乃70句四言长诗，中间只有个别句子为杂言。全诗清雄奔放，浪漫个性极其鲜明。其中云：“白璧何辜，青蝇屡前。群轻折轴，下沉黄泉；众毛飞骨，上凌青天。萋斐暗成，贝锦粲然。泥沙聚埃，珠玉不鲜。洪焰烁山，发自纤烟。苍波荡日，起于微涓。交乱四国，播于八埏。拾尘掇峰，疑圣猜贤。”此诗，不仅采用诗经体，而且还采用《诗经》语典，如“青蝇”出自《小雅·青蝇》；“萋斐”、“贝锦”出自《小雅·巷伯》“萋兮斐兮，成是贝锦”。这是诗人对《诗经》学习之深、掌握之透、运用之灵、切题之准的有力证明。诗人是以实际行动在向世人表明，他所发出的“大雅久不作，吾衰竟谁陈”的呐喊，并非空头口号，他是当真的，身体力行的。其他如相和歌辞《来日大难》《鲁郡叶和尚赞》等，均堪称诗经体的杰作。中唐古文运动的领袖韩愈、柳宗元亦均为创作四言诗的高手。如韩愈的《越裳操》《岐山操》《履霜操》《猗兰操》等。他还作过不少带有“兮”字的骚体四言诗，如《琴操十首》中的《将归操》、《龟山

---

① 胡震亨：《李杜诗通》，清顺治七年朱茂时初刻本。

② 胡应麟：《内编》卷一，第11页。

操》、《拘幽操》等，此乃韩愈将屈辞体与诗经体合而创之的一种新诗体，体现了诗人复古寓新的创新意识。韩愈还采用《诗经》“颂”诗的形式，作过千余字的歌功颂德的《元和圣德诗》，如结尾云：“天锡皇帝，与天齐寿。登兹太平，无怠永久。亿载万年，为父为母。博士臣愈，职是训诂。作为歌诗，以配吉甫。”祝颂口吻，与《诗经》颂诗甚为相似。李商隐《韩碑》诗中曾赞美韩愈认真学习揣摩《诗经》的情景，云：“点窜尧典舜典字，涂改清庙生民诗。”诗人于《诗经》可谓情有独钟！还有敦煌本《沙州图经》（伯二〇〇五、二六九五）卷末附的十章四言之歌谣，亦均是歌颂“神皇”、“圣母”武则天的神功德政。这些均为唐代《诗经》式的颂诗。而柳宗元的四言诗创作则更是挥洒自如，气象万千，才智超拔，令人惊叹。其代表作是针对屈原巨制《天问》而一一作答的鸿篇《天对》。诗人以自己渊博的自然与人文科学知识，以朴素唯物主义和无神论思想，针对《天问》中所提出的170余个问题，概括为122条，逐条对答，体现了诗人对诗经体四言诗的热爱与对屈原为国为民“上下求索”执着精神的崇敬之情。宋人黄伯思有云：“《天问》之章，词严义密，最为难诵。柳州于千祀后，独能作《天对》以应之。深弘杰异，析理精博。”① 像柳宗元这样，他既有对《风》《骚》之形的仿作，又有对《风》《骚》之神的融通，委实是难能可贵的。中唐大量创作新乐府诗歌的写实派、通俗派诗人白居易、元稹以及此前的元结等人，在全面承继《诗经》现实主义创作精神的同时，还十分注重模拟《诗经》以首句词语标示题目、末句突出主题的所谓“首句标其目，卒章显其志”的行文格式，并且要求语言与文体皆像《诗经》那样的质朴简畅，做到：“其辞质而径，欲见之者易谕也；其言直而切，欲闻之者深诫也；其事核而实，使采之者传信也；其体顺而肆，可以播于乐章歌曲也。”同时，为了更明确地表示诗人的讽谕之旨，他们还模拟后人为《诗经》作小序的形式，一律为自己的这类新乐府的讽谕诗加以小序，以求达到与《诗经》形式面目一致性。他们这样做，其用意在于要从外在形式与内在精神的完美结合上，堂堂正正、大张旗鼓地宣称自己的新乐府诗创作完全是继承了《诗经》现实主义创作道路的，其宗旨在于“为君、为臣、为民、为物、为事而作，

---

① 黄伯思：《新校〈楚辞〉序》，见《宋文鉴》卷九二。

不为文而作也”。[①] 如白居易《新乐府》50篇中的《缭绫》《卖炭翁》、元结《春陵行并序》《贼退示官吏并序》、顾况《囝》等，其形式面目与内在精神都与《诗经》相类，其所作讽刺当时藩镇专横凶猛于虎的乐府诗《猛虎行》，则全为四言的诗经体，于古色古香的形式中迸发出一种难以抑制的新时代的批判吼声。最为值得称道的是，晚唐诗人司空图纯用四言的诗经体创作了千古不朽的诗学理论批评著作《二十四诗品》。他将诗歌的“雄浑”、“冲淡”、“纤秾”、“沉着”等24种风格意境，以山川日月、花鸟草虫等自然物象加以譬喻与象征，并以每品相同的12句四言诗论述之，古朴而现代，自然而清新，别具理论价值与审美意义。司空表圣站立在时代高度，放出艺术眼光，挥舞灵动之笔，使古老的《诗经》四言诗体在晚唐再次放射出夺目的光辉，为唐代诗人摹写《诗经》四言诗体画上了一个圆满的句号。令人甚为惊喜的是，诗人能将古老的四言诗体写得如此的“如逢花开，如瞻岁新”（《诗品·自然》），“生气远出，不著死灰”（《诗品·精神》）而脍炙人口，百读不厌，实在是他天才的独创。这同时也给我们一个重要的启示，即：古老的文体只要注入新时代之内容并赋以创新之手法，自可绽放出具有时代气息的文学奇葩。

二　屈辞体之仿作

屈辞体亦称骚体诗或骚体，它与诗经体一样，同样深受唐代诗人的青睐。至于享誉“骚之苗裔”之雅称的李白、李贺及其贬谪期间的柳宗元等诗人，则更是倾心仿作，是典型的骚体名家。可以这样说，在唐代诗人中，庶几无人不作屈辞体者，所不同者乃仿作数量之多寡而已。

所谓屈辞体，即以屈、宋为代表而立足于南楚本土文化并与北方中原文化大融合的背景下创作的一种新诗体。宋人黄伯思尝就“楚辞”的基本概念作过一个简明的表述，其云：“盖屈宋诸骚，皆书楚语，作楚声，纪楚地，名楚物，故可谓之《楚辞》。”[②] 这仅仅是一个甚为表层化的判断而已，尚未涉及《楚辞》怨愤郁勃的本质特征，故考察《楚辞》的基本特征，其鲜明之处则主要在形、神二端：一是作品中绝大多数句子采用“兮”字句或通篇用“兮”字句；二是抒发哀怨悲愤之情，具有低回往

---

① 白居易：《新乐府序》，见《白氏长庆集》卷三，见文学古籍刊行社影宋本。

② 黄伯思：《新校〈楚辞〉序》，见《宋文鉴》卷九二。

复、一唱三叹之慨。而就屈原作品观之，其采用“兮”字的句式主要有两种形态：一是在句尾，如《离骚》“帝高阳之苗裔兮，朕皇考曰伯庸……昔三后之纯粹兮，固众芳之所在”。《九章》中的《涉江》：“余幼好此奇服兮，年既老而不衰。带长铗之陆离兮，冠切云之崔嵬。”《思美人》：“开春发岁兮，白日出之悠悠。吾将荡志而偷乐兮，遵江夏以娱忧。”像《离骚》《九章》侧重于反映诗人现实处境且“兮”字多在句末的屈辞体式，我们权且称之为《九章》类屈辞体。二是在句中，如《九歌》中《湘夫人》：“帝子降兮北渚，目眇眇兮愁予，嫋嫋兮秋风，洞庭波兮木叶下。”《河伯》：“登昆仑兮四望，心飞扬兮浩荡。日将暮兮怅忘归，惟极浦兮寤怀。”像经过屈原加工改作而通过巫神灵异来曲折反映诗人思想情感且“兮”字多在句中的屈辞体式，我们权且称之为《九歌》类屈辞体。就形制而言，唐人仿骚之作不外乎《九章》与《九歌》两大类屈辞体也。

初唐四杰之一的杨炯尝作《青苔赋》，是一篇颇受屈原《橘颂》影响的咏物屈辞体，句中有“兮”字，属于《九歌》系列的屈辞体。卢照邻对屈辞体的仿作极为虔诚而执著，即便是他投入大牢也未曾忘记学作骚体，其《狱中学骚体》便是这样的一首《九歌》类的屈辞体。其云：“夫何秋夜之无情兮，皎晶悠悠而太长。圆户杳其幽邃兮，愁人披其严霜。见河汉之西落，闻鸿雁之南翔。山有桂兮桂有芳，心思君兮君不将。忧与忧兮相识，欢与欢兮两忘。风袅袅兮木纷纷，凋落叶兮吹白云。寸步千里兮不相闻，思公子兮日将曛。林已暮兮鸟群飞，重门掩兮人径稀。万族皆有托兮，蹇独淹留而不归。”诗人对于骚体，并非为仿而仿，而是借助于骚体这种抒情性甚为浓郁的新诗歌体式，来很好地倾泻自己身陷囹圄的孤寂悲愁之感。诗人模拟女子思君口吻，以皎晶、严霜、鸿雁、桂、秋风、落叶、白云、日暮、鸟群、重门等多含冷寂色调的意象，渲染出一种秋夜狱中所特有的孤凄之情。此诗无论形貌抑或神韵，都深受《湘君》《湘夫人》之影响。诗人的仿作骚体，实现了形神谐合的理想境界。宋之问的《上山歌》《高山引》《嵩山天门歌》等，也都是于句中连用助词“兮”字抒发缠绵悱恻情思的仿骚体佳作。

唐代诗人众多的仿骚作品中，陈子昂的《登幽州台歌》是格外震撼人心而引起共鸣的一首骚体诗。诗云：“前不见古人，后不见来者。念天地之悠悠，独怆然而涕下！”陈子昂此诗，虽未见一“兮”字，但它却是字字焦灼之情，句句哀怨之绪。其中既有诗人追缅前贤、怀古伤今的幽思，天地永恒、人生苦短的慨叹，又有怀才不遇、报国无门的悲愤，时不我待、空怀壮志的苦闷，悲慨淋漓，吞吐俯仰，“真可以泣鬼神”。[①] 这种主动担荷道义、忧国忧民的博大情怀与屈原是颇为相似的。其实，就形制而言，此诗完全取之于屈原之《远游》，诗云：“惟天地之无穷兮，哀人生之长勤。往者余弗及兮，来者吾不闻。”陈子昂巧手借用，精心改制，将前后两句换了位置，适当进行了文字加工，增加了“独”、“怆然”、“涕下”、“悠悠”这些感情色彩更为浓烈的词语，总字数只有22字，比原来减少了2字，而悲情则更为浓郁深沉，意境则更为苍茫遒劲。这是一首善于承传而别具创意的仿骚之作，凡唐诗选本无不选此诗者。

盛唐山水田园诗人的领袖人物王维颇具深厚的《楚辞》情结。唐代宗批答王缙《进王右丞集表》手敕称王维的诗是“抗行周雅，长揖楚辞”。可见，王维诗中的《诗经》精神与《楚辞》血脉是显而易见的。而于后者，王维的仿骚之作则更为突出而鲜明。清人赵殿成的《王右丞集笺注》第一卷，骚体诗占绝大多数。无论是送往迎来、赠答酬唱，还是抒怨泄愤、巫神民风，王维均能娴熟运用骚体诗来言志抒情。如《赠徐中书望终南山歌》《送友人归山歌二首》《登楼歌》《白鼋涡》等。他仿照《九歌》祭神的组诗写过《迎神曲》和《送神曲》（《鱼山神女歌二首》），楚风弥漫，其形与神颇与《九歌》相似。更有甚者，王维在为别人所作碑文的颂辞中，亦常用骚体来写。如《裴仆射济州遗爱碑颂》词云：“身当中流兮，冯夷感而避贤。敕阳侯兮，使却走夫洪涟。”《京兆王氏墓志铭》云：“勿捐余珮兮江中，隐思君兮不可穷。”“愁魂兮归来，江南不可以久留。”从这些诗句中，我们不难感受到《九章》《九歌》《招魂》中的语言形貌与情韵意味。殷璠《河岳英灵集》称誉王维诗“词秀调雅，意新理惬，在泉为珠，著壁成绘，一句一字，皆出常境”。王维诗歌能享有如此之美誉，其主要原因之一乃在于他善于学习与运用屈辞体，从而丰富与完善了诗歌自我之形象。

诗仙李白的许多作品中明显烙有《楚辞》的印记，与王维一样，他的诗对于《楚辞》也是形、神兼得者。杜牧《李贺集序》中曾称李贺的诗歌富有《楚辞》色彩，是“《骚》之苗裔”。殊不知，此一雅称并非李

① 黄周星：《唐诗快》卷二，康熙刊本。

贺独专，李白也享有这样的美誉。清人贺贻孙尝云：“太白《梦游天姥吟留别》、《幽涧泉吟》、《鸣皋歌》、《谢朓楼饯别叔云》、《蜀道难》诸作，豪迈悲愤，《骚》之苗裔。”[①] 在唐代诗人中，最早发现李白诗歌具有屈辞体特征者是殷璠，其《河岳英灵集》评李白诗云：“至如《蜀道难》等篇，可谓奇之又奇。然自骚人以还，鲜有此体调也。”[②] 尽管《蜀道难》诗中未见“兮”字，但神话之传说，飞天神游之幻想，奇异凶险事物的描写，句式的参差交错，以及“蜀道之难，难于上青天”的哀怨悲愤感情的三次重复之浩叹，等等，这些都足以表明《蜀道难》乃仿骚之杰作。美国著名学者宇文所安对殷璠称誉《蜀道难》为“奇之又奇”的屈骚体调的原因，曾作过一番颇为精当的评析，他说：“除了《乌栖曲》之外，李白的《蜀道难》给同时代留下了最深刻的印象。在此前的中国诗中，还从未出现过与《蜀道难》相似的作品。殷璠称它为‘奇之又奇’，将它划归于楚辞传统。这一归属是恰当的，有几方面理由。首先，楚辞以遨游宇宙的幻想，超凡脱俗的场景，及缤纷的男女神仙，将形象化的想象发展到了高峰。其次，在《蜀道难》的表面之下隐含着‘招魂’的礼仪模式：正如巫师为劝说灵魂返回身体，生动描绘了等待于各个方向的恐怖事物，《蜀道难》的诗人兼讲述者也试图劝说行人返回东方，夸张地描绘了蜀山风景的恐怖事物。”[③] 所以，殷璠称《蜀道难》为屈辞体而将其划为楚辞系统，是完全准确的。李金善、张佳祺选注的《骚体诗选》，[④] 其中选了8位唐代诗人的骚体诗，其中卢照邻1首，杨炯1首，王维3首，柳宗元1首，刘禹锡1首，刘蜕1首，齐己1首，李白则选了5首，骚体之多，独占鳌头。所选五首分别为：《代寄情》《远别离》《惜余春赋》《剑阁赋》《临路歌》。这五首骚体诗与《蜀道难》形貌不同的是，每首诗都有“兮”字句，且“兮”字在句中，属《九歌》类屈辞体系统。尤其值得注意的是，李白临终前所作绝笔《临路歌》，[⑤] 则依然是屈辞体。《临路歌》中的“路”，此乃与“终”字因形近而误，古文《临路歌》即《临终歌》也。全诗云：“大鹏飞兮振八裔，中天摧兮力不济。余风激兮万

---

① 贺贻孙：《诗筏》，见郭绍虞《清诗话续编》，上海古籍出版社1983年版，第167页。

② 殷璠：《河岳英灵集》卷上，见李珍华、傅璇琮撰《河岳英灵集研究》，第138页。

③ ［美］宇文所安：《盛唐诗》，贾晋华译，第146页。

④ 李金善、张佳祺选注：《骚体诗选》，河北大学出版社2004年版，第151—157页。

⑤ 李华《故翰林学士李君墓铭序》云：“（白）年六十有二不偶，赋临终歌而卒。”

世，游扶桑兮挂右袂。后人得之传此，仲尼亡兮谁为出涕?”李白青年时曾作过著名的《大鹏赋》，借助于庄子寓言中的神奇大鸟，寄托自己“长风破浪会有时，直挂云帆济沧海”（《行路难三首》其一）的“奋其智能，愿为辅弼”的宏伟理想。其《上李邕》诗亦云：“大鹏一日同风起，扶摇直上九万里。”诗人一生以大鹏为喻，直至临终，依然向往着“大鹏飞兮振八裔”的赫赫声势，然终因“中天摧兮力不济”的悲剧人生而告终。“把杜甫的喜爱凤鸟和李白的情钟大鹏加以比较，是一个颇有兴味的话题，大鹏那天性高蹈出世、渴望冲决天地间一切束缚的本性与李白那不可一世的飘逸雄姿，是多么和谐多么相得益彰！而凤鸟在民俗观念中的系心人世预兆治乱的文化特质，与杜甫忧国忧民的沉郁诗性，又是多么融洽多么相映生辉啊!”[①] 李白的大鹏形象是可敬可悲的，而其临终时所作骚体诗则是别有意味的，这恰恰说明了诗人对于屈原“上下求索”之志是何等之钦敬，而对于同悬日月之“屈平词赋”又是何等之追慕。

自殷璠率先指出李白与屈骚之渊源关系后，历代论者中多有一致意见者。中唐时的李阳冰《草堂集序》称其作品是“驱驰屈宋”；宋人朱熹《楚辞后语》认为李白的《鸣皋歌》“近楚辞”，明人胡震亨《李诗通》卷一称：“其诗宗风骚。”清人屈大均《采石题李白祠》甚至认为李白“乐府篇篇是楚辞”；清人龚自珍《最录李白集》说：“庄屈实二，不可以并，并之以为心，自白始。”[②] 清人刘熙载《艺概·诗概》指出：“太白诗以庄骚为大源。”[③] 皆是中肯之论。

尽管杜甫之诗对屈骚的接受主要在精神意脉方面，但也有部分诗作呈现出较为明显的屈辞体形态，可以看出诗人有意仿骚的印记。如：《桃竹杖引赠章留后》《玄都坛歌元逸人》《种莴苣》《乾元中寓居同谷县作歌七首》《荆南兵马使太常卿赵公大食刀歌》《王兵马使二角鹰》《寄韩谏议》《短歌行赠五郎司直》《九日蓝田崔氏庄》《渼陂行》等，这些诗歌都程度不同的含有屈辞体之成分，如《桃竹杖引赠章留后》，施补华评曰：“《桃竹杖引》戒章留后之不臣，词意危迫，然章法离奇，似《离骚》

---

① 傅道彬、陈永宏：《歌者的悲欢·唐代诗人的心路历程》，河北大学出版社 2001 年版，第 153 页。

② 龚自珍：《最录李白集》，《龚自珍全集》第三辑，上海人民出版社 1975 年版，第 255 页。

③ 刘熙载：《艺概》卷二，第 57 页。

之辞。”[①] 又如《渼陂行》，仇兆鳌《杜诗详注》引张綖评曰：“‘好奇’二句，乃全篇之眼。岑生人奇，渼陂景奇，故诗语亦奇。‘骊龙’四句，设想更奇。初学若以实理泥之，几于难解：熟读《楚辞》，方知寓言佳处。”又引卢世㴶评曰：“此歌变眩百怪，乍阴乍阳，读至收卷数语，萧萧悠悠，屈大夫《九歌》耶？汉武皇《秋风》耶？”[②] 这些都足以表明，杜诗中的屈辞体依然存在，与李白相比，他们同样是对屈骚的承传，同样在承传屈骚的过程中富有形、神皆备的特征，但李白则是形胜于神，而杜甫则是神过于形，此乃“采花酿蜜”式的更高境界的学骚妙法，是诗人集大成之优秀品质的生动体现。

柳宗元是唐代诗人中虔诚学屈骚的代表诗人之一，尤其是在他被贬于永州、柳州以后，则更是“投迹山水地，放情咏《离骚》!”（《游南亭夜还叙志七十韵》）诗人置身于屈原当年因贬谪而行吟泽畔的悲哀之地，联想到自己与屈原共同的不幸之命运，因此，强烈的共鸣心理因素激发出他对屈原人格精神的由衷崇爱以及对屈骚作品的无比酷爱之深情。到贬所不久，柳宗元就像当年贾谊贬谪长沙而作《吊屈原赋》一样，怀着对屈原崇敬与悲悯之情，写了唐代诗人中孤凤独鸣的第一篇《吊屈原文》。这篇骚体赋形式本身，就表明了诗人学习屈辞体的真诚用心。此后，诗人又一连写下了《吊苌弘文》《吊乐毅文》《乞巧文》《憎王孙文》《招海贾文》《惩咎赋》《闵生赋》《解祟赋》《梦归赋》《囚山赋》等十数篇骚体诗赋。他还针对屈原《天问》170 余个问题，一一回答而成皇皇巨篇《天对》，不仅体现出诗人模拟骚体的高超本领，而且表明了诗人对屈原的挚情以及对自然、历史、社会、人生诸多问题的执著探究的科学精神。如此《天对》，委实是中国骚体诗史上空前绝后的一座丰碑。柳宗元的骚体诗多为形、神俱佳者，其学屈骚，可谓深得神髓矣。如《惩咎赋》最后云：“哀吾生之孔艰兮，循《凯风》之悲诗。罪通天而降酷兮，不殛死而生为！逾再岁之寒暑兮，犹贸贸而自持。将沉渊而殒命兮，诽蔽罪以塞祸！惟灭身而无后兮，顾前志犹未可。进路呀以划绝兮，退伏匿又不果。为孤囚以终世兮，长拘挛而轗轲。曩余志之修蹇兮，今何为此戾也?”其形貌与情

① 施补华：《岘佣说诗》，丁福保辑：《清诗话》（下册），上海古籍出版社 1963 年版，第 987 页。

② 仇兆鳌：《杜诗详注》卷三，中华书局 1979 年版，第 182 页。

调和《离骚》是何等相似乃尔。对于这些拟骚的成功之作，林纾先生曾作过高度评价，他说："乃知《骚经》之文，非文也，有是心血，始有是言。……后人引吭佯悲，极其模仿，亦咸不能似，似者唯一柳州。柳州《解祟》、《惩咎》、《闵生》、《梦归》、《囚山》诸赋，则直步《九章》。"林氏肯定柳宗元的仿骚之作"直步《九章》"，这是毫无疑问的，但认为仿骚杰出者"唯一柳州"，这就未免绝对化了。林氏《柳文研究法》又指出："柳州诸赋，摹楚声，亲骚体，为唐文璧。"如此评价，倒亦切合情理者也。

与同时南贬诗人柳宗元一样，刘禹锡亦有着深厚的屈骚情结。他的仿骚作品虽不如柳宗元之多，但对屈骚的承传则是极其认真的。当年诗人贬谪朗州，此地乃屈原流放处所，而刘禹锡则住在为纪念屈原而修建的招屈亭附近。诗人身临其境，睹物思人，对屈原则更多了一份悲悯与崇敬之情。其《酬端州吴大夫夜泊湘川见寄一绝》云："夜泊湘川逐客心，月明猿苦血沾襟。湘妃旧竹痕犹浅，从此因君染更深！"诗人悲悼屈原，实际上同时也在哀怜自己，千古共鸣，心心相印，崇贤慕彦之情深涵其中。正因为诗人对屈原怀有如此深厚的感情，其仿骚之作便别有一种神韵与气象，那就是：固持操守、执著刚毅、悲中见豪的人格精神。其《砥石赋》云："拭塞焰以破眥，击清音而振耳。故态复还，宝心再起。既赋形而终用，一蒙垢焉何耻？感利钝之有时兮，寄雄心于瞪视。"这种挺立逆境、雄心不灭的执著与自信的人生态度，与李白"天生我材必有用"的坚定信念一脉相通。《望赋》意绪虽然悲怆，但骨子里诗人的希望之火不灭，其云："风萧萧兮北渚波，烟漠漠兮西陵树。夫不归兮江上石，子可见兮秦原墓。拍琴翻朔塞之音，挟瑟指邯郸之路！"在仿骚的诗作中，刘禹锡的《秋声赋》尤应值得重视。此篇《九歌》类的屈辞体诗歌，作于会昌元年（841）诗人去世前一年。当时，李德裕、王起分别作了唱和之作《秋声赋》，他们于"得时道行"之时，尚有"光阴之叹"，诗人颇不以为然。尽管他此时已"伊郁老病"，但却不以悲秋为怀，一反前人的悲秋情绪，"异宋玉之悲伤"，借秋声以抒孤愤，体现了诗人一以贯之的雄豪达观之精神。诗人在描写了"百虫"、"万叶"、"露蝉"、"寒萤"、"蛩鸣"、"雁叫"、"远杵"等种种"如吟如啸，非竹非丝，当自然之宫徵，动终岁之别离"的秋声之后，没有沉浸在宋玉所描绘的"悲哉秋之为气也"的孤寂凄冷的氛围中，而是像伏枥老骥、在韝之鹰那样闻秋声而

“心动”、“神惊”，最终“奋迅于秋声”。要知道，这是一位屡遭贬谪的年届七旬的多病老人，在这“秋士易悲”的季节里，他却能视满眼的悲象而不见，听满耳的悲声而不闻，振作精神，“犹奋迅于秋声!”“这是一种百折不挠奋迅无比的精神，这是一种振衰起弊摧枯拉朽的力量，它的终极根源，无疑在于苦难对贬谪诗人的压抑以及在此压抑下生命不肯屈服而顽强抗争的向上挣扎，正是在这种压抑与反压抑的碰撞中，在万死投荒的无数劫难中，生命力强化了，意志坚强了，情趣升华了，贬谪诗人成熟了，而由此导致的贬谪文学的内在意蕴也大大增值了。因而，我们有理由认为：这是一种饱含生命强力的、具有最高价值取向的悲剧精神。”① 刘禹锡《秋声赋》在骚体诗史上的文学意义，主要有两点：一是仿骚作品的超越。宋玉的《九辩》所表达的是“贫士失职而志不平”的“悲士不遇”的怨愤之情，而这怨愤之情又恰好是借助于“草木摇落而变衰”的萧瑟秋景来抒发的，情景交融意境优美，感染力强，摇人心旌！因此奠定了“悲秋之祖”的不朽地位。而刘禹锡则取其骚体之外壳，注入了亢朗豪健的思想内容，体现了诗人仿骚的新思维。二是悲秋传统的突破。《淮南子·缪称训》云：“春，女思；秋，士悲；而知物化矣。”注曰：“春女感阳则思，秋士见阴而悲。”毛诗《七月》传曰：“春，女悲；秋，士悲；感其物化也。”《毛诗正义·七月》疏曰：“人遇春暄，则四体舒泰，沉昼景之稍长，谓日行迟……及遇秋景，四体褊躁，不见日行急促，唯觉寒气袭人。”② 春日和煦，暖风醉人，善怀女子自然便情思绵绵；秋气肃杀，万物凋零，多愁男士自然会哀伤悠悠。因此，秋，在中国古代文人的眼里，无疑成为悲的象征。这种悲秋的情调肇始于《诗经》、屈骚。自从宋玉《九辩》荣戴“悲秋之祖”桂冠之后，“悲秋”则已定格为一个亘古不变的传统主题。如汉武帝的《秋风辞》、汉乐府《长歌行》、《古歌》、曹丕的《燕歌行》、潘岳的《秋兴赋》、夏侯湛的《秋夕哀赋》、《秋可哀赋》、陆机的《秋咏》、鲍照的《秋夕》、李白的《悲清秋赋》、《江上秋怀》、杜甫的《秋兴八首》、李贺的《秋来》、许浑的《洛中秋日》、黄滔的《秋色赋》、欧阳修的《秋声赋》、元好问的《秋望赋》，等等。可以

---

① 尚永亮：《贬谪文化与贬谪文学·以中唐元和五大诗人之贬及其创作为中心》，兰州大学出版社 2004 年版，第 319 页。

② 孔颖达：《毛诗正义》卷八，李学勤主编：《十三经注疏》（标点本），第 495 页。

这样说，在中国文学史上，恐怕没有一个诗人未写过悲秋的作品。正如钱钟书先生所说："凡与秋可相系着之物态人事，莫非'蹙'而成'悲'，纷至沓来，汇合'一涂'，写秋而悲即同气一体。举远行、送归、失职、羁旅者，以人当秋则感其事更深，亦人当其事而悲秋逾甚。"① 这就是一种根深蒂固、源远流长的"悲秋"意识与"悲秋"传统。刘禹锡不能不受这种"悲秋"传统的影响，但他却能不为传统所囿限，突破"悲秋"传统之藩篱，变"悲秋"为"乐秋"、"豪秋"、"清秋"、"爽秋"，这委实是一件了不起的创新之举，是诗人的胜人之处。因此，他也曾作过豪气满纸的《秋词二首》，其一云："自古逢秋悲寂寥，我言秋日胜春朝。晴空一鹤排云上，便引诗情到碧霄！"《学阮公体三首》其二云："朔风悲老骥，秋霜动鸷禽……不因感衰节，安能激壮心？"《始闻秋风》云："马思边草拳毛动，雕盼青云睡眼开。天地肃清堪四望，为君扶病上高台。"这些诗与《秋声赋》一样，都体现了诗人反拨宋玉《九辩》以来悲秋传统的创新精神。在唐代诗人的仿骚作品中，像刘禹锡这样反其意而作的屈辞体《秋声赋》，对于了解诗人的思想情感、人格意志，以及考察其承继文学传统的路径与方式等，都有着十分重要的意义。

"骚之苗裔"李贺与别有宋玉情结的李商隐，都是屈骚精神的嫡传者。不过，他们对屈骚的承传，不仅仅是对于屈辞体的模仿，而且尤重于对屈骚之意象与意境的承袭。较之于屈辞体的模仿，这更是一种精神层面的深度接受。

第三节　《风》《骚》意象之摄取

意象，是我国古代文论尤其是古代诗论中出现最早而又运用广泛的一个极为重要的理论概念。叶嘉莹先生指出："中国文学批评对于意象方面虽然没有完整的理论，但是诗歌之贵在能有可具感的意象，则是古今中外所同然的。在中国诗歌中，写景的诗歌固然以'如在目前'的描写为好，而抒情述志的抒情则更贵在能将其抽象的情意概念，化为可具感的意

① 钱钟书：《管锥编》第二册，第628页。

象。"[①]至于意象的生成问题，袁行霈先生有一个较好的阐释，他说："物象是客观的，它不依赖人的存在而存在，也不因人的喜怒哀乐而发生变化。但是物象一旦进入诗人的构思，就带上了诗人的主观色彩。这时它要受到两个方面的加工：一方面，经过诗人审美经验的淘洗和筛选，以符合诗人的美学理想和美学趣味；另一方面，又经过诗人思想感情的化合和点染，渗入诗人的人格和情趣。经过这两方面加工的物象进入诗中就是意象。诗人的审美经验和人格情趣，即意象中的那个意的内容。因此可以说，意象是融入了主观情意的客观物象，或者是借助客观物象表现出来的主观情意。"[②]《诗经》与《楚辞》的作者，以他们的智慧、才情与生活实践，为我们创造了大量而优美的原型诗歌意象，成为后代诗人们乐此不疲、采摄不息的艺术对象，从而以丰富诗歌的内蕴。如《诗经》中的杨柳、甘棠、桃花、梧桐、凤凰、蒹葭、黍离、蟋蟀、蝉、鱼、鹿鸣、雎鸠、马、风、雨、云，等等；《楚辞》中的香草（兰、蕙、橘、江离、薜芷、留夷、揭车、杜衡、薜荔、菌桂、胡绳、荷、椒等）、美人、木叶、南浦、潇湘、湘妃、巫山、云雨，等等，这些具有特定内涵的意象在后人的诗作中广泛出现，具有很强的艺术生命力。兹就《诗经》中的杨柳、马与《楚辞》中的橘、巫山、云雨诸意象对唐诗的影响作一简论。

先看《诗经》意象对唐诗的影响。

一　杨柳意象对唐诗的影响

杨柳，是古代送别诗中描写最多、最优美动人、情意缠绵的一个意象，其源头即在中国第一部诗歌总集《诗经》中的《小雅·采薇》里。《采薇》是一位守边幸存的士兵于归家途中抚今追昔、抒发感慨的诗。全诗六章，末章云："昔我往矣，杨柳依依；今我来思，雨雪霏霏。行道迟迟，载渴载饥。我心伤悲，莫知我哀！"开头两句，是诗人回忆当初出征前离别家人时的季节与心情。杨柳，指代春天；"杨柳依依"，指柳条柔嫋随风飘拂的情态，甚切诗人离别时依依不舍、徘徊不定的感伤心情。故"杨柳依依"四字，乃描写物态人情极佳之妙句。历来为人们所赏爱。《世说新语·文学第四》云："谢公（谢安）因子弟集聚，问《毛诗》何

---

① 叶嘉莹：《迦陵论诗丛稿》（修订本），河北教育出版社 1997 年版，第 83 页。

② 袁行霈：《中国诗歌艺术研究》，北京大学出版社 1987 年版，第 62—63 页。

句最佳？遏（谢玄）称曰：'昔我往矣，杨柳依依；今我来思，雨雪霏霏。'公曰：'讦谟定命，远猷辰告。'谓此句偏有雅人深致。"[①] 在谢安与谢玄叔侄二人的所谓雅俗辩说中，反倒体现出谢玄别有感悟的艺术眼光。刘勰则高度评价说："'依依'尽杨柳之貌……以少总多，情貌无遗矣。"[②] 又是"尽"，又是"无遗"，可见"杨柳依依"四字的确把物态人情淋漓尽致地描写出来了，可谓神来之笔。方玉润《诗经原始》评价说："此诗之佳，全在末章：真情实景，感时伤事，别有深情，非可言喻，故曰'莫知我哀'。"又说："末乃言归途景物，并回忆来时风光，不禁黯然神伤。绝世文情，千古常新。"[③] 钱钟书先生亦别有会心地评赏道："《采薇》之'昔我往矣，杨柳依依；今我来思。雨雪霏霏。'写景而情与之俱。征役之况，岁月之感，胥在言外。"[④] 又云："《随园诗话》卷一：玉溪生：'堤远意相随'，真写柳之魂魄。按此语乃自《诗经》'杨柳依依'四字化出，添一'意'字，便觉著力。写杨柳性态，无过《诗经》此四字者。"[⑤] 在《管锥编》中，钱钟书先生再次评价"杨柳依依"说："'昔我往矣，杨柳依依。'按李嘉祐《自苏台至望亭驿怅然有作》：'远树依依如送客'，于此二语如齐一变至于鲁，尚著迹留痕也。李商隐《赠柳》：'堤远意相随'，《随园诗话》卷一叹为'真写柳之魂魄'者，于此二语遗貌存神，庶几鲁一变至于道矣。'相随'，即'依依如送'耳。拟议变化，可与皎然《诗式》卷一'偷语'、'偷意'、'偷势'之说相参。"[⑥] 由历代论者尤其是钱钟书先生多次对"杨柳依依"的高度评价之现象观之，《采薇》"杨柳依依"之所以如此深受人们的喜爱，关键在于"杨柳依依"之轻柔妩媚之态与征人依依惜别、深含感伤之情自然和谐地交融在一起，使其最早地烙刻下亲友别离之意绪的印记，此其一。"杨柳依依"四字，描写物态人情惟妙惟肖，收到了状难写之景如在目前、叙不尽之意犹在言外的"以少总多"的艺术效果，此其二。而对后世的影响，主要则在于"杨柳依依"所蕴涵的惜别留恋、怀乡念亲

---

① 刘义庆撰，余嘉锡笺注：《世说新语》，上海古籍出版社 1995 年版，第 235 页。

② 周振甫：《文心雕龙今译》，第 410 页。

③ 方玉润：《诗经原始》，中华书局 1986 年版，第 341 页。

④ 钱钟书：《谈艺录》（修订本），中华书局 1984 年版，第 227 页。

⑤ 同上书，第 220 页。

⑥ 钱钟书：《管锥编》第一册，第 136—137 页。

的情感因素方面。

美国当代视觉艺术心理学家鲁道夫·阿恩海姆曾分析柳树为悲哀感伤意象之原因时指出："一棵垂柳之所以看上去是悲哀的，并不是因为它看上去像是一个悲哀的人，而是因为垂柳枝条的形状、方向和柔软性本身就传递了一种被动下垂的表现性；那种将垂柳的结构与一个悲哀的人或悲哀的心理结构所进行的比较，却是在知觉到垂柳的表现性之后才进行的事情。"[①] 这是从"异质同构"现象来考察柳意象感伤悲哀情绪生成之因，这是对的。此外，从语言学现象来探究，汉字中的"柳"与"留"谐音相近。故折柳送别，则寓含殷勤挽留之意愿。这从送者与被送者来看，作为前者，主观上想尽量挽留，但客观上是留不住的；作为后者，主观上不想离别，但客观上又不得不离别。不管怎样，二者都得借寓含感伤色彩的杨柳来吟咏别情，抒发愁绪。在中国漫长的封建社会中，战乱频仍，天灾连连，人们大都处在流离失所的流徙状态之中。而在唐代，则国家统一、经济发达、文化昌明、中外经济文化交流频繁，人们的游宦、壮游、经商等活动也随之频繁起来，因此，自汉代以来形成的折柳送别的风气，便随着人员的大量流动而日益兴盛起来，至唐而达高潮。国外汉学家曾统计蘅塘退士所编《唐诗三百首》中树木意象，除泛指"木"者外，柳出现的次数最多，达29次。[②] 台湾学者罗宗涛先生认为："我们文学作品中，经常出现的植物很多，其中最重要的是杨柳。有人说，中国文学作品中最常见的树木是'杨柳'，似有道理。杨柳是别离的象征，而中国人喜聚不喜散，最怕与亲人或朋友分开。但在人生的旅途中，不管是生离或死别，别离又是经常发生的，于是在我国诗中，别离成为重要的主题，诗人笔下，经常出现那依依的柳条，飘舞的柳絮，以及笛声呜咽的折杨柳曲。"[③] 的确，由《诗经》"杨柳依依"而来的深含离情别绪意味的杨柳意象，已成为中国诗歌尤其是唐诗别离主题中不可或缺的主要角色之一。

唐代诗人送别主题中广泛使用的杨柳意象，主要是表达作者离情别绪的情感，但唐人对前代文学的态度是，既善于学习，又善于创新。他们在

---

① ［美］鲁道夫·阿恩海姆著，滕守尧等译：《艺术与视知觉》，中国社会科学出版社1984年版，第624页。

② 参见 Bureon Waston《中国抒情诗歌》，纽约1971年版。

③ 罗宗涛：《中国诗歌研究》，台北"中央"文物供应社1985年版，第334页。

诗歌创作中除了沿用汉魏以来杨柳意象所蕴涵的离情别绪意旨之外，又注入了不少新的内涵。诸如：（1）相思念远。如高适《人日寄杜二拾遗》云："人日题诗寄草堂，遥怜故人思故乡。柳条弄色不忍见，梅花满枝空断肠。"如鱼玄机《杨柳枝》："朝朝送别泣花钿，折尽春风杨柳烟。愿得西山无树木，免教人作泪悬悬。"（2）怀土思乡。如姚合《杨柳枝词》："黄金丝挂粉墙头，动似颠狂静似愁。游客见时心自醉，无因得见谢家楼。"张籍《蓟北旅思》："日日望乡国，空歌《白宁词》。长因送人处，忆得别家时。失意还独语，多愁只自知。客亭门外柳，折尽向南枝。"（3）悼古伤今。如李益《汴河曲》："汴水东流无限春，隋家宫阙已成尘。行人莫上长堤望，风起杨花愁杀人。"韦庄《台城》："江雨霏霏江草齐，六朝如梦鸟空啼。无情最是台城柳，依旧烟笼十里堤。"李山甫《隋堤柳》："曾傍龙舟拂翠华，至今凝恨倚天涯，但经春色还秋色，不觉杨家是李家。"这类诗中的杨柳意象多与隋堤、隋宫等地名并用，其讽刺隋炀帝杨广荒淫误国之意甚明。而隋帝"杨"姓与杨柳之"杨"音形相同，其用意不言而喻。正因为如此，"隋堤柳"遂背上了"亡国树"之罪名。如白居易《隋堤柳》云："大业年中炀天子，种柳成行夹流水。西自黄河东至淮，绿阴一千三百里。……后王何以鉴前王，请看隋堤亡国树。"（4）感物伤己。如刘长卿《七里滩送严维》："秋江渺渺水空波，越客孤舟欲榜歌。手折衰杨悲老大，故人零落已无多。"白居易《勤政楼西老柳》："半朽临风树，多情立马人。开元一枝柳，长庆二年春。"（5）美女之喻。魏晋时期品评人物风气甚盛，多以自然之物拟人。如："王戎云：太尉神姿高彻，如瑶林琼树，自然是风尘外物"。[①] 又云："严仲弼九皋之鸣鹤，空谷之白驹。……张威伯岁寒之茂松，幽夜之逸光。"[②] 将先秦时期形成的比德传统更为具体化、普通化。《文选》李善注《古诗十九首》"青青河畔草，郁郁园中柳。盈盈楼上女，皎皎当窗牖"云："柳茂园中，以喻美人当窗牖也。"这是唐人对以柳喻美女的最早发现。由于杨柳柔弱细软的枝条、亭亭玉立的枝干、狭长清秀的柳叶，以及随风起舞、婀娜多姿的情态等，与青年女子的柔美细腰、颀长身段、清眉秀目、轻盈舞姿等十分相似，因此，中晚唐时期柳意象的女性色彩更为浓郁，将柳人格化的

---

① 余嘉锡：《世说新语笺疏》，上海古籍出版社 1993 年版，第 428 页。

② 同上书，第 431 页。

词语广泛出现于诗中，如柳眼、柳眉、柳脸、柳腰、柳身、柳姿、柳质、柳眠等，庶几达到了柳女不分、合而为一的地步。

宋人葛立方尝云："柳比妇人尚矣，条以比腰，叶以比眉，大垂手、小垂手以比舞态，故自古命侍儿，多喜以柳为名。白乐天侍儿名柳枝，所谓'两枝杨柳小楼中，嫋嫋多年伴醉翁'是也。韩退之侍儿亦名柳枝，所谓'别来杨柳街头树，摆撼春风，只欲飞'是也。洛中里娘亦名柳枝，李义山欲至其家久矣，以其兄让山在焉，故不及昵。义山有《柳枝》五首，其间怨句甚多，所谓'画屏绣步障，物物自成双；如何湖上望，只是见鸳鸯'之类是也。"[①] 唐代大诗人白居易、韩愈直接称其侍儿为"柳枝"，一方面体现他们对其侍儿轻盈柔美体态之喜爱之意，另一方面也表明他们对柳树婀娜多姿之钟爱深情，具有浓郁的自然生态意识。清人褚人获《坚瓠补集》卷二尝云："古人诗中，多以柳比美人，取其柔曼之态相似也。"唐牛峤《柳枝词》云："'吴王宫里色偏深，一簇纤条万缕金。不惯钱塘苏小小，与郎松下结同心。'誉柳女石松，殊有趣。"[②] 刘禹锡的《忆江南》"嫋柳从风疑举袂"一句，简直就把随风轻摆的"嫋柳"，当成是翩翩起舞的青春少女了。孟棨《本事诗》载："白尚书（居易）姬人樊素，善歌。妓人小蛮善舞。尝为诗曰：'樱桃樊素口，杨柳小蛮腰。年既高迈，而小蛮方丰艳，乃作《杨柳枝》辞以托意曰：'永丰西角荒园里，尽日无人属阿谁？'"[③] 清人程梦星评李商隐诗尝指出："唐人女子好以柳比之，如乐天之杨柳小蛮，昌黎之倩桃风柳，以及《章台柳词》皆然。"[④] 随着商业繁荣与都市的发展，尤其是皇帝的骄奢淫逸，柳又与青楼女子、皇妃宫女结下了不解之缘。如白居易的《杨柳枝》所咏："苏州杨柳任君夸，更有钱塘胜馆娃。若解多情寻小小，绿杨深处是苏家。"韩翃尝与京城名妓柳氏相好，"后数年，淄青节度侯希逸奏为从事。以世方扰，不敢以柳自随，置之都下，期至而迓之。连三岁，不果迓，因以良金买练囊中寄之，题诗曰：'章台柳，章台柳，往日青青今在否？纵使长条

---

① 葛立方：《韵语阳秋》卷一九，何文焕辑：《历代诗话》（下），中华书局 1981 年版，第 642 页。

② 褚人获：《坚瓠补集》卷二。

③ 孟棨：《本事诗·事感第二》，丁福保辑：《历代诗话续编》（上），中华书局 1983 年版，第 13 页。

④ 冯浩：《玉溪生诗集笺注》卷三，上海古籍出版社 1979 年版，第 649 页。

似旧垂，亦应攀折他人手。’柳复书，答诗曰：‘杨柳枝，芳菲节，可恨年年赠离别。一叶随风忽报秋，纵使君来岂堪折?’柳以色显独居，恐不自免，乃欲落发为尼，居佛寺”。[①] 后来，章台柳遂为青楼女子之代称。敦煌曲子词《望江南》中的青楼女子则径称自己是任人折攀之“柳”，即所谓“我是曲江临池柳，这人折了那人攀”。到了晚唐至北宋，杨柳意象与青楼女子及其处所的联系则更为密切，如：柳市花街、柳陌花衢、柳际花边、花柳巷陌，等等。后来竟然连性病亦称为“花柳病”。由上可知，唐诗中以柳喻美女者，委实已蔚为大观矣。

唐诗中涌现大量以柳喻美女的创作盛况，一方面是由于唐代诗人对杨柳自然意识审美程度的空前提高，而另一方面则由于受唐诗中折柳送别极为普遍之现象的影响，故而连带促进了以柳喻美女诗歌的兴盛。在所有以柳喻美女的唐诗中，贺知章的《咏柳》堪称为独占鳌头之绝唱。如果说李善注《古诗十九首》（青青河畔草），率先发现了以柳喻美女之审美价值的话，那么，贺知章的《咏柳》则真正开启了全力以柳喻美女的诗歌创作之先河。诗云：

> 碧玉妆成一树高，万条垂下绿丝绦。
> 不知细叶谁裁出，二月春风似剪刀。

拙文《从〈咏柳〉看唐宋诗审美特征之差异》曾就此诗以柳喻美女的审美特征作过简要的论析，认为：“诗人借助于一株早春柳树的描写，来歌咏可爱的新春气息。这种以一总万、以少胜多的表现技巧已属不易。而尤为妙者，乃在于诗人描写柳树时却处处绾合着美女的情事。垂柳的特征，多给人以轻柔、和顺、体贴、多情之感，她与年轻美女轻盈颀长的体态、潇洒披肩的长发及其温和清纯的气质甚相吻合。贺知章正是抓住了垂柳与美女之间共同的美感特征，进行全新的构思，从而开创了柳树喻美女的新的艺术境界。‘碧玉妆成一树高’，劈头一句，诗人即将柳树幻化成亭亭玉立、独领风骚的绝代美女。而‘万条垂下绿丝绦’，诗人又进一步将随风摇曳的千丝万缕之柳枝，想象成美女飘飘飞动的裙带。如此两句，则已将柳树写奇了，写神了，写活了，写出了柳树的万种风情和一片神韵。如

---

① 孟棨：《本事诗·怀感第一》，丁福保辑：《历代诗话续编》（上），第7页。

果说前二句是侧重描写‘美女’形貌妆饰之美的话，那么，‘不知细叶谁裁出，二月春风似剪刀’二句，则从‘女红’方面来突出‘美女’的心灵手巧之美。这‘裁出’与‘剪刀’，不正是‘美女’缝制衣物的行为与劳作工具吗？全诗句句写‘美女’，而又句句不离柳树，此之谓：‘美女’与柳树共写，叙述与比喻共美。双美齐下，耐人寻味。……正因为贺知章开创了以柳树喻美女的先河，营构了独具神韵的审美意象，所以便深受后人的喜爱而频频采写入诗也。如唐代杜甫《绝句漫兴》：‘隔户杨柳弱袅袅，恰似十五女儿腰’；白居易《杨柳枝》：‘叶含浓露如啼眼，枝袅轻风似舞腰’；李益《上洛桥》：‘金谷园中柳，春来似舞腰’；杜牧《新柳》：‘无力摇风晓色新，细腰争妒看来频’；李绅《柳》：‘千条垂柳拂金丝，日暖牵风叶子眉’；李商隐《垂柳》：‘娉婷小苑中，婀娜曲池东。朝佩皆垂地，仙衣尽带风’；宋代曹豳《杨柳》：‘自从解学宫腰舞，直至飘绵不老成’，等等。可见，柳树喻美女的艺术魅力的确很大，而季真首创之功，焉能忘哉？”[①] 由上简析可知，《诗经》“杨柳依依”所萌发的离情别绪的“杨柳”意象，经过唐代诗人的吸纳、改造、扩充与创新之后，在杨柳意象所含有的离情别绪主旋律不变的情况下，又轻灵弹奏出了相思念远、怀土思乡、悼古伤今、感物伤己、美女之喻等悦人耳目的杨柳新声。这正是唐人兼容并包、宽阔胸怀与开拓创新的可贵精神的体现。

二　马意象对唐诗的影响

《诗经》中的马意象相当丰富，直接写“马”字者，《风》诗有 18 次，《雅》诗有 18 次，《颂》诗有 12 次，计 48 次。而以“马”为部首的汉字，就有 50 余个，这些汉字分别表示马的性别、年龄、大小、优劣、颜色，等等。《诗经》中对马的种类、装束、本领、作用，尤其是军事作用等均有甚为详细的记述，体现了先民们对马的极其宠爱的深厚感情。

我们所见《诗经》中的马，它是现实生活中人们必不可少的忠实伙伴与卓异功臣，在生产建设、生活需要、保家卫国等方面发挥着极其重要的作用。它们在诗人的视野中，尚未成为人们所追慕的人格化的英雄角色，也就是说，其象征意义尚未出现于中国文学的舞台，这一重大的文学角色之转换是由 200 余年后的屈原首先完成的。

---

① 参见拙文《从〈咏柳〉看唐宋诗审美特征之差异》，《文史知识》2001 年第 4 期。

以马自喻，使马负有为国效劳的英雄角色意义者，由屈原的《离骚》始。具有满腔爱国赤诚的屈原，眼看着楚王昏聩、美人迟暮，而任谗弃贤之恶习未改，诗人万般焦灼，忍不住向楚王进献忠言："乘骐骥以驰骋兮，来吾道夫先路。"诗人自喻千里马，要为治理楚国、振兴楚国建立功勋。诗人既然以马自喻，他又以与马有关的"鞿羁"（马缰绳）来比喻自我约束的行为，如"余虽好修姱以鞿羁兮"，意思是说，我虽然具有美好的德操品行，但仍然时时约束自己，不使产生丝毫的放纵越轨行为。屈原在其他篇章中，也多以"骐骥"自喻。如《九章·惜往日》曰："乘骐骥而驰骋兮，无辔衔而自载"；《怀沙》曰："伯乐既没，骥焉程兮？"对屈原甚为尊崇的宋玉，在其《九辩》中，也多次以"骐骥"喻贤才良将，如："国有骥而不知乘兮，焉皇皇而更索？……无伯乐之善相兮，今谁使乎誉之？""却骐骥而不乘兮，策驽骀而取路。当世岂无骐骥兮，诚莫之能善御。见执辔者非其人兮，故跼跳而远去。"其中的骐骥与御者的矛盾，实即贤才与昏君矛盾之喻。这是对"亲小人、远贤者"黑暗政治的深刻揭露与愤怒批判，也是诗人"贫士失职而志不平"的根本体现。姜亮夫先生指出："'骐骥'一词《楚辞》十八见，义皆相同。"①如此众多而具有贤才之喻的"骐骥"心灵符号，充分证明了在屈骚的作品里，在屈宋的心灵中，"骐骥"已完全成为他的化身了。自此而后，贤才之喻的"骐骥"心灵符号，一直为人们所沿用不衰。

除了贤才之喻的"骐骥"之外，屈骚中直接使用"马"字者11处，与"马"字相关的如"驹"、"驰骋"、"驱"、"驭"、"骛"、"驷"、"骖"、"骊"、"舆"等十余处。这些马，均是诗人"路曼曼其修远兮，吾将上下而求索"的交通工具。这些马与《诗经》现实生活中的马不一样，他多是诗人想象中带有神性的神马。它们既能"步余马于兰皋兮，驰椒丘且焉止息"，又能"饮余马于咸池兮，总余辔乎扶桑"，"朝吾济于白水兮，登阆风而緤马"，还能乘马升空飞翔，所谓"仆夫悲余马怀兮，蜷局顾而不行"。所以，屈原笔下的马较之《诗经》中的实在之马，又增添了一份浓厚神秘的神话色彩。它们是日行万里、上天入地、出入仙境、神通广大的神马，是屈原浪漫主义表现手法的具体表现。由《诗经》的实用之马，到屈原的贤喻之马、神仙之马，是

① 姜亮夫：《楚辞通诂》（三），云南人民出版社1999年版，第63页。

人们思维方式的一次巨大飞跃。屈原所创立的马意象，对后来的文学尤其是唐代诗人影响巨大。

与上文所论的柳意象一样，马意象在唐代的文化世界里也同样呈现出前所未有的空前兴盛的喜人局面。这与唐人普遍的建功边塞的热望以及在这种热望影响下所形成的爱马、贵马的浓郁马文化氛围有着密切的关系。

唐代与汉代一样，在广大的西北边陲地区也有着抵御游牧民族进犯中原的重要军事任务。在唐王朝大一统精神的鼓舞下，许多有志于建立事功、报效祖国的知识分子都踊跃投身到抗击匈奴、保卫边疆的边塞战争中去。他们不再枯守书斋、皓首穷经，而是投笔从戎，以立功边陲为荣。这种思想，以盛唐时期的士人为最，边塞诗人杰出的代表高适、岑参便是最为突出的代表之一。高适《塞下曲》曾如此表白："万里不惜死，一朝得成功。画图麒麟阁，入朝明光宫。大笑向文士，一经何足穷。"而岑参则更为直截了当地表明自己的愿望是："功名只向马上取，真是英雄一丈夫"（《送李副使赴碛西官军》），后来的李贺也发表了同样的意见："请君暂上凌烟阁，若个书生万户侯"（《南园十三首》其五）。高适、岑参的誓言般的表白，体现出盛唐知识分子普遍具有尚武精神与进取心态，也是整个唐代边塞诗人事功于国思想的典型代表与集中体现。随着大量知识分子投入扫胡靖边的边塞战争之行列，边塞诗也应运而生。据《全唐诗》统计，边塞诗总数达2000余首。在边塞战争中，由于要对付被称为马背上的民族的不断骚扰，因此马的作用在战争中就显得极为重要。因此，在整个唐代，人们画马、咏马、塑马、养马、爱马、赏马便蔚然成风，马在唐代的地位得到了空前的提高。马不仅是人们生活、生产的重要依靠对象，而且是战争尤其是边塞战争中建立战功、保家卫国的赫赫功臣。所以，唐人较之于《诗经》《楚辞》、汉魏六朝各个时期以来，对马之作用的认识则更为提高；对马之感情的程度则更为深厚；对马之精神的歌咏则更为普遍。下面拟就唐人爱马之深厚情结，唐人咏马之基本类型，以马为友之仁爱情怀三个方面，对唐代马意象的文化内蕴作一简论。

（一）唐人爱马之深厚情结

唐代朝野普遍爱马。唐太宗李世民长期的戎马生涯，与战马朝暮相伴，在历次战争中为他立下了汗马功劳，遂而对马有着特殊深厚的感情。当他登基之后，即下令依照乘坐的飒露紫、拳毛騧、青骓、什伐赤、特勒骠、白蹄乌六匹战马的形象刻成石浮雕置于其陵园昭陵，并亲自撰写了赞词来歌颂六骏之战功，进而表达与之生死相依的心愿，此乃闻名中外的“昭陵六骏”。唐玄宗李隆基也极其爱马，朝廷内厩养马40万匹，有名马“玉花骢”、“照夜白”等。他还特地下诏将著名画师韩幹引入宫中专门画马。外国来朝也都顺应唐廷所好而多献名马。至中晚唐时期，爱马之风依然盛行，连进士科考都以“骐骥长鸣”与“天骥呈才”作为省试题目。此外，唐朝还有一套严密而规范的养马制度。《新唐书·兵志》云：“马者，兵之用也。监牧，所以蕃马也。监牧之制，其官领以太仆。凡马五千为上监，三千为中监，余为下监，皆有左右，因地为之名。”[①] 张说《陇右监牧颂德碑亭》云：“开元元年，牧马二十四匹，十三年，乃有四十三万匹。上（玄宗）顾谓太仆少卿兼秦州都督张景顺曰：‘吾马蕃息，卿之力也’。”[②] 有了一套健全而固定的养马制度作保障，故唐代养马事业的蓬勃发展就得到了保证，战争所需之马源亦就无短缺之虞了。

与之爱马风气相适应，一批工于画马的画家亦脱颖而出。擅长画“鞍马”、“车马”、“人马”、“璠马”的有：高祖第七子元昌、太宗侄绪、阎立本、韩幹、韦无忝、陈闳、张萱等，而大名鼎鼎的曹霸则更是令举国称叹的画马高手。杜甫尝专作《丹青引赠曹将军霸》，夸誉他画马的高超艺术本领。

受唐代爱马风气的影响，唐代的陶瓷雕塑艺术尤其是代表作之一的“唐三彩”，其中精美绝伦的“三彩马”更是享誉中外。“三彩马”那矫健雄豪的气势，鲜丽明亮的色彩，已成为唐帝国昂扬奋发精神的象征。马已经成为唐人须臾不离、朝暮相亲的精神偶像。

此外，随着人们爱马之风的日益盛行，唐玄宗开元天宝年间朝廷大兴斗鸡、舞马之戏。“燕许大手笔”张说曾就当时舞马之戏的奇异情景作有《舞马千秋万岁乐府词三首》与《舞马词六首》。其《舞马千秋万岁乐府词三首》其二云：“腕足徐行拜两膝，繁骄不进踏千蹄。……更有衔杯终宴曲，垂头掉尾醉如泥。”舞马训练有素、表演过人的高超本领，不禁令人击节叹赏。这真是唐人在极大地得益于马的赫赫武功之外，又充分领略了马的聪明才智与艺术天赋，给人以美好而愉悦的精神

---

① 《新唐书》卷五〇《兵志》，百衲本二十五史（4），浙江古籍出版社1998年版，第458页。

② 张说：《陇右监牧颂德碑亭》，《全唐文》卷二二七，上海古籍出版社1990年缩印本。

享受。对于如此文武双全、旦暮相亲的宝马，唐人焉能不爱？爱之焉能不深？以至于爱马之举已遍及于日常生活的方方面面矣。近年陕西何家村出土的一把铜壶上，刻有一幅栩栩如生的舞马浮雕，其中一马身披彩带，屈跪衔杯，如此表演之动作，委实是对张说舞马词中所述“衔杯终宴曲”最为形象的诠释。将舞马的表演艺术巧妙运用于实用的铜壶酒器之上，让我们自然从唐人爱马之举中分明感受到了他们的仁爱之心与艺术灵性。

在浓郁的马文化氛围中，唐代咏马诗则犹如雨后春笋，蔚为壮观，品类之盛，叹为观止。上自皇帝，下至臣民，无不有马诗之咏。或赞真马，或题画马；或述马之形象，凸显龙马精神；或以马喻人，方显英雄本色。或吟健壮雄豪之马，或怜羸弱病残之马，或颂舞戏杂艺之马。唐代大部分诗人尤其是边塞诗人（或包括那些虽无边塞经历之诗人所作之边塞诗），他们的诗作中多有关于马的描写。盛唐边塞诗人的杰出代表高适与岑参更是如此。高适诗中写到“马”字的有83次，岑参诗中写到的“马”字有110次，[①] 李商隐诗中写到“马”字的有77次，李贺诗中写到的“马”字有111次，[②] 更令人惊叹的是，李贺还写了一组五言绝句《马诗二十三首》，将唐代的马诗创作推向了顶峰。唐代诗人以自己切身之感受、深厚之情意与灵动之笔墨，为后人构建了一个万马奔腾、气象万千、内蕴丰厚、色彩缤纷的空前绝后、彪炳千秋的马诗之世界。

（二）唐人咏马之基本类型

俄国著名文学理论家别林斯基说过：“诗歌是寓于形象的思维，因此，如果形象所表现的观念是不具体的、虚伪的、不丰满的，那么，形象必然也就不是艺术性的。”[③] 唐代诗人笔下的马，主要分为两大类，一类是对马本身的歌颂与赞美，称之为“就马写马之直述法”；另一类是表面写马，实质喻人，称之为“以马写人之寄托法”。前者，通过对健壮雄豪、武艺高强之马的热情歌颂，以体现大唐帝国威震八方的赫赫声威，具有振奋民心、鼓舞士气之作用；后者，借助于对骁勇无畏之马与羸弱残病

---

① 高适、岑参诗中所写马之数量，分别据中华书局1992年出版的陈抗、林沧等编著《全唐诗索引·高适卷》与《岑参卷》统计。

② 李商隐、李贺诗中所写马之数量，分别据中华书局1991年出版的栾贵明、田奕等编著《全唐诗索引·李商隐卷》与《李贺卷》统计。

③ ［俄］别林斯基：《别林斯基选集》第二卷，满涛译，上海文艺出版社1963年版。

之马的描写，寄寓志士仁人治国安邦、报效祖国的宏伟抱负与怀才不遇、遭受迫害的悲惨困境。较之“就马写马之直述法”，“以马写人之寄托法”在唐诗中数量最多，质量最高，其艺术感染力也最大。此二种写马之法，直接由《诗经》与《楚辞》之马意象承传而来。按照别林斯基的说法，唐代诗人笔下丰富多彩的马意象，实即是唐代诗人思想与情感的形象体现，它们是具体的、真实的、丰满的艺术形象。两种写马之法，各举一例论之。

先说“就马写马之直述法”。岑参《卫节度赤骠马歌》堪称这方面的代表作，诗云：

君家赤骠画不得，一团旋风桃花色。
红缨紫缰珊瑚鞭，玉鞍锦鞯黄金勒。
请君鞴出看君骑，尾长窣地如红丝。
自矜诸马皆不及，却忆百金初买时，
香街紫陌凤城内，满城见者谁不爱。
扬鞭骤急白汗流，弄影行骄碧蹄碎。
紫髯胡儿金剪刀，平明剪出三鬃高。
本上看时独意气，众中牵出偏雄豪。
骑将猎向南山口，城南狐兔不复有。
草头一点疾如飞，却使苍鹰翻向后。
忆昨看君朝未央，鸣珂拥盖满路香。
始知边将真富贵，可怜人马相辉光。
男女称意得如此，骏马长鸣北风起。
待君东去扫胡尘，为君一日行千里。

全诗由赤骠马的桃花毛色、精致的装饰、马鬃的特征、田猎时迅猛威风以及结尾处对马主人的羡慕与祝愿等一路写来，一匹英气迸发、威风凛凛的战马形象骤然凸显在人们的面前，令人惊叹不已。

次说“以马写人之寄托法”。杜甫的《房兵曹胡马》，则是一首颇为典型的“以马写人”之诗，诗云：

胡马大宛名，锋棱瘦骨成。竹批双耳峻，风入四蹄轻。所向无空阔，真堪托死生。骁腾有如此，万里可横行。

此诗先述房兵曹之胡马气格非凡，奔驰神速；次表胡马忠诚纯厚，值得信赖；“真堪托死生”，进一步写出马的气概与品质，颇像一个血性刚勇的守诺男子，具有震撼人心的作用。末了回应主人，期望房兵曹立功于万里之外，同时，诗人又何尝不希望于此耶？萧涤非先生指出：“杜甫本善骑射，也很爱马，对马有真感情，故所有咏马的诗都极深刻，往往就寄托了自己的精神。”① 的确是中肯之论。

李贺《马诗二十三首》，是唐代咏马篇章之杰作。全由五言绝句组成，是诗人年轻生命的结晶。诗中形形色色的马，大都是诗人自己的化身与投影。诗人年轻气盛，满怀抱负，然而由于科举受阻，仕途无望，怀才不遇郁郁寡欢，年仅27岁便忧愤离世，此乃时代的悲剧。由于其阅历所限、心情久抑之原因，故其笔下的骏马大多缺乏高适、岑参、李白、杜甫等诗中健壮雄豪、奔驰飞翔的千里马形象，而往往是偃蹇凄切、壮志难酬的悲惨角色。总之，李贺《马诗二十三首》以马喻人的兴寄手法极为鲜明，它是诗人坎坷经历、凄苦心灵的形象表征。正如清人王琦所评：“《马诗二十三首》，俱是借题抒意，或美或讥，或悲或惜，大抵于所闻见之中各有所比，言马也而意初不在马矣。又每首之中皆有不经人道语。”② 李贺与杜甫的咏马诗相比，其题材的多样性、内容的丰富性与揭露的深刻性虽有一定的差距（与李贺年龄及阅历受限有关），但杜甫与李贺的咏马诗在唐代数量最多，成就最大，堪称唐代咏马之双璧，实为后世咏马诗之典范。

（三）以马为友之仁爱情怀

马对于人的作用与意义，到了唐代显得更为重要而突出。正因为人们与马之关系是如此密切，所以，唐代诗人的爱马情结是极其深厚的，从上文的有关论述中已见端倪，此仅就唐人对病、伤、亡之马的恻隐怜爱与哀悼之情略作论述，以见唐代诗人与马为友的仁爱情怀。

杜甫本善骑射，也很爱马。他乘坐多年的一匹老马患病后，十分难

---

① 萧涤非：《杜甫诗选注》，第5页。

② 王琦：《李长吉歌诗汇解》卷二，四部备要本。

过，怜悯之心油然而生，遂作《病马》诗云：

> 乘尔亦已久，天寒关塞深。尘中老尽力，岁晚病伤心。毛骨岂殊众，驯良犹至今。物微意不浅，感动一沉吟。

此诗劈头一句中“尔”的第二人称代词的使用，遽然加深了诗人视马为友的感情程度。“尘中老尽力”一句，高度概括了老马忠心耿耿服务主人不辞劳苦的奉献精神，而其中又饱含着诗人多么真挚的感恩之情啊！就是这样一匹尽力之马，却老而得病了，诗人焉能不“伤心”痛怀呢？最后“物微意不浅”二句，再次表达了诗人感佩病马的真挚情意。杜甫是一位深受儒家仁爱思想影响而别具“民胞物与”情怀的“笃情圣手”。他对人、对物，其感情都极为丰富、细腻而真挚。清人叶燮因此而极其崇敬他，认为“千古诗人推杜甫”，评价他的诗是“因遇得题，因题达情，因情敷句，皆因甫有其胸襟以为基。”[①] 所谓“胸襟”亦即“民胞物与”包容宇宙之伟大情怀也。萧涤非先生曾分析《病马》诗中杜甫之所以寄深厚情感于病马的原因时指出：“杜甫既受到统治者的弃斥，同时又很少得到人们的关怀与同情，这也是他为什么往往把犬马——特别是马看成知己朋友并感到它们给予他的温暖的一个客观原因。申涵光说：‘杜公每遇废弃之物，便说得性情相关，如病马、除架是也。’其所以如此，是和他自己便是一个‘废弃之物’的身世密切相关的。”[②] 萧先生指出了客观原因，是对的，但未论及其主观原因。而诗人之主观原因，则是他深受孟子“恻隐之心，仁也”[③] 的人道主义精神，由此而生成“民胞物与”之情怀。正如邓小军所说的那样：“杜甫是最富于人性的人。他以无限的恻隐之心，投向人类和自然。杜甫的全幅人生，都是仁的境界。”[④] 由《病马》折射出来的诗人对病马的恻隐仁爱思想，是诗人一以贯之的“民胞物与”情怀的真实体现。

唐代诗人多有“悼马”诗，这更是体现了唐人视马为亲友的仁爱精

---

① 叶燮：《原诗》卷一，丁福保辑：《清诗话》（下册），上海古籍出版社 1963 年版，第 572 页。

② 萧涤非：《杜甫诗选注》，第 133 页。

③ 徐洪兴：《孟子直解》，复旦大学出版社 2004 年版，第 261 页。

④ 邓小军：《唐代文学的文化精神》，台湾文津出版社 1993 年版，第 253 页。

神。这种“悼马”行为，在唐代已蔚然成风。敦煌遗书《祭马文》力赞马的情深义厚，云：“恋主比于贤良，识恩同于义士。”刘希夷《死马赋》眷怀良马心情沉痛、哀伤不已，其云：“千里相思浩如天，一代英雄从此毕。”白居易五言悼马古诗《有小白马乘驭多时，奉使东行至稠桑驿溘然而毙，足可惊伤，不能忘情，题二十韵》，颇为著名。诗人首先叙述小白马的俊丽外貌，侧重回忆诗人与它朝夕相处的深厚情意，接着叙述小白马患病以致死亡的过程，表达了诗人不胜悲痛的哀悼之情。诗的最后说：“何处埋奇骨，谁家觅弊帷。稠桑驿门外，吟罢涕双垂。”从诗人对小白马的丧葬与悲泣中，将诗人与小白马的亲密友好的感情推向了极致。这就是唐人对马的无与伦比的友好态度、人道体现与仁爱境界。

唐代诗人承继《诗经》就马写马的直述法与《楚辞》骐骥喻贤的托寓法，极大地丰富了马意象的生存空间与表现方式，将人与马的深情厚谊、亲密关系之描写推向了巅峰。在唐人笔下，就马的类别而言，有天马、神马、胡马、大宛马、汗血马、骅骝、骢马等种种美名；就体格而言，有健壮雄豪之马、老弱病残之马；就颜色而言，有白马、黑马、赤骠马、青白色马（骢马）、枣红马等；就马之装饰而言，有银鞍、金鞭、青丝络等；就马之喻义而言，有健壮雄豪之马喻贤才良将之杰，老弱病残之马喻怀才不遇之士，等等。就咏马诗形式而言，有题画马诗、咏真马诗、赠答诗、悼马诗等；就咏马诗体裁而言，有五古、七古、五绝、七绝、五律、七律、组诗等。如此种种，共同构建了唐诗马意象丰神情韵、百世流芳的美好世界，从中氤氲出独领风骚的唐诗精神与唐诗气象。

再看《楚辞》意象对唐诗的影响。

三 橘意象对唐诗的影响

大约是由于橘为南土之物的缘故，《诗经》中无“橘”字。到了200余年后的《楚辞》，屈原却以满腔热情为橘树专门作了一篇“咏物之祖”的《橘颂》，开启了我国文学咏物诗的先河。诗云：

> 后皇嘉树，橘徕服兮。受命不迁，生南国兮。深固难迁，更壹志兮。绿叶素荣，纷其可喜兮。曾枝剡棘，圆果抟兮。青黄杂糅，文章

烂兮。精色内白，类任道兮。纷缊宜修，姱而不丑兮。

嗟尔幼志，有以异兮，独立不迁，岂不可喜兮。深固难徙，廓其无求兮。苏世独立，横而不流兮。闭心自慎，终不失过兮。秉德无私，参天地兮。愿岁并谢，与长友兮。淑离不淫，梗其有理兮。年岁虽少，可师长兮。行比伯夷，置以为像兮。

这是屈原青年时期所作的一首颂扬橘树美德的托物言志之作。所谓“诗人睹王雎而咏后妃之德，屈平见朱橘而申直臣之志焉。”[①] 刘勰对此评价甚高，认为：“三闾《橘颂》，情采芬芳，比类寓意，又覃及细物矣。”[②] 屈原如此“一篇小小物赞，说出许多道理。且以为有志有德，可友可师，而尊之以颂，可为备极称扬，不遗余力。”[③]《橘颂》全篇就橘的特性与形象进行细致而全面的拟人化的描写，很显然，橘的绿叶素荣、精色内白的美好形态，廓其无求、横而不流的仁正情怀，尤其是热爱乡土、至死不渝的忠贞品德，犹如伯夷、叔齐那样的古贤之风，橘树所有这些美德，无一不是诗人个性与人格的缩影与象征。橘树即屈原，屈原即橘树。人树合一，精神相通，正如清人林云铭所说的那样，《橘颂》中“句句是颂橘，句句不是颂橘，但见原与橘，分不得是一是二，彼此互映，有镜花水月之妙。”[④] 屈原正是以其主观情志与橘树的客观形态紧相融合的艺术手法，极其成功地创造了第一个完美的橘树艺术形象，为后世咏物诗开辟了一条宽广正大的道路，奠定了咏物诗心物相融、形神相通的叙写基本范式，沾溉后世咏物诗之水分营养可谓多矣。

橘树形象，在屈原以来的诗歌中出现的频率较高，但就诗人的作意而言，大致为两种，即：就橘咏橘，乃自然之橘；借橘寓志，乃象征之橘。就唐人观之，描写自然之橘者，如周元范《和白太守拣贡橘》：“离离朱实绿丛中，似火烧山处处红。影下寒林沈绿水，光摇高树照晴空。”张彤《奉和白太守拣橘》因与前者为奉和之作，故作意亦同，其云：“凌霜远涉太湖深，双卷朱旗望橘林。树树笼烟疑带火，山山照日似悬金。行看采

① 傅玄：《橘赋序》，马茂元主编：《楚辞评论资料选》，湖北人民出版社 1985 年版，第 473—474 页。

② 周振甫：《文心雕龙今译》，第 83 页。

③ 林云铭：《楚辞·橘颂》，马茂元主编：《楚辞评论资料选》，第 477 页。

④ 同上。

掇方盈手，暗觉馨香已满襟。”钱起《江行无题》云：“轻云未扑霜，树杪橘初黄。信是知名物，微风过水香。”李绅《橘园》云：“江城雾敛轻霜早，园橘千株欲变金。朱实摘时天路近，素英飘处海云深。”这些咏物诗，基本就橘的形、色、香、味等自然特征进行艺术描摹，缺少内在感人的艺术魅力。只有写出橘树的精神与灵魂，亦即写出象征之橘，与屈原《橘颂》精神一脉相承，如此咏橘，才能摇荡心情，激发意志，才是耐人咀嚼、玩味愈出的咏物佳构。唐代诗歌中不乏此类杰作。首先值得称赏者乃张九龄《感遇十二首》（其七）的咏橘诗，其云：

> 江南有丹橘，经冬犹绿林。岂伊地气暖，自有岁寒心。可以荐嘉客，奈何阻重深！运命唯所遇，循环不可寻。徒言树桃李，此木岂无阴？

这是一首完全胎息于屈原《橘颂》精神而又有自己特色的咏橘诗。开头两句交代橘树处所，经冬犹绿的非凡气象，万绿丛中丹橘红，色彩至鲜至美，夺人眼目。尤其是著一“犹”字，写出了诗人对严冬之橘依然郁郁葱葱的赞叹之情。三、四两句交代橘树“经冬犹绿林”的奥秘，乃在于“自有岁寒心”。由“岁寒心”便自然会想起《论语·子罕》中孔子赞美经冬不凋之松柏的话：“岁寒然后知松柏之后凋也。”大有“沧海横流，方显出英雄本色”的历练意味。张九龄“岁寒”二字，即径采自孔子语也，而多置一“心”字，则更添拟人的情志色彩。如果说“江南有丹橘”四句是歌颂橘树不畏严寒、经冬犹绿刚贞品格的话，那么，“可以荐嘉客”四句，则是悲叹橘果不为人赏的凄苦命运，诗人怀才不遇之怨情忧绪不言而喻。最后两句，宕开一笔，从反诘语气中，突出了诗人对社会上形成的重桃李、轻橘树的不良风气的无比愤恨之情。诗人不动声色地向人们揭开了朝政昏聩的面纱，袒露出诗人自己坎坷的身世。诗人将橘、人对写，相互映照，不黏不脱，自然浑成，是一首别具象征意味的咏橘诗，堪称屈原《橘颂》之嫡传。还有柳宗元的《南中荣橘柚》云：“橘柚怀贞质，受命此炎方。密林耀朱绿，晚岁有余芳。”其中“受命此炎方”一句，化用屈原《橘颂》“受命不迁，生南国兮”二句。炎方，即南方。此诗歌颂橘树坚贞不屈之品质、经冬犹绿的气象以及丹橘飘香的美德，其比兴象征手法显然由屈原《橘颂》承传而来。

颇有意味的是，“橘”意象到了诗圣杜甫的笔下，已不像屈原《橘颂》那样将其作为美好品德的象征而歌颂之，而是成了“病橘”意象，由此而与国计民生的大事挂起钩来。其所作《病橘》诗云：

群橘少生意，虽多亦奚为！惜哉结实小，酸涩如棠梨！剖之尽蠹虫，采掇爽其宜。纷然不适口，岂止存其皮？萧萧半死叶，未忍别离枝。玄冬霜雪积，况乃回风吹。尝闻蓬莱殿，罗列潇湘姿。此物岁不稔，玉食失光辉。寇盗尚凭陵，当君减膳时。汝病是天意，吾病罪有司。忆昔南海使，奔腾献荔枝。百马死山谷，到今耆旧悲。

这是一首讽刺统治阶级以口腹残民、希望唐肃宗能停止贡橘之事的诗，体现了杜甫“穷年忧黎元”的忧国忧民的伟大精神，可当谏诗读。此诗比而赋之，寓意深蕴，耐人寻味。清人浦起龙评析此诗云：“‘汝病是天意，吾病罪有司’，一诗之眼。前十二，状其病，谓宜停贡矣。中八，讽时事。后四，再征一影子以警醒之。‘少生意’，民穷之象也。‘采掇爽宜’，征敛非时，致穷之本也。‘死叶’、‘别枝’，穷而离散。‘霜雪’、‘回风’，又迫以刑威。比意如此，而其文则隐指贡橘也。时或尚食颇贵远物，或中宫颇袭故事，故著‘蓬莱’、‘罗列’等语。‘寇盗’、‘减膳’，以颂为规。‘天意’而‘罪’且随之，含讽婉切。‘忆昔’以下，因前文于贡献之事，究未显言，特以往事借影，含吐入妙。”① 由杜甫活用橘意象之事，我们可以得到这样有益的启示，即：文学史上的原创意象并非是一成不变的，随着文学的发展，作者修养的不同，对意象内蕴的把握与运用亦就有所变异，但只要有利于抒情言志，化下风上，发挥其应有的教化功能，因此，诗人在承传原创意象的过程中有所嫁接、改作乃至于变形，都是允许且值得肯定的。这正是文学这株大树常青不败的奥秘之一。杜甫对屈原《橘颂》橘意象的自觉变形，其意义正在于此。

四　巫山、云雨意象对唐诗的影响

宋玉在《高唐赋》、《神女赋》中塑造的巫山神女形象在中国文学史上久传不衰，千古不朽。巫山、云雨意象并列而完整地出现，是在宋玉的

① 浦起龙：《读杜心解》卷一，第 92—93 页。

《高唐赋序》里，说的是楚怀王游高唐观时于白日梦中艳遇巫山神女的风流韵事。其云：

> 昔者楚襄王与宋玉游于云梦之台，望高唐之观。其上独有云气，崪兮直上，忽兮改容。须臾之间变化无穷。王问玉曰："此何气也?"玉对曰："所谓朝云者也。"王曰："何谓朝云?"玉曰："昔者先王尝游高唐，怠而昼寝，梦一妇人曰：'妾，巫山之女也。为高唐之客。闻君游高唐，愿荐枕席。'王因幸之。去而辞曰：'妾在巫山之阳，高丘之阻，旦为朝云，暮为行雨，朝朝暮暮，阳台之下。'"旦朝视之，如言。故为立庙，号曰"朝云"。

《高唐赋》的续篇《神女赋》，其"序"又言及襄王与神女艳遇交欢之事，云：

> 楚襄王与宋玉游于云梦之浦，使玉赋高唐之事。其夜王寝，果梦与神女遇。

自此而后，巫山、云雨意象，巫山神女形象，遂定型为男女欢爱的讽咏之物、约成隐语而广为传播。唐宋诗词，明清小说中每每可及，俯拾皆是，于中国文学影响可谓深远。大约是出于对宋玉天马行空式作赋之风格特征以及多喜言男女艳情之辞不满的心理因素，故而一些封建正统文人对宋玉塑造的巫山神女形象及其巫山、云雨意象多有否认之处。南宋范晞文即认为："凡此山（按谓巫山）之片云滴雨，皆受可疑之谤，神果有知，则亦必抱长愤于沉溟恍惚之间也。于渍有诗云：'何山无朝云，彼云亦悠扬。何山无暮雨，彼雨亦苍茫，宋玉恃才者，凭虚构高唐。自重文赋名，荒淫归楚襄。峨峨十二峰，永作妖鬼乡。'或可以泄此愤之万一也。"① 其实，大可不必为此而泄愤也。巫山神女本为神话，巫山、云雨，亦不过是文化传播过程中历久积淀的一种男女交欢的语言密码，为后人的诗文创作开启了诗意浓郁的方便之门。诸如此类，本无可厚非。文学，尤其是神话文

① 范晞文：《对床夜雨》卷五，丁福保辑：《历代诗话续编》（上），中华书局1983年版，第440页。

学，其思维的自由度和表现的空间度都是很大的。今天，我们研究巫山、云雨意象的传承情况，其旨不在于以自然科学的眼光去考察其真伪问题，而是从接受美学的角度去探究其在文学传播驿站中的绮丽风景。

以“云雨”咏叹男女欢爱私情者，在《诗经》中便可见其端倪。《鄘风·蝃蝀》云：“蝃蝀在东，莫之敢指。女子有行，远父母兄弟。”“朝隮于西，崇朝其雨。女子有行，远兄弟父母”，“乃如之人也，怀昏姻也。大无信也，不知命也”。《毛传》曰：“刺奔女。”蝃蝀，即虹。是两性交媾的象征。《淮南子·说山篇》云：“天二气则成虹。”高诱注云：“阴阳二气相干也。”“乃如之人也，怀昏姻也”，此与《召南·野有死麕》“有女怀春”之“怀”同为一个意思，亦与巫山神女“愿荐枕席”之意相似。“朝隮”，即朝虹。《曹风·候人》末章云：“荟兮蔚兮，南山朝齐。婉兮娈兮，季女斯饥。”“荟兮蔚兮”，即云雾弥漫貌。朝隮，与前首诗相似，皆指朝虹，喻指男女性爱之事。“婉兮娈兮”，年轻貌美，形容季女。“季女”即少女。“饥”，与《陈风·衡门》“可以乐饥”之“饥”相同，皆指性饥渴。这几句就是说，在云蒸霞蔚的某个早晨，一个年轻貌美的女子爱上了青年小伙，遂产生了如饥似渴的性要求。所以，《诗经》的“云雨”意象就已含有男女交欢的情爱喻指焉。《卫风·伯兮》第三章“其雨其雨，杲杲出日，愿言思伯，甘心首疾”，《齐风·笱》“其从如云”，“其从如雨”，“其从如水”等“云雨”意象，显然已成为象征男女交欢的性爱隐语矣。其他如《郑风·风雨》《邶风·北风》，等等，其“云雨”意象中男女交欢的喻指都是颇为明显的。因此，《诗经》“云雨”意象的初萌之功，毋庸置疑。巫山、云雨意象的完全成熟与定型，以及巫山神女形象的牢固确立，只有到了宋玉《高唐》、《神女》二赋的诞生。巫山神女形象，经过后来曹植《洛神赋》对她的再创造，使其变得更加飘逸潇洒顾盼生辉，仪静闲淑，风情万种。巫山、云雨意象，在唐代诗歌创作中已特指男女欢爱私情的专门性术语而大量使用了，这在晚唐众多表现男女爱情的诗篇中尤其如此。

《巫山高》乃乐府旧题，属鼓吹曲辞，《乐府解题》云：“古辞言江淮水深，无梁可渡，临水远望，思归而已。”到了六朝的王融、范云等人所作的《巫山高》旧题乐府，即：“杂以阳台神女之事，无复远望思归之意。”如王融《巫山高》云：“想象巫山高，薄暮阳台曲。烟霞乍舒卷，猿鸟时断续。彼美如可期，寤言纷在属。怃然坐相思，秋风下庭绿。”诗人通过对巫山自然美景及其楚王与神女梦欢之美丽传说的描写，寄托自己的一种朦胧的情感和追求，流露出一种淡淡的惆怅与落寞之感。在唐代诗人所作的《巫山高》（或曰《巫山曲》《巫山行》等）旧乐府中，都清一色地承传了王融描写宋玉《高唐》《神女》二赋关于楚王与巫山神女传说故事的内容，翻检《全唐诗》（第一册）卷17《巫山高》同题旧乐府作品中，计有作者11人，诗13首。其作者依先后次序为：郑世翼、沈佺期（2首）、卢照邻、张循之、刘方平、皇甫冉、李端、于濆、孟郊（2首）、李贺、僧齐己。就作者所处时期观之，基本涵盖了整个唐代。就诗体而言，基本为五言与七言乐府两种。兹就五、七言诗各举一例简述之。沈佺期《巫山高二首》其一云：

> 巫山十二峰，环合隐昭回。俯眺琵琶峡，平看云雨台。古槎天外倚，瀑水日边来。何忽啼猿夜，荆王枕席开。

前四句写诗人所见隐约迷离的巫山十二峰的朦胧美景，极富神秘色彩，从中突出了楚王与神女梦欢云雨之处所。后四句进一步描写所见巫山"古槎"与"瀑布"的奇丽景色，同时就啼猿之声引起对神女荐枕席于楚王的美丽遐想，与"平看云雨台"遥相呼应，给人以神话传说再现的思维空间。此诗中"巫山"、"云雨"、"啼猿"、"荆王"（楚王）、"枕席"等主要意象的描写定格，已成为同类题材描写楚王神女故事不可或缺的内容。再看孟郊的《巫山高二首》其一云：

> 巴山上峡重复重，阳台碧峭十二峰。荆王猎时逢暮雨，夜卧高丘梦神女。轻江流烟湿艳姿，行云飞去明星稀。目极魂断望不见，猿啼三声泪沾衣。

上述沈佺期诗的五种主要意象在孟郊此诗中皆历历可见。较之于沈诗，孟诗则多了一份楚王与神女离别的哀伤凄苦之情，体现了作者深挚的人文之情。像这类描写欢爱故事的同题旧乐府《巫山高》，其内容多是故事加巫山奇景再加诗人想象三大块，未免机械呆板之弊，故此类诗歌多无创新之处。对于沈佺期大致选用的描写楚王与神女故事的五个意象，人们在进行创作时，不一定全部采纳，多少不一，但不管如何，这类诗中一般都少不了巫山、云雨两个主要意象，否则亦就少了巫山神女梦幻绮丽的诗韵之美。

唐代诗人对巫山、云雨意象的承传过程中，初唐四杰与晚唐的温、李、韩、韦，都起过积极的作用，尤其是李商隐，“一自高唐赋成后，楚天云雨尽堪疑”（《有感》），他对众人推赏他诗作中多所出现的巫山、云雨等“高唐系列”意象颇为自得，所谓“众中赏我赋高唐”（《偶成转韵》）是也，故李商隐堪称是巫山、云雨意象的正宗嫡传者。不过，善于学杜的李商隐，其诗中巫山、云雨意象的成功运用，与杜甫的桥梁过渡作用不无关系。

前文曾论及杜甫有较深的宋玉情结，他同情其不幸遭遇，“摇落深知宋玉悲”；又推崇其文采风流，“风流儒雅亦吾师”（《咏怀古迹五首》之二），因此，有关《高唐》、《神女》二赋中的高唐意象及巫山、云雨意象等自然多出现于杜甫诗中，如：“朝朝巫峡水，远逗锦江波”（《怀锦水居止》）；“峡云行清晓，烟雾相徘徊”（《雨》）；“晴浴狎鸥分处处，雨随神女下朝朝”（《夔州歌十绝句》之六）；“阆风玄圃与蓬壶，中有高唐天下无”（《夔州歌十绝句》之十）；“江通神女馆，地隔望乡台”（《遣愁》）；“飘零神女雨，断续楚王风”（《天池》）；“断续巫山雨，天河此夜新”（《月三首》）；“楚江巫峡半云雨，清簟疏帘看弈棋”（《七月一日题终明府水楼二首》）；“直怕巫山雨，真伤白帝秋”（《更题》）；“风烟巫峡远，台榭楚宫虚”（《赠李八秘书别三十韵》）；“自云帝季女，噀雨凤凰翎”（《奉酬薛十二丈判官见赠》）；“神女峰娟妙，昭君宅有无”（《大历三年春白帝城放船出瞿塘峡漂泊有诗》）；“一柱应全近，高唐莫再经”（《泊松滋江亭》），等等。以上所举诗作，大多为杜甫出三峡前后，故其中高唐、巫山、云雨意象多以写实为主，但一部分仍然含有楚王与神女幽欢的意蕴。不管是就景实写，抑或是托寓双关，均体现了诗人对宋玉深挚不移的情结。此外，就《全唐诗》所收杜甫诗检索所得，诗人共写到巫山 60 余次。诗人不厌其烦地描写《高唐女》《神女》二赋中出现的意象，亦当是诗人对宋玉的一种特殊的怀念方式与敬慕之意。

杜甫这种既实且虚、虚实相生的高唐、巫山、云雨等系列意象，到了李商隐笔下，则完全浸染了男女艳情的脂粉气味。读他的这类诗，犹如坠入一片巫山浓云密雾蒙蒙的细雨中，再现了宋玉《高唐》《神女》二赋迷离恍惚、缥缈若仙的艺术境界。如：“峡中寻觅长逢雨，月里依稀更有人”（《题二首后重有戏赠任秀才》）；“峡云寻不得，沟水欲如何”（《离思》）；“淡云轻雨拂高唐，玉殿秋来夜正长”（《席上作》）；“如何一梦高唐雨，自此无心入武关”（《岳阳楼》）；“巫峡迢迢旧楚宫，至今云雨暗丹枫”（《过楚宫》）；“岂知为雨为云处，只有高唐十二峰”（《深宫》）；“自携明月移灯疾，欲就行云散锦遥”（《利州江潭作》）；“却忆短亭回首处，夜来烟雨满池塘”（《寄怀韦蟾》）；“楚雨含情皆有托，漳滨多病竟无聊”（《樟州罢吟寄同舍》）；“别馆觉来云雨梦，后门归去惠兰从”（《少年》）；“朝云暮雨长相接，犹自君云恨见稀”（《楚宫》）；“曾省惊眠闻雨过，不知迷路为花开”（《中元作》）；“一春梦雨常飘瓦，尽日灵风不满旗”（《重过圣女祠》）；“歌唇一世衔雨看，可惜馨香手中故”（《燕台四首·秋》）；“神女生涯原是梦，小姑居处本无郎”（《无题二首》其二）；“我是梦中传彩笔，欲书花叶寄朝云”（《牡丹》）；“楚女当时意，萧萧发彩凉”（《细雨》），等等。在唐代诗人中，如此钟情于巫山、云雨等高唐系列意象者，恐怕唯有义山一人也。

喜用高唐系列意象，已成中晚唐诗坛之风气。除李商隐外，其他诗人也多有涉猎者。如白居易：“来如春梦几多时，去似朝云无觅处”（《花非花》）；刘禹锡：“云雨归来带异香”（《巫山神女庙》）；元稹：“曾经沧海难为水，除却巫山不是云”（《离思五首》其四）；权德舆：“巫山云雨洛川神，珠襻香腰稳称身”（《杂兴》）；张祜：“绮阁香消华厩空，忍将行雨换追风”（《爱妾换马》）；裴虔馀：“从教水溅罗裙湿，知道巫山行雨归”（《柳枝词咏篙水溅妓衣》）；李群玉：“曾留宋玉旧衣裳，惹得巫山梦里香。云雨无情难管领，任他别嫁楚襄王”（《赠人》）；李贺：“楚魂寻梦风飔然，晓风飞雨生苔钱”（《巫山高》）；韩偓：“清商适向黎园降，妙妓新行峡雨回”（《锡宴日作》），等等。可见，中晚唐尤其是晚唐诗坛高唐系列意象之众，男女艳情脂粉之浓，委实罕见。而巫山、云雨意象已作为男女交欢的隐语堂而皇之地赤裸裸地涌现于诗人笔下矣。

以李商隐为代表的中晚唐诗人的作品中为何具有如此众多的巫山、云雨等高唐系列意象呢？李定广先生曾就中国文人的“巫山神女情结现象”产生之因做过这样的分析，认为“是大礼教文化背景下‘菲勒斯’（phallus）中心主义男权话语的集中体现，反映了男性文人潜意识中对受礼教压抑的本色人性的深深眷恋，对超越礼教的性爱对象的强烈渴望”。而作为所渴望的性爱对象——神女，在她们身上具有可让文人们深为满足的三大优势：即“美丽多情”、“主动献身”、“不负道德责任”。[①] 李文仅从个性的解放、性爱对象的渴望这个角度来解释“巫山神女情结现象”产生之因是不完全的。具体落实到中晚唐诗人“巫山神女情结现象”产生之因，笔者认为约有三端：其一，由文化大背景观之，与唐代崇尚道教并以之为基本国策有重大关系，终唐之世，崇道国策不变。唐朝帝王都热衷于道教神仙之事，他们不断给道教上层人物封官晋爵，馈赠钱物，待若贵宾，甚至请道士入宫，举行大规模的斋醮仪式。亲受“法箓”，以道士为师，广修宫观，鼓励创作道书，等等，人们始终处在浓厚的道教文化的氛围之中，很容易产生道教神仙思想，所以，宋玉的《高唐》《神女》二赋的神仙思想及其巫山神女形象在唐代尤其晚唐自然获得了一块足以生存与发展的文化土壤。其二，与中晚唐文化崇尚爱情，追求享乐之风密切相关，唐代经由“安史之乱”、藩镇割据等政治大动乱以后，大唐王朝从此一蹶不振，雄风不再。到了晚唐，由于纲纪败坏，各种社会矛盾日益激化，广大文士理想破灭，前途迷茫。既然再也不能像前朝文士那样驰骋疆场，立功马背；既然国运已衰，“残照当楼”，那么，何必亏待自己，“何不潇洒走一回”呢？因此，大量的爱情诗便顺应着人们这种及时行乐的思想观念而涌现出来。杜牧、李商隐、韩偓等都是这方面杰出的代表。现实生活中的风流韵事尚不足以满足文士们的心理与精神需求，因此，大量的神仙情爱之诗亦就应运而生了。李商隐等人诗中普遍出现的巫山、云雨意象，便是最好的说明。其三，与上述情况相关联者，晚唐时期尤其是咸乾时期文士们冶游成风，追求感官刺激之风习更盛。正如罗时进师所指出的那样：“文宗至宣宗朝一仍元和之风，情爱诗已充满了脂粉气。至咸乾，这种现象更为严重，不仅堪称艳手者多，并且从脂泽走向了亵昵。”[②] 而描写男女情爱别具感官刺激与亵昵风习的最佳榜样——宋玉的《高唐》《神女》二赋，其中不乏现成的巫山、云雨等高唐系列意象，正合中晚唐文士们的书写之便与心理之需。于是，巫山、云雨等高唐系列意象大量呈现于中晚唐尤其是晚唐以李商隐为代表的爱情之诗中，此亦即情理之事矣。

---

① 李定广：《论中国文人的“巫山神女情结”》，《中国文化》2002 年第 19、20 期。

② 罗时进：《唐诗演进论》，江苏古籍出版社 2001 年版，第 189 页。

第四节 《风》《骚》意境之融化

“意境”之界说与“意象”之界说一样，历来是文艺界争议纷纭、难定一尊的问题。但它却又是中国文艺美学领域占有中心位置的范畴，应当对此有一个较为切实的解说。在当代对意境理论较早探讨并颇有卓见者的是李泽厚先生。他于1952年发表的《“意境”杂谈》中指出：“‘意境’是中国美学根据艺术创作的实践所总结的重要范畴，它也仍然是我们今日美学中的基本范畴。”他这样界定“意境”概念说：“意境，有如典型一样，如加以剖析，就包含着两个方面：生活形象的客观反映方面和艺术家情思理想的主观创造方面。为简单明了起见，我们故把前者叫做‘境’的方面，后者叫做‘意’的方面，‘意境’是在这两方面有机统一中所反映出来的客观生活的本质真实。”“‘境’和‘意’本身又是两对范畴的统一：‘境’是‘形’与‘神’的统一，‘意’是‘情’与‘理’的统一”，所以，“艺术的意境是形神情理的统一”。[①] 宗白华先生对“意境”问题也发表过较好的意见，他说：“艺术家以心灵映射万象，代山川而立言。他所表现的是主观的生命情调与客观的自然景象交融互渗，成就一个鸢飞鱼跃、活泼玲珑、渊然而深的灵境。这灵境就是构成艺术之所以为艺术的‘意境’。”又说：“什么是意境？……以宇宙人生为对象，赏玩它的色相、秩序、节奏、和谐，借以窥见自我的最深心灵的反映；化实景为虚景，创形象以为象征，使人类最高的心灵具体化、肉身化，这就是‘艺术境界’。”[②] 如此阐释，则更接近于意境的本然情景矣，较之李泽厚的“意境”界说，更趋于全面而深刻。近年来专力研究“意境”学说的夏昭炎先生，“参照了当代众多新说，特别是宗先生的学说，同时也吸收了西方接受美学的合理因素”，对意境作出了更趋完善而切实的新界定：“意境是创作主体吸纳宇宙人生万象而在内心咀嚼、体验所营造的、含深蕴于‘言’内，留余味于‘象’外，能唤起接受主体对于宇宙人生的无尽情思

---

① 李泽厚：《美学论集》，上海文艺出版社1980年版，第324页。

② 宗白华：《中国艺术境界之诞生》，见《美学散步》，上海人民出版社1981年版，第58页。

与体验，以致形而上的领悟的召唤结构以及这一结构所引发出的艺术世界。"① 换句话说，像这样的意境，它包括创作主体与接受主体两方面的参与，首先是创作，主体熔铸宇宙人生万象而营造出言内象外的艺术世界，由此而唤起接受主体的共鸣情感，从而感悟宇宙人生。我国诗歌文学最早的两个源头《诗经》与《楚辞》，其中便已具有千古之美的诗歌意境，而善于学习与借鉴前代文学成果的唐代诗人，又将这些意境融通于自己的作品中，使其古老的意境焕发出新的艺术生命与光辉。下面便就《风》《骚》中部分具有意境之美的作品对唐诗影响的情形作一简要论析。

一　唐代诗人对《诗经》意境之融通

（一）唐人对"月下怀人"意境之融通

《诗经·陈风·月出》所营造的月下怀人之优美意境，开后世同类题材之先河，影响深远，而对于唐诗则更为突出。《月出》诗云：

> 月出皎兮，佼人僚兮。舒窈纠兮，劳心悄兮！
> 月出皓兮，佼人懰兮。舒忧受兮，劳心慅兮！
> 月出照兮，佼人燎兮。舒夭绍兮，劳心惨兮！

《毛序》云："《月出》，刺好色也。在位不好德，而说美色焉"，《毛序》说诗多比附政治，牵强附会者甚多。诗中"好色"的意味是显而易见的，但说是讽刺就有违诗之本意了。朱熹《诗集传》云："此亦男女相悦而相念之辞。"② 所论甚是。这是一首对月兴怀、静夜思人的情诗。诗人仰望一轮皎洁的明月，遥想所爱之人窈窕轻盈、风姿绰约仙娥般的体貌，但又不能共度良宵，不觉忧从中来，劳心伤怀，情思绵邈而不能自已。全诗三章，每章首句写月光之美；第二句写月下美人容貌之美；第三句写月下美人体态之美；末句写诗人思慕之情，从而把明月皎洁之状、意中人俊俏婀娜之态与诗人百般相思之苦融为一体，营造了一种"月下怀人"的情景浑然的优美意境，加之重章叠句、一唱三叹的表现方式，以及每句末尾具

① 夏昭炎：《意境概说：中国文艺美学范畴研究》，北京广播学院出版社 2003 年版，第 25 页。

② 朱熹：《诗集传》，上海古籍出版社 1958 年版，第 83 页。

有浓郁感喟色彩的“兮”字的运用，使得此诗的意境之美达到了最为完善的艺术境界，故而备受后人的青睐。《月出》之诗所营造的“月下怀人”的意境美之表现模式，已成为后人此类创作的不二法门。

明人焦竑的《焦氏笔乘》对《月出》之诗优美意境影响后世文学创作之情况，曾作过很好的评价，其云：

> 《毛诗》：“月出皎兮，佼人僚兮。”见月怀人，能道意中事，太白《送祝八》：“若见天涯思故人，浣溪石上窥明月。”子美《梦太白》：“落月满屋梁，犹疑见颜色。”常建《宿王昌龄隐处》：“松际微露月，清光犹为君。”王昌龄《赠冯六元二》：“山月出华阴，开此河渚雾。清光比故人，豁然展心悟。”此类甚多，大抵出自《陈风》也。[①]

焦竑所举之例，皆为唐诗，这说明唐代诗人受《月出》影响之大，这是对的。清人潘德舆尝云：“《三百篇》之神理、意境，不可不学也。神理意境者何？有关系寄托，一也；直抒己见，二也；纯任天机，三也；言有尽而意无穷，四也。不学《三百篇》，则虽赫然成家，要之纤琐摹拟，浅尽而已。……汉唐人不尽学《三百篇》，然其至高之作，必与《三百篇》之神理意境暗合，而后可以感人而传诵至今。……东坡先生教人作诗曰：‘熟读《毛诗·国风》与《离骚》，曲折尽在是矣。’王伯厚曰：‘《新安吏》：仆射如父兄。虽则如燬，父母孔迩。此诗近之。山谷所谓论诗未觉《国风》远也。’王济之曰：‘读《诗》至《绿衣》《燕燕》《硕人》《黍离》等篇，有言外无穷之感。唐人诗尚有此意，如：君向潇湘我向秦，不言怅别而怅别之意溢于言外；潮打空城寂寞回，不言兴亡而兴亡之感溢于言外，最得风人之旨。’愚谓此类甚多，皆《三百篇》可学之证也。”[②]这都说明唐代诗人是十分注意向《诗经》学习“神理意境”的。不过，我们不难发现，焦竑所举唐诗之例中，诗人月下所怀之人均为清一色之男士也。其实，《陈风·月出》中诗人所怀之人，自是窈窕淑女无疑。我们

---

① 焦竑：《焦氏笔乘》，上海古籍出版社1986年版，第26—27页。

② 潘德舆：《养一斋诗话》卷一，郭绍虞编选：《清诗话续编》（四），上海古籍出版社1983年版，第2007—2008页。

于此不必强求焦竑所举唐诗之例中所怀之人一定要是窈窕淑女。在焦竑看来，所怀何人无关紧要，他旨在表明《月出》之诗优美意境之模式对唐代诗人的影响。取其一点，不及其余。不过，也有论者完全从《月出》诗中诗人月下怀美人的意境之角度来探讨它对后世文学的影响。清代诗学家方玉润便是如此。其评曰：

> 此诗虽男女词，而一种幽思牢愁之意，固结莫解。情念虽深，心非淫荡。且从男意虚想，活现出一月下美人。并非实有所遇，盖巫山、洛水之滥觞也。①

所谓“男意虚想，活现出一月下美人”的说法，颇中《月出》诗之肯綮。真因为“月下美人”是诗人想象的结果，所以这一种悬想美人的思维模式与表现方式，便为后来宋玉的《神女赋》、曹植的《洛神赋》所袭用。方玉润无论是对《月出》文本主旨的把握，抑或对《月民》影响后世的探析，都是甚有见解的。然而，方玉润在论述《月出》对后世文学的影响过程中，均未提及具有“月下怀美人”优美意境之唐诗作品，更未提及杜甫“月下怀美人”的典型之作《月夜》。其实，像张若虚的《春江花月夜》，张九龄的《望月怀远》，李白的《长相思二首》其二，王建的《十五夜望月》等，都是诗人“月下怀美人”的典型之作，但这类作品，最为杰出者，当推杜甫的《月夜》。诗云：

> 今夜鄜州月，闺中只独看。遥怜小儿女，未解忆长安。香雾云鬟湿，清辉玉臂寒。何时依虚幌，双照泪痕干？

天宝十五年（756）六月，安史叛军攻陷潼关，杜甫携家逃难，暂居鄜州（今陕西省富县）。七月，唐肃宗李亨即位灵武（今属宁夏），杜甫只身前去投奔，孰料途中为叛军掳至长安。此诗即八月作于长安。这是一首望月怀内之作，诗人不从正面着笔，而是想象妻子念己，曲笔抒怀，更进一层。明人王嗣奭评此诗曰：“意本思家，而偏想家人之思我，已进一层。至念及儿女之不能思，又进一层。须溪云：‘愈缓愈悲。’是也。‘云鬟’、

① 方玉润：《诗经原始》卷七，中华书局1986年版，第289页。

‘玉臂’，语丽而情更悲。至于‘双照’可以自慰矣，而仍带‘泪痕’说，与泊船悲喜、惊定拭泪同。皆至情也。”① 对于《月夜》所用曲笔妙处，论者颇多高评。清人施补华云：“诗犹文也，忌直贵曲。少陵‘今夜鄜州月，闺中只独看’，是身在长安，忆其妻在鄜州看月也。下云：‘遥怜小儿女，未解忆长安’，用旁衬之笔；儿女不解忆，则解忆者独其妻矣。‘香雾云鬟’、‘清辉玉臂’，又从对面写，由长安遥想其妻在鄜州看月光景。收处作期望词，恰好去路。‘双照’紧对‘独看’，可谓无笔不曲。”② 对《月夜》诗运用曲笔之妙概括最为精当者，当推清人浦起龙，其云：“心已驰神到彼，诗从对面飞来，悲婉微至，精丽绝伦，又妙在无一字不从月色照出也。”③ 但说到底，杜甫《月夜》之美，主要是体现在对《陈风·月出》“月下怀人”意境之美表现模式的承继与拓展。从《月出》的“月下怀人”到《月夜》的“月下怀人”，其呈现意境美的表现模式未变；此之谓“承继”；《月出》月下怀人是诗人“劳心悄兮”的由此及彼法，用的是直笔，是直抒胸臆法。而《月夜》月下怀人是“从对面飞来”的由彼及此法，用的是曲笔，是进一层法；此之谓“拓展”。此外，《月出》写月下美人之美，主要还是反复陈述其“佼人僚兮，舒窈纠兮”，停留在模样俊俏、体态苗条的粗线条概念描述方面。而《月夜》写月下妻子之美，则以“香雾云鬟湿，清辉玉臂寒”十字集中描写其在“香雾”氤氲中的“云鬟”、“清辉”照耀下的“玉臂”，用词极为香艳精细，感情极其悲婉凄恻，正乃“语丽情悲，非寻常浓艳”。④ 以电影术语论之，《月出》写月下美人用的是摇转式的中镜头，给人留下的是总体美的形象；《月夜》写月下妻子，用的是定格式的特写镜头，集中表现妻子的“云鬟”与“玉臂”的局部之美。而且，诗人在表现妻子之美的同时，著一“湿”字、“寒”字，又隐含着妻子于月下雾中盼望、想念自己时间之长；而时间愈长，则表明夫妇感情愈深，从杜甫这面来说，这“湿”字、“寒”字之用，又十分含蓄地写出了诗人不忍心妻子经受雾湿月寒的侵袭，疼爱之情，味之愈出。总之，杜甫《月夜》诗对《月出》“月下怀

① 王嗣奭：《杜臆》卷二，上海古籍出版社1983年版，第42页。

② 施补华：《岘佣说诗》，丁福保辑：《清诗话》（下册），第973—974页。

③ 浦起龙：《读杜心解》（第二册）卷三，第360页。

④ 沈德潜：《唐诗别裁集》卷十，第237页。

人”优美意境的融通，庶臻化境矣。

《月出》“月下怀人”之题旨，月夜清幽的意境，抒情主人公惆怅不甘、骚动不宁的渴慕思恋情怀，无不开启了后世骚人墨客月夜抒怀之先河。“无限新诗月下吟”，从此望月怀美、望月念远、望月思乡、望月忆亲之作，便于中国诗歌史上层出无尽，佳构迭现。诸如，《古诗十九首》中的《明月何皎皎》、谢庄的《月赋》、张若虚的《春江花月夜》、张九龄的《望月怀远》、李白的《静夜思》、杜甫的《月夜》、白居易的《自河南经乱，关内阻饥，兄弟离散，各在一处，因望月有感》、范仲淹的《御街行》、彭邦桢的《月之故乡》、余光中的《中秋夜》、舒兰的《乡色酒》、席慕蓉的《乡愁》，等等，都是清一色的月夜怀思意境模式的古今名篇。苏轼的《水调歌头》（中秋词），尤为此类名篇之翘楚。它的情感内蕴与表现手法，与《月出》奠定的“月下怀人”的抒情模式正相吻合。词中潜隐着的深层意蕴结构，颇为自然地契应于漫长岁月里积淀而成的月夜怀思的民族心理特征与范型。毋庸置疑，在这佳作如林的诗词阵营中，杜甫的《月夜》，委实是《陈风·月出》“月下怀人”意境呈现思维模式承继历程中最为耀眼的一颗明星。他所拓展的“月下怀人”新的意境模式，又给后世文学以新的启迪与创造。民谚有云：“月光下看老婆，越看越漂亮；露水里看庄稼，越看越喜欢；马背上看英雄，越看越精神。”此乃环境产生美的民族文化心理审美特征的具体表现。就“月光怀人”这一民族文化心理审美特征而言，似乎具有世界性的共同意义。英国著名诗人拜伦有一首著名的《她走在美的光影里》的诗，也是把歌咏对象威莫特·霍顿夫人放在月光下加以赞美的。诗是这样描写的：“她走在美的光影里，好像/无云的夜空，繁星闪烁；/明与暗的最美的形象，/交会于她的容颜和眼波，/融成一片恬淡的清光……/浓艳的白天得不到的恩泽。//多一道阴影，少一缕光芒，/都会损害那难言的优美；美在她绺绺黑发上的飘荡，/在她的腮颊上洒布柔辉；/愉悦的思想在那儿颂扬，/这神圣寓所的纯洁，高贵。/……”直写得一个姣美的人儿在月光中荡漾，堪作《陈风·月出》诗的注脚，亦可与杜甫《月夜》诗女性局部美展示方式同参。我们不能说拜伦的这首“月下怀人”诗一定受到《月出》的影响，但有一点可以充分肯定，早于拜伦两千余年的《月出》诗所开启的“月下怀人”意境呈现思维模式，已向世界率先预告了民族文化心理审美特征的成功实践。这是中国文学与美学的自豪与骄傲。

（二）唐人对“泪别亲人”意境之融通

《诗经·邶风·燕燕》中“之子于归，远送于野。瞻望弗及，泣涕如雨”所营造的别情依依、忧绪绵绵的送别意境，对唐代送别诗之影响甚大。其诗云：

> 燕燕于飞，差池其羽。之子于归，远送于野。瞻望弗及，泣涕如雨！
>
> 燕燕于飞，颉之颃之。之子于归，远于将之。瞻望弗及，伫立以泣！
>
> 燕燕于飞，上下其音。之子于归，远送于南。瞻望弗及，实劳我心！
>
> 仲氏任只，其心塞渊，终温且惠，淑慎其身。先君之思，以勖寡人。

关于此诗的主题，《毛序》云：“燕燕，卫庄姜送归妾也。”然就诗中第四章“仲氏任只”与“以勖寡人”等句考之，送别者当是卫国国君。因为“寡人”乃古代国君之自称；“仲氏”，即卫君之妹。由前三章“之子于归”释之，此诗即指被送的女子出嫁之事；综合论之，《燕燕》诗所述乃卫国国君送别妹妹远嫁南国之事。《战国策·赵策》描写赵太后送其女出嫁燕国时尝云：“媪之送燕后也，持其踵为之泣，念悲其远也，亦哀之矣！”彼母亲送女儿出嫁时的泣别情景与此国君送妹妹出嫁时的泣别情景颇为相似。诗人以燕燕双飞起兴，托寓昔日兄妹似燕双飞形影不离之情深，而今却即刻分离，天各一方，此情此景，焉能不“泣涕如雨”、“伫立以泣”、“实劳我心”也哉？诗人反复咏叹如此令人心碎肠断的离别心情与依依不舍的离别场景，突出了兄妹感情的深挚与真诚，具有催人泪下的艺术感染力。末章采用赋法，补叙“仲氏”诚厚善良的人品与先君代代相传的遗德，点明了“伫立以泣”的原因所在。前三章与末章在内容逻辑上构成了严密的倒因果关系。正因为国君之妹具有如此美好的品德，所以便自然加深了卫国国君与其妹妹临别难分的哀泣之感情。由此，也就构成了《燕燕》诗所特有的情真意切的别离意境，奠定了千古送别诗鼻祖之不朽地位。清人王士禛评价《燕燕》诗云：“《燕燕》之诗，许彦周以为可泣鬼神。合本事观之，家国兴亡之感，伤逝怀旧之情，尽在阿堵中。《黍离》《麦秀》，未足喻其悲也。宜为万古送别诗之祖。"[①] 所言甚是。

《诗经》而后，《楚辞·九歌·河伯》吟咏过"子交手兮东行，送美人兮南浦"的悲凉之句。魏晋南北朝时期社会动荡不宁，送别诗渐多。人生别离的万分悲苦之情已深为人们所认识，而江淹的《别赋》对此体会尤为深刻，其云："黯然销魂者，唯别而已矣！……别虽一绪，事乃万族。……别方不定，别理千名。有别必怨，有怨必盈；使人意夺神骇，心折骨惊。"到了唐代，由于诗歌功能的扩大，事功观念的增强，诗与音乐的紧密结合，贬谪官员的增多，以及人与人之间关系的融洽等因素，送别诗的创作至唐代得到了空前迅速的发展，出现了彬彬之盛的局面，其数量与质量都达到了前所未有的水平。宋人严羽评价云："唐人好诗，多是征戍、迁谪、行旅、离别之作，往往能够感动激发人意。"[②] 其实严羽所说的征戍、迁谪、行旅这几方面也无不含有"离别"的内容，像唐诗中含有送征戍之人、送迁谪之人、送行旅之人者比比皆是。所以，将它们归为离别诗也未尝不可。正因为如此，与其他题材相比，唐代送别诗自然就成为全唐诗中颇为重要的一大类别。检索《全唐诗》与《全唐诗外编》，5万余首唐诗中，送别诗就有近5000首，为总数的1/10弱。检《河岳英灵集》，其234首盛唐诗中，送别诗也占1/10。再检流行颇广的衡塘退士所编的《唐诗三百首》，其中有送别诗30余首，占1/10强。唐代送别诗的题材极为广泛，大凡赴举、落第、升迁、贬谪、出任、辞官、归隐、赴边、远游、归家、入道以及婚姻，等等，其诗歌之根须，几乎伸向了整个时代与社会生活的土壤。唐代送别诗主要是表现人与人之间的关系与感情，他们或劝慰，或互勉，或期望，或同忧，或共愤，或体贴入微，或关怀备至，或心心相印，或时时牵挂，体现出唐人那种亲切友好而纯真深挚的人情美特征。离别毕竟是令人痛苦感伤的，因此，送别诗中充满着"柳枝"、"飞蓬"、"舟帆"、"长亭"、"秋雁"、"日暮"、"荒寒"、"月"、"山"、"水"、"云"、"草"、"酒"、"泪"等悲凉凄清的意象以及"惆怅"、"忧恨"、"愁苦"等极具伤感色彩的词汇，所以，唐代送别诗又具有鲜明的悲剧美特征。而这"人情美"与"悲剧美"的特征，当是严羽

---

① 王士禛：《分甘余话》卷三，中华书局1989年版，第62页。

② 严羽：《沧浪诗话·诗评》，郭绍虞校释，人民文学出版社1983年版，第198页。

所说的“往往能感动激发人意”之所在！

唐代送别诗中的“人情美”与“悲剧美”特征，其精神内核之源，正是来自于《邶风·燕燕》。如王维《齐州送祖三》：“相逢方一笑，相送还成泣。祖帐已伤离，荒城复愁人。天寒远山静，日暮长河急。解缆君已遥，望君犹伫立。”李白《黄鹤楼送孟浩然之广陵》：“故人西辞黄鹤楼，烟花三月下扬州。孤帆远影碧空尽，唯见长江天际流。”李贺《洛阳城外别皇甫湜》：“洛阳吹别风，龙门起断烟。冬树束生涩，晚紫凝华天。单身野霜上，疲马飞蓬间，凭轩一双泪，奉坠绿衣前。”这几首诗都或隐或显地摄取了《燕燕》诗“远送于野，瞻望弗及，泣涕如雨”的哀伤难忍的别离苦境，以及鲜明的“泪”意象。俗谚云：“男儿有泪不轻弹，只是未到伤心时。”男儿一旦伤心极，自有泪飞倾盆雨。所以唐代送别诗中的“泪”意象极其丰富，庶几篇篇有泪，形成了别苦之泪的海洋。如：崔曙：“别愁复经雨，别泪还如霰”（《对雨送郑陵》）；李白：“平生不下泪，于此泣无穷”（《江夏别宋之悌》）；戎昱：“故将别泪和乡泪，今日阑干湿汝衣”（《征人归乡》）；杜甫：“亲朋尽一哭，鞍马去孤城”（《送远》）；“古往今来皆涕泪，断肠分手各风烟”（《公安送韦二少府匡赞》）；岑参：“故园东望路漫漫，双袖龙钟泪不干”（《逢入京使》）；李嘉佑：“席前愁此别，未别已沾裳”（《九日送人》）；沈宇：“菊黄芦白雁初飞，羌笛胡笳泪满衣”（《武阳送别》）；司空曙：“峡口花飞欲占春，天涯去住，泪沾巾”（《峡送人》）；韦应物：“相送情无限，沾襟比散丝”（《赋得暮雨送李曹》）；杨凝：“江边日暮不胜愁，送客沾衣江上楼”（《别李协》）；柳宗元：“今朝不用临河别，垂泪千行便濯缨”（《衡阳与梦得分路赠别》）；“零落残魂倍黯然，双垂别泪越江边”（《别舍弟宗一》）；元稹：“感念交契定，泪流如断縻”（《酬别致用》）；皇甫松：“隔筵桃叶泣，吹管杏花飘。……别离惆怅泪，江路湿红蕉”（《江上送别》）；杜牧：“蜡烛有心还惜别，替人垂泪到天明”（《赠别二首》其二）；“芳草复芳草，断肠还断肠。自然堪下泪，何必更残阳”（《池州春送前进士蒯希逸》）；李商隐：“水仙欲上鲤鱼去，一夜芙蓉红泪多”（《板桥晓别》）；贯休：“只恐长江水，尽是儿女泪”（《古离别》），等等。由《燕燕》诗“瞻望弗及，泣涕如雨”之别泪涟涟的描写，到千余年后唐代诗人别泪成河的叙述，真是“中间多少行人泪，一样送别一样情”啊。“举手长劳劳，二情同依依”（《孔雀东南飞》），自有人类以来，人们无不重视人生的离别，而唐人则更是如此。李商隐“人世死前唯有别”（《离亭赋得折杨柳》）一句肺腑之言，代表了唐人的共同心声。他们那些从心灵深处流淌出来的种种别泪，无疑是人间最真诚、最美丽的结晶，闪耀着人情美的晶莹之光。千百年后的今天，仍然具有激发共鸣、摇人心旌的艺术感染力。

由“万古送别诗之祖”的《燕燕》诗观之，其对象、情感、形式等都较为单一、集中，而到了别情万种的唐人送别诗，其送别的角色对象、题材内容、感情色彩、表现形式等，都得到了长足的发展。但“万变不离其宗”，《燕燕》诗所营构的荒野、伫望、泣泪相融浑成的所特有的悲泣别离的意境模式，始终为唐代送别诗所承传与发展，从而形成了唐代送别诗题广、人众、象明、情美、境阔、句圆、法活的文学审美特征，在中国文学送别诗的历程中竖起了一座巍巍丰碑。

二 唐代诗人对《楚辞》意境之融通

《楚辞》意境美的呈现，较之于《诗经》，则显得更为全面、广泛、深入而完善，创作主体与客体之间的融合更趋自然，诗人情感之内蕴也因此而得到了全方位、多角度、立体化的表现，而中国诗歌朝着情景交融的诗史历程又大大前进了一步。《楚辞》意境的呈现模式，给唐代诗人影响甚大。兹即通过对李白、李贺、李商隐与杜甫四大家有关代表作品的简要剖析，以窥探唐代诗人承摄并融通《楚辞》意境呈现模式之一斑。

（一）《楚辞》意境美呈现之四种形态

作为中国文学浪漫主义源头的屈骚，其诗歌意境的营造主要借助于自然形态、社会形态、历史形态、神话形态这四大精神家园之媒介，在诗人溯古探今、上天入地的苦苦追寻中，强烈抒发怀才不遇、忧国忧民、固持操守、忠君爱国的深厚感情，从而形成具有崇高、悲壮、伟大的屈骚意境审美特征，兹就《离骚》意境的构成因素简论之。

先看《离骚》自然形态精神家园的描述：“纷吾既有此内美兮，又重之以修能。扈江离与辟芷兮，纫秋兰以为佩。……朝搴阰之木兰兮，夕揽洲之宿莽。……步余马于兰皋兮，驰椒丘且焉止息。进不入以离尤兮，退将复修吾初服。制芰荷以为衣兮，集芙蓉以为裳。……芳与泽其杂糅兮，唯昭质其犹未亏。”诗人披花戴草，制作荷衣，旨在培养德操，增长才干，以利更好地为振兴楚国奉献才华。为了培植更多的杰出人才，诗人还不无雄心勃勃地开展了一项“滋兰树蕙”的育才工程，即：“余既滋兰之九畹，又树蕙之百亩。畦留夷与揭车兮，杂杜衡与芳芷。冀枝叶之峻茂兮，愿俟时乎吾将刈。虽萎绝其亦何伤兮，哀众芳之芜秽！”诗人所植各种各样的香草，即喻各行各业的人才，喻指甚明。然而，由于社会黑暗势力过于猖狂强大，芳草们都萎绝变质了，因而诗人精心构想的人才培养计划即告落空。诗人披带香草，磨砺美德，结果是怀才不遇，屡遭排挤。转而另辟蹊径培花育才，谁知理想破灭。诗人痛定思痛，不得不将眼光转向社会历史与神话世界，希冀“通古今之变”、“究天人之际”，从而寻找到一条治国安邦的理想之路。诗人首先将目光投向了社会形态的精神家园，希望通过对社会的考察，以便协助楚王制定治国安邦之良方。谁知却是君不君、臣不臣、民不民，社会上下昏乱一片，黑暗一团。楚王是狐疑多端，不信忠臣。“曰黄昏以为期兮，羌中道而改路。初既与余成言兮，后悔遁而有他。余既不难夫离别兮，伤灵修之数化。”臣子是结党营私，排斥异己：“众嫉余之蛾眉兮，谣诼谓余以善淫。固时俗之工巧兮，偭规矩而改错。背绳墨以追曲兮，竞周容以为度。”而民众则是非不分，善恶莫辨：“世溷浊而不分兮，好蔽美而嫉妒。……世幽昧以眩曜兮，孰云察余之善恶？民好恶其不同兮，惟其党人其独异。户服艾以盈要兮，谓幽兰其不可佩。览察草木其犹未得兮，岂珵美之能当？苏粪壤以充帏兮，谓申椒其不芳！”在这样一个君昏、臣奸、民庸的暗无天日的现实社会里，诗人痛苦万分，“揽茹蕙以掩涕兮，沾余襟之浪浪”，尽管如此，诗人的人生态度依然是积极向上的，“民生各有所乐兮，余独好修以为常。虽体解吾犹未变兮，岂余心之可惩！”面对如此糟糕而令人窒息的黑暗世界，诗人没有丝毫退缩，而是又将眼光转向了历史形态的精神家园。诗人在其中认真地考察着、比较着、分析着：“昔三后之纯粹兮，固众芳之所在。杂申椒与菌桂兮，岂惟纫夫蕙茝？彼尧舜之耿介兮，既遵道而得路，何桀纣之猖披兮，夫唯捷径以窘步。惟夫党人之偷乐兮，路幽昧以险隘。……启《九辩》与《九歌》兮，夏康娱以自纵。不顾难以图后兮，五子用失家巷。羿淫游以佚畋兮，又好射夫封孤。因乱流其鲜终兮，浞又贪夫厥家。浇身被服强圉兮，纵欲而不忍；日康娱而自忘兮，厥首用夫颠陨。夏桀之常违兮，乃遂焉而逢殃。后辛之菹醢兮，殷宗用之不长。汤禹俨而祗敬兮，周论道而莫差。举贤而授能兮，循绳墨而不颇。皇天无私阿兮，览民德焉错辅。夫维圣哲以茂行兮，苟得用此下土。”诗人置身于历史形态精神家园中，以敏锐的历史眼光，高度分辨是非的判断力，深刻对比了历史上贤君与昏王们不同的政治品德与结果，旨在希冀楚王能够“抚壮弃秽”从善摒恶，以历史贤君为楷模，“举贤而授能兮，循绳墨而不颇”，进而使岌岌可危的楚国步入良性循环发展的轨道。然而由于楚王的极度昏聩，诗人在历史形态的精神家园里依然以失败而告终。至此，诗人在自然形态、社会形态、历史形态的精神家园里都一一遭遇了不幸，他身心疲惫，面容枯槁，行吟泽畔，悲伤欲绝。然而，凭着诗人一贯固持的操守与执著的信念，他始终不放弃对振兴楚国的任何一丝希望。“路曼曼其修远兮，吾将上下而求索”，诗人又将目光投向了神话形态的精神家园，希望在神灵的天国里，能够得到神灵的指示与帮助。其云：“驷玉虬以乘鹥兮，溘埃风余上征。朝发轫于苍梧兮，夕余至乎县圃。欲少留此灵琐兮，日忽忽其将暮。吾令羲和弭节兮，望崦嵫而勿迫。路曼曼其修远兮，吾将上下而求索。饮余马于咸池兮，总余辔乎扶桑。折若木以拂日兮，聊逍遥以相羊。前望舒使先驱兮，后飞廉使奔属，鸾皇为余先戒兮，雷师告余以未具。吾令鸟飞腾兮，继之以日夜。飘风屯其相离兮，师云霓而来御。纷总总其离合兮，斑陆离其上下。吾令帝阍开关兮，倚阊阖而望予。时暧暧其将罢兮，结幽兰而延伫。世溷浊而不分兮，好蔽美而嫉妒。”诗人御龙乘凤，吃尽千辛万苦，好不容易到达天庭，谁知天庭守卫不让入内，并以轻蔑的眼神瞧着他。诗人终于醒悟了：神仙世界也和人间社会一样黑暗可怕，一样“好蔽美而嫉妒”。天界求助无门，诗人又“览相观于四极兮，周流乎天余乃下”。他向下界西方的神话统系昆仑山飞进，求宓妃，求有娀之佚女，求有虞之二姚，然而都一一落空。至此为止，诗人由自然形态到社会形态，由历史形态到神话形态，上下求索，古今探究，诗人的理想与抱负，始终未得以实现。而其作梗的根源在于“世溷浊而嫉贤兮，好蔽美而称恶。闺中既以邃远兮，哲王又不寤”。君昏、臣奸、民庸的黑暗政治现实，是诗人政治失败的根本原因，既然楚国已不能容忍诗人，因此他就想去国另图发展。但出于对楚国有生以来的赤诚之爱，他最终还是不忍离去，毅然选择“从彭咸之所居”（水死）的人生归宿，由此而闪射出强烈的爱国主义精神之光芒。

《离骚》借助于自然形态、社会形态、历史形态与神话形态四大精神家园的叙写，将诗人讽君斥奸的愤慨情绪、怀才不遇的悲切心情以及忧国忧民的深厚感情曲折含蕴、一唱三叹地表现出来，营构了崇高、悲壮、伟大的优美意境，这在与《离骚》同属于现实与虚幻并举描写的《九章》《远游》等诗篇之意境审美特征是基本相同的。而《九歌》中浓厚的巫神文化色彩以及《湘君》《湘夫人》《山鬼》《国殇》等作品所构成的凄清幽冷、悲壮哀伤的意境特征，还有宋玉《九辩》借秋景抒悲情的“寒蝉凄切”式的哀怨冷寂的意境，等等，都给唐代诗人以不同程度的影响。

（二）李白对屈骚意境之融通

前文在论及“《风》《骚》体式之仿效”时，列举了不少李白骚体诗之例。其实，李白不仅仿作屈骚之形而臻乱真之程度，而且在屈骚意境的融通上也极其成功。明人许学夷指出：

> 屈原《离骚》本千古辞赋之宗，而后人摹仿盗袭，不胜餍饫。太白《鸣皋歌》虽本乎骚，而精彩绝出，是太白手笔。至《远别离》《蜀道难》《天姥吟》，则变幻恍惚，尽脱蹊径，实与屈子互相照映。谢茂榛云：“太白诗歌若疾雷破，颠风播海，非神于诗者不能。”胡元瑞亦云：“太白《远别离》《蜀道难》《天姥吟》等，无首无尾，变幻错综，窈冥昏默，非其才力学之，立见颠踣也。”于鳞不识此境界。①

许学夷所说的“境界”，即指意境。所列举的《远别离》、《蜀道难》、《天姥吟》三首诗，皆是融通屈骚意境美的典型例子。《远别离》以传说中的湘妃神话故事起兴，并将其穿插于诗中。这是诗人有意识地为其诗中强烈的政治抒情内容布设迷阵。原因有二：一则出于政治上的考虑。天宝年间，朝廷屡兴大狱，迫害忠良，诗人不得不提防奸佞之徒的暗算，故托之以神话传说故事。二则出于艺术之要求。诗歌最忌平铺直叙，一览无余，将神话传说穿插其间，便显得古朴凝重，耐人寻味。尽管以神话故事作掩护，但“君失臣兮龙为鱼，权归臣兮鼠变虎”二句，其喻指现实社会的政治意义则隐约可见。两句中的“臣”字，含义有别。前句之“臣”，指贤臣；后句之臣，指奸臣。此二句指斥玄宗迫害忠良、失去贤臣之辅佐，必定自取灭亡，而李林甫、杨国忠、安禄山等人窃取权柄，必定祸国殃民。全诗有神话形态，有自然形态，有社会形态，有历史形态，

---

① 许学夷：《诗源辩体》卷一八，人民文学出版社 1987 年版，第 199 页。

是典型的《离骚》意境模式之再生，具有强大的艺术魅力。许学夷评价此诗意境之美云："太白《蜀道难》、《天姥吟》，虽极漫衍纵横，然终不如《远别离》之含蓄深永，且其词断而复续，乱而实整，尤合骚体。范氏云：'此篇最有楚人风，所贵乎楚言者，断如复断，乱如复乱，而词意反复曲折行乎其间者，实未尝断而乱也；使人一唱三叹，而有遗音。……兹太白所以为不可及也。"[①]《蜀道难》是乐府旧题，想象奇特丰富，描写山川奇丽而惊险，叙述剑阁雄奇而阴森，从中透露出诗人对社会的某些忧虑与关切之情。其中也有自然、社会、历史、神话四种形态的交错描写，尤其是"蜀道之难难于上青天"重复三次的强烈感叹，突出了诗人对世道艰难的深刻认识，深化了意境的内涵。殷璠《河岳英灵集》卷上称此诗"可谓奇之又奇。然自骚人以还，鲜有此体调也"。这里的"体调"，即体式与情调、格调。而情调与格调，亦即意境之谓也。李白的《梦游天姥吟留别》，是一首记梦诗。诗中既有诗人梦游天姥所见奇山异水自然的记录，有梦醒后诗人对"白鹿青崖"、"骑访名山"之现实社会美好生活的向往与追求，又有历史人物的再现，还有神仙庞大阵容的展示，虚实相映，古今交错，是典型的屈骚意境模式的借鉴与融通。李白《古风五十九首》中的不少篇章，意境模式皆由屈骚承摄而融通之。如《古风五十九首》（十九），是一首用游仙体创作的古诗，笔调浪漫，感情丰富，诗中表现了诗人独善兼济的思想矛盾和忧国忧民的深刻感情。全诗以"神女飞天"为主要画面，仙味甚浓；亦有人间速写，人文关怀；还有自然形态的描写，等等。其中，屈骚意境的影子清晰可见。

（三）李贺对屈骚意境之融通

"骚之苗裔"、少年天才兼"鬼才"、"鬼仙"[②] 李贺对屈骚意境的接受则更是全力以赴，全面展开。诸如《梦天》《雁门太守行》《湘妃》《秋来》《苏小小墓》《帝子歌》等，都无不烙印屈骚意境的模式。《梦天》是一首梦登月宫的游仙诗，前四句想象月宫神仙世界的瑰丽无比与仙女们相逢嬉戏于丹桂飘香之路的欣喜之情，仙境与仙女相得益彰，弥漫着海市蜃楼般的迷幻色彩；后四句诗人幻想自己飞进月宫，与仙女们一起俯瞰神州大地，只觉得九州大地与五湖四海渺小得如"九点烟"与一杯

① 许学夷：《诗源辩体》卷一八，第200页。

② 严羽：《沧浪诗话·诗评》，郭绍虞校释，第178页。

水一样，于是诗人千年走马的沧海桑田的无常之感油然而生，其潜台词则曰：宇宙变更如此迅速，而人生又是如此渺小，故应当善待自己，在有限的人生中活出有价值的人生意味来。其他如《天上谣》《李凭箜篌引》做法与意境亦与之相似，此类梦天式的浪漫之作，乃屈原《离骚》《天问》的神游、追问、求索的艺术境界的直接熔铸而成。《雁门太守行》是一首描写艰难而残酷之战争与歌颂英勇将士立志报国、慷慨赴难之大无畏精神的诗，寓含作者渴望报国的炽热深情。此诗“黑云压城”、“甲光向日”、“角声满天”、血凝塞上的激烈而悲壮的战争描写与“报君黄金台上意，提携玉龙为君死”的英雄壮志，与《九歌·国殇》中“旌蔽日兮敌若云，矢交坠兮士争先。……天时怼兮威灵怒，严杀尽兮弃原野”的血腥战争场面的描写与“带长剑兮挟秦弓，首身离兮心不惩。……身既死兮神以灵，魂魄毅兮为鬼雄”的英勇壮举，如出一辙。李贺化用《国殇》之语意，熔铸其意境，烙印甚明。可以这样说，《雁门太守行》，即是李贺版的《国殇》。由《湘妃》《帝子歌》诗题可知，它们与《九歌》中的《湘君》《湘夫人》题旨、意境是一脉相承的。二诗中的帝子、洞庭、湘水、湘神、桂、龙等词语基本采自《九歌》中的《湘君》《湘夫人》。《帝子歌》“闲取真珠掷龙堂”，犹《湘君》“捐余玦兮江中，遗余佩兮澧浦”、《湘夫人》“捐余袂兮江中，遗余褋兮澧浦”之意。《湘妃》“巫云蜀雨遥相通”句，犹直接化用宋玉《高唐赋》之序文：“昔先王尝游高唐，怠而昼寝，梦一妇人曰：‘妾，巫山之女也。为高唐之客。闻君游高唐，愿荐枕席’。王因幸之。去而辞曰：‘妾在巫山之阳，高丘之阻，旦为朝云，暮为行雨，朝朝暮暮，阳台之下’。旦朝视之，如言。”所以说，李贺的《湘妃》《帝子歌》之旨趣与意境，便直接移植于屈骚。《苏小小墓》是一首著名的咏鬼诗，其云：“幽兰露，如啼眼。无物结同心，烟花不堪剪。草如茵，松如盖，风为裳，水为佩。油壁车，夕相待。冷翠烛，劳光彩。西陵下，风吹雨。”苏小小是南齐时钱塘名妓。李绅《真娘墓》诗序云：“嘉兴县前有吴妓人苏小小墓，风雨之夕，或闻其上有歌吹之音。”苏小小生前有过美好的愿望和追求，渴望和一个有情郎结为终身伴侣。古乐府《苏小小歌》有云：“我乘油壁车，郎乘青骢马。何处结同心？西陵松柏下。”但愿望终究落空，悲剧已成永恒。诗人以悲悯之笔，描凄冷之景，写哀怨之魂，抒悼念之情，是一首景虽幽冷而情却炽热的咏鬼杰作。稍加品察，此诗主旨与意境显然由《九歌·山鬼》脱胎而来。苏小小鬼魂之兰露啼眼，风裳水佩之状，犹山鬼“被薜荔兮带女萝”、“既含睇兮又宜笑”之貌；苏小小“无物结同心，烟花不堪剪”的坚贞而幽怨之情怀，与山鬼“折芳馨兮遗所思”、“思公子兮徒离忧”之心境颇相对应；苏小小“冷翠烛”、“风吹雨”的西陵期待之环境，与山鬼期待未遇时“雷填填兮雨冥冥”、“风飒飒兮木萧萧”的氛围一样凄幽冷清。《苏小小墓》短短46字，却与《山鬼》的景与情有如此之多的相应吻合之处，而又不见其剿袭雷同之弊，诗人之于屈骚，真乃化境妙手也！《秋来》也是一首脍炙人口的咏鬼诗，但与《苏小小墓》不同的是，诗人并非以写鬼为要，而旨在借鬼抒一己知音难觅、怀才不遇的幽怀怨绪。全诗的意象均为冷色，与诗人的孤寂情怀交融成心寒情苦的意境，尤其尾联“秋坟鬼唱鲍家诗，恨血千年土中碧”，一股阴森恐怖之气迎面扑来，不禁令人毛骨悚然。李贺“鬼”诗有十余首，在这些诗及其他相关诗中，诗人“喜用鬼字、泣字、死字、血字。幽冷溪刻，法当得夭”。[①] 故遂有“鬼才”、“鬼仙”之誉。而如此“鬼才”、“鬼仙”所作之“鬼”诗，其意境之根脉均在《九歌·山鬼》，仅此而论，李贺便不愧为“骚之苗裔”之称。

沈德潜从李贺的辞采、意境的特征中窥得其大源则在《楚辞》里头，其云：“长吉诗依约《楚骚》，而意取幽奥，辞取瑰奇。”[②] 姚文燮曾就李贺与李白承传屈骚情况作过比较，其云：“唐才人皆诗，而白与贺独《骚》。白近乎《骚》者也；贺则幽深诡谲，较骚为尤甚。”[③] 李贺与李白相比，“较骚为尤甚”区分的关键是，李白偏重于形似，李贺偏重于神似。对此，叶葱奇先生则进一步评价说：

> 专学《楚辞》，真能吸取它的精华，获得它的精髓的，却只有李贺。李白虽然也有摹拟《楚辞》的地方，但是像“日惨惨兮云冥冥，猩猩啼烟兮鬼啸雨”，“深林兮惊层巅，云青青兮欲雨，水澹澹兮生烟”等这一类句子，完全袭用《楚辞》的形式，摹拟《楚辞》的外貌，这在李贺作品里是绝对没有的。李贺承袭了《楚辞》的精神，

---

① 胡震亨：《唐音癸签》引王思任语，上海古籍出版社1981年版。

② 沈德潜：《唐诗别裁集》卷八，第193页。

③ 姚文燮：《昌谷集注序》，陈伯海主编：《唐诗汇评》（中），浙江教育出版社1995年版，第1939页。

> 创造出他独有的奇崛愤激、凄凉幽冷的诗歌，形式是唐代一般的古诗歌，而意境、风调却完全承袭了《楚辞》。这在唐代其他诸家中是找不出第二个相同的人物的。我们当然不能，也不是单拿一点来贬低李白和其他诸家，更不是说李贺的诗各方面都超过李白，不过单就承袭《楚辞》的风调、意趣讲，李贺是成功的、杰出的。①

叶氏所论大体是切实而中肯的，但对李白“完全袭用《楚辞》的形式，摹拟《楚辞》的外貌”颇有微词。不过，对此不能一概而论，要作具体分析。不错，李白确有不少形似《楚辞》之作，但这些作品并未仅仅停留在摹写层面上，其中也注重了对《楚辞》神韵的摄取，并将自己的思想感情倾注其内，形成形神兼备的拟《骚》之作，像前举《鸣皋歌》《远别离》《蜀道难》《天姥吟》等作品，便是如此。毋庸置疑，李白依然是学《骚》且卓有成效的佼佼者。至于李贺，唐代诗人中，堪称是全力学《骚》的第一人。他生病时“咽咽学楚吟”（《伤心行》），与友人聚宴时“坐泛楚奏吟《招魂》”（《南园》），平时总是“《楚辞》系肘后”（《赠陈商》），甚至于他干脆把自己的诗歌创作说成是“斫取青光写《楚辞》”（《昌谷北园新笋四首》之二）。在全唐300年间，像李贺《楚辞》情结如此之深者，似无出其右者。他的确是把学习《楚辞》当做自己生命中不可或缺的重要部分。也正因为其如痴如醉的执著精神，所以才成就了他承传《骚》体诗歌的杰出成就。他除了摹拟古乐府与齐梁体外，摹拟《楚辞》，则“在他的全部作品里占着主要的部分，成了他最独到的、最精彩的篇什。”② 李贺是道道地地、当之无愧的“骚之苗裔”。

（四）李商隐对屈骚意境之融通

晚唐诗人李商隐一方面学习屈骚，另一方面又向本朝“骚之苗裔”李贺的诗作学习，如此远近结合的屈骚接受，使得诗人自然具有颇深的屈骚情结，尤其是很深的宋玉情结。他的诗中多次提到宋玉，如：“宋玉平生恨有余”（《过郑广文旧居》），“宋玉临江宅”（《高花》），“何曾宋玉解招魂”（《哭刘蕡》），“只应惟宋玉”（《咏雪》），“回看屈宋由年辈”（《偶成转韵音乐七十二句四同舍》），“非关宋玉有微词”（《有感》），

---

① 叶葱奇疏注：《李贺诗集·后记》，人民文学出版社1959年版，第395页。

② 同上。

“料得也应怜宋玉”（《席上作》）。他曾在《楚吟》诗中自比宋玉，云：“山上离宫宫上楼，楼前宫畔暮江流。楚天长短黄昏雨，宋玉无愁亦自愁。”诗人还曾专作题为《宋玉》的诗来表示对宋玉的怜悯之情。诗云：“何事荆台百万家，唯教宋玉擅才华。楚辞已不饶唐勒，风赋何曾让景差。落日诸宫供观阁，开年云楚送烟花。可怜庾信寻荒径，独得三朝托后车。”因此，屈骚作品尤其是宋玉《九辩》等作品，对李商隐影响颇大。

李商隐的七律《楚宫》是化用屈骚中的《九歌》及《招魂》词采与意境最为典型的一首，诗云：

> 湘波如泪色漻漻，楚厉迷魂逐恨遥。
> 枫树夜猿愁自断，女萝山鬼语相邀。
> 空归腐败犹难复，更困腥臊岂易招？
> 但使故乡三户在，彩丝谁惜惧长蛟！

此乃诗人有感于屈原五月五日沉湘事件的悼怀之作。大中二年（848）诗人由桂州（今广西桂林）郑亚幕府返长安途经潭州（今湖南长沙）并稍作停留，身置屈原沉江之所，结合自己坎坷身世，感慨无限，遂有此作。此诗通篇紧扣屈原“迷魂”展开描写。首联叙迷魂逐波远去，恨意绵邈。颔联写迷魂居处凄幽，山鬼相怜；颈联叹迷魂困守水族，招之尤难；尾联欣楚人祭悼，迷魂可安。全诗句句招魂，悼意深沉；回环往复，唱叹有致，与宋玉《招魂》之模式与悲凉意境如出一辙。可以这样说，李商隐的这首《楚宫》，堪称七律体袖珍版的《招魂》。这是从总体印象方面看。再从《楚宫》所用文辞观之，如湘波、楚厉、枫树夜猿、女萝山鬼、故乡三户、彩丝长蛟等，皆采自屈骚作品，使整首诗中洋溢着浓郁的“骚味”气象。此外，在句中化用屈骚成句而别增幽凄、悲切意境者，则更具有动人的艺术魅力。如颔联“枫树夜猿愁自断，女萝山鬼语相邀”，前句化自宋玉《招魂》：“湛湛江水兮上有枫，目极千里兮伤春心，魂兮归来哀江南。”《九歌·山鬼》：“雷填填兮雨冥冥，猿啾啾兮狖夜鸣。”后句化自《九歌·山鬼》：“若有人兮山之阿，被薜荔兮带女萝。既含睇兮又宜笑，子慕予兮善窈窕。”如此化用，不着痕迹，悼情依依，意境幽邈，实乃难得的承摄屈骚意境之杰作。

宋玉《九辩》中以深秋萧瑟凄凉之景来抒发“贫士失职而志不平”

的悲愤之情的凄幽哀怨之意境呈现模式，在李商隐作品中则多有承袭之迹象。如："秋阴不散霜飞晚，留得枯荷听雨声"（《宿骆氏亭寄怀崔雍崔衮》），"秋风动地黄云暮，归去嵩阳寻旧师"（《东还》），"露如微霰下前池，风过回塘万竹悲"（《七月二十九日崇让宅宴作》），"秋霖腹疾俱难遣，万里西风夜正长"（《王十二兄与畏之员外相访见招》），"黄叶仍风雨，青楼自管弦"（《风雨》），"阶下青苔与红树，雨中寥落月中愁"（《端居》），等等，萧瑟悲凉之秋弥漫于李商隐的全部诗作中，增强了诗歌悲凉的人生况味与凄美幽艳的意境之美。诗人还作过一首题为《摇落》的悲秋诗歌。"摇落"直接取自宋玉《九辩》"萧瑟兮，草木摇落而变衰"。"摇落"是一个极具悲秋感情色彩的词语，给人以"秋风摇百草，木叶遍飘零"的衰飒落寞之感，李商隐直接取以为题，可见其诗境是何等之悲凉。

如果说李商隐对宋玉《九辩》中的"悲秋"意境的融通，重在抒发悲士不遇之哀怨情怀的话，那么，他对宋玉《招魂》中的"伤春"意境的融通，则是主要抒发"逝者如斯"的伤时情愫。《招魂》结尾云："朱明承夜兮时不可淹，皋兰被径兮斯路渐。湛湛江水兮上有枫，目极千里兮伤春心。魂兮归来哀江南！"这几句诗表明了诗人时不我待、担忧国运的"伤春"情怀。李商隐对于这"伤春"情怀别有神会。在自己的诗作中多次引用，并赋予其更为丰富而新颖的意蕴。如："天荒地变心虽折，若比伤春意未多！"（《曲江》）"我为伤春心自醉，不劳君劝石榴花"（《戏恼韩同年》），"曾苦伤春不忍听，凤城何处有花枝"（《流莺》），"君问伤春句，千辞不可删"（《朱桂花》），"年华无一事，只是自伤春"（《清河》），"刻意伤春复伤别，人间唯有杜司勋"（《杜司勋》），等等。诸如此类的"伤春"诉说，是诗人悲时伤己、爱情失意、年华虚度诸种郁闷哀怨之情的集中体现，而对于美之消逝的叹惋之情则贯穿其中。

要之，无论是"悲秋"亦好，"伤春"亦罢，李商隐反复吟咏之，悲叹之，实是对宋玉《九辩》及《招魂》凄幽哀怨意境呈现模式的成功之接受与精美之熔铸，亦是宋玉情结的真实展示。

（五）杜甫对屈骚意境之融通

"诗圣"杜甫对《风》《骚》精神的承传是全面、广泛而深入的，他对《风》《骚》精神的承传不重在形式，而是体现于内在精神的贯注方面。换句话说，杜诗之美，不在其《风》《骚》其形，而在其《风》

《骚》之魂。正如张戒《岁寒堂诗话》所云："子美诗奄有古今，学者能识《风》《骚》人之旨，然后知子美用意处。"① 因此，就意境这个角度，我们以屈骚来考察杜甫的有关作品，依然不难发现二者之间的承传关系。兹举《自京赴奉先县咏怀五百字》《渼陂行》《乾元中寓居同谷县作歌七首》三诗简论之。

《自京赴奉先县咏怀五百字》，是唐玄宗天宝十四年（755）十一月正当安禄山作乱前夕，杜甫由长安往奉先县探望妻子时所作，是一篇具有划时代意义的史诗杰作。在论述其文学渊源关系时，人们多指出其受《诗经》现实主义创作精神的影响，这固然不错，但就其内在意境与神韵气脉察之，它又颇与屈原《离骚》之精神声气相应，息息相关。诗人诗题为"咏怀"，它不是仅仅停留在一己之立场上的感情抒发，而其所"咏"则是建立在国计民生的大背景之上的忧国忧民之"怀"。全诗可分三段，第一段从开头至"放歌破愁绝"，表明自己一以贯之的忧国忧民胸襟，所咏乃往昔之怀抱。开头"杜陵有布衣，老大意转拙；许身一何愚，窃比稷与契！"短短四句 16 字，便将自己的身份，许身社稷的宏愿，以先贤稷与契为楷模的志向一并说尽，这是诗人一生忧国忧民、百折不挠的精神源泉。此与屈原于《离骚》开头"帝高阳之苗裔兮，朕皇考曰伯庸。……纷吾既有此内美兮，又重之以修能。……乘骐骥以驰骋兮，来吾道夫先路"的郑重交代自己与楚国生死相依的立场、竭诚报效楚国的态度极其相似。这是古今伟大爱国者的共同心理特征。第二段从"岁暮百草零"至"惆怅难再述"，叙述自京赴奉先县途中所见、所闻、所想之情景，感慨万分，所咏乃当前之感怀。第三段从"北辕就泾渭"至末尾，诉说至家后的悲惨情景，所咏乃将来之忧怀。"穷年忧黎元"，是《咏怀五百字》的中心思想，它像一根红线贯穿全篇。由于"穷年忧黎元"，把老百姓的苦难置于首位，因此，诗人便能从"朱门酒肉臭"的现象，自然联系到"路有冻死骨"的惨状，更能在"入门闻号咷，幼子饿已卒"的家庭不幸的情况下，依然"默思失业徒，因念远戍卒"。这"穷年忧黎元"的伟大胸襟，层层抒发，回环往复，就诗篇结构而言，真乃"一篇之中，三致意焉"。而这种"三致意"的情感表达方式，其源则出于《离骚》。

① 张戒：《岁寒堂诗话》卷上，丁福保辑：《历代诗话续编》（上），中华书局 1983 年版，第 451 页。

如果说"忧"是杜甫《咏怀五百字》之"骨"的话，那么"伤"则是屈原《离骚》之"魂"。说来也真耐人寻思，《离骚》却不见一"忧"字，而屈骚其他作品中的"忧"字则有16见。不过凡读过《离骚》者，谁都不会否认诗人那忧国忧民情怀充满全篇的事实，诗人虽未用"忧"字，他却选用了另外一个与"忧"近义而更能体现诗人忧伤哀怨情感的"伤"字。"伤"字《离骚》之凡3见。若从《离骚》中拈出一句作为贯穿全篇之核心句的话，那么，"伤灵修之数化"即最为确切。因为，诗人若要实现自己振兴楚国的宏愿，就一定要使楚王能够接受并推行诗人所倡导的"举贤而授能兮，循绳墨而不颇"的"美政"方略，这是最为关键的第一步，其次才是大臣们的同心同德、相互支持。然而，楚王总是反复无常，不但不接受诗人的"美政"方略，反而处处排挤疏放他，所以"灵修之数化"，这是诗人至"伤"之处。如此忧伤之情，弥漫《离骚》全篇。诸如"怨灵修之浩荡兮，终不察夫民心"，"荃不察余之中情兮，反信谗而齌怒"，"闺中既以邃远兮，哲王又不寤"，直至末尾"乱曰"最终悲叹："国无人莫我知兮，又何怀乎故都!"诗人既不为楚王信任，又为奸臣们诬陷排挤，两种忧患集于一身，而忧患的根因则在于"美政"理想的不能实现。这是诗人一生中最为忧伤哀怨的事，也是最为悲痛欲绝的事。所以，"伤灵修之数化"，委实是诗人激荡《离骚》全篇的情感主旋律。对此，金开诚先生曾作过颇切事理的分析，他说："《离骚》所述之'忧'，概括地说就是不能通过政治变革以实现'美政'之忧，所以作者在篇末结出题旨时明确声称：'既莫足与为美政兮，吾将从彭咸之所居!'但具体说来，这种忧患又可以分析为二。屈原要在当时的楚国进行变革，实现'美政'，事实上只有两种手段：一是通过君主（楚怀王）的支持，由上而下实行变革（这是主要的手段）；二是集结志同道合的人互相扶持，共张声势，但在《离骚》创作之时，屈原在这两方面所作的努力均已彻底失败，所以他既深感得不到君主信任之忧，也深感孤立无援之忧。表现这两种忧患的诗的形象，就像交响乐中的两个'主题旋律'在全篇中反复出现，并在其他内容的陪衬之下多次'变奏'，谱成全曲。所以，牢牢把握这两个'主题旋律'，乃是读通《离骚》全文的关键。"①围绕这两个"主题旋律"的"复奏"与"变奏"，《离骚》则可分为三个

① 金开诚：《屈原辞研究》，江苏古籍出版社1992年版，第124—125页。

段落：第一段落，从开头至“岂余心之可惩”，写诗人在现实社会中的斗争与失败；第二段落，从“女媭之婵媛兮”至“余焉能忍与此终古”，写诗人在想象世界中的追求与幻灭；第三段落，从“索藑茅与筳篿兮”至末尾，写诗人设想去国而终究不忍离去。诗人“伤灵修之数化”的“主题旋律”在这三段中反复出现，十分强烈地凸显了屈原忧国忧民的伟大精神。而杜甫《咏怀五百字》三段论式的忧国忧民的主题旋律的表现方式正由《离骚》承传而来。

《离骚》与《咏怀五百字》，它们都是具有叙事成分的感情强烈的政治抒情诗，都是以第一人称直抒胸臆，指点江山，激扬文字。在《咏怀五百字》的字里行间可以明显感受到《离骚》精神之脉搏的跳动。杜甫云：“当今廊庙具，构厦岂云缺？葵藿倾太阳，物性固莫夺。”表达诗人“国家兴亡，匹夫有责”的高度责任感与忠君爱国矢志不渝的坚定信念。而屈原则云：“乘骐骥以驰骋兮，来吾道夫先路。”“亦余心之所善兮，虽九死其犹未悔！”表达诗人急切报效祖国的强烈愿望与坚持真理、九死不悔的顽强意志。二者精神相通，血脉相连。杜甫讽刺结党营私者说：“顾惟蝼蚁辈，但自求其穴。”而屈原则说“众皆竞进以贪婪兮，凭不厌乎求索”，“背绳墨以追曲兮，竞周容以为度”。二者同仇敌忾，揭露深刻。杜甫对老百姓的态度是：“穷年忧黎元，叹息肠内热”，“默思失业徒，因念远戍卒。忧端齐终南，澒洞不可掇”。而屈原则是：“长太息以掩涕兮，哀民生之多艰。”二者关爱体贴，古今同心。杜甫对统治阶级荒淫奢靡行径的批判是：“瑶池气郁律，羽林相摩戛。君臣留欢娱，乐动殷胶葛。……中堂舞神仙，烟雾蒙玉质。暖客貂鼠裘，悲管逐清瑟。劝客驼蹄羹，霜橙压香橘。朱门酒肉臭，路有冻死骨！”而屈原则是：“启《九辩》与《九歌》兮，夏康娱以自纵。……羿淫游以佚畋兮，又好射夫封狐。……固乱流其鲜终兮，浞又贪夫厥家。浇身被服强圉兮，纵欲而不能。”二者对统治者荒淫行径之批判毫不留情，如出一辙。杜甫对待隐逸遁退的态度是：“非无江海志，潇洒送日月。生逢尧舜君，不忍便永诀。”而屈原则是：“悔相道之不察兮，延伫乎吾将反。回朕车以复路兮，及行迷之未远。……进不入以离尤兮，退将复修吾初服。”二者虽有退隐之念，但念及国计民生之大事，便又振作精神，重又探求富民强国之路。杜甫对待世俗偏见、小人攻击的态度是：“取笑同学翁，浩歌弥激烈。……沉饮聊自遣，放歌破愁绝。”而屈原则是：“民生各有所乐兮，余独好修以为常。虽体解吾犹未变兮，岂余心之可惩！”二者是非分明，志坚如钢。就意境而论，屈原《离骚》忧伤哀怨之意境特征，主要是通过自然形态、社会形态、历史形态、神话形态四大精神家园来营构和体现的，而杜甫《咏怀五百字》忧戚悲悯之意境特征，则主要是借助于社会形态的精神家园来体现的。而二者之间意境的实质内蕴则又是一脉相承、前后辉映的。总之，《咏怀五百字》之于《离骚》，无论是结构逻辑、主题旋律，还是精神血脉、意境特征诸方面，均有明显的承传因子，真让人不得不惊叹老杜学《骚》追魂摄魄本领之精妙神奇也。清人杨伦评论《咏怀五百字》渊源时引李子德语云：“太史公谓：‘《国风》好色而不淫，《小雅》怨诽而不乱，《离骚》兼之。’公《咏怀》足以相敌。”[①] 也就是说，《咏怀五百字》虽无《离骚》之形，却有《离骚》之魂，它具有与《离骚》精神品质的相侔之处。所以，从这个角度而言，我们何妨称《咏怀五百字》乃“杜甫版之《离骚》”耶？

杜甫的七古乐府《渼陂行》，是一首叙述受岑参之邀游览渼陂的纪游诗，但并非一般的纪游诗。劈头一句“好奇”二字，乃全篇之眼。岑参人奇，渼陂景奇，诗人运思落笔亦奇。天地忽阴乍阳，惨然变色，此乃气候之奇；“波涛万顷堆琉璃”，形容水波光彩之奇；“凫鹥散乱”、“丝管啁啾”，此乃所见所闻之奇；半陂浸山，动影袅窕，此乃影中诸山荡漾之奇；尤其是“此时骊龙亦吐珠”六句，设想更奇，全是《九歌》笔法意境，读之令人精神震骇。在杜甫此类纪游写景诗中，此诗实为颇具楚骚浪漫风格的别调。此诗离奇恍惚、凄怆窈渺之意境，实由《离骚》、《九歌》中来。正如杨伦所评：“只平叙一日游境，而滉漾飘忽，千态并集，极山岫海潮之奇，全得屈《骚》神境。”又引朱长孺语曰：“始而天地变色，风浪堪忧；既而开霁放舟，冲融袅窕；终而神灵冥接，雷雨苍茫。只一游陂时，情境迭变已如此，况自少壮至老，哀乐之感，何可胜穷。此孔子所以叹逝水，庄生所以悲藏舟也。”[②] 《渼陂行》的确融通了《楚辞》之意境，故满篇触目可及屈骚之气象。

再看杜甫的七古组诗《乾元中寓居同谷县作歌七首》，此诗作于乾元二年（759）十一月。这一年是诗人行路最多的一年，也是一生中最苦的

① 杨伦：《杜诗镜铨》卷三，第112页。

② 杨伦：《杜诗镜铨》卷二，第77页。

一年，一家人因饥饿病倒床上，只能靠挖土芋勉强充饥，诗中所述可谓到了“惨绝人寰”之境地。组诗描绘一家妻子儿女、兄弟姐妹流离颠沛的生涯，抒发老病穷愁的感喟，大有“长歌当哭”之况味，读之令人心酸，不禁潸然泪下。值得注意的是，这组七古诗，仍然寓含着屈骚的意境特征。如第一首描写诗人自己的窘困之境况，极为凄凉：“白头乱发垂过耳，岁拾橡栗随狙公，天寒日暮山谷里，……手脚冻皴皮肉死。……悲风为我从天来。”这情景与《山鬼》所述阴森凄切之环境颇为相似。第四首“长淮浪高蛟龙怒，……林猿为我啼清昼”之描述，含有《九歌》中《河伯》《山鬼》之情韵。第五首：“四山多风溪水急，寒雨飒飒枯树湿。黄蒿古城云不开，白狐跳梁黄狐立。我生何为在穷谷？……魂招不来归故乡！”其萧瑟悲戚之意境，显然融通宋玉《招魂》之境。第七首开头“男儿生不成名身已老”一句，浓缩了《离骚》“老冉冉其将至兮，恐修名之不立”之意，感慨时光无多，功业未成，焦灼之情，溢于言表。六年后，杜甫在严武幕府时曾再次悲吟道：“男儿生无所成头皓白，牙齿欲落真可惜。”（《莫相疑行》）可见，到晚年时，诗人这种叹老嗟卑之思想尤为突出。此外，这组七古诗，每首句末格式相同，如第一首：“呜呼一歌兮歌已哀，悲风为我从天来。”第二首：“呜呼二歌兮歌始放，邻里为我色惆怅”，等等。这种带有骚体句式的运用，加之部分含有屈骚意境的诗句，就使得组诗更具有鲜明的屈骚精神。明人高棅编选的《唐诗品汇》卷28于杜甫《乾元中寓居同谷县作歌七首》题下引李荐《师友记闻》评语曰：“太白《远别离》、《蜀道难》，与子美《寓居同谷七歌》，《风》《骚》之极致，不在屈原之下。”[①] 但就杜甫对屈骚气韵、神情与意境的接受融化观之，李荐所论，堪称至当。

杜甫尝云：“摇落深知宋玉悲”（《咏怀古迹五首》之二），诗人是深深体味到《九辩》“失职而志不平”的“贫士”宋玉在“悲哉秋之为气也！萧瑟兮，草木摇落而变衰”的万木肃杀秋景无限的悲秋情怀的。“悲秋”、“摇落”、“萧瑟”等鲜活之词，均是首次出现于《九辩》，真乃具有天才的创造性价值与意义。所谓摇落之悲，亦即因寒秋草木摇落的衰飒之景而引发的人生失意之悲，简言之曰悲秋，它是贯穿《九辩》的主旋律，其中蕴涵了对时代风云、社会形势、人生境遇的悲情意绪，其核心的

---

① 高棅编选：《唐诗品汇》（上）卷二八，上海古籍出版社1982年版，第300页。

情感，则是个人境遇的悲愤哀怨。杜甫的人生失意之悲与宋玉相似，故而体味《九辩》时就更易产生深深的共鸣。杜甫大历元年（766）秋于夔州所作的七律组诗《秋兴八首》，是将自然之秋的肃杀气象，人生之秋的困顿凄凉与社会之秋的动乱衰败紧相交融的悲秋杰作。还有被誉为“古今七律第一”的《登高》，其中“万里悲秋常作客”的一声浩叹，至今依然悲音绕耳。而“悲秋”一词的凸显，则更是《九辩》悲剧精神的有力体现。杜甫这些作品中悲慨苍凉的意境特征，完全由《九辩》承袭熔铸而出，堪称《九辩》接受史上的巅峰之作。关于杜甫《秋兴八首》等作品对《九辩》题旨的承传与拓展情况，前文已有详论，此不赘述。

以上我们就李白、李贺、李商隐、杜甫四大家的有关作品对屈骚意境的融通情况作了一个较为详尽的论析，从中可以发现一些异同之处。相同之处，他们都是善于学习屈骚并将屈骚精神有效而成功地融化于诗歌创作的佼佼者。屈骚精神，经过他们的努力，焕发了新的艺术生命的光彩。不同之处，“三李”都是杰出的浪漫主义诗人，因此，对于屈骚浪漫精神的接受与濡染，就显得更为自然顺畅而明显，李白与李贺更是如此。而杜甫是典型的现实主义诗人，他对屈骚意境的融通方面，主要是力求体现出浪漫神韵，并适当采摄屈骚中的一些神灵意象以熔铸屈骚之意境。在对屈骚形、神的接受程度上，李白多表现为形、神兼备而侧重于形。他在融通屈骚意境方面，是最能像屈骚那样以自然形态、社会形态、历史形态、神话形态的四大精神家园来体现意境之美的。李贺、李商隐、杜甫对屈骚的接受则主要是以神为主，而杜甫尤为突出。杜甫的屈骚承传意味，需要读者精通娴熟屈骚的前提下经过含英咀华、从容玩味方可窥探其屈骚之魂。就屈骚接受境界而言，此种神髓者的接受体现，自是难能可贵的艺术境界。唐代三百年能臻其境界者，老杜一人而已。前文对杜甫版《离骚》——《咏怀五百字》的粗浅分析，大致可见此境界之一斑。在以自然形态、社会形态、历史形态、神话形态的四大精神家园来融通屈骚意境方面，因李贺年仅27岁寿限，人生经历有限，创作以师心为重，加之尚奇崇怪的个性特征，善于奇思幻想，故其对屈骚意境呈现模式的融通，主要在于运用神话形态的精神家园。李商隐则在自然形态与神话形态这两个精神家园中来回穿梭，以此来实现对屈骚意境呈现模式的融通。而杜甫则多以自然形态、社会形态、历史形态的三大精神家园来全面而综合地融通屈骚意境呈现模式。要之，从诗歌的气象特征而言，李白学骚最为杰出；从诗歌的本色面貌而言，李贺学骚最具特色；从诗歌的缠绵情态而言，李商隐学骚最见功力；就诗歌的神髓气质而言，杜甫学骚最富底蕴。他们学骚有成，各有千秋，堪称唐代诗人杰出的代表。

第五节　《风》《骚》技巧之借鉴

唐代诗人对《风》《骚》的接受是全方位、多角度、开放性的。除了上述所论对《风》《骚》题旨、体式、意象、意境的承传与融通外，唐代诗人对《风》《骚》的艺术技巧亦有全面的承传。大凡现代诗歌中所见的修辞手法及艺术表现技巧，差不多都能在《风》《骚》中探寻到它们或成熟或稚嫩的影子，所以说，《风》《骚》的艺术表现技巧对后世文学的影响是至大而深远的，本书不是专论《风》《骚》的艺术技巧影响后世文学的专著，仅就《诗经》中的"对面飞来法"、"以丽写丑法"与《楚辞》中的"时空虚拟法"、"卒章总括法"对唐诗的影响作一简要论述。

一　唐代诗人对《诗经》技巧之借鉴

（一）唐人借鉴"对面飞来法"

清人浦起龙于分析杜甫《月夜》诗时指出："心已驰神到彼，诗从对面飞来。悲婉微至，精丽绝伦，又妙在一字不从月色照出也。"[①] 评价是相当精湛而独到的。杜甫于月夜思念家人，但诗人不从自己着笔，说自己如何思念之类，而是别出心裁，让自己的思家之"心""驰神到彼"，设想妻子如何思念自己，竟然连"香雾云鬟湿，清辉玉臂寒"也全然不顾，直写妻子思念时间之久，从而突出妻子念情之至真至深。而实际上完全是诗人在深情而长久地思念亲人。这种"对面飞来"的表现技巧，比起诗人写自己直接思念来，则更翻进一层，其优越性在于：一是同一时刻诗人之实思与妻子之虚想互动进行，体现出夫妻息息相亲、至爱美好的感情；二是虚实相生、婉曲含蓄，具有很好的艺术表达效果，这就是浦起龙所说的"悲婉微至，精丽绝伦"。其实，"对面飞来"创作之妙法的原创著作权不在杜甫，而在一千余年前的第一部诗歌总集《诗经》中的《魏风·

---

① 浦起龙：《读杜心解》卷三，第 360 页。

陟岵》，只不过是杜甫巧妙借鉴，“不著一字，尽得风流”而已。《陟岵》诗云：

陟彼岵兮，瞻望父兮。父曰：“嗟予子，行役夙夜无已！上慎旃哉，犹来无止！”

陟彼屺兮，瞻望母兮。母曰：“嗟予季，行役夙夜无寐！上慎旃哉，犹来无弃！”

陟彼冈兮，瞻望兄兮。兄曰：“嗟予弟，行役夙夜必偕！上慎旃哉，犹来无死！”

这是一首服役在外的青年于某次登上山冈时望乡思亲之作，他想象父母兄弟在家里如何想念他，并叮嘱他，日夜行役太辛苦，要多保重自己，希望早日回家团聚。思亲之情浓，念亲之情美，古往今来，无有出其右者，实乃羁旅行役诗之祖。不唯其行役题材之原创价值，而且也在于此诗思念亲人感情之真挚浓郁与表现手法之独特。《毛序》云：“陟岵，孝子行役思念父母也，国迫而数侵削，役乎大国，父母兄弟离散，而作是诗也。”《毛传》云：“孝子行役，思其父之戒。”《郑笺》曰：“孝子行役，思其父之戒，乃登彼岵山以遥望其父所在之处。”《孔疏》则发挥曰：“孝子在役之时，以亲戚离散而思念之。言己登彼岵山之上兮，瞻望我父所在之处兮。我本欲行之时，而父教戒我曰”云云。[①] 上列诸家之说，皆未搔到痒处。倒是清人沈德潜别具慧眼，将对此诗的艺术表现认识大大向前推进了一步。他指出：“《陟岵》，孝子之思亲也，三段中但念父、母、兄之思己，而不言己之思父、母与兄。盖一说出，情便浅也。情到极深，每说不出。”[②] 颇切事理情分。

由《陟岵》创立的“对面飞来法”的思维模式，对唐代诗人影响甚大。请看钱钟书先生所举之例：

高适《除夕》：“故乡今夜思千里，霜鬓明朝又一年”；韩愈《与

---

① 孔颖达：《毛诗正义》（上）卷五，第367页。

② 沈德潜：《说诗晬语》卷上，丁福保辑：《清诗话》（下册），上海古籍出版社1963年版，第526页。

> 孟东野书》："以吾心之思足下，知足下悬悬于吾也"；刘得仁《月夜寄同志》："支颐不语相思坐，料得君心似我心"；王建《行见月》："家人见月望我归，正是道上思亲时"；白居易《初与元九别，后忽梦见之，及寤而书忽至》："以我今朝意，想君此夜心"，又《江楼月》："谁料江边怀我夜，正当池畔思君时"，又《望驿台》："两处春光同日尽，居人思客客思家"，又《至夜思亲》："想得家中夜深坐，还应说着远游人"，又《客上守岁在柳家庄》："故园今夜里，应念未归人"；孙光宪《生查子》："想到玉人情，也合思量我"；韦庄《浣溪沙》："夜夜相思更漏残，伤心明月凭阑干，想君思我锦衾寒。"①

其实，钱钟书所举"对面飞来法"诗例远非这些，唐诗中尚有不少。如王昌龄《从军行》（其一）："更吹羌笛关山月，无那金闺万里愁！"王维《九月九日忆山东兄弟》："独在异乡为异客，每逢佳节倍思亲。遥知兄弟登高处，遍插茱萸少一人。"李白《寄东鲁二稚子》："桃今与楼齐，我行尚未旋。娇女字平阳，折花倚桃边；折花不见我，泪下如流泉。小儿名伯禽，与姊亦齐肩；双行桃树下，扶背复谁怜？念此失次第，肝肠日忧煎。"王建《十五夜望月》："今夜月明人尽望，不知秋思落谁家？"韦应物《寒食寄京师诸弟》："把酒看花想诸弟，杜陵寒食草青青。"李益《夜上受降城闻笛》："不知何处吹芦管，一夜征人尽望乡。"《从军北征》："碛里征人三十万，一时回首月中看。"罗邺《雁》："想得故园今夜月，几人相忆在江楼。"李商隐《夜雨寄北》云："君问归期未有期，巴山夜雨涨秋池。何当共剪西窗烛，却话巴山夜雨时。"温庭筠《题怀贞池旧游》（亦作《题崔公池亭旧游》）："谁能不逐当年乐，还恐添成异日愁"，等等。唐诗中这种"对面飞来法"的相思之诗较之宋代诗、词数量要多得多。那么，唐代诗人为何能大量产生这些"对面飞来法"的诗歌呢？这主要是在于，唐代是一个大一统的帝国社会，人们的事功观念普遍增强，尤其是边塞事功观念更是强烈；科举事业受到空前的重视；商业发达，经济意识增强。诸如此类，必然促使人们离乡背井，云游四方。由于交通与通讯信息的阻隔，人们多长年客居他乡，难得与家人团聚，故思亲

---

① 钱钟书：《管锥编》（第一册），第113—116页。

恋乡之诗便格外发达，思亲恋乡之情亦就格外浓郁真挚。既然已有像《陟岵》诗创立的以“对面飞来法”来精微婉曲地表达思亲恋乡之情的好典型，而作为一贯以兼容并包胸怀广采博纳前代诗歌艺术的唐代诗人，他们便自觉以《陟岵》为楷模，故唐代“对面飞来法”的诗歌创作便空前发达起来。宋、元、明、清以来直至今日，“对面飞来法”艺术之树常青不衰，深受人们喜爱。

除了《魏风·陟岵》是“对面飞来法”的正宗原创之外，《诗经》中尚有部分诗篇程度不同地含有“对面飞来法”的创作特征，如《周南·卷耳》《秦风·小戎》《豳风·东山》《小雅·杕杜》等，它们与《陟岵》一样组成一个集合性楷模，对后世尤其是唐代诗歌创作以全面而深入的影响。

在《陟岵》及其“对面飞来法”为唐人接受的过程中曾出现过“子之爱亲远不如妇之爱夫”的抱不平式的诗歌，如唐末诗人王周《西塞山》第二首云：“匹妇顽然莫问因，匹夫何去望千春；翻思岵屺传《诗》什，举世曾无化石人！”钱钟书先生指出：“谓《陟岵》此篇，虽千古传诵，而征之实事，子之爱亲远不如妇之爱夫。殊洞微得间。”[①] 天底下“望夫石”可谓多矣。所谓“望夫石”，也不过是传说而已，并无事实可求。它只是说明漫长的封建社会中妇女对外出谋生丈夫的热切思念罢了，而这其中，则又难免浸染男权社会中过多的男人话语权的因素。男人们总是希望妇女忠于自己，坚守贞操，“饿死事小，失节事大”，所以宁可饿死、盼死，妇女们也要守望丈夫，“望夫石”即由此而生。它委实是封建社会广大妇女的人生悲剧。王周表面上似乎对《陟岵》主人翁不满，而实际上是对男权社会中男女不平等制度的强烈反对，与《陟岵》“对面飞来”的创作手法无关。这也从反面体现了《陟岵》的承传价值与艺术魅力。

（二）唐人善学“以丽写丑法”

“以丽写丑法”的原创者是《鄘风·君子偕老》的作者，全诗三章，重章复沓，回环唱叹，内容反复。首章云：“君子偕老，副笄六珈。委委佗佗，如山如河，象服是宜。子之不淑，云如之何！”君子，乃当时统治阶级的代称，此句中的君子，指卫宣公。偕老，本指夫妇相偕至老相爱的意思，此处代指卫宣公的妻子，即卫宣姜。此章前面五句交代卫宣姜的身

---

① 钱钟书：《管锥编》（第一册），第 115 页。

份，描写其玉簪步摇头饰之美，从容自得的体态之美，仁山智水的性格之美，画袍得体的穿着之美，极力渲染她的服饰、尊严和美丽，以衬托出其“国母”的至高地位。然而，结尾两句陡然一转，说她行为太丑恶，对此已经无话可说了，也就是说这样的女人已丑恶至极了。前美后刺，殆同宵壤，其目的是讥刺她的身份地位及服饰之美与其丑恶的行为极不相称，以此达到反讽的艺术效果，这就是以丽辞写丑行（简称“以丽写丑”）的艺术手法。

杜甫是公认的《风》《骚》精神的嫡传大家，毫无疑问，作为“转益多师”而具有兼容并包、海纳百川之博大胸怀的大诗人，他自然不会疏忽《君子偕老》所开创的“以丽写丑”的反讽手法。果然，我们欣喜地看到了“以丽写丑”的艺术精神在诗人《丽人行》中绽开了具有时代气息的含露之鲜葩。诗云：

> 三月三日天气新，长安水边多丽人。态浓意远淑且真，肌理细腻骨肉匀。绣罗衣裳照暮春，蹙金孔雀银麒麟。头上何所有？翠为匐叶垂鬓唇。背后何所见？珠压腰衱稳称身。就中云幕椒房亲，赐名大国虢与秦。紫驼之峰出翠釜，水精之盘行素鳞。犀箸厌饫久未下，鸾刀缕切空纷纶。黄门飞鞚不动尘，御厨络绎送八珍。箫鼓哀吟感鬼神，宾从杂遝实要津。后来鞍马何逡巡，当轩下马入锦茵！杨花雪落覆白苹，青鸟飞去衔红巾。炙手可热势绝伦，慎莫近前丞相嗔！

这是“以丽写丑法”的成功实践之作，旨在讽刺杨国忠兄妹荒淫奢侈的生活丑行。首二句明时点题。“态浓”一段写丽人的姿态服饰之美，“就中”二句点明主角，“紫驼”一段极写饮食之精，“后来”一段渲染杨国忠的淫威与无耻。全诗由远而近，由众多丽人而杨氏兄妹，多用赋法，层层渲染，揭露事实，讽意自见，将《君子偕老》描写美丽的手法发挥得淋漓尽致，从而讽刺的深度与力度更加突出。清人浦起龙评价说：“无一刺讥语，描摹处，语语刺讥。无一慨叹声，点逗处，声声慨叹。”① 清人施补华亦云：“《丽人行》，前半竭力形容杨氏姊妹之游冶淫佚，后半叙国

① 浦起龙：《读杜心解》卷二，第229页。

忠之气焰逼人，绝不作一断语！使人于意外得之，此诗之善讽也。”[①] 如此“善讽”之诗，正是对《诗经·鄘风·君子偕老》“以丽写丑法”的承继与发展。这种“以丽写丑法”在杜甫的七绝《虢国夫人》及《自京赴奉县咏怀五百字》有关“朱门酒肉臭”奢侈生活的描写中都有很好的运用。诗人真乃善学《风》《骚》之嫡传者也。

二 唐人对《楚辞》技巧之借鉴

（一）唐人仿效“时空虚拟法”

《淮南子·齐俗训》云：“往古来今谓之宙，四方上下谓之宇。”宇宙乃万事万物的总称。作为万事万物中的单个的人，总是生活在一定的时间和空间之中，久而久之，人们就形成了一定的时空概念。而对于诗人而言，则更有敏感而鲜明的时空观，为了表达某种心理与思想感情的需要，在他们的笔下，有很大一部分的时空概念是非真实的，而是虚拟的，这在浪漫主义诗人的作品中表现得更为突出。我国第一部正式标名作者姓名的文人浪漫主义诗集《楚辞》，即开启了以“时空虚拟法”来抒情言志的先河。

所谓“时空虚拟法”，即指营构意象对于时空的假定，是人们想象中的时空概念。正如陆机《文赋》所云：“观古今于须臾，抚四海于一瞬”，“恢万里而无阂，通亿载而为津”。实际上“时空虚拟”也即是对现实时空的超越，犹如“雪里芭蕉”之画图一样，即是对四时六合的超越，所以它们都是属于“时空虚拟”（或曰“虚拟时空”）之法。

先看时间虚拟的描写。在屈原的作品中，我们发现有许多“朝”、“夕”相对的句子，其中的“朝”、“夕”并非是真正意义上的时间概念，而是虚拟的时间。如《离骚》：“朝搴阰之木兰兮，夕揽洲之宿莽”，“朝饮木兰之坠露兮，夕餐秋菊之落英”，“朝发轫于苍梧兮，夕余至乎县圃”，“朝发轫于天津兮，夕余至乎两极”。《九歌·湘君》：“朝骋骛兮江皋，夕弭节兮北渚。”《九歌·湘夫人》：“朝驰余马兮江皋，夕济兮西澨。”《九章·涉江》：“朝发枉陼兮，夕宿辰阳”，等等。这些“朝”、“夕”成对出现的时间概念均是想象的结果。它表明时间短，速度快，能满足作者心理的快感，也能激发读者的兴趣，与作者产生情感之共鸣。屈

① 施补华：《岘傭说诗》，丁福保辑：《清诗话》（下册），第985页。

原所创“朝”“夕”对举之表现方法，后人多有承传。如曹植《赠白马王彪》：“清晨发皇邑，日过赤首阳。”北朝乐府民歌《木兰诗》：“朝辞爷娘去，暮宿黄河边”；“朝辞黄河去，暮宿黑山头”。到了唐诗则更是广见采用。李白诗中所用甚多，如：“朝为断肠花，暮逐东流水”（《古风》其十八），“朝鸣昆丘树，夕饮砥柱湍”（《古风》其四十），“朝弄紫泥海，夕披丹霞裳”（《古风》其四十一），“朝作猛虎行，暮作猛虎吟”，“朝过博浪沙，暮入淮阴市”（《猛虎行》），“朝避猛虎，夕避长蛇”（《蜀道难》），“朝辞白帝彩云间，千里江陵一日还”（《早发白帝城》）。其他诗人也多有“朝”、“夕”对举描写者，如杜甫：“朝扣富儿门，暮随肥马尘”（《奉赠韦左丞丈二十二韵》），“朝进东方营，暮上河阳桥”（《出后塞》），“朝行青泥上，暮在清泥中”（《泥功山》）；白居易：“晨游紫阁峰，暮宿山下村”（《宿紫阁山北村》）；李贺：“朝嫌剑花净，暮嫌剑光冷”（《走马引》），等等。上举之例大多是虚写，或者是虚实参半，即使全是实写，其中仍然含有诗人一定的主观色彩。如上列这些“朝”“夕”并举的描写，较之单写“朝”或者“夕”来，更具有独立而完整的时间概念，更易于体现诗人在这一时段内的心灵状态与思想意识。如李白“朝避猛虎，夕避长蛇”的描写，就集中体现了诗人整天都要躲避“猛虎”、“长蛇”的恐怖心理，由此突出它们对人类危害程度是何其之大的客观事实。又如杜甫“朝扣富儿门，暮随肥马尘”的叙述，就突出反映了诗人干谒之事的艰难与辛酸，给人以很深的印象。

再看空间虚拟的描写。宋玉《招魂》中多有空间方位的虚拟描写，反复描写东、南、西、北之方位，以示游魂之飘荡不定。如：“魂兮归来！东方不可以托些”，“魂兮归来！南方不可以止些”，“魂兮归来！西方之害，流沙千里些”，“魂兮归来！北方不可以止些”，以东、南、西、北各方位不可止息，反复劝说魂魄归来。与上述时间虚拟形式为后世文学广泛接受一样，空间虚拟形式影响也甚大。如汉乐府民歌《江南》：“江南可采莲，莲叶何田田。鱼戏莲叶间，鱼戏莲叶东，鱼戏莲叶西，鱼戏莲叶南，鱼戏莲叶北”。左思《咏史》“左眄澄江湘，右盼定羌胡”，《木兰诗》“东市买骏马，西市买鞍鞯，南市买辔头，北市买长鞭”，“开我东阁门，坐我西阁床”，等等。唐代诗人也多喜以空间虚拟来叙事言情者，如卢照邻《长安古意》：“北堂夜夜人如月，南陌朝朝骑似云”，李商隐《行次西郊作一百韵》：“南资竭吴越，西费失河源”，等等。而在唐人的送别诗中，像这类空间虚拟的描写形式就更为突出，如王勃《秋江送别二首》（其二）：“归舟归骑俨成行，江南江北互相望”，王维《送沈子福归江东》：“惟有相思似春色，江南江北送君归”，李白《送友人》：“青山横北郭，白水绕东城”，戎昱《送李参军》：“一东一西如别鹤，一南一北似浮云”，高适《送田少府贬苍梧》：“远树应连北地春，行人却羡南北雁”，严维《丹阳送韦参军》：“日晚江南望江北，寒鸭飞尽水悠悠”，白居易《北楼送客归上都》：“京路人归天直北，江楼客散日平西”，柳宗元《重别梦得》：“二十年来万事同，今朝歧路忽西东”，姚合《送薛二十三郎中赴婺州》：“我住浙江西，君去浙江东”，这些送别诗的东、南、西、北的方位词，虽然在大的方面来说是较为实在的，但因未言明其所在确切之地名，故仍然具有很大的虚拟性。这些带有虚拟色彩的方位词，具有很大的空间包容性，给人以距离遥远之感，由此增进了相互思念的深情。

以上就《楚辞》“时空虚拟法”对唐诗的影响作了简要的论析。如此表现方法，在诗歌创作中自有其审美价值与艺术意义。正如林东海先生所说：“以具体时辰与方位为意象，多数属虚拟，用以表达时间的急迫感与空间的广阔感，目的乃在于形容主观的心理状态。此外，时辰方位的排比与对举，这种虚拟，还有助于诗的结构对称和声调节奏，可以加强诗的韵律感。这些都是时空虚拟的妙趣。”①

（二）唐人青睐“卒章总括法”

所谓“卒章总括法”，即指《楚辞》作品末尾的“乱”辞。《楚辞》作品于结尾处大多有“乱曰”一节，如《离骚》《九章》中的《涉江》《哀郢》等皆如此。《离骚》“乱”曰：“已矣哉！国无人莫我知兮，又何怀乎故都！既莫足与为美政兮，吾将从彭咸之所居。”这里的“乱”，从内容说，乃全诗之总结概括，具有“发理词旨，总摄其要”的作用。从乐曲来说，是全曲结尾的乐章。《离骚》是入乐之诗歌，故保留了乐章之“乱”的形式。到唐代诗人，虽然在他们的诗歌创作中已不见“乱曰”字样，诗歌原本的音乐特征也已消失，但是“乱曰”的这种“卒章总括法”则为唐诗所采纳。兹举唐代李白、杜甫、白居易三大诗人的代表作略述之。

李白《梦游天姥吟留别》是一首具有屈骚特征的纪梦诗。结尾一句：

---

① 林东海：《诗法举隅》（修订版），第52页。

“安能摧眉折腰事权贵，使我不得开心颜。”即便相当此诗的“乱曰”之辞。它是对全诗精神实质的一个总括与提炼，是诗人个性的一次集中体现，千百年来，一直成为鼓舞与激励人们保持骨气、完善人格的座右铭。《月下独酌》（其一）结尾二句：“永结无情游，相期邈云汉”，是对全诗的一次总结，把诗意升华到一个新境界，令人回味无穷。

杜甫的五古长诗《自京奉先县咏怀五百字》，是一篇忧国忧民的千古绝唱。全诗由忧国忧民的怀抱说起，再到沿途所见所闻令人万分忧患的事实之记述，最后到家目睹“幼子饿已卒”的令人忧愤的惨状，一路忧怀，逐层加深，最终以“忧端齐终南，澒洞不可掇”十字总结全诗，点明主题，收到了很好的统魂摄魄的艺术表达效果。杜甫的《三吏》《三别》组诗之一的《无家别》乃殿军之作。此诗借助于重被征召去当兵的独身汉之语，诉说他孑然一身、无家可别的酸楚悲凄之情。结尾“人生无家别，何以为蒸黎”两句，意思是说，既然人生已无家可别，那么，为什么自己还要成为大众之人呢？激愤之情溢于言表。这是对全诗情感的总结与升华，具有加深主题的作用。不仅如此，这个结尾还有统摄《三吏》《三别》六首组诗的重要作用。清人浦起龙评述云：“末二，以点（按：谓点题）作结。‘何以为蒸黎’，可作六篇总结。反其言以相质，直可云：‘何以为民上？’”[①] 所见甚确，颇合杜诗本意。通过《三吏》《三别》这六首组诗，我们不仅可以较为全面地感受到人民的痛苦，虽老弱妇孺，也难逃兵役；同时也可以感受到人民的力量与爱国精神。明人王嗣奭说得好：“目击成诗（按谓六首组诗），遂下千年之泪。一一刻画宛至，同工异曲，随物赋形，真造化手也。”[②] 可见，杜甫是善于总括点题，突出主旨的圣手。杜甫《乾元中寓居同谷县作歌七首》，是一组具有骚体诗境的组诗，其每一首诗末尾二句都采用了屈骚“卒章总括法”的创作模式，如第一首末尾两句：“呜呼一歌兮歌已哀，悲风为我从天来”，便是对全诗的总括，参以屈骚体语言，抒发感情强烈动人。要之，杜甫不论长篇古诗，抑或短章组诗，大多甚重尾句的收束、总结和升华，以突出加强主题的作用。诗人之所以能达到这种创作地步，与其严守诗歌创作起承、转、合之逻辑结构有很大关系，也与他善于学习屈骚创作技巧密不可分。

---

① 浦起龙：《读杜心解》卷一（第一册），第 57 页。

② 杨伦：《杜诗镜诠》卷五，第 226 页。

较之李白与杜甫，白居易对屈骚“卒章总括法”的承传则更为突出，这在他大量新乐府诗的创作中尤其如此。白居易《新乐府序》中表明自己的诗歌创作特征是：“首句标其目，卒章显其志，《诗三百》之义也。”而这样做的目的就在于“为君、为臣、为民、为物、为事而作，不为文而作也”。[①] 白居易作新乐府“首句标其目，卒章显其志”，旨在向世人表明他认真学习《诗经》美刺比兴的实际行动，以起“导夫先路”的作用。“首句标其目”，这完全是学《诗经》标题的格式，而“卒章显其志”，就不仅仅全是学习《诗经》的表现手法，其中亦含有屈骚“卒章总括法”的因素，只不过诗人为高举《诗经》旗号而未明确拈出屈骚“卒章总括法”而已。“卒章显其志”与“卒章总括法”，名虽为二，其实一也。

试看白居易几首新乐府的“卒章总括法”的表现形式。《上阳白发人》卒章云：“君不见昔时吕向《美人赋》，又不见今日上阳宫人《白发歌》!”所点明的两篇作品，犹如两座警钟，严重警示封建统治者要关注广大宫女的悲惨命运。《太行路》卒章云：“行路难，不在水，不在山；只在人情反复间!”突出了借夫妇之离异以讽君臣之不终的主题，具有警策作用。《卖炭翁》卒章云：“半匹红纱一丈绫，系向牛头充炭直。”以微不足道的“纱”“绫”来贱充炭值的强行“交易”结果，强烈讽刺唐代“宫市”野蛮性与掠夺性的丑恶，表达了对卖炭翁的怜悯深情。白居易的新乐府皆具“卒章总括法”的创作特征，其他类型的诗也大多如此。再看几首非新乐府诗类的作品。其著名的《长恨歌》卒章云：“天长地久有时尽，此恨绵绵无绝期。”短短十四字，所包含怨恨之情可谓深矣。“具体表现在诗人的‘恨’与唐玄宗的‘恨’及杨贵妃的‘恨’是交织在一起的，组成了一个‘长恨’的混合体。……不管是唐玄宗的‘恨’，还是杨贵妃的‘恨’，都不是诗人所要表达的主题。诗人不过想借助贵妃之怨‘恨’、唐玄宗之愚‘恨’，最后反过来表达诗人对唐玄宗重色误国的不可饶恕的疾‘恨’，而诗人的这种‘恨’，才是主题的真正的‘恨’，也才是代表广大人民心声的切骨之‘恨’。”[②] 诗人如此点明“长恨”题旨，别具“余音绕梁，三日不绝”之美感焉。另一首著名的《琵琶行》卒章

---

① 白居易：《新乐府序》，见《白氏长庆集》卷三，文学古籍刊行社 1954 年版。

② 参见李金坤《“此恨绵绵无绝期”：〈长恨歌〉“恨”意蠡测》，《江苏教育学院学报》1989 年第 2 期。

云："座中泣下谁最多？江州司马青衫湿！"《琵琶行》是诗人借助于琵琶女的悲惨遭遇抒发作为"同是天涯沦落人"的诗人遭贬的哀怨之情，结尾以诗人流泪最多的事实，突出了悲人悯己的主旨，升华了诗人的思想境界。

由上可知，屈骚"卒章总括法"对唐代诗人的影响是极为鲜明而深远的。

第六节　《风》《骚》语典之袭用

所谓语典，即指词语或语句与典故。唐代诗人熟谙《风》《骚》中的词语或语句及典故，在诗歌创作过程中常常会为诗人所袭用，成为自己诗歌的有机组成部分，从而发挥应用之作用。明人杨慎曾经指出："唐刘采春诗：'那年离别日，只道往桐庐；桐庐人不见，今得广州书。'此本《诗疏》'何斯违斯'一句（按：即《召南·殷其雷》句），其疏云：'君子即行王命于彼远方，谓适居此一处，今复乃去此，更转远于余方。'韦苏州诗：'春潮带雨晚来急，夜渡无人舟自横。'此本于《诗》'泛彼柏舟'一句（按：即《邶风·柏舟》句），其疏云：'舟载渡物者，今不用而与众物泛泛然俱流水中，喻仁人之不见用'，其余尚多类是。《三百篇》为后世诗人之祖，信矣。"① 杨氏所举刘采春、韦应物化用《诗经》句意之诗例，说明"《三百篇》为后世诗人之祖"的事实，这是毋庸置疑的。这是因为，《诗经》在唐代具有特殊的政治地位，大儒孔颖达尝奉唐太宗诏而倾全力编撰了《毛诗正义》，以此作为科举所用的权威性教材而颁布全国。既然《诗经》具有如此之政治光环，又成为士子们必须烂熟于心的权威教材，所以，人们对于《诗经》的学习亦就格外用功，对于《诗经》的理解亦就更为透彻，运用亦就更为自然贴切。可以这样说，凡唐代诗人，没有一个未受过《诗经》精神的熏陶。在他们的诗作中，人们总是可以或多或少地见到《诗经》语典之身影。这在"奉儒守官"世家出身的杜甫来说，其诗歌中的《诗经》语典，则更是随处可见，俯拾皆

---

①　杨慎：《升庵诗话》卷八，丁福保辑：《历代诗话续编》（中），中华书局1983年版，第799—800页。

是。据金启华先生统计，杜甫用《诗经》中之诗句而加以变化者甚多。袭用《国风》者有60处，其中全袭用者如，《寄狄明府》："谁谓荼苦甘如荠"（《邶风·谷风》："谁谓荼苦，其甘如荠"），《与李十二白》："携手日同行"（《邶风·北风》："携手同行"），《日暮》："牛羊下来久"（《王风·君子于役》："日之夕矣，牛羊下来"），《寄韩谏议注》："今我不乐思洛阳"（《唐风·蟋蟀》："今我不乐"），《赠卫八处士》："今夕复何夕，共此灯烛光"（《唐风·绸缪》："今夕何夕，见此邂逅"），《兵车行》："车辚辚"（《秦风·车辚》："有车辚辚"），《阆州东楼》："今我送舅氏"（《秦风·渭阳》："我送舅氏"）。袭用《小雅》者有30余处，其中全袭者如，《题张氏隐居二首》之一："伐木丁丁山更幽"（《小雅·伐木》："伐木丁丁"），《观薛稷少保》："不崩亦不骞"（《小雅·天保》："不骞不崩"），《兵车行》："马萧萧"（《小雅·车攻》："萧萧马鸣"），《水槛》："高岸尚为谷"（《小雅·十月之交》："高岸为谷"），《故司徒李公光弼》："青蝇纷营营"（《小雅·青蝇》："营营青蝇"）。袭用《大雅》及《颂》者有十余处，其中全袭者如，《乾元中寓居同谷县七首》之一："有客有客字子美"（《周颂·有客》："有客有客，亦白其马"），等等。[①] 事实证明，杜甫所说的"别裁伪体亲风雅"（《戏为六绝句》之六）是真正落实在学习《诗经》的实际行动中了。诗人曾谆谆告诫儿子要"熟精《文选》理"（《宗武生日》）。不难想象，作为一向奉儒守信的杜甫，"己所勿欲，勿施于人"（《论语·颜渊》），他既然要求儿子"熟精《文选》理"，那么其必定是率先垂范于儿矣。不仅如此，由上列诗人所袭用《诗经》语典如此广泛而众多之情况观之，他无疑也是"熟精《诗经》理"矣。这也恰好可证黄庭坚"老杜作诗……无一字无来处"[②] 之赞誉并非溢美之词。正因为杜甫精熟《诗经》到了如数家珍、信手拈来的地步，所以，他在对于《诗经》语典之袭用、题旨之启迪、体式之仿效、意象之摄取、意境之融通、技巧之借鉴方面均能做到举重若轻、殆同己出。《西清诗话》云："唐人吊子美：'赋出三都上，诗须二雅求。'盖少陵远继周诗法度。余尝以经旨笺其诗云：'与奴白饭马青刍，虽不言主

① 参见金启华《杜甫诗论丛》"杜诗证经"部分内容，上海古籍出版社1985年版，第234—239页。

② 胡仔：《苕溪渔隐丛话》（前集）卷九，人民文学出版社1984年版，第56页。

人，而待奴马如此，则主人可知，与《诗》所谓言刈其楚，言秣其马，言刈其蒌，言秣其驹同意。'"[①] 又云："杜少陵云：'作诗用事，要如禅家语：水中着盐，饮水乃知盐水。'此说诗家秘密藏也。如'五更鼓角声悲壮，三峡星河影动摇'，人徒见凌轹造化之工，不知乃用事也。《祢衡传》：'挝《渔阳操》，声悲壮！'《汉武故事》：'星辰动摇，东方朔谓民劳之应。'则善用事者，如系风捕影，岂有迹邪。"[②] 据此，我们不妨将杜甫如此"入乎其内，出乎其外"、吸取精髓、为我所用的学《诗》之法，权称"化盐于水法"。这是一种难能可贵而境界至高的学《诗》妙道。在全唐代诗人中，杜甫当是甚具代表性的。

唐代诗人对《风》《骚》语典的袭用极其普遍而广泛，犹如江海，取之不竭，用之不尽。仅举《诗经》"飞蓬"、"黍离"、"甘棠"与《楚辞》"摇落"、"惆怅"、"木叶"之部分语典，粗窥唐代诗人对其袭用之概况，以收滴水见辉之效。

一　唐人对《诗经》"飞蓬"、"黍离"、"甘棠"语典之袭用

（一）飞蓬

出自《诗经·卫风·伯兮》三章："自伯之东，首如飞蓬。"此诗写一位青年妇女因丈夫长年服役不归而相思成疾，因无人欣赏她的容貌，就懒得梳妆打扮自己，以至于原本美丽的秀发变得零乱如飞蓬一般丑陋。朱熹《诗集传》云："蓬，草名。其华似柳絮，聚而飞，如乱发也。"[③] 以"飞蓬"喻"乱发"，此乃最初的比喻义。后来又因为飞蓬具有飘飞不定的特征，人们又将漂泊于外、居无定所的羁旅之人喻之为飞蓬。如曹操《却东西门行》："田中有转蓬，随风远飘扬。长与故根绝，万岁不相当。奈何此征夫，安得去四方？"诗人明显将"征夫"（诗人自己）喻为"转蓬"（飞蓬）。曹植《吁嗟篇》则更是一篇专咏飞蓬以喻己的杰作。诗云："吁嗟此转蓬，居世何独然。长去本根逝，宿夜无休闲。东西经七陌，南北越九阡。卒遇回风起，吹我入云间。自谓终天路，忽然下沉泉。惊飙接我出，故归彼中田？当南而更北，

---

① 胡仔：《苕溪渔隐丛话》（前集）卷一四，第95—96页。

② 胡仔：《苕溪渔隐丛话》（前集）卷十，第66页。

③ 朱熹：《诗集传》卷三，第40页。

谓东而反西。宕宕当何依，忽亡而复存。飘飘周八泽，连翩历五山。流转无恒处，谁知吾苦艰?”较之其父曹操的“转蓬”之喻，其形象则更为周详而鲜明，内蕴则更为具体而深刻。其《盘石篇》、《杂诗七首》（其二）等诗中都有“转蓬”之喻象的描写。西晋潘岳《西征赋》:“陋吾人之拘挛，飘浮萍而蓬转。”曹氏父子堪称汉魏六朝时期“飞蓬”人生之喻的典型代表。到了唐人诗歌尤其是送别诗歌中，“飞蓬”人生之喻出现的频率则更高。王维《使至塞上》:“征蓬出汉塞，归雁入胡天。”杜甫《客亭》:“多少残生事，飘零任转蓬。”《赠李白》:“秋来相顾尚飘蓬，未就丹砂愧葛洪。”王之涣《九日送别》:“今日暂同芳菊酒，明朝应作断蓬飞。”李白《送友人》:“此地一为别，孤蓬万里征。”《鲁郡东石门送杜二甫》:“飞蓬各自远，且尽手中杯。”高适《送李侍御赴安西》:“行子对飞蓬，金鞭指铁骢。”刘长卿《穆陵关北逢人归渔阳》:“处处蓬蒿遍，归人掩泪看。”欧阳詹《泉州赴上都留别舍弟及故人》:“天长地阔多歧路，身即飞蓬共水萍”，等等。唐人“飞蓬”之喻的普遍使用，正反映出羁旅漂泊、世道艰难的人生况味。

（二）黍离

出自《诗经·国风·王风》，全诗三章，首章云：“彼黍离离，彼稷之苗。行迈靡靡，中心摇摇。知我者谓我心忧，不知我者谓我何求。悠悠苍天，此何人哉!”《毛序》云：“黍离，闵宗周也。周大夫行役至于宗周，故宗庙宫室，尽为禾黍，闵周室颠覆，彷徨不忍离去，而作是诗也。”所论甚是。后来遂以“黍离之悲”喻指亡国之痛或故国之思的专名词。向秀《思旧赋》云：“叹《黍离》之愍周兮，悲《麦秀》于殷墟。”陆机《辨亡论》云：“故能保其社稷而固其土宇，《麦秀》无悲殷之思，《黍离》无愍周之感矣。”姜夔《扬州慢》闵国伤乱，“千岩老人以为有《黍离》之悲也”(《扬州慢》小序)。“黍离”这个饱浸志士仁人忧国忧民情感的专用语典，在“安史之乱”以后的唐代诗人作品尤其是咏史怀古之作中，其忧国忧民之爱国情思则更为鲜明而浓郁。如许浑《金陵怀古》云：“松楸远近千官冢，禾黍高低六代宫”;《姑苏怀古》云：“宫馆余基辍棹过，黍苗无限独悲秋。”韦庄《秦妇吟》:“长安寂寂今何有？废市荒街麦苗秀。……昔时繁盛皆埋没，举目凄凉无故物”，等等。这些诗人作品中的“黍离之悲”色彩都是极为浓厚的，反映了一代志士仁人深厚的忧国情怀。值得一提的是，“安史之乱”后杜甫创作的一大批忧国忧民的诗歌中，虽未直接出现“黍离”之类的语典，但惯于承传《诗经》精神实质的杜甫，其作品中呈现出来的“黍离之悲”、故国之思的意蕴却仍然是感人至深的。正如宋人张戒评价杜甫《哀江头》诗所云：“‘江水江花岂终极’、不待云‘比翼鸟’、‘连理枝’、‘此恨绵绵无尽期’，而无穷之恨，《黍离》《麦秀》之悲，寄于言外。题云《哀江头》，乃子美在贼中时，潜行曲江，睹江水江花，哀思而作。其词婉而雅，其意微而有礼，其可谓得诗人之旨者。”[①] 杜甫的五律《春望》，是一首极具典范意义的“黍离之悲”的千古杰作。宋人司马光对此独有别具会心之深解，其云：“古人为诗，贵于意在言外，使人思而得之，故言之者无罪，闻之者足以戒也。近世诗人，惟杜子美最得诗人之体，如‘国破山河在，城春草木深。感时花溅泪，恨别鸟惊心’。山河在，明无余物矣；草木深，明无人矣；花鸟，平时可娱之物，见之而泣，闻之而悲，则时可知矣。他皆类此，不可遍举。”[②] 毛星先生曾经说过：“黍离的感叹是由过去一向被珍重、尊敬的故地变化了、破毁了，有的回忆，则是景物依旧，人事已非。比如天宝乱后，杜甫也有《黍离》样的作品，只是《黍离》悲叹宗庙、宫室故地已夷为农田，杜甫则悲叹山河依旧而国已破败，这就是著名的《春望》。”[③] 像杜甫《春望》这类虽无“黍离”之词，却深寓“黍离”之悲的绝世佳作，我们权且称名曰：杜氏黍离。这是杜甫学《诗》重“神”的天才独创，是爱国诗人忧国忧民情怀最具形象深婉的表达。

（三）甘棠

出自《诗经·召南·甘棠》。全诗三章，云：“蔽芾甘棠，勿剪勿伐，召伯所茇。”“蔽芾甘棠，勿剪勿败，召伯所憩。”“蔽芾甘棠，勿剪勿拜，召伯所说。”召伯，名虎，姬姓，周宣王时封于“召”之地，故称召伯。他曾辅助周宣王征伐南方的淮夷、劝农、听讼，功劳卓著。因他曾在当地的甘棠树下休息过，为了纪念召伯的恩德，人们遂一起自觉保护甘棠，绝不允许任何砍伐、损伤它的行为发生。后来，“甘棠”遂成为颂扬地方官

---

① 张戒：《岁寒堂诗话》卷上，丁福保辑：《历代诗话续编》（上），中华书局 1983 年版，第 457 页。

② 司马光：《温公续诗话》，何文焕辑：《历代诗话》（上），中华书局 1981 年版，第 277—278 页。

③ 毛星：《形象与思维》，《中国社会科学》1986 年第 2 期。

员有惠政于民的典故。南朝时陈代张正见《陪衡阳游耆阇寺》诗："甘棠听讼罢，福宇试登临。""甘棠"又有"召伯棠"、"召伯甘"、"召棠"、"甘树"、"爱棠"、"颂棠"、"棠阴"、"棠树政"、"思人树"等别称。在唐代诗人的作品中，"甘棠"及其有关别称多有可见。尽管诗作者的身份不同，口吻有别，但"甘棠"类有惠政民者之典故意义则是别无二致者也。如刘长卿《饯前苏州韦使君》云："幸容栖托分，犹恋旧棠阴"；司空曙《和李员外与舍人咏玫瑰花寄徐侍郎》云："留客胜看竹，思人比爱棠"；白居易《别桥上竹》云："我去自惭遗爱少，不教君得似甘棠"；《别州民》："甘棠无一树，那得泪潸然"；《宴后题府中水堂赠卢尹中丞》："水斋岁久渐荒芜，自愧甘棠无一株"；柳宗元《种柳戏题》："好作思人树，惭无惠化传"；杜牧《奉和门下相公送西川相公兼领相印出镇全蜀诗十八韵》："丹心悬魏阙，往事怆甘棠"；李商隐《武侯庙古柏》："大树思冯异，甘棠忆召公"，等等。以上所列，白居易与柳宗元都是贬谪地方的京官，在他们任满离别之际所作之诗中，表达的都是"甘棠无一树"的惠政之少的惭愧之情。而实际上，他们是恪守其职、勤事于民的。如柳宗元的种树绿化，白居易的筑堤西湖，均是惠于民之善举。尤其是白居易筑堤西湖，兴修水利，与北宋苏东坡筑堤西湖一样，人们为纪念他们的功德而命名的"白堤"、"苏堤"早已名垂千古，尤其是"苏堤春晓"，则已成为西湖著名美景之一。这说明，封建时代的官吏中仍不失为民办实事、办好事者。如中唐诗人戴叔伦世有"循吏"之称誉，在任地方官期间，曾制定"均水法"等，为当地老百姓造福良多。当他离任时，百姓们遂作《遗爱碑》《去思碑》颂其政绩。在唐代，这种为地方官员作《遗爱碑》《去思碑》的现象颇为突出。尽管这些碑文中难免溢美之词，但毕竟是考量地方官员政绩的一方试金石。其敦促地方官员施惠于民之作用当是无可忽视的。唐诗中"甘棠"类语典偏多之现象，与此亦不无关系焉。

二 唐人对《楚辞》"摇落"、"惆怅"、"木叶"语典之袭用

（一）摇落

出自宋玉《九辩》。其开篇便云："悲哉秋之为气也！萧瑟兮，草木摇落而变衰。"诗人一开始就将自己推进了一个万木萧条、凄切冷寞的悲凉之秋中，他那"贫士失职而志不平"的悲愤哀怨之情，经过悲凉秋气

的浸染之后，便营造出了中国文学史上真正意义上的情景交融的“悲秋”境界，宋玉也因此而获得了“悲秋之祖”的千年不朽之桂冠。而其中“摇落”一词，其意义却非同小可。前文在论及李商隐融通宋玉悲秋意境时曾论析“摇落”是一个极具悲秋感情色彩的词语，给人以“秋风摇百草，木叶遍飘零”的衰飒落寞之感，这仅仅是从自然角度作出的一种阐释。其实“摇落”之词，又蕴涵着人生颠沛流离、摇荡不定而又落魄潦倒的悲苦意味。如此摇落之悲，实即自然之秋、诗人之秋与社会之秋三相交融的悲秋之意。所以，具有双关意蕴的“摇落”一词，自从宋玉天才的创造之后，便赢得了历代悲秋之士尤其是唐代悲秋诗人们的青睐而袭用不止，常用常新。

宋玉的摇落之悲，真正引起情感回响的是曹丕的《燕歌行》。其开头“秋风萧瑟天气凉，草木摇落露为霜”二句，此乃直接由《九辩》开篇化用而成。南北朝时庾信《拟咏怀二十七首》（其十一）：“摇落秋为气，凄凉多怨情”，也是化用于《九辩》。唐代诗人“摇落”词语的大量使用，摇落之悲的尽情抒发，曹丕与庾信二人在宋玉与唐人之间起到了一个很重要的摇落悲情的过渡作用。兹就唐代诗人笔下摇落之悲的基本情况作一简论。陈子昂《感遇三十八首》（其二）：“迟迟白日晚，嫋嫋秋风生。岁华尽摇落，芳意竟何成”；苏颋《汾上惊秋》：“心绪逢摇落，秋声不可闻”；高适《古大梁行》：“暮天摇落伤怀抱，抚剑悲歌对秋草”；《送裴别将之安西》：“风尘经跋涉，摇落怨暌携”；《东平路作三首》（其三）：“秋至复摇落，空令行者悲”；严武《班婕妤》：“秋风一已劲，摇落不胜悲”；刘长卿《余干旅舍》：“摇落暮天回，青枫霜叶稀”；《长沙过贾谊宅》：“寂寂江山摇落处，怜君何事到天涯”；张祜《秋晓送郑侍御》：“离鸿声怨碧天净，楚瑟调高清晓天。尽日相看俱不语，西风摇落数枝莲”；刘沧《龙门留别道友》：“飞鸣北雁塞云暮，摇落西风关树寒”；温庭筠《玉蝴蝶》：“摇落使人悲，断肠谁得知”，等等。上举诸例中的“摇落”，主要是指秋天木叶飘零、肃杀悲凉的“恼人天气”，均是作为诗人抒发凄切哀怨之情的特殊气象背景。这类诗的悲秋意识还是颇为鲜明的，但真正对宋玉“摇落”之词体会入髓、运用精切者，当推杜甫与学杜至真至诚的李商隐。

杜甫含有颇为浓郁的宋玉情结，他甚爱“摇落”之词，不仅写过“秋天正摇落，回首大江滨”（《送陵州路使君赴任》）这样的诗句，而且写过“摇落深知宋玉悲”（《咏怀古迹五首》之二）的如此饱蘸深情的诗句。这是因为：他同情宋玉的遭遇，具有惺惺相惜的人文关怀；他推崇宋玉的才华，文采风流，这正合乎诗人“清词丽句必为邻”的艺术审美标准，因而便“窃攀屈宋宜方驾”（《戏为六绝句》其五），甚至于径称宋玉“风流儒雅亦吾师”（《咏怀古迹五首》之二）。他称许宋玉的创新精神，甚爱《九辩》所开创的悲秋意境。他的《秋兴八首》之意境，即隐取于《九辩》。正因为诗人与宋玉有如此深厚的感情基础，所以，他才能对宋玉的悲惨身世深表同情，对其辞赋之成就大为赞赏。诗人“摇落深知宋玉悲”的一声慨叹，包蕴深厚，意味隽永：首先，诗人深刻体察并同情宋玉人生命运之悲。著一“深”字，情意全出矣。其次，诗人极赏《九辩》“萧瑟兮，草木摇落而变衰”的悲凉“秋气”之描写，以及将“贫士失职而志不平”的悲愤哀怨之情融入悲凉“秋气”而破天荒地创造出来的悲秋意境。诗人透过宋玉笔下自然之秋的“摇落”、人生之秋的“摇落”与社会之秋的“摇落”，更深深地体察到了宋玉的人生命运之悲。复次，诗人由对宋玉的推许与赞赏，充分肯定了宋玉“为情而造文”的情文并茂之创作特征。在诗人看来，像宋玉《九辩》之类的“清词丽句”，则很好地表达了作者的思想感情。这样的“清词丽句”就应当“必为邻”，就应当作为学习的榜样。杜甫此论，是对由初唐四杰以来将屈宋辞赋视为齐梁浮艳遗风之源头而力予排斥之倾向的一次郑重纠偏，立场鲜明地表达了自己为情造文、文采可崇的具有朴素辩证思想的文艺观。这是“诗圣”的难能可贵之处。杜甫如此推许宋玉并由此倡导的“清词丽句必为邻”的文情并茂的文艺观，对于扭转初唐以来的偏激文学思潮，使唐诗继续朝着《风》《骚》两挟、气骨兼备的健康方向发展，具有不可忽略的重要意义。正如莫砺锋先生所指出的那样：“由此可见，‘清词丽句必为邻’的思想不但是对陈子昂否定南朝诗歌的观点的纠正，也是对由来已久的否定《楚辞》的看法的纠正，杜甫的这种文学思想在文学批评史上占有十分重要的地位。”[①] 如果说杜甫是“深知宋玉悲”的“萧条异代不同时”（《咏怀古迹五首》之二）的知音的话，那么，莫先生则无疑是千载之后诗人之知音矣。

由前文论及李商隐对宋玉《九辩》悲秋意境融通的情况可知，李商隐与杜甫一样也有很深的宋玉情结，就“摇落”一词而言，李商隐诗作

---

① 莫砺锋：《杜甫评传》，南京大学出版社 1993 年版，第 322 页。

中多有可见。如《崇让宅东亭醉后沔然有作》："摇落真可遽，交亲或未忘"；《临发崇让宅紫薇》："不先摇落应为有，已欲别离休更开"；《题小松》："为谢西园车马客，定悲摇落尽成空"；《念远》："关山已摇落，天地共登临"；《拟意》："银箭催摇落，华筵惨去留"，等等。更为突出者，李商隐还专门作了一首题为《摇落》的五言排律，诗云：

摇落伤年日，羁留念远心。
水亭吟断续，月幌梦飞沉。
古木含风久，疏萤怯露深。
人闲始遥夜，地迥更清砧。
结爱曾伤晚，端忧复至今。
未谙沧海路，何处玉山岑？
滩激黄牛暮，云屯白帝阴。
遥知霑洒意，不减欲分襟。

这是一首寄内诗。全诗借助于摇落萧瑟而悲凉的秋夜之景，抒发自己对京城妻子的深挚思念之情。其中深含着诗人因婚姻问题而无端招致的命运多舛的怨愤之情，以及人生落寞、前途渺茫的惆怅之意。不过，诗人有一点是十分清楚的，即"结爱曾伤晚，端忧复至今"，尽管他与王氏的婚姻引起了牛党的嫉恨，诗人因此而仕进受阻，但他深知，他与王氏的婚姻本身没有错。他与王氏的夫妻感情始终是和美的。从结尾两句"遥知霑洒意，不减欲分襟"的颇为体贴而多情的猜想中，正可见出诗人夫妇一往情深的缱绻之意。这首诗将诗人自己的仕途多舛（人生之秋）、社会政治的险恶（社会之秋）与"摇落伤年日"的萧瑟秋景（自然之秋）交融描写，具有浓郁深沉的悲秋意识。尤其是劈头"摇落伤年日"一句，更是使全诗笼罩了哀怨落寞的悲凉气氛，增添了作者人生的悲剧色彩。诗人以《摇落》为题，并非是"首章标其目"式的随意之处，而是在宋玉《九辩》"摇落"这个充满悲凉意蕴浸润下的用心之笔，同时也是诗人对他所尊崇的宋玉的另一种深情之悼怀方式。此诗虽无《九辩》丰富的自然意象、复杂的政治形势以及繁复的情感苦闷的多重描写，但从此诗"三秋"相融的悲秋意境察之，则《摇落》与《九辩》之精神自然是相通的。由此观之，李商隐真乃善学屈骚者也。

从宋玉到杜甫再到李商隐，我们发现了一个颇有意味的现象，即：从个人感情因素观之，杜甫推崇宋玉，而李商隐则既推崇宋玉，又推崇杜甫；从宋玉“摇落”之词影响观之，杜甫是理解深刻，融会贯通；而李商隐则是心领神会，标目示尊。无论是内在的感情因素，抑或是外在的诗脉承传，宋玉、杜甫、李商隐三者皆是心心相印、息息相通的。而杜甫《咏怀古迹五首》之二所说的“摇落深知宋玉悲，风流儒雅亦吾师。怅望千秋一洒泪，萧条异代不同时”的肺腑之言，恰是文学之路上宋玉、杜甫、李商隐“三人行”的真实写照。在中国文学接受美学的链条上，此“三人行”现象，正是确保文学之链环环承接、顺利向前的重要因素。而中国文学“一代有一代之文学”代代相传、薪火不灭的奥妙，亦正在于此。

（二）惆怅

此词不见《诗经》，也不见屈原的《离骚》等全部作品，唯见于宋玉的《九辩》，共两见，即：“惆怅兮而自怜”、“然惆怅而私自悲”。由此可证，在先秦诗歌史上，宋玉是使用“惆怅”之词的第一人，这犹如宋玉于《九辩》首次使用“悲秋”、“摇落”、“萧瑟”等词一样，都具有大辂椎轮的创始意义。《辞海》释“惆怅”说：“因失望或失意而哀伤”，所举之例即为《九辩》：“羁旅而无友生，惆怅兮而私自怜。”[①] 宋玉“惆怅”一词的情感内蕴与“萧瑟”、“摇落”等阴冷凄切之秋天景象甚为吻合，因而极其自然地交融成悲秋的意境，这是宋玉对中国意境美学的独创与贡献。

那么，唐代诗人于“惆怅”一词的袭用情况又是如何呢？翻检《全唐诗》中所收高适、李贺、李商隐三位诗人的集子，发现高适袭用“惆怅”共10次，分别为：“惆怅悯田农，徘徊伤里闾”（《苦雨寄房四昆季》）；“应知阮步兵，惆怅此途穷”（《酬秘书弟兼寄幕下诸公并序》）；“惆怅别离日，徘徊歧路前”（《送韩九》）；“惆怅孙吴事，归来独闭门”（《蓟中作》）；“惆怅落日前，飘飖远帆处”（《自淇涉黄河途中作十三首》其六）；“沉吟对迁客，惆怅西南天”（《送田少府贬苍梧》）；“惆怅春光里，蹉跎柳色前”（《别韦兵曹》）；“卢门十年见秋草，此心惆怅谁能道”

① 辞海编辑委员会编：《辞海》（缩印本），上海辞书出版社1979年版，第871页。商务印书馆1980年修订本《辞源》（第二册）“惆怅”释义与《辞海》相似而所举释例相同。

（《赠别晋三处士》）；“欢娱未尽分散去，使我惆怅惊心神”（《别韦参军》）；“离魂莫惆怅，看取宝刀雄”（《送李侍御处安西》），等等。高适所用“惆怅”之词，或述苦雨之心情，或为战事之忧伤，或叹时光之流逝，而大多是表达友人分别时的离别情绪。再看李商隐诗集中“惆怅”一词之袭用情况。翻检李诗所用“惆怅”一词，共四见。如：“直道相思了无益，未妨惆怅是清狂”（《无题二首》其二）；“舞蝶殷勤收落蕊，佳人惆怅卧遥帷”（《回中牡丹为雨所败二首》其一）；“梁台初建应惆怅，不得萧公作骑兵”（《读任彦昇碑》）；“初生欲缺虚惆怅，未必圆时即有情”（《月》），等等。这仅有限的四例“惆怅”用词，其情感内蕴相对集中于一己忧伤意绪的抒发之上，与其缠绵凄婉的诗风甚相一致。喜欢使用何种词语，这完全是由诗人的个性与爱好趣尚所决定的，当然也与时代气象及面貌有密切关系。例如大历时期，诗人们是生活在一个遭受“安史之乱”严重破坏的社会里，物质生活与精神生活都颇为贫乏。这是一个从噩梦中醒来却又一头跌入了空虚现实中而令人惆怅忧伤的时代，为了要表现这种惆怅忧伤的心绪，大历诗人们似乎不约而同地找到了一个最为适合的形容词，那便是“惆怅。”于是，阅读大历诗人的集子，映入眼帘的“惆怅”之词便触处可及。如卢纶：“离心自惆怅，车马亦徘徊”（《将赴阌乡灞上留别钱起员外》）；韩翃：“惆怅佳期近，澄江与暮天”（《送蒋员外端公归淮南》）；耿沣：“惆怅多尘累，无由访钓翁”（《夏日寄东溪隐者》）；钱起：“劳歌待明发，惆怅盈百虑”（《冬夜题旅馆》）；司空曙：“惆怅空相送，欢游自此疏”（《送曹同椅》），等等。就刘长卿所收《全唐诗》519 首诗作统计，其中“惆怅”一词共出现 41 次，这在大历诗人中是颇具典型意义的。[①] 可见，“惆怅”一词，正可见出时代精神之折光。

（三）木叶

出自屈原《九歌·湘夫人》。诗开篇云：“帝子降兮北渚，目眇眇兮愁予。嫋嫋兮秋风，洞庭波兮木叶下。”全部屈骚，“木叶”之词，仅此一见。此句中之“木叶”，非指一般之树叶，联系“嫋嫋兮秋风”来理解，微弱吹拂的秋风便能把树叶吹落下来，可见这吹落下来的树叶不是成年之叶，而是枯黄之叶，是历经寒秋风霜酷虐后而摇摇欲坠的老年之叶。在后人诗词中每每寓有人生之秋的况味。如司空曙“雨中黄叶树，灯下

---

① 参见蒋寅《大历诗风》，上海古籍出版社 1992 年版，第 177 页。

白头人”（《喜外弟卢纶见宿》），便是典型之例。对于《湘夫人》开头四句所营造的秋水茫茫、愁情悠悠的凄凉落寞之意境，历来为人们所激赏。明人胡应麟评赏曰：“‘嫋嫋兮秋风，洞庭波兮木叶下’，形容秋景入画；‘悲哉秋之为气也，憭慄兮若在远行，登山临水兮送将归’，模写秋意入神，皆千古言秋之祖。六代、唐人诗赋，靡不自此出者。”[①] 清人林云铭亦有很高的评价，并同时指出其对后世文学的影响，其云：“开篇‘嫋嫋秋风’二句，是写景之妙。……‘无边落木纷纷（按：当为“萧萧”）下，不尽长江滚滚来’，实以‘嫋嫋秋风’二句作蓝本也。《楚辞》开后人无数奇句，岂可轻易读过。”[②] 由“秋景入画”、“写景之妙”及其“蓝本”地位等评价综合考察之，四句所描述者，正是情景水乳交融、动静和谐结合的悲愁之意境。四句之中，三句写“动”景，即：帝子降渚，秋风微拂，洞庭兴波，木叶飘零。一句写“静”景，即：眇眇愁予。这委实是诗中有画、画中寓情的千古经典的摹景抒情之杰作。而在这幅入画之秋景中，“木叶”之作用举足轻重，非同小可。首先，木叶于空中纷纷飘零，与洞庭微波极为自然地构成了一幅立体式的悲秋图。诗人悲秋的情感张力也因此而得以增强。其次，纷纷而下的枯黄树叶，以其鲜明的色彩，丰富了悲秋画面的内涵。再次，“木叶”飘落之声与洞庭拍浪之响交相应和，构成了特有的秋声之韵。总之，此四句，秋风、秋波、秋叶、秋色、秋声、秋神、秋情一应俱全，真乃秋景入画、秋意入神者也，不愧为“千古言秋之祖”。

“木叶”虽小意蕴深，后人诗中每见影。在唐代诗人的笔下，我们便每每可见它们飘零的精魂，在诗境的构成中起着重要的作用。不过，除“木叶”外，诗人们又有“落木”、“木落”、“木衰”、“落叶”等别称。如沈佺期《古意》：“九月寒砧催木叶，十年征戍忆辽阳”；高适《使青夷军入居庸》：“溪冷泉声苦，山空木叶干”；《东平路作三首》（其一）：“蝉鸣木叶落，兹夕更愁霖”；《送别》：“萤飞木落何淅沥，此时梦见西归客”；《同颜六少府旅宦秋中之作》：“传君昨夜怅然悲，独坐新斋木落时”；杜甫《江上》：“高风下木叶，永夜揽貂裘”；《登高》：“无边落木

① 胡应麟：《诗薮》内编卷一，上海古籍出版社 1958 年版，第 5 页。

② 林云铭：《楚辞灯·湘夫人》，马茂元主编：《楚辞评论资料选》，湖北人民出版社 1985 年版，第 399 页。

萧萧下，不尽长江滚滚来”；郎士元《赠钱起秋夜宿灵台寺见寄》：“苍苔古道行应遍，落木寒泉听不穷”；耿湋《酬李文》：“初飞万木叶，又长一年人”；戴叔伦《客舍秋怀呈骆正字士则》：“木落惊年长，门闲惜草衰”；李端《秋夜寄韦弇》：“独坐知霜下，开门见木衰”；贾岛《忆江上吴处士》：“秋风生渭水，落叶满长安”；李贺《伤心行》：“秋姿白发生，木叶啼风雨”；罗隐《中元夜泊淮口》：“木叶回飘水面平，偶停孤棹已三更”；刘沧《怀汶阳兄弟》：“天高霜月砧声苦，风满寒林木叶黄”；《晚归山居》：“寥落霜空木叶稀，初行郊野思依依”，等等。诗例甚多，难以尽举。比较起来，中晚唐诗人尤其是晚唐诗人诗中的“木叶”之词出现频率最高，这无疑是日薄西山的晚唐社会衰败景象在“木叶”意象上的自然投影。在上例众多的“木叶”系列中，受《九歌·湘夫人》“嫋嫋兮秋风，洞庭波兮木叶下”二句影响最为显著者，当推杜甫《登高》“无边落木萧萧下，不尽长江滚滚来”二句，这一点，前文林云铭之评已经指出，但杜甫袭用之妙，未曾论及。笔者以为，其化用之妙，约有三端：其一，时空对写，境界阔大。“无边”者，即东西南北、上下左右无处不在也，形容落木之多，铺天盖地，空间寥廓苍茫无际也。“不尽”者，即由古而今、朝朝暮暮绵绵不绝之时间也，形容江水浩浩、奔腾向前。如此时空对举之描写，给人以俯仰天地、气象雄豪、境界阔大之感。其二，景中寓情，豪中见悲。落木萧萧天地间，容易使人产生人生之秋的感觉；长江滚滚向东流，自然令人感叹时光飞逝之无奈，因此，无形中便流露出诗人韶光易逝、壮志难酬的无限悲慨。不言愁而愁情自明矣。其三，句工而活，声律谐美。此联字字工对，但却一气流转，如建瓴走坂，百川东注，读来语畅气顺，毫无滞碍之感。加之“萧萧”、“滚滚”叠字的运用以及此联颇为强烈的动态感，遂共同构成了富有灵动和谐的声韵之美。尽管这是一首典型的“悲秋”之作（“万里悲秋常作客”），但是因为有了“无边落木”这一联阔大境界的支撑，遂使得杜甫《登高》之诗“虽是一首悲歌，却是‘拔山扛鼎’式的悲歌。它给予我们的感受：不是悲哀，而是悲壮；不是消沉，而是激动；不是眼光狭小，而是心胸阔大”。[①] 这真是老杜的难能可贵之处。

以上就唐代诗人对《风》《骚》精神融通的诸种表现形式进行了较为

① 萧涤非：《杜甫诗选注》，第301页。

全面而翔实的论析，种种事实表明，对于《风》《骚》的题旨、体式、意象、意境、技巧、语典等各个方面，都有很好的承传与发展。本文为了论述的需要，权将这六方面分开阐析。而实际上，唐代诗人不少作品并非是一对一式的单向承传，上述这六大承传形式或几项同时出现于某诗，或侧重于某项而连及其他，甚或全部出现于某一首诗，这是显而易见的。此外，唐诗某些作品对《风》《骚》某些方面的承传并非触目可见，需要吃透《风》《骚》与承传者作品之两头，方可窥探其诗脉之迹。如杜甫、李商隐等对《风》《骚》意境之融通，便是如此。“明传”重在形似，而“暗传”重在神似。“明”“暗”并用，“形”“神”兼顾，因而构成了唐人自觉而认真地承传《风》《骚》精神的诗苑风景。他们既有对《风》《骚》积极的理论评判与理论倡导，又有自身潜心的创作实践，故而才能绽放出深涵《风》《骚》精神的艳丽之花，并结出充盈《风》《骚》精神的丰硕之果。

第五章 《风》《骚》自然意识与唐诗绿色情思

自人类诞生以来，人与自然的关系便始终相依相伴、须臾不离。儒、佛、道三教思想体系虽然有别，但儒家的“天人合一”、佛家的“善待众生”、道家的“万物同一”强调的人与自然和谐相生的思想认识却是一致的。马克思则将自然界比作是人的无机的身体，他说：“在实践上，人的普遍性正表现在把整个自然界作为人的直接的生命资料，其次作为人的生命活动的材料、对象和工具——变成人的无机的身体。自然界，就它本身不是人的身体而言，是人的无机的身体。人靠自然界生活。这就是说，自然界是人为了不致死亡而必须与之不断交往的人的身体。所谓人的肉体生活和精神生活同自然界相联系，也就等于说自然界同自身相联系，因为人是自然界的一部分。”① 严格地讲，世界上所有的一切存在都是一种生态，自然是如此，人亦是如此，人类社会的各种现象也是如此，各自都处于一定的生态系统中。德国著名生态学家汉斯·萨克塞在《生态哲学》的“前言”中指出：“生态学要求观察事物之间的关联。”② 换句话说，生态学研究的就是事物之间广泛联系的学说，人与自然的关系是如此，文学与自然的关系亦复如此。自20世纪80—90年代期间生态批评学说于美国诞生以来，很快在全世界范围内获得了积极的回应，促进了全球文学研究的绿化，文学的绿色之旅阵容渐大，形势可观。生态批评对后现代主义文艺观的最大贡献是恢复了自然乃至万事万物在文学中的主体地位，提出了一系列强调去中心、差异、多样性、关系的文艺学命题。在生态批评的话语场域中，自然中的

---

① 《马克思恩格斯全集》第42卷，人民出版社1979年版，第95页。

② ［德］汉斯·萨克塞：《生态哲学》，东方出版社1991年版，第3页。

各种生命作为不仅仅是文学表现的对象，而且是文学最原始的创造者。没有众多生命主体的互生和共生，文学就不可能诞生。假如《诗经》中缺少了鸟兽草木虫鱼的合唱，中国文学就失去了最能体现东方文学含蓄委婉之美的比兴手法；假如《楚辞》中失去了香草美人的身影，《楚辞》就会面目全非而味同嚼蜡；假如陶诗中没有“采菊东篱下，悠然见南山。山气日夕佳，飞鸟相与还”（《饮酒二十首》其五）这些人与自然如此和谐的描写，陶渊明就不可能成为我国第一位伟大的田园诗人；假如唐诗中没有天地山川、花鸟草虫丰美的自然世界，唐诗就不可能登上中国诗歌的巅峰……不用再多举如此的“假如”了，这些已足以说明，自然之于文学之作用，是何等重要，而对于那些擅长于山水田园诗创作的诗人而言，其重要性就更是突出。可以这样说：没有自然，也就没有文学。自然无疑是文学艺术的原始作者。西方一位生态批评学家曾经指出：“绿色植物是地球上最有创造性的机体之一。它们是自然的诗人。”① 而这些“最有创造性的机体之一”的自然，也即深受诗人青睐的自然。徐复观先生说得好：“中国文化的主流，是人间的性格，是现世的性格。所以在它的主流中，不可能含有反科学的因素。可是中国文化，毕竟走的是人与自然过分亲和的方向，征服自然以为己用的意识不强。”② 结合中国古老的农耕社会之性质与“日出而作，日入而息”的耕种方式来看徐复观此论，见解是甚为深刻的。对于这样一种人与自然亲和之情景，胡晓明先生曾作过诗意化、哲理性的描述，他说：“大自然全幅生动的山川草木、云烟光色，跟人类的生命绝不是不相干的存在。每一片花，每一线星光，都在提醒着人类的心灵与宇宙的关系。任何一个真正在大自然山水中受到过感动的人，都理解那句耳熟能详的名论：每一片风景，都是一种心境。中国哲学最懂得这个道理。中国哲学的特征，在于不把自然看作无生命的异己的存在。正如《朱子语类》第九十条那又平实又精微的语录：‘一身之中，凡所思虑运动，无非是天。一身在天里行，如鱼在水里，满肚子里都是水。’这正是中国文化的有机宇宙观或存有连续论。中国哲学，对于宇宙自然，正有一份‘如

---

① The Ecocriti Cism Reader, p. 111.

② 徐复观：《中国艺术精神·自叙》，华东师范大学出版社 2001 年版。

鱼在水'的相契。"[①] 中国哲学是如此，中国文学亦与此一样，"对于宇宙自然，正有一份'如鱼在水'的相契"。既然如此，文学理论批评家就应该把眼光投向客观存在的自然与文学关系的研究，这是因为，"在自然的伟大网络中，所有存在都值得认知，均可以发出声音。由此出发，生态文学批评应该探讨作者怎样表现风景中人类与非人类声音的相互作用"。[②] 然而，我们的文学研究，则过多地注重了诗文作家与社会关系的研究，而忽略了文学与自然关系这一重要生态视阈的研究。对此，鲁枢元先生曾不无感慨地说："'自然'在中华民族思想史中拥有独特的地位。然而，中国人在书写自己民族的文学史时，却疏漏了'自然'。中国文学史的百年书写，依赖的是对一种'现代社会发展模式'的认同：走出自然，改造自然，也就意味着文学的发展和进步；顺应自然，返归自然，则意味着文学的消极乃至倒退，文学价值与社会意识的成见形成显著的落差。随着'人类纪'的到来，人与自然的关系比以往任何时代都更紧迫、更严峻地摆在我们面前，文学现象以及文学的历史，同样应当在这个统领全局的视阈内重新审视。文学不但是人学，同时也应当是人与自然的关系学、人类的精神生态学，文学史的书写也应当充分展示人与自然的关系。"因此，鲁先生又严正指出："从生态批评的视野看，这显然是一个应当弥补的课题；若是从中国文学的民族精神特质看，那该是一个重大的、不可原谅的疏漏……我们应当重振文学中的自然之维，那也是文学生命的最柔韧的生命力。"[③] 鉴于此，本章拟就生态批评视野这个角度，尝试对《风》《骚》山水意识与唐代山水诗、《风》《骚》草木虫鱼与唐诗绿色情思诸问题作一初步探析，以见《风》《骚》与唐诗中人与自然的关系及其诗歌的演进之迹。

第一节 《风》《骚》山水意识与唐代山水诗

刘勰的《文心雕龙·明诗》篇在论述山水诗的问题时指出：

---

① 胡晓明：《万川之月·中国山水诗的心灵境界》"序"，生活·读书·新知三联书店 1992 年版。

② The Ecocriticism Reader, p. 372.

③ 鲁枢元：《百年疏漏·中国文学史书写的生态视阈》，《文学评论》2007 年第 1 期。

> 宋初文咏，体有因革，庄老告退，而山水方滋；俪采百字之偶，争价一句之奇，情必极貌以写物，辞必穷力而追新，此近世之所竞也。

在这段话中，刘勰从文学发展的观点探讨了山水诗发展的原因，以及南朝刘宋时兴起的山水诗创作的实际情况，较为切实。在中国文学史上，宋初的谢灵运无疑是发现自然美、并以全力创作山水诗的第一人。他的作品，是山水诗成熟的标志。然而，人们在苍茫浩漫的大自然中发现山水之美，将它作为独立的审美对象，并用诗歌去表现它、赞美它，那是经过一个漫长的历史过程的。中国之所以比欧洲大约早一千年产生优美的山水诗，原因之一就是早在谢灵运之前，中国文学即与自然山水结下了不解之缘。经过历代作者的不懈努力，方才逐渐积累了丰富的描摹山水的艺术经验。鲁迅先生在《致魏猛克》中说过："新的艺术，没有一种是无根无蒂、突然发生的，总承受着先前的遗产。"可以这样说，谢灵运正是继承了前人对自然山水的创作经验，加之晋宋时期社会思潮的影响，与南渡以后士族地主阶级园林建筑的影响，以及山水绘画创作及理论的影响，才开创出一代山水文学之新风。尽管在《诗经》《楚辞》时代，人们尚未把自然山水当做独立的审美对象，但已初具山水审美之意识，并注意到自然山水对于文学创作的作用，故而给后人提供了弥足珍贵的艺术创作之经验。到了汉代，自然山水在文学中尚未具有独立的地位，汉乐府、《古诗十九首》中的山水描写，与《诗经》大体一样，多是作为诗人抒情言志的比兴材料，依然处于附庸地位。而山水描写，在汉大赋中的情况却有较大的改观，大段落的山水铺陈情况开始出现。如枚乘《七发》观潮场面的描写，极尽铺陈夸张之能事，使山水雄阔壮大之形象得到了空前的展示，但仍然是为"劝百而讽一"的赋之主旨服务的。曹操的《步出夏门行·观沧海》是我国第一首较为完整的山水诗，但仍未免借"海"言志的创作功利因素，所可贵者，较此前诗歌观之，其山水占据诗歌本身之成分已颇为可观，故称其为第一首较为完整的山水诗，学界庶成定论。魏晋时期，由于品评人物常借山水为誉，以及借山水体悟玄理之风，人们的山水美意识逐渐增强。晋宋之际，谢灵运开始专力创作山水诗，成为山水诗人的开山之祖。但其诗多情景割裂，往往有句无篇，并拖上一条玄言的尾巴；到了谢朓，其山水诗创作较之大谢，出现了明显的改观。他往往是结合宦游生活来写山水自然风光，宦情与山水糅合，诗歌多具画面清新、情景交融的优美境界。由于二谢的共同努力，山水已成为独立的审美对象而以主角的身份开始为诗人们所青睐了。因为有了《风》《骚》山水比兴手法的承传与“二谢”山水诗丰富创作经验的借鉴，加之唐代大一统开放性的社会格局，士人受功名驱使而奔波行旅于山川频率的加大，以及唐代儒、释、道三教并行交融的文化思潮的影响，归隐山林的风气，等等，唐代山水诗创作出现了中国山水文学史上的第一个高潮，也是后人难以企及的高潮。不仅有王孟山水田园诗派的庞大阵容，而且还出现了张九龄、王之涣、储光羲、李白、杜甫、白居易、韩愈、柳宗元、刘禹锡、杜牧、许浑等一大批独具个性、各显身手的山水诗大家。诗人们或写山水以畅神，在自然中放飞心灵；或以山水为寓托，婉转表达各自复杂的感情；或视山水为知己，将山水人格化。至此，山水已完全成为独立的审美对象而无拘无束备受青睐地出现于诗人的笔下。李白是唐代最杰出的山水诗人之一，他的山水诗既有雄奇豪壮的阳刚之美，又有宁静明秀的阴柔之美，在唐代山水诗中颇具典范意义。他耽玩于山水，醉心于山水，陶情于山水。他自己已完全与山水在精神层面融为一体、不分彼此了。可以这样说，李白就是他笔下的山水，而他笔下的山水就是李白。没有山水，也就没有李白。甚而至于可以说，没有山水，也就没有今日唐诗的地位。大凡唐代著名的诗人，都首先是著名的山水诗人。唐代诗人与山水的关系最和谐，感情最深厚，体悟最透彻，故而山水诗创作成就亦最高。

唐代诗人创作山水诗的形式多样灵活，不拘一格。既有现实型的山水自然，梦幻式的山水自然，还有亦真亦幻的山水自然，题画中的山水自然，多角度、立体化、全方位地表现山水之形与山水之神。由《诗经》对山水之神的敬畏，对山水比兴之使用，《楚辞》对山水感伤性、游览性、梦幻性、亲和性特征的把握，再到唐代山水诗人格化的形成，我们不难窥见一条山水与人由远而近、相融一体、互为彼此的演进轨迹。可以说山水与诗歌，自然与文学，至唐代已达到了完全融合和谐的地步，自然山水已完全成为唐诗的半壁江山。尤其是盛唐山水诗，则更具有令人振奋、扬眉吐气、畅神逸致的独特的审美感受。因此，有学者曾就以往学界公认的唐代豪迈雄健的边塞诗最能体现盛唐气象的观点提出了质疑，认为：“所谓盛唐气象，并不只意味着昂扬向上充满活力的文化气质和时代意识。……盛唐气象，是‘平常’与‘非常’的有机合一，充满世间人情味与现实生活感的山水意境之中，不着痕迹地蕴涵着诗人对自然景观的敏锐把握和精确描绘，在仿佛是无所拣选的自然叙写中，诗人以高度的安闲从容举重若轻地寄托着自信自足的文化意识。”① 简言之，盛唐气象既具有边塞诗昂扬向上的阳刚之美，又具有山水诗从容自信的阴柔之美。这刚柔阴阳有机结合的盛唐气象颇切实际而别具时代特色。而这正是唐初魏征所期盼的江左“贵于清绮”与河朔“重乎气质”相融合而产生的“文质斌斌，尽善尽美”的文学新特质，也即殷璠所谓“文质半取，风骚两挟”的盛唐诸公的诗歌气象，所以说，将盛唐山水诗与边塞诗一起共同看做是“盛唐气象”的两大重要元素，的确是中肯之论。本节拟就《风》《骚》山水意识与唐代山水诗诸问题探论之。

一 《诗经》山水意识审美

清代王士禛为宋牧仲《双江倡和诗》作序云：

> 诗三百五篇，于兴观群怨之旨，下逮鸟兽草木之名，无弗备矣，独无刻画山水者；间亦有之，亦不过数篇，篇不过数语，如“汉之广矣”、“终南何有”之类而止。②

全篇刻画山水者，《诗经》中的确“独无”，王士禛所言不差。而所谓“间亦有之”（按：此所谓篇中偶有描写山水之句子）者，那就绝不止是“数篇”、“数语”了。王士禛所论，只说对了前半句话，而后半句话显然是不切实际的。据笔者统计，就“山”方面而言，《诗经》中光“山”字就出现 66 次，加上与“山”有关的如丘、陵、岩、谷、巘、冈，等等，共有 119 次之多。其中《国风》46 次，《雅》64 次，《颂》9 次。就“水”方面而言，《诗经》中“水”字共出现 30 次，不如“山”字多，但如果加上与“水”有关的如隰、川、海、河、流、泉、涧、池、沼、沚、滨、泽、渊、泮、浒、涘、湑、浦、渚、洲、潦、汤汤、滔滔、泱

① 陶文鹏、韦凤娟主编：《灵境诗心：中国古代山水诗史》，凤凰出版社 2004 年版，第 155 页。

② 王士禛：《带经堂诗话》卷五，人民文学出版社 1982 年版，第 115 页。

泱、減、浅、深，等等，计有288次之多，总数为“山”方面的两倍多。其中《国风》173次，《雅》103次，《颂》12次。至于《诗经》中言及水流的，就有20余条，如关中地区的泾、渭、洽、漆、沮、丰等；山西境内的汾、扬子水；河南、山东境内的洛、溱、洧、寒泉、泉源、肥泉、济、汶、淮等，此外涉及了江、汉。在所有的水流中，“河”水出现最多，共有15篇诗27次提到它。关于“河”是专指还是泛指，曾有不同意见。著名地理学家谭其骧先生认为：“河为河道之通称，只能通用于唐宋以后。唐宋以前，‘河’是黄河的专称、正称。”[①] 钱穆先生进一步指出：“中国文化的发生，精密言之，并不赖于黄河本身。它所依凭的是黄河的各条支流，每一支流之两岸和其流进黄河时两水相交的那一个角里，都是中国文化之摇篮。”[②] 这表明，《诗经》是黄河流域地区北方文化的代表。

那么，《诗经》作为北方中原文化的代表，其中所表现出来的人们的自然山水审美意识如何呢？它们又是怎样演进的呢？

首先看看人们对“山”的审美意识。在生产力极其低下的远古时代，自然作为一种完全异己的、有着无限威力的和不可制服的力量与人类对立着，人类对于自然有着“一种纯粹动物式的意识”。[③] 山泽莽林之中到处潜藏着凶险，闪电雷鸣随时可以摧毁整个世界，“荡荡怀山襄陵，浩浩滔天”（《虞书·尧典》）的洪水无情地吞噬着人们的生命。经过了种种的灾难和磨难，人们对大自然的无比威力甚感恐惧和战栗。于是，他们便凭借自身朦胧的意识去解释自然事物及其变化，将它们“人格化”、“神化”。“山林川谷丘陵能出云，为风雨，见怪物，皆曰神。”（《礼记·祭法》）在殷墟出土的甲骨文字中便可见到大量占卜于山河之神的记载。这种产生于人类文明之初的自然崇拜，在最早的诗歌总集《诗经》中也有所反映。《周礼·春官·大宗伯》云：“以血祭社稷、五祀、五岳。”《诗经·周颂》中保存了数首周王朝祭祀山川的乐歌。如《周颂·般》描绘周人登山而祭的情形说：“於皇时周，陟其高山。嶞山乔岳，允犹翕河。”据孔颖达说：“武王既定天下，而巡行其守土诸侯，至于方岳之下，乃作告至

① 谭其骧：《长水集》（下），人民文学出版社1987年版，第81页。

② 钱穆：《中国文化史导论》，商务印书馆1994年版，第2页。

③ 马克思、恩格斯：《德意志意识形态》，人民出版社1961年版，第25页。

之祭，为柴望之礼。”周公“述其事而为此歌焉”。所以，《周颂·时迈》也是周天子巡守时“柴望”山川的祭歌。《周颂》中还有一首《天作》这样写道：“天作高山，大王荒之，彼作矣，文王康之。彼徂矣，岐有夷之行，子孙保之。”这是一首较为典型的周统治者祭祀岐山的乐歌。其中的“高山”即岐，在今陕西省岐山县东北。“大王”，即太王古公亶父，周文王的祖父。“荒”，有，又可训为治、大，有扩大治理的意思。“康”，《周颂考释》云：“康，疑借作赓，同声系，古通用……《尔雅·释诂》：‘赓，续也’……文王赓之，谓文王继续太王垦治岐山，非安坐而享其成也。”“彼”，指人民。“徂”，往、到，指归周。这首诗的意思是说，天生巍峨的岐山，太王于此苦心经营扩大治理，上天在此生万物，文王继承太王祖业，继往开来。因此，人们都纷纷归顺于周。岐山大道平又阔（此句可能寓含着政治清明意），子孙世代永保岐山这地方。在虔诚的祭祀中，充满着对岐山之神的敬畏和祈求之情。至于《大雅·崧高》：“崧高维岳，骏极于天。维岳降神，生甫及申”的记叙和《小雅·信南山》“信彼南山，维禹甸之。畇畇原隰，曾孙田之”的描写，也都无一例外的是祭祀山神的乐歌。从上列这些祭祀乐歌中，我们只见到周朝统治者顶礼膜拜的身影，听到他们赤诚祈祷的声音，却看不到对山岳本身生动细致的描绘。这是因为，从审美心理学的角度来分析，当人们怀有惶恐畏惧心理面对审美对象时，是无法进行愉悦身心的审美活动的。那么，像这类祭祀自然山川的乐歌，它们给后世文学将有何种启示作用呢？那就是，伴随着“望秩于山川”的祭祀活动，人们必然要登高望远，而这势必将增进对山川的自然形貌的体察和了解，从中加深对大自然的审美印象，进而获得美的享受。

检阅全部《诗经》，我们发现那些充满浓郁宗教色彩的祭祀山川的诗篇，多集中在《大雅》和《颂》诗之中，《周颂》最为突出。至于十五《国风》和《小雅》，却基本不见祭祀山川的记载。由此，我们便可获得这样一个新的认识，即：随着周代社会政局的日趋混乱和国力的日益衰弱，统治者与被统治者之间的矛盾不断加深，人们朝不虑夕，日益感到生存的困难。马克思在《〈黑格尔哲学批判〉导言》中指出：“宗教批判使人摆脱了幻想，使人能够作为摆脱了幻想、具有理性的人来思想、来行动，来建立自己的现实性；使他们能够围绕着自身和自己现实的太阳旋转。”这番话正可用来说明《诗经》中《小雅》和《国风》表现出来的对天命信念和山川崇拜动摇的现实意义。所以，在《国风》、《小雅》中，我们已极少看到人们对山川的敬畏和恐惧心理的描写，人们已开始在对自然山水的观照中，或借以抒情言志，或托以言愁叹悲，将人的思想感情与山水自然景物和谐地对应起来。因此，《国风》、《小雅》中的“比兴”手法便大量产生出来。这也正是《诗经》中的“比兴”多集中于《国风》、《小雅》的主要原因之一。

以“山”为比者，如《小雅·天保》：“如山如阜，如冈如陵，如川方至，以莫不增。”把抽象的祝寿比喻为可以感知的亘古不变的山川，十分形象贴切。后世的“福如东海，寿比南山”的祝寿语当是由此化出。《小雅·节南山》说：“节彼南山，维石岩岩。赫赫师尹，民具尔瞻。”比喻太师尹氏那炙手可热、权势冲天、不可一世的炎威，收到了强烈的讽刺效果。

又如《曹风·侯人》云：“荟兮蔚兮，南山朝隮。婉兮娈兮，季女斯饥。”诗中的“荟”、“蔚”，谓云雾弥漫之貌。“隮”，早上的虹。“季女”，少女，即指侯人的幼女。此诗写诗人为南山云蒸霞蔚的美景所触发，从而引起了他对“季女”的一片春情，情致婉美，耐人寻味。

由上分析可知，《诗经》中人们对“山”的审美意识，的确经历了一个由神灵崇拜的祭祀对象到成为比兴对象的精神功利观念变化的演变过程。而这，自然是宗教色彩的不断淡化和人的自我意识不断觉醒的结果。只有增强了“人”的主体意识，才能增强人们对山水自然的审美意识。

其次，再看看人们对“水”的审美意识。由上统计，我们知道《诗经》中有关“水”的描写的次数是“山”的两倍以上。《诗经》中之所以如此广泛地描写“水”以及与水有关的事物，原因何在？首先它和“山”的描写一样，同样被诗人们用作比兴的材料。以“水”为比者，如《邶风·谷风》第三章云：“泾以渭浊，湜湜其沚。宴尔新婚，不我屑以。”这是一首弃妇诗。这里，弃妇以渭水比新娘，以泾水喻自己。渭水虽然侵犯了泾水，但泾水的底层依然是清澈的，以此比喻自己的清白和纯洁。如《王风·扬之水》：“扬子水，不流束薪。彼其之子，不与我戍申。”一位戍卒见激扬之水而起兴，并由激扬之水不能漂走“束薪”来比喻自己不能带妻子一同来申国守卫。哀情怨绪，溢于言表。袁梅《诗经译注》说：“本诗以扬之水喻夫。束薪本喻婚姻，在此是喻妻。扬子水，不流束薪：意为‘丈夫远征，妻不能同去，犹如激扬之水不能漂着束薪一块走。'"[①] 甚合诗旨。

更值得我们注意的是，《诗经》中的"水"还具有一种较之于比兴之用义更具深刻内涵的象征意义。在《诗经》中，水与生命意义的联系主要在对于情感、情绪的表现上。这是水的一个极为普通的象征意义。《诗经》中描写悲愁感伤情绪的最常用的一个词汇是"悠悠"。如《周南·关雎》写君子思淑女曰"悠哉悠哉"，《邶风·泉水》"我心悠悠"，《郑风·子矜》"悠悠我心"，等等。对"悠悠"之意，历代注家皆注为："悠，思也。"或"悠，忧貌"。其实，这是一个特意用水的绵长来表现愁思的汉字。"悠"字从"心"，表示是一种心理状态；从"攸"，攸亦声。《说文》云："攸，行水也。""攸攸"，为水流貌。如《卫风·竹竿》云："淇水悠悠"，字亦作"滺滺"。"滺滺"，《毛传》释为"流貌"。"攸"加"心"则成"悠"，本意则是表示愁思忧伤如流水一样绵长不断。张舜徽《说文解字约注》云："悠从攸声，声亦兼义，谓忧思之长也。"在《诗经》中，以水象征愁思忧伤的例句，比比皆是。如《卫风·氓》："淇水汤汤，渐车帷裳。"语义双关，极写忧伤的无法排遣。《小雅·沔水》："沔彼流水，其流汤汤。……心之忧矣，不可弭忘。"等等。《诗经》所开创的这种以水象征愁思忧伤之手法，对后世影响很大。如何逊《野夕答孙郎擢诗》："思君意无穷，长如流水注。"李白《金陵酒肆留别》："请君试问东流水，别意与之谁短长？"崔道融《客人》："淡淡长江水，悠悠远客行。"李煜《虞美人》："问君能有几多愁？恰似一江春水向东流。"欧阳修《踏莎行》："离愁渐远渐无穷，迢迢不断如春水"等等，不胜枚举。为何自《诗经》以来历代文人骚客都不厌其烦喜欢以水来写愁呢？这是因为：水就是情思！就是悲伤！就是哀怨！就是剪不断、理还乱的愁绪！全人类最深沉、最激烈、最无法消解的痛苦，通过水这一意象得到了最完美的表现。

《诗经》"水"意象大多用来象征人们愁思忧伤的绵长，但它亦常常具有象征自适情感、渲染欢愉气氛的重要作用。如《魏风·伐檀》，今之解者，多以此诗为反抗剥削压迫之作，其实是一种误解。根源在两点：一是将"彼君子兮，不素餐兮"两句误解为"那些大老爷们，不是白白吃闲饭了吗？"细察此诗，作者当是以第三者的眼光来观察和描写伐木工人

---

① 袁梅：《诗经译注》，齐鲁书社 1985 年版，第 227 页。

之劳动情景的。这样一来，“彼君子兮”两句，则可理解为，那些通过自己的劳动而不吃闲饭的人（此指伐木工人，称其为“君子”，含尊敬意）才是真正的“君子”。故“不稼不穑”两句和“不狩不猎”两句，分别以假设反问句从耕种和狩猎两方面来概括伐木者们自食其力的事实。而这种自豪、自适的情绪，又恰恰是通过“置之河之干兮，河水清且涟猗”、“置之河之侧兮，河水清且直猗”、“置之河之漘兮，河水清且沦猗”三组诗句所呈现出来的清澈河水的不同波纹的反复渲染，从而营造出一种自得其乐、情怀自适的优美境界。在诗人的心中，水与水边都在伴随着他们的劳动进展而发生着变化，物我完全同化了！他们的心像水一样的清，一样的美，一样的富有情趣。水实际上成了他们心境的象征，周围的一切都完全沉浸于劳动创造世界的热情之中。

《郑风·溱洧》是一首描写郑国三月上巳节青年男女在溱河洧河岸边游春的诗。全诗每章开头“溱与洧，方涣涣兮”、“溱与洧，浏其清矣”的描写，均是用以衬托出人物欢愉之心情。溱水与洧水那盛大清澈而畅流无碍的情状，正好与青年男女热烈活泼充满青春朝气的特征相吻合，收到了情景交融的艺术效果。难怪清人方玉润要大加称赞说：“三百篇中别为一种，开后世冶游艳诗之祖。”①

此外，在《诗经》中我们还发现，人们已开始从实际生活的体验中去感受自然山水那怡情遣怀的实际功用了。如《卫风·竹竿》最后一章：“淇水悠悠，桧楫松舟。驾言出游，以写我忧。”这是一位男子怀念昔日情侣的恋歌。他回忆起当初他俩曾在淇水岸边相亲相爱的情景，可是现在她已嫁人。无可奈何花落去，现在，他只能独自一人来到淇水岸边的老地方重温旧情，以解暂时的苦闷之情。这对后来的屈原等诗人借登山临水以解忧消愁之行为，当是具有启示作用的。

一般来说，在通常情况下，《诗经》中的“山”与“水”分开描写的居多数，但有时为了表达感情的需要，也常常将“山”、“水”对举描写。如《鄘风·君子偕老》：“委委佗佗，如山如河。”《小雅·天保》：“如山如阜，如冈如陵，如川之方至。”《小雅·斯干》：“秩秩斯干，幽幽南山。”《大雅·云汉》：“旱既大甚，涤涤山川。”《大雅·常武》：“王旅啴啴……如江如汉，如山之苞，如川之流，绵绵翼翼。”《周颂·时迈》：

---

① 方玉润：《诗经原始》，中华书局1986年版，第226页。

“怀柔百神，及河乔岳。”《鲁颂·闷宫》：“俾侯于东，锡之山川。”在所举之例中，大多是作比喻之用的虚拟之“山”、“水”。这表明，《诗经》时代的人们对于山水的象征意义已经有所认识和把握。对此，后来的孔子阐发得更为明晰而准确。他说：“知者乐水，仁者乐山。知者动，仁者静；知者乐，仁者寿。”（《论语·雍也》）山的秉性是沉静、稳重、宽厚、坚定不移、伟岸不屈；水的秉性是活泼多变、柔顺畅达、无所不宜、绵延不绝；而山水共同的特征便是万古不变恒久远。山水的这些美好寓意，都已程度不同地体现于《诗经》之中了。后来人们常说的“山盟海誓”、“海枯石烂”之类的誓言，便是传统山水寓意的历史积淀。

《诗经》时代的人们已初具山水自然的审美意识，但大多情况下，山水自然只是作为比兴衬托、象征之用的材料，而这些材料大多安排在诗中每章的开头两句，形式较为单一；所写山水自然之物多为实景，与日常现实生活紧密结合，体现了《诗经》比兴艺术手法现实性的特征。《诗经》中虽然未出现专门歌咏山水之美的作品，但也不乏以简洁朴素之笔描摹山水自然美特征的诗句。写“山”方面，如《周南·卷耳》：“陟彼崔嵬”，以“崔嵬”写高而不平之土石山的情状；《大雅·崧高》：“崧高维岳，骏极于天。”描写高山的高耸入云，气势壮观。《大雅·韩奕》：“奕奕梁山。”以“奕奕”形容梁山的高大，在“奕奕”叠词那优美的韵律中洋溢着祭祀者对梁山的崇敬之情。写“水”方面，《诗经》中常以“汤汤”一词来写水势盛大之情状。如《卫风·氓》：“淇水汤汤，渐车帷裳。”《齐风·载驱》：“汶水汤汤。”《小雅·沔水》：“沔彼流水……其流汤汤。”《小雅·鼓钟》：“淮水汤汤。”《大雅·江汉》：“江汉汤汤”，等等。“汤汤”这一叠词的运用，不仅使人可观水势之汹涌盛大，而且似乎使人闻见波浪澎湃撞击的涛声，颇具视听审美的艺术效果。《诗经》中描写山水的词句简洁、质朴，但十分准确、生动而传神，为后人进一步刻画自然山水之美景“道夫先路”。

二　《楚辞》山水意识审美

相隔于《诗经》二百余年之后的战国时期，在楚国出现了一种具有浓厚地方特色的新体诗——以屈原为代表创作的《楚辞》。由于楚国地处南方，有巍巍高山、滔滔江河，万类繁育，特产丰饶。得天独厚的自然环境，使楚人“不忧冻饿”（《汉书·地理志》），更多地感受着大自然的仁慈爱抚，故楚人对山水自然别具亲切感。加之巫风盛行的习俗，巫觋文化的历史传统，使楚人更多地保留着人类童年的一份天真。他们对山水自然抱着一种童稚的好奇心，以特别富有幻想和浪漫的情调去审视和把握周围的山水自然美景。虽然《楚辞》中山水自然景物，和《诗经》一样尚未作为独立的审美对象而进入诗歌领域，那些山水景物也多是作为比兴材料出现的，亦即伴随着抒情主人公的艺术形象出现的，但比起《诗经》来，《楚辞》描写山水自然的成分更为丰富，背景更为广阔，手法更为灵活，刻画更为细致，表现力也更强。具体而言，其明显的进步性主要表现在以下四个方面：

（一）山水景物的感伤色彩

在屈原作品中，大量描写山水景物并以此来抒情言志的，主要集中在《九歌》《九章》中。《九歌》是屈原根据楚国民间祭神歌曲的形式而写成的一组清新而优美的抒情诗，其内容大多是写神与神、神与人的恋爱，而人神恋爱的背景则是广阔的山水自然。其中《湘君》《湘夫人》是写楚国境内最大的河流湘水之神的。据《礼记·檀弓》载："舜崩于苍梧之野，盖二妃未之从也。"传说舜当时南行，起初他的两个妃子娥皇、女英未同往，后来二妃追至洞庭湖滨，听到舜死于苍梧的消息，于是南望痛哭，自投湘水而死。据说，屈原创作《湘君》《湘夫人》，就是为了祭祀舜帝与二妃之配偶神的。这则带有神话色彩的悲剧性故事，屈原通过洞庭烟波浩渺、烟水微茫的自然景物，把男女神之间忧伤的情怀和哀怨的意绪淋漓尽致地表达了出来。如《湘夫人》开篇就借洞庭特异的秋景营造了一幅充满感伤色彩的画面：

> 帝子降兮北渚，目眇眇兮愁予。嫋嫋兮秋风，洞庭波兮木叶下。登白薠兮骋望，与佳期兮夕张。鸟何萃兮蘋中，罾何为兮木上？沅有茝兮澧有兰，思公子兮未敢言。荒忽兮远望，观流水兮潺湲。

其中的"帝子"、"公子"都是指二妃娥皇、女英，即湘夫人。本篇是湘君思念湘夫人之词。"嫋嫋兮秋风，洞庭波兮木叶下"两句，将主人公落寞惆怅的思绪，融于八百里洞庭的波风落叶中来写，情景交融，浑然一体。既是景语，亦为情语，令人击节叹赏。"沅有茝兮澧有兰"两句，是为比兴，表明主人公对"公子"的一往情深，矢志不渝。"荒忽兮远望"

两句，通过远望“帝子”和近观“流水”两个动作，极写主人公盼望“帝子”不得而又不忍离去的痴迷情状，妙笔传神，六字摄魄。此时此刻，主人公忧伤之情怀已通过洞庭秋景的描写得到了充分的展示。无论是“秋风”、“木叶”，还是“洞庭波”、“流水兮潺湲”，这一切景物都已染上了主人公浓郁难化的感伤情绪。至于《九歌》中的《山鬼》《九章》中的《涉江》《哀郢》等诗，其山水自然景物皆带有凄凉悲怆与哀怨的感伤色彩。

关于运用感伤色彩之山水景物来表现凄惨愁苦之情怀这方面，宋玉《九辩》则发挥得更为出色而动人。其开篇写道：

> 悲哉秋之为气也！萧瑟兮草木摇落而变衰。憭栗兮若在远行；登山临水兮送将归。泬寥兮天高而气清，寂寥兮收潦而水清。憯凄增欷兮薄寒之中人。怆怳懭悢兮，去故而就新。坎廪兮贫士失职而志不平。廓落兮羁旅而无友生；惆怅兮而私自怜。燕翩翩其辞归兮，蝉寂寞而无声；雁廱廱而南游兮，鹍鸡啁哳而悲鸣。独申旦而不寐兮，哀蟋蟀之宵征，时亹亹而过中兮，蹇淹留而无成。

此段诗人因秋令而兴感，一连用了“萧瑟”、“摇落”等大量充满感伤色彩的景语和情语，尽情抒发贫士遭际之不平和身世悲痛之情怀，感情细腻缠绵，情景妙合无垠，故极易引起后世失意文人的感情共鸣，为历代所称赏不已。

对于屈原、宋玉二人这些感伤性色彩的山水景物的描写，明代胡应麟曾就屈、宋二人的代表作《湘夫人》和《九辩》作过高度的评价，他说：“‘嫋嫋兮秋风，洞庭波兮木叶下’，形容秋景入画；‘悲哉秋之为气也’，‘憭栗兮若在远行；登山临水兮送将归’。摹写秋意入神。皆千古言秋之祖。六代、唐人诗赋，靡不自此出者。”（《诗薮》内编卷一）可见，《楚辞》这种充满感伤性色彩的山水自然景物描写，对表达诗人忧伤的情怀，的确是很成功的。正因为此，才赢得了后人的普遍喜爱。

在《诗经》中，虽然也出现了一些情景交融的感伤色彩的山水景物描写，但多十分简单，在诗中只起抒情的辅助手段。而在《楚辞》中，客观的山水景物与诗人的主观情志彼此沟通，相互引发，已构成一种主观与客观浑融妙合的完整统一的艺术境界了。

（二）山水景物的游览性特征

屈原一生正道直行，然受党人奸佞的谗毁，屡受排挤和打击。曾遭楚王两次流放，前后达十多年之久，长期浪迹于江汉沅湘之间。这种艰难的人生旅程，曾大量地反映在他的诗作中。因此，这类诗便自然呈现出一种游览性的特征，殆同于后世的游记作品。如《离骚》云：

> 朝发轫于天津兮，夕余至乎西极。凤凰翼其承旂兮，高翱翔之翼翼。忽吾行此流沙兮，遵赤水而容与。麾蛟龙使梁津兮，诏西皇使涉予。

《九章·悲回风》云：

> 上高岩之峭岸兮，处雌蜺之标颠。据青冥而摅虹兮，遂儵忽而扪天。吸湛露之浮源兮，漱凝霜之雰雰。依风穴以自息兮，忽倾寤以婵媛。冯昆仑以瞰雾兮，隐岷山以清江。惮涌湍之磕磕兮，听波涛之汹汹。

以上这些描写，从视觉、听觉、感觉等方面将自然的形状、势态、色彩、音响、气象等，都一一描摹出来，深刻细致。正如刘勰所说："及《离骚》代兴，触类而长，物貌难尽，故重沓舒状，于是嵯峨之类聚，葳蕤之群积矣。"（《文心雕龙·物色》）清人恽敬亦曾指出："《三百篇》言山水，古简无余词，至屈左徒而后，瑰怪之观，远淡之境，幽奥朗润之趣，如遇于心目之间。"（《游罗浮山记》，引自《大云山房文稿》二集卷三）倘若将上列这些片段单独抽出，完全可以成为一首独立的"山水诗"。不过，就全篇之总体观之，这些描写仅占全文的一小部分，它们仍然只能作为比兴材料，或作塑造人物的背景之铺垫。尽管如此，就《楚辞》能多角度、多层次、多侧面地展开对山水景物的描写和细致刻画山水景物这些方面来看，其山水自然审美意识的确比《诗经》大大增强了。

（三）山水景物的虚幻性手法

在《诗经》中，所用比兴之山水景物，大多取之于眼前所见之实景，具有真实性的特征，但也有少数作品中已见有用虚拟之山水景物作比兴材料的端倪。而到了屈原笔下，除了一部分山水景物仍具有真实性之外，有时为了抒情言志的需要，便采用大量的虚拟山水景物来作比兴或象征，有时则直接采用神话传说中的山水景物。如《离骚》云：

> 朝发轫于苍梧兮，夕余至乎县圃。……吾令羲和弭节兮，望崦嵫而勿迫。路曼曼其修远兮，吾将上下而求索。

又云：

> 朝吾将济于白水兮，登阆风而緤马。忽反顾以流涕兮，哀高丘之无女。

其中所描写的山水景物，多带有虚幻性和神秘性。屈原之所以如此反复地叙写这些虚幻的山水景物，其旨在表达他上天入地、周游流观、不懈追求报国之路、强国富民之策的顽强意志。非如此，不足以彰显屈原爱国之赤诚；非如此，不足以惊天地泣鬼神；非如此，亦就不足以体现屈原浪漫主义诗人之本色。正因为屈原描写了这一系列虚幻性的山水景物，所以才能更有效地容纳他那满腔喷涌的爱国激情和无限痛苦的遭弃之恨。屈原的这些虚幻性山水景物描写，与《楚辞》富有浪漫情调的整体风貌是浑然相融的。它是屈骚浪漫主义表现手法的一个有机组成部分。较之《诗经》，这无疑是屈原创作之艺术思维的一次巨大的飞跃。

（四）山水景物的亲和性情感

在《楚辞》中，我们可明显地看到楚人对天地山川的敬畏心理已大为减弱，他们对于山水神灵已不像《诗经》时代那样顶礼膜拜，而是具有浓厚的人情味儿了。在楚人眼里，神既有灵性，亦有人性，他们同人一样，有理想，有追求，有喜怒哀乐，有是非爱憎，甚至也有人那种爱情至上的悲欢离合。郭沫若对屈骚中山水风景描绘的现象作过精辟的分析，他说："他爱南方的山川风物，而仿佛沉潜到它们的神髓里去了。他利用着民间的信仰，每每把山水风物人格化了，而且化得非常优婉。"① 试看屈

① 郭沫若：《伟大的爱国诗人屈原》，载《楚辞研究论文集》，作家出版社 1957 年版，第12 页。

原笔下的神灵世界：那辉煌灿烂的太阳神宛如一位声势显赫、气宇轩昂的君主，主寿夭的大司命好像是一位不苟言笑的执法官，而主子嗣的少司命则温柔多情。至于《湘君》《湘夫人》这对湘水的配偶神所表现出来的那种男痴女恋、缠绵悱恻的情意，那种望穿秋水、心神恍惚的相思，那种泪水涟涟、生离死别的哀痛，全然与人类之情绪一样。还有山鬼，一位由巫山而人格化的多情美丽的姑娘，她重情守约，忠于爱情，向往自由，憧憬幸福……这种亦神亦人、人神杂糅、人神同位的原始自然意识，在屈骚中（尤其是《九歌》中）已被提炼为一种美学追求。而这种人神杂糅的观念，反映到对山水自然的认识上，势必增添一份亲和性的情感，从而大大提高了人们对山水自然之美的赏爱意识。

与山水景物的亲和性情感相一致者，在屈骚中还可见到许多借流连山水以消忧解愁的描写，如："饮余马于咸池兮，总余辔乎扶桑。折若木以拂日兮，聊逍遥以相羊"（《离骚》），"采芳洲兮杜若，将以遗兮下女。时不可兮再得，聊逍遥兮容与"（《九歌·湘君》），"开春发岁兮，白日出之悠悠。荡志而愉乐兮，遵江夏以娱忧"（《九章·思美人》）。屈原这种以自然山水为"娱忧"的观念，较之《诗经》则更为普遍而鲜明。这些对中国山水诗的迅速成长必将起到积极的作用。

由上述《诗经》《楚辞》山水审美意识的历史考察可知：《楚辞》的山水审美意识与《诗经》相比，二者之间既有联系，又有区别；既有继承，又有发展。这一方面固然与时代的进步、人们山水自然观念的变化有关，但更重要的一方面是与楚国不同于中原地区的地理环境、宗教信仰、风土习俗等情况及屈原个人的遭际有关。虽然《楚辞》《诗经》中的山水景物都未成为独立的审美对象，但《楚辞》较之《诗经》，其山水自然的审美意识显然大为增强了。概而言之，约有数端：

（1）《诗经》在周初则多为祭祀山川神灵之作，故对山川神灵深怀敬畏之感；《楚辞》对山水自然神则表现出一种人格化倾向，对山水景物表现出一种热烈的亲和感。

（2）《诗经》作为比兴的山水景物多具有真实性，但少数作品已呈虚幻性、神秘性的一面。《诗经》中对山水景物的描写不乏精彩之笔，但却是本色的、俭朴的；《楚辞》的山水景物描写则显示出更为细致的观察力和更为杰出的艺术表现力，遣词造句呈华丽之势。

（3）《诗经》中已出现情景交融的景物描写，但为数不多；《楚辞》所表现出来的情景交融的艺术境界却甚为普遍，并形成一种山水景物感伤性的特征。

（4）《诗经》中山水景物已具有一定的象征意义，如以“水”象征忧伤绵长的意绪和渲染一种情绪、气氛等，开后世文学“水喻”之先河；《楚辞》中山水景物的象征意义则更为广泛，除“香草美人”的一面外，还以大量的笔墨描写诗人艰难的生活历程，并以之象征世道之艰险与人生道路之艰难，创后世文学“路喻”之新风。

（5）《诗经》中已见借游山水以消忧解闷的端倪；到了《楚辞》则已成为一种普遍的现象。

如此种种，归结为一句话：较之《诗经》，《楚辞》的山水意识更强了，山水审美的自觉性更高了，诗歌艺术境界更宽了，为迎接山水诗时代的到来提供了较为丰富而宝贵的创作经验。在《诗经》与晋宋之间，大量描写山水景物的《楚辞》，不失为连接通向山水诗之时代的桥梁与纽带。作为《诗经》和《楚辞》，它们共同的山水意识与山水描写，都为中国山水诗的真正形成作出了重要而杰出的贡献。《风》《骚》山水意识对唐代山水诗的影响，更是毋庸置疑的事实。

三　唐代山水诗生态审美

林庚先生曾就山水本身对唐诗艺术所起的重要作用发表过很好的意见，他说：

> 诗歌作为中国古代封建社会中的主要文学形式，它成熟得既早，又很少凭借故事情节，就更多地利用了自然景物来丰富它的想象力，于是宋元嘉以来突出的出现了大量的山水诗，使得诗歌的表现方式更为多样，这对于唐诗的艺术成就起着促进和丰富的作用：“国破山河在，城春草木深；感时花溅泪，恨别鸟惊心。”（杜甫《春望》）这里“山河”、“草木”、“花”、“鸟”都成了内心世界更深的揭示，如果没有山水诗的基础，是不会出现这样类型的诗句的。至如：“离离原上草，一岁一枯荣；野火烧不尽，春风吹又生”（白居易《赋得古原草送别》），“送君灞陵亭，灞水流浩浩；上有无花之古树，下有伤心之春草”（李白《灞陵行》），这些丰富的想象，也不是脱离了山水诗

方面既有的成就能够单独出现的。[①]

山水对于唐代诗人的作用与意义是全方位、多元化的。它已完全突破了孔子“知者乐水，仁者乐山。知者动，仁者静；知者乐，仁者寿”（《论语·雍也》）的比德范畴，拓展了唐人精神生活的各个方面。唐人抒情言志，畅神解忧，托寓感慨，诗人个性，仁心体现等等，无一不可借山水以歌咏之。唐人与山水之间的关系，可谓已臻“山水”即唐人，唐人即山水的浑然莫辨的融洽境界。翻检《全唐诗》中部分诗人集子发现，唐代诗人普遍具有浓厚的山水情结。兹将唐代诗人所涉“山”、“水”字样的情况统计如下。王维：山，258 次，水，95 次；高适：山，147 次，水，52 次；岑参：山，275 次，水，114 次；李白：山，770 次，水，525 次；杜甫：山，614 次，水，443 次；柳宗元：山，91 次，水，52 次；李贺：山，97 次，水 136 次；李商隐：山，148 次，水，127 次。就这八位著名诗人作品中“山”、“水”出现频率观之，李白、杜甫遥遥领先，尤其是李白，独占鳌头。事实证明，诗人“五岳寻仙不辞远，一生好入名山游”（《庐山谣寄卢侍御虚舟》）的表白并非虚言，他是真正实现了自己的这一美好愿望的，不仅如此，祖国大地的名山大川的雄奇壮丽的形象，都一一因其灵笔所描绘而彪炳千秋，永垂诗史。“兴酣落笔摇五岳，诗成笑傲凌沧洲”（《江上吟》），在他的诗酒人生中，又别具有一种山水人生。诗酒之豪情，又必然焕发起高歌山水的万丈豪情。每遇诗酒欢会，他必挥毫抒怀：“阳春召我以烟景，大块假我以文章。……开琼筵以坐花，飞羽觞而醉月。不有佳咏，何伸雅怀？”（《春夜宴从弟桃花园序》）同时，他又高唱道：“吾将囊括大块，浩然与溟涬同科。”（《日出入行》）他完全把自己融化于自然之中了。人与自然的关系，在李白身上得到了最集中、最鲜明的体现。正因为如此，他才能达到山水即李白、李白即山水的人与自然的化境。李白不唯唐代山水诗史乃至中国山水诗史上都是一座令人仰望而难以企及的丰碑。兹就唐代诗人笔下的“畅神之山水”、“感怀之山水”与“人化之山水”三种自然生态作一初探。

（一）畅神之山水

山水可以给人带来愉悦的看法，这在《诗经》中已见其端倪。如

---

① 林庚：《唐诗综论》，第 65 页。

《卫风·竹竿》末章云："淇水悠悠，松楫松舟。驾言出游，以写我忧。"诗人可以驾舟出游，观赏景物，消解忧愁。到了屈原，因遭放逐而行吟泽畔，诗人往往借助于游览山川而发抒忧愤，同时以求得心灵的安栖。如《九章·思美人》："荡志而愉乐兮，遵江夏以娱忧"，等等。到了汉魏六朝，山水美景的娱乐性特征日益为人们所发现。如左思《招隐诗二首》（其一）："何必丝与竹，山水有清音。"谢灵运《石壁精舍还湖中作》："清晖能娱人，游子憺忘归。"陶弘景《诏问山中何所有赋诗以答》："山中何所有？岭上多白云。只可自怡悦，不堪持寄君。"谢朓《之宣城郡出新林浦向板桥》："嚣尘自兹隔，赏心于此遇。"尽管人们已经感觉到山水娱情的重要意义，但还未能形成人们的普遍观念。真正普遍认识到山水娱情进而畅神之审美价值的时代，则在唐代。唐代的山水诗人，似乎人人都发表过对山水畅神消忧的切身体会。如王维："赖谙山水趣，稍解别离情。"（《晓行巴峡》）孟浩然："烦恼业顿舍，山林情转殷。"（《还山贻湛法师》）高适："始知高兴尽，适与赏心会。"（《登广陵栖灵寺塔》）李白："飞梯绿云中，极目散我忧。"（《登锦城散花楼》）"身世如两忘，从君老烟水。"（《金门答苏秀才》）杜甫："眼边无俗物，多病也身轻。"（《漫成二首》）"赏静怜云竹，忘归步月台。"（《忆徐九少尹见过》）白居易："时时闻鸟语，处处是泉声。"（《遗爱寺》）杜牧："停车坐爱枫林晚，霜叶红于二月花。"（《山行》）李商隐："欲为平生一散愁，洞庭湖上岳阳楼。"（《岳阳楼》）就连以"苦吟"著称的贾岛与孟郊，一旦他们置身于山水美景中亦会情不自禁地抒发欢快愉悦之情。贾岛《暮过山村》云："萧条桑柘外，烟火渐相亲。"孟郊《游终南山》："山中人自正，路险心亦平。"由此可见，山水美景，在唐代诗人的眼里，简直就是一座广袤无垠的天然的娱乐场所。只要进入这个世界，每个人都可以从各自的需要出发而得到满意的心灵安顿、精神慰藉。山水娱情、山水畅神的价值与意义，在唐代得到了空前的提升。

前文提及，在唐代诗人的抽样统计中："山"、"水"字样在诗中出现次数最多者为李白。李白具有超乎常人的天然的山水情结。他天生"心爱名山游，身随名山远"（《金陵江上遇蓬池隐者》）。他对山水有着一种特有的爱好与兴趣。他一见山水便精神焕发，诗思泉涌。他的山水诗中常常喜欢写到"兴"与"兴趣"，如："好为庐山谣，兴因庐山发。"（《庐山谣寄卢侍御虚舟》）"名山发佳兴，清赏亦何穷。"（《下浔阳城泛彭蠡寄黄判官》)“幽赏颇自得，兴远与谁豁?”(《江上寄元六林宗》)“兴发登山屐，情催泛海船。”(《送杨山人归天台》)“三山动逸兴”，“佳趣满吴洲”(《与从侄杭州刺史良游天竺寺》)。“有时白云起，天际自舒卷。心中与之然，托兴每不浅。”(《望终南山寄紫阁峰隐者》)“归途行欲曛，佳趣尚未歇。”(《自巴东舟行经瞿塘峡登巫山最高峰晚还题壁》)“淹留未尽兴，日落群峰西。”(《春日游罗敷潭》)“俱怀逸兴壮思飞，欲上青天揽明月。”(《宣州谢朓楼饯别校书叔云》)，等等。诗人面对真山真水，兴趣是如此异常的浓厚，而当他见到山水画时也依然兴致勃发，情不能已。如《当涂赵少府粉图山水歌》云：“洞庭潇湘意缠绵，三江七泽情回沿。……心摇目断兴难尽，几时可到三山巅。”诗人已完全忘掉了目前所见乃是一幅山水画了，而他似乎已陶醉于画中之山水矣！像诗人这般对山水如痴如醉者，真乃世所罕见。诗人对山水兴趣如此之浓，感情如此之深，其根本原因不是在于他切切实实感受到了自然山水所带给他畅神解忧之好处。由超过常人的浪漫豪放性格所决定，李白笔下的山水形象多呈现出雄奇壮阔、酣畅淋漓的气势特征。如《西岳云台歌送丹丘子》云：

> 西岳峥嵘何壮哉！黄河如丝天际来。黄河万里触山动，盘涡毂转秦地雷。荣光休气纷五彩，千年一清圣人在。巨灵咆哮擘两山，洪波喷流射东海。三峰却立如欲摧，翠崖丹谷高掌开。白帝金精运元气，石作莲花云作台。

又如《庐山谣寄卢侍御虚舟》云：

> 庐山秀出南斗旁，屏风九叠云锦张，影落明湖青黛光。金阙前开二峰长，银河倒挂三石梁。香炉瀑布遥相望，回崖沓嶂凌苍苍。翠影红霞映朝日，鸟飞不到吴天长。登高壮观天地间，大江茫茫去不还。黄河万里动风色，白波九道流雪山。

上列二诗突出描写华山与庐山的超拔与峥嵘之势，而写黄河，则突出其一泻千里、不受阻隔的冲决束缚力之巨大。如此山水的自由之态与纵逸之势，使得李白豪放恣肆的天性找到了可以释放、可以表现、可以宣泄、可以畅神的对应自然物。换言之，这些山水形象是诗人李白心灵的折射与外现。还有诗人那些富有梦幻神话色彩的山水诗，如《梦游天姥吟留别》等，诗中势拔五岳而压倒赤城与天台的天姥，是诗人极力塑造的一个雄奇而带有神秘色彩的仙山形象。很显然，诗人是借梦中天姥超凡脱俗的雄奇形象，来释放他曾经在长安遭到压抑的自由天性，这是他一贯的追求自由与个性解放思想的体现。在李白山水系列的形象中，雄奇壮阔的黄河与长江两大河流在诗中出现频率很高。除上列诗中提及的黄河、长江外，写黄河的还有："黄河之水天上来，奔流到海不复回。"（《将进酒》）"黄河西来决昆仑，咆哮万里触龙门。"（《公无渡河》）"黄河落天走东海，万里写入胸怀间。"（《赠裴十四》）等等。据《全唐诗》翻检所得，李白集中写到的"江"字共315次，"河"字出现121次，"江"字作为专名使用的频率要比"河"字高。诗人写长江，其气势雄奇壮阔与黄河相似，除上列诗中有关"长江"描写的诗句外，尚有："一日三风吹倒山，白浪高于瓦官阁。"（《横江词六首》其一）"海神来过恶风回，浪打天门石壁开"（《横江词六首》其四），等等，诗人不厌其烦，屡屡描写黄河、长江，其宽广浩瀚、充满活力、雄奇豪迈、奔腾不息的特征，适与李白胸襟阔大、精神飞越、不受羁束、追求不止的主体精神特征相吻合。要之，李白笔下的这些雄奇壮阔山水形象的塑造，正是诗人借此而畅神解忧的最佳载体。因为在诗人心目中，这些雄奇超拔、壮阔非凡的山水，已成为其化身了。

如果说李白主要是凭借雄奇壮阔之诗境来达到其畅神解忧之效果的话，那么，王维则主要是描写空寂之禅境来满足其畅神超俗之欲望的。王维诗中的禅境呈现方式主要有二：

其一，山水寂境。释教以寂灭为至高佛性，王维毕生都在坐禅诵经，体悟寂心，故其诗中"寂"字多达21次，代表作为《辛夷坞》，诗云：

木末芙蓉花，山中发红萼。涧户寂无人，纷纷开且落。

这是《辋川集》20首诗中的第18首，主要写木芙蓉花开花落的情景，一切都是那样的自然、从容与宁静。"涧户寂无人"一句，乃全诗之眼。涧户者，涧水之端口也。"寂无人"三字，极写环境之幽寂宁静。"无人"是补足"寂"之内涵。诗人通过幽寂无人的生态环境以及木芙蓉花开花落两由之的自然特性，充分体现出诗人与自然融为一体的愉悦美感。著名汉学家、法籍华人程抱一先生曾利用汉字的象形、会意等造字结构来剖析王维此诗，别具幽妙情趣。他说："《辛夷坞》的第一句是：'木末芙蓉花，山中发红萼。'辛夷不同于桃、梅等树。它的花蕾开在枝的末端，形同毛笔。从其诗意，作者写了花之发。细究，我们会发现，诗中的文字结构和秩序也直观地演现了开花的过程，隐示了物我合一的幽境。'木'喻树枝，其上多一横为'末'，一横恍若枝头之蕾。在'芙'中出现草字头，暗示花之萌发，'蓉'沿用草头，笔画增多，有如微绽的花瓣。最后成形于'花'。从象物过渡到意指，诗给人直觉美。而且，从文字结构中，还能窥见花与人的巧妙关系。五个字中均有'人'迹。'木末'之下有'人'，'芙'下见'夫'。（蓉）字隐现人的面容，有眼有鼻有口。'花'由人（'亻'）、草木（'艹'）合'化'而成。芙蓉花乃物我之化，物、人与文字交融的植物，是主观返照于物，物我合一之花。"程抱一先生能从寥寥五字中品读出木末花开的细微过程与人、花合一的幽妙意境，委实让人拍案叫绝，叹为观止。尽管王维当初下笔时也许未有如许深意的设置，只是很普通的一种花名的称引，但是，程抱一先生却"试图让物发出超越于物的声音……注意物的独立存在，最后从物中引发一种新的美学见解"。[①] 程抱一先生所提供给读者的这种"新的美学见解"，虽然难免牵强附会之嫌，但它的确是紧紧围绕"木末芙蓉花"本身而作的合理的想象，而其想象出来的幽妙之处又完全切合于《辛夷坞》的意境审美内涵，像这样的牵强附会依然是美味诱人的。九泉之下的摩诘先生倘若有知，想必也会颔首称谢于程氏的吧。因为诗人不仅畅神于自己营构的幽寂宁静的诗境里，而且又畅神于读者品赏的幽妙的境界里。程抱一先生如此提供"新的美学见解"的妙赏，正是清人谭献所谓"作者之用心未必然，而读者之用心未必不然"[②] 阅读理论的成功实践与典型之例。

其二，山水空境。翻检《全唐诗》中王维诗集，其中"空"字共出现98次，远远超出"寂"字出现的频率。可见，"空"字是颇能体现王维佛禅思想与境界的一个关键性字眼。王维诗中每出现诸如空山、空秋、空谷、空林、空碛、空馆等与空字组合的名词，这些"空"字，并非是空间概念中的"空"，而是王维那颗禅心之中的"空"，是诗人勘破万物

① 参见杜青钢《披褐怀玉，琐物纳幽》，《外国文学评论》1996年第3期。

② 谭献：《复堂词话》，人民文学出版社1984年版，第19页。

无自性、无实体后的人我空，法我空，此乃高僧大德才能恍悟的至高佛境。如其代表作《鹿柴》云："空山不见人，但闻人语响。返景入深林，复照青苔上。"另一首代表作《鸟鸣涧》云："人闲桂花落，夜静春山空。月出惊山鸟，时鸣春涧中。"二诗巧妙地运用色空相即之法，通过以动衬静之描写，更突出空山、空林、空涧之空寂之境，而真正之用意则在于诗人以此来体味空觉、空理、空性之禅理佛趣，以达到心融物外、道契玄微而禅悦于山水之胜境。明人胡应麟认为王维的《鸟鸣涧》、《辛夷坞》诸诗已"入禅宗"，令人"读之身世两忘，万念皆寂，不谓声律之中，有此妙诠。"[①] 像王维此类充满禅意禅境的山水之咏，字里行间，无不洋溢着诗人难以言表的禅悦之情。

李白畅神于雄奇壮阔之山水胜境，王维畅神于幽寂宁静之山水胜境，二者取悦之对象虽然有别，但他们山水畅神解忧的效果却是殊途同归、异曲同工的。

（二）感怀之山水

唐代山水诗中，大部分作品明显蕴涵着身世之慨的内容。阅读此类作品，必须透过山水之表象，去探求诗人的精神世界。欧阳修尝云："凡士之蕴其所有而不得施于世者，多喜自放于山巅水涯，外见虫鱼草木、风云鸟兽之状类，往往探其奇怪，内有忧思感愤之郁积，其兴于怨刺，以道羁臣寡妇之所叹，而写人情之难言。"[②] 以此来考察唐代诗人的部分山水之作，其身世感慨之内蕴便自可明察。

寓身世感慨于山水的表现手法源远流长。《诗经·周南·汉广》通过一位青年男子"汉之广矣，不可泳思。江之永矣，不可方思"的反复咏叹，表达求女不得的失望心情，汉江之水仿佛染上了一层悲凉之雾。《秦风·蒹葭》的托寓之情亦与之相似。屈骚中的《离骚》《哀郢》《九辩》等作品，诗人借助于大量山水景物之描写，抒发怀才不遇的悲愤之情。曹植《赠白马王彪》、王粲《七哀诗》等都是寓身世悲慨于山水景物的抒情名篇。到了唐代，诗人们承继并发展了《风》《骚》来托寓山水的表现手法，将山水的表情达意功能发挥到了极致。他们并未满足于以山水抒发悲慨的感情层面，而是拓宽到人类精神活动的各个领域。如张九龄《侯使

---

① 胡应麟：《诗薮》内编卷六，第119页。

② 欧阳修：《梅圣俞诗集序》，《欧阳文忠公文集》卷四二，四部丛刊本。

登石头驿楼作》："山槛凭南望，川途眇北流。远林天翠合，前浦日华浮。万井缘津渚，千艘咽渡头。渔商多末事，耕家少良畴。"《九月九日登龙山》："楚国凛秋时，桓公旧台上。清明风日好，历落江山望。极远何萧条，中留坐惆怅。东弥夏首阔，西拒荆门壮。夷险虽移时，古今岂殊忧。"等等，都是寓深沉的历史感慨于山川形胜的佳作。因此，"他在感怀体山水诗中所显示的极其清拔孤高的气质和深刻的人生思考，使汉魏风骨在山水诗中得以传承。"① 作为贬谪诗人柳宗元，他的山水诗中又多了一份仕途的困顿与遭贬的哀怨之情，所谓"投迹山水地，放情咏《离骚》"（《游南亭夜还叙志七十韵》）是也。如《溪居》诗云："久为簪组累，幸此南夷谪。闲依农圃邻，偶似山林客。晓耕翻露草，夜榜响溪石。来往不逢人，长歌楚天碧。"《夏初雨后寻愚溪》等诗旨亦大致与此相同。沈德潜评柳氏愚溪诸诗云："处连蹇困厄之境，发清夷淡泊之音，不怨而怨，怨而不怨，行间言外，时或遇之。"② 所言甚是。这些都是柳宗元借清幽淡泊之山水抒郁愤哀怨之情的例子。他还常常借助于惊险奇异之山水直抒幽愤之情，如："海畔尖山似剑铓，秋来处处割愁肠"（《与浩初上人同看山寄京华亲故》）、"惊风乱飐芙蓉水，密雨斜侵薜荔墙。岭树重遮千里目，江流曲似九回肠"（《登柳州城楼寄漳汀封连四州》），等等。哀伤幽愤之情，于山山水水之中一一可感可触。杜甫的《秋兴八首》、《登高》等杰作，又无疑是借秋日萧飒山水之景，抒忧国忧民之悲怆情怀。还有寓人生哲理于山水诗的千古绝唱，如王之涣的《登鹳雀楼》："白日依山尽，黄河入海流。欲穷千里目，更上一层楼。"首二句写所见日暮苍茫之景，黄河东流，又昭示着"逝者如斯"的自然规律，未言理而理已寓其中矣。后二句为设想之辞，昭示着登高才能望远、求索方可获胜的人生哲理。"这正是盛唐山水诗因具有极高概括力而进入哲理境界的最好例证。"③ 又如白居易的《白云泉》云："天平山上白云泉，云自无心水自闲。何必奔冲山下去，更添波浪向人间。"刘禹锡的《竹枝词九首》（其七）云："瞿塘嘈嘈十二滩，人言道路古来难。长恨人心不如水，等闲平地起波澜。"二诗皆以波浪喻指社会之险恶形势，寄托遥深，象外有意。唐朝人

① 葛晓音：《山水田园诗派研究》，辽宁大学出版社 1993 年版，第 178 页。
② 沈德潜：《唐诗别裁》卷四，第 92 页。
③ 葛晓音：《山水田园诗派研究》，第 281 页。

借山水而感怀人生之作甚多。以上所举仅乃冰山之一角，但有一点可以肯定，即唐人大量感怀山水诗的兴盛，则大大促进了《风》《骚》所创立的比兴象征手法的广泛使用和日益成熟，最终哺育了唐代诗歌意境理论这个宁馨儿的诞生。

（三）人化之山水

《诗经》中《周南·关雎》《召南·甘棠》《邶风·燕燕》《小雅·采薇》等诗中，已有将关雎鸟、甘棠树、于飞燕子、依依杨柳等物象注入人格精神的倾向。到了《楚辞》的香草恶禽以及《九章》中的《橘颂》等诗，人格化的现象更趋于鲜明而突出。至于人化之山水，《楚辞》中始见萌芽现象。如《九歌·湘君》："令沅湘兮无波，使江水兮安流"；《山鬼》："若有人兮山之阿，被薜荔兮带女萝"；宋玉《九辩》："憭栗兮若在远行，登山临水兮送将归"，等等。中国第一首较为完整的山水诗——曹操的《观沧海》，从它诞生之日起，便已烙上了诗人的精神品格。"曹操把审美客体和审美主体融而为一，通过对大海吞吐日月星辰那种壮丽景色的描写，抒发了他统一祖国的雄心壮志。……诗中的山水景物却被人格化了。诗人就是用这种人化了的自然形象，来抒发自我的情趣。"[①] 曹操《短歌行》（其一）："山不厌高，水不厌深"，也是山水人格化的典型例子。山水人格化现象，在唐代诗人笔下已甚为普遍。人们与山水建立起了深厚的感情，完全视其为同类而相处友好。在人与山水关系发展史上，唐人达到了空前亲密友好的程度。张若虚的《春江花月夜》写江海母亲之情怀，宽厚无私，温柔体贴，格外感人。如："春江潮水连海平，海上明月共潮生。滟滟随波千万里，何处春江无月明！江流宛转绕芳甸，月照花林皆似霰。""不知江月待何人，但见长江送流水。""不知乘月几人归，落月摇情满江树。"把江海、明月、花林、流水皆人格化了，给人以亲切温和之感，与柔和多情的月光共同构成了温馨和美的艺术境界，由此拉开了唐代山水诗山水人格化的序幕。自此而下，人格化的山水名句便俯拾皆是。诸如，王湾《次北固山下》："海日生残夜，江春入旧年。"宋之问《度大庾岭》："山雨初含霁，江云欲变霞。"孟浩然《宿建德江》："野旷天低树，江清月近人。"王维《过香积寺》："泉声咽危石，日色冷青松。"《归嵩山作》："流水如有意，暮禽相与还。"《戏赠张五弟諲》："云霞成伴

① 蔡厚示：《山水即人：山水诗审美方法谈》，《古典文学知识》1992 年第 4 期。

侣，虚白持衣巾。”常建《题破山寺后禅院》：“山光悦鸟性，潭影空人心。”刘长卿《长沙过贾谊宅》：“寂寂江山摇落处，怜君何事到天涯。”雍陶《题君山》：“疑是水仙梳洗处，一螺青黛镜中心”，等等。读着这些人情味颇浓的山水名句，我们分明感受到了唐人与山水亲如一家的深厚感情。山山水水在唐人的笔下，再也不是可有可无的附庸，而是必不可少的家庭成员。它们与人一样有思想、有感情、有人性、有人格、与诗人一起抒情言志，泄愤排忧。它们与唐代诗人一起，共同开创了唐诗的新局面。

在山水人格化的诗歌创作中，成就最著者当推李白。上文曾言及李白多喜用雄奇壮阔的山水形象来抒发其孤高豪迈的情怀。李白笔下的天姥、太白、华山、钟山、蓝山与黄河、长江等顶天立地的雄姿、跨河凌江的豪气、龙盘鲸吞的声势，无一不是他昂首天外、睥睨权贵的傲岸形象的体现。如此山水，则是烙印极深的李氏山水。可谓李白即山水，山水即李白。李白有生以来就有很深的山水情结。他早年离开家乡时曾作有一首《别匡山》，堪称是诗人山水人格化的发轫之作。诗云：

晓峰如画参差碧，藤影摇风拂槛垂。
野径来多将犬伴，人间归晚带樵随。
看云客倚啼猿树，洗钵僧临失鹤池。
莫怪无心恋清境，已将书剑许明时。

此乃李白早期的重要作品。历代李白诗文集均未见收录，仅见于四川彰明、江油二县县志。县志录自匡山宋碑《敕赐中和大明寺住持记》。大明寺，兴建于唐初，葺修于北宋。匡山位于旧彰明县北、今江油县西，李白故里青莲乡在匡山之南50余里。李白青年时期便读书于此。《别匡山》是诗人告别家乡，只身远游前所作之诗。诗题以拟人手法，直把匡山当亲人；著一“别”字，依依惜别之情深寓其中。全诗八句，前六句写匡山景美、人和、情闲的交相融合，组成一幅立体的匡山胜境图，而诗人本身则是画中之一员。后两句写诗人带着歉愧的心情，请求匡山不要责怪他无心留恋欣赏的清幽之境，因为诗人已决计将自己的宏伟抱负与文武双全的本领奉献于清明的大唐时代了。“清境”一词是对前六句的高度概括，而“莫怪无心恋清境”二句，与《别匡山》诗题遥相呼应，体现了李白山水人格化的浓厚的人情意味。其他如：“太白与我语，为我开天关”（《登太白峰》)；“仍怜故乡水，万里送行舟”（《渡荆门送别》)；“雁引愁心去，山衔好月来”(与夏十二登岳阳楼)；“巴陵无限酒，醉杀洞庭秋”（《陪侍郎叔游洞庭醉后》)，等等，都是山水人格化描写极好的例子。而山水人格化描写最为脍炙人口者，则是李白的《独坐敬亭山》，诗云：

众鸟高飞尽，孤云独去闲，相看两不厌，只有敬亭山。

敬亭山在宣州（今安徽宣城），宣州乃六朝以来江南名都，谢灵运、谢朓等都在此做过太守。谢朓常来敬亭山登临吟咏，因此而为其在山上建了一座“敬亭”，敬亭山由此而得名。李白非常喜欢“二谢”，尤其是小谢。正因为此，诗人对敬亭山亦就格外挚爱。李白一生七次来宣州，此诗是诗人于天宝十二年（753）秋游宣州时所作，其时与他被迫离开长安已整整十年了。期间，诗人漂泊四方，处处遭受白眼冷遇，社会的黑暗与残酷，使他日益感觉到孤独无友的痛苦。人世间的冷若冰霜，肮脏龌龊，使得一向孤傲的李白不得不投向无私的大自然的怀抱，所谓“清风朗月不用一钱买”（《襄阳歌》）是也。李白的“明月”之诗、山水之诗之所以那么多，是因为大自然的博爱与无私。诗人每到宣州，他就觉得格外亲切，因为在这里，有他推崇的诗歌偶像谢朓，以及谢朓登临敬亭山的足迹。李白心中的敬亭山，已非一般自然地理概念上的敬亭山，而是最可爱的友人、最值得信赖的亲人。李白诗中多次写到敬亭山，如：“敬亭惬素尚，弭棹流清辉。冰谷明且秀，陵峦抱江城。”（《自梁园至敬亭山见会公》）“敬亭白云气，秀色连苍梧。下映双溪水，如天落镜湖。”（《赠宣州灵源寺仲濬公》）“孤云还空山，众鸟各已归。彼物皆有托，吾生独无依。”“长空去鸟没，落日孤云还。但恐光景晚，宿昔成秋颜。”（《春日独酌二首》）等等。基本了解了《独坐敬亭山》的作诗背景之后，我们再来看此诗，题旨便一目了然矣。开头两句，说鸟飞云去，此乃诗人仰视所及，其中暗示着一个诗人所见的时间过程。本来敬亭山上空有许多鸟儿在翱翔，结果皆一一飞走了。看见鸟飞走了，唯独一片好不容易坚持下来的绕山之云(想必起初也是众云绕山的，不知何故，也都纷纷飘离敬亭山而去，但却独有一片云未离开，还想继续陪伴敬亭山)，终究经不住飞鸟们的引诱，结果也晃晃悠悠地离去了。此时此刻，敬亭山是孤寂的，诗人也是孤寂的。鸟飞云去的“无情”结局，给敬亭山与诗人都造成了极大的伤害。

然而诗人与敬亭山的“相看两不厌”的现实情景，又使得诗人与敬亭山孤寂而受伤害的心灵带来了莫大的安慰。“相”、“两”二字，同义复指，“不仅诗人看山，山也在看诗人，这是何等的天真！仿佛是走进了一个童话世界，一切都有了生命，一切都富于性灵。”[①] 而且，诗人“相看”的感悟，与陶渊明“悠然见南山”的情感活动形式有别。陶渊明是此情飞向彼山的单项活动，而李白则是此情飞向彼山、情又对面飞来的同时双向活动，体现出双方感情的一致与融洽。此外，“相看”之“看”，具有一看再看、莫逆于心的持续性，这又与“悠然见南山”之刹那间的感兴不同。李白从自己的静“坐”默察中，已确切体悟到敬亭山与自己的那种心心相印、互不厌猜的亲密感情，大有“人生得一知己足矣”的快慰感。末句“只有敬亭山”是诗人在与鸟飞云去的冷酷无情的现实比较，以及“相看两不厌”的感情体验之后得出的牢不可破的结论。“只有”二字，斩钉截铁，更突出诗人对敬亭山的喜爱与敬重。此乃一首极为典型的山水人格化之杰作，其寓意甚明即以鸟、云喻指那些排挤、打击、疏远自己的奸佞小人；以鸟飞云去的无情比喻世态炎凉的冷酷；以敬亭山喻指理解、关心与支持自己的最亲密友好之知音。要之，此诗通过将敬亭山人格化的表现方式，婉曲地表达了诗人怀才不遇的孤愤与为世疏远的孤愁。以山写人，寓意深刻；象外之意，涵咏不尽，真乃“传‘独坐’之神。”[②] 李白所建立的“相看两不厌”的“人”“山”相亲的情感模式，又为后来的辛弃疾所承传，所谓“我见青山多妩媚，料青山见我应如是”（《贺新郎》）。较之李诗，辛词少了一份“两不厌”的坦诚交流，却平添了一份缠绵而浪漫的情思，而以人格化的山来写诗人之孤独情怀，则是一脉相通的。

以上就唐代山水诗中的“畅神之山水”、“感怀之山水”与“人化之山水”三种自然情态作了简要论析，由此可见，自然山水对于唐代诗人的作用是多元化、全方位的。诗人们凭借山水，或体现个性，或感怀身世，或畅神适性，或揭露黑暗，或避世隐居，或陶冶情操；它们既是诗人创作“取之不尽，用之不竭”的素材，又是诗人自由往来的精神家园。唐诗离不开山水，山水成就了唐诗。此乃刘勰所谓“山林皋壤，实文思

① 林庚：《唐诗综论》，第 132 页。

② 沈德潜：《唐诗别裁》卷一九，第 426 页。

之奥府”的“江山之助。”[①]

唐代山水诗的表现形态主要有四种，即：纪实之山水，梦幻之山水，亦真亦幻之山水，题画之山水。第一类纪实之山水，数量最多，亦最常见。诗人们在出游、送别抑或贬谪流放过程中，直接将所见各种山水美景摄入笔端，并根据当时诗人的不同感受创作诗篇。在这方面，杜甫《发秦州》《发同谷县》两组五古山水诗颇值得注意。唐肃宗至德二年(757)，杜甫携带家小离开中原，先投秦州，继投同谷，最后向成都进发。在这一段两月有余的深山穷谷的艰难跋涉中，诗人留下了两组联章体纪行诗，《发秦州》《发同谷县》各12首。诗人以狮子搏兔之力尽情描绘了千里蜀道的壮伟奇丽之山川，具有原创意义。此外，诗人在这两组诗中将山水诗与纪行诗有机结合起来描写，创造了山水诗的新题材。第二类梦幻之山水，主要是诗人对梦中神游山水以及想象山水情形的记录，这类诗多带有游仙的色彩，可谓是游仙诗与想象山水诗的结合体。如唐人受宋玉《高唐》《神女》二赋影响而创作的大量以《巫山高》《巫山女》《高唐云》《朝云引》《巫山神女庙》等为题的众多乐府诗，便是如此。李白《梦游天姥吟留别》《蜀道难》等诗，堪称是梦幻山水描写最杰出的代表，对表现诗人狂放不羁的性格及其对世道艰难的怨愤之情具有积极的意义。第三类亦真亦幻之山水，如岑参《宿蒲关东店忆杜陵别业》：“关门锁归路，一夜梦还家。月落河上晓，遥闻秦树鸦。长安二月归正好，杜陵树边纯是花。”又如《至大梁却寄匡城主人》：“昨日梦故乡，蕙草色已黄”，其中又有眼前所见之实景：“四郊阴气闭，万里无晶光。长风吹白草，野火烧枯桑。”这些都是梦中山水与现实山水之景交错描写的例子，以突出诗人对故乡山水与亲人的一片深情。杜甫的《渼陂行》中既有渼陂奇异险怪现实山水景物的描写，又有神仙场景的穿播，真幻交错，别具惝恍迷离的空灵之感。第四类题画之山水，这类诗主要为山水画而作，或直接题写画上，或为观画而作（即观画感），或为现场观看画师绘画而作。题画山水诗主要就山水画之内容、意境及画师的身世技艺等展开论述。题画诗对进一步提高人们对山水美的认识，推动山水画的发展，具有积极的促进作用。大凡为山水画题诗者，都是山水诗创作的佼佼者。他们历经山水，对山水有深厚的感情，又具

---

① 周振甫：《文心雕龙今译》，第412页。

有高于常人的山水审美眼光以及独特的山水美的感悟能力，所以这类题画山水诗颇具阅读欣赏价值。据统计，《全唐诗》中的题画诗作者计有103人，作品约220首，其中题咏人物画者47首，题山水画者98首，花鸟画者58首，题山水画者最多。可见，唐代诗人热爱山水的普遍性情况。尤其值得注意的一个现象是，在晚唐五代题画诗中，题咏山水画者就有46首之多，占该时期题画诗总数89首的半数之上，反映了晚唐人普遍热爱山水自然的精神追求，也是他们避乱求安理想的栖居之所在。在全唐题画诗作者中，李白与杜甫成就最著。李白作题画诗8首，画赞14首，他的8首题画诗中有7首是题咏山水画者，这与他一贯酷爱山水的性格并大量创作山水诗的实践是相一致的。杜甫作题画诗22首，其中有山水、马、鹰、鹘、松等类题画诗，其数量与质量，在唐代均无出其右者。唐代题咏山水画诗的兴盛，无论从绘画者抑或从题咏者观之，都无不说明唐代山水精神的深入人心，它是人们继六朝以来对山水之美的又一次大发现，是唐人山水美意识的再一次大觉醒、大提高，是山水开阔了唐人心胸，也是山水哺育了唐诗精神。

自然山水诗，乃唐诗之大宗。其诗歌创作所呈现出来的广泛性、丰富性与空前性，实即我国传统的“天人合一”思想在唐代最突出的积极反映。这是一笔十分宝贵的诗歌创作与人文思想资源，对于增进当代人们的环保意识、调节人与自然的和谐关系，确保我国经济的可持续发展，皆不无启迪与教育意义。

第二节 《风》《骚》草木虫鱼与唐诗绿色情思

以往《诗经》《楚辞》研究所突出的往往是“人”的问题，而对于“人”之外的自然生态之研究，则显得甚为冷落。虽然历代在《诗经》《楚辞》方面也有一些有关鸟兽草木虫鱼的研究成果，但数量有限，且多是就物释物，仅仅停留在“多识于鸟兽草木之名”（《论语·阳货》）的博物学知识层面。其实，《诗经》《楚辞》中丰富多彩的动植物自然生态，不仅是博物学层面的功能符号，社会学层面的文化符号，而且具有文艺学层面的情感符号与教育学层面的启索符号等意义。《风》《骚》草木虫鱼自然生态意识，在汉魏六朝玄佛思想合流的影响以及“二谢”山水诗大量创作的情况下，又一次引起了人们的关注。人们在山水娱情思想的指导下，对草木虫鱼等之关系趋向亲近与友好。如陶渊明《饮酒二十首》（其五）：“采菊东篱下，悠然见南山。山气日夕佳，飞鸟相与还。”《读〈山海经〉十三首》（其一）：“孟夏草木长，绕屋树扶疏。众鸟欣有托，吾亦爱吾庐。”谢灵运《登池上楼》：“池塘生春草，园柳变鸣禽。”谢朓《晚登三山还望京邑》：“余霞散成绮，澄江静如练。喧鸟覆春洲，杂英满芳甸。”人与自然的关系至此已呈现出相融的生存状态。发展至唐代，人们的自然生态意识普遍提高。在唐代诗人的眼里，自然已经不是一个独立于人类之外的客体，而是另一个主体，是一个与人类在心灵上声息相通的主体。人与自然的关系，是你中有我、我中有你的“天人合一”的关系，是平等、友好与同存共荣的关系。

一 《诗经》草木虫鱼之意蕴

从《诗经》开宗名义的第一篇《周南·关雎》中双双鸣叫的“雎鸠”，到最后一篇《商颂·殷武》中挺拔参天的“松柏”，全书遍布动植物名称。据清代学者顾栋高《毛诗类释》统计，《诗经》中动、植物种类计有337种，其中：鸟类43种，兽40种，草37种，木43种，虫37种，鱼16种，谷类24种，蔬菜38种，花果15种，药物17种，马27种。此乃较为宽泛的统计。著名学者杨公骥先生统计为：草类100，木54，鸟38，兽27，昆虫、鱼41，共260种。[①] 较为准确的统计当推孙作云先生，他在排除了“一物多名”，或“一名多物”等重复因素外，最终统计是：“《诗经》305篇，共记载动、植物252种；植物为143种，内含草类85种，木类58种；动物为109种，内含鸟类35种、兽类26种、虫类33种、鱼类15种。”[②] 短短305篇的《诗经》中，却呈现出如此壮观的动植物王国，实在是一道奇异多彩而内涵丰蕴的自然风景线。

《诗经》中这么多的动植物描写，并非是一种偶然的文学现象。对于《诗经》动植物描写之功用与美学价值，是孔子最早发现并给予相当热切的关注与发掘。他在强调了《诗三百》的“兴、观、群、怨”四大诗教功能之后，强调要“多识于鸟兽草木之名”（《论语·阳货》）。何以“多

① 杨公骥：《中国文学史》（第一册），吉林人民出版社1980年版，第258—259页。

② 孙作云：《诗经研究》，第7页。

识”？孔子只是悬而未答。而“多识”的深意，也未能引起人们足够的注意。一般人多停留在《诗经》博物学知识层面来理解。这方面则以刘宝楠《论语正义》的解释为代表，其云：“鸟兽草木，所以贵多识者，人饮食之宜，医药之备，必当识别，匪可妄施。故知其名，然后能知其形、知其性。《尔雅》于鸟兽草木，皆专篇释之。而《神农本草》，亦详言其性之所宜用。可知博物之学，儒者所甚重矣。”在此基础上，叶舒宪先生又作了进一步的发挥。他说：

> 《诗经》虽不是原始时代的产物，但它去古未远，在相当多程度上保持着文明时代以前对自然万物的细微区别和具体知识，尤其是具有咒术意义和药用价值的各种动植物，这些对于孔子时代的文明人来说已经显得有些陌生了，所以孔子希望借助于学习《诗经》，能使人物恢复当初那种人与自然息息相关相通的亲缘关系，保持对一草一木的细微认识和敏锐体察。这种期望中所蕴涵的人类生态意义绝非记忆名称所能包容。①

这样的解释固然有其合理性，但就《诗经》提供的大量动植物信息观之，其功用价值与文化审美意义绝非仅此而已。那么，孔子为何要强调“多识于鸟兽草木之名”呢？这的确是个令人困惑的问题，连当代著名美学家李泽厚先生也不得不为此生出疑窦：

> 为什么要“多识于鸟兽草木之名”，是求自然知识还是另有用意？也许，此鸟兽草木之名乃或巫术或图腾之象征符号？其“名”均有历史之“实”在？故“述而不作”之孔子如是说？不可知也。②

其实，孔子“多识于鸟兽草木之名”的丰富而深刻之内涵是可以理解的。笔者认为，可从四个层面探析《诗经》自然生态意识的审美价值。

（一）博物学层面的功能符号意义

从博物学层面看，可以让人们去全面了解和掌握各种动、植物的名

---

① 叶舒宪：《诗经的文化阐释》，湖北人民出版社 1994 年版，第 99—100 页。

② 李泽厚：《论语今读》，生活·读书·新知三联书店 2004 年版，第 478 页。

称、形状、性能功效等，为现实生活服务。自从孔子提出“多识于鸟兽草木之名”的话语权之后，人们便开始注重对《诗经》动植物名称的解释。我国现存最早的《诗经》注释本《毛传》（即毛亨的《诗故训传》），曾开注释《诗经》动植物名称之先河，影响很大。我国第一部字典《尔雅》多袭用其注释，特别是有关动植物部分，分别辑入《释草》《释木》《释虫》《释鱼》《释鸟》《释兽》《释畜》七部分中，若将这七部分汇集起来，堪称一部《生物学辞典》。到了三国时代，终于诞生了我国第一部生物学著作，这就是吴国吴郡人陆玑的《毛诗草木鸟兽虫鱼疏》（后人多简称为《草木疏》《义疏》《陆疏》《诗疏》）。陆玑是一位本草学家，对草类记载尤详。如释“参差荇菜”曰：“荇，一名接余，白茎，叶紫赤色，正圆，径寸余，浮在水上，根在水底，与水浅深等，大如钗股，上青下白，煮其白茎，以苦酒浸之，脆美可案酒。”又如释“莎鸡振羽”曰：“莎鸡如蝗而斑色，毛翅数重，翅正赤，或谓之天鸡。六月中飞而振羽，索索作声，幽州人谓之蒲错。”对每一种动植物的名称、地域、形状、特征、功用等，均有较为翔实而准确的解释。后世研究《诗经》动植物的专门著作，多以此书为基础而加以补充、考证之。如北宋蔡卞《毛诗名物解》二十卷，明吴雨《毛诗鸟兽草木考》二十卷，明林兆琦《毛诗多识编》七卷，清毛奇龄《续毛诗鸟名》三卷，清姚炳《诗识名解》十五卷，清陈大章《诗传名物集览》十二卷，清多隆阿《毛诗多识》二卷，等等，蔚然形成了一门“毛诗名物注释学”的专门之学。此外，对《诗经》动植物的研究，还产生了图谱一类的著作。如《隋书·经籍志》载：“梁有《毛诗图》三卷。”《新唐书·艺文志》载有“《毛诗草木虫鱼图》二十卷”。南宋初年画家马和之有《毛诗图》巨帙。可惜这些图谱皆失传了，现只有清徐鼎《毛诗名物图说》九卷传世（此书作于乾隆四十九年，原刊本）。值得称道的是，由台湾学者潘富俊撰述、吕胜由摄影的《诗经植物图鉴》已于2003年1月由上海书店出版。该书首列原诗，然后就诗中植物名称专设“植物小档案”。从“今名”、“学名”、“类别”、“别称”及基本生物学知识进行全面介绍，同时就植物名称的有关文学现象，文化意义、习俗与效用等进行简要阐析，并配以该植物不同生长时期的四幅精美照片（每种植物皆同），既具知识性、科学性，又具观赏性、可读性，是一部直观再现《诗经》植物的空前佳作。

上列所论，皆是从植物学层面来研究《诗经》动植物名称的，属于基本外在的文化层面。

（二）社会学层面的文化符号意义

从社会学层面看，大量的动植物如鱼、螽斯、麕、木瓜、木桃、木李、梅子、花椒、秉蕑、芍药等，都与恋爱、婚姻、生子、修禊等习俗有关，反映了先民对动植物的崇拜心理与情爱意识。关于鱼的自然生态的社会学意义，闻一多先生《说鱼》一文论之甚详，他列举了《周南·汝坟》《齐风·敝笱》《邶风·新台》《豳风·九罭》《召南·何彼秾矣》《卫风·竹竿》《桧风·匪风》《陈风·衡门》《曹风·侯人》等诗篇中有关鱼的形态、打鱼、钓鱼、烹鱼、吃鱼以及食鱼的鸟兽等描写，从中华民族文化心理的深层来探析鱼文化内涵，认为这些内容都与青年男女的恋爱、婚姻、生育等现象紧密相关，是上古时代先民们普遍存在的一种文化的心理形态。至于何以用鱼来象征配偶的原因，闻一多先生阐述道：

> 为什么用鱼来象征配偶呢？这除了它的繁殖功能，似乎没有更好的解释，大家都知道，在原始人类的观念里，婚姻是人生第一大事，而传种是婚姻的唯一目的，这在我国古代的礼俗中，表现得非常清楚，不必赘述。种族的繁殖既如此被重视，而鱼是繁殖力最强的一种生物，所以在古代，把一个人比作鱼，在某一意义上，差不多就等于恭维他是最好的人，而在青年男女间，若称其对方为鱼，那就等于说："你是我最理想的配偶!"现在浙东婚俗，新媳妇出轿门时，以铜钱撒地，谓之"鲤鱼撒子"，便是这观念最好的说明。①

又如螽斯，这是蝗虫一类多子的虫，具有很强的繁殖生育能力。《诗经》时代生产力甚为低下，故人们十分注重人口繁育。人们在日常劳动中司空见惯于繁殖旺盛的螽斯，因此也就自然祈望人们能够像螽斯那样繁育后代，生生不息。《周南·螽斯》便是体现人们这种美好愿望的一首诗。全诗三章，首章云："螽斯羽，诜诜兮。宜尔子孙，振振兮。"诗人用蝗虫多子比喻人多子，表示对多子者的祝贺，其中也蕴涵着作者对多子者的崇拜心理。在青年男女互赠礼品的习俗中，多出现"麕"、"木瓜"

---

① 闻一多：《说鱼》，《闻一多全集》卷三，湖北人民出版社1993年版，第248页。

等动植物。《召南·野有死麕》云："野有死麕，白茅包之。有女怀春，吉士诱之。"这里说，一位青年猎人，在郊外丛林里遇见了一位温柔如玉的少女，出于对她的爱慕之情，他就把刚刚猎获的小鹿用洁白的白茅草包裹着送给她。因此，小伙子终于获得了少女的芳心。"木瓜"、"木桃"、"木李"等也是常见的青年男女相互赠送的礼物之一。如《卫风·木瓜》："投我以木瓜，报之以琼琚。匪报也，永以为好也。""投我以木桃，报之以琼瑶。匪报也，永以为好也。""投我以木李，报之以琼玖。匪报也，永以为好也。"程俊英、蒋见元分析此诗可谓中肯入髓，精神全出。他们认为："诗共三章，每章末叠唱'匪报也，永以为好也'二句，看似重复，诗的精神却全从此二句生出。人赠以木瓜，我意欲报之以琼瑶，报答不可谓不重，但如果诗就此而止，则恃富炫贵而已，没有什么可称道的。而下紧接'匪报也'三字，露出作者之意，原不在物，仅欲表其爱慕之诚，以永结情好。这一转折，顿时别开生面，有山重水复、柳暗花明之妙。"① 梅子，在《诗经》中是一个浸染女子情爱焦虑意绪的意象。《召南·摽有梅》是其典型代表。其诗云："摽有梅，其实七兮。求我庶士，迨其吉兮。""摽有梅，其实三兮。求我庶士，迨其今兮。""摽有梅，以筐塈之。求我庶士，迨其谓之。"此诗巧妙选取梅子由多到少不断脱落的自然现象，十分形象地表现出待字女子时不我待而婚嫁难成的焦灼心理。梅子，其味酸涩，故亦寓含诗中女主人公嫁不以时的凄楚况味。花椒，果实暗红色，熟即裂开，籽粒甚多，味辛而香烈，可入药而调味。因其子多而香，故多以花椒喻指妇女多子。屈原《湘夫人》云："荪壁兮紫坛，播芳椒兮成堂。"湘君为湘夫人营构的闺房高贵而香气四溢。汉朝人就将皇后住的房屋称为椒房，长乐宫就有椒房殿，这主要取其多子吉祥之意。应劭《风俗通》云："《汉官仪》，皇后称椒房，取其蕃实之义也。《诗》曰：椒聊之实，蕃衍盈升。"闻一多《风诗类钞》："《椒聊》喻多子，欣妇女之宜子也。"人们崇拜花椒，实是崇拜多子思想之反映，与螽斯之崇拜心理，具有异曲同工之妙。《唐风·椒聊》，便是这样一首以多子之椒聊来喻赞妇女多子的诗，体现了当时社会崇尚多子多生的生育习俗。郑国上巳节，青年男女多在溱水、洧水河畔游春，互赠香草鲜花。一方面用以拂除不祥，另一方面表达双方的爱恋之情。《郑风·溱洧》便是这样的一

① 程俊英、蒋见元：《诗经注析》，中华书局1991年版，第191—192页。

首诗。全诗二章，首章云："溱与洧，方涣涣兮。士与女，方秉蕳兮。女曰：'观乎'？士曰：'既且。''且往观乎？洧之外，洵订且乐。'维与女，伊其相谑，赠之以芍药。"其中的"秉蕳"、"芍药"，即青年男女各自手持香草与芍药之花奉献双方，以表达纯朴至诚的情爱之意。以上从社会学的层面，对《诗经》中部分动植物所寓含的文化内涵进行了粗略的论析。由此可知，"符号化的思维和符号化的行为是人类生活中最富于代表性的特征。"① 而这些在"艺术中使用的符号是一种暗喻，一种包含着公开的或隐藏的真实意义的形象。"②

（三）文艺学层面的情感符号意义

人们在与自然长期接触的过程中，不仅熟谙于鸟兽草木之形态，准确形象而生动地描摹出它们的形貌声色，而且还能深悟鸟兽草木之精神。久而久之，便逐渐地领悟到人与自然相通的情感功能，从而成功地创造出诗歌赋、比、兴的艺术表现手法，人们因此而能够自觉地借物抒情，或因情托物，为后世"情景交融"意境论的产生奠定坚实的基础。关于《诗经》赋、比、兴艺术手法之概念的解释，学界大多推崇于朱熹《诗集传》中的传笺。其云："赋者，铺陈其事而直言之者也。比者，以彼物比此物也。兴者，先言他物以引起所咏之词也。"③ 朱熹所讲"比"、"兴"中的"物"较为明显，即指《诗经》中的动植物。而"赋"中所言之"事"，其内容就较为宽泛，当包括动植物在内的物事与人事。要之，赋、比、兴构成的主要因素则为动植物的"物"。稍觉遗憾的是，朱熹对此论述尚欠明确。而同时代的李仲蒙对赋、比、兴概念的解释，却突出了"物"（动植物）对于形成赋、比、兴艺术手法的重要性。其论述较之朱熹更为鲜明准确而切合《诗经》实际，在历代有关赋、比、兴概念的解释中，是最为妥帖的。他对赋、比、兴解释说："叙物以言情，谓之'赋'，情物尽者也；索物以托情，谓之'比'，情附物者也。触物以起情，谓之'兴'，物动情者也。故物有刚柔缓急荣悴得失之不齐，则诗人之情亦各有所寓。"④ 李仲蒙关于赋、比、兴论述的高明独断之处，在于他点明了

---

① ［德］恩斯特·卡西尔：《人论》（中译本），上海译文出版社 1985 年版，第35 页。

② ［美］苏珊·朗格：《艺术问题》（中译本），中国社会科学出版社 1983 年版，第134 页。

③ 朱熹：《诗集传》，第1—4 页。

④ 李仲蒙语，见胡寅《与李叔易书》，《斐然集》卷一八，四库全书珍本初集本。

“物”（动植物）是赋、比、兴共同依托的必要因素。为此，清代著名文学批评家刘熙载十分赞赏李仲蒙对赋、比、兴概念的界说，认为：“此明赋比兴之别也。”[①] 李仲蒙把赋、比、兴的界定准确地建立在情与境的结合，也即处理情与物的关系上，这是甚为准确而别具艺术眼光的。作为抒情文学而言，其共同规律便是“感物造耑”（班固《汉书·艺文志》），“遵四时以叹逝，瞻万物而思纷”（陆机《文赋》），“情以物兴”、“物以情观”（刘勰《文心雕龙·诠赋》），“物色之动，心亦摇焉”（《文心雕龙·物色》）。其感情的产生，无不来自动植物的激发。“物”是赋、比、兴形成的根本要素，倘若没有丰富多彩的动植物，赋、比、兴则将成为无源之水、无本之木矣。

那么，《诗经》中的动植物是如何体现于赋、比、兴表现手法，而一展其艺术风采的呢？

首先，看“陈情于物”的“赋”。这类诗多直接铺叙动植物的形状、性质和活动来抒发作者的感情。《豳风·七月》，是一首描写农民一年四季劳动过程与生活情景的农事诗，农民们“日出而作，日入而息”，朝朝暮暮与大自然为伍。因此，在这首诗中便自然而然地出现了许多动植物的描写，诸如仓庚（黄莺）、柔桑、蘩草、萑苇（荻草和芦苇）、鸣鵙（又名伯劳）、秀葽（不开花而结籽的远志）、鸣蜩、貉、狐狸、豵（小兽）、豜（大兽）、斯螽（蚱蜢）、莎鸡（纺织娘）、蟋蟀、鼠、郁（果如李子）、薁（野葡萄）、葵菜、菽（豆类）、枣、稻、瓜、壶（葫芦）、荼（苦菜）、樗（臭椿树）、黍（小米）、稷（高粱）、重（后熟作物）、穋（早熟作物）、麻、麦、羔羊、韭菜等，计30余种动植物名称，俨然一部微型动植物谱志也。如此娓娓铺陈之赋法，其作用与意义有二：一是全面而真切地再现农民活动场景，具有朴实醇厚的农村风味；二是寓农民劳作之艰辛于平实的描写之中，尽显农民生活苦难之情状，具有言外之意的含蓄美风格。此诗第四章云：“五月斯螽动股，六月莎鸡振羽。七月在野，八月在宇，九月在户，十月蟋蟀入我床下。穹窒熏鼠，塞向墐户。嗟我妇子，曰为改岁，入此室处。”通过“斯螽”、“莎鸡”、“蟋蟀”等动物在不同季节中的生活特征，来巧妙而不动声色地反映时间之变化，可谓自然高妙也。尤其是叙写蟋蟀由外而内、直至床下的地点变化，清晰地勾勒出

---

① 刘熙载：《艺概》，第86页。

一幅天气由炎热而变寒冷的岁月流程图，不著一“寒”字，而只觉“寒气”逼人。“其体物微妙，又何精致乃尔。”①《郑风·溱洧》描写青年男女互赠香草鲜花，亦是使用赋法。充分体现了男女双方诚挚美好的恋情与对未来幸福生活的向往之意，可谓典型的陈情于物、以物传情者也。此外，如《魏风·硕鼠》《小雅·鹤鸣》等，都是全篇以赋之手法来展示动植物的名篇。不过，这类赋法中尚含有比的成分，是属于赋之手法的延伸与扩展。

其次，看“移情于物”的“比”。以上所述《魏风·硕鼠》《小雅·鹤鸣》都是全篇以动植物作为“比”的媒介物的。《鄘风·相鼠》、《豳风·鸱鸮》亦是全篇设比的名篇。前者以“相鼠有皮”、“相鼠有齿”、“相鼠有体”来反比出那些寡廉鲜耻者“无仪”、“无止”、“无礼”的丑恶行径，愤恨之情，溢于言表；后者是一首别具一格的禽言诗。它借助于禽鸟的悲鸣，自叙遭受强暴者欺凌的凄惨命运。鸱鸮，即猫头鹰。古人认为是猛禽恶鸟，这是用来比喻强暴者。诗中的“予”，比喻受欺凌的弱禽鸟。《诗经》中还有许多连用一系列动植物作比喻的生动例子。如《卫风·硕人》描写庄姜之美：“手如柔荑，肤如凝脂。领如蝤蛴，齿如瓠犀，螓首蛾眉”，用多种比喻写庄姜之美，极为形象生动，宛若一幅活生生的仪态万方的美人图。方玉润称道：“千古颂美人者无出此二语，绝唱也。”②《小雅·斯干》写周王朝宫室落成时的雄伟壮观而姿态优美的万千气象：“如跂斯翼，如矢斯棘，如鸟斯革，如翚斯飞，君子攸跻。”通过一系列动植物生动形象而贴切的比喻，进一步揭示事物的本质特征，给人以深刻的印象和回味的余地。比喻之妙，存乎一心。

最后，看“借物起情”的“兴”。《诗经》中以动植物起情者大多在篇章之首，亦有在篇章之中与篇章之尾者。如《周南·关雎》：“关关雎鸠，在河之洲”；《王风·黍离》：“彼黍离离，彼稷之苗”；《小雅·鹿鸣》：“呦呦鹿鸣，食野之苹”，等等，兴句皆置于篇章之首。兴句置于篇章之中者，如《卫风·氓》：“桑之未落，其叶沃若。于嗟鸠兮！无食桑葚。”“桑之落矣，其黄而陨。”兴句置于篇章之尾者，如《小雅·采薇》：“昔我往矣，杨柳依依。今我来思，雨雪霏霏。”《小雅·何草不黄》：“有

① 方玉润：《诗经原始》，第307页。

② 同上书，第177页。

芃者狐，率彼幽草。有栈之车，行彼周道。”像这类兴句，大多具有兴中含比的成分，内蕴丰厚，有利于表达诗歌的主旨。《诗经》中以动植物起情的句子，不仅能够引发人们的联想，拨动情感的琴弦，而且常常起到酝酿气氛，构成优美意境的重要作用。如《周南·桃夭》首章云：“桃之夭夭，灼灼其华。之子于归，宜其室家。”起句描摹春光中的桃树生长茂盛、桃花鲜艳盛开的美好景象，对下文芳龄女郎的婚嫁，正好起到一个烘云托月的渲染作用，呈现出一派生机勃勃、热烈祥和的喜庆气氛，别具情景交融的意境之美。刘勰《文心雕龙·物色》篇云：“诗人感物，联类不穷。流连万象之际，沉吟视听之区。写气图貌，既随物以宛转；属采附声，亦与心而徘徊。”此正可以作为《桃夭》兴句意义的理论说明。再看《秦风·蒹葭》首句之“兴”：“蒹葭苍苍，白露为霜。”诗人以轻笔淡墨为人们勾勒了一幅独立清秋萧瑟图。诗中主人公“求之不得”的惆怅之情与眼前这派秋水迷茫之景浑然相融，构成了凄情迷离的艺术境界。千载之下，仍然具有动人的艺术魅力。

王国维认为：“昔人论诗词，有景语、情语之别。不知一切景语皆情语也。”①《诗经》中大量的动植物描写，为赋、比、兴表现手法提供了广阔的活动舞台，也为抒发《诗经》作者们的思想感情带来了极大的便利。在长期与大自然接触的过程中，先民们逐渐认识到“天有风雨寒暑，人亦有取与喜怒”（《淮南子·精神训》）的对应关系。这种“天人合一”的文化心理的不断自觉化、细腻化、美学化的表现，便是物我交感、情景交融意境论生成的审美体验。“所以，传统诗歌所表达的情感趋向于人与自然融凝合一的意境：一方面‘诗人以月露风云花草为其性情’（黄宗羲《南雷文案·景州诗集序》），大自然把它那清幽明洁或雄奇高远的种种气质灌注到诗人的诗思血液里，使他们获得云的气韵、清泉的心境、月的皎洁和清风的鲜气。另一方面，‘仁者乐山，智者乐水’，诗人又把他那高人的节操、逸士的风神、幽人的胸襟、志士的豪气，投射到大自然山水草木之中，使之获得人化的品格。”② 这种人与自然的和谐统一，便是我国古代美学思想的一个重要特征，这一特征在我国古代文学的发展过程中留下了深深的印记。这就是所谓“神与物游”（刘

---

① 王国维：《人间词话新注》，滕咸惠校注，齐鲁书社1986年版，第50页。

② 胡晓明：《传统诗歌与农业社会》，《文学遗产》1987年第2期。

勰《文心雕龙·神思》）者也，而这“神与物游”的“思理之妙”，正是艺术构思之极致。

（四）教育学层面的启蒙符号意义

从教育学层面看，孔子的思想核心是“仁”，而“仁”在现实生活中则具体表现为“和”，即：不但人与人之间要“和”，而且人与自然之间也要“和”。在孔子看来，《诗三百》中写了那么多“鸟兽草木之名”，正是人们亲近自然、仁爱自然的最好注脚。它无形中起到了教育人们关爱自然、尊重自然的重要作用。

孔子《论语·阳货》篇云：“小子何莫学夫诗？诗，可以兴，可以观，可以群，可以怨。”所谓“兴”，即触物联想，激发情感。如《周南·关雎》由“在河之洲”的“关关雎鸠”，便会自然联想到青年男子对女子的追慕之情，并由此诗进一步联想到“《关雎》乐而不淫，哀而不伤”（《论语·八佾》）的思想风格。此之谓“可以兴”也。孔子在《论语·泰伯》中又说：“兴于诗，立于礼，成于乐。”其中的“兴于诗”与“可以兴”，其意一也。所谓“观”，即观物增知并进而了解社会政治、风土人情也。如《豳风·七月》描写30余种动植物，从中不仅可以学到很多博物学知识，而且由此可知农民们一年四季的艰苦劳作与受剥削之痛苦生活。所谓“群”，即人与物、人与人之间的和谐共处，亦即“民胞物与”之意。如《召南·甘棠》与《小雅·鹿鸣》，前者写由于召伯曾在甘棠树下听讼断狱，为民办了许多好事。人们思念召伯的恩德，对甘棠树发出了“勿剪勿伐”的保护令。因树思人，因人护树，以树为友，人物相谐。后者写国君宴饮群臣宾客，其乐融融，一派和睦气象。此之谓“群”也。所谓“怨”，即对统治阶级的怨愤与讽刺，以及诗作者对自己不幸遭遇的哀怨之情。如《魏风·硕鼠》《邶风·新台》《鄘风·相鼠》等，都是对统治阶级进行强烈讽刺的力作，为后世开启了讽刺手法的无数法门。总之，孔子所说的“兴、观、群、怨”，它们是建立在“多识于鸟兽草木之名”基础之上的。因为从“鸟兽草木”之中，能够感悟到人之思想、道德与情感，给人以思想与智慧的启迪。孔子本人就从大自然的现象中屡屡感悟到人生的哲理之美。如：“岁寒，然后知松柏之后凋也。”（《论语·子罕》）“子在川上曰：‘逝者如斯夫，不舍昼夜。’”（《论语·子罕》）前者，由松柏经寒不凋之自然现象，联想到人应该历经磨炼而节操不变、意志刚强；后者由昼夜不停流淌的河水，感悟到时间飞快如流水一去不返，警示人们应珍惜时光，不断创造有价值的人生。再如《周南·樛木》，这是一首以草木彼此缠附之象征友爱亲情之乐的一首诗："这首诗所歌咏的草木状，简直就是一幅表现儒家所主张的'仁者爱人'思想的生动图画。"[1] 正因为《诗经》的"鸟兽草木"之中寓含着如此丰厚的"仁、义、礼、智、信"等儒家思想的内容，所以就可以给人以"兴、观、群、怨"的诗教启迪。

综上所述，《诗经》中大量"鸟兽草木"的描写，不仅是一种功能符号（从博物学层面看）与文化符号（从社会学层面看），而且是一种情感符号（从文艺学层面看），更是一种启蒙符号（从教育学层面看）。从功能符号，到文化符号，再到情感符号，最后到启蒙符号，正好体现了先民们对自然生态审美意识的演进之迹，营构了自然生态审美意识逐渐成熟的逻辑结构。要之，这四个知识层面的形成，都是先民们亲近自然、关爱自然的结晶，也是孔子"多识于鸟兽草木之名"的深层内涵之所在。

二　《楚辞》草木虫鱼之价值

在中国文学史上，《诗经》率先集体向人们展示了自然生态的优美景观，描绘了人与自然和谐相处的生动画卷，体现了黄河流域中原文化的质朴风貌。而作为江淮流域南方文化的代表——以屈原《离骚》为核心的《楚辞》（本书以王逸《楚辞章句》之楚辞篇目为研究依据），则犹如一座旷远阔大的自然生态公园，只见草木丛生，香花遍地，鸟兽虫鱼，各得其所。入其园中，如行山阴道上，美不胜收。较之于《诗经》，更使读者深切感受到《楚辞》自然生态的独特审美价值。

（一）《楚辞》草木虫鱼之研究概况

较早关注《楚辞》草木状况并予以研究者，乃南宋学者吴仁杰。他著有《离骚草木疏》正文四卷，[2] 全部释草木。吴氏自云："独取诸二十五篇之文，故命曰《离骚草木疏》。"前三卷为芳草嘉木共 44 种。第一卷：荪（荃）、芙蓉、菊、芝、兰、石兰、蕙、芷（芳）、茝（药）、杜

---

① 曾永成：《释"多识于鸟兽草木之名"的诗学内涵》，《西南民族学院学报》2000 年第 12 期。

② 马茂元主编：《楚辞要籍解题》，第 33—38 页。

蘅、蘼芜（江离）、杜若、芰、藡，计14种。第二卷：荼、薜荔、女萝、菌、茹、紫、华、菰、莼、蘋、蒿、苴、蒌、蒉、胡、绳、苞、蕒茅、揭车、留夷，计20种。以上二卷为草本植物。第三卷：橘、桂、椒、松、柏、辛夷、木兰、莽草、楸、黄棘，计10种，为木本植物。第四卷：赍、菉、葹、艾、茅、萧、葛、萹、荠、樧、篁，共11种，为恶草。全书总计论述《楚辞》草木55种。吴氏或许所据版本有异，抑或统计有误，实际上《楚辞》草木远非此数。然此著率先研究《楚辞》草木之功殆不可没。南宋末期谢翱曾作《楚辞芳草谱》[①] 就江离、薰草、菌、兰、蕙、杜若、茝、蘼芜、卷施、菉、菊、荃、薜荔、款冬、艾、蒌、莎、匏、蓼、茨、菱、蘋、萍等23种草木进行名物考释，篇幅甚小，影响不大。其将萧、艾、茨等恶臭之草木与经济类作物“瓠”列入“芳草”，归属欠当。在吴仁杰之后，明代的屠本畯对吴著进行补订，作《离骚草木疏补》四卷。[②] 屠氏以为吴著多未备，特于香草类增入麻、秬、黍、薇、藻、稻、粢、麦、粱9种；于嘉木类增入枫、梧2种。较吴著有所增益。清代祝德麟又有《吴仁杰离骚草木疏》四卷，[③] 对吴著详加校订，改正了450多字，损益250多字，逐条按语，辩证谨严。故钱泰吉《甘泉乡人稿·离骚草木疏辩证跋》称云：“会见此册，始知《辩证》详审，定为斗南（按：吴仁杰字）功臣。”滕咸惠校注此著版本甚多，堪称历代研究《楚辞》草木之佼佼者之一。以上著作均就《楚辞》草木进行专项研究者。能够将《楚辞》“草木虫鱼”进行较为全面而综合研究者，则是当代著名楚辞学专家姜亮夫先生。他在《楚辞通诂》第三辑[④]“博物部第八”中，就《楚辞》中寻检出的332种（其中植物类146种，动物类186种，动植物中包含有超现实的龙、凤等虚幻物类）有关“草木虫鱼”的名称逐一进行了考释，引证繁富，辨析明畅，实事求是，耐人寻味。不过，姜先生对部分同物异名者皆单列进行考释，辨析甚为细密，然却未免重复累赘之嫌。令人欣慰的是，在21世纪初，台湾农艺及土壤学博士潘富俊先生凭借现代摄影手段与先进印刷技术，出版了《楚辞植物图鉴》。[⑤] 潘先生

① 谢翱：《楚辞芳草谱》，见《香艳丛书》第三册，上海书店1991年版，第171—176页。

② 马茂元主编：《楚辞要籍解题》，第37页。

③ 同上书，第37—38页。

④ 参见姜亮夫《楚辞通诂》（第三辑），第370—591页。

⑤ 参见潘富俊《楚辞植物图鉴》，上海书店2003年版。

对《楚辞》百种植物逐一分档，从“主题植物特写”、“标题”、“诗篇引文”、“注解”、“另见”、“植物小档案”、“说明主文”、“图说”、“主图”九个方面，对每一种草木进行多角度、全方位的简要阐析，图文并茂，新人耳目，收到了以“古典诗歌中的草木印证人与自然永恒的缠绵”（《楚辞植物图鉴》封面语）的艺术效果。潘先生将《楚辞》百种植物分成两大类：香草香木类与恶草恶木类。前者共 34 种，其中香草 22 种，包括江离（芎䓖）、白芷、泽兰、蕙（九层塔）、茹（柴胡）、留夷（芍药）、揭车（珍珠菜）、杜蘅、菊、杜若（高良姜）、胡（大蒜）、绳（蛇床）、荪（菖蒲）、蘋（田字草）、襄荷、石兰（石斛）、枲（大麻）、三秀（灵芝）、藁本、芭（芭蕉）、射干及撚支（红花）等。香木有 12 种：如木兰、椒（花椒）、桂（肉桂）、薜荔、椴（食茱萸）、橘、柚、桂花、桢（女贞）、甘棠（杜梨）、竹及柏等。恶草恶木类计 11 种，如：赍（蒺藜）、菉（荩草）、葈耳（仓耳）、野艾、薋菉（窃衣）、萧（艾属植物）、马兰、葛（葛藤）、蓬（飞蓬）、泽泻、菽（刀豆）等。恶木有棘（酸枣）、苦桃、荆（黄荆）、葛藟、枳（枳壳）5 种。另有菎蕗（箭竹）、款冬、藜、藿（豆）4 种并非严格意义上的恶草恶木，但《楚辞》中常以此作为香草香木的反衬对象，因此也就含有了负面意义。

古今学者对《楚辞》“草木虫鱼”的研究大多主要在生物学价值方面，都程度不同地作了积极而有益的贡献。不过在《楚辞》“草木虫鱼”之名称及数量的考量方面，还存在着一定的差异。因此，笔者则以《楚辞》文本为主要依据，以上述诸家研究为参照，对《楚辞》动植物谱系进行了一次较为全面的普查核实，初步摸清了它们的家底，为研究其文化意蕴与审美价值奠定了良好的基础。

先看植物类，其草本有：江离（蘼芜、芎）、芷（药、白芷、莞）、兰（泽兰）、木兰、宿莽（莽）、蕙（菌）、茝、荃（荪）、留夷、揭车、杜蘅（衡）、菊、胡、绳、芰（菱）、荷（芙蓉、芙蕖）、赍（蒺藜、藜）、菉、茹、薆茅、艾、萧、菅、屏风、稻、穱（麦）、黄粱、柘、梓、蘋、白蘋、石兰、杜若（若）、女萝、三秀（芝）、射干、藿、襄荷（苴莼）、荼、荠、撚支、藁本、泽泻、马兰、蓬、蓼、葵、葈耳（施）、秬黍（粢）、蒲（莆）、萑、薇、薋菉、粱、薻、菰、蒌蒿、蓍、浮萍（蓱）、蒿、苇、蒯、枲（麻）、紫（紫葳）、芭、款冬、堇、青莎、芋、茅，计70种；木本有：申椒（椒、露申）、桂（菌桂）、桂树、薜荔、扶桑（若木）、桑、椴、枫、竹、篁、葛、松、柏、爬瓜、枳、棘、黄棘、杨、榆、橘、柚、辛夷、桢、梧、楸、苦桃、苦李、樟、菎蕗、栗、葛藟（藟）、榛、甘棠、菽，计34种。《楚辞》中共有草木种类104种。

《楚辞》所涉及的动物（包括超现实的虚幻性动物），按鸟、兽、虫、鱼四类划分情况如下。鸟类：（一）家禽：鸡；（二）水鸟：1. 鸳鸯 2. 鹙鸧 3. 鹈（鹈鴂）4. 雁 5. 驾鹅 6. 鸿 7. 凫 8. 鸬 9. 鹜 10. 鹥 11. 鹤（玄鹤、孔鹤）；（三）其他：1. 孔鸟 2. 鸧（鸧鹒）3. 三鸟 4. 鹈 5. 鹏 6. 鹯（鹯鹞）7. 鸮（鸱鸮、鸱枭）8. 鸠 9. 鸩 10. 鹎、鸰（鹎鸰）11. 苍鸟 12. 鹊 13. 鸲鹆 14. 乌 15. 翠曾 16. 朱爵 17. 鹔鹴 18. 鸷 19. 雀 20. 鹍（鹍鸡）21. 翡翠 22. 鸽 23. 鸹 24. 鹄 25. 黄鸹；（四）神秘鸟类（幻想产生）：凤凰（孔雀、孔鸾、鸾、鸾凤）。鸟类总计有38种（类）。兽类：（一）家畜：1. 牛类：牛；2. 马类：（1）驽马（2）驵（3）骊（4）驱（5）驶（6）驽骀（7）骥（8）要褭；3. 羊类：羔；4. 犬类：犬；（二）其他：1. 青兕 2. 象 3. 狐、短狐、封狐 4. 驴 5. 羸 6. 虎 7. 熊罴 8. 猿（狖、猨、猕猴）9. 橐驼 10. 鹿（白鹿）11. 麋 12. 豹（赤豹）13. 貒 14. 文狸 15. 豺 16. 麕 17. 麚 18. 貉；（三）虚拟动物：麒麟。兽类总计有30种（类）。虫类：（一）一般虫类：1. 蠋 2. 蜩 3. 蝍蛆 4. 蟪蛄 5. 蝨 6. 蠛 7. 螳螂 8. 蚁（玭蜉）9. 蝼蛄 10. 蚰蜒 11. 蚤 12. 蓼虫 13. 青蝇 14. 蟋蟀 15. 蝉 16. 蜂（玄蜂）17. 蜮 18. 蠈 19. 邛（蛩）20. 虫象；附爬行动物：1. 顾兔（蟾蜍）2. 鼍 3. 黾 4. 鳖 5. 鸱龟 6. 鳌 7. 蠵 8. 蓍蔡（老龟）9. 白鼋 10. 螭（螭龙）11. 蛟（蛟龙）12. 虬龙 13. 青虬 14. 王虺 15. 雄虺 16. 青蛇 17. 腾蛇 18. 蝮蛇 19. 鼁（蝦蟆）20. 紫贝；（二）神秘动物（幻想产生）：龙（白龙、八龙、六龙、飞龙）。虫类总计41种（类）。鱼类：1. 鲼 2. 文鱼 3. 鲮鱼 4. 鲷鳙 5. 鲍 6. 鳣 7. 鲸 8. 鳗 9. 鲇 10. 鳣。鱼类总计有10种。《楚辞》中"鸟、兽、虫、鱼"动物总计有118种（类）。《楚辞》动、植物222种（《诗经》为252种）；植物104种（《诗经》为143种），含草类70类，木类34种；动物118种（《诗经》为109种），含鸟类38种，兽类29种，虫类41种，鱼类10种。

由上所列我们可以发现这样几个问题：其一，就《诗经》十五国风所分布的以黄河流域为中心的广大中原地区之面积，要远远超过《楚辞》所涉及的江淮流域地区之面积，而《楚辞》的动、植物数量则与《诗经》相差不大，这就比较客观地反映了南方自然生态较之北方更为繁盛的实际情况，具有自然生态史实之研究价值。其二，《楚辞》中动物总量明显高于《诗经》，这也反映了南方温润而适宜的土壤气候，不仅适合草木生长，而且更有利于鸟、兽、虫、鱼的繁殖。那么南楚这么一方水土之上的草、木、鸟、兽、虫、鱼，为何能如此多地出现于篇幅有限的《楚辞》作品之中呢？它又具有哪些丰富而深刻的文化内涵与文学意义呢？它又是怎样去体现《楚辞》自然生态意识之审美价值的呢？这便是本书所需探讨的问题。

（二）《楚辞》动植物景观形成之因

在《楚辞》这座灿烂辉煌的文学宝库中，之所以能够形成如此壮观而多彩的动植物景观，主要有下列五个方面的原因：

其一，是由楚国特定的自然环境所决定的。楚国位于江淮流域的广大地区，水沛土沃，气候适宜，万类繁育，物产丰饶。《汉书·地理志第八》（下）云："楚有江汉川泽山林之饶，江南地广，或火耕水耨，民食鱼稻，以渔猎山伐为业，果蓏蠃蛤，食物常足。"再从楚国之"楚"本身造字的情形来看，它即是对南方江汉流域草莽丛生、灌木茂盛之自然景观的指称。段玉裁《说文解字注》云："楚，丛木。一名荆也……丛木，泛词。艸部荆下曰楚木也。此云荆也，是则异名同实。楚国或呼楚，或呼荆，或累呼荆楚。"虽然楚、荆、荆楚，"则异名而同实"，皆为"丛木"之谓也，亦即草木繁茂之意也。宋人黄伯思在谈到《楚辞》特征时说："盖屈宋诸骚皆书楚语，作楚声，纪楚地，名楚物，故可谓之《楚辞》。若些、只、羌、谇、蹇、纷、侘傺者，楚语也。顿挫悲壮，或韵或否者，楚声也。沅、湘、江、澧、修门、夏首者，楚地也。兰、茝、荃、药、蕙、若、芷、蘅者，楚物也。率若此，故所楚名之。"（《东观余论·新校〈楚辞〉序》）其中的"楚地"、"楚物"便是典型的山川自然景观。《楚辞》的作者们生活于楚国这样一个草木鸟兽虫鱼极为兴盛繁昌的独特自然环境中，耳目所触，感物而动，形诸文字，故其作品中大量出现动植物自然景象的描写也就不足为奇了。

其二，楚人祭神巫风之盛行，促使人们对香草香木倍加充满热爱之情。《吕氏春秋·异宝》云："荆人畏鬼。"王逸《楚辞章句·九歌序》

云："昔楚国南郢之邑，沅、湘之间，其俗信鬼而好祀。"《汉书·地理志》也同样记载着楚人"信巫鬼，重淫祀"的事实。在祭祀过程中，巫觋们除了用优美的舞乐迎神、娱神外，还必须献上作为享神祭品之一的各种香草香木。不仅如此，祭祀人员还必须于祭祀前洁身沐香，并用鲜花乔装打扮自己，使其变成一个通体靓丽而馨香四溢的"花仙子"。正如王逸《楚辞章句》于《云中君》"华采衣兮若英"句所注云："言已将修飨祭以事云神，乃使灵巫先浴兰汤，沐香芷，衣五采，华衣饰以杜若之英，以自洁清也。"此乃女巫降神之前必须进行的一种装饰打扮过程。古代凡祭祀祈祷，必薰浴。《周礼·女巫》所谓"女巫掌岁时祓除衅浴"。这是古宗教礼节中之一端，非泛泛言沐浴也。《夏小正》"四月蓄兰"，传曰："为沐浴也。"此正可表明古人确有以兰煮汤而浴者矣。祭祀行为中的浴兰华衣的扮饰，一则以示对神灵的尊崇与虔诚；一则以香气满足神灵的生理需要，因为神灵是喜欢香气的。在香气弥漫的氛围中，容易达到与神灵沟通的理想效果，从而由娱神而得到神灵的保佑与庇护。这种以香气来净除邪疠、祈求接近神灵、从而娱神而祷望降福的意念，至今仍然留存着。人们入庙求神，或拜祖赐福，都必须燃香供奉，献呈花果。《九歌·东皇太一》"蕙肴蒸兮兰藉，奠桂酒兮椒浆"句，朱熹注语云："此言以蕙裹肴而进之，又以兰为藉也。奠，置也。桂酒，切桂投酒中也。浆者，周礼四饮之一，以椒渍其中也。四者皆取其衅芳以飨神也。"在"巫咸将夕降兮，怀椒糈而要之"句下亦注曰："椒，香物，所以降神。"其实这种以香气降神并祈保佑的祭祀习俗，在《诗经·大雅·生民》中已见端倪。其末章云："昂盛于豆，于豆于登，其香始升。上帝居歆，胡臭亶时！后稷肇祀，庶无罪悔，以迄于今。"（我把祭品备多样，亦汤亦肉碗儿装，香气袅袅升满堂。上帝降临喜欢尝，饭菜香味百般强。后稷率行祭祀礼，幸蒙神佑无祸殃，至今祭飨传风尚。）可见以香气娱神的重要性。而这种以香祭祀的习俗，似乎是世界之普遍现象。美国学者 O. A. 沃尔《性与性崇拜》中曾列举说："从《圣经》中我们知道，犹太人供神……每种供品的血必须喷洒在祭坛上，作为献给耶稣的鼻孔的谢礼。犹太人是禁止吃血的。有香味的松脂，或者香和盐要在祭坛上加在供品中一起烧。在古罗马，人们为守护神、祖先的精灵焚香是一种习惯，同时，也为家神供香。古埃及人要在烧好的祭品的躯体中加上香料和松香等，使之产生香气——这是唯一能升上天空而且神也愿意接受的东西。"以香供神，这是因为

"神不能使用那些没有经过火功使之净化和稀薄的东西（用烟或用香料），神只能通过嗅觉和上升到天堂的香味意识到祭品。"① 如此以香气降神的情景，在"善言鬼神之情状"（吴世尚《楚辞疏》）而恍惚有物、情致缥缈的《九歌》中却甚为突出。通检《九歌》，发现使用频率最高的香草有三种，即：兰（11次）、桂（7次）、荷（5次）。此三者皆是香气浓郁诱人者，尤其是独享"王者香"之美誉的兰花，则更是香冠群芳者也。而《湘夫人》中"筑室兮水中，葺之兮荷盖"一段的描写，简直就是一座鲜花纷披、馨香四溢的百草屋，令人如临其境，如闻其香。直至《九歌》最后一篇《礼魂》的煞尾两句："春兰兮秋菊，长无绝兮终古"，却仍然是鲜花丛丛、清香悠悠。两千余年后的今天，我们仍然仿佛可以闻到从远古的沅湘祭坛上飘来的幽香。由此可见，祭祀巫风盛行，委实是《九歌》大量描写香草香木的主因之一。至于千古奇文《离骚》，诗人或而"扈江离与辟芷兮，纫秋兰以为佩"；或而"擥木根以结茝分，贯薜荔之落蕊"；或而"朝搴阰之木兰兮，夕揽洲之宿莽"；或而"朝饮木兰之坠露兮，夕餐秋菊之落英"；或而"步余马于兰皋兮，驰椒丘且焉止息"；或而"制芰荷以为衣兮，集芙蓉以为裳"，等等，诗人所服所饰，所饮所餐，所行所止，无一不是香花香草。甚至诗人擦拭眼泪也用香草，所谓"揽茹蕙以掩涕兮，霑余襟之浪浪"。诗人简直就是一个地地道道的"香草美人"了。大约因为这个缘故吧，一些楚辞学者遂把诗人说成是楚之"大巫"，而《离骚》便成了一篇祭神的"巫词"。这是有诬诗人者也。实际情况是，诗人生活于南楚巫风盛行的环境中，巫觋们"浴兰华衣饰花"的种种行为方式必然深深感染着诗人，诗人借此引入自己的诗歌创作中，以表达自己的种种特殊感情，这实在是诗人善于学习与吸收祭祀文化精华的艺术表现。就像唐代诗人刘禹锡学习巴蜀一带《竹枝词》民歌而创作诗歌一样，我们不能因此就说刘禹锡是巴蜀民间诗人，其诗作就是民歌。正如屈原引用巫觋花饰之行为入诗一样，我们也不能因此就说屈原是"大巫"，其诗就是"巫词"。不过，有一点倒是可以相信的，那就是屈原"花天草地"的大量铺写，恰好证明了楚之祭神巫风盛行对人们喜欢香花香草的普遍而强烈的感染作用。

---

① ［美］O. A. 沃尔：《性与性崇拜》（中译本），光明日报出版社1998年版，第217—230页。

其三，男女相赠花草以表达爱情的习俗，是引发人们喜欢芳草香木的主要原因之一。《诗经》中就有好多记叙男女相赠花草的例子，如《邶风·静女》："静女其娈，贻我彤管。"《郑风·溱洧》："维士与女，伊其相谑，赠之以芍药。"《韩诗》云："芍药，离草也。言将离别赠此草也。"古代男女以芍药相赠，含有互结恩爱良缘之意。《陈风·东门之枌》："视尔如荍，贻我握椒。"《卫风·木瓜》："投我以木瓜"、"投我以木桃"、"投我以木李"，等等。这种中原地区的赠贻习俗，在江淮流域的《楚辞》中仍然有其旺盛的生命力。所不同者，《楚辞》主要用于人与神、神与神之恋爱方面（实际上是现实生活中男女相恋赠以香草的转借行为）。如《湘君》云："采芳洲兮杜若，将以遗兮下女。"《湘夫人》："搴汀洲兮杜若，将以遗兮远者。"《大司命》："折疏麻兮瑶华，将以遗兮离居。"《山鬼》："折芳馨兮遗所思。"……上面提及的"杜若"、"疏麻"、"瑶华"，都是香花香草中的别有意味的相赠物。至于"芳馨"，则是泛指香味浓郁的香草。这种花草的不确定性，正说明了楚之男女间以香草相赠的随机性、随意性和普遍性。正像《诗经》中那位多情的娴雅静美之女子那样，她只是把在郊外采摘的并不起眼的"彤管"（一种红茅草）赠给青年男子，而这位青年男女就已经兴奋不已、珍爱万分了。这是因为在青年男女看来，这株"彤管"，乃"自牧归荑，洵美且异。匪女之为美，美人之贻"（《邶风·静女》）。写出了"礼轻情义重"的男女之间的真情实感。《楚辞》中男女赠花以示爱的这种习俗，无疑促使人们对香草香木的喜爱之情，从而形成一种良好的社会风习。乃至于两千多年后的今天，赠花仍然是青年男女相悦相慕的主要方式之一。尤其是今天"特快专递"现代化邮政业务的发展，却能使千里之外的亲人或情侣于一天之内就能收到馈赠的鲜花。这是令两千多年前的诗人们所不敢想象的。

其四，由于人们长期熏染于南楚祭祀巫风的环境中，便逐渐形成了一种特殊的巫术思维方式，即认为佩戴香草，不仅使人的外表会变得美丽，而且更重要的是能使人的思想、道德与品格也会变得美丽。如此心理基础，当是导源于巫术思维的"交感律"。英国著名文化人类学与神话学者弗雷泽对这种巫术思维"交感律"的过程与特征曾做过精彩的分析。他说："如果我们分析巫术赖以建立的思想原则，便会发现它们可以归结为两个方面：第一是'同类相生'，或果必同因；第二是'物体一经互相接触，在中断实体接触后还会继续远距离的互相作用'。前者可称之为'相似律’，后者可称作‘接触律’或‘触染律’。巫师根据第一原则，即‘相似律’，引申出他能够仅仅通过模仿就实现任何他想做的事；从第二个原则出发，他断定，他能通过一个物体来对一个人施加影响，只要该物体曾被那个人接触过，不论该物体是否为该人身体之一部分。”[①] 根据这种“相似”与“接触”的巫术思维原理，那么，人们便相信自己只要接触或佩饰香草香木，那么，其本身之人品也就会变得洁美芳香了。这种巫术思维方式在中国民族文化心理上即表现为“象征律”，“即通过某些事物之间的相似，包括形体、内涵及名称声音的相似，追求其中的象征意义。从这种象征的相似律产生某种追求，或进行某种行动”。[②] 东汉王逸评价屈原《离骚》“善鸟香草，以配忠贞；恶禽臭物，以比谗佞”（《楚辞章句·离骚经序》）的著名论断，已经极为准确地道出了屈原辞赋中广采博纳草木虫鱼的丰富多元之象征意义。其他的《楚辞》仿作者所采写的草木虫鱼，其意同也。由于巫术思维影响下形成的草木虫鱼特有的象征作用的因素，因此，《楚辞》中动植物众多的现象亦就随之产生了。

其五，《楚辞》中大量对草木虫鱼出色的描写，与诗人屈原两次流放有直接的关系。屈原由于楚国朝廷中腐朽贵族势力的倾轧与排斥，曾两次遭到放逐。第一次在楚怀王二十五年左右，放逐地点在汉北一带；第二次在顷襄王十三年左右，被放逐到江南一带。两次放逐前后达十余年之久，尤其是第二次放逐时间竟长达九年之久。诗人先从郢都顺江而下至陵阳（今安徽青阳县南），待了一段时间又溯江而上一直到达辰阳，后又南折入溆浦（辰阳、溆浦均在今湖南沅陵一带），不久下沅入洞庭湖，渡湘水而达汨罗。在这十余年的放逐生活中，诗人加深了对以楚王为首的楚国统治集团腐朽丑恶本质的认识，更接近社会最底层的人民百姓，并深切感受到他们的苦难生活，同时也与底蕴深厚的南楚民间文化更是有了零距离的接触，诗人在汲取楚地祭祀巫歌文化艺术营养的同时，融入自己怀才不遇、报国无门的悲愤情愫，从而创作了《九歌》《天问》等一系列伟大作品。王逸在谈到《天问》创作情形时指出：“屈原放逐，忧心愁悴，彷徨山泽，经历陵陆，嗟号昊旻，仰天叹息；见楚有先王之庙及公卿祠堂，图画天地山川神灵，琦玮谲诡，及古贤圣怪物行事。周流罢倦，休息其下，

① ［英］詹·乔·弗雷泽：《金枝》（中译本），中国民间文艺出版社 1987 年版，第 19 页。

② 张紫晨：《中国巫术》，上海三联书店 1990 年版，第 72 页。

仰见图画，因书其壁，呵而问之，以泄愤懑，舒泄愁思。”（《楚辞章句》卷三《天问序》）屈原的《天问》，是否真的像王逸所说的那样是“因书其壁，呵而问之”，姑且不论，但王逸所说，有两点是颇为重要的：一是强调了屈原“彷徨山泽，经历陵陆”的放逐生活与“嗟号昊旻，仰天叹息”的悲怀愁情，这是其创作的思想基础；二是突出了传统的祭祀巫风与民间文化是其创作的艺术渊源。尤其是前者，多不为楚辞学者所注意。由“忧心愁悴，彷徨山泽”之描写，我们自然会联想到明代著名画家陈洪绶的杰作《屈子行吟图》。在空旷萧瑟的南楚大地上，诗人形体枯槁，面容憔悴，踽踽独行，苦苦吟哦，唯有山川日月为伴，唯有草木虫鱼为友。在与大自然的长期接触中，诗人便将那久久压抑于胸中的报国无门的悲愤之气，化为对祖国山川自然美景的无限热爱之情。因此，他笔下的“草木”是那样的多姿多彩，馨香可爱；“鸟兽”是那样的各具形态，充满神奇；而“虫鱼”又是那样的别有天地，栩栩如生。其中有善者，亦有恶者；有美者，亦有丑者。诗人的情感态度是：美善者，大爱之；丑恶者，极恨之。这就是王逸所说的“善鸟香草，以配忠贞；恶禽臭物，以比谗佞”的意思。《离骚》《九章》《九歌》等大部分作品都是屈原在两次放逐过程中写成的。诗人对“草木虫鱼”之世界投入了真诚而深挚的感情，从中我们时时可以深切感受到诗人的忧国之愁、怀人（民）之痛、疾邪之愤、悲己之怨。如果说《诗经》开创了借物抒情、托情于物的比兴手法的话，那么，以屈原为首创作的《楚辞》，则在文情与自然的结合上又迈进了新的艺术审美境界，从而开创了“天文合一”的新天地。清人吴景旭引高似孙语曰：“楚山川奇，草木奇，原更奇。”[①] 这就是说，屈原借助于楚之山川草木之奇貌，强烈抒发忧国忧民之奇情奇志，进而创作出一篇篇惊世骇俗、振聋发聩之奇文。对此，刘勰堪称慧眼独识、洞察入髓矣。他说：“若乃山林皋壤，实文思之奥府，略语则阙，详说则繁，然则屈平所以能洞监《风》《骚》之情者，抑亦江山之助乎？”（《文心雕龙·物色篇》）此处之“江山之助”，绝不是后人所理解的仅仅是指诗人受自然景物单方面的影响，而实际上应该是诗人在惨遭不幸之后而转借于“江山”之景来抒发压抑胸中的愤懑之情。如此惊天地、泣鬼神的文字，方称得上是得“江山之助”。

---

① 吴景旭：《历代诗话》，中华书局1958年版，第75页。

（三）《楚辞》草木虫鱼之表现特征

《楚辞》自然生态意识的表现特征，约有四端：

其一，图腾崇拜的原始遗韵。张正民先生指出：“楚人的先民以凤为图腾……降至春秋战国之世，在楚人的意识中，作为图腾的凤只剩下朦胧的回忆了，但仍有图腾的某种象征作用和某些神秘意味。在楚人看来，凤是至真、至善、至美的神鸟。他们对凤的钟爱和尊崇，达到了无出其右的程度……楚人以为，只有在凤的引导下，人的精神才得以飞登九天，周游八极。所以，屈原在《离骚》中写道：‘吾令凤鸟飞腾兮，继之以日夜。’”[①] 在这段话中，张先生只说对了一半，因为，在屈原的《离骚》等作品中，还大量地写到了“龙”，并且“龙”、“凤”常常是对举描写的。如：“为余驾飞龙兮，杂瑶象以为为车”，“凤凰翼其承旂兮，高翱翔之翼翼”（《离骚》），“驾青虬兮骖白螭，吾与重华游兮瑶之圃”，“鸾鸟凤皇，日以远兮；燕雀乌鹊，巢堂坛兮”（《九章·涉江》）。屈原所描写的龙、凤并存的现象，在楚地大量出土文物中也得到了有力的证明。1982年出土的江陵马山一号楚墓中，有18幅刺绣纹样，其中龙凤俱出的就占10幅。从这些现象中说明了这样一个历史文化史实，即作为敞开胸怀、兼容并包善于吸收外来文化的楚国，对华夏文化从来不是拒之门外的。因此，到了春秋战国多种文化大交融的时期，对于不断华夏化的楚人，并自觉地从崇龙的华夏民族的物质文明中接受了作为纹饰的龙，从华夏的精神文明中接受了作为精神的龙。那么，作为在楚人残留记忆中的龙、凤图腾形象，在屈原几次三番的描写中，又具有何种文化含义呢？对此，姜亮夫先生有一段颇为切实而通达的阐释。他说：“升天或神游之引导致送者，此在屈宋文艺创作上，有一极其重要之意义……此自龙、凤、灵禽能高飞，能升天，因而为初民之所崇敬。死者灵魂求归于天，则以龙凤为引导，或乘龙凤，即能至天极之说之所由。而在屈子用之，则更含别义。屈子本楚之世胄，且为宗臣。本掌巫、史、祝、筮之职，则升天以求先人之灵佑楚国，或祈命于天，本亦怆极呼天、痛极呼父母之义。故每当无可奈何之时，则神游西极，凤引龙驾而去。文艺形态为浪漫写法，而实质则夹风刁与寄托而申其忠诚之悃愊者也。又不仅此也，屈宋文中时时借登天为进用于君之代词。则凤引龙驾，又所以明援引贤智与己相偕，以入于庙堂

① 张正民：《楚文化史》，上海人民出版社1987年版，第7页。

之意。”总之，《楚辞》中凤引龙驾的神学意义，在于“死者求升天以龙凤为引，生者亦借龙凤以上诉于天，以求得其心灵上之安慰，或情思中之寄望，此固文化发展中之必然现象。”① 姜亮夫先生从民俗学与神话学之角度来分析屈原《离骚》等《楚辞》中凤引龙驾的文化意义，可谓深中肯綮。《离骚》首云“帝高阳之苗裔兮”，即表明了作为宗臣的屈原与其宗国源远绵长而不可割舍的关系。在这里，诗人不是为了炫耀自己世族的非凡与辉煌，而是向世人表明作为“高阳之苗裔”对所在楚国的耿耿忠心与重大责任。“路曼曼其修远兮，吾将上下而求索”，当诗人在现实的楚国备受打击、壮志难酬之时，他不得不幻想以凤引龙驾的神奇方式，向远在西天的本民族的远大祖宗高阳帝诉说委屈并乞求保佑，从而能够实现自己振兴楚国的理想。《离骚》中写诗人凤引龙驾浩浩升空向西天飞行的气势是何等壮观：“朝发轫于天津兮，夕余至乎西极。凤凰翼其承旂兮；高翱翔之翼翼。忽吾行此流沙兮，遵赤水而容与。麾蛟龙使梁津兮，诏西皇使涉予。路修远以多艰兮，腾众车使径待。路不周以左转兮，指西海以为期。”在凤引龙驾的背后，我们分明感受到了屈原那种赤诚报国、至死不渝的伟大精神与崇高品质。屈原在对文化记忆中的龙、凤图腾进行神奇般的改造与借用的同时，还往往赋予修辞学意义，使其成为贤者的象征。这就是王逸《离骚序》所说的“虬龙鸾凤，以托君子”之义。有时，屈原则以凤凰自况，所谓：“鸾鸟凤皇，日已远兮；燕雀乌鹊，巢堂坛兮”（《涉江》），“凤凰在笯兮，鸡鹜翔舞”（《怀沙》），等等。屈原《楚辞》中的龙、凤图腾文化遗存的运用，既有同篇共举的神话学意义的浪漫色彩，又有比兴象征的文艺学意味。与《诗经》单一、分散而局限于比兴意义的龙、凤之描写相比，屈原《楚辞》龙、凤描写之内涵更为丰富多彩了。“这是屈原的一个创造性发展，也是楚国人普遍尊龙崇凤习俗与观念在屈骚中的具体反映。”②

值得注意的是，屈原作品中除了虚拟动物的龙、凤之描写外，还有对于具有图腾文化意味的树崇拜的宗教遗韵的记录。按古代习惯，祭社之处必植树。《初学记》卷十三引《尚书·无逸》：“大社惟松，东社惟柏，南社惟梓，西社惟栗，北社惟槐。”《论语·八佾》亦曰：“哀公问社于宰

① 姜亮夫：《楚辞通诂》（第三辑），第559—561页。

② 参见李金坤《〈诗经〉〈楚辞〉龙凤文化审美》，《太原师范学院学报》2003年第2期。

我，对曰：‘夏后氏以松，殷人以柏，周人以栗，曰，使民战栗也。’”《墨子·明鬼》云：“昔者虞夏商周，三代之圣王，其始建国营都……必择木之修茂者，立以为丛社。”《诗经·小雅·小弁》（三章）：“维桑与梓，必恭敬止。”人们为何要对桑、梓二树产生如此恭敬、崇拜之情呢？这是因为此二树是社树，人们对它们怀有浓厚的传统宗教感情，所以，后来便成为故乡、家园的象征。这种树崇拜的宗教感情，在屈原的《九章·哀郢》中便十分明显。其云：“发郢都而去闾兮，怊荒忽其焉极？……望长楸而叹息兮，涕淫淫其若霰。”王逸注：“长楸，大梓。”朱熹《集注》云：“楸，音秋。楸，梓也。长楸，所谓故国之乔木，使人顾望徘徊，不忍去也。”在屈原再次被迫放逐江南离开楚国故都之际，当他回首眺望那象征祖国的参天耸立之梓树时，禁不住悲从中来，飞泪若霰。诗人“望楸”之眷恋祖国之深情，委实摇人心旌，感人肺腑。

从龙、凤图腾的文化遗韵与楸树宗教的文化积淀观之，屈原的自然生态意识中，无不融合着诗人炽热的爱国情愫，使传统的文化因子绽放出艳丽而凄美的爱国主义花朵。

其二，民神糅合的自然神世界。俄罗斯著名汉学家费德林先生在记述屈原自然神之观念时指出：“屈原的文学创作表明，他的世界观和他对环境的认识中突出的是他非凡的实质，表露在他作品中的，充满诗意的‘万物有灵论’，他能在周围的一切中：在记录了传说中的舜帝的后妃对舜的爱的斑竹中（按：即指《九歌·湘夫人》中的舜妃故事），在与诗人朝夕与共的各种香花中，在被赋予了语言和思维能力的神话人物中——总之，在一切能呼吸的、能活动的、能生长的、在大地上栖身的事物中，看到灵魂。”① 屈原的这种敏锐而鲜明的自然神之观念，在其祭祀自然神的组诗《九歌》中显得格外突出，别具人神糅合的亲切而浪漫的文学情调。

《九歌》素有夏《九歌》、楚《九歌》与屈原《九歌》之分，屈原《九歌》主要是依据流传于沅、湘一带的民间祭歌（即楚《九歌》）的基础上加工改编而成的一组风格清新优美的抒情诗。由 11 篇作品组成，除《国殇》祭祀阵亡将士之魂灵、《礼魂》为送神曲外，其余 9 篇乃祭祀天地山川日月星辰等自然之神。此 9 篇具体所写之神为：《东皇太一》写天之尊神，《云中君》写云神，《湘君》与《湘夫人》写湘水配偶神，《河

---

① ［俄］费德林：《费德林集》（中译本），天津人民出版社 1995 年版，第 148 页。

伯》写河神，《山鬼》写山神，《大司命》写主寿命的神，《少司命》写主子嗣的神，《东君》写太阳神。这是楚人祭祀自然以求福佑的巫祝风俗的艺术反映，体现了楚人与自然神的一种特殊关系。《国语·楚语》云："及少皞之衰也，九黎乱德，民神杂糅，不可方物。夫人作享，家为巫史。无有要质，民匮于祀，而不知其福。烝享无度，民神同位。"其中对巫风弊端的批评是显而易见的，但却提供了"民神杂糅"与"民神同位"的祭祀事实，于此可见楚人与自然神业已形成的这种超现实的亲切关系。

阅读《九歌》，我们总是时时可以感受到楚人对于大自然怀有的那种虔诚的宗教感情色彩与艺术意味浑然交融的氛围。大自然威力无比，神秘莫测，人们视其为"超人的存在物"而顶礼膜拜。但是，在描述与表现这些自然神的过程中，又都具有奇思幻想而又符合"人之常情"的艺术趣味。在他们的眼里，似乎所有的自然神都已经幻化成"人格化"的神了。这些"神"和人一样，有个性、有语言、有思想、有感情。从某种意义上来说，这些自然神灵的意志与行为，实即是现实中人们思想感情与愿望的一种"神化"形式而已。换言之，也即借助于神灵而说人事罢了。就像木偶戏演出一样，台上木偶的一言一行，一招一式，全由幕后的木偶戏演员操纵；而自然神的种种表现，最终还是人的意志所驱使也。所以，诗人对于自然神的精彩描写，便又蕴涵着浓郁的人情意味，并呈现出格外令人惊叹的艺术魅力。"从性质上讲，这类诗与《诗经》中礼赞神明的《颂》诗相近，但蕴涵的思想和艺术风格却迥然不同。《九歌》所颂赞的神明主要是自然神，这些描写自然神的作品，往往表现了人们对于某些自然现象的细致观察，表现了人们对于大自然的热爱和歌颂，同时也凝聚着人民在现实生活中一些美好的愿望。"[①] 正因为如此，我们遂能惊喜地观察到《东君》中"暾将出兮东方，照吾槛兮扶桑"的旭日东升的壮丽景象，亲切地感受到太阳神"操余弧兮反沦降，援北斗兮酌桂浆"的神勇豪迈、慷慨激烈的英雄本色；又可快乐地欣赏到《云中君》中云神"浴兰汤兮沐芳，华采衣兮若英"的高洁华美的打扮；真切地体察到《湘君》、《湘夫人》配偶神"帝子降兮北渚，目眇眇兮愁予"的望眼欲穿的惆怅；还可逼真地领略到《山鬼》巫山女神"处幽篁兮终不见天，路险难兮独后来"、"雷填填兮雨冥冥，猨啾啾兮狖夜鸣"的深山老林之幽凄

---

① 褚斌杰：《中国文学史纲要·先秦秦汉文学》，北京大学出版社 1986 年版，第 208 页。

之景及“被薜荔兮带女萝，既含睇兮又宜笑”的美丽温柔、含情脉脉的少女形象，等等。总之，无论是自然神的所居环境、外貌打扮，还是它们的思想行为、感情表现，无不令人赏心悦目，可亲可爱。“由此可见，楚人‘民神杂糅’、‘民神同位’原始的自然意识，在屈原的《九歌》中已被提炼为一种美学追求。”① 正因为诗人对环境的这种不同一般的态度、罕见的心灵禀赋、对大自然的热忱和亲近以及分享自然界的奥秘，使屈原的诗歌具有与众不同的特色。这“与众不同”之处，就是诗人建立在人与现实自然关系基础上的人与超自然关系的特殊表现形式。与《诗经》多表现人与现实自然关系的情景相比，屈原将人与自然的关系引入超自然的神灵境界，真可谓是诗人虚拟自然生态的绝妙表现，也是诗人自然生态意识的又一次新的觉醒，努力拓展了文学创作的一片新天地。

其三，草木之巫术与药用价值。我国的先民们在与大自然的长期相处中，不仅熟谙许多植物的食用功能，而且还通晓它们的药用与祭祀价值。《诗经》中就有不少这方面的真实记载，如：《周南·关雎》中的“荇菜”、《卷耳》中的“卷耳”、《芣苢》中的“芣苢”、《召南·采蘩》中的“蘩”，等等。前三者之价值主要表现在食用与药用方面，特别是“芣苢”，还具有治疗妇女不孕症而令其怀胎的神奇功能；而后者之“蘩”，则是祭祀所用的理想祭品。到了《楚辞》，草木的巫术与药用价值则更为普遍而突出了。前文已论及以香草祓除病灾降神娱神的草木之巫术作用，这里便以《离骚》为例，分别论列草木的种种药用功能与价值。《离骚》中草木种类计有 28 种，其中具有药用价值的便有 23 种，约占《离骚》草木总数的 80% 以上，比例可谓大矣。

《离骚》一篇之中竟然出现如此之多的具有药用功能的中草药，实在令人惊叹。不过这也并不奇怪，因为诗人生活于巫风盛行的楚地，熟谙祭祀多用香草的事实，所以，那些众多能够娱神、降神的具有浓郁芳香的香草便自然摄入诗人笔端。再则，《离骚》乃屈原再次放逐江南期间所作，他以一介平民的身份与百姓为伍，与草木为伴。长期的流放生活，使他对百姓使用草药救治的情况，抑或自身受到草药救治的情况有更深切的体会，故将这些有利于人类的中草药记录于诗，这当是顺理成章的事。由草木的巫术之作用与药用之功能，我们便可从实用功利性之窗口，窥探到屈

① 韦凤娟：《〈诗经〉和〈楚辞〉所反映的人与自然的关系》，《文学遗产》1987 年第1 期。

原深厚草木情结之一斑。

其四，“心物”关系的有机统一。“心物”关系，实即人与自然的关系。自然界的春夏秋冬，风雨霜雪，花鸟草虫等等，它们的变化与特征，都会对人的思想情感产生直接的影响。因此，自然中的万事万物，便成为人们抒发性灵、表达情感的重要媒介，成为文学世界中的“半壁江山”。有关“心物”关系的问题，古人早有论述，而其认识最为成熟而臻于完善者当在六朝时期。陆机《文赋》云：“伫中区以玄览，颐情志于典故。遵四时以叹逝，瞻万物而思纷；悲落叶于劲秋，喜柔条于芳春。心懔懔以怀霜，志渺渺而临云。”刘勰《文心雕龙·物色》云：“春秋代序，阴阳惨舒，物色之动，心亦摇焉……是以诗人感物，联类不穷。流连万象之际，沉吟视听之区；写气图貌，既随物以宛转；属采附声，亦与心而徘徊。”钟嵘《诗品序》云：“气之动物，物之感人，故摇荡性情，形诸舞咏……若乃春风春鸟，秋月秋蝉，夏云暑雨，冬月祁寒，斯四候之感诸诗者也。”“心物”关系的理论成熟于“六朝”无疑。而“心物”关系描写之成熟，则是以屈原为代表的《楚辞》。通览其中山川自然景物的种种描写，其“心物”关系有机统一的表现形式主要有两种：一是寓情于景的自然观照；二是比兴象征的文艺表现。下文于此有详论。

（四）《楚辞》草木虫鱼之“意义符号”

孔子云：“诗，可以兴，可以观，可以群，可以怨；迩之事父，远之事君；多识于鸟兽草木之名。”（《论语·阳货》）前文曾结合《诗经》中大量“鸟兽草木”的描写，指出《诗经》中“鸟兽草木”描写具有四种特殊意义符号，即：“不仅是一种功能符号（从博物学层面看）与文化符号（从社会学层面看），而且是一种情感符号（从文艺学层面看），更是一种启蒙符号（从教育学层面看）。从功能符号，到文化符号，再到情感符号，最后到启蒙符号，正好体现了先民们对自然生态审美意识的演进之迹，营构了自然生态审美意识逐渐成熟的逻辑结构。”① 以之来衡量与评价《诗经》两百多年以后的《楚辞》中的“草木虫鱼”的自然世界，其意义符号可谓是有过之而无不及也。《楚辞》中的动、植物，虽然有部分与《诗经》相同，但由于楚国所特有的图腾崇拜与祭祀巫术文化的背景，以及楚人爱美的习俗与爱奇思幻想的浪漫性格，加之《楚辞》作者对原

① 参见李金坤《诗经自然生态意识发微》，《学术研究》2004年第11期。

始图腾文化的体认、自然神的热爱、草木巫医作用的诚信，以及“心物”关系的理解等因素，因此，《楚辞》中“草木虫鱼”的“意义符号”及其表现形式，又与《诗经》呈现出不同的文化意义与精神风貌。

《楚辞》中动植物的“意义符号”是丰富多彩的。从博物学层面看，楚地有独特而丰富的香草香木，不仅具有食用、药用的功能，而且还具有美化人体的作用。大量的动植物的记载，为我国保存了甚有研究价值的生物学资料。《诗经》100种植物中，并无甘蔗的记录，而《楚辞·招魂》中则有“有柘浆些”的鲜明实录。其中的“柘”，即为甘蔗。可见，在春秋战国时期楚地已种植甘蔗并以榨汁为饮料了。这条资料，对研究我国甘蔗的种植史与饮用价值，都具有十分重要的意义。从社会学层面看，由于楚国巫术、祭祀文化的发达，大量具有娱神、降神的香气馥郁的香草香木便得到了广泛使用。这是周代社会以香祭神习俗的进一步发展。虚拟的神秘动物龙、凤的图腾文化遗韵，在楚人的心目中仍然具有崇高的地位。在屈原的作品中，具有图腾意味的树崇拜意识，依旧根深蒂固。郢都之中高高耸立的“楸”树，在屈原看来，简直就是楚国的象征。《诗经》中男女相悦、以鲜花相赠的示爱方式，到了屈原的《九歌》已发展到人与神、神与神相赠鲜花了。鲜花的社会学意义进一步扩大了。从文艺学层面看，《楚辞》中的动植物的比兴、象征意义，较之《诗经》则更为广泛而深刻。特别是屈原作品中的香花世界，或比为君王，或喻为神灵，或拟为道德情操，或譬为贤士人才。诗人住的是香草，吃的是香草，穿的是香草，连行走的道路也都是香草，而诗人放逐期间更是朝朝暮暮与香草为伴。所有这一切香草，都是为诗人“好修”服务的。他要在香草中美化品德，锤炼意志，提升人生，体现价值。而那些臭草恶物，则一律比之为道德败坏、危害国家的党人与奸佞等小丑。至于凤、麒麟及其骐骥、黄鹄、鱼等动物，则是贤良君子、仁人志士的化身；对驽马、蹇驴、青蝇、鸩、黄雀、乌鹊、鸡鸭、犬等动物，则统统斥之为平庸之辈、谗佞小人。可以说，我国诗歌的比兴、象征手法，到了以屈原为代表的《楚辞》创作，已达到了空前成熟的地步，中国古典诗歌的艺术思维由此产生了巨大的飞跃，从而奠定了“香草美人”比兴象征的文艺经典地位。从教育学层面看，屈原作品中描写那么多的香花香木，恰恰说明了诗人对楚国山水自然是全身心地爱着的。他爱香草，甚于爱自己的生命，以致宁可投身汨罗江，也不愿离开香草遍地的楚国一步。可以这样说，诗人热爱自然，与他热爱百姓、热爱祖国、热爱真理、热爱正义是相辅相成且又是互为因果的。因为在诗人的心目中，自然界的一山一水、一草一木，都已成为祖国的象征。爱自然，就是爱祖国。可以说，从屈原以来的所有爱国主义诗人，是没有一个不热爱美好的大自然的。这似乎已形成一条毋庸置疑的规律。伟大爱国主义诗人屈原热爱自然的一腔赤诚，以及与大自然和谐相处的关怀之精神，是我国传统的“天人合一”、“天文合一”自然观的积极体现，为后人树立了热爱自然的美好榜样，这种教育意义是永恒的。

三 唐诗物我和谐的绿色情思

唐代诗人承传《风》《骚》及汉魏六朝文学的自然生态意识，同时由于受本朝儒、释、道思想的共同影响以及唐人投笔从戎的边塞生活，官吏贬谪地方的特殊身世等因素，唐代诗人与自然的关系已达到了空前融洽的地步。《全唐诗》中，映入眼帘的“绿”字以及与“绿”字相关的“青”、“翠”、“碧”、“蓝”等字眼俯拾皆是，洋溢着极为浓郁的绿色情思。如王湾：“客路青山外，行舟绿水前”（《次北固山下》）；王维：“山路元无雨，空翠湿人衣”（《山中》）；李白：“春风已绿瀛洲草，紫殿红楼觉春好”（《侍从宜春花苑奉诏赋龙池柳色初青听新莺百转歌》）；杜甫：“江头宫殿锁千门，细柳新蒲为谁绿”（《哀江头》）；丘为：“春风何时至，已绿湖上山”（《题农父庐舍》）；白居易：“春岸绿时连梦泽，夕波红处近长安”（《题岳阳楼》）；刘禹锡：“遥望洞庭山水翠，白银盘里一青螺”（《望洞庭湖》）；柳宗元：“烟消日出不见人，欸乃一声山水绿”（《渔翁》）；温庭筠：“绿昏晴气春风岸，红深轻纶野水天”（《敬答李先生》），等等。唐代诗人具有空前良好的自然生态意识，他们在把握和处理人与自然环境的关系时能保持一种健康、合理的态度，尊重物类的存在，并视其为伴侣与友人。与自然界保持和谐的关系，从而保证自然系统的良性循环、正常流通与动态平衡。北宋著名理学家张载尝云：“乾称父，坤称母。予兹藐焉，乃混中处。故天地之塞，吾其体；天地之帅，吾其性。民，吾同胞；物，吾与也。”（张载《西铭》，《张子全书》卷一）后来即概括为“民胞物与”之成语而广为人们所采用，影响甚大。其意谓世人皆为吾之同胞，万物俱为吾之同类，亦即万类皆同、平等相处之谓也。法国思想家、现代生态伦理学的奠基人施韦兹在强调人与自然关系之重要性时曾经指出：“只有当一个人把植物和动物看得与他的同胞生命同样重要的时候，他才是一个真正有道德的人。"[①] 这与张载“民胞物与”之博爱精神是甚相一致的。然而，唐代诗人们早在张载这一博爱主张提出之前，就已经收获了“民胞物与”的博爱之果。这博爱之果在大量的“海内存知己，天涯若比邻”（王勃《送杜少府之任蜀川》）的充满人情味的送别诗与众多的“人鸟不相乱，见兽皆相亲”（王维《戏赠张五弟諲》）的自然诗中则历历可见、馨香宜人。唐代诗人的这种“民胞物与”的仁爱精神与阔大胸襟，正是本朝儒、释、道兼容并熏的体现，亦即儒家的仁爱思想、道家的崇尚自然与禅家的众生平等观念融为一体的结晶。作为中国古老的生态文明的一种表述，他们笔下的鸟兽草木虫鱼是那样的有灵有趣有味，又是那样的可亲可爱可友。他们在与大自然的亲密接触与友好相处中，受惠于自然良多，既有娱人的情趣、情操的陶冶、理性的感悟、情怀的托寓，又有审美的感受、悲怀的共鸣、友爱的体验、恩德的感念。所有这些，都是唐代诗人与草木虫鱼等自然和谐相处的结果，是唐代诗人之仁爱精神照亮草木虫鱼之灵性异彩的结果。正如深得自然之美的唐代诗人柳宗元所云：

> 夫美不自美，因人而彰。兰亭也，不遭右军，则清湍修竹，芜没于空山矣。[②]

我们以此来考察唐代诗人对草木虫鱼等自然之美的发现，亦正相契合。如此众多的草木虫鱼等自然物类，倘若不遇深怀“民胞物与”仁爱精神与阔大胸襟的唐代诗人，那么，它们也必像“清湍修竹”“不遭右军”那样而“芜没于空山矣”。所以，当代著名美学家叶朗先生对柳宗元“美不自美，因人而彰”的八字美学命题的评价是极高的，认为：“此八字胜过一本大书。柳宗元的美学思想极为深刻，极富现代意味，不仅在唐代无人能及，即在全部中国美学史上，也属凤毛麟角。”[③] 柳宗元贬谪地方期间，创作了大量的歌咏山水草木虫鱼等自然的诗篇，山水自然给了他灵魂的安顿之所。喜怒哀乐，悲愤幽恨，都可一一借助山水草木虫鱼歌哭发抒，此

① ［法］施韦兹：《敬畏生命》，陈泽环译，上海社会科学院出版社 1996 年版，第 9 页。

② 柳宗元：《邕州柳中丞作马退山茅亭记》，《柳宗元集》，中华书局 1979 年版。

③ 叶朗：《胸中之竹：走向现代之中国美学》，安徽教育出版社 1998 年版，第 84 页。

之谓“投迹山水地，放情咏《离骚》”（《游南亭夜还叙志七十韵》）也。柳宗元的八字美学命题，是其对山水之美的深切真实之体会，堪作唐代诗人与自然和谐相处之关系的极佳注脚。

唐代诗人与草木虫鱼等自然和谐相处的诗歌形态，主要表现在十大方面，即：“（一）与物谐乐；（二）以物为友；（三）颂物以美；（四）感物惠德；（五）赏物生趣；（六）悲物悯人；（七）由物悟理；（八）托物寄怀；（九）假物以讽；（十）护物有责。”下文依次简论之。

（一）与物谐乐

这类诗，一般都是诗人闲逸心悦之时所遇大自然景色亦觉美好可人，故其景其情均呈现出和谐温馨的气象。如杜甫《绝句二首》（其一）：“迟日江山丽，春风花草香。泥融飞燕子，沙暖睡鸳鸯。”《绝句二首》（其二）：“江碧鸟逾白，山青花欲然。”《水槛遣心二首》（其一）：“澄江平少岸，幽树晚多花。细雨鱼儿出，微风燕子斜”，等等。这些描写，都显示出花鸟有情人有乐的和谐境界。刘长卿《寻南溪常山道人隐居》：“一路径行处，莓苔见履痕。白云依静渚，春草闭闲门。过雨看松色，随山到水源。溪花与禅意，相对亦忘言。”诗人寻人不遇，本属扫兴不悦之事，然而隐居周围适性谐和的自然环境，则使得诗人顿然消忧，这自然是物我谐乐的佳例。此诗为宋人叶绍翁《游园不值》所改作，其云：“应怜履齿印苍苔，小叩柴扉久不开。春色满园关不住，一枝红杏出墙来。”其词汇及意境与刘长卿诗颇多相似之处。

唐代诗人于桃花似乎有一种特别深厚的情结，在他们的笔下，桃花总是以热烈勃发、笑迎春风、色彩艳丽、芬芳馥郁的美好形象出现的，而诗人与之谐乐的欢愉之情也就应花而生、乐在其中了。白居易的《大林寺桃花》堪称是代表作，诗云：“人间四月芳菲尽，山寺桃花始盛开。长恨春归无觅处，不知转入此中来。”诗人于春芳将尽之际，突然发现“山寺桃花始盛开”的奇异美景，惊喜之情自不待言，赞美之意溢于言表。在诗人眼里，盛开的桃花是自豪、骄傲而欢快的，因为在与“人间四月芳菲尽”的鲜明对比中，才更显示出“山寺桃花始盛开”的非同寻常、出类拔萃。而在诗人自己，却于“长恨春归无觅处”之焦虑时刻，蓦然回首，喜见“山寺桃花始盛开”的绝妙景象，岂不喜出望外、感动万分？自然构成了一种诗人桃花相谐乐的审美意境。正因为唐人太喜欢桃花了，所以连桃花凋零本属衰飒之象的图景也变得美不胜收、别有情趣了。如

“桃花流水窅然去，别有天地非人间”（李白《山中问答》），“桃花乱落如红雨”（李贺《将进酒》），“摇动繁英坠红雨”（刘禹锡《百舌吟》），“西塞山前白鹭飞，桃花流水鳜鱼肥”（张志和《渔父》），等等。无论桃花的开与落，唐代诗人都与之同喜同乐，由此创造了唐诗“人面桃花相映红”（崔护《题都城南庄》）的与物谐乐之独特审美境界。如此审美境界的形成，一方面与“桃之夭夭，灼灼其华”（《诗经·周南·桃夭》）的传统美好意象对人们的影响有关，另一方面则更与昂扬奋发、热烈奔放的盛唐气象的激励有关，这是颇可耐人寻味的。

（二）以物为友

北宋著名理学家张载尝云：“乾称父，坤称母。予兹藐焉，乃混中处。故天地之塞，吾其体；天地之帅，吾其性。民，吾同胞；物，吾与也。”（张载《西铭》,《张子全书》卷一）后来即概括为“民胞物与”之成语而广为人们所采用，影响甚大。其意谓世人皆为吾之同胞，万物俱为吾之同类，亦即万类皆同、平等相处之谓也。法国思想家、现代生态伦理学的奠基人施韦兹在强调人与自然关系之重要性时曾经指出：“只有当一个人把植物和动物看得与他的同胞生命同样重要的时候，他才是一个真正有道德的人。”[①] 这与张载“民胞物与”之博爱精神是甚相一致的。然而，唐代诗人们早在张载这一博爱主张提出之前，就已经收获了“民胞物与”的博爱之果。这博爱之果在大量的“海内存知己，天涯若比邻”（王勃《送杜少府之任蜀川》）的充满人情味的送别诗与众多的“人鸟不相乱，见兽皆相亲”（王维《戏赠张五弟諲》）的自然诗中则历历可见、馨香宜人。诗人直接将花鸟草木虫鱼之自然物称为亲人与友朋，平等相待，互通款曲。王维《戏赠张五弟諲》云：“人鸟不相乱，见兽皆相亲。”短短十字，明确表达了万类平等友好的“物与”思想。古语所谓鸥鹭忘机，是要摆脱世俗功利之机心，不加害于各种动物、植物，从内心出发，真正做花鸟草木虫鱼之朋友。《列子·黄帝第二》云：“海上之人有好沤者，每旦之海上，从沤鸟游，沤鸟游之至者百住而不止。其父曰：‘吾闻沤鸟皆从汝游，汝取来，吾玩之。’明日之海上，沤鸟舞而不下也。”（《列子·黄帝第二》）《三国志·魏书·高柔传》注引孙盛之语曰：“机心内萌，则鸥鸟不下。”（《三国志》卷二四《魏书·高柔传》）人类只有摒弃机心算

① ［法］施韦兹：《敬畏生命》，陈泽环译，第9页。

计，裸毛鳞介才敢与人相处。唐代诗人多有以物为友的描写，正是表明他们是诚心待物、友好相处的。韩偓《效崔国辅体四首》（其三）云：“闲阶上斜日，鹦鹉伴人愁。”因鹦鹉平时得到闺妇精心照料良多，而此时闺妇独居孤愁，难以排遣，谁知却有一只鹦鹉在静静地陪伴着闺妇，这是怎样感人的一幅人鸟相伴图！杜甫的《三绝句》（其二）云：“门外鸬鹚久不来，沙头忽见眼相猜。自今已后知人意，一日须来一百回。”所谓“知人意”，即鸬鹚通过与诗人接触，已完全感觉到诗人的一颗纯正仁爱之心。所以便有当初相见时的“相猜”，一下子变得“日来百回”了。这正是诗人以物为友的结果。杜甫《岳麓山道林二寺行》云：“一重一掩吾肺腑，山鸟山花吾友于。”前句是说，山路高低起伏，是一种有生命节律的起伏，就好像诗人的肺腑在呼吸一样；后句是说，山鸟山花都是我的朋友。杜甫还常常以第二人称“尔”、“汝”代词直接称呼花鸟草木虫鱼，从内心深处视自然为好友。如：“天风吹汝寒”（《废畦》），指蔬菜；“凉风萧萧吹汝急”（《秋雨叹三首》其一），指一种叫决明的草；“无情移得汝”（《栀子》），指栀子；“念尔形影干”（《枯棕》），指枯棕树；“配尔亦茫茫”（《四松》），指四松；“吾与汝曹俱眼明”（《春水生二绝》其一），指鸬鹚；“稻粱霑汝在”（《花鸭》），指花鸭；“委弃非汝能周防”（《瘦马行》），指瘦马；“应共汝为群”（《晓望》），指麋鹿；“沧江白发愁看汝”（《见萤火》），指萤火；“为汝鼻辛酸”（《暇日小园散病将种秋菜督勒耕牛兼书触目》），指双鹤，等等。杜甫以“尔”、“汝”第二人称代词直呼花鸟草木虫鱼等，一方面表示忘形亲密之意，另一方面更凸显诗人的忠厚仁爱之美德。在唐代，乃至在整个中国文学史上，像杜甫如此之多地称物以第二人称者，恐怕难以找出第二位。这正是诗人“民胞物与”难能可贵精神的体现。

（三）颂物以美

由上述唐代诗人“以物为友”的和谐情形观之，唐人对于花鸟草木虫鱼等自然物的感情无疑是深厚的，因此，歌颂赞美之作甚多。古联云：“松竹梅岁寒三友，桃李杏春风一家。”松、竹、梅、桃、李、杏等植物，在历代诗文中都是颂赞不衰的对象。就竹而言，《诗经·王风·淇奥》“瞻彼淇奥，绿竹猗猗”、“瞻彼淇奥，绿竹青青”、“瞻彼淇奥，绿竹如箦”，已开始歌咏翠竹之形、姿、色，第一次塑造了翠竹的文学形象。同时亦开启了后世以竹喻人的先河。《九歌·山鬼》则以“余处幽篁兮终不见天，路险难兮独后来”的描写，渲染山鬼所处清幽、雅静的生活环境，以突出人物高洁之品质，如此意境则为后来王维的《竹里馆》所移植。六朝时沈约的《咏檐前竹》，谢朓的《咏竹》等诗，已明确表示“咏”竹之题旨，有助于咏竹诗的发展。到了唐代，由于唐人所富有的浓郁的“物与”情怀，咏竹之诗便如雨后春笋般涌现出来。从新笋、嫩竹、老枝，从竹叶、竹竿、竹枝，从形象描绘到象征意义，或直接咏竹，或题诗竹画，林林总总，不一而足，使咏竹诗的水平达到了空前的高度。白居易的《题李次云窗竹》构思别致，耐人寻味，诗云：“不用裁为鸣凤管，不须裁作钓鱼竿。千花百草凋零后，留向纷纷雪里看。”吹弹丝竹，垂钓溪江，均离不开竹子；而赏乐、闲钓，皆为人间赏心乐事，但作者宁可不要这赏心乐事，也得保护它而不被砍伐，这是因为在那“纷纷雪”中坚韧不折的翠竹精神给人的启迪与鼓舞，较之赏乐、闲钓来则更为重要。通过“不用”、“不须”的双重否定与百草凋零而翠竹青青的鲜明对比，突出对翠竹犹如松柏一样高洁坚贞品质与精神的无限崇敬之意。白居易之所以如此崇仰翠竹，是因为他对翠竹精神的理解与欣赏有异乎常人的独到之处。其《养竹记》开篇便云：

> 竹似贤，何哉？竹本固，固以树德；君子见其本则思建善不拔者。竹性直，直以立身；君子见其性则思中立不倚者。竹心空，空以体道；君子见其心则思应用虚受者。竹节贞，贞以立志；君子见其节则思砥砺名行。夷险一致者，夫如是，故君子人多树之以庭实焉。[①]

诗人以精美而充满情感的语言，由“竹本固”、“竹性直”、“竹心空”、“竹节贞”四个方面归纳出树德不拔、立身不倚、体道虚受、立志刚贞的“竹似贤”的优美品质。咏竹如此，庶当叹为观止矣。

唐代诗人对于花鸟草木虫鱼等，多注重在阴柔与阳刚之美方面予以歌颂。在阴柔之美的颂扬方面，又多喜以花木喻女子。例如唐朝国花之牡丹，雍容华贵，富丽香艳，素有“国色天香”之誉。牡丹花的姿态气质，不仅与大唐帝国强盛恢弘的气势相谐和，亦与杨贵妃的肥美富态之体貌相仿佛。这国盛环肥的合而为一，便又促使了唐人崇富艳尚宏大之思想观念

---

① 高文、何法周主编：《唐文选》（下），人民文学出版社 1987 年版，第 724 页。

的形成，从而也构成了盛唐气象的重要元素之一。

值得注意的是，唐人对自然色彩的欣赏特别敏感，尤其是对绿色的爱好与欣赏更是如此。《全唐诗》中，映入眼帘的“绿”字以及与“绿”字相关的“青”、“翠”、“碧”、“蓝”等字眼俯拾皆是，洋溢着极为浓郁的绿色情思。如王湾：“客路青山外，行舟绿水前”（《次北固山下》）；王维：“山路元无雨，空翠湿人衣”（《山中》）；李白：“春风已绿瀛洲草，紫殿红楼觉春好”（《侍从宜春花苑奉诏赋龙池柳色初青听新莺百转歌》）；杜甫：“江头宫殿锁千门，细柳新蒲为谁绿”（《哀江头》）；丘为：“春风何时至，已绿湖上山”（《题农父庐舍》）；白居易：“春岸绿时连梦泽，夕波红处近长安”（《题岳阳楼》）；刘禹锡：“遥望洞庭山水翠，白银盘里一青螺”（《望洞庭湖》）；柳宗元：“烟消日出不见人，欸乃一声山水绿”（《渔翁》）；温庭筠：“绿昏晴气春风岸，红深轻纶野水天”（《敬答李先生》），等等，以至于还出现了像韦应物那样专爱用“绿”字入诗的诗人。绿色是生命与青春的象征，唐人喜爱自然之绿色，这与唐代国力之强盛是不无关系的。

（四）感物惠德

人们在与某些事物的长期接触并感受到它们对人类所带来的惠德时，便会情不自禁地由衷赞叹。杜甫的《题桃树》便是一首感物惠德的上乘之作，诗云：“小径升堂日不斜，五株桃树亦从遮。高秋总馈贫人食，来岁还舒满眼花。帘户每宜通乳燕，儿童莫信打慈鸦。寡妻群盗非今日，天下车书正一家。”此诗乃诗人于代宗广德二年（764）再回成都时所作。前四句写桃树已长得高大茂盛，绿荫满地。每当深秋桃子成熟之时，它总是无私馈赠饥贫之人。而到了来年春天，它又是桃花盛开，悦人眼目。诗人不但赞美桃树遮阳纳荫、充饥救贫的经济价值，而且还充分肯定其赏心悦目的审美价值。颔联中的“馈”、“舒”二字，写桃树之深情一片，新颖动人。诗人常常受饥挨饿，这是他深得草堂桃树之惠德之后的知恩之言。诗中虽未言“感恩”之字，而感恩之意已溢于言表矣。后四句由感恩桃树思及对乳燕、慈鸦的保护以及对寡妻的怜悯之情，渴望国家早日统一。这几句描写似乎与桃树无关，非也。实际上，诗人有潜台词在。人们伤害乳燕、慈鸦，以及因群盗蜂起而寡妻遂增，这一切都是缺乏桃树那样“总馈贫人”与“舒满眼花”的慈善仁爱之惠德。言下之意，暗示人们当以桃树惠德是尚，诗人如此用心，当细心寻味。

值得称道的是，杜甫的这首《题桃树》，在文学史上还具有直接以桃树为歌咏对象的开创性意义。神话故事《夸父逐日》中的夸父因追赶太阳而渴死，其手杖化为邓林（桃林），希望后人能受惠于桃林而继其未竟之事业。故事动人，然仅仅是神话传说而已。《诗经·周南·桃夭》中“桃之夭夭，灼灼其华”的桃花盛开的优美景象，只是作为年轻貌美之姑娘出嫁时的一种背景衬托，起到渲染其婚庆的喜悦场面之作用。而桃树在文学中的主角身份，只有到了杜甫的《题桃树》中才真正得以全面地体现，可见意义之重大。

（五）赏物生趣

善写咏物诗者，其观察所咏对象都是极为深细的，然后在观察中获得意外的赏物之趣，如王驾的《雨晴》诗：“雨前初见花间蕊，雨后全无叶底花。蜂蝶纷纷过墙去，却疑春色在邻家。”这是一首即兴小诗，写雨后漫步小园所见残春景象。此诗用语平常，写景平常，然则平中见奇，奇中见趣。趣就趣在蜂蝶不知雨后花败之地域的普遍性，而只知此处家园之花败而不知彼处（邻家）家园花败的局限性，所以便有“蜂蝶纷纷过墙去，却疑春色在邻家”的令人忍俊不禁的情景发生。这里要注意的是，诗人并无讥笑蜂蝶愚昧无知的意思，而是通过“纷纷”与“疑”字的巧用，凸显蜂蝶毕竟有别于人类智慧的动物性本然之趣。而作者正是在这样一个雨后偶得的蜂蝶茫然追春所激发的趣味中，又自然会对蜂蝶产生一份“傻得可爱”的情趣。钱起的《戏鸥》，则给人以另一番生活的趣味，诗云：“乍依菱蔓聚，尽向芦花灭。更喜好风来，数片翻晴雪。”此乃歌吟白鸥追逐嬉戏、和谐欢乐的诗。首二句写白鸥聚散神速，颇具活泼之野趣；后二句比喻优美，极写白鸥凌空起飞之状，别具晴雪翻飞之雅趣，“翻”字极为传神，准确传达出诗人远眺白鸥翩翩飞翔的视觉效果。白鸥的野趣与雅趣，最终给诗人留下了回味不尽的乐趣。其他如贺知章的《咏柳》，王维的《辛夷坞》《鸟鸣涧》《书事》，李白的《望庐山瀑布》，杜甫的《绝句四首》，白居易的《村夜》，韦应物的《滁州西涧》，杜牧的《山行》，李商隐的《二月二日》，等等，在这些诗中，诗人们别具一双艺术审美之慧眼，他们细心地发现美，尽情地享受美，全面地传达美，用他们的心灵与智慧给后人创造了自然美的艺术世界，其功厥伟。

（六）悲物悯人

动植物与人一样，亦有老弱病残之时，遭遇不幸之处，作为多具

“民胞物与”情怀的唐代诗人来说，他们的笔下，遂多有悲物悯人之作。具有第一等“民胞物与”深厚情怀的“情圣”杜甫表现得尤为突出。他对动植物中的病残弱小者都有深深的悲悯之心。其《白小》云：“白小群分命，天然二寸鱼。细微沾水族，风俗当园蔬。入肆银花乱，倾箱雪片虚。生成犹拾卵，尽取意如何？”《舟前小鹅儿》云：“鹅儿黄似酒，对酒爱新鹅。引领嗔船逼，无行乱眼多。翅开遭宿雨，力小困沧波。客散层城暮，狐狸奈若何？”前首诗是对人们疯狂索取“白小”（麦条鱼）行径的不满，对鱼类中的弱小者“白小”深表怜悯之情；后一首诗是对活泼可爱的黄茸茸小鹅儿命运的担忧。二诗都无不隐含着诗人对广大下层贫病弱小之民众的悲悯之情。诗人还作有《病柏》《病橘》《病马》《枯棕》《枯楠》《孤雁》《废畦》《楠树为风所拔叹》《缚鸡行》等一系列残病动植物的诗篇，其宗旨均是对它们的现实苦境深表同情。

杜甫还有不少作品表现出生态危机意识，如《过津口》：“白鱼困密网”；《朱凤行》：“下愍百鸟在罗网，黄雀最小犹难逃”；《冬狩行》：“禽兽已毙十七八”，“草中狐兔尽何益”，“肉味不足登鼎俎，胡为见羁虞罗中”，等等，分别表示了对飞禽走兽无辜遭受网罟之祸的怜悯之情，而诗人对“地僻无网罟，水清反多鱼”的现实甚为满意，所谓“喜见淳朴俗，坦然心神舒”（《五盘》）是也。从诗人对有无网罟之祸所表现出来的爱恨不同感情中，我们正可窥见诗人那颗悲天悯人的慈爱之心。

唐代诗人深厚的悲物情怀，在许多“戒杀”、“放生”等护物类诗中表现得尤为突出。如，白居易《鸟》：“谁道群生性命微，一般骨肉一般皮。劝君莫打枝头鸟，子在巢中盼母归。”《放鱼》：“香饵见来须闭口，大江归去好藏身。盘涡峻激多倾险，莫学长鲸拟害人。”杜牧《远书》：“何事春郊杀气腾，疏狂游子猎飞禽。劝君莫射南来雁，恐有家书寄远人。”陆龟蒙《雁》：“南北路何长，中间万弋张。不知烟雾里，几只到衡阳？”在这些诗中，作者视物为亲，由衷悲悯，关爱备至，感人至深。同样是“放生”诗，吉师老的《放猿》诗则别有一番悲怀深情。诗云：“放尔千山万水身，野泉晴树好为邻。啼时莫近潇湘岸，明月孤舟有旅人。”悲物悯人，极其典型。如此众多的悲物之诗，这在中晚唐社会中是颇为值得注意的一种人文思潮现象，值得悉心研究。

（七）由物悟理

所谓“由物悟理”，即就自然物本身的观察思考中，能体悟出一种人生哲理，给人以精神与智慧的启迪。如白居易《赋得古原草送别》："离离原上草，一岁一枯荣，野火烧不尽，春风吹又生。"古原之草，年年岁岁，枯枯荣荣，这是亘古不变的自然规律。而野火焚草，化为灰烬，此乃人为的毁灭。然而古原草之根却在土中强忍悲痛，含泪蓄势，待来年春风浩荡，一展自己顽强的生命意志。此诗热情歌颂古原草焚而不死、遇春则生的顽强生命力，由此给人以不畏险恶、希望在即的思想启迪。前文提及的罗隐的《蜂》诗，通过对蜜蜂不辞辛苦、采花酿蜜的逼真事实的描写，歌颂蜜蜂无私奉献的可贵精神，从而细绎出尊重劳动、创造财富、鞠躬尽瘁、死而后已等思想教育意义。贺知章的《咏柳》，其题旨既有比喻美女的一面，亦有借春风裁柳叶的事象以赞美劳动创造新生活的一面，与罗隐《蜂》诗之精神同妙。

（八）托物寄怀

这类作品数量众多，涵盖甚广，试举几例论述之。唐人喜咏蝉，以此寓托各自复杂的情怀与感慨。骆宾王的《在狱咏蝉》，乃诗人因屡上疏言事触怒当局，后来竟被诬以贪赃之罪而投入囹圄，此诗便作于牢狱之中。诗云："西陆蝉声唱，南冠客思侵，那堪玄鬓影，来对白头吟。露重飞难进，风多响易沉。无人信高洁，谁为表予心?"诗人借蝉自喻，感慨谣诼纷纭、人世险恶，悲叹己志虽洁，但受诬实多，孤立无援，以至于无人为其澄清事实，这是诗人的最大痛楚之处。李商隐的《蝉》也是一首"为情而造文"的别寓怀抱之作。诗云："本以高难饱，徒劳恨费声。五更疏欲断，一树碧无情。薄宦梗犹泛，故园芜已平。烦君最相警，我亦举家清。"此诗蝉、人对写，亦蝉亦人，蝉的不幸就是诗人自己的不幸。"疏欲断"，既是写蝉鸣的实际情形，也寄托了自己的身世遭遇。就蝉而言，责怪树的无情是无理的；就诗人而言，责怪有力者本可依托荫庇而却遭遇无情的结局，这又是有道理的，就在这样的人与蝉的对举描写中，突出诗人仕途的忧伤情怀。贾岛的《病蝉》也是一首别寓感伤情怀的好诗，其云："病蝉飞不得，向我掌中行。折翼犹能薄，酸吟尚极清。露华凝在腹，尘点误侵睛。黄雀并鸢鸟，俱怀害尔情。"诗中的病蝉即指诗人自己，喻义甚明。这是一首讽刺朝廷达官贵人的诗，诗中的"折翼"，喻己科举失利；"酸吟"，喻己能诗；"犹能薄"、"尚极清"喻己不屈之志；"露华在腹"，喻指经纶满腹；"尘点侵睛"，喻己遭受打击；"黄雀鸢鸟"喻朝廷占据要津之官员。较之李商隐的《蝉》诗，借蝉寄怀之旨更明，不满情绪更为激烈。

（九）假物以讽

这类诗歌亦甚普遍，它是诗人们常用的一种表现手法。在中晚唐，诗人们有感社会矛盾日益激化、政治腐败、社会形势每况愈下的情形，诗歌创作中假物以讽的现象非常突出，已成一种诗坛时尚，如苏焕的《毒蜂》，将人们所见“目断魂亦飞”的毒蜂比为社会上的恶势力；曹邺的《官仓鼠》，直接把搜刮民脂民膏的剥削统治者比作危害人民的大老鼠，都十分准确而贴切；白居易的《感鹤》，讽刺社会上某些为了口腹之需而变节失志者；其组诗《有木诗八首》，借助于八种植物鞭挞朝廷形形色色的奸佞恶小人物，痛快淋漓；李商隐的《乱石》，讽刺当朝嫉贤妒能的权贵；罗隐的《金银花》讥讽权贵的巧取豪夺与贪婪本性；唐备的《道旁木》，嘲讽倚仗权势的小人；郑谷的《十日菊》，感叹世态的炎凉。要之，天地山川中的花鸟草木虫鱼等自然物，都可以为诗人们随意拿来作讽谕讥刺的绝好材料。这也从一个侧面反映了中晚唐诗人与大自然关系熟悉与密切的程度。而中晚唐人假物以讽创作手法盛行的主要原因之一，则在于此种手法合乎《诗经》以来所形成的“温柔敦厚”、“美刺比兴”传统的儒家诗教的审美要求，它是士人们关心社会、干预政治、以微词婉言抒情言志的优良武器，既收到传情达意、以尽匹责的政治愿望，又能不至于锋芒毕露而较好地保护自己，故能收到较为理想的一举两得的效果。

（十）护物有责

人与自然长期共存，自然对于人类施惠良多，大地无言而功德自高，故人们对自然存有敬畏与感恩之心，亦自是情理中事。《诗经·召南·甘棠》中的召公，因其为民听讼、排忧，办实事，故在其离任之后，人们便主动维护甘棠，不准有任何损伤的行为发生。老百姓曾在甘棠树下休息过，爱人及树，甘棠树也便成了感恩的对象。《诗经》这种古老的护树意识也直接影响了唐人的自然生态意识之成熟。在唐诗中，有关直接描写栽种花木、保护鸟兽虫鱼之作，每每可见，这是唐代诗人尊重自然、友爱自然并可持续发展自然的卓有成效的切实表现。

唐代诗人多喜栽松、种竹、育桃，如杜甫《四松》云：“四松初移时，大抵三尺强。别来忽三岁，离立如人长。会看根不拔，莫计枝凋伤。幽色幸秀发，疏柯亦昂藏。”诗人深为松树的茁壮成长而甚感欣慰。白居易《栽松》云：“爱君抱晚节，怜君含直文。欲得朝朝见，阶前故种君。”

诗人坦诚自己爱松、种松的原因与目的，可见其爱松之真诚。喜欢种竹者，如令狐楚《郡斋左偏栽竹百余竿，炎凉已周，青翠不改，而为墙垣所蔽，有乖爱赏。假日，命去斋居之东墙，由是俯临轩阶，低映帷户，日夕相对，颇有翛然之趣》云："斋居栽竹北窗边，素壁新开映碧鲜。青蔼近当行药处，绿阴深到卧帷前。风惊晓叶如闻雨，月过春枝似带烟。老子忆山心暂缓，退公闲坐对婵娟。"长长的诗题交代了诗人种竹的地点、数量以及为尽情观赏绿竹而不惜破墙纳翠的原因，真乃懂得赏竹的审美大家。诗歌内容与诗题相得益彰，极写自己种竹怡神的闲雅心情。其他如王建《杜中丞书院新移小竹》、柳宗元《茅檐下始栽竹》、吴融《玉堂种竹六韵》、齐己《移竹》，等等，或写种竹过程，或述种竹价值，或培育生长，无不充满着种竹陶情的快意。育桃者如杜甫的《题桃树》叙述自种五株桃树给诗人带来的好处，颇怀感恩之情，其云："高秋总馈贫人食，来岁还舒满眼花"，桃树能给人以物质与精神的双重享受，如此之桃，焉能不种不护，不歌不颂？此外，白居易的《栽杉》，柳宗元的《种柳戏题》等诗，都真实记录了自己栽种树木、保护生态的亲身经历，不仅是了解诗人思想感情的重要载体，而且也是探求唐人自然生态意识的珍贵资料。

再看唐代诗人爱护动物的部分诗篇。晚唐五代人王仁裕所作两首有关保护猿猴的诗，则颇具代表意义。其《放猿》云："放尔丁宁复故林，旧来行处好追寻。月明巫峡堪怜静，路隔巴山莫厌深。栖宿免劳青嶂梦，跻攀应惬白云心。三秋松子累累熟，任抱高枝采不禁。"此诗原注云："仁裕从事汉中，有献小猿者，怜其黠慧，育之，名曰野宾，经年壮大，跳踯颇为患，系红绡于颈，题诗送之。"由注可知，诗人养猿，所花资本亦不在少，但为了维护"野宾"之天性，遂慷慨放猿归山，并题诗叮咛于猿。诗人用第二人称"尔"称猿，直接把它当做亲友对待，感情之亲切深厚，不言而喻。诗中想象猿归山后的自由自在的生活状况，充满着浓厚的人文关怀精神。人猿之间，情真意切，感人深矣！后来王仁裕罢职入蜀，正巧又遇见了原来放归山林的"野宾"，故旧相见，喜出望外，于是诗人又有《遇所放猿作》，述其人猿重逢之喜，诗云："嶓冢祠前汉水滨，饮猿连臂下嶙峋。渐来仔细窥行客，认得依稀是野宾。月宿纵劳羁绁梦，松餐非复稻粱身。数声肠断和云叫，识是前时旧主人。”此诗原注有云：“仁裕罢职入蜀，行次汉江嶓冢庙前，见一巨猿舍群而前，于道畔古木间垂身下顾，红绡宛在，以野宾呼之，声声如应。立马移时，不觉恻然，遂继题一篇云。”由王仁裕前后二诗观之，他的确是一个具有“民胞物与”仁爱情怀的自然生态主义者，是唐代诗人以自然为友的集中体现与典型代表。

上文就唐代诗人与自然生态关系中的十种形态作了简要论析。无论从哪一种形态看，唐代诗人与自然之间的关系均已经到了水乳交融、密不可分的地步。唐代诗歌中具有如此众多的人与自然关系的生存形态，给后人树立了天人合一、物我相谐的优秀楷模。贺麟先生认为：“要想真正了解人生，必须‘深入无人之境’。所谓‘无人之境’，是很可以耐人寻味的境界，其含义之一，应是自然。”[①] 换句话说，我们只有透视“耐人寻味”的“自然”“境界”，才能“真正了解人生”的内涵与意义。就当下而言，我们再也不能我行我素一味地征服自然、破坏自然了。自然环境是人类赖以生存的最亲密友好的家园。家园毁坏，人类焉存？唐诗为我们所开创的物我和谐的自然生态世界，亟待我们很好地去加以开发、研究、总结和利用。我们知道，“比起政治、经济、军事、法律，文学的力量是柔弱的，但也是绵延恢弘的。在中国古代圣哲的遗训里柔弱往往是可以胜过刚强的。试看，有多少庙堂宫阙，炮台要塞早已夷为平地，湮没于忘川；一句‘春眠不觉晓’的诗句却绵延千古传流下来，凭着 20 个再平常不过的汉字，那唐代的风声、雨声、鸟鸣、落差至今仍历历在目，萦萦在心”。[②] 是啊，一句平白如话的“春眠不觉晓”之唐诗，其所描绘的天地间自然活泼、生机盎然的美好景象，不正是唐代诗人们心中拥有的谐和共存的生态世界吗？所以，千载之下，它们依然以其不朽的魅力而激发起今人强烈的共鸣与向往之情。在当今自然生态严重破坏的社会生存环境中，我们亟需从古代丰厚的生态思想宝库中汲取精神之营养，为我所用，珍护自然，为营造和谐社会环境、创造天人合一之理想境界尽一份绵薄之力。

---

① 贺麟：《自然与人生》，见《文化与人生》，上海文艺出版社 2001 年版，第 128 页。

② 鲁枢元：《文学的绿色·序》，见《生态美学与生态批评通讯》2012 年 6 号总第 4 期。

第三节 唐代自然生态诗之兴盛与儒、释、道自然观

唐代自然生态的资源极为丰厚，走进唐诗这座大花园，扑面而来的是满眼的绿色，怡人心境的是绿色的情思。据胡大浚、兰甲云先生对唐代自然生态诗的统计，清编《全唐诗》有 6061 首，今人陈尚君先生辑校的《全唐诗补编》有 728 首，合计 6789 首。从诗的分布情况观之，初唐 504 首，盛唐 746 首，中唐 1455 首，晚唐 3356 首，发展趋势甚明。自然生态诗在百首以上者有 12 人，以数量多少排名为：白居易、杜甫、陆龟蒙、齐己、李峤、元稹、皮日休、李商隐、徐夤、韩愈、李白、刘禹锡。[①] 李白、杜甫、白居易这唐诗三鼎足之大家，同样也不愧为唐代自然生态诗之大家。尤其是别具“民胞物与”深厚情怀的杜甫，他的自然生态诗皆具有浓郁的人情意味，是个人、自然、社会三位一体互相交融的一方别具艺术魅力的绿色世界。他笔下的花木鸟兽虫鱼，已不再是人的陪衬与背景，除了继承《风》《骚》比兴象征手法之外，大多数已成独立的审美主体对象。这些自然物象，在杜甫的诗歌长廊中，已堂堂正正地成为主人了。这些主人来自四面八方，动物、植物皆可无拘无束地出入此长廊。现存 1400 余首杜诗，有千余首涉及各种生物。如植物有：菊花、芙蓉、茱萸、辛夷、蒹葭、女萝、丁香、栀子、枇杷、樱桃、荔枝、葡萄、菡萏、红蕖、芰荷、湖莲、梧桐、白苹、丹桂、红椒、茯苓、马齿、松、杉、枫、梅、桃、李、橙、杏、柏、楸、榉、楠、杨、柳、槐、棕、椿、桑、柘、橘、柑、柚、梨、枣、稻、粱、麦、黍、豆、栗、芦、蕙、藿、菱、荇、藕、苋、苇、兰、萱、苣、芹、葱、韭、薤、菰、葵、葛、薇、蕨、萍、苔、笋、竹、瓜、瓠，等等；如动物有：燕子、黄鹂、白鹭、鸳鸯、鸿雁、鹦鹉、百舌、杜鹃、乌鹊、黄鹄、鸬鹚、黄莺、雀、鸥、鹤、鸡、鸭、鹅、鸽、雉、鹑、鸦、鸷、鹳、鹘、蜂、蝉、蝇、蚁、蚕、蛛、萤、蛱蝶、蜻蜓、促织、蟋蟀、螺、蚌、鲫、鲂、鳊、鲤、鲈、白小、蚯蚓、蛙、蛇、龟、鳖、鼋、鼍、狐、兔、鼠、鼯、犬、羊、豚、麂、麋、鹿、

① 胡大浚、兰甲云：《唐代咏物诗发展之轮廓与轨迹》，《烟台大学学报》1995 年第 2 期。

马、驴、獭、猱、猿、猕猴、胡孙等。动植物计200余种。[①] 这完全是一个实实在在的自然生态世界，一个道地地道的绿色世界。在这个绿色世界里，杜甫以其“民胞物与”的仁爱精神熔铸其中，从而产生出人与自然万般谐和的绿色情思。正如明人钟惺所评说的那样：“少陵如《苦竹》、《蒹葭》、《胡马》、《病马》、《鸂鶒》、《孤雁》、《促织》、《萤火》、《归燕》、《归雁》、《鹦鹉》、《白小》、《猿》、《鸡》、《麂》诸诗，于诸物有赞羡者，有悲悯者，有痛惜者，有怀思者，有慰藉者，有嗔怪者，有嘲笑者，有劝诫者，有计议者，有用我语诘问者，有代彼语对答者，蠢者灵，细者巨，恒者奇，嘿者辩，咏物至此，神佛圣贤帝王豪杰具此，难着手也。”[②] 在人与自然关系中所体现出来的如此深广博大的感情世界，这在唐代诗坛上，委实是无出杜甫之右者也。梁启超先生称赏杜甫是“中国文学界写情圣手，没有人比得上他”。[③] 杜甫与人与物皆有情，人物相谐一家亲。如此宽大仁厚之情，的确是独步中国文坛的。

从初唐应制诗作手李峤的百首咏物诗，到盛唐李白、杜甫与山水自然为友的自然生态诗的大量创作，又到中唐寓言诗的增加、自然生态组诗的大量产生，再到晚唐自然生态诗的全面兴盛。[④] 这说明晚唐诗人较前期人们的自然生态意识更为增强了，创作的热情更为高涨了。因此，这个时期的自然生态诗的总数竟达3356首，超过了此前三期的总和。这说明唐代诗人的自然生态意识是随着时间的发展而逐渐增强的，其诗歌的数量也因之而成倍地增长。面对如此繁盛的唐诗自然生态世界，我们有必要对其兴盛之因作一初探。

笔者以为，唐代儒、释、道三教之盛行，是促进诗人自然生态意识形成之最重要因素之一。整个唐代儒、释、道三教并行，尤其是道教，由于历代最高统治者的崇尚与推行，其国教地位甚为显赫。三教的教义、宗旨、思想体系虽然有别，但对待自然的态度上却是一致的。

儒家的人生理想境界是“修身、齐家、治国、平天下”（《礼记·大学》），而作为“士”阶层的知识分子为国为己，则又有两扇方便之门可

---

① 参见张皓《中国文艺生态思想研究》，武汉出版社2002年版，第251页。

② 仇兆鳌：《杜诗详注》第二册，第614页。

③ 梁启超：《情圣杜甫》，《杜甫研究论文集》（一辑），中华书局1962年版。

④ 元人方回云：“晚唐人非风花雪月禽鸟虫鱼竹树，则一字不能作。”见《瀛奎律髓》卷四十二。

供选择，即："穷则独善其身，达则兼济天下。"（《孟子·尽心上》）而要做到"独善其身"，自然便是具有物质实体性的精神寄托。孔子曰："岁寒然后知松柏之后凋也。"（《论语·子罕》）又曰："知者乐水，仁者乐山；知者动，仁者静；知者乐，仁者寿。"（《论语·雍也》）朱熹解释说："知者达于事理而周流无滞，有似于水，故乐水；仁者安于义理而厚重不迁，有似于山，故乐山。"[①] 孔子"知者乐水，仁者乐山"的命题以及由此发展起来的"比德"理论，已初步涉及自然美的本质问题。此外，孔子对于其弟子们"暮春者，春服既成，冠者五六人，童子六七人，浴乎沂，风乎舞雩，咏而归"（《论语·先进》）的自由自在的闲情逸致非常欣赏。这已经认识到大自然的怀抱能给人以精神安顿栖息的温馨慰问之作用。孔子这种"山水"比德理论与自然怡人的审美观直接开启了唐人感物咏物诗（或称比德咏物诗）与归隐山林的隐逸诗的不二法门。孔圣之后的亚圣孟子，将孔子的仁爱思想推及万物，《孟子·尽心上》云："君子之于物也，爱之而弗仁；于民也，仁之而弗亲。亲亲而仁民，仁民而爱物。"孟子的这一生态思想，可简约为六个字，即：亲亲，仁民，爱物。而"爱物"，又必当以人为本，所以孟子云："万物皆备于我矣，反身而诚，乐莫大焉。强恕而行，求仁莫近焉。"在"爱物"思想的指导下，孟子强烈反对人们违反自然规律而滥用自然资源的愚蠢行为。因此，他提出了限制性地利用自然资源的主张："不违农时，谷不可胜食也；数罟不入洿池，鱼鳖不可胜食也；斧斤以时入山林，林木不可胜用也。谷与鱼鳖不可胜食，林木不可胜用，是使民养生丧死无憾也。"孟子的"爱物"观，"斧斤以时"的"育物"观，对唐代诗人"以物为友"、"护物有责"等思想的启迪甚大，对杜甫等诗人强烈反对暴殄天物的网罟之祸思想有明显的影响。

以老庄为代表的道教思想核心是"自然"。《老子·第二十五章》云："人法地，地法天，天法道，道法自然。"又云："道生一，一生二，二生三，三生万物。"（《老子·第四十二章》）这里的道即是万物的本源。唐代诗人卢休咏道："自然草木性，谁祝元化功。"（佚句）已认识到自然的本元意义，可见老子以自然为本的生态观影响之大。庄子"心斋"、"坐忘"、"目击道存"之说，主张以虚、静、明的直觉体验感受万物。这对

---

① 朱熹：《四书章句集注》，中华书局 1983 年版，第 90 页。

诗人的审美趣味和审美观照方式都有深远的影响。庄子从根本上认识到人类与鸟兽草木都不过是世界的成员之一，人与物应该平起平坐，给自然物以一个真正的公平。这种思想的哲学基础便是齐物论。《庄子·齐物论》云："天地与我并生，而万物与我为一。"这种亲和自然、乐处自然的诗学精髓，在陶渊明笔下则酿成了"飞鸟相与还"（《饮酒二十首》其五）的无限"真意"；在王维的赏游绝境处则焕发出"坐看云起时"（《终南别业》）的闲逸至情；在李白的诗中则定格为李白与敬亭山"相看两不厌"（《独坐敬亭下》）的千古知音；在杜甫的慈怀里则定交了"山鸟山花吾友于"（《岳麓山道林二寺行》）的至爱亲朋。庄子"齐物论"的万物为一的自然生态思想，确实对唐人以很深远的影响。此外，道教的升仙主题，道观的幽胜山水，同样使人产生远离尘俗、投身大自然怀抱的情感冲动。李白大量山水诗的创作，实际上便是他访仙求道、生性好游的结晶，也是他"一生爱好是天然"个性的极好体现。

佛教在唐代发展甚快，天台、三论、法相、华严、禅宗等教派，在佛教中国化方面，皆臻相当成熟的阶段，禅宗尤其如此。如果说儒家思想奠定了中国诗学的伦理生态观，道家思想确立了中国诗学的自然生态观，那么禅宗思想则使中国诗学的精神生态观而深入人心。而精神生态观的维持，依然离不开山川大地自然万物的襄助，禅宗的生态世界，可谓是"万象森罗"映照的心灵世界。禅宗超脱尘世的特点，是其话语中不涉及具体的朝政人事，而是以大千世界、万象森罗来寄寓禅理，以青山、绿水、桃花、莺声为悟道契机。所以，禅宗也崇尚自然。《六祖大师缘起外传》说惠能"游境内，山水胜处，辄憩止。遂成兰若十所"。此之谓"天下名山僧占尽"是也。禅宗的精义也往往借自然形象，设喻说禅。诸如"万象森罗实不共，青山不碍白云飞。"（《禅林僧宝传·翠岩芝禅师》）"万象森罗影现中，一颗圆明非内外。"（《景德传灯录》）"万象森罗宇宙宽，落花流水满长川。"（《古尊宿语录》）……皆以万象森罗来概括大千世界的各种现象，并以象喻之语寄托禅理。比较典型的说法，如大珠慧海禅师所引马鸣祖师言曰："法身无象，应物现形。遂唤青青翠竹，总是法身，郁郁黄花，无非般若。"① 因此，唐宋禅师以诗化的自然景物说禅蔚

① 普济：《五灯会元》卷三，中华书局1984年版，第157页。

然成风，如天柱崇慧禅师：“白云覆青嶂，蜂鸟步庭花。”[①] 灵云志勤禅师：“青山元不动，浮云任去来。”[②] 大龙智洪禅师：“山花开似锦，涧水湛如蓝。”[③] 船子德诚禅师：“夜静水寒鱼不食，满船空载月明归。”[④] 双岭化禅师：“翠竹黄花非外境，白云明月露全真。”[⑤] 从禅宗的一丘一壑、一草一木中体会到宇宙生命的最深处。它和道家一样，以气韵生动的自然向苦难灵魂的漂泊者昭示一方绿色生命的精神家园，从而使人得以诗意地栖居于大地。终唐之世，佛教势力兴盛不衰，初盛唐时，僧侣们于隐居诵经之余，多参与社会活动，与文化雅士交往频繁。中晚唐时期，士大夫们信佛者众，多以焚香持斋为高，与广大僧侣交游酬唱。如著名诗人陈子昂、张说、李白、王维、孟浩然、韦应物、柳宗元、白居易等，都与佛教关系密切，而王维、白居易等人在人生的后期，则俨然成了虔诚的佛教徒了。尤其是擅长山水田园诗创作的王、孟、韦、柳等人，他们的诗歌中所涉及佛门、佛教内容者占了较大的比重。佛教虽未像道教那样成为国教，但却比道教有着更为深厚的文化土壤。《全唐诗》选诗僧 113 人，存诗 2783 首，数倍于道士及其诗作。其中王梵志诗、寒山诗较为重要。周裕锴先生曾就《全唐诗》做过统计，仅在诗题上明显有关佛寺禅僧的诗篇，孟浩然 28 首，韦应物 67 首，刘长卿 55 首，钱起 25 首。还有士人与僧人交往及其与佛教相联系的诗有 2273 首，占《全唐诗》总数的 10. 3%，10 首唐诗中就有 1 首与佛教有关。可见佛教禅意浸润诗歌创作之多矣。[⑥]

禅宗讲求“顿悟”、“忘我”、“空寂”等心灵世界的澄明意境，这一点在深得禅理的王维的诗歌中最具明显的反映。诸如：“空山不见人，但闻人语响。返景入深林，复照青苔上。”（《鹿柴》）“人闲桂花落，夜静春山空。月出惊山鸟，时鸣春涧中。”（《鸟鸣涧》）“木末芙蓉花，山中发红萼。涧户寂无人，纷纷开且落。”（《辛夷坞》）“独坐幽篁里，弹琴复长啸。深林人不知，明月来相照。”（《竹里馆》）在王维所营构的诗的世界里，没有喧嚣，全无烦躁，唯见澄明，唯觉空灵，读之令人顿然身世

① 普济：《五灯会元》卷三，中华书局 1984 年版，第 66 页。
② 同上书，第 240 页。
③ 同上书，第 493 页。
④ 同上书，第 275 页。
⑤ 同上书，第 1136 页。
⑥ 周裕锴：《中国禅宗与诗歌》，上海人民出版社 1992 年版，第 61 页。

两忘，万念俱寂矣。不过，王维诗的“空寂”、“忘我”，并非是真正意义上的真空、死寂，也并非是不见诗人的一丝踪影，他的这类诗是空中有色，寂中有响，而诗人的禅心、禅悦也自然深寓其中，所以，仍然充满了生命的跃动与心灵的真趣。又如《山居秋暝》诗云：“空山新雨后，天气晚来秋。明月松间照，清泉石上流。竹喧归浣女，莲动下渔舟。随意春芳歇，王孙自可留。”此诗劈头便云“空山”，而实际上一点儿也不空。不但不空，而且却如此的丰润灵动，气象万千。你看，晚秋新雨之山，是何等的凉爽宜人；一轮明月正温情脉脉地朗照于松林之间，一溪清泉正活泼轻快地从石上流过；竹林里传来浣女们归家时阵阵欢快的笑声，渔民们划着满船的鱼儿穿梭于荷莲喜归来。这是一个多么有声有色、有光有影、动静相谐、天人合一的万“有”世界啊。宗白华先生对像王维诗中所描绘的优美之禅境美学意蕴，曾作过颇为精深的论析，他说：“禅是动中的极静，也是静中的极动，寂而常照，照而常寂，动静不二，直探生命的本原。禅是中国人接触佛教大乘后体认到自己心灵的深处而灿烂地发挥到哲学境界与艺术境界，静穆的观照与飞跃的生命构成艺术的两元，也是构成‘禅’的心灵状态。”① 因此，王维的诗境，既有空寂的禅之世界，又有姹紫嫣红、生命盎然的艺术世界。这也正好证明了一个事实：将佛家境界转化为艺术境界，将禅宗精神熔铸为艺术精神，这首先得归功于佛教思想的影响，其次得归功于王维对禅宗的全盘吸收与融会贯通。

清人王士禛尝云：“严沧浪以禅喻诗，余深契其说，而五言尤为近之。如王（维）、裴（迪）《辋川》绝句，字字入禅，他如‘雨中山果落，灯下草虫鸣’、‘明月松间照，清泉石上流’，以及太白‘却下水精帘，玲珑望秋月’，常建‘松际露微月，清光犹为君’，浩然‘樵子暗相失，草虫寒不闻’，刘昚虚‘时有落花至，远随流水香’，妙谛微言，与世尊拈花，迦叶微笑，等无差别。通其解者，可语上乘。”② 可见，在禅宗思想的影响下，唐代诗人创作禅诗现象的普遍性。而这些禅诗的基本素材构成，主要是山水云月花木鸟兽虫鱼诸属。所以，禅诗，也可说成是佛光普照、渗透禅意的自然生态诗。此外，佛教教义“五戒”中的“不杀生”（其余四戒为不盗窃、不邪淫、不妄语、不饮酒）思想，对唐代自然

① 宗白华：《美学散步》，上海人民出版社 1981 年版，第 76 页。

② 王士禛：《带经堂诗话》卷三，人民文学出版社 1963 年版。

生态诗中有关悲物情怀、护生意识的形成也有着直接的影响，如杜甫的《观打鱼歌》《又观打鱼》等反对暴殄天物与网罟之祸的诗，便是如此。唐代自然生态诗的兴盛与禅宗思想关系密切，这是客观存在的事实。

由上论析可知，儒、释、道三教均有颇深的自然情结，不过，“儒家的自然是象征的自然（比德），道家的自然是天然的自然（自然），释家的自然是禅意的自然”。[①] 儒、释、道三教由魏晋以来的儒道合一发展到唐代的三教自然融合为一，从而构成了中国文化的自然观。儒、释、道三教的自然观对唐代自然生态诗创作之影响是极其深广的。正如陈炎、李红春先生所说：“盛唐时代，国力强盛，诗道恢弘，在摆脱了六朝诗风之后，儒、释、道三家分别在诗歌园地中孕育着自己的蓓蕾，绽放着自己的鲜花，结出了自己的硕果。于是便有了‘山水诗’的普及和高蹈长空的‘诗仙’李白，于是便有了‘田园诗’的发展和归隐心灵的‘诗佛’王维，于是便有了‘边塞诗’的崛起和执著大地的‘诗圣’‘杜甫’。”[②] 仅中盛唐“诗仙”、“诗佛”、“诗圣”这三大成果的诞生，儒、释、道三教与唐诗之贡献可谓大矣。其实，终唐之世，儒、释、道三教自然观均对唐代诗人自然生态诗之创作起着重要的影响和推动作用。从而使得唐代自然生态诗超越前代而别具面目，在中国诗歌史上自成一方绿色的芳洲。罗宗强先生曾经指出：“士人与大自然的关系，大体说来，是在自然中取得一席安身之地，安顿自己的身境和心境，但细究起来，却是颇为不同的。金谷宴集的名士们，他们是带着一种占有者的心态，让自然在他们的宴乐生活中增添一点情趣，成为他们生活的点缀，使他们在歌舞宴乐之中，得一点赏心悦目，使他们的过于世俗化过于物质化的生活得一点雅趣。兰亭修禊的名士们，他们是把山山水水看做生活中不可或缺的部分了。他们流连山水怡情山水。他们与自然的关系，比起金谷名士来，当然要亲近得多。但是，他们仍然是欣赏者，他们站在自然面前，赏心悦目，从中得到美的享受，得到感情的满足，大自然的美，在他们的生活中虽然占有重要位置，但是他们与自然之间，究竟还有距离。山阴道上行，觉景色自来亲人，应接不暇。我们从这里可以感受到他们在大自然中的一种主客关系的心态。陶渊明与他们不同的地方，便是他与大自然之间没有距离。在中国

① 张法：《中国文化与悲剧意识》，中国人民大学出版社1989年版，第181页。

② 陈炎、李红春：《儒释道背景下的唐代诗歌》，昆仑出版社2003年版，第231页。

文化史上，他是第一位心境与物境冥一的人。他成了自然界的一员，不是旁观者，不是欣赏者，更不是占有者。自然是如此亲近，他完全生活在大自然之中。他没有专门去描写山川的美，也没有专门叙述他从山川的美中得到的感受。山川田园，就在他的生活之中，自然而然地存在于他的喜怒哀乐里。"① 这是一段颇为周详而切合情理的论述。罗宗强先生通过魏晋士人与自然关系的不同情形的对比分析，十分鲜明地突出了陶渊明"心境与物境冥一"的人与自然完全融一的典型意义。如果说陶渊明融合田园的自然情怀具有单个之典型意义的话，那么，到了唐代诗人，他们则将自己的自然情怀扩融到山水云月花木鸟兽虫鱼等自然世界而具有人文关怀的普遍意义。他们视自然为人类大家庭的一员，把它们当做是同胞兄妹，亲朋好友；在诗中直接称呼它们为"汝"、"尔"、"君"，等等，相亲相爱，温馨和谐。陶诗中多以第三人称写自然物，如："平畴交远风，良苗亦怀新"（《癸卯岁始春怀古田舍二首》其二）；"羁鸟恋旧林，池鱼思故渊"（《归园田居五首》其一）；"芳菊开林耀，青松冠岩列"（《和郭主簿二首》其二）；"哀蝉无留响，丛雁鸣云霄"（《己酉岁九月九日》），等等。陶集中唯见一例以第二人称之"君"称燕子，即："翩翩新来燕，双双入我庐……我心固匪石，君情定何如。"（《拟古九首》其三）因此，从唐代诗人较为普遍地喜欢以第二人称写自然物来看，他们对与自然的亲密友好程度较之陶渊明则又更进一层矣。如果说陶渊明的自然生态意识是第一次真正的觉醒，从而绽放出人与自然关系和谐相融的第一朵报春花的话，那么，唐代诗人的自然生态意识则更是普遍高涨，从而在人与自然和谐相融的大花园里孕育出百花齐放春满园的万千气象矣。而唐代诗人与自然如此和谐之美景的产生，儒、释、道三教中的自然观对唐代诗人的直接影响是最为重要的因素之一。当然，除此而外，唐代自然生态诗的兴盛，与唐代诗人自然生态意识的空前增强、社会安定及经济繁荣的形势、时代的隐逸风尚（终南捷径）、官员的大量贬谪、士人的流迁及送别、士人与僧人的广泛交往（包括大量可供赏游卧宿寺观的建造）、僧诗的大量创作、诗人们比兴手法的广泛运用、诗人爱好自然的天性，等等，都有一定的关系，但最重要的还是儒、释、道三教自然观的影响。

马克思曾经指出："自然界，就它本身不是人的身体而言，是人的无

① 罗宗强：《玄学与魏晋士人心态》，浙江人民出版社 1991 年版，第 342—343 页。

机的身体。人靠自然界生活。这就是说，自然界是人为了不致死亡而必须与之不断交往的人的身体。所谓人的肉体生活和精神生活同自然界相联系，也就等于说自然界同自身相联系，因为人是自然界的一部分。”① 马克思从自然界对于人类的重要性这个角度，强调了人与自然必须处理好关系的重要性。对于人类一味贪婪地向大自然索取而肆意征服自然的野蛮行为，马克思曾严正警告说：“不要过分陶醉于我们对自然界的胜利”，而且，“必须时时记住：我们统治自然界，决不像征服者统治异民族一样，决不像站在自然界以外的人一样。——相反地我们连同我们的肉、血和头脑都是属于自然界，存在于自然界的。”② 如此警告，直至今日仍然具有极为重要的现实意义。在全球经济迅猛增长发展的今天，由于人们过分向大自然掠夺野心之膨胀、自然生态意识的日趋减弱、环保措施的不健全等因素，人们赖以生存的大自然环境日益遭到破坏。SARS、禽流感、泥雨酸雾、沙尘暴等自然灾害频频发生。被人类长期疯狂征战的一向温和的大自然像雄狮一样咆哮了，怒吼了，开始自卫反击了。人类的生存危机无可避免地发生了。面对如此令人担忧的现实，最为重要的是，赶紧调整好人与自然的关系，迅速增强自然生态意识。这一点，我们的祖先为我们树立了极好的榜样。从《诗经》“关关雎鸠，在河之洲”（《周南·关雎》）的借物比兴、《楚辞》“唯草木之零落兮，恐美人之迟暮”（《离骚》）的托物象征，以及到唐代诗人与自然和谐相处的“与物谐和”、“以物为友”等十大存在形态，等等，对于今天的我们，不仅具有文学审美的价值，而且更具有自然生态的启迪意义。如果说动植物能给予我们许多思想启迪，那么，《诗经》《楚辞》唐诗中所体现出来的内蕴深厚的自然生态意识，更可给我们以学习、借鉴与教益！

---

① 《马克思恩格斯全集》第42卷，第95页。

② 同上。

第六章 《风》《骚》比兴传统与唐诗意境理论

我国第一部诗歌总集《诗经》所创立的赋、比、兴艺术表现手法，尤其是比兴艺术手法，几千年来一直成为诗人们创作时进行形象思维的重要法宝。正如毛泽东同志所说："诗要用形象思维，不能如散文那样直说。所以比兴两法是不能不用的。"若不用比兴，则诗味索然矣。如"宋人多数不懂诗还要用形象思维，一反唐人规律，所以味同嚼蜡。"① 无论是从正面，抑或是反面看，比兴艺术在诗歌中的作用都是非同小可的。在《诗经》二百余年之后，以屈原为代表而创作的《楚辞》，第一次全面地继承和发展了《诗经》的比兴艺术。如《诗经》比兴物象多为单纯的客体，物象与诗意并不完全吻合，《楚辞》则具有主客一体、浑然交融的象征意义；《诗经》的比兴多为诗中的片断，《楚辞》则表现为比兴的系列；《诗经》比兴的思维过程是从外到内的，而《楚辞》比兴的思维过程则由内到外；《诗经》的比兴事物皆为诗人亲眼所见之客观自然物，而《楚辞》则多取之于历史故事和超自然的神话；《诗经》的比兴多用于每章的开头，而《楚辞》则可用于全篇，不拘一格，因情而生。总之，《楚辞》较之于《诗经》的比兴艺术手法的运用，可谓百尺竿头更进一步，开创了诗歌比兴艺术的新天地。《楚辞》的代表作家屈原在抒发其政治斗争的种种感受和情怀的过程中，借鉴《诗经》比兴手法，从而使中国古典诗歌艺术思维第一次产生了巨大的飞跃。为此，鲁迅先生曾经指出："较之于《诗》，则其言甚长，其思甚幻，其文甚丽，其旨甚明，凭心而言，不遵矩度，故后儒之服膺诗教者，或訾而绌之，然其影响于后来之文章，乃

① 见毛泽东1965年7月21日《致陈毅》的信，《诗刊》1978年第1期。

甚或在三百篇以上。”[①] 然而，少数论者否认这一事实，认为《楚辞》未受《诗经》比兴艺术的影响，而是反之，谓《楚辞》的比兴艺术早于《诗经》，换句话说，亦即《楚辞》影响了《诗经》。[②] 这是不符合文学发展史实的。实际上，由《诗经》《楚辞》尔后的比兴艺术手法与比兴理论的探讨都是一直持续发展、不断成熟的，汉代《毛序》作者及其郑笺、王逸等学者皆以各自的文学眼光对比兴艺术作出了积极的阐释，大体切合《诗经》《楚辞》的创作实际。刘勰的《文心雕龙》曾设《比兴》专篇加以探讨，其重“兴”轻“比”的思想倾向对唐代“比、兴”融合的理论颇有影响。在唐代诗歌比兴形态异常兴盛的创作形势下，在唐代诗人普遍的人与自然高度融合的自然生态意识的熏染下，经过孔颖达、王昌龄、皎然、司空图等学者、文学理论家的共同努力，唐代诗歌意境理论终于诞生了。这无疑是唐人对《风》《骚》比兴传统所作出的重要贡献！

第一节　《风》《骚》比兴艺术之演进

一　《风》之主客体分离与《骚》之主客体吻合

比兴艺术手法在《诗经》中的运用甚为普遍，而《国风》中更是俯拾即是。《毛诗》在《诗经》中注明“兴也”的共116篇，其中《国风》与《小雅》最多，有110篇，《大雅》与《颂》只有6篇。值得注意的是，这里的“兴”，并非是《诗经》作者们自觉的创作观念，只是自发的感物而已。所以朱自清先生说：“《毛传》‘兴也’的‘兴’有两个意义，一是发端，一是譬喻；这两个意义合在一块儿才是‘兴’。”[③] 惠周惕也指出：“毛公传诗独言兴不言赋，以兴兼比赋也。人之心思，必融于物而后兴，而所兴以为比而赋之，故言兴而比赋在其中。毛公之意，未始不然也。”[④] 不管是兴而比也好，兴而赋也好，这说明《诗经》中的比兴的确

---

① 鲁迅：《汉文学史纲要》，人民文学出版社1956年版，第248页。

② 陈桐生：《〈离骚〉比兴形态早于〈诗经〉》，《文艺研究》1996年第4期。

③ 朱自清：《诗言志辩·比兴》，华东师范大学出版社1996年版，第53页。

④ 惠周惕：《诗说》，文渊阁《四库全书》本。

很多，但在每一首诗中都表现为单一的、孤立的客体，即：往往是用一个孤立的事物去比附另一个事物，或用一个孤立的事物去兴起另一个事物，其表现形态多表现为“单打一”的格式。如《周南·关雎》的“关关雎鸠，在河之洲”，《周南·桃夭》的“桃之夭夭，灼灼其华”，等等。上述诗中，每诗只有一种比兴的事物，而且有的兴象与诗意本身并无多少联系，如《唐风·扬之水》和《小雅·苕之华》，前者只是运用民间习语作为开端，以调节音律，唤起感情，使歌唱时音节悠扬合拍，流利顺口；后者之兴句与下文的意义并无有机的联系，只是起衬托作用，如诗的首章。余冠英先生说：“感于花木的荣盛而叹人的憔悴。”[①] 王引之亦云：“物自盛而人自衰，诗人所以叹也。”（《经义述闻》卷六）这些都表明兴句与诗意之间只是一种衬托烘染作用。即便是全章用比兴的诗篇，如《周南·葛覃》第一章，甚或全诗都用比兴来歌唱，如《小雅·鹤鸣》，陈奂认为，“诗全篇皆兴也。鹤鱼檀石，皆以喻圣人”（《诗毛氏传疏》），所论极是。此诗全用比兴，“不道破一句，三百篇中创调也”（王夫之《夕堂永日绪论》）。尽管这些诗全篇皆用比兴，其触物起情，意寓诗中，自有其独特的思想与艺术审美价值，但是，由于其中绝大部分诗篇的比兴之物都是孤立而单一的，因而其诗歌形象和意境就未免稍嫌单调和狭小，诗歌比兴之意象与诗意之间亦往往难以达到水乳交融、情景相谐的理想境界。到了《楚辞》，《诗经》中的这些缺憾就全给弥补了，比兴之面貌为之焕然一新。

就《离骚》而言，其比兴所用之物象，已不再是“单打一”式的孤立的客体，且具有丰富而深刻的象征意义。《离骚》中涉及的香草就有几十种，诸如江离、辟芷、秋兰、桂、宿莽、秋菊等，百花齐放，色彩斑斓，简直就是一个香草的世界，令人眼花缭乱，目不暇接。这些香草，除了用作诗人的佩饰、求爱的信物之外，多具有深刻的思想内涵和象征意义。总括起来，《离骚》中香草的象征意义大约有以下数端：

其一，象征诗人自身道德之修炼与高洁之品行。蒋骥云：《离骚》“首尾二千四百九十言，大要以好修为根柢”，又云：“篇中曰好修，曰修能，曰修名，曰前修，曰修初服，曰信修，修字凡十一见，首尾照应，眉目了然，绝非牵附之思，盖好修者其学也。”（《山带阁注楚辞》）“好修”

---

① 余冠英：《诗经选》，人民文学出版社 1990 年版，第 248 页。

二字，可谓是对屈原一生注重自我美好道德情操培养最为精当的概括。“朝搴阰之木兰兮，夕揽洲之宿莽。”在这里，诗人以不舍昼夜、只争朝夕的主人翁态度，抓紧时间锻炼自己美好的节操。正如夏大霖先生所云：“二句比朝夕向学之事。朝夕者时也，阰洲者地也，搴揽者力也，承上文之所能，言无时无地不致其力也。”（《屈骚心印》）当他面对群小和党人的追名逐利、结党营私之时，他则“恐修名之不立”，而更加自觉主动积极地注重于自身美德之修炼：“朝饮木兰之坠露兮，夕餐秋菊之落英”，“揽木根以结茝兮，贯薜荔之落蕊。矫菌桂以纫蕙兮，索胡绳之𦈎𦈎”。方苞云：“曰挽，曰结，曰贯，曰矫，皆坚持固揽之义。《九章》所谓‘重仁袭义’也。”（《离骚正义》）屈原时刻不忘自身之“好修”，即使在表现湘君、湘夫人神灵相恋的抒情诗《湘夫人》中亦是如此。如“筑室”那段描写，湘君（实质乃诗人之化身）生活在这样一个香草盈室、芬芳馥郁的环境中，其注重美德懿行之培育是可想而知的。尽管诗人为奸邪“蔽美”，通君不能，报国无门，且屡屡获罪，但却仍然坚守德操，“唯吾德馨”。所以，他“进不入以离尤兮，退将复修吾初服。制芰荷以为衣兮，集芙蓉以为裳。不吾知其亦已矣，苟余情其信芳”，“民生各有所乐兮，余独好修以为常。虽体解吾犹未变兮，岂余心之可惩？”可见，诗人“独好修”的意念是多么坚定，大有“惊天地，泣鬼神”之震撼人心的力量。诗人精心描摹的这些香草，无一不是诗人美好道德情操的象征。“其文约，其辞微，其志洁，其行廉，其称文小而其旨极大，举类迩而见义远。其志洁，故其称物芳；其行廉，故死而不容自疏。”（《史记·屈原贾生列传》）其比兴物象与诗人情感紧密关联，物我相融，由人及物，见物知人，像这样的比兴艺术才真正称得上是比兴的上乘之作。

其二，象征振兴楚国的人才，以及“萎绝”、“芜秽”之弟子。王逸云：“屈原与楚同姓，仕于怀王，为三闾大夫。三闾之职，掌王族三姓，曰昭、屈、景。屈原序其谱属，率其贤良，以厉国士。”（《离骚章句·序》）由此可知，屈原早年曾在楚国担任过培养人才的工作。他把那些他所呕心沥血精心培育的人才一律喻为香草。《离骚》云：“余既滋兰之九畹兮，又树蕙之百亩。畦留夷与揭车兮，杂杜衡与芳芷。冀枝叶之峻茂兮，愿俟时乎吾将刈。虽萎绝其亦何伤兮，哀众芳之芜秽。”屈原竭诚培育的那么多人才，不是遭受挫折，一蹶不振，就是蜕化变质，成为“芜秽”，而这后者则是最令屈原痛心疾首、五内俱焚的。因此，诗人便以十分冷静的头脑用“时缤纷其变易兮”一段逐一条分缕析出人才变质的种种表现及其原因。并认为人才变质的社会原因在于君王之昏庸和党人之猖獗；人才变质的主观原因在于他们自己是“莫好修之害”，“固时俗之流从”和“干进而务入”。分析可谓入木三分，一针见血。

当然，屈原《离骚》等篇中香草系列的象征意义不仅仅在于上述而已，与之相关的还可找出象征贤臣明君及诗人对美好理想的追求，等等。值得一提的是，屈原在作品中还常常喜欢将“香草”与“美人”对举描写。如《离骚》“思九州之博大兮，岂唯是其有女?”这就是后人所津津乐道的由屈原所开创的“香草美人”式的比兴手法。由屈原作品中所表现出来的香草系列之象征意义可知，它委实是对《诗经》中单一而孤立之比兴物象的一大突破与发展。

二 《风》之零散片断与《骚》之集中系统

上文已经说过，《诗经》的比兴多表现为在一首诗中只有一两个意象。诸如以“硕鼠”（《魏风·硕鼠》）来比喻像硕鼠一样贪婪狠毒的剥削者；以“戚施”（《邶风·新台》）来讽刺如虾蟆一样丑恶的劫夺儿媳的荒淫无耻的卫宣公；以“桑之未落，其叶沃若”（《卫风·氓》）来比喻丰满美丽、充满青春气息的年轻女子；以“桃之夭夭，灼灼其华”（《周南·桃夭》）一则比喻出嫁女子粉嫩红润的脸面，二则渲染新婚气氛的热烈欢快，等等。尽管这些单个的比兴物象形象而贴切，委婉含蓄而富于感情色彩，但因为这些比兴都是分散而零星的、片断的，“所以诗歌的形象和意境未免稍嫌单调狭小。这种情况使它比较地适宜表现某些单纯的情绪或某些片断的生活场景，而对于稍为复杂的生活内容，其不足就显得十分突出了。”[①] 而《楚辞》中，却将《诗经》中这种零星分散的片断性比兴推向了一个崭新的“七宝楼台”式的色彩斑斓的新境界。比兴物象鱼贯而来，俯拾即是，为我所用，灵活多变，令人如行山阴道上，顿生心旷神怡之感。如果说《诗经》的比兴物象是散落于海滨沙滩上的一粒粒晶莹闪亮的贝壳和珍珠的话，那么，《楚辞》的比兴物象则是横亘于夏日夜空群星闪耀、神秘莫测的银河，更给人以气象恢弘、境界阔大的审美感受。

① 赵沛霖：《兴的源起》，中国社会科学出版社 1987 年版，第 195 页。

朱自清先生曾将中国诗歌的比体诗分为四大类，即：咏史（以古比今）、游仙（以仙比俗）、艳情（以男女比君臣）、咏物（以物比人）。并且认为“这四体的源头都在王注《楚辞》里。”[①] 朱先生将比体诗划为四类，这是正确的，但指出其源头在《楚辞》里，似有欠妥之处。笔者则认为源于《诗经》而发展于《楚辞》，庶几切合实际。下面便就《诗经》中的四类比体诗逐一论析之。

咏史诗有《大雅·荡》，诗人假托文王以指斥殷纣王的手法来讽刺周厉王，表达诗人哀伤厉王无道、周室将亡的无比强烈的忧患意识。特别是最后一章强调“殷鉴不远，在夏后之世”，其托古讽今之意直白无碍。

游仙诗有《周南·汉广》，闻一多先生认为：“三家皆以游女为汉水之神……三家并同，其必有据。”（《诗经通义》）又云：“游女，汉水之女神，借以喻彼女。”“终篇叠咏江汉烟水茫茫、浩渺无际，徘徊瞻望，长歌浩叹而已。借神女之不可求以喻彼人之不可得，已开《洛神赋》之先声。”（闻一多《风诗类钞》）很显然，《汉广》诗的作者，是在借汉水之女神不可求，来反复歌咏人世间男求女之不可得的怅惘和忧伤之情怀。的确是一首典型的以仙比俗的比体诗。《秦风·蒹葭》与《汉广》相仿佛，而其艺术手法更为缥缈奇美、逸气满纸。钟惺评云：“异人异境，使人欲仙。”（《诗经评》）因此，说它是一首人神相恋的优美情诗是大致不错的，它同样是一首以仙比俗、独具风神的比体诗。

艳情诗有《邶风·柏舟》，《毛序》云：“《柏舟》，言仁而不遇也。卫顷公之时，仁人不遇，小人在侧。”今人蒋立甫先生亦认为：“这首诗的题旨旧说颇纷纭，或说‘仁人不遇’；或说‘妇人见弃于其夫’；或说‘寡妇矢志不嫁’；近人有以为‘写妇女在家庭生活中的苦闷的’。我们从全诗考察，似是借女子诉说家庭生活中的不幸遭遇，以寄托诗人自己政治上失意的幽愤情绪，诗中‘群小’、‘威仪’、‘奋飞’这一类话正暗示了作者的身份，并非一般家庭矛盾。”（《诗经选注》）当是中肯之论。

咏物诗有《周南·螽斯》，全篇皆比，以螽斯（蝗虫）之多子比人之多子。《魏风·硕鼠》把残酷剥削奴隶的统治阶级比作贪婪残忍的大老

---

① 朱自清：《诗言志辨·比兴》，第86—87页。

鼠；还有《小雅·鹤鸣》，全诗几乎用比。其中用鹤、鱼比喻隐逸之贤才，用“檀”、“榖”（楮树）、“他山之石”等事物来比喻人才，由此而表达诗人招致贤才为国所用的主张。王夫之《夕堂永日绪论》云：“《小雅·鹤鸣》之诗全用比体，不道破一句，三百篇中创调也。”不动声色地以物喻人，确是作诗高手。

《诗经》中虽然较为全面而熟练地运用了四种比体诗，但就每一首诗而言，这些比兴之物象，仅仅还是一个单独的客体，处于分散的零星的片断之中，缺乏综合运用之能力。而以屈原为代表创作的《楚辞》，则已充分具备了将这四种比体诗综合运用于一篇之中的“宏观调控”能力，在一篇之中形成一组系列产品。综合运用比体诗之后，使诗歌主题更集中、更明确，诗歌内涵更丰富，亦更具有感染力。在《离骚》中，我们就可找到这四种比体诗。“以古比今”者，如：“昔三后之纯粹兮，固众芳之所在……彼尧舜之耿介兮，既遵道而得路。何桀纣之猖披兮，夫唯捷径以窘步！”“以仙比俗”者，如：“前望舒使先驱兮，后飞廉使奔属。鸾皇为余先戒兮，雷师告余以未具。吾令凤鸟飞腾兮，继之以日夜。飘风屯其相离兮，帅云霓而来御。”“以男女比君臣”者，如：“惟草木之零落兮，恐美人之迟暮。”“以物比人”者，如：“余以兰为可恃兮，羌无实而容长。委厥美以从俗兮，苟得列乎众芳。椒专佞以慢慆兮，榝又欲充夫佩帏。既干进而务入兮，又何芳之能祇。”屈原将四种比体诗纳于一篇，驰想天地，灵活运用。而且这些比兴之物象与表达之主题又是那样的吻合贴切，这在中国古典诗歌的艺术思维史上，的确是屈原的一大发明创造。如果说《诗经》比兴物象多局限于鸟兽、虫鱼、山川、草木、日月、星辰等自然现象以及人间的、现实的社会生活，那么，《楚辞》则把比兴物象的范围“从自然界扩大到社会生活，从现实扩大到历史，从人间扩大到神界。”①就《离骚》而言，举凡诗人所见所闻所梦所想，统统都可驱于笔端，左右挥洒，为我所用。此所谓“笼天地于形内，挫万物于笔端”（陆机《文赋》）。这正是屈原运用比兴艺术的丰富性、多样性和综合性之所在。犹如王逸分析屈原《离骚》运用比兴之特征所说的那样：“《离骚》之文，依诗取兴，引类譬喻。故善鸟香草，以配忠贞；恶禽臭物，以比谗佞；灵修美人，以媲于君；宓妃佚女，以譬贤臣；虬龙鸾凤，以托君子；飘风云

① 赵沛霖：《兴的源起》，第196页。

霓，以为小人。”（《离骚经序》）由于那些丰富而广泛的比兴系列物象，才使得《离骚》成为中国诗歌史上一篇思想深刻、气象万千、境界开阔、魅力无穷的千古绝唱。

与《诗经》片断性的比兴物象相比，屈原《楚辞》比兴物象的系列性组合意象之运用，则更能够多层次、多角度、多侧面地充分展示诗人的心灵轨迹，把诗歌内容的表现更加立体化，以极大地增强诗歌艺术的张力，给人以深刻的印象。如《离骚》中“女子”之比兴系列，诗人以女子自况，她有爱美的天性，喜好用芳洁的东西妆饰自己，还栽培了许多芳香馥郁的花草，由此而将男女关系比君臣关系；以众女妒美比群小嫉贤；以求媒比求通楚王的人；以婚约比君臣遇合。“这就是诗中借男女关系为喻所展示的一条爱情线索，它和诗人的政治抒情每每叠合在一起，造成诗篇写实和虚拟的二重世界相互转化、相互交融、迷离惝恍的艺术效果，也给全诗增添了绰约的风姿与芳悱的情韵。这种‘美人香草’式的寓意手法为《离骚》所独创，对后世文学有着深远的影响。”① 正由于诗人这样不厌其烦地铺陈表现一种特定的思想内涵的系列比兴物象，故而使诗歌充溢着饱满的精神，蕴涵着丰厚的意蕴。这些精神与意蕴，一旦被淋漓酣畅地表达出来，对读者而言，自然会产生强磁场般的吸引力，从而增强审美效果。

三　《风》之触物生情与《骚》之托物寄情

朱熹尝云：“《诗》之兴多而比赋少，《骚》则兴少而比赋多。”（《楚辞集注》）“《诗》之兴多”，恰恰证明了《诗经》的比兴多表现为“触物生情”的形式特征。而《楚辞》的“比赋多”，又充分说明了诗人省却了《诗经》作者“先言他物以引起所咏之辞”的触物生情的思维过程，而是径直把自己酝蕴于胸中的思想感情寄托于能恰如其分地表达其思想感情的物象之上，使其具有象征意义。所以，从《楚辞》诗篇的表面看，似乎就给人以“兴少而比赋多”的一种感觉。事实上，多用比赋（实含兴），乃诗人索物以托情的表达需要。而这，恰恰是《楚辞》对《诗经》比兴艺术的一大发展。

比兴手法在《国风》民歌中的运用是极为普遍的。这是因为，这些

---

① 马茂元等：《千古绝唱话〈离骚〉》，《楚辞鉴赏集》，人民文学出版社 1988 年版。

诗歌的作者绝大部分都是最底层的劳动人民，他们“日出而作，日入而息”，春耕，夏耘，秋收，冬藏，一年四季都生活劳动在大自然的怀抱之中。通过对大自然的长期接触，人们逐渐地认识到大自然不仅是人类摄取物质资料的场所，而且能为人类提供精神生活的对象。故早期《诗经》作者们运用比兴的物象多是与人类生产活动有直接关系的动植物，如《周南·葛覃》首章，诗人赞美葛的茂盛，是因为可以得到更多的絺（细夏布）绤（粗夏布）。又如《小雅·信南山》，诗人赞美雨雪，是因为它们有利于五谷生长。这些都表明当初人们的自然审美意识是与物质功用紧密相连的。随着人们对自然美意识的逐渐增强，人们已开始摆脱自然景物的物质功用之范畴，而步入人的精神生活、感情生活与大自然紧密结合的更高境界。这是因为，“人们在长期的社会实践中逐渐觉察到自然事物与人类社会生活有着多方面的联系，对人类的社会生活有着多方面的象征意义，自然界内在的有规律的运动也与人们的情绪感受有着一种不可言状的相通之处。”① 因此，自然物象就很能触动诗人的情怀，从而引起感情的共鸣，与诗歌主题产生呼应。这就是陆机所说的“遵四时以叹逝，瞻万物以思纷”，“悲落叶于劲秋，喜柔条于芳春”（《文赋》）的意思，亦即刘勰所说的“诗人感物，联类不穷”（《文心雕龙·物色》）的意思。由此，可勾勒出《诗经》中比兴的思维过程图序，即：

触物 → 起情 → 联想 → 比喻（比拟）

例如《周南·关雎》：“关关雎鸠，在河之洲。窈窕淑女，君子好逑。”诗人首先看到在河洲之上鸣叫的雎鸠，它们的鸣叫是多么的和谐悦耳，它们成双成对，形影不离，由此而触动了诗人的情怀，继而产生联想：这和鸣相谐的雎鸠，多么像青年男女天生般配的一对儿。《诗经》中比兴的思维流程大多是这样的四部曲，似成固定模式：即比兴之思维过程多是由外而内，比兴之物象都是客观的事物。由此观之，它们尚属人类思维艺术的初级阶段。

---

① 韦凤娟：《〈诗经〉和〈楚辞〉所反映的人与自然的关系》，《文学遗产》1987 年第 1 期。

《楚辞》比兴的思维过程与《诗经》相比，已产生了质的飞跃。它已经不像《诗经》那样先要依赖于客观物象，而后触物起情，联想比喻，而是根据诗人自己那奔涌激荡于心胸的强烈的思想感情，去主动寻找与之相适应的物象，然后用自然物或超自然物表现出来，使本为抽象的思想感情物象化。当然，《楚辞》也有纯用客观物象的地方，但毕竟是少数，更多的是诗人自己怀着一定的目的创造出来的新的更为完善的艺术形象，并以此来发抒心灵，倾吐愁怀。在《楚辞》中，比兴物象不像《诗经》那样仅仅是作为某种感情或意念的提示和导引，大多情况下自身就表现为具有审美价值的意象，它是诗歌意境的有机组成部分。如《湘夫人》中“嫋嫋兮秋风，洞庭波兮木叶下”，萧瑟秋风，清凄哀婉，洞庭兴波，落叶飘零。这些比兴物象与湘水女神的飘然而至便构成了清幽渺远的意境。而“洞庭波兮木叶下”一句，其中的洞庭波浪起伏不定，不正可视为诗人因不见“帝子”而焦急万分之心绪不宁的外在表现吗？而纷纷飘零的树叶，不亦是诗人心绪烦乱的象征吗？对《楚辞》中这一系列美的形象的出现，尽管其比喻抑或象征意义含而不露、沉潜纸背，但我们仍可从其比兴物象（包括奇幻的形象）中较为可靠地把握其内在的寓意和感情流向。《山鬼》《涉江》是如此，《离骚》则更是如此。据此，《楚辞》比兴的思维过程图序可以这样表示，即：

托物 → 寓情 → 联想 → 象征

如《离骚》：“民好恶其不同兮”一段，诗人通过“户服艾”和“苏粪壤”假托物的描写，含蓄而深刻地表达了自己对那些品行一贯不端、津津乐道于黑白颠倒者的厌恶可恨之情。再如《哀郢》乱词云：“鸟飞反故乡兮，狐死必首丘。信非吾罪而弃逐兮，何日夜而忘之。”诗人以鸟兽依恋故土为比兴，表明至死不渝的怀乡思国之情。抒悲之深切，言志之明朗，具有“一字千金”、“惊心动魄”之魅力。台湾杨胤宗先生指出：

> 夫远目流观，亦有人问何世之感，离郢九稔，无日忘返，风光海内，不无危苦之辞。痛君晦蔽于谗邪，国命危悬于丝发。郢路茫茫，

> 召书不见，此屈子抚今追昔，血泪并落者也。嗟乎，鸟倦飞而知还，狐死犹冀丘首，况人乎哉？行文至此，有一恸而绝之意焉。[①]

《哀郢》之所以如此感人肺腑，乃得益于诗人所用比兴物象具有托物寄情、情融于景的丰富而深刻的象征意义焉。

四 《风》之比兴实景与《骚》之比兴幻象

陆时雍尝云："《三百篇》赋物陈情，皆其然而不必然之词，所以意广象圆，机灵而感捷也。"（《诗镜总论》）《诗经》中的比兴物象，既有眼前的自然景物，也有社会生活现象。前者如《周南·关雎》《桃夭》《邶风·谷风》；后者如《魏风·伐檀》《曹风·侯人》《小雅·采薇》等。当然，《诗经》中比兴物象也有想入天外的幻化之景，如《小雅·大东》；也有神话传说的神秘描写，如五首民族史诗中的《大雅·生民》等。但就整个《诗经》而言，这类虚幻比兴物象的描写毕竟占极少部分的内容，绝大部分都是自然与社会物象的真实反映，而《楚辞》的比兴物象，已大大超过了《诗经》中所使用的那些生活中的实物真景的描写，充满了楚文化瑰丽奇异的神秘色彩。如《离骚》第二部分，诗人朝发苍梧，夕至县圃，以飞廉、鸾皇、凤鸟、飘风、云霓为侍从，上叩天阍，下求佚女，构成了一个迷离惝恍、场面宏伟壮丽的天国世界，真可谓"放言遐想，称古帝，怀神仙，呼龙虬，思佚女。申纾其心，自明无罪，因以讽谏。"[②] 即使是《涉江》这样的短章，其比兴物象仍充满着浓厚的浪漫主义特色。如"驾青虬兮骖白螭，吾与重华游兮瑶之圃。登昆仑兮食玉英，与天地兮同寿，与日月兮齐光"，诗人自拟神灵，遨游太空；总之，既有琼瑶仙景的想象，又有现实景物的描写，还有历史人物的对照及艺术手法的综合运用，大大拓宽了艺术表现的空间，增强了艺术感染力。

《楚辞》运用神话传说作比兴物象，虽然直接继承了神话超现实的特点，但却不像《诗经》那样，仅对远古神话作简单的因袭和重复，而是显示出巨大的独创性。"这种独创性，概括地说，就是将神话的非理性的、不自觉的超现实想象，转化为艺术的、理性的、自觉的超现实想象。

---

① 杨胤宗：《屈赋新笺·九章篇》，中国友谊出版公司 1985 年版，第 184 页。

② 鲁迅：《汉文学史纲要》，第 21 页。

这乃是一种质的飞跃。”①

过常宝先生指出：“如果说《诗经》以其坚实的理性精神和清晰的历史意识，鼓励了文学对现实的关注，那么，《楚辞》则以其深邃的情感力量和意蕴丰厚的原始意象，为历代诗人们那一颗颗苦难而无依的心灵提供了栖息之所和精神家园。”② 这里，正好把《诗经》与《楚辞》比兴物象的现实性与虚幻性的问题作了诗意化的比较说明，可谓慧眼独具。

此外，从比兴在诗中所安排的位置来看，《诗经》多在每章诗的开头，少数用在每章诗的中间，而《楚辞》则在全篇之内皆可采用比兴，因情而设，灵活自如。事实证明，以屈原为代表的《楚辞》作者的文学创作的自觉意识较之《诗经》作者来，却大大提高了，运用比兴艺术的思维能力也大大增强了。

综上所述，《楚辞》的比兴艺术较之《诗经》的确取得了巨大的进展。那么，其原因何在呢？概而论之，约有三端：

（一）取决于《楚辞》代表作家屈原对《诗经》比兴艺术的全面借鉴

王逸云：“《离骚》之文，依《诗》取兴，引类譬喻。”刘勰亦云：“自风雅寝声，莫或抽绪，奇文郁起，其《离骚》哉！固已轩翥诗人之后，奋飞辞家之前。”（《文心雕龙·辨骚》）在借鉴的基础上，屈原又根据自身的思想实际和文学才华，创造性地发展了独具魅力的比兴艺术，给后世文学的艺术思维提供了更完整而系统的模式。

（二）楚文化的陶冶为《楚辞》的比兴艺术增添了绚丽的色彩

通观屈原作品中的全部比兴物象，我们发现，其中不仅弥漫着浓郁的楚国地方色彩，而且标志着明显的传统历史文化特征，即巫史文化特征。“楚国南郢之邑，沅湘之间，其俗信鬼而好祠。”（王逸《离骚经章句》）《国语·楚语》亦有类似的记载：“民神杂糅，不可方物，夫人作享，家有巫史。”《汉书·郊祀志》亦云：“楚怀王隆祭祀，事鬼神，欲以获福助，却秦师。”在这种风俗的影响下，原始神话便在这块适宜的巫风熏染的土壤上得以生存和发展起来。这些超现实幻想的神话传统，一方面被屈原大量采用为“比兴”的创作材料；另一方面为他的“比兴”提供了新

① 郭杰：《论屈原艺术想象的独创性》，《东北师范大学学报》1988年第4期。

② 过常宝：《楚辞与原始宗教》，东方出版社1997年版，第150页。

鲜的创作方法，使之洋溢着神奇瑰丽的浪漫主义色彩。因此，在屈原作品中充满着如此众多的以神话传统为比兴物象的现象，亦就不足为奇了。

（三）楚地的山水草木、自然风光，不仅为屈原作品的“比兴”提供了繁丽的素材，而且便于诗人营造气氛，表现主题，拓展诗境

如《离骚》中抒情主人公披香戴芳，饮露餐英，满篇散发着楚地花草浓郁的馨香。故刘勰云：“若乃山林皋壤，实文思之奥府。屈平所以能洞监风骚之情者，抑亦江山之助乎？”（《文心雕龙·物色》）应当说，“江山之助”的确为屈原比兴物象的选用提供了广阔的天地。

《诗经》文化与《楚辞》文化虽属两个不同的文化派系，前者以黄河流域为中心，是北方民族文化的代表；后者以长江流域为中心，是南方民族文化的典型，但这南北文化并非楚河汉界，不相往来。它们之间曾有过交融的光辉历史，亦即《诗经》对《楚辞》产生过较为明显的影响。这已基本成为学界之共识。然而，有人却不以为然。如茅盾先生认为：“《楚辞》来源却非北方文学的《诗经》，而是中国神话。”“历来文人都中了‘尊孔’的毒，以《诗经》乃孔子所删定，特别地看重它。认为文学的始祖，硬派一切时代较后的文学作品都是‘出于诗’，所以把源流各别的《楚辞》也算是受了《诗经》的影响……仅以时代先后断定他们的‘血统关系’，结果必致抹杀了《楚辞》的真面目。”① 陈桐生先生亦认为：“《楚辞》的源头既不是以《诗经》为代表的北方儒家经典，也不是那些一鳞半爪、片言只语的楚歌，更不是北方《诗经》与南方楚歌的结合体，而是起源于以表现原始巫娼习俗为内容的南楚祭歌，系于屈原名下而实则并非屈原所作的《九歌》，就是南楚祭歌的代表作。”并且认为“《离骚》的比兴形态早于《诗经》”。② 前者否认《楚辞》受《诗经》影响，后者不但否认之，而且认为是《楚辞》的比兴形态早于《诗经》。果真如此吗？非也！大家知道，《诗经》的产生要早于《楚辞》二百余年，此乃人所共知的历史常识。从中国文学发展的源流观之，当是《诗经》影响了《楚辞》，怎么可能《楚辞》影响《诗经》呢？无论从时间概念抑或文学演进之规律来看，都是说不通的。我们应当尊重文学发展的历史

① 茅盾：《楚辞与中国神话》，《茅盾古典文学论文集》，上海古籍出版社1986年版，第210页。

② 陈桐生：《〈离骚〉比兴形态早于〈诗经〉》，《文艺研究》1996年第6期。

事实，既要看到《楚辞》对《诗经》继承与发展的一面，又要看到楚国本土文化尤其是巫史文化对《楚辞》的孕育之功。事实上，“《楚辞》这一种新的文学样式的产生，可以而且必须和《诗经》的影响联系起来考察，才能得出合理的答案……《离骚》的比兴手法源于《诗经》而又有所发展，则是非常明确的。”①

总而言之，正是由于屈原牢牢扎根于楚文化深厚的土壤上，继承和发展了《诗经》的比兴艺术，兼收并蓄，博采众长，因此才使得中国古典诗歌的艺术思维产生了如此巨大的飞跃，进而给诗歌比兴艺术园地注入了新的生机，开创了比兴艺术“万紫千红总是春”的大好局面。

第二节 唐诗比兴之思维形态

由《诗经》创造的“比兴”艺术手法，经过不同时代文化思潮的激荡与文艺思想的浸染，便自然产生了不同时代的“比兴”审美特征。就《诗经》的文本观之，单纯的“比”与“兴”在内涵上的距离较大，不含比喻的“兴”与“比”的距离也很大，而有寄托的“比”与兼含比喻的“兴”的内涵就十分接近，基本上同属一种类型。到了唐代，出现了“比、兴”融合的显著现象。而“比兴”融合，无论从理论上还是创作实践上来考察分析，都是合理的。这是唐代“比兴”理论的一大发展。一方面使其从比、兴中分离出来，使原来夹缠不清的“比、兴”只作为比喻和发端的修辞手法而存在，这样就便于理解和应用。“比兴”融合的新概念，赋予了新的意义和内涵。它是传统的“比、兴”概念的发展和升华，已不再是单纯的表现技巧，而是作为一种充满生机的新的创作方法被广泛地应用于诗歌创作与文学评论中了。

那么，“比兴”融合之理论要求与价值又是如何呢？大致在两个方面：一是规定了作品必须具有进步的思想内容。陈子昂批评齐梁诗风是“彩丽竞繁，而兴寄都绝”，实即批评他们丢掉了《诗经》“美刺”传统。白居易曾评论唐以前的诗歌云：“洎周衰秦兴，采诗官废，上不以诗补察时政，下不以诗泄导人情。……救失之道缺，于是六义始刓矣。晋宋以

---

① 参见张志岳《先秦文学简史》第八章“屈原与楚辞”，黑龙江人民出版社 1986 年版。

还，得者盖寡。以康乐之奥博，多溺于山水，以渊明之高洁，偏放于田园。江、鲍之流又狭于此。……于是六义寖微矣，陵夷矣。至于梁陈间，率不过嘲风雪，弄花草而已……丽则丽矣，吾不知其所讽焉……于时六义尽去矣。"[①] 显然，白居易所批评的"六义"消亡，主要是指六朝那些虽用比兴手法却缺少关注社会现实的美刺内容之作品。这种重思想内容的理论，开创者为陈子昂，集大成者为杜甫，他们的思想在唐代具有代表性。其他诗人与文学评论家如殷璠、柳冕、李白、杜甫、元稹、张籍、李绅也都持相同的见解。二是融合后的"比兴"要求诗歌既反映现实，又要影响现实，改造现实，明确文艺与现实、文艺与政治的关系。白居易的"文章合为时而著，歌诗合为事而作"[②] 的理论主张最具代表性。所以，被称为"史诗"的杜甫的一大批诗歌与白居易的新乐府诗创作等，皆与"比兴"这一要求相切合。李白的一部分作品虽然描写的都是神仙梦幻世界，但它也是现实生活曲折的反映、"诗化"的表现。李白是以虚为实，实寓虚中，这些作品同样不失为"比兴"的佳作。唐代"比兴"融合理论的盛行，对唐诗比兴思维形态的确立，无疑起到了积极的促进作用。

清人洪亮吉尝云："唐诗人去古未远，尚多比兴，如'玉颜不及寒鸦色'、'云想衣裳花想容'、'一片冰心在玉壶'及玉溪生《锦瑟》一篇，皆比体也。如'秋花江上草'、'黄河水直人心曲'、'孤云与归鸟，千里片时间'以及李、杜、元、白诸大家，最多兴体。降及宋、元，直陈其事者十居其七八，而比兴体微矣。"[③] 洪氏通过举例及与宋、元诗人之对比，突出唐代诗人擅长比兴的诗歌创作特征，颇为客观公允。比兴艺术是中国诗歌最为重要的表现手法之一，它是诗歌滋味与神韵之灵魂，缺乏比兴的诗歌，便缺少了形象思维而使诗歌变得了无生气而味同嚼蜡，所以，比兴表现手法由《诗经》创立、《楚辞》发展以来，一路受人青睐，风光无限。到了唐代，诗人们深契比兴之要义，娴熟比兴之手法，运用起来则更是灵活自如，触处生春，气象万千。比兴艺术发展至唐代，可谓达到了空前的高度。唐诗之所以成就最大，成为中国诗歌的最高峰，之所以永远那么新鲜有味，魅力无穷，其中最根本的原因之一，就在于唐代诗人娴熟

---

① 白居易：《与元九书》，《白氏长庆集》卷四五，文学古籍刊行社影宋本。

② 同上。

③ 洪亮吉：《北江诗话》卷一，人民文学出版社 1983 年版，第 2 页。

而又别具灵心地广泛运用了比兴艺术手法。这就是唐诗之所以成为唐诗的奥秘。倘若将比兴譬诸于中国文化大地之树木，《诗经》是其根，《楚辞》是其萌芽抽条，建安六朝是其树干成形、枝叶初萌，那么，唐代则是根深叶茂、繁花似锦、绿荫满地矣！

唐诗比兴之思维形态，归纳言之，约有三大类型：

一　托物比兴

前文所论及的唐代诗人与自然和谐相处的十大生存形态，已足以表明唐代诗人自然生态意识的深厚与浓郁。也正因为此，他们在创作诗歌时，宇宙大地的万事万物，山川花木鸟兽虫鱼之类无不成为他们诗歌中的比兴材料，达到了随手拈来、为我所用的浑然自恰的艺术境界。这里仅就杜甫的《初月》、《春望》二诗略加述论析，以见唐代诗人托物比兴的神韵旨趣与审美价值。

具有“民胞物与”博大情怀的“情圣”杜甫，由于他惯用以意逆景、移情于物的表现艺术，所以他笔下的自然物象无不烙有杜氏情感的烙印。由于诗人强烈的主观感情色彩之因素，便使其诗中的景物有了较大的主观随意性。从而使其诗本身之内涵充满了思想与艺术意蕴的审美张力，给人以无限美味的精神享受。试以杜甫《初月》诗为例加以论析之，诗云：

光细弦欲上，影斜轮未安。
微升古塞外，已隐暮云端。
河汉不改色，关山空自寒。
庭前有白露，暗满菊花团。

明人唐汝询阐析此诗寓意最为中肯允当，其云：“玄宗以禄山之乱，命太子讨贼。肃宗即位未几，则为张良娣、李辅国所蔽，此以初月为此光细者，势单弱也。‘轮未安’者，位未定也。才起于凤翔，即蔽于张、李，所谓升塞外而隐云端矣。才弱不足以反正，犹初月光微不足以改河汉之色，惑于邪而使宇内失望，犹斜影之月徒起关山之塞耳。我因哀时，不觉涕泗之下，犹月下之露暗满庭花也。”① 诗人将咏初月与咏肃宗初之国事

① 唐汝询：《唐诗解》，清顺治武林万笈堂藏书本。

紧密联系起来思考，连类比兴，直抒忧国忧民之一片深情，可谓用心良苦，忠诚感人。其实，作为一向忧国忧民的诗人来说，杜甫无时无刻不紧绷着爱国的神经。尤其在战乱的年代里，只要他听到一声鸟叫，看到一朵鲜花，都会感伤不已，潸然泪下。这就是诗圣“民胞物与”的独特情怀。《春望》便是这方面的代表作，诗云：

国破山河在，城春草木深。
感时花溅泪，恨别鸟惊心。
烽火连三月，家书抵万金。
白头搔更短，浑欲不胜簪。

此诗作于至德二年（757）春天，诗人身处国破家亡的动乱时代，逢春伤怀，一腔悲哀。前四句写诗人面对山河、草木、花鸟之自然物象所产生的难忍之悲伤情怀，托物比兴，寓意遥深。后四句以家书难得、白头搔短二事，突出诗人百结愁肠之忧、万箭穿心之痛。而其中最有名者乃“感时花溅泪，恨别鸟惊心”一联，前人多有高评。司马光曰：“花鸟，平时可娱之物，见之而泣，闻之而悲，则时可知矣。”① 沈德潜评曰：“‘溅泪’、‘惊心’转因花、鸟，乐处皆可悲也。”② 两位前辈发掘此联的艺术表现之美，是颇具艺术眼光的。对此联，后人一般有两种解释。一种是诗人因感时恨别，见了花鸟则溅泪惊心；另一种是以花鸟拟人，感时伤别，连花也溅泪，鸟亦惊心。就表现手法而言，前者为触景生情，后者为移情于物。此二者皆言之有理，精神可通。但学者中倾向于前者似乎较多，萧涤非先生堪称代表。他说：“关于‘感时’句，有人认为‘感时花溅泪’，‘花’并不‘溅泪’，但诗人有这样的感觉，因此，由带着露水的花，联想到它也在流泪。按：果如此说，溅字就很难讲得通。溅泪并不同于一般的流泪，溅是迸发，有跳跃义。谢灵运诗：‘花上露犹泫’，如果是写带露的花，也许可以说‘泫泪’，却不能说‘溅泪’，因为花上的露水是静止的。

① 司马光：《温公续诗话》，何文焕辑：《历代诗话》（上），中华书局1981年版，第278页。

② 沈德潜：《唐诗别裁》卷十，第237页。

故此处‘泪’字仍以属人为是，所谓‘正是花时堪下泪’也。”[①] 萧先生分析细密，所论极是。其实，“感时花溅泪，恨别鸟惊心”一联，诗人同时采用了触景生情与移情于物的双重手法，他是与花共同溅泪，与鸟一起惊心的。在这“国破山河在，城春草木深”的动乱荒芜的政治形势下，花、鸟的天地已非原来的天地。在诗人眼里，它们和人一样有灵性、有情感。因此，身处乱世悲凉之境，它们自然会溅泪惊心的。而作为时刻紧绷忧国忧民神经的诗人自己，面对原本娱人、而此刻忧伤悲切的花鸟，焉能不溅泪惊心呢？实际上，诗人的情感脉络应是这样的：诗人见花丛、闻鸟鸣后，因感时伤别而不觉潸然泪下，此乃触景生情之谓；而就在诗人潸然泪下之际，他仿佛看到可爱的殆同亲友般的花、鸟也在和他一起溅泪惊心，此乃移情于物之谓。诗人溅泪惊心是实，花、鸟溅泪惊心是虚，以实度虚，以虚衬实，虚实相生，比兴情深。这就是杜甫此联托物比兴艺术审美价值的魅力所在。杜甫见花感伤之诗每每可见；如：“花近楼高伤客心，万方多难此登临。”（《登楼》）“一片飞花减却春，风飘万点正愁人。”（《曲江二首》其一）……诗人见花伤悲，而在诗人眼里，花儿本身也当是伤愁的。这是因为诗人是一贯与花鸟友好相处而视之为友的，所谓“一重一掩吾肺腑，山鸟山花吾友于”（《岳麓山道林二寺行》）是也。所以，诗人便常常会因为“物微意不浅”而“感动一沉吟”（《病马》）。以此来体会“感时花溅泪，恨别鸟惊心”一联，诗人与花、鸟一起溅泪惊心的情感因素亦就迎刃而解了，而其将触景生情、移情于物的艺术表现手法融于一联的妙处，亦就不言而喻了。诗人托物比兴如此，真乃神来之笔。

二　借古讽今

借古讽今是诗人们常用的一种比兴手法，它与托物比兴不同之处，即在于托物比兴乃凭借于“物”（“物象”、“物件”等），而借古讽今乃凭借于“人”（历史人物与事件），其目的是利用历史人物与事件之经验或教训之精神资源，或“美”或“刺”于当今社会现实，为现实政治服务。借古讽今比兴手法源远流长。早在《诗经》《楚辞》中就多所可见，历代沿用不衰。至唐代，尤其是中晚唐社会日趋昏暗崩溃时期，借古讽今之作

① 萧涤非：《杜甫诗选注》，第 73 页。

更是大量涌现。这些作品或颂先贤美德，以为典范；或怨昏君不寤、不重人才；或愤佞臣无道、残害忠良；或叹有志难逞、理想破灭；或讽政治黑暗、人心不古，等等，内容丰富而广泛。本书不拟全面展开论述，兹就戎昱的《咏史》、李商隐的《贾生》二诗略作论析，以见借古讽今"主文谲谏"委婉比兴的艺术审美特征。

先看戎昱的《咏史》诗："汉家青史上，计拙是和亲。社稷依明主，安危托妇人。岂能将玉貌，便拟静胡尘。地下千年骨，谁为辅佐臣？"此诗从字面看，是一首严正批判汉代"和亲"政策的咏史诗，而实际上，诗人借汉讽唐，告诫唐代统治者不要重蹈汉皇"计拙和亲"的覆辙。既为妇女的不幸命运鸣不平，亦毫不留情地讽刺了满朝文武官员懦弱无能之丑行。"安史之乱"后，唐朝国力顿衰，边患严重，最高统治者多以"和亲"政策以求苟安。有唐一朝外嫁公主计有 15 人之多。而玄、肃、代、德四朝就有 11 人，约占 80%。有感于此，戎昱遂作此《咏史》之诗，其"美刺比兴"功能是显而易见的。

再看李商隐的《贾生》诗："宣室求贤访逐臣，贾生才调更无伦。可怜夜半虚前席，不问苍生问鬼神！"此诗借助于汉文帝轻视人才与相信鬼神的滑稽事实之对比，强烈讽刺帝王昏聩无能的丑恶本质，同时也抒发了诗人怀才不遇的感慨。李商隐此诗与上列戎昱《咏史》诗一样，都是针对唐朝的腐败政治作出的尖锐而深刻的批判。晚唐的不少皇帝，沉湎于服药求仙的迷梦之中，荒政废才，贪淫贱民，江河日下。诗人《贾生》诗由此及彼，有感而发，含蕴深厚，耐人寻味。

在借古讽今的表达方式中，唐代诗人还多喜用以汉喻唐之手法。以上所举戎昱的《咏史》、李商隐的《贾生》二诗便是以汉喻唐的代表作之一。其他如杜甫的《咏怀古迹五首》、白居易的《长恨歌》、刘禹锡的《韩信庙》《咏史二首》，等等，均为这方面的杰作。唐代诗人为何喜用以汉喻唐的表达方式呢？这是因为：一是汉与唐均是大一统的强盛帝国，大汉之威与盛唐气象分别代表着两个时代的辉煌特征。唐代诗人喜欢写汉代史事典故，主要原因之一，就在于他们不堪目睹唐代社会尤其是晚唐社会日趋败坏的政治局面，从而使得诗人们愈益向往汉代盛世的赫赫声威。二是汉、唐统治者中某些昏聩君王的所作所为具有不少相似之处，因此，给予诗人们以汉喻唐的使用方便。三是以汉喻唐，要比直接讽唐更加委婉含蓄。这样，既可收到讽谕之效果，又可较好地保全自己而可免招一些不必要的麻烦。特别是讽谕君王的一些诗，倘若稍不留神，触犯逆鳞，轻则贬谪，重则杀头。所以，唐代诗人选中以汉喻唐这种两全其美的委婉比兴方式甚多，委实是明智之举。尽管也难免有诗人因此而遭受迫害者，但毕竟有“说汉”之托词可言，要比直接讽唐之诗多一层自我保护之色彩。

三 男女君臣

以男女喻君臣之比兴手法，由《诗经》中《卫风·氓》等诗发轫，经《楚辞》“香草美人”而成熟、定型，[①] 历汉魏六朝踵事而增华，至唐代则普遍兴盛、广泛使用矣。以男女关系喻君臣关系，也是委婉比兴手法的具体运用，与借古讽今（以汉喻唐）之手法具有异曲同工之妙。兹就杜甫的《佳人》这首男女喻君臣之诗作一简要论析。

杜甫的《佳人》是一首叙述战乱中不幸遭受遗弃的弃妇诗。结合诗人的不幸身世观之，弃妇实乃诗人自己的影子，是诗人借他人酒杯以浇自己胸中块垒的以男女喻君臣的杰作。诗云：“绝代有佳人，幽居在空谷。自云良家子，零落依草木。关中昔丧乱，兄弟遭杀戮。官高何足论？不得收骨肉。世情恶衰歇，万事随转烛。夫婿轻薄儿，新人美如玉。合昏尚知时，鸳鸯不独宿。但见新人笑，那闻旧人哭！在山泉水清，出山泉水浊。侍婢卖珠回，牵萝补茅屋。摘花不插发，采柏动盈掬。天寒翠袖薄，日暮倚修竹。”诗人满怀同情而又崇赏的复杂心情，塑造了一位命运悲惨而情操高尚的绝代佳人形象。诗人写佳人的高尚情操，主要是通过描写她的空谷幽居及其清泉、牵萝、鲜花、松柏、修竹等坚贞芳香的植物来体现的，由此很容易想到《九歌·山鬼》中那位巫山神女“被薜荔兮带女萝”、“处幽篁兮终不见天”、“山中人兮芳杜若，饮石泉兮荫松柏”的幽雅芳洁的生存环境。而其中“但见新人笑，那闻旧人哭！在山泉水清，出山泉水浊”的描写，又明显是从《诗经·邶风·谷风》与汉乐府《上山采蘼芜》等弃妇诗中巧妙化出，无形中增添了“佳人”的悲剧色彩。如此貌美品优的“绝代佳人”却遭受了“兄弟杀戮”、无辜被弃的悲惨命运，问题的根源则在于社会大环境的动乱现实与弃妇前夫的冷酷无情。这就正像诗人自己一样，他一生怀抱“致君尧舜上，再使风俗淳”（《奉赠韦左丞丈二十韵》）的宏图壮志与“穷年忧黎元，叹息肠内热”（《自京赴奉先

---

① 参见李金坤《〈风〉、〈骚〉“弃妇情结”探论》，《北方论丛》2004年第6期。

县咏怀五百字》）的满腔热情，到头来只是落得个不为君王所重而到处漂泊的悲惨遭遇。诗人的遭君冷遇与“佳人”为夫弃逐，命运之悲，一脉相连。所以清人黄生指出：“偶有此人，有此事，适切放臣之感，故作此诗。”[①] 杜甫此诗作于乾元二年（759）秋季，时值“安史之乱”后的第五年，诗人挈妇将雏，正漂泊于边远的秦州。诗人面对社会的动乱形势与君王对自己的冷遇现实，感慨万端，遂写下了这首以男女喻君臣的比兴体之杰作。其他如白居易的《琵琶行》、韦应物的《拟古七首》、李商隐的《深宫》等诗，均是以女子遭弃托喻感士不遇、良臣见弃于君的男女喻君臣的代表作。

以上就唐诗比兴思维的三大类型作了简要论析，其中第一类托物比兴现象最为突出，涉及面与内涵皆十分广泛，它与唐代诗人普遍高涨的自然生态意识具有甚为密切的关系。唐诗比兴思维三大类型的盛大气象，完全是唐代诗人们继承与发扬《诗经》《楚辞》所开创的托物比兴、借古讽今、男女喻君臣等表现手法的丰硕成果。唐诗比兴思维形态，较之于《诗经》与《楚辞》，无论是反映社会生活的广度与深度，还是比兴手法的多样与灵活，都远胜于彼也，颇具胜蓝寒水之妙。

唐代比兴之思维形态与兴盛气象如上所述。那么，它又何以会产生如此思维形态与兴盛气象的呢？笔者以为，一是在唐代儒、释、道三教中的自然观的全面影响下，唐代诗人自然生态意识空前高涨，自然情结普遍深厚，山水云月、花鸟草虫遂成了他们取之不尽、用之不竭、信手拈来、皆洽吾心的比兴材料。二是由于唐代不断兴起的政治斗争事件，部分君王的昏庸霸道、宦官奸佞的诬陷迫害，以及时有发生的文字狱等一系列政治因素，唐代诗人为了达到讽谕君王而又保全自己的双重目的，所以作诗时不得多采用“主文而谲谏”的比兴手法，唐代咏史怀古诗以及借汉喻唐的讽谕诗歌的大量产生，便是如此。三是唐代诗人以其广纳博采、兼容并包的学术心胸，全面继承并发展了《诗经》《楚辞》所创立的比兴手法与“香草美人”的象征艺术，将诗歌比兴思维形态与艺术境界推至空前之高度。三因若此，其果明然。

---

① 参见萧涤非《杜甫诗选注》，第134页。

第三节 唐诗意境理论之诞生

上文论及的唐诗“托物比兴”、“借古讽今”与“男女君臣”三种比兴思维形态，实即涉及人与自然、人与人的比兴思维的两种形式。而人与自然相联系的传统，则又体现在道德主义（或曰比德主义）与自然主义两方面。前者主要是将人的道德品性与自然物象相比附，如《诗经·魏风·硕鼠》中的“硕鼠”，《楚辞》中《离骚》“香草美人”之喻，《九章》中的《橘颂》等。孔子的“智水仁山”、“松柏后凋”、“多识鸟兽草木之名”等见解，基本多属于“比德”范畴，其中已蕴涵亲和自然的情感因素。而后者，则是将人与自然浑然相融，消除主、客体之间明显的界限。这类诗歌的主要情感特征是视自然为友，亲和自然，从而使人的情感在诗歌本身的内在节奏和意象的运动中得到体现与升华。李泽厚指出：“中国传统一向讲究生活情趣，重视人与自然的和睦相处，强调自然对人的慰安、调节和认同。这也就是所谓‘天人合一’。用我常说的词汇，就是‘自然的人化’和‘人的自然化’。”[①] 其所说的“自然的人化”与“人的自然化”恰可以之来说明比兴思维中人与自然相连的“道德主义”与“自然主义”两种形式。而这两种形式，在唐代大量的自然生态诗中则俯拾皆是，不胜枚举。

诗歌之意境，主要取决于人之心情与自然物象的生命共感的融洽程度，亦即情景相生、兴象浑融、兴会感发等诗学要素。曹植的“感物伤我怀，抚心长太息”（《赠白马王彪》其四）两句诗，便是心物相融的具有人与自然生命共感的典型例子。“感物”一词非同小可，它表明诗人已经认识到自然对于人之情感抒发的重要性，已将自然纳入诗人情感活动的一个有机组成部分，甚至看做是最重要的部分。所谓触物生情，正可明了“物”象对于“生情”的先在作用。曹植之“感物”说，便形成了诗学上的著名“物感”说。对于“物感”现象，六朝期间的诗学家们多有独到之心解。刘勰《文心雕龙》专设《物色》篇精心究探这个问题。其云“春秋代序，阴阳惨舒，物色之动，心亦摇焉……是以

① 李嘉乐、张文德主编：《园林无俗情》“序”，南京出版社 1994 年版。

献岁发春，悦豫之情畅；滔滔孟夏，郁陶之心疑；天高气清，阴沉之志远；霰雪无垠，矜肃之虑深；岁有其物，物有其容；情以物迁，辞以情发……是以诗人感物，联类不穷。流连万象之际，沉吟视听之区；写气图貌，既随以宛转，属采附声，亦与心而徘徊。"[①] 稍后钟嵘的《诗品序》亦云："气之动物，物之感人，故摇荡性情，形诸舞咏。"[②] 难能可贵的是，刘勰在"物感"说的基础上，第一次提出了"意象"这个概念。《文心雕龙·神思》篇云："故思理为妙，神与物游，神居胸臆，而志气统其关键；物沿耳目，而辞令管其枢机。枢机方通，则物无隐貌；关键将塞，则神有遁心……是以陶钧文思，贵在虚静，疏瀹五藏，澡雪精神……独照之匠，窥意象而运斤。"[③] "意象"概念的产生，是诗学史与美学史上的一件大事。它使人们对人与自然关系的认识又大大提高了一步。意象，就是自然形象与人物情趣高度契合的产物。正如黑格尔所说："在艺术里，感性的东西是经过心灵化了，而心灵的东西也借感性化而显现出来了。"[④] "意象"之说，为唐代"意境"论的产生，起到了重要的理论先导作用。

到了唐代，殷璠在《河岳英灵集》中首次提出了"兴象"这个概念，其《河岳英灵集·序》曰："然挈瓶庸受之流……于是攻异端，妄穿凿，理则不足，言常有余，都无兴象，但贵轻艳。"[⑤] 殷璠在选评诗人及其作品时还多次使用"兴象"这个概念。"兴象"虽然属于"意象"之一种，但它与"赋、比、兴"美学概念中的"兴"关系更为直接而密切。"所谓'兴象'，就是按照'兴'这种方式产生和结构的意象。"[⑥] "兴象"之"兴"，强调了诗人面对自然物象所产生的激发感动之力量。"兴"之越高，情即越浓，而表情达意之功能即越佳。如此兴象，则要求诗歌的审美意象达到一种自然精妙的境地。后来在王昌龄的《诗格》中，首次出现了"境"的概念，并进而将"境"分为"物境"、"情境"与"意境"三类。其《诗格》云：

---

① 周振甫：《文心雕龙今译》，第409—410页。

② 钟嵘：《诗品·序》，何文焕辑：《历代诗话》（上），中华书局1981年版，第2页。

③ 周振甫：《文心雕龙今译》，第246—247页。

④ ［德］黑格尔：《美学》第一卷，商务印书馆1979年版，第49页。

⑤ 殷璠：《河岳英灵集·序》，见李珍华、傅璇琮撰《河岳英灵集研究》，第117页。

⑥ 叶朗：《中国美学史大纲》，上海文艺出版社1985年版，第263页。

> 诗有三境：一曰物境。欲为山水诗，则张泉石云峰之境，极丽极秀者，神之于心，处身于境，视境于心，莹然掌中，然后用思，了然境象，故得形似。二曰情境。娱乐愁怨，皆张于意而处于身，然后用思，深得其情。三曰意境。亦张之于意而思之于心，则得其真矣。①

上述三境中，“物境”是指自然山水之境，“情境”是指人生经历之境；“意境”是指情感意识之境。不过其中的“意境”，并非我们今天所指的美学概念中的意境。它仍然属于审美客体的一种“意境”。而真正意境理论的诞生，则在司空图的《二十四诗品》。

司空图的《二十四诗品》是一部奇书。它由 24 首四言诗组成，每首 12 句，各以二字标目。分别论述雄浑、冲淡、纤秾等 24 种诗歌意境特征。列 24 诗品，诗人别寓深意。24 之数与天时“二十四节气”相应，又是“十二生肖”之数的倍数，巧妙体现了诗人“天人合一”的思想。由此凸显出《二十四诗品》的一个中心思想，即意境必须体现宇宙的本体和生命。阅读《二十四诗品》令人欣喜和愉悦的是，诗人以饱蘸深情之笔，为我们展示了大化流行、富于生气的天、地、人相融的自然生态图景。而正是这些生动逼真的自然之“象”，让人自然而然地体悟、品味出那融合宇宙的本体和生命的“象”外之“境”。诗人抽象的理论概括与自然形象的生动描绘，本身便又是一种“意境”研究的创举。司空图于《二十四诗品》中一再强调“象外之象”、“景外之景”、“境生象外”这个道理。如第一则《雄浑》云：“超以象外，得其环中。”第十一则《含蓄》云：“悠悠空尘，忽忽海沤。”第二十则《形容》云：“如觅水影，如写阳春。”超以象外，虚实结合，就能趋向无限。司空图曾引戴叔伦阐论诗境之语云：“戴容州云：‘诗家之景，如蓝田日暖，良玉生烟，可望而不可置于眉睫之前也？’象外之象，景外之景，岂可容易谈哉？”② 这超以物象的意境，才是真正的具有审美价值的意境。正如叶朗先生对《二

---

① 王昌龄：《诗格》卷下，张伯伟撰：《全唐五代诗格汇考》，江苏古籍出版社 2002 年版，第 172 页。

② 司空图：《与极浦书》，《司空表圣文集》卷三，四部丛刊影旧钞本。

十四诗品》的意境理论所评说的那样："'意境'不是表现孤立的物象，而是表现虚实结合的'境'，也就是表现造化自然的气韵生动的图景，表现作为宇宙的本体和生命的道（气）。这就是'意境'的美学本质。"①如此"意境"，以司空图自己的话来说，真所谓"不著一字，尽得风流"（《二十四诗品·含蓄》）。

面对司空图《二十四诗品》所展示的五彩缤纷、富于生气的自然生态世界，我们不由得引发如下的思考：一是司空图何以如此钟情于自然生态？二是司空图为何以自然生态来概括说明诗品？三是意境理论何以至司空图才得以诞生？这些都是饶有情趣而耐人深思的问题。

回答第一个问题并不难。因为我们在前文论述唐诗绿色情思时已经指出，终唐之世，在儒、释、道三教自然观等因素的影响下，唐代诗人普遍具有浓厚的自然生态意识。初、盛、中、晚四唐，由前而后，诗人们的自然情结愈益深厚，至晚唐更至巅峰。司空图身处晚唐，自然受其热爱自然、亲近自然文化意识之影响。他本人便是一个颇具"民胞物与"关爱自然情怀的诗人。他对自然总是抱着亲切友爱的态度，其《喜山鹊初归》云："山中只是惜珍禽，语不分明识尔心。"他会由芭蕉抽出的红蕊，想到自己的忠君丹心："只怜直上抽红蕊，似我丹心向本朝。"（《偶书》）若无爱物之深情，诗人是不会有此"心心相印"之联想的。他还多次将动物放生，其《上元放二雉》云："罂网虽皆困，搴笼喜共归。无心期尔报，相见莫惊飞。"其诗中还有放生麋鹿、乌龟等动物的记载，怜物之善心，于此可见。正因为诗人爱物如此，所以《二十四诗品》中所述自然生态，多具浓郁的人情意味，如："碧桃满树，风日水滨。柳阴路曲，流莺比邻。"（《纤秾》）"明漪绝底，寄花初胎。青春鹦鹉，杨柳楼台。"（《精神》）"白云初晴，幽鸟相逐。眠琴绿阴，上有飞瀑。"（《典雅》）"娟娟群松，下有漪流。晴雪满汀，隔溪渔舟。"（《清奇》）诗人对大自然的爱已完全沉浸在陶醉而忘我的境界。他不仅酷爱自然，连他自己所写的像《二十四诗品》这样满篇洋溢自然芳香而意境深厚的自然诗也欣赏不已。甚至把这种"赏诗"当做人生"第一功名"。正如其《力疾山下吴村看杏花十九首》所云："浮世荣枯总不知，且忧花阵被风欺。侬家自有麒麟阁，第一功名只赏诗。"字里行间，充满着诗人爱花赏诗的无限乐

① 叶朗：《中国美学史大纲》，第 276 页。

趣。正因为诗人有着一颗视物为友、爱物如己的赤诚之心与一双独具艺术审美的眼光，所以，在他的《二十四诗品》中才能出现如此绚丽而多情的自然生态世界，才能创造出如此醇厚美味“不著一字，尽得风流”的诗歌意境。

至于司空图为何以自然生态来说明《二十四诗品》的问题，是因为诗人从大千世界、万事万物中深深体察到了人与自然的对应与相通之处。诗人选“二十四”之数，既表明二十四节气之意，又表明十二生肖倍数之意，这些都说明了诗人的天、地、人和谐相融的“天人合一”观。以自然来体现象外之境，此乃诗人视物为友的仁爱体现。

至于意境理论何以至司空图才得以诞生？这主要取决于唐代诗人自然生态意识的普遍高涨与自然情结的深厚，取决于诗人与自然完全融合亲和的关系。《诗经》、《楚辞》中的自然，多是作为诗人活动的背景与比兴象征材料出现的；到了汉魏六朝，经过“二谢”的努力，自然山水已开始作为独立的审美对象登上诗歌的殿堂，但仍然处于被欣赏的地位。只有到了唐代尤其是晚唐，诗人们大量描写自然山水、花木鸟兽虫鱼，它们已完全成为主角而自由出没于唐代诗歌的长廊。诗人与自然的关系已完全达到和睦共处、水乳交融的地步。在人人爱物、物物皆情的人与物的融洽关系中，意境理论的诞生是无可置疑的。作为酷爱自然的司空图，他恰逢晚唐诗人们自然生态意识空前高涨的时期，故而以自然物象为主要情感托寓的意境理论，亦就应运而生了。总之一句话，晚唐诗人与自然空前融洽的关系，是意境理论诞生的根本原因。王国维先生曾经认为：“夫自然之物，则自然界之山明水媚、鸟飞花落，固无往而非华胥之国、极乐之土也。岂独自然界而已，人类之语言动作、悲欢啼笑，孰非美之对象乎？”[①] 司空图《二十四诗品》中每一品所述之自然生态之关系，皆体现了诗人“能忘物与我之关系观物”，所以自然之物无一不亲切和美，诗之意境无一不醇雅婉丽。朱光潜先生对人们把注意力转移到自然上来的现象极为欣喜，认为是“诗的发达史上的一件大事”，“兴趣由人事而移到自然本身，是诗境的一大解放。”[②] 以此衡量司空图《二十四诗品》之创作，真是如此，不仅他的诗歌的意境是“一大解放”，而且他的意境理论也独具开创

---

① 王国维：《王国维文集》第一卷，中国文史出版社 1997 年版，第 3 页。

② 朱光潜：《中西诗在情趣上的比较》，《中国比较文学》1984 年第 1 期。

意义。

从《诗经》《楚辞》比兴象征手法的创立，到唐代比兴思维形态的三大类型，再到司空图《二十四诗品》意境理论的诞生，我们正可看出人与自然的关系日益亲密友好直至合而为一、不分彼此的特殊感情之历程。正因为诗人已将自然直接以主人公身份参与或代表诗人的情感活动，所以，诗人的情感活动与精神世界，完全由自然来作替身表演。在作诗的当下，自然即我，我即自然，达到了万化冥一的契机，从而优美的意境便触处可见。因此，张节末认为："在中国古代诗歌中，绝妙、最有深度的诗思不假道于比兴，也不走象征一路……由于无关于比兴，它已然失去了类比之物和所兴之情。没有联想的诗思，似乎是迷失方向。然而，它竟然让自然之无穷静动在诗中凝定为刹那之境，既纯粹之至，又丰蕴无比，谜一样魅力，不可思议。这，或许就是意境的妙处及深度之所在。"① 像这种通过大自然的动静相衬、声色相宜的内在节律与自在运行的客观生态，来体现诗歌意境的美学内蕴的作品，王维隐居终南山的系列山水小诗最具代表性。诗人用至纯至真、至诚至爱的精神去俯仰天地，拥抱自然，钟情山水，友爱花鸟，所以他笔下的自然世界总是那样的可亲可爱、可赏可游。自然界的一切丰蕴和生动，均在其诗中青春般地涌动。读王维的山水诗，感觉就是三个字：意境美。一般来说，一首诗优美意境的产生，大多离不开比兴象征手法的恰切之运用。然而，"王维的小诗中，比兴已难寻觅，原因何在？我以为，那是因为小诗所描写的，是自然界的声色动静，它们并非纯然客观的物，而是看空之人所观的'色相'。正所谓'目可尘也，而心未始同；心不世也，而身未尝物'。正是因为物或尘世不可忘，自然界具有全部的生动，'道无不在'，诗人才得以透过色以观空。王维的小诗把自然成功地刹那直观作纯粹现象，这，就是最初也是最出色的意境。"② 司空图的《二十四诗品》的论意境诗，也同样具有这样的审美效果。在《二十四诗品》中，我们已难以觅得传统比兴、象征的身影了，其中完全是以自然"说话"，从而营构出一片各具风格特征的优美意境。这是唐人对传统比兴象征手法的突破与发展，亦是唐代诗人自然生态意识普遍高涨的结果。不过，唐人依然精心

① 张节末：《比兴、物感与刹那直观》，《社会科学战线》2002 年第 4 期。

② 同上。

承传着比兴、象征的艺术法宝，他们在以自然之花酿制意境之蜜的新艺术天地里，不断追求与营造人与自然高度谐和、文学与自然亲密接触的诗意化的世界。这正是唐代诗人“民胞物与”之仁怀、海纳百川之气度的真实写照与生动体现。

结　论

通过对三千年诗史进程中《诗经》《楚辞》与唐诗三大里程碑之间诗学生态的初步考察与思辨，大致可以得出以下五点结论：

第一，我国最早的诗歌总集《诗经》对以屈原为代表创作的《楚辞》影响至大。这是在大量现存的文献典籍与考古资料的基础上经过翔实论证得出的结果。正因为《诗经》与《楚辞》存在如此密切之渊源关系，“风骚”并称的文学意义与典范作用才更为突出而鲜明。屈原自己就是善于融南北文化为一炉的集大成者。他将《诗经》的比兴手法植入南楚巫神文化的沃土中，从而孕育出享誉千古的“香草美人”的比兴象征艺术，它是《诗经》现实主义精神与南楚巫神浪漫主义风格相交融的产物。“风骚”传统影响唐诗至深至广。唐代诗人有着普遍深厚的《风》《骚》情结，殷璠《河岳英灵集》品赏盛唐诸公诗歌特质的“文质半取，风骚两挟”的八个大字，正是对以盛唐诗为代表的唐诗承传《风》《骚》的现实主义与浪漫主义精神最精当的概括与评价。

第二，就唐代的《风》《骚》文本研究情况观之，《诗经》的文本研究成果要优于《楚辞》，而《诗经》与《楚辞》本身的诗学精神，则对于唐代诗人的创作实践具有积极而普遍的意义。孔颖达奉诏主撰的《毛诗正义》颁布全国，当初主要目的是为了作为普通教材而有利于科举考试，但由于它披上了皇旨的政治光环，有了政治言说的话语权，所以，《毛诗正义》在学子士人心中便具有了至高无上的普适性与权威性，由此而树立其神圣而崇高的地位。《毛诗正义》释义具有翔实性、丰富性、准确性与可读性的审美特征，这不仅有利于科举考试，而且也有利于唐人的诗歌创作。孔颖达就“六艺”说提出的“三体三用”说，已成经典释义，至今仍为学界所认可。他的“比兴”合一的初萌思想，对唐人比兴理论的成熟起到了重要的促进作用。他对《诗经》语言艺术等方面的论述也有不少新见。所有这些，都有利于唐人文心诗性的激发。《诗经》之所以于终唐之世一路备受褒奖与拥戴，其原因即在于此。经学大儒孔颖达在唐代承传与发展《诗经》传统的过程中的作用至大，功不可没。《文选》李善注征引《风》《骚》文本及其研究成果的内容，不失为唐代《风》《骚》研究的代表性成果之一。其征引《风》《骚》文本及其研究成果中所体现出来的文学精神与学术思想，于唐人的诗歌创作不无重要的积极意义。

第三，除初唐四杰将屈骚视为六朝华靡文风之源而对其颇多微辞外，唐代诗人大多怀有深厚的《风》《骚》情结。对于《风》《骚》精神，他们不仅有理论的呼吁倡导，而且有诗歌的创作实践。在他们诗歌中所呈现出来的“题旨承传”、“体式仿效”、“意象摄取”、“意境融通”、“技巧借鉴”、“语典袭用”等气象中，可以明显感受到《风》《骚》精神的熏染与《风》《骚》脉搏的跳动。倘若没有《风》《骚》精神的沾溉，唐诗的“丰神情韵”将会黯然失色，“盛唐气象”也会因此而营养不良、底气不足。

第四，由《诗经》《楚辞》到唐诗，一路花木扶疏，瓜果飘香，鱼翔鸟飞，禽虫鸣唱，且由远而近，形势愈盛，到了唐诗的广阔天地，自然生态已占半壁江山。假如《诗经》中缺少了鸟兽草木虫鱼的合唱，中国文学就会失去最能体现东方文学含蓄委婉之美的比兴手法；假如《楚辞》中失去了“香草美人”的倩影，《楚辞》就会面目全非而味同嚼蜡；假如唐诗中没有天地山川、花鸟草虫丰富的自然世界，唐诗就会变得单调枯燥而缺乏人文精神之终极关怀。总之，没有自然，也就没有真正的文学。文学中的自然生态，不仅便于诗人抒情言志，而且体现出中国自农耕社会以来所形成的“天人合一”哲学思想。同时，诗人们亲和于自然生态，不仅能体现“与物为友”的“物与”情怀，提升美好的人生境界，而且作为自然，它还能孕育文学新品种的诞生。中国诗歌题材中的大宗“山水诗、“田园诗”、“山水田园诗”即便如此。晚唐司空图的《二十四诗品》之所以能成为我国第一部诗歌意境理论著作，正是得益于大量自然生态的亲切描绘，从而达到“象外之旨”、“味外之旨”的艺术审美境界。本文借助马克思主义生态思想与西方生态批评理论来观照《风》《骚》与唐诗中的自然生态，认为具有增强人们的自然生态意识、缓解生态危机、有利绿色环保的积极的社会现实意义。

第五，随着时间之推移，文学之发展，从《诗经》《楚辞》到唐诗，比兴象征手法处于不断发展完善的动态变化过程之中。比兴手法奠基于《诗经》，《楚辞》又发展为“香草美人”的比兴象征手法，到了唐代，诗人们一边继续使用《风》《骚》比兴象正手法，一边又在大量的自然生态世界里直抒情怀，那些清新自然、充满绿色之思、生命之韵的意境诗则如雨后春笋般涌现出来。这是唐代诗人对传统比兴手法的突破与发展之美好结晶。

学无止境，研无穷期。《风》《骚》诗脉与唐诗精神的研究，是一个颇为庞大而复杂的课题系统，本文所论乃冰山之一角，玉树之一枝。但愿所奉拙著这块不起眼的粗陋之小砖，能够赢得更多精纯美玉的涌现！

参考文献及征引书目

一　基本古籍文献

1.（清）阮元校刻：《十三经注疏》，中华书局影印本1980年版。
2.（汉）韩婴撰：《韩诗外传集释》，许维遹校释，中华书局1980年版。
3.（汉）司马迁：《史记》，中华书局1985年版。
4.（汉）班固：《汉书》，岳麓书社1993年版。
5.（三国·吴）陆玑：《毛诗草木鸟兽虫鱼疏》，《四库全书》本。
6. 杨伯峻编著：《春秋左传注》，中华书局1981年版。
7.《国语》，上海古籍出版社1985年版。
8.《战国策》，上海古籍出版社1985年版。
9.（梁）萧统编：《文选》，（唐）李善注，中华书局1977年版。
10.《诸子集成》，中华书局1954年版。
11.《周礼·仪礼·礼记》，岳麓书社1989年版。
12.《论语译注》，杨伯峻译注，中华书局1980年版。
13.《孟子译注》，杨伯峻译注，中华书局1984年版。
14.（汉）应劭撰：《风俗通义校释》，吴树平校译，天津人民出版社1980年版。
15.（南朝·宋）刘义庆撰，余嘉锡笺疏：《世说新语笺疏》（修订本），上海古籍出版社1993年版。
16.（唐）欧阳询等：《艺文类聚》，上海古籍出版社1982年版。
17.（宋）李昉等：《太平御览》，中华书局1960年版。
18. 逯钦立：《先秦两汉魏晋南北朝诗》，中华书局1983年版。
19.（宋）朱熹：《诗集传》，上海古籍出版社1958年版。
20.（宋）蔡卞：《毛诗名物解》，《四库全书》本。

21.（宋）吕祖谦：《吕氏家塾读诗记》，《四库全书》本。
22.（宋）吕祖谦：《批评诗经》，明季天益山刻本。
23.（明）戴君恩：《读风臆评》，明万历庚申乌程闵氏朱墨套印本。
24.（清）姚际恒撰：《诗经通论》，顾颉刚校点本，中华书局 1958 年版。
25.（清）方玉润撰：《诗经原始》，李先耕点校本，中华书局 1986 年版。
26.（汉）王逸注，（宋）洪兴祖补注：《楚辞章句补注》，吉林人民出版社 1999 年版。
27.（宋）朱熹：《楚辞集注》，上海古籍出版社 1979 年版。
28.（明）汪瑗：《楚辞集解》，北京古籍出版社 1994 年版。
29.（清）王夫之：《楚辞通释》，上海人民出版社 1975 年版。
30.（清）蒋骥：《山带阁注楚辞》，上海古籍出版社 1958 年版。
31.（后晋）刘昫等撰：《旧唐书》，百衲本二十五史，浙江古籍出版社 1998 年版。
32.（宋）欧阳修、宋祁撰：《新唐书》，百衲本二十五史，浙江古籍出版社 1998 年版。
33.（清）董诰等编：《全唐文》，上海古籍出版社 1990 年缩印本。
34.（清）彭定求等编：《全唐诗》，中华书局 1960 年版。
35. 陈尚君辑校：《全唐诗补编》，中华书局 1992 年版。
36.（明）高棅编：《唐诗品汇》，上海古籍出版社 1982 年影印明汪宗尼校订本。
37.（清）沈德潜编：《唐诗别裁》，岳麓书社 1998 年版。
38. 陈伯海主编：《唐诗汇评》，浙江教育出版社 1995 年版。
39.（清）仇兆鳌注：《杜诗详注》，中华书局 1979 年版。
40.（清）浦起龙：《读杜心解》，中华书局 1961 年版。
41.（元）辛文房撰，傅璇琮等校：《唐才子传校笺》，中华书局 1989 年版。
42. 萧涤非注：《杜甫诗选注》，人民文学出版社 1979 年版。
43.（唐）陈子昂撰：《陈伯玉文集》，四部丛刊本。
44. 许浑撰，罗时进笺证：《丁卯集笺证》，江西人民出版社 1998 年版。
45.（唐）李贺撰，叶葱奇疏注：《李贺诗集》，人民文学出版社 1998

年版。
46. （宋）王谠撰：《唐语林》，上海古籍出版社 1978 年版。
47. （五代）王仁裕等撰，丁如明辑：《开元天宝遗事十种》，上海古籍出版社 1985 年版。
48. （五代）王定保撰：《唐摭言》，上海古籍出版社 1978 年版。
49. （唐）刘肃撰，许德楠、李鼎霞点校：《大唐新语》，中华书局 1984 年版。
50. （清）顾炎武著，黄汝成集释：《日知录集释》，岳麓书社 1994 年版。
51. （清）刘熙载：《艺概》，上海古籍出版社 1978 年版。
52. （清）何文焕辑：《历代诗话》，中华书局 1981 年版。
53. 丁福保辑：《历代诗话续编》，中华书局 1983 年版。
54. （清）王夫之等：《清诗话》，上海古籍出版社 1963 年版。
55. 郭绍虞编选，富寿荪校点：《清诗话续编》，上海古籍出版社 1983 年版。
56. 郭绍虞编选，周振甫注：《文心雕龙注释》，人民文学出版社 1981 年版。

二　近人、今人著作

57. 朱自清：《诗言志辨》，华东师范大学出版社 1996 年版。
58. 王力：《诗经韵读》，上海古籍出版社 1980 年版。
59. 朱东润：《诗三百篇探故》，上海古籍出版社 1981 年版。
60. 余冠英：《诗经选》，人民文学出版社 1990 年版。
61. 高亨：《诗经今注》，上海古籍出版社 1980 年版。
62. 陈子展：《诗经直解》，复旦大学出版社 1983 年版。
63. 袁梅：《诗经译注》，齐鲁书社 1980 年版。
64. 程俊英等：《诗经注析》，中华书局 1991 年版。
65. 褚斌杰：《诗经全注》，人民文学出版社 1999 年版。
66. 伍心镇等主编：《诗经析释》，春风文艺出版社 1986 年版。
67. 向熹编：《诗经词典》（修订本），四川人民出版社 1997 年版。
68. 《诗经鉴赏集》，人民文学出版社 1986 年版。

69. 张树波编著：《国风集说》，河北人民出版社 1993 年版。
70. 孙作云：《诗经研究》，河南大学出版社 2003 年版。
71. 朱守亮：《诗经评释》，台湾学生书局 1984 年版。
72. 糜文开等：《诗经欣赏与研究》，台湾三民书局 1985 年版。
73. 李山：《诗经的文化精神》，东方出版社 1997 年版。
74. 夏传才：《诗经语言艺术新编》，语文出版社 1998 年版。
75. 潘富俊等：《诗经植物图鉴》，上海书店 2003 年版。
76. 杨之水：《诗经名物新证》，北京古籍出版社 2000 年版。
77. 袁宝泉等：《诗经探微》，花城出版社 1987 年版。
78. 赵沛霖：《诗经研究反思》，天津教育出版社 1989 年版。
79. 杨合鸣等：《诗经主题辨析》，广西教育出版社 1989 年版。
80. 孙作云：《诗经与周代社会研究》，中华书局 1966 年版。
81. 杨之水：《诗经别裁》，江西教育出版社 2000 年版。
82. 赵紫阳：《诗经赋比兴综论》，台湾枫城出版社 1975 年版。
83. 鲁洪生：《诗经学概论》，辽海出版社 1998 年版。
84. 赵国华：《生殖崇拜文化论》，中国社会科学出版社 1990 年版。
85. 叶舒宪：《诗经的文化阐释》，湖北人民出版社 1994 年版。
86. 周蒙：《诗经民俗文化论》，黑龙江教育出版社 1994 年版。
87. 王巍：《诗经民俗文化阐释》，商务印书馆 2004 年版。
88. 夏传才：《思无邪斋诗经论稿》，学苑出版社 2000 年版。
89. 韩高年：《诗经分类辨体》，上海古籍出版社 2011 年版。
90. 中国诗经学会编：《首届诗经国际学术研讨会论文集》，河北大学出版社 1994 年版。
91. 中国诗经学会编：《第二届诗经国际学术研讨会论文集》，语文出版社 1996 年版。
92. 中国诗经学会编：《第三届诗经国际学术研讨会论文集》，香港天马图书公司 1998 年版。
93. 中国诗经学会编：《第四届诗经国际学术研讨会论文集》，学苑出版社 2000 年版。
94. 中国诗经学会编：《第五届诗经国际学术研讨会论文集》，学苑出版社

2002 年版。
95. 王力：《楚辞韵读》，上海古籍出版社 1980 年版。
96. 游国恩主编：《离骚纂义》，中华书局 1980 年版。
97. 游国恩主编：《天问纂义》，中华书局 1982 年版。
98. 游国恩：《楚辞论文集》，古典文学出版社 1957 年版。
99. 姜亮夫：《楚辞通诂》，云南人民出版社 1999 年版。
100. 姜亮夫：《楚辞学论文集》，上海古籍出版社 1984 年版。
101. 姜亮夫：《楚辞书目五种》，上海古籍出版社 1993 年版。
102. 苏雪林：《苏雪林文集》（四），安徽文艺出版社 1996 年版。
103. 陈子展：《楚辞直解》，复旦大学出版社 1983 年版。
104. 姜亮夫：《楚辞今绎讲录》（修订本），北京出版社 1981 年版。
105. 林庚：《诗人屈原及其作品研究》，棠棣出版社 1952 年版。
106. 褚斌杰：《楚辞要论》，北京大学出版社 2003 年版。
107. 褚斌杰主编：《诗经与楚辞》，北京大学出版社 2002 年版。
108. 杜松柏主编：《楚辞汇编》（10），台湾新丰出版有限公司 1986 年版。
109. 马茂元主编：《楚辞研究集成》，湖北人民出版社 1985 年版。
110. 汤炳正：《屈赋新探》，齐鲁书社 1984 年版。
111. 汤炳正：《楚辞类稿》，巴蜀书社 1988 年版。
112. 周勋初：《九歌新考》，上海古籍出版社 1986 年版。
113. 萧兵：《楚辞文化》，中国社会科学出版社 1990 年版。
114. 萧兵：《楚辞的文化破译》，湖北人民出版社 1991 年版。
115. 潘啸龙：《屈原与楚辞研究》，安徽大学出版社 1999 年版。
116. 金开诚：《屈原辞研究》，江苏古籍出版社 1992 年版。
117. 周建忠：《楚辞论稿》，中州古籍出版社 1994 年版。
118. 黄中模：《屈原问题论争史稿》，北京十月文艺出版社 1987 年版。
119. 赵逵夫：《屈原和他的时代》，人民文学出版社 1996 年版。
120. 杨义：《楚辞诗学》（《杨义文存》第七卷），人民出版社 1998 年版。
121. 殷光熹：《诗骚并辉》，海天出版社 1993 年版。
122. 陈桐生：《楚辞与中国文化》，陕西人民教育出版社 1997 年版。
123. 杨仲义：《诗骚新识》，学苑出版社 1999 年版。

124. 廖序东：《楚辞语法研究》，语文出版社 1995 年版。
125. 黄震云：《楚辞通论》，湖南教育出版社 1997 年版。
126. 郭杰：《屈原新论》，吉林大学出版社 1994 年版。
127. 颜翔林：《楚辞美学》，学林出版社 2001 年版。
128. 黄凤显：《屈辞体研究》，湖南人民出版社 1997 年版。
129. 毛庆：《屈原艺术新研》，湖北人民出版社 1990 年版。
130. 陈怡良：《屈原文学论集》，台湾文津出版社 1992 年版。
131. 过常宝：《楚辞与原始宗教》，东方出版社 1997 年版。
132. 汤漳平等：《楚辞论析》，山西教育出版社 1990 年版。
133. 王德华：《屈骚精神及其文化背景研究》，中华书局 2004 年版。
134. 张正明：《楚文化史》，上海人民文学出版社 1987 年版。
135. 蔡靖泉：《楚文学史》，湖北教育出版社 1996 年版。
136. 方铭：《战国文学史》，武汉出版社 1996 年版。
137. 董治安：《先秦文献与先秦文学》，齐鲁书社 1994 年版。
138. 王洲明：《先秦两汉文化与文学》，山东大学出版社 1996 年版。
139. 徐志啸：《先秦诗：真与奇的耦合》，广西师范大学出版社 1999 年版。
140. 潘富俊等：《楚辞植物图鉴》，上海书店 2003 年版。
141. 鲁迅：《鲁迅全集》（1）（6），人民文学出版社 1981 年版。
142. 闻一多：《闻一多全集》（第五册），湖北人民出版社 1993 年版。
143. 钱志熙：《唐前生命观和文学生命主题》，东方出版社 1997 年版。
144. 钱钟书：《管锥编》（第一册），中华书局 1979 年版。
145. 刘师培：《刘申叔遗书》，江苏古籍出版社 1997 年版。
146. 鲁迅：《汉文学史纲要》，人民文学出版社 1973 年版。
147. 郝志达等：《东方诗魂》，东方出版社 1993 年版。
148. 赵沛霖：《屈赋研究论衡》，天津教育出版社 1993 年版。
149. 茅盾：《茅盾古典文学论集》，上海古籍出版社 1986 年版。
150. 郭沂：《郭店竹简与先秦学术思想》，上海教育出版社 2001 年版。
151. 姚小鸥主编：《出土文献与中国文学研究》，北京广播学院出版社 2000 年版。

152. 宗白华:《美学散步》，上海人民出版社 1981 年版。
153. 李泽厚:《美的历程》，中国社会科学出版社 1984 年版。
154. 赵沛霖:《兴的源起》，中国社会科学出版社 1987 年版。
155. 刘晓林:《中医文化与古典文学》，湖南师范大学出版社 1999 年版。
156. 王文生:《论情境》，上海文艺出版社 2001 年版。
157. 张紫晨:《中国巫术》，上海三联书店 1990 年版。
158. 王维堤:《神游华胥》，上海古籍出版社 1994 年版。
159. 傅正谷:《中国梦文化》，中国社会科学出版社 1993 年版。
160. 贺麟:《文化与人生》，上海文艺出版社 2001 年版。
161. 郁龙余编:《中印文学关系源流》，湖南文艺出版社 1987 年版。
162. 李炳海:《部族文化与先秦文学》，高等教育出版社 1995 年版。
163. 陈良运:《中国诗学体系论》，中国社会科学出版社 1998 年版。
164. 陶礼天:《北“风”南“骚”》，华文出版社 1997 年版。
165. 李健:《比兴思维研究》，安徽教育出版社 2003 年版。
166. 赵敏俐:《先秦君子风范》，东方出版社 1999 年版。
167. 郭丹:《史传文学：文与史交融的时代画卷》，广西师范大学出版社 1999 年版。
168. 蒋寅:《中国诗学的思路与实践》，广西师范大学出版社 2001 年版。
169. 袁行霈等:《中国诗学通论》，安徽教育出版社 1994 年版。
170. 蔡守湘主编:《历代诗话论诗经楚辞》，武汉出版社 1991 年版。
171. 北京大学哲学系美学研究室编:《中国美学史资料选编》，中华书局 1981 年版。
172. 陶文鹏等主编:《灵境诗心：中国古代山水诗史》，凤凰出版社 2004 年版。
173. 蒙培元:《人与自然：中国哲学生态观》，人民出版社 2004 年版。
174. 谭其骧:《长水集》，人民文学出版社 1987 年版。
175. 鲁枢元主编:《精神生态与生态精神》，南方出版社 2002 年版。
176. 张皓:《中国文艺生态思想研究》，武汉出版社 2002 年版。
177. 张传玺:《中国古代史纲》，北京大学出版社 1985 年版。
178. 傅杰编校:《王国维论学集》，中国社会科学出版社 1997 年版。

179. 陈引驰编校:《梁启超国学讲录二种》,中国社会科学出版社 1997 年版。
180. 陈引驰编校:《刘师培中古文学论集》,中国社会科学出版社 1997 年版。
181. 陶文鹏:《唐诗与绘画》,漓江出版社 1996 年版。
182. 林继中:《唐诗与庄园文化》,漓江出版社 1996 年版。
183. 黄世中:《唐诗与道教》,漓江出版社 1996 年版。
184. 闻一多:《唐诗杂论》,生活·读书·新知三联书店 1999 年版。
185. 陈寅恪:《隋唐制度渊源略论稿》,上海古籍出版社 1982 年版。
186. 胡可先:《政治兴变与唐诗演化》,中国社会科学出版社 2003 年版。
187. 林庚:《唐诗杂论》,人民文学出版社 1987 年版。
188. 李珍华、傅璇琮撰:《河岳英灵集研究》,中华书局 1992 年版。
189. 吕慧鹃等编:《中国历代著名文学家评传》(第二卷),山东教育出版社 1984 年版。
190. 莫砺锋:《杜甫评传》,南京大学出版社 1993 年版。
191. 褚斌杰:《白居易评传》,北京大学出版社 1994 年版。
192. 叶嘉莹撰:《杜甫秋兴八首集说》,上海古籍出版社 1988 年版。
193. 程蔷、董乃斌:《唐代帝国的精神文明》,中国社会科学出版社 1996 年版。
194. 罗时进:《唐诗演进论》,江苏古籍出版社 2001 年版。
195. 袁行霈:《中国诗歌艺术研究》,北京大学出版社 1987 年版。
196. 罗宗强:《隋唐五代文学思想史》,中华书局 1999 年版。
197. 王水照:《唐宋文学论集》,齐鲁书社 1984 年版。
198. 余恕诚:《唐诗风貌》,安徽大学出版社 1997 年版。
199. 刘学锴:《李商隐诗歌研究》,安徽大学出版社 1998 年版。
200. 兰翠:《唐诗题材与文化》,中国文联出版社 2003 年版。
201. 陈炎、李红春:《儒释道背景下的唐代诗歌》,昆仑出版社 2003 年版。
202. 邓小军:《唐代文学的文化精神》,台北文津出版社 1993 年版。
203. 杜晓勤:《初盛唐诗的文化阐释》,东方出版社 1997 年版。
204. 蒋寅:《大历诗风》,上海古籍出版社 1992 年版。

205. 张瑞君:《大气恢宏:李白与盛唐诗新探》,山西古籍出版社 1997 年版。
206. 章尚正:《中国山水文学研究》,学林出版社 1997 年版。
207. 夏昭炎:《意境概说》,北京广播学院出版社 2003 年版。
208. 胡晓明:《中国诗学之精神》,江西人民出版社 2001 年版。
209. 宗白华:《艺境》,北京大学出版社 2000 年版。
210. 钱钟书:《谈艺录》(补订本),中华书局 1984 年版。
211. 肖占鹏主编:《隋唐五代文艺理论汇编评注》,南开大学出版社 2002 年版。
212. 吴调公:《李商隐研究》,中华书局 2010 年版。
213. 刘忆萱、管士光:《李白新论》,山西人民出版社 1987 年版。
214. 何念龙:《李白文化现象论》,湖北人民出版社 2009 年版。
215. 葛景春:《李白研究管窥》,河北大学出版社 2002 年版。
216. 马鞍山李白研究所、中国李白研究会合编:《李白研究论文精选集》,太白文艺出版社 2000 年版。
217. 吴功正:《唐代美学史》,陕西师范大学出版社 1999 年版。
218. 戴伟华:《唐代文学综论》,商务印书馆 2006 年版。
219. 王友胜:《唐宋诗史论》,上海古籍出版社 2006 年版。
220. 张浩逊:《唐诗接受研究》,浙江古籍出版社 2010 年版。
221. 沈松勤、胡可先、陶然:《唐诗研究》,浙江大学出版社 2006 年版。
222. 彭万隆:《唐五代诗考论》,浙江大学出版社 2006 年版。
223. 申屠炉明:《孔颖达·颜师古评传》,南京大学出版社 2006 年版。
224. 汪涌豪、俞灏敏:《中国游仙文化》,法律出版社 1997 年版。
225. 谢建忠:《〈毛诗〉及其经学阐释对唐诗的影响》,巴蜀书社 2007 年版。
226. 韩宏韬:《〈毛诗正义〉研究》,中国社会科学出版社 2009 年版。
227. 王步高:《司空图评传》,南京大学出版社 2006 年版。
228. 张国庆:《〈二十四诗品〉诗歌美学》,中央编译出版社 2008 年版。
229. 颜进雄:《唐代游仙诗研究》,台北文津出版社 1996 年版。
230. 赵海菱:《杜甫与儒家文化传统研究》,齐鲁书社 2007 年版。

三 国外论著

231. ［奥］弗洛伊德：《梦的解析》，赖其万等译，作家出版社 1986 年版。

232. ［法］丹纳：《艺术哲学》，傅雷译，人民文学出版社 1963 年版。

233. ［英］詹·乔·弗雷泽：《金枝》，徐育新等译，中国民间文艺出版社 1987 年版。

234. ［德］W. 顾彬：《中国文人的自然观》，马树德译，上海人民出版社 1990 年版。

235. ［日］小尾郊一：《中国文学中所表现的自然与自然观》，邵毅平译，上海古籍出版社 1989 年版。

236. ［俄］尼古拉·特罗菲维奇·费德林著，赵永穆编选：《费德林集》，奉真等译，天津人民出版社 1995 年版。

237. ［美］宇文所安：《初唐诗》，贾晋华译，生活·读书·新知三联书店 2004 年版。

238. ［美］宇文所安：《盛唐诗》，贾晋华译，生活·读书·新知三联书店 2004 年版。

后　记

谨奉于读者诸君面前的这部拙著，由我的博士论文增删修订而成。数十万言，甘苦尽尝，如鱼饮水，冷暖自知。拙著得以问世，诚一大幸，而能得到同仁方家之教正，亦乃大幸也。先此致谢！

我的这篇论文完稿于 2007 年 4 月 18 日子夜。现在，我将当时日记中的一段话迻录于此，权为一种温馨的回忆："我的博士论文终于写完了。此刻，正是子夜时分。我下意识地起身离座，开门步入阳台，仰望星空，一轮明月正朗照大地，清辉如水，一尘不染，万籁俱寂，唯鸣虫唧唧，抑扬顿挫。微风徐来，阳台一侧小花园里的金银花正慨吐幽香，沁人心脾，神清气爽。'云破月来花弄影'，'暗香浮动月黄昏'，如此花好月圆的清美意境，令我仿佛置于蓬莱，身轻欲飞。数年来蛰居阁楼旦暮沉思、朝夕操觚的惶恐与疲惫便一扫而空"。而今，再读这段文字，往事未烟，别有意味。在几年的教学之余，遵照诸位先生的意见，对论文进行了较为全面的修订。拙著定稿，饮水之思顿涌；寸草春晖，感恩之情遂生。

我由衷谢苏州大学、江苏大学两校主要领导求真务实的宽宏胸襟与"不拘一格降人才"的学术眼光，使我有幸于天命之年跻身苏州大学这座百年学府攻读博士学位。在典雅钟楼、古朴亭阁、摩天薜荔、清美荷塘、樟松交翠、林茂鸟欢的古色古香的苏大本部，我深切感受了东吴大学"养天地正气、法古今完人"十字校训的震撼力与感染力，努力培育心智，健全人格，拓展知识，涵养精神，从而对中国知识分子的使命与责任又增进了一分理解。

我由衷感谢导师罗时进教授不弃愚钝的仁爱情怀，使我忝入门下。罗先生是国学大师钱仲联师祖的高足，他力图将师祖注重功底、博专结合、勇于开拓、务实创新的学术精神薪火相传，发扬光大。他经常讲授师祖献身学术的可贵精神，让弟子们潜移默化地接受优良学风之熏陶。罗先生待人宽厚，用情诚笃，学风扎实，功力深厚。在文学史研究格局中，他背靠唐宋，面向明清，视野宏远，成果卓异。他办事严谨，一向认真。记得师祖去世的当晚，我们见他极度劳累与悲伤的情形，都劝慰他不要再授课了，可他却依然按原计划坚持在未吃晚餐的情况下讲课两小时。授课中罗先生言及师祖的学术往事，几次哽咽悲泣，我们也都不禁潸然泪下。这委实是一堂非同寻常的学术研究课。这不仅是缅怀师祖、承传精神的最佳方式之一，也是先生尊师爱教美德的真切体现。

正是在罗先生诚实为人、精进为学精神的感召与影响下，我们度过了终身难忘的师生欢聚、同门睦处、切磋学问、商量道术的欢乐时光。而我这位大龄弟子，在与罗先生朝夕相处的日子里，则更是享受了非同一般的“平生风义兼师友”的愉快岁月。在同门第一次见面会上，罗先生称我是资深学者，并对我用了“敬重”一词，这实在令我汗颜。他还要求同门遇到有关学术问题应多向我讨教，所撰学术论文先让我看后再交由他审阅。这是对我的极大信任与鼓励。能和同门一起交流，也的确感受到了他们知识丰富、思想敏锐、富于朝气的可贵优点，受益匪浅。

鉴于我与罗先生之间亦师亦友的谐和关系，故在商定博士论题的时候，过程甚为自然畅顺。起初，罗先生让我参加由他主持的国家社科基金项目《清代江南文化家族递嬗与文学发展关系研究》，做清代镇江文化家族与文学关系研究，最终就以此作为博士学位论文。但经过一段时间的摸底梳理之后，罗先生觉得镇江文化家族名人相对于苏州等地，数量不多，地位也不甚突出。考虑到我大龄读博不易及希望我能做出一篇学术分量较为厚重且能立足于学界的博士论文之因素，罗先生遂建议我改换选题。鉴于我在《诗经》《楚辞》研究尤其是比较研究方面有较好基础且喜爱唐诗的学术背景，最终，罗先生遂与我一起商定了《风骚诗脉与唐诗精神》博士论文题目。这是一个时间跨度两千年、涉及《诗经》《楚辞》与唐诗三大“显学”的颇具挑战性之论题。不过，尽管这三大“显学”的研究成果已相当丰富，但将三者从接受美学的角度贯穿起来综合研究的论著尚未幸见。这是一块有待开掘的处女地。该选题的学术价值与意义，是毋庸置疑的。但当真正进入论题的研究层面时，难度还是颇大的。就该论题研究所涉及的知识面而言，必须具备文学、史学、地理学、生物学、哲学、美学、文艺心理学、文化人类学、宗教神话学以及西方生态批评新思想与理论等综合文化知识的素养，可谓十八般武艺全得用上。要提高自己的知识文化素养，唯一的办法就是刻苦攻读，消化吸收，化为已有，用于实践。因此，写作的过程，就是边学边研、学研并用的过程。从论题之定位，纲目之设置，章节之撰写，材料之运用，语言之精确，主旨之表达，价值之体现，罗先生自始至终都给予了精要的指点与精心的修改，即便在论文正式印刷时，他一旦发现某个词不够准确，也随即电话要求改之。关怀备至，感人深矣。论文撰成，最终还是颇得罗先生认可的。认为“对《诗》《骚》进行了全面的比较对照，并对《诗》《骚》之于唐诗的影响进行了深入的讨论，新意叠现，对先秦文学以及唐代文学研究颇有拓展之功。”拙著出版之际，罗先生又慨赐大序，褒美有加，祈望殷切。知音情深，焉能忘怀？

我由衷感谢博士论文的评阅教授，他们是：复旦大学中文系王水照，浙江大学人文学院陆坚，安徽师范大学中文系余恕诚，苏州大学文学院王继如、朱志荣、周秦、马卫中、赵杏根、范志新、黄镇伟。由衷感谢学位论文答辩委员会的教授，他们是：王水照（主席）、董乃斌（上海大学文学院）、杨军（苏州科技学院中文系）、马卫中、赵杏根、范志新、罗时进。评阅教授们对论文的选题、内容、方法、价值等皆给予了很高的评价，一致认为是一篇学术分量厚重的优秀博士论文。然也提出了一些中肯的修改意见，深受启发。答辩委员会最终的评价认为：“《诗》《骚》为中国古代文学发展的源头，对它们的研究向称显学，历代研究成果极为丰富，但对二者之间的传承关系，学界研究尚不够深入。李金坤这篇论文，对《诗》《骚》进行了全面的比较对照，并对《诗》《骚》之于唐诗的影响进行了富有新意的讨论。其中，对孔子‘多识于草木鸟兽之名’的论断，提出了独到的看法。作者还借鉴西方生态文艺批评的理论方法，对《风》《骚》中人与自然的关系进行了深入探讨，这些都是具有创造性的新颖之论。全文视野开阔，取材富赡，论证条贯，结构完整，文字畅朗。作者在研究中不避其难，不囿于陈说，能自出机杼，独为心解，且评论中肯，多所创获。这反映出作者具有厚实的学问功底和良好的研究能力。这是一篇优秀的博士论文”。这是对拙文的热情鼓励。人贵有自知之明。虽然此次我全力以赴，精心损益，以期达到较为理想的研究水平与学术境界，但限于学力与眼界，论文的不足甚或错误之处当在所难免，诚请同仁方家不吝赐教。

我由衷感谢将我引入《诗经》《楚辞》研究之门的沈阳师范大学（原

沈阳师范学院）伍心镇先生与北京大学褚斌杰先生，没有他们的热心指导，我不可能较为顺利地进入这两个显学研究之领域。两位先生虽已作古，但他们的人品与文品将永远活在我的心中，并化为我前行的精神动力。

我由衷感谢九十年代末在北京大学作高级访问学者期间，亲自教诲、启我良多的诸多北大教授、知名学者，他们恩惠于我，或授课，或赠书，或赐字，或面谈，八面来风，培我德行，长我见识，是我一生中最自由、最愉快、最幸福、最难得的纯粹学习时期。他们是：林庚（师祖，褚斌杰先生之老师），季羡林，侯仁之，吴小如，阴法鲁，陈贻焮，陈玉龙（镇江人），汤一介，乐黛云，金开诚，裘锡圭，蒋绍愚，费振刚，袁行霈，孙静，谢冕，白化文，叶朗，张少康，孙钦善，杨辛，周先慎，周强，倪其心，严绍璗，李零，葛晓音，陈平原，夏晓虹，吴同瑞，陈来，肖东发，董洪利，程郁缀，卢永麟，钱志熙，孟二冬，张鸣，汪春泓，等等。他们几乎涵盖了北大文史哲学科的全部精英，他们从不同学术领域与层面，赐我以包举文史哲文化五谷杂粮之丰富营养，为我撰写大跨度、多学科交叉的博士论文奠定了较为宽厚扎实的知识基础。

我由衷感谢苏州大学鲁枢元教授，是他开设的《生态精神学引论》的研究生课程，将我引入了生态文艺思想批评的新领域，引发了我对文学与自然关系研究的浓厚兴趣，于是便有了博士论文中关于《风》《骚》自然生态意识审美与唐诗绿色主题的粗浅思考，有关文章发表后，颇受学界之青睐。

我由衷感谢邓小军教授，他与我素昧平生，却将台湾版的《唐代文学的文化精神》孤本之大著特地复印赐我，满足了我冒昧求助的愿望，慈怀仁心，没齿不忘。

我由衷感谢傅璇琮先生、蒋寅教授，他们对我博士论文的大纲构想及时予以热情的鼓励与悉心津指，其情殷殷，念之血涌。尤其是蒋寅先生，当知拙著将付梓时，慨然挥汗赐序。高山流水，难得知音。

我由衷感谢罗门兄妹们情如手足的深厚友谊，在我患病住院期间，他们多次看望问候。师弟梁尔涛、肖晓阳君更是关爱备至，悉心照顾，令我倍觉温馨，感怀不已。

我由衷感谢《文学遗产》《学术研究》《中国文化研究》《人文杂志》《中州学刊》《江海学刊》《江苏社会科学》《文献》《文史知识》《文学

与文化》《辽宁大学学报》《深圳大学学报》《宁夏大学学报》《南京师范大学文学院学报》《经学研究》（台湾）、《人文中国学报》（香港）、《国际言语文学》（韩国）、《太原师院学报》《苏州科技学院学报》《云梦学刊》《武陵学刊》《船山学刊》《衡水学院学报》《辽东学院学报》《中国社会科学报》等报刊的编辑先生，是他们以甘为他人作嫁衣的奉献精神，使本著大部分章节得以先期发表，及时与学界同仁交流。

我由衷感谢上海师范大学博士生导师曹旭教授，慷慨赐我《诗品集注》等多种著作，指点门经，情谊山高。

我由衷感谢中国社会科学出版社副总编辑郭沂纹，是她慷慨接纳拙著，并亲自担任责任编辑，为顺利出版费神良多。特别要感谢的是，她主动联系并鼓励我将此拙著申报 2013 年国家社会科学基金后期资助项目，后有幸立项。郭总不掩片善、成人之美的君子仁德，感人至深，此生难忘。还有诸位匿名评审的专家学者，所提意见甚中肯綮，得以弥补拙著之不足，谨此深致谢忱。特约编辑丁玲、安芳校审严格，悉心不苟，减少了拙著的不少失误，一并致谢。

我还要由衷感谢台湾的几位著名学者、教授，他们或赐寄尊著，或代购书刊，慷慨解囊，无私援助，两岸情深，大海作证。他们是：朱守亮，林庆彰，陈怡良，游志诚，史甄陶，张文朝，黄水云，王汉吾（金坛乡贤前辈）等。

最后不得不感恩我已故的父母双亲，是父亲“厚德载物”之宽阔胸襟与母亲“自强不息”之坚韧意志，给我以力量，使我风雨兼程，一路向前。还要感谢我的同胞哥哥、姐姐、妹妹及其所有亲人对我事业的真诚理解、关心与支持。也理应谢谢我的妻子和女儿，是她们多次帮我复印资料；在论文写作过程中又协助校对文稿，核查引文。拙著的字里行间蕴含着她们的关爱、希望与辛劳。

我要感谢的师友实在太多，难以一一列出。总之，千恩万谢一句话：由衷祝福所有厚我爱我者，阖府康乐，一生平安！

我于花甲之岁，尝作《花甲感怀并序》俚句，不揣谫陋，迻录于此，权作结语也。

花甲感怀并序

余生于新中国成立之初。然岁至髫龄，则遇三年困难时期。吞糠咽菜，饱经饥寒之苦；方入中学，突遭“文革”之祸；弃课造反，强忍废学之痛；高校停招，身受返乡之劳；身单力薄，不堪农活之重。出身贫农，家无背景。任教、招工之类，荐学、参军之属，概不沾边。置身旷野，俯仰徒叹。“念天地之悠悠，独怆然而涕下”。所幸惊雷震响，祸害立除；春风浩荡，万物欣然。恢复高考，金榜题名；执教大学，如鱼得水；半百读博，矢志不渝；教研不苟，晋级教授。爱岗敬业，滋兰树蕙奉绵薄；深究学问，实事求是崇科学；春蚕蜡炬，鞠躬尽瘁无怨悔！无愧国家培育之功，可慰父母在天之灵。回首来时路，品尝人生味：窃以为诚信、忠恕、唯物、辩证，乃为人做事之“四宝”也。循此践行，则庶臻“世事洞明皆学问，人情练达即文章”之人生佳境矣。花甲偶感，遂以小诗铭志焉。

物换星移若电奔，无端已届花甲人。
初蕾雪虐光阴黯，枯草春来气象新。
绛帐弦歌但尽瘁，国学探索唯求真。
浮生俗世究何悟？四宝明达赛万金。

2014 年 6 月 8 日修订于龙城四松堂